华年。

MISS HUA NIAN

凌丽芬 著

江苏凤凰文艺出版社
JIANGSU PHOENIX LITERATURE AND ART PUBLISHING, LTD

这是有史以来最文明的时代，起码生活在这个时代的人这么想。

距离上次大规模战争已经七十多年了。人类不再喜欢互相屠杀，我们消灭了广泛传播的疾病，消灭了成群的饥饿，我们发明了飞机、互联网、手机，造出了一百层以上的摩天大楼，我们把人装在水泥里装在光缆里装在抗生素里，装在各种安全的秩序里。

我们开始没日没夜地狂欢。

日耳曼民族不再磨刀霍霍，好莱坞的女明星们脱去了紧身衣，巴黎人继续纸醉金迷，日日有可以庆祝的事情，到处是欢歌笑语。

我们对自己说，每个生活在这个时代的人都有望不尽的希望，报纸杂志电视网络也都这么说。

人人在往前赶，前方是希望告诉你的光明。

所以，亲爱的，请相信我，请和我一起享受你眼前这个鼎沸的世界，享受你在这里无可限量的远大前程。

洛克菲勒的信

洛克菲勒说，忍耐是种策略。

在那晚之前，华年一直觉得做傻瓜是最容易的事。后来她才明白，原来做傻瓜也不是这么容易的。

华年还记得那些人追着问她和乐宝，你们哪里人，你们衣服哪里买的，你们口红什么牌子，你们做什么工作，你们住哪里……她们对着她俩大笑。她俩的一切都是可笑的，衣服是可笑的，鞋子是可笑的，化的妆是可笑的，工作是可笑的，住的那个小公寓更是可笑的，她俩说的话更统统是可笑的。管你来自东南西北，你不是来自这里，管你天大地大，你不过是里面的一枚小螺丝钉。七浦路的名牌被揭穿了，开架货的底细被掀了个底朝天……她们扇动着长长的睫毛，告诉她俩，在这里，在这卡座之内，在这方寸之间，她们有自己的规矩。

在这里，名气是最最重要的。

明星名模名媛名流都行，只要是有名，或者是有钱，买得起这里的酒。有钱的人为有名气的人花钱，有名气的人帮有钱的人赚名气，这就是这里的规矩。每个人都在问别人你是谁谁谁。华年和乐宝说不出自己是谁谁谁。或者，说出你男朋友是谁谁谁也可以，有好心人提醒。她俩也没有男朋友。

还好，很快的，就没有人理她俩了。骰子，扑克，拳头也都已经被扔到了一边。人们开始只忙着大口大口吞奔流的酒精，一杯接一杯，还不够，有人已经拿起瓶子往嘴里灌。谁也不能比谁慢，慢一点，便要被揪出来打手心。

乐宝很熟练地左右看了下，快速拿起茶几边角的两个酒杯，倒满了酒，一杯递给华年，一杯自己手里握着，然后拉着华年就往舞池里挤。

“你喝呀。”乐宝说。

“不知道谁喝过的杯子！”华年摇头。

“这里还管谁喝过？”乐宝一口喝掉手里的半杯酒。

“我去吧台给你买啤酒，好不好？”华年问。

“傻不傻？八十五块钱一瓶子，还要挤死个人。”乐宝拉住她，“喝完我再给你去倒。”

“一会儿喝醉。”华年说着去拽乐宝的手。

几个大笑大叫着往前涌动的男人撞了上来，华年手里的酒全洒在了衣服上。掺了甜腻饮料的威士忌，布料和皮肉立刻胶连在了一起。说不出的难受。华年和乐宝被撞分开。华年连忙去找乐宝。舞池里的人无边无际，比甜威士忌还黏稠，是一层层密密往蛋糕上挤的奶油，腻着，汹涌着，淹没了华年。乐宝不见了。

华年回到卡座的时候，这里已经是另外一番情景。

卡座一边，男人们衬衫的扣子已经松开，女人们的肩膀已经露了出来。无数双手臂，千万只大腿，扭在了一起。扭橡皮糖似的。一万吨橡皮糖。安静翻滚着的橡皮糖。卡座另一边，却在剧烈地摇晃嘶吼，抖动着的身体们像被注入了过量的催情剂，争先恐后地，互相拉扯着，站到沙发上去，站到茶几上去，站到音响台上去，站到比别人更高的地方去。是的。必须站上去。站上去了，就是今晚的国王。这是卡座的特权，舞池里的散客只能站在地板上。

华年看着他们，这一边和另外一边竟然这样相安无事，谁也不去妨碍谁。同台的两场戏。门票免费。

乐宝也不在这里。华年想着傻等总归能等到，于是就傻等着。

“玩纸巾么？”华年听到有人问一个男人，是张天娜。她今晚一直在悄悄看张天娜。有趣的张天娜。

“那还用说！”男人一挥手，一直候在旁边的服务员立刻弯下腰。整整九十度。服务员熟练地一只手翘起兰花指打开手电筒，一手郑重地捧着送上烫着金字闪闪发光的酒水单。男人点点头。服务员笑起来。

华年正想着这是要做什么，一大堆纸巾已经被服务员们捧着送了上来。服务员各个心灵手巧，很快就在卡座前的茶几上用这些纸巾堆出一座五瓣花型小山。

华年吃了惊。昨晚去的大卖场进门口的促销台子和这一个模样，旁边还有大喇叭喊着，走过路过不要错过。华年嘴角正要咧开，但最终没有。周围的人都没有。他们发出了一阵比之前还要猛烈的尖叫，是在为这卡座主人的大方喝彩。

“听说了伐？上个月纸巾涨到了二百一盒。”

“捣糨糊！花色伐同，价格伐一样。本来好的就这价钱。”

“Oh，shit！快看看隔壁桌，那女的胸和哈喇子都掉桌上了。”

“看隔壁！乡下宁！只知道威士忌！”

人们一边扯着嗓子交头接耳，一边拥着上来抢纸巾。刚搭成班子的情侣们散了，朝高处爬的伟人们回来了。这是要干吗？集体打扫卫生？争当模范标兵？然后，华年就看到了以下奇异的一幕。

无数双手，一拥而上，开始朝人群朝舞池朝天花板撒起了纸巾。雪白的纸巾被震天的音乐气浪拖住，在半空中翻腾跳跃，漫天飞舞，竟让这里有了一种天地茫茫的诗意。扭动着的油亮腰肢和贝加尔湖畔，互相错愕着融合。然而，的确是诗意。谁不爱诗意？人们更受刺激，涨红着脸搂住离自己最近的人亲吻。华年目瞪口呆。这一切应该是愚人节的戏码，演出的人却再正经不过，不带一点虚情假意，严肃的，投入的，带着丰富感情的，真真正正的正经。

华年满头满脸的纸屑，看到乐宝正笑嘻嘻地走过来。

“干吗去了？”华年打了她一下。

“这是这里现在最时兴的玩法。”乐宝说。

乐宝说的这里就是上海，不，全中国最红的酒吧“女神”。华年来之前就听乐宝说过。每天，都有数以千计万计的玩家从全国各地慕名蜂拥着来到这里。乐宝说这里有最动人的姿容，也有最昂贵的消费。这里一年三百六十五天无休，晚晚都是周末。这是华年和乐宝第一次来到这里。

“你说逮人就亲还是撒纸巾？”华年笑，“你说你说，刚和谁玩亲亲去了？”

这下，换乐宝打华年了。

“开香槟啦！”有人突然在他们耳朵边大声喊。

“做什么？”华年吓一跳。

“这不比刚流行的撒纸巾，开香槟可是老有钱人才玩得起的。”乐宝说。

“亘古烁今，百达翡丽都追不上。”华年笑起来。

“开香槟啦！”又有人喊。“开香槟啦！”听到的人也跟着喊起来。人们这下终于都听到了。

立刻，纸巾就被踩在了脚下，以肉眼可见的速度分解为烂泥。人潮朝卡座中间的位置涌了过去。团团围了好几圈。远处，十几名穿着笔挺制服的服务员，每人肩膀上都举着一瓶香槟，整齐排着队，轰轰烈烈朝华年这边的卡座走来。每支被举高的香槟瓶口都插着一只正燃放着的烟火。烟火的光芒在漆黑中，璀璨耀眼。全“女神”的人都屏住了呼吸，只等着看到底是哪位这样豪气。

张天娜和她身边的男人已经抱在了一起。他们已经被自己的宽容和大方感动，决定和所有人分享这些和黄金同价的香槟被打开的美妙瞬间。

“Dom，香槟王！我最爱喝了。”张天娜欢呼，华年看到她眼里居然泛出泪光。

张天娜身边的男人用嘴衔住雪茄，双手拿起一瓶香槟，用力摇动了几下，才动手打开。“砰”，金黄色的液体喷射而出，朝人群激射而去。女孩们立刻尖叫着四下散开。

华年连忙也拉着乐宝跑。乐宝却扭开了。她居然冲到香槟雨里。乐宝的衣衫轻薄，香槟浇淋下去，曲线一下子就玲珑了出来。这样的曼妙曲线，在其他地方，一定可以让人喉头一紧的。只是在这，最不缺的就是曲线。她连个眼角余光也没有得到。

“乐宝！”华年去拉她。

“你走。”乐宝又推开她。

华年这才闻到乐宝身上的酒气。华年看到女孩们嘴巴上微微带了笑。是嘲笑乐宝傻瓜式的样子？

“不走。”华年站在乐宝身边。香槟也浇在了她身上。一点凉而已。

女神酒吧门口是个公园。华年扶着乐宝出来的时候，公园里到处横七竖八躺着人。座椅上，路面上，草丛的角落里……很多是女孩，她们躺在那，一具具弃尸。华年弯下腰，帮一个女孩把褪到腰上的裙子拉好。她庆幸自己今天陪着乐宝来。喝醉了酒的人特别重，华年走不动了，拖着乐宝找了一个空椅子坐下。

“华年，你知道的……”乐宝挥舞着手臂看着华年笑。

“我知道。”华年说。

“你知道什么？”乐宝挑衅地向华年扬起下巴。

华年捏了捏乐宝的下巴说，“还记得小时候我们一起读的洛克菲勒写给他儿子的信吗？”

“三十八封。”乐宝回答，“不知道哪个骗子作者！说读了就能成百万富翁。”

“洛克菲勒在信里说‘忍耐是种策略’。”华年也看着乐宝笑。

“骗子都是聪明人。”乐宝说。

华年一字一句：“只要你是傻瓜，下次她们就还会找你玩。”

“好聪明，怎么这么聪明？若飞阿姨从小就说你笨，我看你是太聪明。小朋友，这样聪明可不好。”乐宝又咯咯笑起来。

“你知道的，我只是比谁都懂什么是讨好。那个时候，经常要马上找到讨好他们的办法。我最懂怎么和他们说，你们是天下最好的人……”华年还是一字一句。

“别说这些了，抱抱。”乐宝打断她。

华年拉住乐宝的手说：“这样的经历，这辈子不想再有一次。”

“我们没得选。”

“有得选。”华年搬正乐宝的脑袋，“我们可以养活自己的，我们已经养活了自己。不缺吃穿，何苦看人眉眼？”

“谁活着不用看眉眼？眉眼生出来就带着的呢。”乐宝说。

华年一下站了起来：“我们以后会有更好的工作，一个比一个好，然后我们一起开公司，开很大很大的公司，开到上市为止。如果不想这么辛苦也没事，我将来一定能成功的，一定能养你的，给你住最大的房子开最好的车子。以后我们也出来玩，我们自己买酒。我们会有一个新世界的，我们在一起，一起去。”

“我们会有新世界的。”乐宝也艰难地站了起来，一边用手敲脑袋一边说，“我们一定要在一起，一起去。可是，你现在连那里的一瓶酒也买不起。你的将来，我看不到。但是我的将来，你看，就在眼前！相信我，我一定会成功的，会找到最好的男朋友，绝对绝对最顶尖最有钱的男人，嫁给他。到时候，我也一定养你，给你买最大的房子开最好的车子。”

华年的嘴巴动了动，没有发出声音。但凡她还有一丝多余的力气，她会和她说，亲爱的乐宝，我的新世界，我自己会去找，我等你一起来，可我不想你千疮百孔地来。可是她没有。她比谁都清楚，她和乐宝一样，一样千疮百孔着，在这个千疮百孔的世界里。她正被钉在现实里，原地罚站。

华年在清冷的早晨的空气里缩了一缩身体，乐宝立刻就感觉到了，伸手将她抱得更牢了一些，她也立刻牢牢将她抱住。

乐宝喃喃着，那群坏人，倒光他们的酒，倒光……我们去新世界，新世界……

那天上海早晨初升的太阳是鲜嫩的橙红色，和这个世界上每个地方每个早晨初升的太阳一样，纯净而又温暖。

华年在这橙红色太阳里看到了自己还稚嫩着的身体，只是这心，却以可见的速度迅速地被催熟了。

清风徐来，你慢慢长出来。若飞以前说。

若飞还说过的，你长大了，就不会这么慌慌张张。

若飞这辈子和华年说过许多的话，若飞要华年都记着。

只是，长大后，华年才知道，全世界都在问，若飞，你是哪位啊？

目录

卷一 ○

卷三 〇

卷二

卷五 ○

卷四 ○

卷六 ○

卷一〇

关山度若飞

若飞这辈子和华年说过许多的话，若飞要华年都记着。全世界都在问若飞你是哪位的时候，华年也都没忘记过。

这天天很热，若飞却还拿出了乡下姑奶奶送来的蜜沉沉。

若飞是个向来不愿意占小便宜的人，拿别人一点东西便觉得欠了人家一辈子还不了的债，于是便叫在她仓库里工作的老李运了满满一皮卡车快过期的进口奶粉送到姑妈家。姑妈家养了几十只鸡，这些奶粉喂出来的鸡特别土肥滚圆，炖出来的鸡汤飘香十里。每次老李去姑妈家，都要绕过姑妈家的后山。姑妈家的后山是姑妈娘家的祖坟，那里本来是绿油油的一片好山脉，可如今山脚下除了她这一户人家，家家户户都在院子里搭了棚摆上了几台制鞋机，到处摊开晒起了塑胶鞋垫。这些塑胶鞋垫腐蚀掉了青草的芬芳，留下了浓重刺鼻的化工味。

这是一个热气腾腾的南方小城，一年四分之三的时间都是夏天。这里稀疏墙砖缝里透来的风是热的，一脚踩在断了的青石板上溅起的泥水是热的，水井里镇着的西瓜露在外面的那圈圆窝窝是热的。人人身上也冒着热气，握手时手心的温度是热的，说话时嘴里呼出来的气是热的，连扬扬手带起的一阵风都是热的。

若飞就是在这个热腾腾的小城生下了华年，然后看着她急吼吼地长大。

若飞年轻时虽然不漂亮，生了华年后，却像是蘸了如酥春雨一般，长开了，面皮胸部都丰润了起来。阿姨婶婶们都开始说，如果若飞眉目再动人些，倒真有几分出尘的味道，像个仙女似的。小时候华年并不觉得这夸奖有什么特别的，以为所有人家的母亲都是这个样子的。直到长大后，人人都说华年气质活脱脱若飞年轻时的样子，她才明白这里面的好处。

小城本来是个古镇，面貌发生变化是一夕之间的事。街角还是翘着宋朝瓦当立着明朝石狮子的藏书楼，转弯却新建起了冒着工业时代浓烟的化工厂；西面的廊桥上还唱着拖着长长吴音的评弹，东面的护城河已经密密麻麻开满了卡拉OK电影院；打眼还是插着绿秧苗的田埂稻田，走出去几步却是造起来不久贴着进口瓷砖的高楼。无数年后，华年摸熟了雷朋街每条交叉的小路，在这里出门却还是经常会迷路。

你记得住什么？若飞总这样问华年。

若飞这辈子问了华年许多问题，大部分她都不能回答。这个问题也是。这一半新一半旧，一半明一半暗的小城，她一半熟悉着一半糊涂着，熟悉的时候她便是她口中最亲近的故乡，糊涂的时候她就干脆把她忘得一干二净。

那你总要记住家的。若飞说。

华年点头。她记得住家的。她家姓杜。

杜家是个大家族。她从小就听大人们这样说。大人们说外公家当年的大宅子，院子里堆着小山般的太湖石，鸟架上立着慈禧爱把玩的红嘴绿鹦哥，风水池里蓄着拙政园才有的日本锦鲤。只是不管他们怎么说，杜家也和许多当年繁盛的家族一样，最后还是一代一代渐渐地衰败了。到了华年外公这一代，连祖上的产业都没保住，人丁也不是很兴旺了，凋零成了独子。这繁盛终究是抵挡不住时间的。

外婆并不是什么大家庭出身，身上有股市井的泼辣聪明。华年从小就看外婆外公吵架，外婆能一口气从楼上骂到楼下，外公却一声不吭，拿上拐杖，带上帽子，扬长出了门。据说当年遛鸟斗鸡张嘴明明德闭嘴小轩窗的外公就十分嫌外婆，娶进来半个月也不与她说句话。

一会儿就好了。每次他们吵架，若飞总这样说。

外公是翻不出外婆手掌心的，华年从小就知道。都说要不是当年外婆看准了时世，趁着家里还有些底气，催着求着夫家娘家，最后整整两大家子几十口人一起搬到了这个小城，他们家现在还不知道什么境地呢。

外婆打得一手好算盘，又十分懂得怎么骂人，站在街这头骂人，街那头的人也要被吓出个魂，所以杜家在这座小城里，是没有人敢欺负的。

我这辈子就是个劳碌命。华年经常听外婆这样叹息。

华年从小就看外婆每天天没亮便要开铺做买卖，到天黑透才关门，一年三百六十五天，天天如此。而外公却还是当年那位只懂风花雪月的少爷，只把一身中山装穿得笔挺漂亮，虽然没了鹦哥锦鲤，每日还是要研墨临帖写赋会友。连若飞都说，这一辈子到头外公是靠了外婆吃饭的。

若飞并不是华年外婆亲生的女儿。这件事华年很小的时候就知道了。

外婆到了小城后，好几次家业看着要大起时，都遭了日本人和兵匪的洗劫，家财散尽，逃难路上养的三个孩子也陆续死去。战乱过去安定下来后，外婆带着家人又重新回到小城，居然又咬牙赤手空拳做起了生意，最后竟买下了华年小时候一直住着的这栋小楼和门前的三家店铺。外婆当年从战火里背着逃出来的一个族家兄弟看外婆老来无子，便把自己一个女儿过继给了外婆，这个过继过来的女儿便是若飞。

若飞这个名字是来外婆家后，外公给改的名字。外公说，万里赴戎机，关山度若飞。正好又姓杜，谐了音。女孩就得取这么个名字，带点英气的，潇洒些，也能活得壮实。名字虽然壮实，若飞从小到大却一直活得不是特别壮实。从小就蜡黄着皮肤，单薄着身体，人又安静，有一次邻居阿姨把她抱着往纸箱子里一放，外婆大半天找不着。

外婆常对着华年说，拿针戳你妈一下，她也不会哼一声。

外婆对若飞从小十分严厉，当男孩子一样养。难得若飞不听话一次，就要狠狠地打。外面因此有些闲言碎语，说若飞的那个妈妈天天在家抹眼泪。可外婆腰一插，谁说都不听。

若飞说，小时候想要一句外婆的夸奖那是比登天还难的，只求着别犯错挨打便算是一天好日子了。

华年听到这里，已经不耐烦。若飞啊若飞，好像你对我有多好似的，要你一句夸奖不也是比登天还难？还好不打人。

若飞怒意腾腾，和你说的话，记着！

若飞这辈子和华年说过许多的话，若飞要华年都记着。全世界都在问若飞你是哪位的时候，华年也都没忘记过。

若飞就是若飞，那个没有度关山一辈子在小城里生活的若飞。

大海和豪宅

旧社会美国人来骗中国人卖猪猡到旧金山去大概就是这样的。

乐宝在一家外贸公司做前台，她说这只是权宜之计，她正一边成人高考一边找新工作。

乐宝对华年说，虽然她后来在上海上的学，却因为没有户口，不能在上海高考。上海的教材与她们家乡的全国统一教材内容不同，在上海读的书，回到家乡去就没用了。

"回去高考肯定是行不通的，所以只能成人高考。"乐宝说。

"上海户口比黄金还贵。"乐宝说。

"知足吧！我们这样的在古代叫逃户！守着出生的土地，定时给国家交租，那是我们老祖宗的老祖宗发明的。"华年说。

"以前睡你这床的姑娘刚嫁给一个混吃等死的上海小瘪三，就为了拿个户口。"乐宝说。

"姑娘好看吗？"华年问。

"好看。"乐宝郑重回答。

"户口真这么重要？"华年终于认了真。

"那是立在上海的根本。"乐宝说，"社保医保买房小孩上学都指着户口，你说重要不重要？前几年，在上海买房子还可以办落户，现在都取消了。不过你本科毕业，工作单位有名额的话，可以办个人才引进。”

华年笑起来：“那到时候我户口出来了，我娶你。”

“中国不允许同性结婚，否则我还真就嫁你算了。”乐宝摊开手。乐宝十分争气，不久前刚考过了成人高考最后一门，拿到了一个本科文凭。都说这比高考还难。小城里华年好几个高考不利的同学都来上海读了成人高考，可华年知道考出文凭的只有乐宝一个人。

“你天天哄我。”华年说。

“哪里哄过你？”乐宝问。

“旧社会美国人来骗中国人卖猪猡到旧金山去大概就是这样的，宣传时一定用的是巨型海报，写着这里有黄金，快来快来，挖啊挖啊，然后，背景必须是大海和豪宅。每个苦力一定满眼冒着美金符号，飞奔着去找那梦想中的大海和豪宅。真到了那里，才让你知道厉害！等着你的哪里是什么大海和豪宅，只有看不到尽头的墨墨黑的地穴和臭烘烘的草棚。”

“说的好像谁逼你来上海似的。”乐宝听得笑起来。

华年立刻知道她说错了话。听说好多人来上海要住地下室的，连个洗手间都没有，要在公共厕所里洗澡。公共厕所里怎么洗澡？经过都要捏着鼻子走开的。华年现在住的这个宿舍虽然一百多平米被隔成了六个房间，每个房间却只放上下两张床，又有窗有洗手间，哪怕这个洗手间早上刷个牙要排半个小时队，上个洗手间也要踮着脚尖捏着鼻子，也已经是难得，是乐宝卖了面子走了后门帮华年拿到的。和乐宝一起读成人高考的几个同学先找到了这个地方，与房东几经较量才租下来。乐宝以前经常来这里和她们一起通宵读书，多亏这连夜苦读打下的友谊特别深厚，床铺再紧俏，她们还是把刚多出的一个床铺给了华年。

“要不是乐宝，前面排队的人多着呢！”华年在这个床铺上醒来的第一天，睡她下铺的女孩第一句话就是这样说的。

那天乐宝听了这话，窝在华年的被窝里一直笑。床窄，一个人睡都挤，两个人挤着热，华年微微冒了汗。

华年又开始了莫名其妙地大哭。

“我刚来第一天也这样。”乐宝说。

乐宝等华年哭完，打来了一盆热水，拧干毛巾细细地帮华年擦脸。华年这才好好地开始看乐宝。乐宝并没有变化太多，还是和小时候一样，丰丰饶饶怯怯娇娇的。因为陪着华年，她眼泪也一直在眼眶里打转，那双水雾雾的大眼睛便更像是雨打后的西湖。

“你现在怎么这么好看？”乐宝反而这样问华年。

“大概是吃了漂亮药。”华年笑了。二十出头的女孩哪里能认真伤心的？哭过之后，华年心情就大好了起来。

“你好好说。”乐宝打了下她的手。

华年在她们彼此的胸前比画着，“不就胸长大了些吗？和你比还是有差距的。”

乐宝呸地一下又打在华年手上。华年和乐宝对视，大笑。

“你知道他们叫我们这样的什么吗？”乐宝问。

华年摇摇头。

“海漂。”乐宝说。

华年恍然大悟。这个词她早就看到过呢。

“你，我，你看这宿舍的一窝子人，我们这样的，还有许多我们这样来上海的，统统叫‘海漂’。”乐宝说。

“哪里不好？漂泊在上海？漂浮在上海？飘飘然在上海？都好。”华年笑。

乐宝却不笑。

那晚，华年睡觉时做了一个梦。

梦里，她又看到一双双鲜红的瞪着的眼睛，十七岁她生日的前五天那些闯入她家的陌生人的眼睛。梦里寂静一片，没有任何声音。

华年醒来时，窗外一片死寂的黑，头顶电风扇嘎滋滋响，是陈年老片里的摆设。这是哪里？是没醒？闭上眼睛再睁开，还是一片死寂的黑。原来这已经是远方了。

华年怕黑，连忙再闭上眼睛。还是那一双双鲜红的瞪着的眼睛，长在她青春里的吃人的眼睛。已经到了远方了，将来它们是否会给她片刻安宁？

叛逃，华年想到了这个字眼。多么卑鄙的字眼。她把头埋进被子里，她这次才真正地，不是哄若飞地，认真想，她走了，陈老板和若飞怎么办？

到远方去，结果成或者不成，都成。她一直这么想的。

现在，她已经真的去了远方。

花园饭店

花园饭店了不起，只是再也住不起。

上海是个什么地方？未然去了上海后，华年陡然对上海产生了兴趣。未然说，他妈妈让他去的，他姑父在那里开了个外贸公司。

华年去问若飞。若飞对华年说，小时候她和陈老板带她去过几次上海。华年略微有点印象，高高的百货公司柜台前，陈老板满头大汗抱着她，问她是喜欢这件红色的小裙子呢，还是喜欢那双粉色的小牛皮鞋。

若飞说，那是友谊百货商店。她结婚那会儿，外婆让她去上海挑嫁妆，去的就是那。那什么东西都有，缝纫机自行车这些自然不在话下，她还特别买了一只梅花牌手表一只蓝宝石戒指，拿回家去的时候，她初中高中的同学都来瞧。

陈老板在旁边插嘴，记得我们住哪？花园饭店！你太调皮，把电梯一层层按着玩，电梯里工作的小阿姨夸你可爱，纵着你。

花园饭店了不起，只是再也住不起。华年说。她头也不回，一边说一边跑出了家，跑到了江边去。

最近华年很喜欢在江边坐着。她本来最不喜欢的江边，这时她却又突然喜欢了起来。江水波光粼粼，她一边绵密密想未然，一边细密密想上海。上海也有这样一条江。

上海到底是个什么样的地方？华年想起来，外公在的时候，也和她说起过上海的。

外公逃难到这座小城前，曾经在上海逍遥过一段时间。小时候外公偶然和华年长谈，便会说起这个地方。外公说，你曾祖父在上海曾经有一个宅子。外公说，上海就是旗袍舞厅咖啡馆。外公又说，那时家里因为有了一架钢琴，朋友们便要时常来他家里聚会的。有时候从下午就开始，一直到第二天天蒙蒙亮才肯散去。那时夜里灯火是不能灭的，这是有脸的人家必须有的派头。然而这也不算什么，如果有个什么节日或者接待什么重要的客人，那才是不得了，姆妈早半个月就要用洋泡泡丝带鲜花把家里装点好，佣人们也都要换上浆好的新衣服，衣服边角都不能有一丝褶皱。姆妈是要检查的。她在德国留过学，作风洋派得很。

华年小时候好几次，因为脑子里想着一会儿与隔壁邻居小孩的家家酒，听外公说这些，就会有些不耐烦。好几次小华年问外公，我们家现在这么有钱，也可以这样啊。外公笑笑，没有回答她。久而久之，外公的这笑和他的上海就一点点留在了她心里。

再长大些，华年开始读爱情小说后，才开始想，永远不停歇的派对，穿着白绸衫或者新式西装的少年搂着穿着憋不过气来的旗袍或者袒露着胸脯蓬蓬洋装的少女翩翩起舞，这不正是她书里女主人公遇到男主人公时的那个梦幻场景？于是，上海和这梦幻一起，一点点沉在了她心里。

然而，这也真只是梦幻而已。上海，和纽约巴黎伦敦又有什么区别？都是远处的，都是听说的，都是和这个小城里的华年没有关系的。可或许还是有关系的。华年想到了乐宝。她的乐宝去的也是这个远处的上海，在十七岁那年。和未然比起来，乐宝已经是个老上海人。

乐宝自从去了上海之后，总是写信来与华年说起那里漏雨的小屋，到处是马桶臭味的小弄堂，挤得人喘不过气来的公交车，讨人厌的装着昂贵名牌的橱窗。然后还有上海的男生。乐宝不喜欢上海的一切，只除了这些男生们。他们竟然都是高大的，茁壮在阳光里的。他们很大方，喜欢了便要告白的，不像小城里的男生，扭扭捏捏的，没出息。乐宝说。

乐宝一封封收上海男生的情书，有的冗长，有的简略，有的满篇错别字，有的竟然还是十四行诗，他们折千纸鹤满天星玫瑰花，给她送一个个的礼物。乐宝说，全世界的女人都来这争着嫁给上海男人。他们回家做饭洗碗拖地，出去了还要赚钱养家。

华年忍不住问，是不是有些娘娘腔？在华年的印象里，在整个小城的印象里，做家务便是娘娘腔了。

乐宝说，赶紧把你那些老套的思想扔掉。这里是国际大都市，男女平等的。你知道什么是食草男么？知道什么是暖男么？都是现在正流行着的。

那上海到底是什么样子的？华年又写信啰啰唆唆问乐宝。

乐宝不厌其烦地回答，上海当然是最时髦的上海，流行着各种流行的上海，有各种流行男孩子的上海。那些漏雨的小屋，弥漫着马桶味的小弄堂和拥挤的公交车，再讨厌，不过是刮过的一阵风。

你快快来！乐宝催华年。

上海的中心

你一定要到上面去看一下外滩，你从来没看到过，所以你不懂。

乐宝拿到文凭后过了几天就是十一，乐宝来找华年。

“走，带你出去走走。”乐宝说。

这之前，华年是一个人去看的上海。

乐宝一边上班一边还要复习，生活过得很紧张。未然又不爱出门。

他来上海以后，最远只到过家和公司方圆一公里以内的地方。未然可以大门不出二门不迈，华年却是从小就坐不住的。刚来上海第二天就跃跃欲试，想着要出门逛逛。可华年却突然发现，在上海一个人出门这事对她来说，竟也成了严峻的考验。

上海严格地按照高架桥划分了环线——内环中环外环。华年住的那个宿舍，在中环边上的一个老公寓里。老公寓周围都是些拆迁到一半的平房。上海的钉子户坚韧不拔，时时奋斗在一线，华年看着他们在废墟上踩着垃圾杂草跳起了广场舞，实在是敬佩。好几次华年蓬着头下楼买烧饼油条，都会恍然她还在那个她从小长大的南方小城，一样的早餐铺，一样的小卖部，一样的小马路，一样的矮砖房。只有耳边人们嘴里的口音，上海话，四川话，东北话和许多未听过叫不出地名的地方话和隔壁家老姆妈用她平时叼着红双喜的手弹起的那首《卡农》，提醒着她，这里是上海。

华年住的老公寓虽然在中环，可她听说这里去到内环市中心热闹的地方，几乎要用一个城市到另外一个城市的时间。出租车自然是舍不得坐的。如果真要去，那就要公交换轻轨，轻轨换地铁，地铁再换公交，足足需要一个小时。这真是华年家乡一个城市到另外一个城市的时间。

“出去浪费时间也就算了，这还得要有名侦探柯南的智商，你乖乖在宿舍待着，我周末来看你。”未然说。

“古代庭院里的女人是因为裹着小脚被限制在了门框里？大部分倒可能是因为她们一出门就两眼一抹黑。无知才慌张。我这个现代新女性才比天高，又天生胆大，不怕。”华年说。

“出去你就知道厉害了。”未然说。

华年挂了电话。

几天后，当华年拿出她制定的走遍上海的计划的时候，未然是大吃一惊的。华年的计划厚得可以装订成一本书。

“你怎么做到的？”未然问。

“网吧日夜都敞开着大门，泡面无限量供应。”华年得意地回答。

"这样有意思吗？"未然问她。

"不知道有没有意思，还没看到呢。"华年笑起来。

"我要上班。"未然不置可否。

"名侦探柯南我每集一看开头，就猜到了结尾，不用人陪。"华年说。

后来的那段时间，华年最多的记忆发生在公交车上。

许多年以后，老上海人华年总忠告她认识的刚来上海的新人们，如果想迅速融入上海，那么就一定要从坐上海的公交车开始。因为只有这样，你才能缓一缓那颗急切而又焦灼想立刻一眼就望尽上海的心。

如果说高架是上海的骨架，那么地铁就是上海的经脉，而公交车则是纵贯上海的血液。骨架是孤冷的，是隔绝交流的，是优越的存在；经脉是点睛的，是承上启下的，却又是见识狭窄的；只有血液，是热力奔腾的，是统揽大局的，是见微知著的。

在阳光下，在微风里，在售票员带着软糯吴音的普通话里，在邻座的让座不让座的吵吵嚷嚷声里，在或粗或细或强壮或精致的手臂的推推搡搡里……上海是个什么地方？这次，华年亲眼看到了。

从此，她再也没有忘记过那个时候她看到的那个上海。

她一直很想找语言去形容那个时候的上海。那种带着她现在无法置信的热情的二十岁出头女孩的眼睛看到的上海，那种好奇野蛮而又转瞬即逝的初入者的眼睛看到的上海，那种一寸一寸掠过企图立刻扎进上海心脏的眼睛看到的上海。

高耸入云熠熠生辉的大厦，曲折蜿蜒冒着红烧肉香味的弄堂，各种大人物住过的长满爬墙虎的老洋房，这些都是上海，却又不完全是上海；乌泱泱笼在你头顶永远堵着车的高架桥，成片成片供应着下午茶的咖啡店，永不打烊挑逗着你的酒吧，这些都是上海，却又不完全是上海；角落里升腾着油渍渍热气的生煎铺，十米一家敞亮的随时供应热腾腾关东煮的便利店，摆放着刚从巴黎时装周运来的时装的大橱窗，这些都是上海，却又不完全是上海；骑着助动车汗流浃背的快递员，开着法拉利正在补口红的女青年，走到树下重重咳一声吐出口痰的出租车司机，这些都是上海，却又不完全是上海。

华年到现在都不知道该怎么形容上海，这个有人情味时最有人情味，薄情寡义时又最薄情寡义的上海。

然而，上海也不需要你去形容，明暗交织间，她就在那里，看着你，看着你坠入她的诱惑，看着你对她愈来愈难舍难分。

“我已经出去看过了。”华年对乐宝说。

“我带你去看的上海不一样。”乐宝说。

“我带你去看看上海的中心。”乐宝又说。

“人民广场是市政中心，陆家嘴是金融中心，淮海中路是时尚中心，南京西路是商务中心，上海哪里不是中心？”华年笑着说。

然而，乐宝却不理会华年的这些中心，她只带她去了外滩。外滩有什么好的呢？华年前几天刚去过。到处是拥挤的人群，挤过来挤过去，挤出一身臭汗。更何况今天是十一，实在是连个落脚的地方都找不到。

“你懂什么！再多的中心，上海还是只分外滩和外滩以外的地方。”乐宝却很认真地对华年这么说。

华年一向很信乐宝认真时说的。于是她决定重新好好看看外滩，看看黄浦江，看看高耸着的壮丽的东方明珠塔，看看鳞次栉比的闪闪发光的豪宅，看看川流不息的富丽堂皇的游艇。

华年和乐宝奋力地朝前挤，她们要挤到最前面去，挤到最前面，才能看得更清楚一点。可每次她们好不容易找个空当挤到稍微前面一点去的时候，立刻就会被身边的人推搡着挤开。

“外滩哪里好？”华年问乐宝。

“你在这里看外滩当然是这样的。”乐宝笑起来，“三年前，我就开始有了一个梦想。”

“我知道，你想要个男朋友。”华年笑。

“谁和你一样！”乐宝斜飞了华年一眼，指了指外滩那一排中国被殖民时期遗留下的万国建筑群，说，“我希望自己以后能随便去那里。”

“比星矢总想拯救雅典娜的梦想有意义点。”华年说。

“你懂什么！全上海的核在这里。陆家嘴那些高楼看着咋咋呼呼的，却只是个壳子。法租界那些小洋楼乍看是有情致，只是遮遮掩掩暧暧昧昧的，又没风骨又不气派。只有这里，才是上代人留下来的精华，是全中国再也造不出个一样的来的，是顶着天立着地的大手笔，是随便来个人不能霸占的。”乐宝说。

“就是太吵太闹。”华年说。

乐宝笑起来：“有次我帮公司送文件到那楼里去。我坐着那里的透明电梯一层层上去。然后，我在那里看到外滩。人越来越小，最后变得像蚂蚁一样小，一点也不吵的。东方明珠塔立在那里，也安安静静的，随便我看。从那里看到的外滩，才是真正的外滩。”

乐宝紧紧抓了下华年的手，“你一定要到上面去看一下外滩，你从来没看到过，所以你不懂。”

华年搂住乐宝的腰，胡乱指着黄浦江对岸的一栋高耸入云的大楼说，“有什么好看的，将来把那栋买下来给你。”

乐宝笑了笑，“陈老板最近来看过你吗？”

“他哪里有钱来看我。”华年说。

“家里没好起来点？”乐宝问。

“不知道。”

乐宝有时候问起陈老板和家里。华年有时候开心有时候不开心。

陈老板，陈老板是小时候夏天的竹席子，想起来时，心口总是一阵凉，慢慢又觉得热上来，可一翻身，却又是凉。不像乐宝，总是黏糊糊的热。

陈老板送来的糖人

糖人笑起来，那三月绵绵春雨的眼睛便酥化了开。

华年八岁生日前好几天，陈老板就忙了起来，说是今年她要上小学了，生日要正经给她多摆个几桌。

那几天若飞正不和陈老板说话。若飞经常不和陈老板说话。外婆说，当年给他们俩办喜酒的时候，若飞也就和陈老板说了两句话。

华年正生日那天摆的酒。若飞和陈老板分了两桌子坐，华年跟着若飞。

陈老板每打一个通关，就要过来和若飞扯个玩笑。后来又拉着一个小姑娘笑嘻嘻蹭到若飞面前说送她个糖人。华年以为若飞还是不理，没想到她见到那个小姑娘后，居然呀了一声说真漂亮。说完还笑着把她往华年身边一推，你看，这样文静，好让人心疼，不像你，针长在屁股上的，没出息。

华年知道若飞是嫌她丑，总说她胖得眼睛都没了。华年也知道自己丑。胖乎乎圆滚滚一团，校服都穿不下。前几天她同桌的男同学还指着她说你比癞蛤蟆还要丑。

华年上下打量这个糖人，她也从来没看过这么好看的小孩，真和捏出来的糖人一样粉嫩雪白，然而糖人虽然粉嫩雪白，却是呆呆一团，哪里能和她比？华年又特别仔细看她的眼睛，水雾雾的一团，好像三月绵绵下着的雨，看着连她都觉得要心疼起来。

快把礼物接过来。陈老板敲敲华年的头。

华年这才看到糖人手里捧着一个扎着粉红丝带的硕大蛋糕。华年招呼小伙伴们围上来，手忙脚乱地给摆到了餐边柜子那里去。那里已经摆着三只蛋糕。

糖人急忙说，不知道这么多人送蛋糕。

华年也急忙说，反正人多，吃得完。

糖人说，生日时可以许三个愿望，最后一个不说出来的，最灵验。

华年笑着，你有什么愿望？最后一个我帮你许。

糖人说，我今年生日过了，我比你大半岁。

华年懊恼，你生日的时候，怎么不请我去？

我今年生日没有像你这样过，没请外面的客人。糖人说。

你叫什么名字？华年问。

我叫阿宝。糖人笑了笑。糖人笑起来，那三月绵绵春雨的眼睛便酥化了开。

糖人就是后来的乐宝，那天之前她还叫阿宝。阿宝爸爸是陈老板新结识的朋友，不过才认识一个月，就已经好得形影不离。

阿宝也问华年，你怎么不姓陈？

你不知道？陈老板是被小奶奶送到我们家来当女婿的，我当然要跟着我妈妈姓。华年哧哧笑起来。

这些话是她从小从大人们那里听来的，所有人都知道陈老板是被小奶奶送到若飞家来的。小奶奶是华年爷爷的第二个老婆。所有人都说小奶奶年轻时十分漂亮，皮肤尤其的白，又说看着虽然总笑盈盈，却有颗恶毒心肠，从来不给陈老板饱饭吃。陈老板又是颗一点就冲天的爆竹，饿极了也不求小奶奶，再饿些，便脖子一梗跳到江里，游到对岸姑奶奶家里去吃口饭。

陈老板因为太过顽劣，书也读得零零落落的，所以十五岁就被爷爷送到了部队里。爷爷下了严令，不入党不准回家。陈老板一赌气，在部队一待就是十年，不仅入了党，还立了几个军功。可惜陈老板刚复员回家时，爷爷就生了病，没多久就去世了。外婆总说陈老板从小到大没过过一天好日子。

外婆还总说，你小奶奶把你爸送来时，快冬天也只给穿了件短裤，就是站得很直。你外公资本家出生，觉悟低，一看你爸漂亮，立刻就点头同意了。人人都说我爸只从背影看，就知道转过来一定是位美男子。

华年絮絮叨叨。阿宝却只问，你怎么敢喊你爸陈老板？

华年一挥手说，没事，我妈在家有时也叫他陈老板，我学着叫，不骂我的，还笑呢。我妈说我爸太爱交朋友，天天在外面浪荡，闹得到处鸡犬不宁，我外婆怕名声不好听，就给他在一家厂子里买了个股份，每个月不用上班就能拿分红。这样外面的人才开始都叫他陈老板……

华年正说到兴头上，突然听到话筒吱一声锐响，连忙抬头，原来是阿宝爸爸不知道什么时候已经走到外公身边，正笑嘻嘻拿着话筒对外公说话，阿宝从小也没有个正经名字，就阿宝阿宝地叫着，今天趁着这个机会，请杜老先生给取个名呀。

外公乐呵呵一笑，阿宝阿宝，多好。一听就是被捧着宠的。我看这丫头就叫乐宝吧！被人宝宝贝贝着快快乐乐地过一辈子，多好。不像华年那个丫头，取个这么大的名字！该要多大的命去托着！现在好了，乐宝来了。华年和乐宝，她们以后长久在一起，扯着点彼此，稳稳当当一辈子才好。全场鼓掌。

华年的名字是若飞取的。“锦瑟无端五十弦，一弦一柱思华年……”当年给华年取名字，若飞巴巴拿出她用小楷抄的这首诗出来。外公看了点头说，锦瑟是个女孩的好名字。若飞却摇头，华年才好。外公很不喜欢。若飞不管不顾，惹得外公还一阵子不与她说话。华年小时候也不喜欢这个名字，身边的同学都已经开始叫玛丽安妮了，偏偏她要叫什么华年，一点也不时髦。

华年笑着乐宝乐宝念着，去拖乐宝的手。乐宝笑了笑，低头吃蛋糕。

华年的一个小伙伴凑到华年耳边说，你不知道她？她绰号叫大彩电。小时候我们都要追在她后面“大彩电”“大彩电”地喊她的。

华年问，她家买了大彩电？

小伙伴连忙摆手，才不是，我听我妈妈说，她妈妈以前因为她爸爸不给买大彩电，就跟着一群人跑去了深圳，再也没回来。

华年一把推开小伙伴，大声说，我家彩电比你家大，阿宝以后天天在我家看。

乐宝抬起了头说，我不看电视，看电视考不上好大学。

乐宝从小就这样，总是有自己的想法。乐宝一定有出息，不仅若飞这么说，后来所有人也都这么说。

山珍菜扣饭

乐宝问华年，如果有下辈子，你想做什么？

华年笑，我想做条狗。

“你为什么到上海？”睡华年下铺的女孩问华年。

女孩叫沈妙音，这样一个婉约曼妙带着江南水灵气的名字和她的外形却十分不相称。沈妙音是山东人，身材十分魁梧，走起路来地动山摇的，又满脸长了破着脓的痘痘。乐宝经常开她玩笑，说她脸上挤一挤，挤出的油够炒盘油焖茄子。乐宝虽然经常打趣沈妙音，沈妙音却从不生乐宝的气，时时还要夸着乐宝。乐宝穿衣服真好看，乐宝真瘦，乐宝皮肤怎么这么好，乐宝背书真快，追也追不上的……沈妙音对乐宝的这种崇拜，让华年想起以前和乐宝一起读书时，她身后跟着的一大群沈妙音这样任打任骂却时刻要讨好着她的追随者们，如今却只寥落成沈妙音一个人。她要不来，乐宝在这是该多么的寂寞。

“来赚钱呀。”华年回答。

“乐宝说你家里条件可好了。”

华年摆摆手，“没有没有。”

“怎么住这儿？”

“妈妈不让我出来，不给钱。”

沈妙音暧昧一笑。

“你和乐宝为什么这么好？”沈妙音又问。

“我家乐宝是我的鸡妈妈。”华年回答。华年微笑着想起了乐宝，她真是她的鸡妈妈，从小再多人讨好她，她对华年却总是最特别的。她们从小一起水里来火里去的，沈妙音这样的外人又怎么能懂？

沈妙音却显然没有觉得自己是个外人。乐宝走之前交代沈妙音好好照顾华年。沈妙音于是拿了令剑。

沈妙音凑近华年，压低声音说，“你之前这位，结婚去了。”

“我知道。”华年笑笑。乐宝和她提起过她，这时又听人提起她，而且又特别提起“结婚”这两个字，看来这个女孩是个名人。

沈妙音继续说，“她找的那男的连份正经工作都没有，东打份工西打份工，到一个公司上班总过不了三个月。以前那男的先追乐宝来着，乐宝不理他。有次大家一起玩，乐宝带了他来。你床铺之前睡的这位一听说是上海人，立刻就巴上了。”

“乐宝哪里能看上一般人。”华年说。

沈妙音又压低声音，“其实她也算厉害的，隔壁房间的上铺也对他有过意思。”

华年做出吃惊的样子配合沈妙音，她以为这句话是她们之间这段对话的结束。她怎么也没有料到，沈妙音那天的话匣子这才算正式打开。然后，华年第一天就知道许多秘密。谁谁前几天有人豪车接送，谁谁男朋友出轨了闺密，谁谁偷偷用隔壁床的化妆品……华年很有礼貌地听了一个小时后，不得不打断她。

“哪里可以吃饭？”华年问。

沈妙音过好一会儿才回答，“这里不准做饭的，但出去哪儿都是小馆子。”

沈妙音的回答并没有解决华年的问题。小馆子是小的，但对华年来说，也是过于昂贵的，即使到处都是，她却是不能随便享用的。所以，华年还是会为一会儿去哪里吃饭发愁，而这个烦恼在以后的很长一段时间里成了她最大的烦恼。

“一会到底去哪吃饭？”未然打来电话问华年。

每次未然问她一会儿在哪里吃饭的时候，华年就期盼乐宝在。乐宝十分精通“饭道”，不管在哪，她都会立刻说出一两家十分便宜菜量却很实惠的盖浇饭饭店。

来上海后，华年开始吃盖浇饭。把菜扣到饭上做成一盘的食物叫盖浇饭。十分方便。华年记得小时候她也很喜欢这样吃饭，经常夹了菜放到碗里端着便往电视机前跑。外婆看到几次骂她几次，硬生生把她这个毛病改了过来。吃口菜扣饭，赶去叫花子堆！外婆瞪着眼睛骂。外婆在吃饭规矩这个方面很是严格，除了不让吃菜扣饭，还有许多的规矩，连华年有时候偷懒打饭只打一勺都要被骂。打饭打一勺，明晨吃穷穿！如果外婆看到她现在像吃山珍海味一样吃这样黏糊在一起的饭菜，看到她和乐宝很开心地研究着上海各式的盖浇饭，番茄炒蛋盖浇饭、宫保鸡丁盖浇饭、麻辣鸡块盖浇饭，必定是要立刻晕倒的，和电影里的斯嘉丽一样，华年想。

华年还是很开心地在上海每顿吃着盖浇饭。那个很愣的未然，平时傻乎乎的，可每次他们一起吃饭，便将他碗里的菜夹给华年，把华年的碗满登登地堆满。如果乐宝这时候在，华年便转头偷偷夹些菜给乐宝，把她的碗也满登登地堆满。然后，他们三个人便会像傻子一样笑，笑得很开心。

有没有一辈子像他们那时一样傻傻笑的人？

乐宝问华年，“如果有下辈子，你想做什么？”

华年笑，“我想做条狗，天天有人哄我开心，不用工作也不用想事。”

乐宝也笑，“谁说狗不用想事，只是一辈子就只想那么点事，他们生的狗崽子一辈子也就想那么点事情。可是人呢，今天要票子明天要房子后天又要更漂亮的妻子。”

华年笑，“狗没有人贪心。”

乐宝叹息，“人和动物最大的区别就是动物的欲望是恒定的。”

华年笑笑。

乐宝说，“你比你想象的善变。”

华年说，“我们好一辈子。”

被纸压住的满锅沸油

欲望有了明确的方向，现实就成了更大的煎熬。

乐宝总是催华年快去上海，催得华年的心一跳一跳的。

若飞却没有一丝想送华年去上海的意思。填大学志愿的时候，若飞拿起笔在志愿表上填上了大学名和专业名。若飞说，就在本地读。

华年大学毕业典礼后几天，陈老板来帮华年搬家什。他问华年将来想干什么。华年想了许久，说想去电视台。这样带着满满虚荣气的要求，华年是为了为难陈老板的。现在的陈老板应该是没有办法的，没有了办法，华年便能提出自己的办法。她的办法当然就是去远方。没想到，陈老板却拍着胸脯和华年打了包票。华年并不在意，陈老板向来三不着两，他打的包票是秋风后的落叶，扫扫就没了。

可没想到不过几天，陈老板就兴冲冲来和华年说，下周一到电视台报到去。华年眼巴巴转向若飞，陈老板做的事情，她从来都没有同意过。可这次，若飞却只说了一句，安安稳稳的也好。于是华年只好安安稳稳地到电视台上班去。

华年要去电视台工作的消息，一下子就在她初中同学高中同学和大学同学中炸了开来。

那时，互联网还没大范围流行，整个小城还处在对这电视屏幕后面的世界充满好奇的阶段，而这好奇又催生出一些莫名的崇拜。华年好几次看到扛着士摄影机的记者把话筒一放在人嘴巴前，平日里说话再利索的，居然都失了声。

所有人都跑来问华年，你怎么进的电视台？

是啊，这样落魄的华年，凭什么就进了电视台！

我也不知道，华年两手一摊说，我爸爸想的办法。

所有人立即羡慕起她来。华年突然觉得好像去电视台和去上海也没有什么分别了。

华年第一天上班，陈老板一定要送。陈老板带着华年从领导办公室出来之后，又带着她去她的办公室。满满一屋子女人，红的，绿的，分不清楚谁是谁。陈老板和几个人看着年纪大些的女人很熟，一上来就一一开了玩笑，又嘱咐华年一一叫了阿姨姐姐。华年仔细打量这些女人。人人都是电视上看到的女主播式的套装，妆和头发也是奔着那方向去的。华年低头看了下自己一身的大学城后街，妥妥的一个局外人。

这是要被笑了。华年想。果然，已经有人笑着夸华年的衣服好看鞋子特别。

出来的时候，陈老板问华年习惯不习惯，又说明天给你买新衣服去。

家里有。华年说。

陈老板还想说什么，终究只是低头掐了烟头，什么也没再说。

华年笑了笑，整个大学时期都是这样的，没什么不能适应的。她们和她们一样，都长着一双双漂亮的冰冷的眼睛。世界上最精明的是漂亮女人的眼睛。

熬不住的是另外一件事。华年来电视台三个月了，却还是没有事情做。真的没有事情做，一个星期一次的上镜采访，全办公室的老人还要轮流上，哪里轮得到她？时间大把大把地空着。曹雪芹说，宝玉最快活就是做个富贵闲人。是了，闲人是闲人，可惜不富贵。

华年虽然在电视台工作，却在编制外。编制内人员一个月拿一万元工资，编制外人员一个月拿一千五。怎么干活，都是拿不到编制，这是铁律。于是这清闲就成了磨人的针，让华年越来越不安宁。华年也试着和所有人一样，边磨指甲边看电视剧边讲不在场的那个人的是非。然而不过一个星期，她便知道这是行不通的。

所有人的话题最终会转到她的身上。家里还闹不闹？陈老板的债还清了？若飞要和陈老板离婚么？满满一办公室的女人，一半是台长副台长主任的小姨子侄女们，另外一半的便是市里领导或大企业家的小姨子侄女们，说什么都不需要顾忌。华年却只想，陈老板也算本事通天了，家都倒了，还能把她弄到这里来！于是华年笑着给阿姨姐姐们倒水倒茶倒咖啡。

电视台和上海还是不一样的。华年想。

华年去城里的小电视台前，未然就去了上海。

你快快来。乐宝持续给华年写信。

未然去了上海后，有时候会和华年打电话。跨省的电话费十分昂贵，他们总是匆匆聊几句就挂掉。在这有限的几句话里，华年总是要抓住时间问未然，上海真是你说的那个地方？

在未然对上海有限的描述里，华年知道了上海有许多各式各样的外国人，黄皮肤的不一定是中国，可能是日本人韩国人，还有白皮肤黑皮肤棕皮肤红皮肤的美洲人欧洲人非洲人……

在这里你不会说英语便会低人一等，未然说，我不会说英语，所以很少出门。未然告诉华年，他已经去他姑父上海的外贸公司里上班了。

华年垂下眼睛，未然读的是艺术系。

又如何？读数学系的都去送快递了。未然说。

每次挂电话前，华年都盼着未然说一句，你来吧。未然却始终没说出这句话。

可未然在那，那便是最诱惑华年的地方。

未然以前说过的，灵魂是应该飞扬的。想到这句话，华年全部的心思立刻飞扬了起来。或许我应该去上海。这句话像春天的小马驹，不管不顾跳脱出女孩的羞涩，雀跃在了华年的嗓子眼里。

未然终于说，那你来吧。

华年便再也睡不着了。想要离开这座小城的欲望再次燃烧，然而这次她有了明确的目标，她要去上海。

连着无数夜，华年睁着眼睛，脑子里满满的都是上海。

可若飞会同意吗？家里有没有足够的钱？陈老板怎么想的？华年辗转反侧。电视台那间周围人人艳羡的办公室，如今已经成了华年最讨厌的地方。

如果能去上海，第一件要做的事情就是把电视台里的指甲锉全折断。华年写信对乐宝说。

不想还好，想到了就难受了。乐宝回信说。

欲望有了明确的方向，现实就成了更大的煎熬。华年把自己手边的一只指甲锉一折两半。

必须要离开这里，离开这个半新半旧的小城，到一个崭新的地方，到一个她可以选择自己生命存在方式的地方。这个想法是突然冒出来的，然后，立刻就像炙热的瘟疫一样在华年的思想里不可阻止地蔓延开去。是《格列佛游记》里大人国的奶酪诱惑了她？是《香奈儿传奇》里那大胆的挑逗怂恿了她？还是《堂吉诃德》里魔法战车决斗爱情撺掇了她？或者只是因为看多了电视上报纸上的那些带着泥土味的成功故事，它们正在远方，热腾腾地冒着鲜嫩香味，俗气而又真实，缥缈而又刺激，刺激着她全身的感官。

可是陈老板和若飞没有一丝想让华年去上海的想法。陈老板和若飞说，你安生些。

然而，机会终于还是来了。

电视台一些领导经常组织华年这个办公室里的年轻女孩们和领导们出去吃饭。其实也没什么大不了的。这办公室里的女人们个个都是关系户，非分之想是有，实际行动却是不敢的。只是有些老领导说话不把门，说出过“宁和一个小姑娘聊天，不要十个老娘们陪酒”这样的话，让这饭局隐隐有了些绯色。

那天，台里宣布晚上又要出去吃饭。华年在心里欢呼一声。

那次的饭局和平时比，也并没有什么特别。只是领导让华年给另外一个领导敬酒时，平时都只是微微碰下嘴唇的华年，那次却突然豪放了起来，大喝了几杯。华年带着酒意给陈老板打了电话让他来接。陈老板早早骑了自行车在门口等着。看到华年醉醺醺蹒跚着出来时，陈老板当场暴跳如雷，撸起袖子就要去打那些个领导一顿。华年慌了神，她看出陈老板这次是真生了气，陈老板生气时，是说打人就打人的。

华年只好哭，又说，你要去打了他们，我以后怎么办？档案在单位，他们想怎么写就怎么写。

陈老板这才松下了拳头。

一路上，华年又在陈老板面前添油加醋了一番平时的委屈。陈老板听着眼睛都要瞪出来了。华年知道时机到了，于是便对陈老板说，我要去上海。

陈老板十分犹豫，华年立刻又说乐宝也在那边，会照顾我，我去了那里，一边读进修班一边找工作，找不到就回来。

说完，华年又与陈老板说了许多关于梦想啊热血啊之类的故事。陈老板是最听不得这些的。他这一辈子，脑子里满满的都是梦想和热血。只不过这梦想和热血虽然是满锅沸油，上面却压了层纸，这张纸便是若飞和她。华年清楚，陈老板是一点就要燃的。

当年你没有实现的梦想，现在我帮你去实现。华年最后说出那个年纪所有少年惯常爱说的豪言壮语。掷地有声。

陈老板已经完全被华年说动，但他仍低着头。陈老板问，你妈那边怎么办？

华年做了先斩后奏的姿势，然后张大眼睛看着陈老板。

陈老板避开华年的灼灼目光，又低头沉思了一会儿。突然，陈老板把烟头重重往地上一扔，踩了一脚，说，把你送过去再说。

华年差点脱口而出一声“爸”，然而因为太多年的习惯，这声“爸”最后还是硬生生卡在了喉咙里。她都记不清楚，那次以后，她是多久没有喊陈老板“爸爸”了。

华年拍了拍陈老板的肩膀说，老头，我就是知道你不是普通人。

钟南山活死人墓

一组喷水安琪儿，雕工非凡，活灵活现，矗立在那里，不知疲惫风雨无阻地欢迎着住在这个小区的业主们。

未然和华年说话最多时是吃饭时，即便如此，他们一起吃饭时大部分时间还是沉默。大概他们要说的话已经都说完了吧。华年想。

华年和未然认识不久，便和他说了她十七岁前的家。华年喋喋不休。未然吃了惊，可他还是宽容的，他的笑带着善意的温暖，他拍了拍华年的肩膀，很成熟的姿势。我们一会儿吃什么？这个月饭票还有吗？未然问。华年受了感动，她抬起头看，看到的是一张清朗的少年的脸，眉眼里都是对这个世界还不了解的单纯。

未然来上海后一直和他的同乡们住在一起，他们组队打游戏。未然工作以外的大部分时间都在打游戏。他们组队打游戏的时候，华年一般不打扰未然，因为她知道这对他来说是顶重要的事。

华年到上海两个多月后，未然叫华年去他家玩。这是华年第一次去未然的家。

那是一个漂亮的小区，大门特别气派，有一组喷水安琪儿，雕工非凡，活灵活现，矗立在那里，不知疲惫风雨无阻地欢迎着住在这个小区的业主们。未然告诉华年，更难得的是，这个小区地理位置还很不错，在上海的中内环间，这种小区里的房子现在已经是天价。

可惜小区在中环的这头，年华住在中环的那头。那天华年从她住的宿舍出发，转了两路公交车，问了三个人才找到这个小区。

华年走到大门口时，看到几个穿着家居服的女孩正牵着各式金毛松狮泰迪在聊天。她看金毛松狮泰迪憨态可掬，便迈不开脚了。她很小的时候就想养只宠物。她那时就已经很知道什么事该去求什么人。华年去缠外公。外公说，你一个小孩子家家要先学养宠物的门道。小华年就问外公养宠物的门道是什么。外公说，金刚鹦鹉黄金鲤现在是没条件了，不提，就说养猫养狗。猫要养得胖胖的，团起来才好玩，狗要养得瘦瘦的，跑起来才是好精神。小华年最终还是没有养成宠物。若飞对宠物毛过敏，一碰到宠物毛就是一顿喷嚏。这样矜贵！华年一直很瞧不起若飞这样资本家小姐的臭脾气。因为不能养，于是各路宠物从小就成了华年心尖尖上的东西，只要路上看到个模样可爱的，就要停下来逗弄半天。

这会儿华年正想像平时那样，蹲下来去摸这些金毛松狮泰迪毛茸茸的可爱脑袋。未然正好从小区里走出来看到了，拉着华年就走。

“一会儿让保安看见。”未然说。

“看见怎么了？”华年奇怪。

“那些人都长了狗眼，要赶人的。”未然愤愤。

华年立刻明白了。她听乐宝说过这个事。全上海的小区都在打击群租房，媒体也都在宣传，群租房是美丽上海的一颗毒瘤。物业召集保安日日操练，研习各种驱逐群租客的办法，争取早日挖掉这颗毒瘤。而未然就是这颗毒瘤里的一分子。他虽然住在这个美丽的小区里，然而，这个小区却并不欢迎他，门口那纯洁高贵的安琪儿迎接的不是他和他的客人。

“我们房东抠门，没给物业好处没塞烟，所以他们就盯着我们这户。”未然补充。

华年脸上火一样烧，连忙一路跟着未然小跑。小区很大，他们好一会儿才到了未然家楼下的门栋。未然连忙按门禁，可是按了许多次，都没有人来开门。

未然尴尬一笑：“等一会儿，我兄弟今天出去了。其他人很坏，有时听到了，也装听不到。”

“没带门卡？”华年问。

“这小区规矩多，一户人家只给限办三张门卡。二房东就立下规矩，要房卡的每个月多交三百块。谁有那闲钱！”未然说。

华年连忙摆手：“没事，没事，我们在这等着，也和逛公园差不多。”

未然点点头，在附近找了个地方，安置华年坐下，自己又跑到便利店，帮华年买冰棍买话梅。华年坐在花坛边上，踢着脚，吮着冰棍，觉得自己现在要是手里有颗气球，还真和在公园里没两样，于是心情又好了些。

华年和未然在楼下等了将近半小时，才正好有这楼里的住户开门出来。未然眼明手快，立刻冲上去用身体挡住大门。那个住户大约三十来岁，手里正抱着个三四岁的孩子，开门很是不方便，未然挡住门倒是帮了她。华年看到她嘴里正做出“谢谢”的嘴形，抬头看到是未然，立刻硬生生吞了回去，身体一扭，快步走开了。

“快来，快来。”未然招呼华年。

华年脸上突然又火烧一般，刚才已经好起来的心情又灰了下去。

未然的家在十五楼，门没锁。未然刚一推开门，一股浓烈的尿骚味混着油烟味扑面而来，呛得华年直流眼泪。

房间黑压压的。华年看了下手机，不过下午三四点钟。未然在墙壁上摸索了半天，开了灯。华年看到一堵墙直挺挺地横在眼前，她吓了一跳，脑子里跳出“终南山活死人墓”几个字。

“这本来是一户三房两厅大约一百五十平米的大房子，我看隔壁在卖，要小一千万呢。”未然说。

华年不知道怎么接话，只是跟着点了点头。

未然牵起华年的手，小心翼翼带她绕过狭长走道里的各种煤气炉子小矮凳子。华年看到这幽深通道旁是一个个用比硬板纸略厚的三合板隔出的小房间。她在心里数了数了房门，竟然有十五间，真正一个个鸽子笼。

未然的屋子在走道的尽头，大约六七平米，只一张床，整个房间就填满了。

“只比棺材大些。”未然苦笑。

“单人间，好高待遇。”华年说。若飞说过的，心里越是酸楚，嘴巴越是要甜。

“就是没有窗。”未然说。

“刚才走过时，隔壁开着门，看着有窗呢。”华年不解。

“只不过半个窗，每个月就要贵五百，不划算。”未然说。

华年这才想到，一个房间一个窗，三室两厅隔成十五间，自然有许多房间是没有窗的。在这样没有窗的房间，即使现在是冬天，华年的胸口却还是闷了起来。夏天该怎么办？这样的房间没有空调，该热出病的。华年在心里着了急。一定要想办法，在夏天来之前，帮未然搬出来。

华年看到未然房间用过的纸巾、没洗的袜子内裤、隔月的塑料饭盒泡面盒垒成了一座山。华年缠着未然一起打扫。一个长着绿花的泡面盒被未然从床底下掏了出来。华年被那股覆盖掉了原有房间恶臭的更剧烈的恶臭，熏吐了出来。如果世界上有比群租房还恶心的地方，那便是只住男人的群租房。华年十分心疼未然。

未然对着华年嬉皮笑脸，“能不能帮我再洗个衣服？”

华年夺门而出。

住在仙居的仙人

华年很是向往，她向来喜欢苏东坡，道骨仙风立在崖上，或者是无崖子，迎风飞舞在缥缈峰间。

华年不该夺门而出。以前未然对华年说过，在这里，我们是一样的，和他们不同。那是他们上大学的时候。大学时代，未然和华年过得十分拮据，每个月还没开始，钱包就见了底。他们俩真是上天注定的，那个时候华年想。只是在华年眼里，未然比她要强许多的，并没有因为拮据而俗气了半分。未然来自一个叫“仙居”的地方。这个地名华年之前从未听过，听未然说那里风景如画，以前是仙人住的地方。华年很是向往，她向来喜欢苏东坡，道骨仙风立在崖上，或者是无崖子，迎风飞舞在缥缈峰间。就是那样的地方才养出来了个这样的未然。

华年想到这，就会呆呆看未然。

干什么？好肉麻。未然傻呵呵问。

怕你变仙人，飞走了。华年傻呵呵回答。

未然和华年同级，因为文化课成绩一直过不了录取线，所以多复读了两年，然而，这些并不影响他的才华和傲娇。未然读的是艺术系，他和华年说，他憎恨一切不美的东西，肥肉和橘皮组织是绝对不能在他的世界存在的。华年下意识摸了摸自己的腰，消瘦的，盈盈一握的，是已经瘦下来的华年的腰。

未然擅长画肖像，在大学时期，他为华年画了无数的肖像，沉思的，热闹的，忧伤的，快乐的，总之都是她，然而却是她从未看过的她。

未然总是轻轻地和华年说话，他带着她在月光下跳舞，在榕树下唱歌，他说她有飞扬的灵魂，注定是不属于这里的。

华年不明白灵魂具体如何才能飞扬，但这不影响她喜欢这句话，就像她喜欢他一切矫揉的挑剔一样。

一个月后，未然成了华年人生中的第一个男朋友。

那个时候，若飞给华年的七百元生活费正好够每顿吃食堂，陈老板也再没有能力补贴她，于是未然撺掇着她和他一起出去打零工。麦当劳收银，超市叠货架，她最讨厌的是做礼仪小姐，两条腿站得酸冷，膝盖冻得发青，却还要笑。这些打零工赚的钱有一部分被华年用来买了衣服和化妆品。陈老板以前送她去买东西的店她早已经不去了。现在她最常去的是大学后门那条卖各种仿大牌的小街。每个大学后门都有这么一条杂牌街，入口摆着烤串店，户户卖着仿大牌。只是华年大学后门的这条街，生意并不是特别红火。

在那个小城，什么都是领先潮流的。远处水深火热地还在黄土地红土地地闹着要每顿吃上油泼面，这个小城的姑娘们却早早就已经戴起了卡地亚。卡地亚在这里是标配。和许多标配一样，常有姑娘因为男孩不给买卡地亚，毁了婚拆了伙，也常有姑娘因为男孩给买了卡地亚，大学毕业就早早结了婚。这卡地亚在这里还真成了它广告里说的那样，爱情的永恒象征，比以前的大彩电还大彩电。

小城的大学作为整个小城的文化中心，这里时髦的学生们当然更加不甘落后，卡地亚都已经看不起，比比皆是穿全套古驰范思哲来上课的。这个异常富裕的小城，几乎人人都是富二代，女孩人手一本*COSMO*，衣服都是照着那上面最新款式买的，出口便去香港去巴黎，男孩们则已经开始讨论保时捷玛莎拉蒂，宝马七系都已早早过了时。哪里还有杂牌街的事?

在这里逛街多好，我一个人VIP包场。华年对未然说。

高考成绩出来的那个夏天，若飞帮华年填了志愿。若飞说，本来是要送你出国留学的，只是家里没有一分多余的钱了。

若飞说完，顿了一顿又说，每个月只有700元生活费。

华年以为若飞接着就要用暴雨梨花针之类的伺候她，没想到若飞接着说，这样也好，多交些可靠的本地朋友，以后到社会上也多个助力。

若飞很英明，若飞在这座小城的大学里应该能建立很好的社会关系。

如果愿意给这些小姐少爷们做个陪衬，或许能在未来大展宏图。华年对未然说。

未然仰头。

华年笑着亲亲未然，用手扫扫自己身上的杂牌街大牌说，我铁骨铮铮的。

华年肯定若飞料不到，少年时那么活泼的到哪都成群结伴的华年，现在并不愿意与任何人结成任何社会关系。虽然她还只是颗小嫩苗，可她长在风口，狂风都不能让她折弯，更何况这些二世祖们。华年写信和乐宝说。

乐宝却在信里提醒华年，局内和局外，有时候只是一个自尊心的距离。乐宝说，不久之前你也是个二世祖，满脑子都是老子有钱老子怕谁。

然而乐宝不知道，华年现在也是什么都不怕。她穿行在校园里，未然陪着她。华年和未然一起读尼采雨果和艾米莉勃兰特，他们眯着眼睛等风，他们互相对对方说，有一天，我们的灵魂一定能飞扬起来。

她真不该夺门而出的。洗个衣服就洗个衣服，若飞也给陈老板洗衣服，更何况仙人衣服上即使长出了霉斑，那霉斑说不定能长成灵芝。

生日礼物

给你买最大钻戒的不一定是真爱，但肯为你倾其所有的就一定是。

来上海后，华年做的第一件事情就是把和她一起飞扬灵魂的未然介绍给乐宝。

华年对乐宝说，“给你看看我的上仙男友。”

乐宝对未然的感觉从喜欢、不喜欢、不喜欢、喜欢到最后的讨厌是一个复杂纠结的过程。最后华年总结，乐宝很讨厌未然。乐宝讨厌未然，尤其讨厌未然天天打游戏这个事情。乐宝说男人是不应该这样的。那么男人该是什么样子的？华年却对乐宝的评价不以为然，她并未觉得未然有什么特别不好的地方。未然住的地方虽然邋遢，可是他每次见华年，却总是整整齐齐的。他长得那样的好看，有一双星星般的眼睛，明亮亮的，看你的时候，你的心总会被看得一跳一跳的。更何况，未然到现在还是会对华年说，你的灵魂会飞扬。虽然这话他以前是捧着华年的脸说，现在是盯着电脑屏幕说。

华年其实知道乐宝不喜欢未然的原因。那是从她来上海的第一个生日开始的。华年那时都忘记了自己的生日，乐宝却还记得。她帮她买了蛋糕和气球。乐宝平时买双袜子都要掐着算，给华年买的生日蛋糕却是整整十寸的，扎扎实实捧在手心上，是幸福的重量。

和乐宝认识以后，华年每年生日都是和她一起过的，直到她去了上海。乐宝去了上海之后，华年也再没有过过生日。她们又能在一起过生日，华年很开心。

一起住的女孩们听说乐宝要给华年生日，送来了些饮料零食，来凑热闹。乐宝用报纸编了条草裙，硬是起哄着要捉弄寿星，逼着华年穿上跳了几圈。

“没见过比你坏的，我生日还这样死命捉弄我。”华年笑得气喘吁吁地说。

“死人，良心一定是被狗吃了！”乐宝学着楼下小卖部大婶的样子做出市井状。华年又笑得喘不过气来。

闹了整整一个晚上，过了十二点大家才散了。乐宝华年正忙着扫地擦桌子打扫残局。

乐宝淡淡问了华年一句：“那人送了你什么？”

这本是每个闺密之间最常问的问题。华年却支支吾吾。未然是送了她一份生日礼物的。他说他知道华年也喜欢打游戏，于是便将游戏中一个职业英雄打到了24级送给了她，这个英雄是给他的英雄打辅助的，负责在他后面帮他加血，有敌人杀来时，这个英雄和她的宠物会先死掉。

乐宝竖起了大拇指：“我对他真是心服口服。”

“别这么俗气好不好？”华年说。

“这真是天下最俗气的，关于钱的事都是天下最俗气的事。”乐宝冷笑，“只是再清高的人，也有个在意的东西，妙玉还捧着她的那些古董瓷器呢，你能比妙玉清高？”

“他的确没有钱。”华年小心辩解。

“他再没有钱，也不到这个程度。我平时就看他太爱钱，太小气。你说，除了给你买过几包话梅几根冰棍，他是不是吃饭都要和你算清楚斤两！如果我是你，我就让他花钱。他最爱什么，我就让他把他最爱的给我，那才能证明他真的爱我。”乐宝说。

“我才不要戴着皇冠哭。”华年说。

“什么皇冠？做梦哪！他最多给你个破草环，都还不舍得！”乐宝竖起两道眉毛。“你知道旁边屋子的那个小颖，也是遇到这样好笑的。前段时间她交了个男朋友，比未然出息多，月薪听说好几万呢。小颖买了双假名牌的鞋子，特特去告诉了他男朋友。后来他们一起出去郊游，鞋子踩坏了，他男朋友拍了胸脯和小颖说，给买双新的。你猜怎么着？那男的就来问我，那个卖鞋的店在哪？”

“来问你干吗？”华年问。

“傻！那个假名牌店是我给小颖介绍的。”

“后来怎么样？”华年叹了口问。

“怎么样？能怎么样？小颖气得哭了好几晚，天天嚷着，她也就配穿假鞋子。那男的来哄她，说，你知道我工作忙，最宝贵的就是时间，我已经把自己空余的时间都给了你，这是最贵的东西啊，你还有什么不高兴的。小颖听了，又哭了好几晚。”乐宝叹气。

“就他的时间值钱！现在他们是分手了吗？”华年听得也生了气。自大是种绝症，一病不起的人比比皆是。

“小颖怎么舍得？好不容易碰到个条件不错的，气死也要忍着。只是到最后肯定还是要分手的。”乐宝说。

“你这个半仙又算到了？”华年有些不信。

“可不是？那双鞋正版不过三千块，又不是买不起，何必做这样看不起人的事？不过是玩玩的。”乐宝说。

“照你这么说，肯花钱的男人就不是玩玩的？”华年反驳。

“那要看花的钱占他赚的钱的比例。但反正我知道，给你买最大钻戒的不一定是真爱，但肯为你倾其所有的就一定是。”乐宝说。

华年听了好一会儿才又说话，“小颖也是，干吗和他男朋友说这双鞋是假的？”

“就你傻，这都不懂。”乐宝笑起来。

“什么懂不懂的？你快和我说。”华年被乐宝笑得红了脸。

“自己还癞着头呢，就要管别人头上的虱子！”乐宝说，“我不过是告诉你，男人比女人还要现实势利，更何况，还是个漂亮男人。你小心着点。”

“未然才不是这种人。”华年的声音都发了急。

“是是是，未然天下第一好，未然天下第一棒！”冷不防，一个声音传了过来，是一直躲在被窝里的沈妙音。

华年和乐宝吓了一跳，安静了几秒，相视大笑了起来。乐宝那晚便没有再说什么。华年的心这才松了下来，这关算是这么勉强过了。

可没想到，生日过后不久，未然又惹到了乐宝。那天，他们三人约了去世纪公园放风筝。风筝还没放起来，不巧未然就接到电话，电话那头的人急急忙忙说游戏里工会要攻城，缺人。未然接完电话匆匆就走了。

乐宝气得发抖：“你家里虽然现在情况不好，欠着钱，但未然家能好到哪里去？你说在什么地方？什么村？你看，我连名字都叫不出。你再看看未然这个人，照理说，都来了上海，家里情况又这么不好，是该奋斗的，可他就知道打游戏，我从知道他这人到现在，听到关于他最多的就是‘打游戏’这三个字，这样只知道打游戏的男人一辈子都不会有出息！”

“是不是风筝没放起来生气啦？我想想办法。”华年看到乐宝真生了气，只好撒娇，“未然平时不是这样的，今天特殊。”

乐宝重重捏了华年一把，摇头叹息：“他天天特殊！他到底是给你吃了什么药？让你这样昏了头！”

华年避重就轻，做出诅咒发誓状，换了话题：“我马上就会找到工作的，你放心吧。以后一定努力干活，养活你们。”

每次华年说这话，乐宝总是会被她逗笑的，这次却是例外。那天，乐宝一直没有笑，只是盯着那只被风吹得零零落落的风筝叹气。那天乐宝宣布正式和未然决裂。

还没结婚呢，就明白夹心饼干的苦恼了。华年几次企图和乐宝开玩笑来化解。乐宝都只是以冷哼表示回应。华年这才明白，一切已经无可挽回。

他们三个人再也没有一起吃过饭。

全球变胖

以后有钱人都要饿肚子，穷人反而能每顿把自己塞饱。

华年变得好看是十七岁那年发生的事。那年，她瘦了。

华年一直胖。小时候陈老板带华年出去买菜，喜欢把她往米袋子上一放，然后笑着对米店老板娘说，被我家胖墩吃穷。米店老板娘也胖，手臂藕段似的箍在紧身衣里。老娘娘仿着香港女明星做大卷着的波浪，又喜欢染红色，盖不住这波浪的顶心圈圈长的一层白发。华年从米袋子上站起来，高高看她头顶，总觉得是颗没煮透的红鸡蛋。

"吃不吃猪油膏？"华年一来，老板娘便拿出来一块猪油膏。

老板娘这猪油膏用油炸得金黄香脆，华年很爱吃。若飞平时并不让华年吃这些，说再吃她这脸也成猪油膏了。

华年有一天突然就瘦了下去，连她自己也不知道自己怎么瘦下来的。先注意到这件事的还是别人。有次逛街，华年遇到了初中同学，她们突然惊叫着跑上来，华年，你是怎么减肥的？怎么这么瘦了？身材真是好好。女孩们絮絮叨叨问减肥的办法。

华年也连忙去找她变瘦的原因。是因为总失眠？是因为突然萎缩的食欲？还是因为若飞和陈老板的基因？或者只是因为，她的青春期过去了？

这是华年人生第一次听人说她身材好。女孩子们一阵风似的散去后，华年又有些不相信了，青春少女之间的夸赞总是带着纯真的虚伪，好像不夸人就过意不去似的。

华年偷偷去了学校舞蹈室，找了块大大的镜子去看自己。镜子里竟不是她了，窈窕而又凹凸，她微微仰头摆手，就是油画里芭蕾舞少女的形态。

她竟真的以惊人的速度瘦了下去。她这才发现家里的衣服全部大了几码，以前的紧身衣早已经成了松垮的纱笼。到底是什么时候瘦下去的？乐宝去上海的那天，她流出的眼泪还夹在脖子的肥肉里，黏糊糊的。

胖子的人生悲惨得千篇一律，瘦子的人生却精彩得各有不同。这个理论，从乐宝长出大人模样后，华年就一直听乐宝说。乐宝说，丑陋意味着她一生可能发生的全部美好的毁灭。所有的故事都是和美貌有关的。华年知道乐宝说的美貌的人首先必须是个瘦子。

乐宝的这套说法未必没有道理。华年煞有其事去研究，伦敦帝国理工学院的科学家研究表明，肥胖已经成为世界的新常态，特别是这四十年，不仅人类变胖了，其他全部生物物种也在发胖，狗在胖，鱼在胖，狮子在胖，全地球一起胖。科学家们给这种现象取了个名字叫“全球变胖”，英语叫Global Obesity。肥胖将取代贫困和饥饿，进一步推动贫富差距加大。简单点来说，以后有钱人都要饿肚子，穷人反而能每顿把自己塞饱。

如果有一天我反全球潮流奇迹般地变瘦，这可能是神的预示，预示我即将成为伟人。华年对乐宝说。

乐宝那次没有给华年飞眼刀子，居然很认真地说，我等着你那一天。

那一天终于是来了，华年虽然没有成为伟人，却起码成了美人。瘦下去之后，华年原来脸的样子才渐渐地显现出来，是明媚而又沉静的眼睛，挺拔而又柔美的鼻子，微翘而又小巧的嘴巴，竟然是比较像陈老板的，是一副别人嘴里的好样貌。

都说陈老板只要看背影，就知道转过来一定是个一等一的美男子。

大家也开始说，华年只要看背景，就知道转过来一定是个一等一的美人。

十七岁那年，除了陈老板带来的那场变故以外，华年还有了另外一个变故——她的身体。

北极不冷

笑了，便是在北极，也不会冷的。

华年虽然时时把要养乐宝养未然的话挂在嘴巴，可三个月过去了，别说养活他们遥遥无期，连份工作她都还没有找到。华年蹲在网吧里，守着招聘网站，她每天都要发出许多份简历，然而，所有发出的简历都石沉大海，杳无音讯。

倒霉的事情会接二连三，以前很多人和华年说过这句话，可她一直不相信，哪怕十七岁那些人第一次来她家时，哪怕她来上海三个月找不到工作时。来上海三个月了找不到工作，华年却还是混混沌沌地没有太着急。可是当未然和华年说他妈妈要他回家去时，不知道怎么了，华年居然就想起了“倒霉的事情会接二连三”这句话。上海与我八字相冲，华年对乐宝说。

未然的妈妈华年见过一次。在未然和华年说他要回家去的两个月以前，她到上海来看未然。未然和华年说，我妈妈做的菜世界上最好吃，我让她给我们做饭。

华年那天面试完一家公司后就匆匆赶到未然的房子。华年刚进门还以为自己走错了地方。未然那个冒着各种顽强霉菌的房间居然焕然一新了。墙壁是洁白的，地板是发着光的，床单飘着淡淡的柑橘香，华年总算看清了这个房子原本的样子。未然和华年说，他妈妈来了就没歇过，一直在打扫房间。母爱真伟大，华年自愧不如。

这位伟大的母亲现在正襟危坐在未然宿舍走道里一张公用的小小饭桌旁。华年小心地打量了她几眼。她看起来起码比若飞大了十来岁，一张枯瘦灰黄的脸，布着密密麻麻的皱纹，这些皱纹完全遮住了她脸原来的模样。未然妈妈身上穿着的是一件华年经常在姑奶奶身上看到的藏青色卡其布衣裳，手上戴着两只年代久远的工厂女工袖套。华年实在是吃了一惊。她和未然这样时刻将“最讨厌橘皮组织”挂在嘴边的时髦挑剔的人坐在一起，实在不搭调极了，一个是“穿普拉达的恶魔”，一个是“红高粱”，怎么看都不是一家子人。

“对不起，对不起……”华年连连为自己的迟到道歉。

“菜做好太久都凉了，我们就先吃了。”未然满脸歉意站起来给华年盛饭。

华年看了看盘里的半条鱼，锯齿型的骨头丑陋蜿蜒着。外婆总说，河里的鱼一股子泥腥气。

未然妈妈拦住要去盛饭的未然，自己站了起来去盛饭，华年吓一跳，连忙快步跟过去接了饭碗过来。

大家终于都坐定。默默吃饭。未然妈妈大概不爱说话，一整顿饭，只用家乡话与未然说了几句，未然向来不爱说话，而华年又不敢说话。

吃完饭，小城多年的教育提醒华年，在这样的情况下，自然是不能让长辈和男人洗碗的，于是连忙站起来要洗碗。未然妈妈一拦再拦，死活不让她动手。她一把抓住华年的手说：“细手嫩脚的，哪里能干这样的活？”

华年这才看到她像龟壳般粗糙厚实的手指甲盖里厚厚的污渍，这一定是常年劳作留下来的。未然和她说过，他母亲每天早上四点起来，家里的一圈事情忙好，还要再做份纳鞋底的工作。她眼睛不好，工作一段时间眼睛就要犯酸流泪。以前他在家，都是他替他妈妈穿针的。华年心里犯了酸。

以后赚了钱，不仅要养若飞陈老板乐宝未然，也一定要好好养未然的父母。华年对乐宝说。

乐宝又是一声冷哼。

吃完饭，未然带华年在小区水池旁的大石头边上坐着。

“我听说小区挖这条河是花了大成本的，你看旁边那些棕榈树，听说上海很难种的活，一颗要好几万。”未然说。

“你妈说了我什么吗？”华年问未然。

“我妈说你长得怎么这么好看。”未然笑。

"你妈还说了什么？"华年又追着问未然。

"妈妈说我压不住你的。"未然对着华年嬉皮笑脸。

"我们是玩摔跤么？什么压得住压不住的。"华年也嬉皮笑脸。

"我妈说你是花枝招展的大小姐。"未然说。

华年忍不住笑了。她难道不是个土包子？这里不是人人叫她乡下人么？怎么就成了大小姐？还花枝招展？

"怎么？你总算知道自己高攀了？"华年挑眉。

未然伸手去抱华年，"来来来，大小姐，让小的来服侍您。"

华年打掉未然伸来的手。未然结实的手臂却还是紧紧地围住华年，他温暖的带着大男孩味的气息瞬间笼罩到华年的身上。

在深冬的上海带着萧瑟味的冷空气里，年轻的他们，笑闹成一团。笑了，便是在北极，也不会冷的。在北极戴着钻戒多冷啊，还是不要了吧。

第二天，华年起大早过来，和未然一起送他妈妈去车站。

"莫要苦了自己。"未然妈妈说。

未然摆摆手说："知道知道。"

"房间要打扫的，每顿饭要吃好。"未然妈妈一边说一边看着华年。

华年低了头。

未然又摆摆手说："知道知道。"

未然妈妈开始掏口袋，她掏出满满一把钞票，十块二十块五十块，全部塞到未然的手里。

华年鼻子有些酸起来，她突然想起陈老板。陈老板送她到上海那天也是这样的，把一把皱巴巴的钞票满满塞到她的手里。

陈老板什么时候开始不用皮夹的？陈老板可是很分得清楚古驰普拉达路易威登的。

红玫瑰和蚊子血

红玫瑰和蚊子血，不该用来形容热过男人心头的女人，应该用来形容家。

你翅膀有多硬就给我飞多远！若飞在电话里对着华年吼。

陈老板握着听筒，大气不敢喘。华年也大气不敢喘。然而，等轮到华年接电话的时候，若飞的声音竟然是平静的。

你想好了？若飞问。

华年在电话这头默默地点头。

钱够吗？你爸哪来的钱？若飞问。

借的吧。华年诺诺，妈，我能自己赚钱养活自己，以后我还会赚钱帮爸爸还钱的，我会养你们的。

杜华年，你好好给我听着。若飞的语气很严肃。人在外面，不比在家。有三件事情以后你一定要记住。

华年又在电话这头默默点头。

若飞的声音是郑重的。第一，这辈子只能靠自己，千万不能靠男人，男人是靠不住的，自己没本事将来是要吃苦头的。

华年看了眼陈老板。陈老板坦然自若。

若飞继续说，第二，成功不是靠发宏愿的，一步步踏实着上去，基础打稳了，才摔不下来。

华年又看了眼陈老板。陈老板正在低头点烟。

第三，不要相信女人之间的友谊，那是安慰自己用的，关键时候不能帮你做任何事情，能帮你的只有你自己。若飞最后说。

华年听得目瞪口呆。陈老板也插了嘴，和孩子说这些干吗！

要不是你做的好事，我用做这个恶人？若飞发了怒。孩子？她只是我们的孩子，到了社会上，谁会把她当孩子？

华年嬉皮笑脸推推陈老板说，都听妈妈的。从小华年便这样哄若飞，什么都先应下来，不会有错的。

你这次要是再左耳朵进右耳朵出，有的你苦头吃，若飞叹了口气说，算了，哪个孩子能听父母说！

华年冲陈老板笑，陈老板也冲华年笑。

若飞又说，妈妈爸爸这辈子都不用你养。我在，这个天塌不下来。你放心大胆地去做事。

妈妈最威武。华年继续拍马屁。

若飞叹息，妈妈和你一起拼一把，我们在这里打个赌，十年后，看看到底谁厉害些！

华年笑着应承。小时候，若飞也总与华年打赌，打赌她期末考试能不能进前十，打赌她能不能忍住一个星期不看电视……华年有时赢有时输，只是她从来没认真过。这一次，华年笑归笑，这个赌约，她却是认了真的。

不用十年，三年我就飞黄腾达给你看。华年说。

一切都好好的。本来一切都好好的。当华年看到她的新家，那个大约一百个平方却被隔成六个房间，每个房间上下铺两张床的集体宿舍时，她都是好好的。

她满心只有刚到上海的兴奋。这的空气都是不一样的，她真这么觉得。可也不知道为什么，陈老板只不过一转身，华年便哭了起来。若飞说过的，再哭就要打她。可是若飞不在身边。华年的眼泪顺着脸颊滴答到了陈老板刚帮她铺在床上的竹席子上，哭得停不下来。

她只不过到了另外一个地方，坐汽车七个小时坐动车四个小时坐飞机两个小时就能到的地方。然而，这毕竟是远方了。陈老板转身这一刻，华年才感觉到，这一次她是真正地离家了。这次不是去走路十五分钟就能到的学校，不是去逛个两天就回来的某个景点，这次，她是去一个新的世界，陌生的，孤独的，以后都要生活在这里的回不去家的那个世界。家，没什么好的，天天吵吵闹闹害她得了偏头痛，只是，那是家。蚊子血和红玫瑰，不该用来形容男人心头的女人，应该用来形容家。

华年怕陈老板听到她的哭声，于是用牙齿用力地咬住舌头。可没想到陈老板走出一段路后，竟然又转头匆匆走了回来。华年看到他手里抓着一把钱，他把钱胡乱地全塞到华年口袋里。

小时候家里前堂摆着的那个沉香打出来的钱箱子，外婆谁都不让碰。华年长到六七岁的时候，却是什么东西都要碰一碰。几次悄悄打开钱箱子，去抓一把一把的钱出来。可每次都要被外婆看到，每次都要被打手板心子。钱箱子边上放着外婆的藤条，是用坏掉的扫帚扎成的，几下华年的手掌心就很红了。若飞有时候看到了，也要管教的，又说钱上细菌最多最脏，不能碰。

华年用手掌一张张把未然妈妈给未然的钱压平叠好，十块二十块五十块，叠好后厚厚一叠。未然看着华年笑。

飞扬的灵魂

都说初恋最难忘，那真是骗人的。

华年和未然是在未然妈妈回家两个星期后分的手。

那天，未然告诉华年，他要回家去了。

华年一时没听清楚，连连追问了他好几次："什么？回家去？回哪里的家去？"

未然告诉华年，他家现在那里变成经济开发区了，他妈妈说那有很多工作机会，和城里是一样的。未然说，你也可以跟我一起回去。

也可以？华年一时不知道该怎么回答，她想了许久，刚要说些什么，眼泪却已经流下来。未然一边拿纸巾帮华年擦眼泪，一边说："在上海这几个月，实在太吃力。我妈说我把所有的钱都给你花掉了，没有存下来一分，我一个人的时候连瓶矿泉水也舍不得买，想省着点给你用。但每次你想要吃麻辣烫吃盖浇饭，再贵我都会立刻买给你的。”

“太苦了，华年，太苦了。”未然摇着头，“我知道你有梦想，可梦想不是用来给普通人实现的。”

华年嘴巴动了动，她很想问他，麻辣烫盖浇饭怎么成了你买给我吃的？华年早早瞒着乐宝，把陈老板给她的钱拿出三分之二交给了未然，数目正正好好是他这三个月的工资。华年心安理得地吃着麻辣烫盖浇饭。而且她吃这些只是因为饿了，并不觉得有什么好吃的，需要特别买来吃的。华年还想问他，连实现梦想的挫折都没有遇到，凭什么就让我陪你放弃了？就因为你觉得我只是个普通人？可终究到最后，华年什么话也没有说出口。

华年自己擦干了眼泪，转身走了。

未然在华年不见他的三天后，离开了上海，他给华年发了个消息，说他耗不起的，他连买车票的钱都是问室友借的。

那么，未然到底好奇过上海没有？应该有吧。否则为何当初只身来到上海？然而未然的好奇也只是好奇，和大部分人一样。

未然离开上海后，这辈子，华年再也没有见到过未然。

他们正式分手是半年以后。华年写了封分手邮件给未然。未然回说肝肠寸断。后来他又发了几次消息给华年，说了几次一定要来上海找她谈谈，终究是没有来。

华年却是连肝肠寸断这样的场面话都没有说。与未然分手那段时间，她只正经为他哭过一个星期，也是和所有失恋的人一样的，反反复复纠结他曾经的温暖怀抱是否真实。然后华年便不得不开始每日奔波在求职的路上，那之后，她便没有认真地再为未然伤心过一场。

最后，华年不得不承认，也不知道为什么，在华年一生中的那几个恋人里，只有未然在她的印象里变得越来越模糊，若干年后她甚至忘记了他的长相。

华年有一次翻到一张旧照片。照片里好大的阳光，照得一个漂亮的男孩有些睁不开眼睛，他怀里搂着一个女孩，那个女孩踮着脚抬头正看着他，眼神里分明是十足的深情。

男孩是未然，女孩是华年。

华年不由得大吃一惊，没想到这个叫未然的人竟然是这样好看的，眼睛鼻子嘴巴都是她喜欢的样子，是小时候梦里白马王子的长相。但最让她吃惊的是，未然居然真的曾经在她的生命里这么重要地存在过。可他又是怎么变成这样完全陌生的呢？华年又仔细看了几眼照片，他的眼睛鼻子嘴巴，还是没有一处是她记得的。都说初恋最难忘，那真是骗人的。华年不得不把这一切的遗忘归为她天生的薄情寡义。若飞说陈家人风流，华年虽然姓杜，却也继承了陈家的一半血统。莫非她也是个该死的风流鬼？华年记得她为此很是羞愧过一段时间。当然，这个羞愧只持续了不长一段时间。以后的华年无数次希望她真的可以做个该死的风流鬼，此生此世，来生来世。

与未然分手后，华年再次听说他的消息是在多年以后。那天，她在大街上遇到一个大学校友。校友立刻就与说起了未然，结婚生娃胖了。另外，他告诉华年，你还不知道？未然真是个奇人！居然打游戏打到了省冠军队MVP。他开了一家游戏电竞公司，现在到哪都有他的粉丝迷妹接机。

大学校友用极尽夸张的语气渲染未然人生的神奇时，华年只是轻描淡写地点了点头，匆匆和校友道了别。

华年回去把这件事告诉乐宝。

“他们都正经，就我们这些老老实实上班的不正经。”华年笑。

“你不懂，煞有其事就真煞有其事了。”乐宝说，“走路走得好看的是模特，唱歌唱得好听的是歌星，游戏打得好当然也可以是电竞选手。你知道现在游戏多赚钱么？”

华年听了一乐，说，“文人高晓松预测过人类未来的日子，住进胶囊房子里，想去哪，胶囊就会立刻插上轮子带你飞去哪。不过那时人也不想再去任何地方了，因为人类脑子都已经被插上了电极管，电极管便会将你的脑子连到一个虚拟世界，那个世界里有你要的一切，荣誉掌声和最理想最爱你的爱人。高晓松说全人类电子娱乐化是最大趋势，人类的大脑即将被正式电波化。一切都会变成一场游戏。”

乐宝飞给华年一个眼刀子，问，“高晓松是谁？”

华年堵得心慌，以后在一个工作场合里，又心心念念去问一位正在侃侃而谈人类未来的人工智能科学家一个问题，“那人类的尊严呢？”

科学家笑了，“虚拟世界也会计算好给你的。”

华年听了，立刻回去找乐宝。

“如果对于女孩来说，胖子是一个世界，瘦子是一个世界，那么，或许对于现代人来说，会不会打游戏是一个世界，不打游戏是另外一个世界？”华年说。

乐宝说，“昨天买的那条白裙子质量噶坏，我不过穿一天，就被勾的乱七八糟。”

“我们一直觉得自己的世界特别美好，特别欣欣向荣，别人世界便是各种黑暗，各种颓废破败。可人类到底需要什么样的世界？”华年说。

乐宝说，“你一会儿想吃什么？昨天留下来的鸡翅膀今天再热会不会太咸？”

“鸡翅膀和灵魂好像都能飞。”华年笑。

未然说过，灵魂是该飞扬的。

华年在翻到那张照片的那天，把这句话写在她和未然那张合影的背后，因为她怕有一天，她连这句话也会忘记。

七浦路的比弗利山庄

一切真是美好，她正远游在上海，在与乔飞明这样的大人物也不过咫尺相隔的上海。

一直找不到工作的华年在未然离开后不到一个星期，找到了一份文案策划的工作。

乐宝请假陪华年去面的试，在现场，乐宝说她也要试试。乐宝直接走到面试官前面，把自己的简历往他桌子上一放。最后她们俩一起录取了。

收到录取电话的那天，乐宝搂着华年跳了好几圈华尔兹。乐宝跳华尔兹的样子好看极了，滑动的脚步仿佛踩在云朵上。这华尔兹还是小时候若飞送华年去学的。那时华年每次见到乐宝都会把自己学会的最新舞步教给她。很快，乐宝就成了华年最好的舞伴。也不知道为什么，只要和乐宝跳，再难的舞步华年也马上能熟练。

乐宝和华年跳完一段后，大喊："让未然去死！让未然去死！让未然去死！"

华年看着她叉着腰骂人的样子，分手后的第一场眼泪涌了上来了。

"乖乖华年，不准再哭。"乐宝搂着华年，学华年平时对她的样子，将自己的脸蹭到她脸上，"你知道吗？前几天我们一起看流星，我许的这辈子最大的心愿是什么？"

"是什么？"华年问。

"是你的幸福。"乐宝回答。

华年眼泪又落下，抱起乐宝转圈圈。

乐宝因为已经工作了一段时间，很能拿出几件像样的衣服。她在衣服的品位方面又实在是好，去七浦路淘货，都能淘出一身的范思哲古驰普拉达来。华年也跟着乐宝去了七浦路几次。七浦路有上海最大的服饰批发市场。一条气派的四车道大马路，一栋栋服饰批发商城林立在街道两旁，满满登登占了一条街。七浦路虽然是万恶的外地人建的，却是那时上海弄堂女孩最喜欢去的地方。那样挑剔矜贵的上海女孩，到了七浦路这里，却可以背个麻袋披头散发地假装批发商，也不嫌吵嚷了，也不嫌脏乱了，也不嫌格调走样了，走得累了，便到后巷子垃圾堆旁的小店站着吃碗老鸭粉丝汤。谁叫这里五十块便能买件漂亮衣服？款式还是外面找不到的。百货公司明晃晃的橱窗是美丽是高雅，可惜买件衣服便是半个月饭钱，再不精明的上海女孩也会算这笔账。

乐宝却比一般的上海女孩还要厉害，五十块的衣服也能再杀掉一半价格。当然她的厉害远远不只于此，这样最廉价的地摊里的打折货，在她手里随便摆弄几下，都能立刻穿出一个比弗利山庄来。

乐宝给华年足足备了三套上班穿的衣服，华年已经很满意了，可她却还是说，真是不像样子。乐宝又鼓捣了许久，把这三套衣服打乱，重新组合出了五套衣服，才露出稍微满意的样子。乐宝嘱咐华年，在上海的公司上班，每天是不能穿同一套衣服的，否则要被人家笑了去的。华年连忙慎重地点头。那个时候她们最怕的便是被人家笑了去。

可第一次到一家公司上班去，怎么样才能不让人笑话了去呢？有了这些衣服就可以了么？华年的脑子散漫地想着即将要去的这家公司。

“找工作哪有那么难？三个月，你怎么还没消息？”乐宝看着华年的简历，“哪里出了问题？你看你的简历多么仔细，公司的背景、各个岗位的需求研究得比我当时找工作时透多着，每份简历还附录一份你对这个公司这个岗位的心得。怎么可能有公司不要你这样的人？”

“大约我还不够好。”华年摇头。

乐宝也摇头，“你天天不睡觉，天天用心血去熬，那些人真是没眼力见儿。”

华年说，“上海每个公司都在招人，到处是空着的职位，在上海随便找份工作很容易，但找份合心意的工作却很难。看着处处是机会，处处更是陷阱。”

“哪里那么多陷阱，别是你有被迫害妄想症。有人要你就先做起来。”乐宝说。

“要进就进最想进的公司。”华年说，“浪费时间才是最大的陷阱，找工作要和找老公一样谨慎。”

“你最想进的公司是什么？”乐宝问。

“我从一开始找工作就给自己定下了这个明确的目标。”华年翻出一本厚厚的笔记本说，“这几家是公认的上海最难进却最好的公司，我要进就进这几家。”华年斩钉截铁。

乐宝拿起华年的笔记本，仔细翻。

华年早已为自己的这份坚持该吃多少苦做了充分的估算和心理准备。虽然如此，当华年接到光翼集团的录用通知时，她还是有些不敢相信。光翼集团是她目标公司名单第一名。

光翼集团是出现在她大学教科书上的一家公司，从一家小互联网公司发展到如今独霸互联网的航母型企业，用了不过短短八年的时间，而那时乔飞明也不过三十岁。光翼董事长乔飞明成了全民偶像，年轻和富有成了他的标志。乔飞明发家致富的历史被编成一本本厚砖头似的书，散落到全国各地，也散落到了华年出生的那个小城。华年记得那些书的封面，是乔飞明各种严肃的大头照，每张都差不多，只有仔细看，才会发现脸的角度微微有些不同。

“他死后会不会给自己备个供人瞻仰的水晶棺？”华年笑着对乐宝说。

乐宝手上在熨衣服，并不理她。

“他不是一般的人。”华年说。

乐宝不理。

“我喜欢‘光翼’这两个字。我来上海的第一天，我妈对我说过的，你翅膀有多硬就给我飞多远。光翼不就是发着光的翅膀？发着光的翅膀一定和星球大战里的光剑一样，是比普通的不发光的物件要厉害上许多的。呵，这次非得飞给我妈看看。”华年絮絮叨叨。

乐宝还是不理。

“你怎么看？”华年蹭到乐宝跟前问。

“走开走开。好像乔飞明还需要你崇拜似的。”乐宝推开华年。

“一切真是美好，我正远游在上海，在与乔飞明这样的大人物也不过咫尺相隔的上海。”华年大声唱。

乐宝给她准备的七浦路套装在她刚报到的新公司办公室里竟然也成了奢侈品，华年之前怎么也没有想到。

她被分配到光翼集团旗下的一个互联网新媒体营销分公司市场组。这家公司刚刚被光翼收购。华年想起面试时这个市场组办公室的样子，并不是想象中的大玻璃窗满室阳光飘着可可小姐香水味的地方，那里居然更像是一个菜市场。到处闹哄哄的，杂乱的，拥挤的。那里一张桌子紧挨着另一张桌子，这是菜市场上的一个个摊位，桌子上的电脑水杯便签条便是摊位上摆着的各类时蔬鱼肉。每个摊主都在这里叫卖着自己，一分劳力一分薪水。

“自从社会发明了货币这个工具，货币购买的产品终端就是劳力。”华年看着办公室感慨，“菜市场和办公室倒也真没有什么太大的区别。”

乐宝也感慨：“什么金钱和劳力的社会关系？好像你真能做个家国天下的顶梁柱似的。

华年摇着头说，“可惜我只是一个朝九晚五的普通社会从业人员，一年赚一千块也好，一年赚一千万也好，总归得装在社会的某个小格子里，生老病死，再去找另外一个格子。”

“你以前不是总说无能的人才抱怨？”乐宝问。

华年叹息：“坚信的原则，一辈子可以不改，然而也可以一辈子不做到。”

“说这些有什么意思？”乐宝冷哼一声，“昨天薇薇安告诉我件事。”

“谁和谁又睡了？”华年懒洋洋的。薇薇安是她们部门的同事，虽然不是特别漂亮，一双柔媚的丹凤眼却很惹眼，比她们早来半年多，很喜欢和她们说些事情。

“她说这家新媒体公司被光翼收购时，原公司的人零零散散走掉了一半。为了稳住光翼这个金主爸爸，所以不得不急迫地补充新鲜血液，对新员工的学历资历都放开了许多，因为这样我们才被录取的。”

“原来我们只是不小心跳进网兜里的鱼。”华年叹气。

“真是幸运。”乐宝大笑。

华年却笑不出来。她想起她准备了几天几夜的简历。

办公室紧张忙碌，堪比高考前的理科班。人人进进出出忙忙碌碌的，人人蓬头垢面面黄肌瘦的，冬天恨不得军大衣夏天天天广告衫。在这里没有化妆品，没有流行时装，也没有什么白领穿衣法则。在这里，脸上要不油花花的长个黑头粉刺，都会不好意思。乐宝时髦的七浦路套装都不得不被打入了冷宫。华年扒拉出她以前的旧衣服，才算过了关。

本来华年看到这场面，应该被感动到，应该立刻忘记那场草率的面试的。这样伟大的互联网创业精神，她总算感受到了，她应该感激命运给她这个难得的机会的。来了这样伟大的公司，自然是可以干一番伟大的事业的，只要发奋努力日夜苦干，她的聪明才智必定会随着努力噌噌发出光芒，然后她便能步步高升平步青云了。她一直是这样预想的。

可是五个月过去了，华年也不过是每日重复做报表，看着也是日夜兼程十分忙碌的。她喜欢忙碌。可是如果这些报表有用处，或许她能愉快起来。华年想着再一次拿起手里未完的数据报表反复估量，却还是看不出这些根据公式编造出来的报表有什么实际用处。

伟大的互联网创业难道就是这样的？可以说一个网站有多少流量就有多少流量？只要用公式排列出一整串的数据证明，再配上几个生涩的英文单词，那么就真的有那么多流量了？华年每天问自己好几次这些问题。

只是华年的想法有什么重要的。这些流量每天都被她和她办公室里的同事们用数据公式大量地制造了出来。这些流量很卖钱，大卖，比世界上任何一个产品都要畅销。滚动着的印钞机都被远远甩在了身后。华年不得不承认，这个编造的工作就这样正经成了一个行业，甚至行业里还有自己的规矩，编造好一点称为专业，数据越专业的就卖得越贵，反之，编造得粗糙一点不专业的自然有人要求打折。华年所在的这个部门前身的公司就是因为这种在行业里突出的专业能力，才被光翼收购的。他们发明出了一套比其他公司都严谨更符合逻辑的公式，打败了同行业许多竞争者。

华年越来越沮丧。她看着这群忙忙碌碌进进出出的同事们，一个个像极了无畏的冲锋着的士兵，天天舍生忘死为这份骗子事业添砖加瓦，实在比看那些莫名其妙的荒诞剧更加莫名其妙。

“给乞丐穿上龙袍，他就真成皇帝了？反正朱重八先生一直只说他是个和尚。”华年抱怨。

“一直等着拿破仑的逆袭，没想到等来的却是戈多[1]的嘲讽。”华年抱怨。

“都说人生处处峰回路转，无数处险峻高峰倒是看到了，只是路在哪里呢？”华年再抱怨。

一万头牛的力气

人长大后，那一万头牛的力气一点点就化作了灰，被风吹吹，就散了。

其实在逆袭方面华年向来没有成功过，她应该早就要看清楚这个现实的。

自从高考成绩出来后，华年一直很为她之前把时间用在别处后悔。华年特别想考到外地大学去的，随便哪里都行，只要考上了她便去，越远越好。可以说，整个高考期间，支撑着她的信念便是这个，离开这里，到远方去。如果说华年到最后也完全没有为高考努力，那实在是冤枉她。

记得高考前有一天，华年还绑了“必胜”头巾，掏出许久不用的毛笔写了许多“努力读书”“好好奋斗”“一定要出好成绩”的字条贴在房间里。若飞看到了，哼了一下，有这个工夫不如背几个英文单词，这世界上哪有这样发了宏愿就能成的事。

若飞大约是很看不起发宏愿这样的事，她除了每年正月初一带着公司里的一群人去小城西南角的那家寺院争柱头香，除此之外并不做任何

---

① 戈多，《等待戈多》（EnattendantGodot），又译《等待果陀》，是爱尔兰现代主义剧作家塞缪尔·贝克特的两幕悲喜剧，1953年首演。《等待戈多》表现的是一个“什么也没有发生，谁也没有来，谁也没有去’的悲剧。

与发宏愿有关系的事。

外婆管家的时候，有许多上门要结善缘的大师们，专职供人发宏愿，后来他们对若飞却很是讨厌。外婆去世后，这些大师上门，走的时候总要说几句让若飞触霉头的话。若飞和华年说，这些人用心歹毒就在这里，比敲诈勒索也好不到哪里去的，以前那个光景也就算了，现在穷了，实在供不起他们，不如断得干净些，不来往少些是非。家里不好了之后，若飞就越来越俗气起来。好久都没有人再和华年说，你仙女似的妈妈如何如何了。仙女似的若飞已经飞升。华年有时候不得不承认。

华年越长大，若飞越俗气。若飞越来越俗气后，话就越来越多起来。虽然若飞看来是最不信宏愿这些的，可她有时做的事，又让华年糊涂。她有时做的那些事，怎么看怎么都还是与发宏愿有关的。

每年正月初一，若飞都会去争头香。每年若飞在争头香前都会演的一个固定戏码，她先是在寺院外集合她公司的员工，然后便开始说一大篓子的话，比如明年要冲多少业绩人员要扩充到多少今年的花费实在荒唐之类的。每每这个时候，华年就会看到一个奇景，听若飞说话的那些人，他们一致地仰着脖子，眼睛里闪闪发光，像极了一只只被打了鸡血的长颈鹿。华年抬头看看天空。天还是墨墨黑的，公鸡都还在昏昏睡着呢，哪里有你们这些长颈鹿的戏？可若飞却有些洋洋得意，和华年说，只有表现好的公司核心员工才会带来上香，争头香，关键在这个争字。若飞这么腹黑，华年从小就知道，所以她从不敢随便糊弄她。

若飞那天嘲讽完华年的宏愿，把她贴在房间里所有的字条都撕了。

没有捷径的，若飞说，猪站在风口也飞不上天。

华年一声也不敢吭。

不求你多大出息，起码考上个大学。若飞依然不放过她。

我想考清华。华年牙缝里挤出一句话。

若飞斜看了华年一眼，每次她觉得她发痴，都会这样看她一眼。若飞一定认为，这一眼比千言万语更扎心。只有这次的确是。以前若飞也经常这样激华年，可没有一次奏效，华年的耳朵是穿的，她说的话，她左耳朵进右耳朵出。可那时的华年，想着的是她金灿灿的人生，呼风唤雨，无所不能，任何东西招招手就来的。可如今，风雨飘摇，华年再顽劣，也知道现在的她已经与以前不同。家里的牙膏洗发水沐浴露统统都是快过期的，若飞掐着时间去超市扫的货。也再没有人在她瞄一眼东西的时候就帮她买下，去年的春节，陈老板拿走了华年一直存在储蓄罐里的压岁钱。华年越来越明白，她现在正站在火山口上往里望，一不小心，便是尸骨无存。

华年决定发奋读书，即使这个决定被若飞嘲笑了。她人生第一次，坚定了起来，有毅力了起来，风雨无阻了起来。老师问华年，怎么一下这么努力？华年回答，为了理想。可乐宝问华年，怎么一下这么努力了？华年却回答，我想将来赚大钱，与治国平天下什么的理想与那些让地球母亲更美好的愿望统统无关。

欲望居然比理想更能驱使少年时代的华年。然而，华年丝毫没有羞愧。

躺地上耍无赖的人无数，靠自己站起来的人寥寥。若飞这么说的，这句话华年信了。再功利，总比躺地上耍无赖强。华年笃定。

离高考还有三个多月，若飞嘴上说着“要真想读书，猪圈里也能出状元”，却还是开始让华年放学后到她公司里去复习。若飞公司闹哄哄的，进进出出都是人，会计业务员搬运工，人人都恨自己的嗓门不够大，总是扯着嗓子吆喝着，没一个地方是安静的。可在这，华年的心却是安静的。这段时间，陆陆续续又有人找到了他们的小家，陈老板开始进出都在裤腰带上别根棍子。

你小孩真用功，若飞公司里的人经常当着若飞的面夸华年。华年头都没抬画着立体几何辅助线，已经来不及了，进入了这个世界，华年才知道，有时时间再怎么争，也还是来不及的。

华年进了班级前二十，华年进了班级前十，可来不及了。原来真的很多事情是铆足了劲，却还是来不及的。

高考成绩出来的时候，华年拿着成绩单放声大哭。并没有发生什么传说中的奇迹，家道中落的小孩奋发图强，一举考上名校，从此前途无限量。华年的分数只堪堪到了三本录取线。还好周围到处是拿着成绩单大哭的人。

整个社会都在说，高考改变人的命运。华年之前并不信。华年曾经和若飞说过，高考和古代科举制度一样，是统治阶级统治愚蠢大众的手段。若飞当时手里正好拿着一块抹布，她把布一下甩到华年身上，说，就嘴巴出息！华年噤声。

若飞说，还好出生在了二十一世纪，要是生在古代，你也就嫁人一个出路。嫁人？嫁给穷人要洗衣做饭，嫁给富人足不能出户。不要说古代，就我们那会儿，想要高考都是做梦。你现在起码是可以和男人一起去高考的。起码是可以随便结婚不结婚的。

华年忍不住回嘴，外婆八仙桌上的好几个叔叔初中都没有毕业，不都读了高净值总裁班，拿下了MBA、EMBA？外公也说以前都是拿钱捐功名的。可见把书读好有很多办法的，并不是非高考不可。

若飞气得发抖。

那时的华年很有自己的主意，认定的事情，一万头牛都拉不回来。

直到华年拿着高考成绩哭的时候，她才明白，人长大后，那一万头牛的力气一点点就化作了灰，被风吹吹，就散了。华年动摇了。她真的服气了世俗的规则。高考就是决定人一生命运的。考不上名牌大学，考不上外地的大学，她就只能被困在这个小城，困在这狭壁里，这狭壁即使照进再多理想的光也没用，她动弹不得。一辈子坐吃等死。她这才知道，之前这些她曾经看不起的俗世规则在一次次打趴她的时候，不过就是想听她的求饶，让她相信它，相信它的力量，相信她此生斗不过它。

光翼名头下的小破公司，穷小子许的惊天大愿，七浦路的比弗利山庄，华年突然笑了，只是一台生旦净末丑竞相出场的大喜剧却没有她的一点落脚之地。

蓝色茉莉

实际上，她在整个办公室人眼里都是一朵奇葩。这共识全办公室只有于茉莉本人不知道。她一直以为自己真是好一朵又香又白人人夸的茉莉花。

完成所谓的报表这个工作对于华年来说其实很轻松，她每天都会提早结束工作，然后就开始对着电脑发呆，什么都不干。刚开始，她还为此得意过一阵。但很快，她便泄了气。她发现，原来她并没有与众不同的才华，而是那些看起来永不停歇的忙碌，居然是另有玄机。伟大的互联网创业的态度，原来只是个最好的门面。隔壁桌的薇薇安齐最擅长抽屉里修法式指甲，对面桌的西门张头蒙着衣服王者荣耀打到星耀级，再远些桌的丽丽朱则精研各种网络社交工具，世纪佳缘百合网老会员注册有惊喜。

只有华年每天结束工作后，就趴在桌子上睡觉。乐宝劝也不听。乐宝说，装忙已经成了这个世纪的行为准则之一，叛逃者必将受到社会正义的严重处罚。只要不体罚，处罚华年是不怕的。她照旧趴桌上睡。

“要死了，又在睡觉！”有人重重敲了华年的桌子一下，是于茉莉。

于茉莉是华年这个小部门的秘书，嗲声嗲语说着带苏州腔上海话的上海人。于茉莉最爱做的事就是在下午最昏昏欲睡的时间把华年叫醒，然后悄悄在她耳边说她的各种爱情故事。华年有时候不得不佩服她那种不厌其烦的精神，这明明是个人，又不是自动循环播放的收音机。于茉莉在华年眼里是一朵奇葩。实际上，她在整个办公室人眼里都是一朵奇葩。这共识全办公室只有于茉莉本人不知道。她一直以为自己真是好一朵又香又白人人夸的茉莉花，芳香满光翼。

于茉莉其实应该是个标准的美女。眼睛大大的，下巴尖尖的，鼻子高耸着，五官各个标准，可即便如此，她美与不美却没有任何人讨论。于茉莉的眼睛沉沉的，看着已经有些年纪，脸上却一丝皱纹没有，眼角嘴角都僵着不动，注了石膏似的。办公室里嘴巴不厚道些的，会故意在她面前提起玻尿酸肉毒杆菌硅胶假体等等专业的整容术语。华年有时候都替她捏汗，于茉莉却满不在乎，有时别人说得多了，她才会冷哼一声，土包子。被她叫土包子的人也满不在乎。谁会在乎一个奇葩说什么？大家已经习惯用彼此间最大的默契，无声地嗤笑着这个与这里格格不入的于茉莉。她每天化得浓浓的妆，她拎着的那只招摇在公司里的爱马仕，她走路时一扭一扭的腰肢，都是要被嗤笑的。

于茉莉敲华年的桌子找她说话，是她刚到办公室时上班的时候。渐渐地，于茉莉就只拉着乐宝说话了。乐宝脾气好，软柿子谁都爱捏。华年那时问过乐宝好几次，和她有什么好聊的？难道是她嘴里整个中国大佬们的香艳秘事又有了翻新？

“如果马云知道自己被人叫云云，我保证，他会吐一公升血身亡。”华年在乐宝面前说。

乐宝却笑着打华年，她叫她积点口德，莫要得罪人。

华年继续说，“我不得不承认，于茉莉在说故事方面十分有才，她说的每个故事都惟妙惟肖，起承转合都把握得正正好好，每个人都有适合自己的一份职业，于茉莉如果写小说，强过张爱玲。”

乐宝不再理华年，哪怕这辈子华年的刻薄是随了若飞的，在这点上，乐宝却连若飞面子也不给的。

在乐宝与于茉莉来往期间，华年被乐宝拖着和她一起去吃了几次饭。

这天，乐宝又拉着华年和于茉莉一起吃中饭。于茉莉指名要吃公司附近一家韩国餐厅，但那家餐厅出了名的排队时间长，她又说手头上还有事，于是乐宝和华年只得先过去排队。排了一个多小时终于有了位置，于茉莉倒是踩着点到了。

“你们知道伐？我男朋友那个脾气啊，真是要不得，非得给我买这个……”还没有坐下来，于茉莉就把她手上背着的一只玫红赛琳包啪地一下往桌子上一放。

乐宝向来不懂敷衍别人，于是认真地好好看了这只包许久，才笑着说："这可是今年新款，茉莉姐，真心羡慕你，哪里找到这么好的男人？"

"小姑娘家家的，这你就不懂了，这个男人哪，看我过几天就甩了他。"于茉莉冷哼。

华年忍不住问："都送这么贵的包了，怎么就要甩了他？"

"天哪，这还贵？真真是个小气鬼，非给我买包！要买也买个好的呀！买个这样的便宜货糊弄我。你们小姑娘不懂，现在男人已经不要面皮了。那精明，都写在脸上了。哪像我以前的那个，这样的东西要是在以前，我立刻甩他脸上。"于茉莉说。

"你以前那位毕竟不是一般人嘛。"乐宝说。

于茉莉一听这话，得意的神情立刻飞上眼梢，她将身体靠近乐宝，压低声音说，"那倒是的，你知道那个刘总都是我前任的兄弟，就是那个刘总，那个搞电商的，后来娶了个网红的……"

华年知道乐宝长期关注一些金融资讯，肯定是立刻便会了意。她与于茉莉飞快地交换了个眼神，看来是彼此间心领神会了。

"听说那女的很有手段，花大价钱去印尼请了降头师，给刘总下了降头。我前任和我说的，真真的，你知道的，刘总和我前任那是最好的兄弟了……"于茉莉说。

华年实在有些听不下去，虽然她十分爱这烤肉的鲜美味道，还是忍痛稍微扒拉了几口便借故逃走了。

下午，乐宝和于茉莉双双迟到。

华年见到乐宝第一句便问她："中午饭钱，她给你钱没有？"

乐宝笑着扯华年的衣角，"哪里来这样的小气鬼？"

华年忍不住地发了怒，"你别让人给欺负了，她就是天天占你便宜，你看你，平时多吃块肉都舍不得，倒是都省出来给她吃了！"

"怎么啦？吃醋啦？以后我的肉都省出来给你吃好伐？"

华年听乐宝居然这么说，实在不好再说什么，只得闷闷地坐下。

乐宝看华年这样，又过来哄她，"别气啦，以后吃肉的日子还长着呢！刚刚没吃完，我给你打包了，你晚上带回去吃。"

华年把打包盒往她身上一推说：“你身上都没几两肉了，还是留着自己吃吧。”

她们嘻嘻哈哈闹着，惹得于茉莉一个劲地往这边看，华年却连个眼角余光都不待见她。

接下来的那段日子里，如华年预料的，乐宝还是不可阻止地和于茉莉越走越近。华年想说些什么，又想起乐宝说的吃醋的话，不禁就犹豫了一下。这一犹豫，这段时间除了工作时间以外，华年便与乐宝见得少了。

那一天，华年照例来上班，照例在打卡机上打了卡，照例打开电脑做Excel表格。本来，华年的那一天与昨天是一样的，本来就应该天天都是一样的，可那一天却突然地，办公室突然就有人大叫一声“快来看”，然后整个办公室一下子就炸了起来。华年还没有从电脑里抬起头，就听到大家都在嚷着了“快去窗口看”。华年也连忙跑到窗边。

公司楼下不远处，一群粗壮妇女正把一个长发女人团团围住。即便隔这么远，华年还是能感觉到腾腾杀气。华年仔细看了好几眼那个被围住的长发女人，她认出来了，是于茉莉。

那群女人围了一会儿，当中两个终于有了动作，她们上前把于茉莉推倒在地上，按住了她的手脚。华年看她们那胳膊足有于茉莉大腿粗，胳膊上面的青筋因为过分用力而蓬勃跳动。另外两个女人也动了，她们伸手去抓于茉莉的长发。那头长发于茉莉长期用昂贵的巴西护理养护，平如瀑布般泻下，飘逸极了，如今却被四下扯开，像极了黏糊糊的蜘蛛网。而这四个女人当中站着的一个中年女人（其实说实话，她们一式的花菜头灯笼裤，华年并不能分得清楚她们谁是谁，只能勉强从站位里判断）开始抽于茉莉巴掌，狠狠地，一下一下，像抽在一块冻猪肉上。她一边抽一边骂。华年并不是很明白她夹杂着方言说的话，仿佛是“湿你北，额把你妈当嫂子，臭婊子脸都不要”。

于茉莉大声叫嚷着，身体像进火锅前的濑尿虾一样剧烈挣扎。然而，并没有用。

当中那个妇女抽了大约几十下后，那些妇女才松开了她，她们每个人朝她脸上吐了口痰后，扬长而去。

于茉莉瑟缩在地上。

华年看了下周围每个人都站得高高的，每个人都在指指点点。

华年突然拽了下站在她身边的乐宝说，“给她送件外套去。”

乐宝一把拉住华年。

华年正要说话，却看到于茉莉已经站了起来。她在她那只已经被踩得稀烂的爱马仕包里掏出一张纸巾，擦了擦脸，又用手一丝一丝把头发梳好，再摸索着掏出小镜子盖上口红，然后就朝着公司反方向的远处走去。

华年分明看到她临走前，朝她们这个站满人的窗口笑了一下。她的脸其实是不能笑的，平日里要分辨她笑与不笑，只能听她的声音。可那天华年却真切地看到了她的笑容。而且那笑容居然还是复杂的。说不出是讥讽还是勾人，总之这一笑是电影里绝世美女才有的回眸似的那种笑，足以让人回味一生。

于茉莉那天走了之后，再也没回来过，办公桌上她最喜欢的古驰小熊玩偶都没有来收。

办公室里的薇薇安齐消息最是灵通，第二天便有了确实的消息。据说，于茉莉跟的那个男人来自遥远的一个山村，现在在上海与人合伙开了家羊蝎子火锅店，生意还算过得去，那天来抽于茉莉的便是那男人的老婆，勤勤勉勉跟了他一辈子，现在还帮他管着厨房。那个山村其实很有名，华年之前在一些名导演的电影里看到过，漫天的黄土，那黄土里长大的女人，彪悍天下闻名。如今她亲眼看到，果然名不虚传。华年想起那天那女人骂人的话，才明白，原来是那里的腔调，怪不得能骂得如此铿锵有力还压韵脚的。只是她不懂，于茉莉她妈要真是你嫂子，你还下得去手？

“正义悬在头顶时，做什么事情都是带着圣光的。”华年对乐宝说。

乐宝不说话。

过了两天，华年又听说那天有不少人把这段拍成了视频，传上网后，华年部门有专人做了统计，居然共收获了六百多万个赞，收视率堪比一期千万赞助级别的综艺节目。公司广告销售部的人一直抱怨，你们发布时怎么就没想到先植入个广告进去。

那段时间，还总有人问乐宝，你说那些刘总王总们是不是因为特别爱吃羊蝎子火锅，才和于茉莉那男人走这么近？乐宝笑，我也不知道。人们又问，你怎么会不知道？不知道你好姐妹么？

乐宝不说话了。那段时间，乐宝总不说话，和华年吃饭都一言不发。华年哄了半天，也没有办法逗她笑一声。

过了几天，乐宝才又高高兴兴来上班。乐宝其实向来讨喜，八面玲珑的，薇薇安齐西门张丽丽朱们说了几天于茉莉，新鲜劲已经过去，乐宝笑起于茉莉又比她们任何人都得要领，渐渐地，大家提起于茉莉的时候也就不再提乐宝了。只是在华年面前，乐宝却总不提于茉莉。

好长一段时间后，有一天乐宝突然和华年说："于茉莉有一些话是真的。"

"你怎么还信她？"华年吃惊。

"她给我看过照片。她家以前的房子很大，像宫殿一样。她以前的老公真是那个人。"乐宝比了个手势，"只是公司突然破了产。"

华年突然想起她曾经看过的伍伦·艾迪的一部电影。

"这么说，她倒是现实版的《蓝色茉莉》？"华年叹气。

"谁说不是？"乐宝点点头，"流浩街头还要捧个爱马仕，不知道是喜是悲？"

"只怕还有比这个更忧伤的吧。"

华年突然想到那个花菜头妇女，她的丈夫，会是个什么样子？于茉莉吃个辣子鸡丁都要叫个白面包吸油，不知道那么肥腻的羊蝎子火锅，他会不会特别为她去油？

于茉莉居然恰巧也叫茉莉。天下巧合何其多。

华年和乐宝那场关于于茉莉的对话结束之后，她们就真的再没提起这个人。

于茉莉彻底在华年的生活中消失了。那之后，她们别说再次遇到，华年认识的人中甚至没有一个人再有过于茉莉的消息。彻底消失是件神奇的事。但华年心里清楚，那个消失掉的于茉莉，那个对所有人来说无足轻重的于茉莉，成了她进入职场之初，对她影响最深刻的一个人。或许，对乐宝来说也是的，华年想。然而，乐宝永远不会承认。

孤儿奥利弗

如果可以，我便离家去做一个孤儿，像奥利弗一样，去各种冒险，然后再回来，说不定到时我能拯救他们。

你知道小三吗？乐宝问华年。

电视里天天放。华年回答。

如果你妈和你爸离婚了？你跟谁？乐宝又问。

我跟我自己。华年回答。

华年长到十七岁，也没有一点慌张。那个时候她以为这样的少年时光是无穷无尽的。而且就算结束了，她怕什么呢？

若飞生意越做越好，陈老板净拿的公司分红也十分丰厚。他们把华年从外婆家接了回来，一起搬进了一栋三层楼高的小洋房里。小洋房很气派，一楼是明晃晃的两扇金框大玻璃门，门口还有两个大大的花坛，陈老板种了两棵玉兰树的树苗进去，说有一天长大了，可以挡阳光。

华年早已经忘记了小时候对生意的恐惧。她坐在陈老板新买的奔驰车里，车玻璃摇上去，便是另外一个世界。在那个世界里，她要风就能来风，要雨便能来雨的。即使她知道自己丑陋得像一只癞蛤蟆，只要她掏出钱请大家吃肯德基，便是所有人的中心。

未来的人生路一定是一帆风顺的，她会进世界级的名牌大学，会有最帅最聪明的男人做她的男朋友，豪车豪宅珠宝貂皮用一件摆着一件，你们所有的梦想她都唾手可得，因为她知道自己就是大家口中人人羡慕的标准富二代，人生闪闪发着光的那种。怎样？不服么？不服来战！

那个暑假，乐宝爸爸因为和陈老板一起做了生意，更是有了借口三天两头不着家，若飞实在看不下去，便要把乐宝接了过来，常住家里。若飞和华年说乐宝爸爸并不是特别富裕，偶尔还要去押两把，赚的那点钱几乎都花在了这上头。若飞十分心疼乐宝，慎重地和华年说，乐宝来了之后，你可不要欺负她。我又怎么会欺负乐宝？华年嘟囔，想到以后日夜能和乐宝在一处，就已经开心得找不到北。华年乐颠颠地帮乐宝买了新床单新牙刷新毛巾，在她的床上堆上满满的Hello Kitty，虽然她一点不明白她为什么喜欢这种团子似的粉红小猫。

乐宝来华年家第一天，若飞打发华年在门口等她。乐宝只背了一个小书包，手里提着一个小编织袋，华年一手接过，里面轻飘飘的。华年随手把袋子往客厅里一扔，兴冲冲带乐宝参观房间。这是华年搬新家后，乐宝第一次来她家。她一边给她递零食，一边和她说这墙纸的花样叫大马士革这房门的百叶窗是欧洲宫廷的式样。但乐宝看起来累极了，话十分少，不一会儿就说想回房睡觉。那之后接下来的几天，乐宝几乎都把自己关在了房间里，吃饭才出来。华年却天天要去敲她房门，给她送零食送玩具的。乐宝看起来都困倦得很，一句话不说。这样过去了半个月，乐宝才渐渐和华年又有说有笑起来。

乐宝来华年家后不久，华年又一次身子像吹气球一样，止不住地发起胖来，许多衣服买来穿一次便穿不下了。乐宝便经常把华年的衣服改小了自己穿。她手巧，再加上纤瘦，若飞经常说，这衣服穿在乐宝身上才算看出了衣服的样子。华年深以为然，有了好看的衣服都让乐宝先挑。

有一天，华年又给乐宝去送刚买不久的衣服。那是一件及膝的吊带蓬蓬裙，当时美国电影里女明星最爱穿的款式。华年看到过一次便念念不忘，就让裁缝比着样子做了一件，又加了许多蕾丝和小珍珠，想着简直连公主都可以穿了。心心念念等了半个月，裙子拿到手，样子是没有让华年一点失望的。只是一穿上，华年粗壮的腰肢和胳膊在这蓬蓬裙的衬托下更加的粗壮。黑猩猩还妄想穿芭比小姐的衣服，华年自己笑话自己。

腰这里缩个三寸应该可以穿了。乐宝拿起衣服在身上比了比。

华年正拿粉笔在衣服上画线。乐宝却突然问华年，你知道你爸和我爸前几天在外面的事情吗?

他们准没什么好事。华年回答。

乐宝叹气。我听说东湖那边新开了一个舞厅，你爸爸花了八千八百八十块请一个歌女唱了首歌。

华年把手里的粉笔用力扔了出去，啪的一下，粉笔撞墙后，脆生生断掉。

真的，所有的人都知道了。乐宝肯定地说。

华年脑袋轰隆隆地响。这段时间，她已经听了许多乐宝说的陈老板在外面的事情。她想起若飞最近越来越多的眼泪，这用玫瑰花和每天换着法子摆上桌的精致晚餐都哄不住的眼泪，让她心慌。

若飞越来越多次和华年说，如果不是为了她，早就和陈老板离了婚。华年记得就是从两年前若飞发现她看课外书那天起开始的，若飞说出了离婚这两个字后，离婚就挂在了她的嘴上。

离婚这样的事那时在小城已经成了风气。到处有人窸窸窣窣地讨论着离婚，“有了其他人”“出去了”“回来了”“小阿姨”“女朋友”，这些词语像瘟疫一样传染了每个人的耳朵，连少女也不放过。

如果若飞和陈老板离婚了……

如果可以，我便离家去做一个孤儿，像奥利弗[①]一样，去各种冒险，然后再回来，说不定到时我能拯救他们。华年对乐宝说。

---

① 奥利弗，狄更斯名著《雾都孤儿》男主人公，以雾都伦敦为背景，讲述了一个孤儿悲惨的身世及遭遇，主人公奥利弗在孤儿院长大，经历学徒生涯，艰苦逃难，误入贼窝，又被迫与狠毒的凶徒为伍，历尽无数辛酸，最后在善良人的帮助下，查明身世并获得了幸福。

瞎说！你就不怕人贩子拐了你！乐宝啪地打了华年的手一下，你要是只能在你爸爸和妈妈之间选一个，你选谁？

看来，这回陈老板和若飞是非要离婚不可了。

如果陈老板和若飞真离了婚，如果她要在他们两个人中选一个，那么，她到底还算不算他们两个人的女儿……

然而好长时间过去了，陈老板和若飞始终没有离婚。而华年已经慢慢习惯了他们的争吵，这些争吵，不再让她揪心，它们自觉地变成了一阵阵耳旁风。

陈老板最近又新买了一辆五十铃越野车，银光锃亮的，特别是车头，十分神气，活脱脱一只变形金刚。

这天，陈老板开着新车接华年放学，路过一家加油站就开进去加油。想必在小城里开着这辆车一时风头无两，加油站的人远远看到，便冲出来与陈老板打招呼。

那年华年已经长到了大人的身量，因为过分丰腴，又穿了一件将她身子勒成了三节的黑色紧身裙，显得格外成熟些。华年想着自己那个时候的模样，大约乍眼一看，足有二十岁左右。还是怪若飞，没有时间管她的衣服，华年便经常被陈老板带着往服装店门口一扔。那些年服装杂志还没有兴起，整个中国的服装品位都很坏，陈老板也并不是很清楚少女和女人之间服饰的区别，于是便任由华年学着电视里的女人们穿衣服。

加油站的小哥是新来的，虽然与陈老板十分熟悉，却并不认识华年。

他一边笑着接过陈老板的钱，一边拍拍正抓着油管抖油的陈老板说，你这个新女朋友不错啊，挺可爱。

这声音虽然轻，却飘进了华年耳朵里，她立刻大喊了声，爸！

陈老板也不自在，往那个小子头上一敲，赔着笑对华年说，爸爸带你去吃好吃的，你想吃什么呀？

他肯定是故意加上“爸爸”这两个字，陈老板在若飞和华年面前都藏不住事，他心思一动，便能被她们一眼看穿，每次陈老板和她们下围棋总是陈老板输。

那个加油站小哥一脸尴尬地看着陈老板和华年，华年狠狠地瞪了他一眼。

那之后，她便更加坐实了陈老板所有的罪名，华年想着仙女一般的若飞的委屈，心里一万分地讨厌陈老板。华年就是在这个事后打定主意这辈子再也不会喊陈老板一声爸爸。打定这个主意后，很多年很多年，华年便真的一直“喂喂喂”地喊陈老板。

陈老板一定是心里有鬼，那之后居然变本加厉地讨好华年，给她许多零花钱买了许多若飞不让买给她的小玩意儿。她还是不很理他。有什么好稀罕的。从小到大，陈老板本来就对华年这样。带她去逛商场时，她眼睛瞄一眼什么东西，他便要给她买。若飞为此与他吵了好几次，说他这样乱花钱家要败掉的。他就是不改。

陈老板有几次被华年的态度激得真生了气，作势要打她，最终却没有下过一次手，只是把家里的收音机电视机塑料水桶什么的给砸了个遍。这样闹得多了，若飞看不过去了，为此还骂了华年好几次，有次比骂她不认真读书还要骂得厉害。若飞骂人时逻辑也很强，基本上每次都能彻底瓦解华年的自尊心，让华年觉得生无可恋，从此必定要痛改前非，好好做人的。但那几次华年心里却充满了烈士的悲壮感，咬着牙坚决不流下一滴眼泪。

若飞，你知道么？我可是为了你挺着的，你还这样龇牙咧嘴地朝我咆哮，你这样对么？华年在心里为自己喝彩。

若飞最后也是没了办法，叹着气说，这样的倔强生在了骨子里，这辈子你是要吃亏的了。

若飞每次拿华年没办法，总是很笃定地说她这辈子要吃亏的。

华年实在不信。

乐宝听了也不信。乐宝说，他们都活死了，别理他们。

你们都活死了，前段时间和于茉莉做了好朋友的乐宝小时候也很喜欢说这句话。

镇宫之宝

时间是最要讲性价比的。

华年把她做的几份工作外的策划案给部门老大乔治看时，他像看怪物一样看着她。乔治姓许，可他十分洋派，并不喜欢大家叫他许总，于是大家都只叫他乔治。

乔治很胖，全身都圆滚滚的，手心有西安的城墙那么厚，眼睛被脸上的肥肉逼成了一条缝。乔治经常捂着胸口说心脏疼，有时候说话急了，还会有些喘。华年偷偷在办公室抽屉里放了一盒速效救心丸。

乔治已经在市场部经理这个位置上有些年头了，之前公司被光翼收购时，他的顶头上司市场部总监带着团队去了对头公司，他却坚持留了下来，人人都说这下他可以上去了，可没想到光翼总部派了个新总监来。乔治看着却没什么，照旧乐呵呵地做他的市场部经理。

乔治脾气和所有上司一样，都有些怪，平时一副老好人的样貌，发起火来时却也是地动山摇的。办公室里的人一贯会见风使舵，他心情好时，就怂恿他请吃饭，一看风向不对，便都一溜烟躲开他。华年这次自己把自己送到杠头上，她知道肯定是凶多吉少了。

其实在这之前，乐宝已经劝了好几次叫华年别傻了。她扫了几眼华年做的PPT说："这些事情哪里轮到你管？"

华年嬉皮笑脸："你才是管家婆。"

乐宝说："我知道你这个人只要脑子一热就想拼了就拼了吧，明看着找骂也不管。"

华年笑："这不过是给人看个PPT，又不至于抛头颅洒热血的，哪里到拼的程度？"

乐宝说不过华年，气得把PPT一扔。

"再管你不姓张。"乐宝说。

“看看，这是杜华年做的关于部门改革的计划书。”乔治一边将华年的策划书分给市场部每个成员一边吆喝着。的确是吆喝，和昨天菜场里那位卖卷心菜的大叔一样的声调。

华年料到乔治大约会有些过激反应，可没想到他居然来这一招。如此煞有其事地召开了部门会议，还亲自影印了她的策划书，请所有人好好阅读，的确也是太看得起她了。

全场没有一个人说话，大家都只是低头翻动策划书，纸张划过的声音于是变得更加尖锐。乔治更加发了怒：“改革是觉得现在部门没效率？我们的工作能力有待提高？现在的年轻人就是太着急，脚跟还没站稳就想往天上飞。”乔治虽然话说得气喘吁吁，他的这番话还是把华年将在会议桌上。

砧板上的肉，待宰的羔羊。乐宝同情地看着华年，用嘴型和她说，赶紧服软。不还是管我？华年也用嘴型对着她说。

华年在这之前虽然早已经做好万全的心理准备，却也觉得有些挡不住乔治这样当众的羞辱。然而，华年却只是微笑着沉默不语。她这叫不卑不亢，华年想。陈老板找若飞吵架，若飞每次都不说话，若飞每次都赢。

那天的会议草草结束，华年不发一语，乔治无可奈何，只在最后把华年又叫到办公室里，重重地告诫了她几句。乔治怎么也没有想到，下个星期华年又做了份PPT，放在了他的办公桌上。

乔治有一个自己私人的小办公室，虽然不过七八个平米的地方，却种了十几盆的多肉植物，他总说雾霾太严重，要有防癌意识。华年笑他，种个花花草草也要种同类。

乔治总是心血来潮，随着潮流做些事情。前段时间从一个合作公司做完提案回来后，就一直说那家公司的升降办公桌多么好。不到一个星期，他就给自己也买了张升降办公桌，信誓旦旦说要一个月减十斤肉，只是到现在为止，这张桌子一直也没升起来过，倒占了好大一块地方，显得他的办公室更加局促。虽然乔治的办公桌总是乱糟糟的，一张他一家三口人的合影却很是显眼，照片里他们三个人抱在一起，笑得特别欢快。每次乔治找华年进办公室谈话，华年眼睛没地方摆的时候，就盯着乔治的那张全家福看，这一年时间下来，她已经能清楚地说出乔治老婆脸上有几颗痣。

如今华年新做的这份PPT就放在乔治全家人的笑容下面。乔治再次看到华年做的策划案的时候，出乎意料的，他没有再说什么，只是叹了口气。

那之后，华年开始每周给乔治送一份她做的工作范围外的策划案。乔治也没有再为此开过会。

华年为自己最终战胜老乔治，有些洋洋得意。

乐宝拉着华年去逛街。

“天天做指甲，做了还要洗。难道这做了指甲真能生出花来？”华年说。

乐宝并不理，只是说：“我们去西宫，上海小姑娘晚上都去那，你不做指甲就在旁边陪着，不许唠叨。”

西宫不过是一个旧雨棚搭起来的小市场，却熙熙攘攘挤满了人。两旁各种小店，做指甲的，接头发睫毛的，文身的，打耳洞的应该尽有，又有层出不穷的堆满各种首饰、化妆品、手机套、玩偶、日韩杂志CD的小铺子，把路两旁塞得满满当当。满空气都是脂粉香，满目都是桃腮纷飞。女孩们一会儿哧哧笑，一会儿大声骂，人声鼎沸，闷得头嗡嗡响。又已经入了夏，走两步背后便汗津津的。女孩们都在抱怨太热太吵，却还是不肯走，留恋在各个铺子前，也不买什么，试试这个试试那个，专去惹老板们的白眼。

乐宝排在做指甲的队伍已经一个多小时，队伍却还是蜿蜿蜒蜒看不到头。乐宝说这家店是一个住西宫后头东合德里的上海小姑娘告诉她的，说这家做指甲的阿姨是西宫的镇宫之宝，上海女孩千里万里也要赶来这里做指甲的。华年挤到前头去看，只见镇宫之宝端坐在前，不过最简单的胶水蜜粉，手指翻飞间便硬生生真在手上雕出一朵朵花来。

“就是比别家动作快些，花样多些，也没什么特别。也只有上海人爱排队，生煎铺子都堆满人。”华年挤回去和乐宝说。

“贵的自然没人排队。要学着一分钱掐着算出两分，你还没入门。”乐宝说。

好不容易等乐宝走出做完指甲，两个人抓了几件玩偶买了两只相同款式的手机壳拍了几组大头贴才走出来。

乐宝说还要去外面地摊上买刚才没讲合适价格的皮带，乐宝说同样的东西放里面要贵上三层。华年陪着她找。

华年冷不丁抬头看到一家店门口贴着招兼职店员的广告，对乐宝开玩笑：“要不我们去试试？”

乐宝笑起来：“不如我们自己开一家。”

“怎么开？”华年问。

“我们现在一人五千工资，加起来是一万，除去房租两千，每月花销三千，我们每个月就有五千的盈余，存个几个月就有本钱。”

听到赚钱机会，华年每次都会立刻两眼放光，虽然以后不用赚钱养未然了，可她还得养乐宝养若飞养陈老板的。可是这次华年却摇头说：“不划算。”

“怎么不划算？我听你隔壁房间一个小姑娘说，这里一间五六个平方的小铺子每个月能赚一万多呢。你怕亏？”

“不怕亏，怕浪费时间。你算算进货摆摊要拖掉多大的精力？算来算去，并不是划算的买卖。”华年说。

“怎么？你不是赚钱第一？”乐宝笑。

“当然赚钱第一。浪费那么大精力，看起来眼前盈利还可以，可是把人拖垮就做不了其他事了，以后即使遇到机会也会错过。时间是最要讲性价比的。”华年说。

“那你还去鞋店打工？”

“不一样，打工有固定的上下班时间，店员又是讲提成的，虽然看起来一时间没赚那么多，最重要不用操心，是最有性价比的。”

华年和乐宝第二天就去鞋店面了试。既然倒霉的事情会接二连三，那么，幸运的事情也会接二连三。华年喜欢自己这种举一反三的能力。

华年和乐宝被这家鞋店双双录取。当晚她们破天荒去吃了顿麻辣火锅。她们握着可乐瓶子，看着彼此的眼睛都是亮晶晶的，她们互夸了彼此无数句美少女无敌美貌就是正义太水灵了猪都挡不住的话后，才总算稍稍平静了些。

有了两份工作，就有了两份收入。华年略略一算，一个月除去开销，竟然能攒下五六千。华年脑子里顿时又只有噌噌往上涨的银行数字。于是这鞋子她是卖得更加用力气，一天加上班经常工作十二个小时，竟然也从不觉得累过。

若飞以前总说，每个成功的人精力都要比普通人旺盛些。想到这，华年便又开始觉得，以她这过人的精力，未来一定是一马平川马到功成的。

华年的主意

卖糖水都能卖成可口可乐，没有做不大的生意，只有做不大生意的人。

在鞋店不过工作了一个多月。和在办公室一样，华年又开始不太平起来。她想起自己以前读过的几本关于零售的书，于是又翻了出来好好地再读了一遍。读了三四遍之后，她就自以为有了些心得，开始鼓动乐宝一起整理仓库橱窗，又做了些营销上的改革。没想到，倒是有了效果，不仅仓库橱窗经常被总公司派来巡视的经理夸奖，没多长时间又因为业绩上升和存库准确被评为全国先进店铺。华年打工的这家鞋店是一家民营连锁品牌的直营店，与许多连锁一样，这家公司也搞全国评比那一套。华年那家鞋店被评上奖后，总公司因此还给那家鞋店全店员工发了奖金升了工资。全店一片沸腾。那以后，人人嘴里便都开始挂着“华年的主意”这几个字。

华年和乐宝有了余钱，商量着一起出去租个房子住。这件事，这一年多一直睡华年下铺的沈妙音十分反对。

沈妙音成人高考之路一直不顺，卡在高等数学这一门已经一年多时间。乐宝一直劝她说数学这个东西很难勉强。华年学着若飞的语气说这个世界哪里有学不会的事情，只看你下多少工夫学。

乐宝怎么也料不到沈妙音会不同意自己搬出去这件事。

“还不管你自己，就你华年的主意最正。”乐宝埋怨华年。

华年不能辩解，这件事情还真怪她自己。

说起来是半年前，沈妙音有次找华年诉苦，家里两个月前已经不再给她钱，一直催她回去结婚。

“对象都没有，跟谁结婚？”华年问沈妙音。

沈妙音愁苦地皱起眉头，“在我们那，我家还算有点钱，总有人愿意和我家结亲的。”

华年摸了下额头：“你是在说这年头还有包办婚姻？”

“你看我，不包办有人要吗？”沈妙音一边这样问华年一边笑。她笑起来的时候，不管是真开心还是假开心，都是一副没心没肺的样子。那一刻沈妙音粗壮的身体正坐在窗前，虽然挡住了窗，窗口的月光却从缝隙里钻了进来。华年竟突然觉得这场景有了一种苍凉的美感。于是她想了一会儿，给沈妙音出了个主意。

“有没有想过自己赚钱？”华年问沈妙音。

“也想过和你们一样兼职做售货员，可面试了好几家，都没要我。其他工作要么太累，要么需要全职，我又要考试，这样分了心，就更加考不出来了。”沈妙音回答。

“要是不用那么大力气就能赚钱呢？”华年笑了一笑。

“你就爱糊弄我。”沈妙音不信，“有这样的事你不会自己做？”

“这个事你做只要三分力气，我做却是要搭进所有的精力，不划算。”华年说。

沈妙音半信半疑，扭着华年让她赶紧说。

“你看我们这个宿舍就是这套公寓的房东自己改建的，这套一百二平米，隔出了六个房间，一个房间两个床铺，一个床铺一个月八百块，一个月就是一万六千元的收入，在外面，现在租这样的一套毛坯房最多才五千元一个月，装修成本大约两到三万，这里面赚的还不够你在上海生活？”华年顿了顿说，“你认识的成人高考学生又多，不出几天，就能成事，不像别人做，还要考虑空置率。”

“你是说让我租套这样的房子改一下租出去做二房东？”沈妙音大笑，可马上她的笑容就僵住了，“我哪里来的本钱？”

华年笑笑说，“我先预付你一年的房租，其他的你再去隔壁那里想想办法。”

“你现在是有了收入，我们又一直住一个屋，才这样帮我。她们怎么肯？”沈妙音问。

“你只要承诺她们，等你有了新房子，通风最好的那个房间的床铺先留给她们就行。”华年挥挥手。

沈妙音大喊万岁，直夸华年给她出了个绝世好主意。

“不用谢，只是我那个床铺到时候可也得给我先选。”华年笑。

沈妙音还是千恩万谢。

华年怎么也没想到，不过半年多的时间，她这个让沈妙音曾经千恩万谢的绝世好主意就成了她的灾难。在华年告诉沈妙音她和乐宝要搬出去一起住的决定的时候，沈妙音那样强烈的反应让华年大吃一惊。

“人是可以走的，只是房租没法退给你。”沈妙音说。

华年一下子来了气，“这个床铺我走了，明天就有人搬进来，为什么不退我房租？”

“当初说好的你要在这里住一年，是你自己反的悔，上海租房的规矩，这房租到哪儿都不退的。”沈妙音说。

华年知道这段时间沈妙音因为新交了一个男朋友，经济又有些拮据起来。华年见过她这个男朋友几次，白白净净的脸，操着一口南方口音，身量和沈妙音差不多高。沈妙音这段时间找华年聊天，一直会提到他，说他对她多好多好，甘心为她洗衣服洗碗的，又说他刚来上海不久，家里情况又不是很好，可他还是很努力，只是还没机会。

华年想到这，一口恶气上来就消不掉了。

华年冷冷地说："何必呢？在外面充了冤大头，来我身上捞好处。"

"谁是冤大头？"沈妙音顿时炸了。

"都说养儿子都没有你养男朋友这么辛苦，只是你用的是我的血汗钱。"华年说。

沈妙音指着华年的鼻子，气得发抖，一时却找不到词语回敬她。

"一辈子没骂过人，骂起人来便用了一辈子的功力。"事后，华年和乐宝这么说。

乐宝却还觉得不够，只说，就应该指着鼻子骂她忘恩负义。忘恩负义这四个字华年当时不是没有想到，只是她始终没说出口。谁又真的是承了谁的恩？华年清楚，对她来说，半年前帮助沈妙音出那个主意不过是举手之劳，这帮助在华年看来，与她和她情义多深无关，只与她对她的同情多深有关。没资格说的话，华年便不说。

华年去搬家的那天，沈妙音把华年的行李从窗口扔了出来。衣服，书本还有那些零零碎碎的生活小物件们漫天飞散在空中。华年看呆了，有那么一瞬，她竟然觉得这刻才是她这段时间生活最精确的定格镜头。这些廉价的毫无美感的与她生活却最息息相关的东西，也在这一刻有了独属于它们的最完美的诗意，仿佛它们的存在便只是为了这一刻而已。

乐宝叉着腰站在那骂："什么东西？你也就配住这里。"

沈妙音也叉着腰站在那骂："什么东西也比你这个东西好。忘恩负义也算东西？"

忘恩负义这四个字华年忍住了不用，如今却居然被沈妙音用了，华年始料未及。而更让她料不到的是，沈妙音居然对乐宝也不客气起来。都说女孩子长大只因为一个男人的，看来这个真理又一次被验证了。

沈妙音在窗口又骂了几句，大约还觉得不够，蹭蹭从楼上跑下来，往乐宝和华年面前一站。华年手心都要出汗了。她看沈妙音那身量足足比她和乐宝高了一个头，体型足足又有两个她们加起来那么大，那气势更是怎么看，都比寺庙里的四大金刚还要威武。她和乐宝哪里是她对手？

华年草草捡起零落一地的东西，把气红了脸的乐宝连拉带拽地拉走了。

华年和乐宝的新家是她们在网上找的一家酒店公寓，虽然只有一室一厅三十五平方，却因为离上班的地方有直达的公车，又有基础的装修，浴室里厨房里贴的都是瓷砖，乐宝很满意，当场便交了定金。

乐宝帮华年搬完家后，叫华年帮她一起去搬家。说起来，这是华年到上海后第一次去乐宝的家。

这次会不会见到乐宝爸爸，华年想。

华年到上海以后就没有见过乐宝爸爸，陈老板送她来上海的时候，他也没有出现。华年曾经好几次问过她爸爸怎么样，也好几次想去乐宝家里玩，可乐宝却总是会挑个其他话题，搪塞过去。几次之后，华年再蠢也明白了乐宝是不想说，于是便不再问了。

乐宝领着华年走在一条弄堂里。那是一个极其窄的小弄堂，歪歪扭扭的，四周传来的尿骚味让华年皱起了眉头。

乐宝拍拍华年说："上海房子很贵，你知道的。"乐宝说这话时的声音很轻，这声音刮过华年的心尖，微微的疼。

小弄堂看着不深，却着实要拐好几个弯，好不容易走到了最深处，华年看到一个破旧的小房子，外面的砖头已经松松垮垮了，在上海十二月入骨的冷风里，看着随时便要支离破碎。华年看到乐宝在这站住，就以为是这了，于是伸手去推那道锈渍斑斑的门。乐宝一把拦住她，拖着她走到那房子旁边用塑料隔板搭着的一个棚子前。华年愣了一下，才明白这个棚子才是乐宝的家。

华年咬了咬牙，尽量不让自己流露出任何表情来。华年想起若飞说过的话，若飞说，骡子牵到沙漠也变不成骆驼。

乐宝掏出钥匙开了门，房子里立刻冲出来一股子刺鼻的酒精混合着呕吐物的味道。华年从小便对味道十分敏感，她一直以为未然寝室的味道是极限了，可没有想到世界上还有比那更让人作呕的。

华年再次用力咬住牙齿，“叔叔不在家？”

“就是故意挑个他不在的时间。”乐宝说。

华年立刻知道说错了话。她已经明白，乐宝不想让她见到她爸也是应该的，这样的境地。还好她家也是如此凄惨，她们一个五十步，一个一百步，谁也没有资格笑话谁。

乐宝让华年坐。这不过二十平米的地方，摆着两张床垫子，当中用一个花布帘子隔开。华年猜里面一张被子叠得齐齐整整的床是乐宝的。于是华年一屁股坐到了那张整齐的垫子上。乐宝也坐了下来，她拿起床垫子上的几只粉色Hello Kitty中的一只，一边摇晃着一边对着华年笑，“你看，我还带着你送我的Hello Kitty呢。”

这地方虽然小，乐宝指挥华年东指挥华年西，也着实整了半天时间，乐宝的衣服里里外外理出来居然装了满满一大只编织袋，另外还有她心爱的那些小宝贝们，一些花花草草啊玩偶啊什么的，又满满整理了一大袋子。

整理完了，她们实在舍不得叫出租车，又原路等了公交车换了几次才到她们新租的那个公寓。当她们扛着这两大袋子东西到新家时，脚才刚踩到地板便躺了下来。还好出门前，她们一起把地板洗得干干净净的。如今她们的这场辛苦也总算给了她们回报。

华年躺着，闻着这个崭新房间里特有的清新的芬芳，是小时候她们推开家里房门时那种熟悉的味道。华年转过身，看到乐宝汗流浃背狼狈的样子，忍不住笑出了声。乐宝也笑了。

笑着笑着，她们就睡着了。

那一觉，她们睡得很沉很沉。

醒来后，华年推开窗户，清风徐来，她心情大好。

她笑着对乐宝说：“总有一天，上海会彻底取缔群租房的。”

乐宝说：“那你还给她出这个主意，你真坏。”

“应她一时之急，有什么不好的。”华年笑，“本来我想过段时间等她多存点钱后和她说，国外有个共享办公共享公寓的模式，许多事情看着不登大雅之堂，实际上成规模成系统合理管理后都是门正经的好生意。卖糖水都能卖成可口可乐，没有做不大的生意，只有做不大生意的人。”

乐宝敲敲华年的头：“华年的主意！这辈子不敢得罪你。”

有福不会享

妈妈到哪去了？呜咽时妈妈在嘴里，买东西时妈妈在钱袋里。

若飞给华年填志愿那天，华年问若飞，不上清华，以后还有什么出息？

没什么大不了的。以前都是吓你的。这世上没有一次定生死的事情。若飞笑着回答。那时若飞这样的一反常态让华年很吃惊。那次若飞没有嘲笑华年的清华梦，若飞笑了。若飞的这个笑容很复杂，又温暖又傲慢，是电影里神奇女侠才有的那种笑容，是这世间再也没什么困难她看得起的那种笑容。这笑，让华年的心安定了下来。

杜家的人没这样就服输的，若飞说，你外婆这辈子被打趴下多少次，哪次服过气？你妈妈我三十五岁创业，失败了不还是再来过？人生还长，服气就输了。

人被圈在方圆间，渐渐也成方圆。方圆里长出的那只角，迎风而长，势不可挡。凭什么一次定我生死？我还不知道这个世界是什么样子，这个世界凭什么就帮我望尽了一生？华年在她少女的日记里写下了这句话。

一切还是从很热的那天开始的。那天天很热，若飞却还是拿出了甜酥酥的蜜沉沉。若飞跑过来抱起华年，放在腿上，华年扭动了下身体，她已经十岁。若飞呼着酒气枕在华年的头上，用带着软绵绵蜜意的声音哄着，这是哪家的小孩，这么傻，一定不是我生的。

外婆被华年的哭声惊动，从里屋出来，哼了一声，是你傻还是她傻？有福不会享。

若飞没有吭声。

那时，若飞因为单位倒闭已经闲在家里有段时间了。若飞这样的人物做生意，如果那个时候的华年是现在的华年，应该是会十分吃惊的。从华年长大成少女开始看一些哲学书籍，假装着对人生有深刻思考的时候起，就一直想着，若飞的人生也许就是从她这一个决定开始有了大变化的。只是那个时候的华年并不知道，若飞的女儿，她杜华年的人生也随着若飞的这个决定有了翻天覆地的变化。

谁都阻止不了若飞，她在小城最热闹的一条街租了一个店铺，两个月以后开业了。

自从若飞做生意后，陈老板和若飞便搬离了外婆的家。他们带着华年搬到一个公寓里独住，一副要自立门户的意思。这家小公寓是当年陈老板老单位分配的宿舍，一直空着没人住，房子很小，只两个挨着的睡觉的房间，团团一转身就到底了，窗户也没有个正经的，屋子里日夜都黑蒙蒙一片。

若飞越来越忙，华年经常听到陈老板一边给她端洗脚水一边唠叨着叫她别这么累，陈老板没其他好处，就是这点好，虽然终日在外闲逛，每个傍晚却总准时回家给若飞做好饭打好洗脚水。

若飞自从做生意以后，变得很能吃，陈老板每次喊华年给若飞打饭，若飞总要说压实些。华年有次上学路上看到若飞，和搬运工一起踩着几吨重的三轮车。华年听陈老板说，她现在一个人能卸一卡车的货。陈老板时常笑她，这会子是练出了猪的饭量牛的力气。陈老板说什么，若飞总不睬他，她每次都急急吃完饭，就起来洗碗洗衣服擦地板。陈老板虽然做饭，却不做其他家务。在华年的家乡，男人洗碗洗衣服擦地板是要被笑一辈子的。

若飞被外婆养出的青葱嫩手，不久便长了茧，时常要华年拿针帮她挑水泡。华年经常看到若飞这时会疼得额头出层汗，细细密密的，晶晶莹莹的。

关于仙女若飞的回忆里，除了那双曾经的青葱嫩手，华年还记得她更小些时看到的若飞。她总站在窗前看远方的江水，微光照射在若飞背影上，及腰的长发散下，沉静而又美丽。若飞的那头长发是华年从小的梦想，她总想着有一天她是不是也会有这样盈盈一头长发，那是童话里海公主的珍宝。

可有一天，若飞居然把自己长到腰际的头发剪了，一点都不留情的，只在头上留下个短短的一寸乌青，头皮清晰可见。若飞剪完头发第一天回家就把华年和陈老板吓得不轻。陈老板大笑，说自己原来娶了个男人回家。

若飞不理会。她把剪下来的长发藏在当年她结婚时用的龙凤茶盘里。

若飞却不怕任何取笑。自己剃了头也罢了，竟又硬逼着华年也剪掉了快到胸口的长发，显然是嫌华年的头发给她惹麻烦。华年又哭又闹了好几个小时，终于是没有结果，只好抽搐着坐到了理发店的椅子上，想着以前带她去烫芭比卷发的妈妈到哪去了。

妈妈到哪去了？呜咽时妈妈在嘴里，买东西时妈妈在钱袋里。

妈妈哪里也没去，妈妈在家里。只是妈妈变成了说一不二的妈妈，妈妈成了男人婆样子的金刚芭比。

都说华年生得像陈老板，长着长着却越看越像若飞，拿起主意来，天王老子来劝都没用。

然而，华年还是看着若飞填好了志愿。

华年想起那个在家里的若飞，不知道现在谁帮她拿着针挑水泡，水泡密密麻麻的，可得细着心些。

宇宙中心的周末

全城的人每天都在等着这一刻，这举城沸腾的一刻。

最近因为搬家请了些假，店长虽然没说什么，华年还是一到店就乖乖到仓库盘点库存。华年从仓库出来的时候，看到乐宝正半跪着给一个女孩试鞋子。华年并不以为意。这家店虽然不是什么大牌鞋店，管理却是学着大牌，甚至更夸张了几分，总公司规定每个店员给客人试鞋的时候都要半跪着。

华年看那女孩背影十分年轻，颇有些袅袅婷婷的样子。她旁边却站着一个中年男子，帮她提着几个购物袋，女孩对那个中年男子十分不客气，一会儿指使那男的给她开水瓶子，一会儿让他去鞋架子上拿鞋子。好一会儿，才买了鞋走人。

乐宝帮那一男一女结好账送他们出了门时还欢欢喜喜的，一转头眼眶就红了起来。华年看到了，连忙上去问她怎么回事。

“刚才那客人欺负你了？”华年问。

乐宝摇摇头，“你知道刚才那女的是谁？”

难道是熟人？华年记忆里搜罗了一圈，并没有这个人。

“她就是之前睡你那个床铺的，叫张天娜。她说刚刚回宿舍找我玩，听人说我在这里打工，就来找我了。”乐宝说。

“是特别来关顾你生意的？”华年问。

乐宝“啪”将手里的记账笔重重扔了出去，“什么关顾生意？分明是来看我笑话。”

华年连忙安慰她，又想起来一件事，“她不是结婚了吗？那个是她老公？”

“才不是。”乐宝嘴角噙着一丝冷笑，“她老公哪里有这样的手笔？”

“她离婚了？”华年吃惊，这不过一年不到时间。

“离什么婚？她要真离婚了，刚刚那个男的倒害怕了。”乐宝说。

“这样的人，我们不理她。”华年恍然大悟，连忙又安慰乐宝。

乐宝咬着牙说：“她以前就十分恨我，我们一起读书时，她老公先追的我。我看他就是个混日子的，考试一门都考不出，哪里看得上？我和张天娜说了好几次，我和他这辈子都不会有瓜葛。她嘴巴上说没什么，结果在背后说尽我坏话。在她嘴里，我已经是个十足狐狸精了。她肯定是不知道从哪里知道了我在这里卖鞋子，这次来，就是带着那个老秃子来示威的！你看到没有，她就是为了把脚伸到我面前，让我跪下来给她穿鞋子才来的！”

这件事情之前华年倒是听沈妙音提过，被她挥挥手一笔带过。华年本来觉得这人这事与她是没有一点关系，没想到今天却让她遇到了正主。华年看乐宝已经气得眉毛倒竖脸颊绯红，连忙说：“男孩子喜欢你也是正常的，那个张天娜连你一个边角都不如。你看她身边那个老男人，又老又丑，秃了光溜溜的不算，脸也像土家烧饼一样，芝麻落落满满一盘子。”说完华年正要转头走，又想起来一句紧要的话，“有本事去古驰普拉达吉米丑买鞋去，来这也算本事。”

华年听着这话也觉得自己太恶毒，忍不住笑起来。乐宝终于也被华年的笑声带了起来，跟着她笑了几声。

想起来，那段时间，这样的事情居然已经是算是大事了。现在的华年就忍不住笑。

那段时间，她们真都是太太平平的。那段时间的上海，就是华年初见的上海。

没有满屋子的华尔兹，没有一瓶瓶流淌着的香槟，没有摩登的时装，没有满地平步青云的机会，没有倾覆满城的悱恻爱情，当然也没有机器猫和仙女棒。

如果有人要问华年初见上海的感觉，她并不想用你们期待中要听到的狼狈愤怒悲伤这样的词。

她只想说，初见上海，很累。

初见上海，很想，继续再待下去。

在去这场派对之前，华年并不知道她和乐宝即将会迎来她们人生的分水岭。

乐宝说，上海是分两个天地的，这两个天地和明暗没有关系，和正邪更是八竿子打不着，只不过就是分开了，当中划了一道杠杠。这条杠杠看不见摸不着，所以许多人不小心就会越过去。然而越过去，就会伤得体无完肤。

乐宝新认识了一些新朋友，开始出去过周末。刚到公司的时候，同事们也有来找华年一起去过周末的，华年都一一拒绝，第一是因为囊中羞涩，第二是心里憋着的那口气，第三是这周末的确引不起她的兴趣，小城的周末就是外婆家的晚饭最红火的电视剧，寡淡惯了，便不把热闹当回事。乐宝也不和他们玩，周末总陪华年在家。她们一般在一起在对练英语口语，成效斐然，两人都有了七八成“欲望都市”里凯莉的纽约腔。

乐宝开始出去过周末这个事情，最早对华年最大的影响是她开始总惦记着乐宝给她带回的夜宵。每个周五周六的深夜三到四点间，华年就会仔细去听门口的声音。一旦踢踢踏踏的高跟鞋声响起，华年就知道乐宝回来了。她立刻会到门口迎她，接过她手里的食盒。乐宝总换着法子给华年吃个新鲜，今天马奶糕明天炒辣螺的，大江南北的小吃都在乐宝晚归的食盒里。就是在那些深夜里，华年一边吃乐宝的夜宵，一边听她说上海的周末。

过周末在上海可真真是个大事，于是，每周五下午五点就成了顶顶重要的时刻。全城的人每天都在等着这一刻，这举城沸腾的一刻。

一到周末，上海便立刻会翻个不一样的脸谱出来。不在高峰期高架也堵起了车，过了饭点餐厅也还排起了队，没什么重大展会酒店就订满了房，闪着冷光灯的酒吧更不用说，当然是挤满了人的。然而这些还不是最重要的变化，最重要的变化是人。女人们脱掉外面的西装，里面的各式小背心开始出来争奇斗艳，蕾丝网格吊带都是诱惑的心机；男人们则一粒粒解开衬衫的纽扣，两颗斯文三颗风流四颗浪荡，总有一款俘获你的心。乖一些的吃个饭看个电影小马路边喝两杯莫吉托，懂行情的老法师则是不管不顾先补个觉，过了十二点再出来游荡，那才是另外一个上海的开始。

没有一处是不热闹的，没有一点是不痛快的。宇宙中心上海果然名不虚传。

“现在谈恋爱吵架都挑在周末，在外面闹起来才有意思。”乐宝说。

“到底是吵架还是演戏？”华年笑。

“活着那么累，不如给自己整台戏，哭时笑时都有人看着。”乐宝说。

“你是要演崔莺莺还是要演鱼玄机？”华年逗她。

“你就这么想我被抛弃？选这两个倒霉蛋让我演！”乐宝一指头弹在华年脑门上，“就算被抛弃，我也要做被抛弃的甄嬛，总有一天要画上大烟熏眼妆华丽回归。”

“娘娘千岁！”华年诚惶诚恐起来躬身行礼，姿势标准极了。

“你怎么不去拍电影？”乐宝笑。

“幸好没去！”华年也笑，“这个时代，本来就全民明星的。人人都找得到属于自己的现成脚本。角落里的壁花有灰姑娘给你打气，全场瞩目的女神有玛丽苏做足示范，连足不出户的万年宅都有扎克·伯格明晃晃在眼前……天天有新剧本诞生，里面总有款是你想要的人生。干吗还费劲去做明星？”

“不一样，明星笑一笑哭一哭，都能赚大钱，不像我们，哭笑都只是白费力气。”乐宝摇头。

华年想了想，也摇头。

每个周末等乐宝回家成了那段时间华年的习惯。只有一次，乐宝比往常回来得晚了许多，华年实在等不住，昏昏地睡着了。正在睡梦中，突然一阵地动山摇，华年睁眼一看，乐宝正坐在床头推她。乐宝看华年醒来，一把就把她抱住。乐宝的身体格外滚烫。

“华年？你去过派对吗？”乐宝问华年。

“我们学校以前有。”华年半梦半醒含含混混地回答。

“笨蛋！当然不是那种，是书上写的那种，知道不？我们以前书上看到的那种，你看这是什么？”乐宝的声音因为兴奋控制不住地尖锐了起来。

华年知道，每次乐宝每次骂她笨蛋，都会有好事情发生。她眼睛一下子亮了，思路也一下子清晰了，她立刻坐起来，双手接过乐宝手里摇晃着的两张纸。这是两张时尚发布会AFTER PARTY的邀请函，设计十分精巧，一看便是挖空了心思的。华年忍不住细看上面的图片和文字，心里默默地赞叹这排版创意。

乐宝连珠炮地说，“知道这两张邀请函多难拿？求了张天娜半天才拿到的！听说会有明星来，还有很多很多有名的人也会来。你知道这家酒吧吗？这可是上海最贵的酒吧‘女神’。你知道一瓶酒卖多少钱么？比我们一个月工资还要贵。”

“你哪里来的邀请函？”华年问。

“两张邀请函，你看，两张，本来求张天娜一张都求不来的，她让我喝了一扎壶威士忌才肯给我一张，我就和她说，我喝两壶，你能不能给我两张？我就喝了两壶。”乐宝一边说一边笑，华年这才闻到她身上浓重的酒气。

有乐宝的上海，是甜丝丝的泡泡糖，吹出来的都是七彩的梦。

机器猫和仙女棒

一辈子是多久？华年问。

是出生后到死了那么久。乐宝回答。

竹蜻蜓和时光机器，能去任何的地方。

……

若干年以后，华年还背得出这首歌的歌词，可是那时她已经听说了哆啦A梦的故事结局，康夫一场梦醒，他已经平庸着长大，一直被这个社会胖揍，没有机器猫，没有仙女棒。当年唱着这首歌红遍中国的少女偶像范晓萱也得了抑郁症，剪掉了头发，纹满了文身。

每个人都要长大，再了不起也要长大，长大后，你就会发现，其实你没有什么了不起。长大后的乐宝这么说。

华年记得她和乐宝真正好起来大概是在十岁那年。

若飞开始去做生意，再没有时间给华年扎辫子了，没有时间逼她学舞蹈书法演讲了，最后甚至连管她读书的时间也没有了。陈老板自然又是极其不可靠的，于是华年便被托付给了外婆。外婆在教育华年方面很听若飞的话，十分严厉，严禁华年放学后在外游荡和看电视。但毕竟外婆上了岁数，比不得若飞精明，华年虽然没有在外游荡和看电视，却偷偷看起来了外公书架上的书。先是把外公书架上的小说翻了几遍，又去翻外公藏在床下柜子里的古言线装书，不管历史哲学的都混沌读了，到最后一本新鲜的书也翻不出来，只好每天等外公的报纸。

有一天乐宝来找华年，华年可怜巴巴看着她说，只差翻黄历了。

下次乐宝再来，就给她带一些书来，一整套的《尼罗河的女儿》。华年简直看疯了，拿手上就再也放不下来。那之后，华年就开始天天求着乐宝来。每次乐宝来，总带一些书来，台湾的言情香港的武侠日本的漫画……乐宝神通广大。每次拿到新书，她们都迫不及待地把作业本往书上一盖，做出一本正经的样子一本本读。那时她们满脑子都只有阳明山的夜景缥缈峰的天山童姥和毕业季的白色情人节，哪里管什么分子分母李白杜甫。

华年又有个拿手本领，小时候跟着外公学了几笔书法，虽然字还是丑，模仿起大人的笔迹来惟妙惟肖，每次考不及格的卷子需要签名，华年给自己签一个，又换个笔迹给乐宝签一个。就这样，华年和乐宝，逍遥了好几年。直到初三，陈老板去开家长会，才知道华年从班级里的上游变成垫底。家里自然是翻天覆地。若飞再忙，也坐不住了，把华年接回了家。不出两天，便被发现了端倪。若飞一把撕了华年正在读的《霸道总裁爱上我》，边哭边说，我没日没夜地干活是为了什么，不就是为了你！就你那个爸，要不是你，我早和他离了。

华年想不到若飞会说出这么俗气的话，这是拙劣三流电视剧里出现的台词，仙女似的若飞为什么也会说？更何况她还在哭。对于让若飞哭这件事情，从小华年就觉得是顶大顶大的事情。每次陈老板让若飞哭，她都觉得陈老板是顶坏顶坏的人，现在她也成了顶坏顶坏的人。若飞的眼泪像刀子一样，割在华年心上，于是华年也哭了。

若飞抹着眼泪问华年，这书哪里来的。华年咬着牙始终没交代出乐宝。

若飞冷冷一笑说：你不说我也知道，我现在就去告诉她爸爸。

华年一想到要是因为她害了乐宝，乐宝该怎样地恨她，吓得立刻抱住若飞的腿一个劲地求。

若飞看着在地上耍无赖的华年，叹了口气说：你这样倔强又这样傻，将来是要吃苦头的呀。

华年这才明白这是上了老狐狸的当。若飞最终还是没有心软，这件事还是被乐宝爸爸知道了。若飞去乐宝家回来后和陈老板说，乐宝狠狠地挨了一顿打，一巴掌被她爸打晕过去。

华年跑去乐宝家看了她几次。乐宝拉着华年的手眼泪汪汪的。华年和她说了许多道歉的话，又把陈老板新买给她的索尼MP3送给了她。这可是当时最时新的玩意儿。有这个东西，在班级里立刻能成万众瞩目的焦点。乐宝一边玩MP3，华年一边帮她的脸上身上擦药。华年问疼不疼。乐宝说擦药时好疼，又让华年也给她看看她被打的地方，华年给她看大腿，告诉她有些红起来。乐宝说，红起来便是不疼，肿着才疼。若飞没打华年。那红起来的地方是她前几天自己摔的。

乐宝那天后来搂着华年，和她说了许多要做一辈子好朋友的话。华年想，乐宝就是这点不好，很容易就被书上的东西带入了迷，平常总和她说些这样的肉麻话，好几次还和她说了长大了要嫁给同一个人。幸好她先看了外公书架上那些正儿八经世道人心的书，对这种封建思想当然是要嗤之以鼻的。长大了当然是不嫁人的，书里的男主角们来娶她，她也不能嫁，最多和他们谈个恋爱就好。否则像若飞和陈老板这样天天吵架该怎么办呀？乐宝真是不懂这个世界是什么样子的。乐宝一直说华年这些是疯话。乐宝说这话的时候，语气俨然以为自己是个大人。不久，乐宝的胸部开始有一点点长大。那之后，她更加天天说华年说的都还是小孩子家家的话。华年便嘲笑她胸前那两块越来越像注了水的气球。乐宝红着脸叉着腰骂她男人婆。骂着骂着，转头又和华年嗤笑在了一块。

这样的笑闹过后，华年经常会一个人去照镜子。还是这样的丑，未发育的身体单薄地杵在风中，是捏坏了的蜡人的样子。那时每晚临睡前，华年总是要幻想一遍自己长大后的故事，有仙女给她施了魔法，神奇地变了身，成了举世无双的大美人。成了大美人后怎么样？华年羞红脸。大美人有大美人的故事。

最好的安慰剂

优越感比恨更让人不寒而栗。

去派对之前，华年和乐宝为选什么衣服发生了争执。

乐宝选了一件V领白裙，若隐若现的雪纺材质，胸口略微有些低，当然低得并不过分，是带着少女羞涩的那种露肤度。乐宝的胸部长得十分丰满，小时候她刚发育那会儿，华年就已经看出端倪，果然不多久便势如破竹，一发不可收拾。这件白裙子穿在乐宝身上极其好看，青春的羞涩微微地张开，再也没有比这更诱人的了。

但是在华年的青春羞涩刚微微张开的时候，却是在陈老板的断喝里结束的。在她瘦下来以后，不知道哪一天开始，陈老板开始关心起华年的衣着打扮。背心不行，膝盖以上的短裙不行，染发不行，有一次华年带了个帽子，陈老板还是说不行，暴跳如雷地说不行。陈老板说行不行华年并不在意，暴跳如雷华年也不在意。如果不是小时候华年总听外婆在八仙桌上说“女孩露胸是要有资格的”这样的话，大概还是会立刻大声赞叹乐宝的美丽对着她流出哈喇子。

外婆说，人有资格时才能想做什么就做什么，特别是女人，特别是女人穿衣服。华年知道外婆说的有资格便是说有钱，一辈子做生意的外婆嘴巴里所有的资格都是有钱的意思。

外婆这话当时不懂事的华年听了都要面红耳赤。现在的华年想来，也只有在人人半露酥胸高叉旗袍的时代生活过的外婆敢说。外婆却不管，华年刚刚长出少女的模样时，更加懂得羞涩，听到“露”和“胸”这两个字都要脸红，外婆却又当着她面说了这样的话好几次。华年一直记得外婆在说这些话的时候神态带着嘲讽，带着看不起，这嘲讽和看不起便牢牢钻到了华年的脑子里，从此华年对胸这个字就留了心。

后来华年有一天翻杂志，一篇梦露的采访标题里也写到了胸这个字。华年立刻去看。梦露说，露出多少胸脯，就能赚多少钱。杂志说，这是一种高明的打法，当性感成为产品，就看你把这个产品做得到底是高级还是廉价。梦露和外婆的生日只差了六天。好巧。外婆和梦露都告诉华年，胸这个东西，不值钱后就一文不值。

华年根本不在乎乐宝露出的胸部多一寸会多伤害多少的风化，她不关心风化，她只当心乐宝不懂这个道理。

华年小心翼翼地指着乐宝的胸口说，“这个衣服好看是好看，就是这有些低。”

乐宝一边照镜子一边说，“我看很好啊。你也快挑件衣服穿起来。”

华年想了半天，才又找出几个词，“这样穿会不会被人笑？”

“真的是乡下人啊乡下人，来了上海还是乡下人，”乐宝听了华年这话，沉默了一会儿，突然大笑出声来，“酒吧里那些女孩穿得夸张极了，你去看了就知道了。”乐宝一边说一边转了几个圈圈，学着最近她们一起看的电影里一个风骚酒吧歌手的样子眨巴着眼睛，“这样看着好清纯又好风骚，你说是不是？”

乐宝说着也给华年找出了一件鹅黄色的连衣裙，这是她最心爱的衣服之一，胸口是一只粉色的Hello Kitty，领口的地方闪动着几颗闪闪发光的假钻石。华年一直不是很能穿鲜艳的颜色，再说这件衣服领口也和乐宝那件一样，在华年的眼里实在有些低。华年推脱了几次，任乐宝各种诱惑，就是不愿意穿。最后乐宝没有办法，只好顺着她自己的意思，让她穿了件她平日里一直穿的黑T恤，只是最后裤子还是听了乐宝的建议，换了条牛仔短裤，并不是特别短。外婆只提到了又穷又露胸可耻，所以华年想大约露腿是可以的，再说日本漫画里各种时尚杂志上的青春少女都露腿。

那天她们打扮好彼此，就足足花了三个多小时，乐宝说，听人说这样的派对，女孩是不能早到的。所以她们忍着，化好妆在家里足足等了一个多小时才出发。

那场派对轰隆隆的电子音乐、DJ的喊麦声和现场所有人的疯狂惊叫声，到现在还鲜活地响在华年的耳朵边。

无数年以后，华年问乐宝："你说这场派对会不会其实是我们命运的一场分水岭？"

乐宝反问，"难道不是十七岁那年？"

总有什么吧，在冥冥主导着她们生命的走向。她们无知地被命运推动着，它让她们往东，便得往东，它让她们往西，便得往西。只可笑年少的她们总以为自己正在对抗着命运，却不知这对抗原来也不过是命运的一部分。

华年和乐宝终于到了女神酒吧。

"你们哪里人？""你们衣服哪里买的？""你们做什么工作？""你们住在哪里？""你们男朋友是谁？"……女孩们的问题一个接一个。

乐宝一一回答。华年却一直悄悄在看张天娜。这是华年第一次面对面近距离看到张天娜，立体的五官十分衬得出浓艳的妆容，在酒吧旋转灯偶尔闪电般急射而过的亮光里，片刻闪现的煞白脸庞让人惊艳。美貌果然已经越来越不稀奇，总有一天会成为每个人的标配。华年又特别好几次仔细去看张天娜的眼睛，企图在里面找到对乐宝的恨，可是并没有。华年只在那双美丽的眼睛里看到一种高高在上的优越感。她突然明白了，所有张天娜对乐宝的恨都只是乐宝的想象，张天娜的恨是最好的安慰剂，有了这场恨，心内才能稍安。优越感比恨更让人不寒而栗。

华年又去看乐宝。一晚上，她都在傻笑，她不和任何男孩子说话，她夸在场的每个女生美，她爽快地一杯杯喝着酒。然而，很快地，就再也没有人注意她。张天娜也不理她了，去找她的新乐子。

所有人都疯了，站在沙发上，站在凳子上，站在音响台上，站在比别人更高的地方，大家都疯狂往自己嘴里灌酒，像神经病一样朝空中撒纸巾。最后，一瓶瓶香槟流淌着被打开，乐宝尖叫着，冲到香槟雨里，将香槟淋在自己身上。

华年拖着酒醉的乐宝去公园坐。

华年看着乐宝一字一句地说："这样的讨好，即使明明知道是讨好，也很难拒绝，下次她们还会找你玩，因为只有你在，她们才会有优越感，这个世界上还有什么滋味比优越感更美妙？而你，只有她们再找你，一直找你，你就会有机会。"

乐宝格格地笑着夸华年聪明。

华年说，"你知道的，我只是比谁都懂什么是讨好。那个时候，经常要马上找到讨好他们的办法。我最懂怎么和他们说，你们是天下最好的人……"

"所以我们没得选。"乐宝说。

"我们有得选的，我们可以养活自己的，我们已经养活了自己，不是吗？"华年问。华年从未以如此慎重的态度对乐宝说过话，我们以后会有更好的工作，一个比一个好，然后我们一起开公司，开很大很大的公司，开到上市为止。或者你不努力也行，我将来一定能成功的，一定能养你的，给你住最大的房子开最好的车子，以后我们也出来喝酒，但我们自己买。我们会有一个新世界的，我们在一起，一起去。"

乐宝却一直似笑非笑看着华年，"宝贝，只有你心疼我。对，我们会有新世界的，我们一定要在一起，一起去。可是，你现在连那里的一瓶酒都买不起。你的将来，我看不到。但是我的将来，你看，就在眼前！相信我，我一定会成功的，会找到最好的男朋友，绝对绝对最顶尖最有钱的男人，嫁给他，到时候，我也一定养你，给你住最大的房子开最好的车子。”

华年摸了自己的脸颊，她以为这里会有眼泪，却干涩涩的，什么都没有。原来乐宝懂，她比华年懂得多，懂得什么是脱去紧身衣后好莱坞女星的胸脯。

华年在清冷的早晨的空气里缩了一缩，乐宝立刻就感觉到了，伸手将她抱得更牢了一些。华年也立刻牢牢将她抱住，仿佛不这么紧，她就会消失掉一般。

乐宝终于睡着了。睡去前她一直喃喃着，那群坏人，倒光他们的酒，倒光……我们去新世界，去新世界……

岁月堡垒

她们是漫长岁月垒起来的彼此最坚固的堡垒。

几年过去了，华年没有成为大美人，乐宝却势不可挡地有了亭亭玉立的少女身姿。乐宝开始说起一些男男女女的事情，华年的眼睛也随着她慢慢地落在了以前那些讨厌鬼男生身上。她们经常花一整个下午的时间讨论有哪些男生在偷偷看乐宝。这是那个时候她们最慎重的话题，她们为此用尽了那个时候小小脑袋里的所有智慧。每天她们都以比做代数还要严谨的态度分析哪个人看乐宝的时间更长一点，哪个人眼神飘过她的次数又更多一些。如果她与哪个男生不小心将习题册叠放在一起，或者在做广播操时手指尖不小心轻轻碰到，那就更了不得了，她们是要立刻拉着手一起跑到女厕所里尖叫三分钟的。

很奇异的，乐宝青春期的故事就这样变成了华年的故事。她们的回忆交叠着的，分不出彼此。从小她总是护着她，把她拦在身后，帮她处理好一切。所以现在有乐宝在，再薄情的上海也比山间温泉温暖十倍。她们是漫长岁月垒起来的彼此最坚固的堡垒。

到了华年上初中这一年，若飞给华年请了个家庭教师。华年头上被戴上了紧箍咒，整整老实了一个初三。这样天天有人盯着，她的中考成绩还算尽如人意，到了重点高中买分线。乐宝本来成绩就不差，轻轻松松和华年考进了同一所高中。

乐宝说，这次买分线设置得比往年都低，比正常录取线低个二三十分呢。

华年不说话。

乐宝问华年，你知道么？今年赞助费是按一分分的分数来计算的，起始十万，差一分多一万，差十分却要二十万。你看，按排列组合的方式，多么科学。

买了我也不去，丢人。华年说。

怎么就丢人了？乐宝说，我爸说这是这个国家改革开放以来，特别是教育改革开放的一个重大改革措施，所有老师的奖金福利分房全指望着这里了，制定的价格标准据说也一年比一年严格。你怎么能抵制国家政策呢？

反正我不去，太丢人。华年说。

华年虽然觉得这花钱买来的学校没有什么好的，陈老板却还是十分得意，怎么都不听若飞劝，非要以谢师宴的名目在小城那时最时髦的酒店满满摆了十几桌酒，虽说是谢师宴，但来的却都是和他平时一起在外游荡的那群朋友。华年十分讨厌陈老板这样的做派。还好陈老板拍了胸脯答应帮忙走后门让她们分到一个班级。

华年和乐宝为此开心了一整个暑假。那个时候她们的确是开心的。虽然那时家里吵吵闹闹，虽然那时她胖，她丑，她有个浪荡的爸爸，有个不分黑白的妈妈，但她居然还是那样恣意快活地活着。她和乐宝一起听着蝉鸣，摇着蒲扇，打着瞌睡，数着对面人家的瓦片，偷偷读着金庸席绢亦舒张小娴张爱玲，眨眼便到了十七岁。

如果十七岁那年，没有那样的事情，没有那些一双双猩红的吃人的眼睛，她现在和乐宝会是什么模样？在那个热气腾腾的小城，她们是不是已经有了一个或者两个孩子，下班后聚在一起埋怨老公昨天打牌太晚回家，还是想着办法翻看老公的手机，看看是不是和什么妖艳贱货不要脸在发暧昧消息。华年有时候想。

爸爸和我说，我们要搬到上海去了。乐宝去上海前来找华年。

华年哀伤地看着她。

上海有什么好的？华年问。

乐宝回答，上海有很多高楼，听说有五六十层那么高，上海有很多明星，听说在路上走着都能随便遇到。还有很多发财的机会。

和乐宝的那场道别，华年是数着时间的。一分钟一分钟地数，一秒钟一秒钟地数。华年觉得这样可以把她们分别的时间拖久一些，再拖久一些，可还是到了乐宝走的那一天。

乐宝走之前，到华年家整理行李，她把她们俩以前一起折的一瓶满天星给了华年。

她们一起写了一句话，埋在这些用残次品吸管做的满天星里。

我们要做永远永远一辈子一辈子的好朋友。

——张乐宝　杜华年

一辈子是多久？华年问。

是出生后到死了那么久。乐宝回答。

乐宝坐上火车，去了上海。

卷二〇

行走的霓虹灯

玛丽苏珊莫妮卡，模特明星富二代，全世界的人都是他的好朋友。

乐宝辞掉了鞋店的工作。

“在那样的地方工作，赚了钱也没用，从此低人一等。”乐宝说，“你也别做了，现在我们的工资也够花。”

“我要存钱。”华年摇摇头。

“就你这样一个月两三千地存，存到头发白也买不起上海的一个洗手间。”乐宝笑笑说。

“我要存钱。”华年还是摇头。

“你就不怕同事们看到笑话你？”乐宝问。

“怕的，”华年说，“可我要存钱。”

华年的确掉在了钱眼里，连乐宝都说服不了她。华年还是继续在鞋店工作，半跪着服侍人穿鞋脱鞋。

乐宝辞职没过多久，交了一个男朋友，乐宝说大家都叫他杰克。有种人是可以让人过目不忘的，比如这个杰克，乐宝第一次带他与华年见面之后，每次即使隔一百米远，华年也能立刻认出他来。杰克脸方得像电视机，额头颧骨却又十分突出，华年和乐宝说这要真是台电视机，那也得是台3D的。然而，最引人注目的还不是他的脸。杰克的衣服是天天要换新款的，神奇就在这里，不管他衣服款式如何变，华年印象里只有一个个行走的霓虹灯，桃红配草绿，粉蓝搭嫩黄，毕加索见到他，也是要甘拜下风的。每次他当华年的面捧着乐宝粉嫩嫩的脸颊吻下去的时候，华年就觉得小红帽正在被大灰狼亵渎。

乐宝告诉华年，他们是在乐宝参加的某一次酒局上认识的。

自从上次一起去了那场派对之后，华年便没有和乐宝再一起出去玩过。华年还是守在电脑前等乐宝回家，乐宝还是每次回来给华年带夜宵。所以那次乐宝认识杰克的酒局上，华年没来得及阻止她。她一直自责。

华年发现乐宝越来越少喝醉是那场宿命派对七八个月以后的事情。乐宝每次回家都是清醒的这件事情让华年十分开心。华年以为一切即将都会回归正轨，后来她才知道那只是暴风雨前的宁静。

就在暴风雨来临的那个晚上，华年等乐宝过四点的时候，眼皮打了架，忍不住睡了过去。一觉梦里惊醒，已经是第二天上午七点多，华年第一眼便是去看乐宝的床铺，空空的，她竟然还没有回来。乐宝从来没有这样过。华年着了急，开始给乐宝打电话，打了一个又一个，直到电话里传来“对方已关机”的声音才放下了手机。所有不好的联想瞬间爆发，华年望着窗口，焦灼啃食着她的脑袋。

乐宝终于还是回来了。华年看了下时间，下午一点半。乐宝身上的酒气可以熏倒一头老虎。

“你去哪了？”华年急切地问。

“傻。”乐宝往床上一趴，说。

华年不放过她，蹲在她床前问：“你快说。”

“头好疼，”乐宝摆摆手说，“也不知道昨天喝的是不是假酒，快帮我泡杯蜂蜜水。”

华年没办法，只好给她去泡蜂蜜水。可等华年泡好蜂蜜水端回来的时候，乐宝已经沉沉睡去。华年看着她脸上扇子般的假睫毛疲惫地垂下，觉得她真是美，这样俗气的假睫毛在她脸上还是美。她从小到大就是这样的美。她不忍心叫醒她。

后来华年当然知道了，乐宝那天晚上去了哪。周末下午一点半是个很暧昧的时间，中国酒店规定十二点钟退房，所以，大批的男人女人都在这个时间拖着疲惫的身体回家。

乐宝说："真傻！那个时间回家还能去哪？我交男朋友了。"

一切尘埃落定，华年反而不再担心。她很期待见到乐宝的男朋友。这是乐宝的初恋。

"她第一次见到我，就偷偷把自己的电话号码塞在我口袋里。"这是华年第一次看到杰克时，杰克说的话。

可惜这话是对着华年说。杰克如此过分的志得意满，华年立刻就察觉出他的没底气。

"从来没女孩子这样做过？记这么牢？"华年笑。

华年不喜欢这个人，从她见他的第一秒开始。所有对乐宝男友的期待被一只苍蝇堵住了，华年胸口闷的时候，嘴巴便不是很留情。

"好多二代公子哥，乐宝一个没理过。"杰克说。

对着树洞显摆秘密，这个人不仅讨厌，而且蠢。华年想。华年一直知道乐宝从不与那些人来往，不是没有人对她示好，而是她总拒人千里，男人们都开始觉得乐宝是座冰山，冰山不仅难以征服，而且还透明纯净。男人们的心头宝一定是透明纯净的。

这样的乐宝为什么和霓虹灯杰克走在一起？这个问题华年不敢问乐宝。

不管华年怎么嫌弃杰克，乐宝对杰克却一直很好，对着他时都笑嘻嘻的。她替他省饭钱省水电钱省出租车钱，有时候月底了，还把自己的钱借给他花，完全一副贤惠女友的样子。那时华年和乐宝一个月六千多的工资，鞋店又有三四千的收入，本来可以稍微宽裕点生活的，可是乐宝辞掉了鞋店的工作，又这样贴补杰克，华年当然不能看着乐宝这么穷着，自然要补贴她，所以她的日子还是照样紧巴巴的，一块钱一块钱掐着算。

杰克却是大方得很，他在一家公关公司工作，经常要去一些派对晚宴，他几乎把所有的钱都花在了购置时装上，他时常与人说他就是个天生购物狂。

杰克理直气壮："做我们这行就是靠行头吃饭的，一般人哪里懂？"

乐宝也说："他那个工作就得这样，没办法。"

这绝对是个连未然都不如的男人，乐宝却把他当宝贝一样。华年为自己的无能为力悲哀。

杰克要过生日，请了华年。华年带着愤怒去了。每次见杰克，华年都会有种莫名的愤怒，好像不对他愤怒，便是对不起自己似的。然而又不能不去，乐宝求着她。

这是一个很豪华的KTV包厢，满屋子堆着威士忌香槟鲜花烛台，足足可以容纳一百多个人在这里狂欢。杰克还真有一百个朋友来，各个花枝招展。主角杰克当然要镇场，一件印满金色的扑克牌图案翠绿色西装配一条艳红色窄腿九分裤，真是比马戏团小丑还要闪亮。华年实在不想看到他，可他却无所不在，时刻会钻进华年的眼睛里，刺得她眼睛生疼。他一会儿搂搂这个，一会儿亲亲那个，玛丽苏珊莫妮卡，模特明星富二代，全世界的人都是他的好朋友，只是不和乐宝和华年说话。华年乐得在这混乱的瞎胡闹里藏起来，却担心乐宝会不开心，还好她看着眉目都淡淡的，毫不挂在心头的样子。

终于快到天亮，除了一些酒鬼赖着不走，其他人已经散得七七八八了。只剩下满屋子狼藉，空酒瓶子里都载满了呕吐物，上帝闻到也必定在一秒钟内晕倒。

杰克这才醉醺醺坐到了乐宝身旁，"今天好多朋友还没有来，看到没，那是我大哥，外号郑百亿，在这里人人都要给他面子，平时来喝酒，香槟一开就是一百瓶。"

杰克手指着的地方，一个抽着雪茄的痴肥中年男子正团团被一群红嘴唇大扇子假睫毛的女孩们围着，女孩们抢着和他玩骰子，尖声大叫着，一盘一百块。

杰克斜着眼睛看乐宝："我忘记带钱包，你带着？"

华年不等乐宝回答，重重推了杰克一把，抢着说："我们也没带。"这一场酒可不得了，没有乐宝三个月工资下不来。乐宝却是朝着华年摇摇头，默默掏出信用卡塞到杰克的手里。

杰克嘿嘿一笑，对着乐宝脸颊一吻："谢谢啦。"

乐宝微微低头，朝着杰克说："送你的礼物，看到了没？"

杰克挥了挥手："那样的领带，也不知道多少人送过我。"

华年只差没把手里的酒瓶子敲他头上。可就在华年将酒瓶子捏在手心里的那刻，她却突然开了灵窍。乐宝太反常了，事出反常必有妖。这眉眼明明还是华年从小到大认识的乐宝，这说出来的话做出来的事却没有一件是那个乐宝的。都说上帝欲让你灭亡，必先让你疯狂。这样疯狂的杰克！乐宝要做什么？华年看着远处那个已经混到他那个郑百亿大哥身边女孩群里的杰克，突然替他捏了一把汗。这里面一定有什么事情！华年看着淡然的乐宝，越来越肯定，不久的将来，一定会有些什么事情发生的。

梦中的王子

都市男女的交往自然有都市男女交往的规则，不多问不多想不多爱。

那一天，乐宝事先并没有和她打招呼。华年事后一直在想，她是之前就想好那天干这事了，还是临时起的意？

那是很平常的一天，她们三个人只不过像往常一样在华年家楼下吃个鸡公煲。华年那天胃口好，多点了几个佐菜，杰克就开始一边嘟嘟囔囔一边算价格。

"我外婆一直和我说，穿的可以差些，吃是一定要吃好的。哪有好人家亏待肚皮的？"华年说。

杰克冷冷一笑说，"好人家穿七浦路？女孩子最重要的是品位，就你这样的，一辈子到头都是打工妹。"

听他说一句，华年的火就长一寸。华年让服务员上来六瓶啤酒，在杰克面前摆了三瓶，在她自己面前摆了三瓶。她学着电视里的流氓腔调对杰克说，“我就是个打工妹乡下人，您高级您有品您是人中龙凤，怪我平时看不到您的伟大，您要把这酒喝了，我就信。”

杰克阴阳怪气：“哪里学来的小瘪三腔调？”

华年怒气腾腾，正要回嘴。乐宝却笑呵呵地叫来老板，问是不是可以换个包厢。这家店虽小，却有两个小包厢，现在都空着，老板做了个顺水人情。

刚到包厢坐下，冷不防的，一直没怎么说话的乐宝抢过一瓶啤酒，咕噜噜仰头就喝。乐宝并不会吹瓶子，啤酒花顺着她的嘴角一直流到脖子，华年从没有看到这样的乐宝，十分心疼，就去抢瓶子。乐宝却一手拦住她，一手继续举着啤酒瓶子往嘴巴里灌。华年听到啤酒哗啦啦往喉咙里倒的声音，奔腾腾的，比金沙江还要悲壮。金沙江是华年以前听若飞说起过的。若飞说那是她看过最悲伤的一条江，愤怒地奔流不息，没有起点，没有终点。华年想乐宝现在的样子大概就是这样的，愤怒地奔流，没有起点，没有终点。

乐宝一瓶子酒喝完，冷不防就把啤酒瓶子重重地敲在桌子上。一声巨响，把杰克惊得脸煞白。

过了好一会儿，杰克才说出话来，“别给我做出这样一副样子，别以为我不知道你最近做的好事！”

乐宝看着她笑，“你倒是说说，我做的什么好事？”

杰克站起来，指着乐宝的鼻子，尖着声音叫：“你对得起我伐？你和L.K干的那些事！”

“我对得起你伐？我有什么对不起你的？这几个月我供你吃供你穿，还陪你睡，你倒是说说，我还有什么对不起你的？”乐宝说这些话的时候，脸色没有任何的起伏，华年甚至都看不到她嘴唇张开或者闭合。

杰克哆嗦着，却还只是问：“你说，你们什么时候开始的？到什么地步？”

“这和你有关系？”乐宝又是一笑。

“你这个婊子，婊子！怪不得你什么都肯，就是不肯对外公开我们的关系。”

杰克张牙舞爪，然而这张牙舞爪却是被人一眼就看穿的虚张声势。乐宝对着华年笑了一笑。

“如果我是婊子，你连做婊子的资格都没有，你明白自己是什么人。还记得吗？我只不过和你说了句，我这样的外地穷人家配不上你，你就立刻和我说我们的关系最好不要公开。”乐宝说。

“原来你早就想好了，你好恶毒。我现在就去把我们的关系告诉所有的人，我要毁了你，立刻毁了你。”杰克再一次尖叫。

“好啊，你去！你看谁会信！我们有一起拍过一张照片？公开牵过一次手？别忘了，平时在公开场合是你对我避之唯恐不知，是你不私下带我去你的任何一个朋友聚会，是你觉得聊天记录不安全，自己删了，还逼着我也删了。”

杰克颓然垂下肩膀，身上那虚张声势的斗意已经无影无踪。

乐宝冷冷地说：“还不走？”

杰克拿起包，朝店门口走去。

乐宝却突然喊住他，学着华年的腔调说，“你要是个男人就把单买了。”

杰克最终还是没有买单。他走了以后，华年和乐宝对视了一眼。华年以为她还在笑，可她脸上却已经冷成凛冬。乐宝大口大口地吃着面前锅子里烧着的滚烫的蟹肉棒大白菜。华年看着她吃。

乐宝张了好几次口，才发出了声音：“你知道发生了什么？”

“我知道。”华年看着她点头。

“你怎么什么都知道？那你来说。”乐宝赌气似地摔了下筷子。

“你早就想把杰克甩了。今天晚上你是最后一次和他吃饭，你早就想好了不会让他好过，没想到他自己先钻了进来，把脸送上来给你打。”

乐宝看着华年，嘴角牵动了几次，问：“还有呢？”

“还有就是，你交到真正的男朋友了。”华年低头，“你不要在酒吧那种地方找一个男人，你知道那里找到的男人绝对不可靠，你一直和那些女孩混在一起，酒却越喝越少，这是因为她们和你熟了，不再逼你喝酒，于是你机会也就越来越多。而杰克就是你在这里面抓到的最好的机会。他虚荣又势力，主要是他还很笨，三十多岁了还穿得小丑一样到处混也不觉得丢人，你和他在一起，以你的名声，即使你们稍微亲密些也不会有人怀疑。而他……”

“而他却可以带我去那些我梦寐以求要去的地方。”乐宝接过华年的话，她的声音沙哑间带着种奇异的尖锐，“我要去那种可以正式认识男人的地方，我不要和那些女孩子一样，像破布一样被男人玩一玩就甩掉，你看到的，酒吧里的那些女孩，被他们一个个人传过去，最后天天站在那笑，都没人看一眼，比小姐还不如。但华年，你看，我和她们不同，我做到了。他叫方鸿之，很好听的名字吧？”

乐宝在说到方鸿之这个名字的时候，她的眼睛热切地盯住了华年。华年立刻用力地点了好几次头，生怕慢一秒钟，便会让她难过。

“他英文名也很好听，叫L.K，我认识他的时候问他，你为什么用字母做名字啊？他和我说，在国外，只有贵族才用字母做名字呢。对了，他美国留学回来的。你猜？他现在做什么工作？他是在四大会计师事务所做会计的。你听过四大吗？在四大里三十五岁前年薪就能过百万。他现在才二十八岁。他长得也挺高，一点也不难看，我觉得比未然还要好看点。我们现在感情还不稳定，等过段时间，过段时间我就带他来见你，我让他请你吃好吃的，他可大方了，真的。”

乐宝说一句，华年便跟着她点一下头。华年想，只要乐宝觉得幸福，她便也应该觉得幸福的。可不知道为什么，乐宝越说越多，她的脑子越空。幸福虚无缥缈，痛苦却真切在眼前。

“华年，你知道吗？这就是我的新世界。我的新世界打开了，总有一天也要带你走进来。”乐宝说。

亲爱的乐宝，这便是你的新世界么？华年好想问她一句值不值得。可那天晚上她们一起喝到天微微亮，喝到华年神志不清，这句话她还是没有问出口。她只是拉着乐宝，一边笑一边闹，把她们从小到大会唱的歌全部唱了一遍。

初春上海的夜晚，空气还是冷得刺骨。

华年早些时候听广播里说，人们都已经争先恐后地去踏春赏花，大家早早起床，去赶这锦绣盛会，免得晚了在路上一堵，便迟到了。

乐宝和杰克的恋爱，如果算一场恋爱，从开始到结束，一共正好六十六天。

乐宝与方鸿之认识一个月后，帮华年交了半年的房租，搬走了。

搬家的前几天，华年见到了她的新男朋友方鸿之。戴着一副黑框眼镜，标准的斯文俊秀。只是没有未然好看，那个时候的华年还记得未然的样子。乐宝笑呵呵地说，真是穷讲究，眼镜框也要买普拉达的。

乐宝提议一起去吃饭，方鸿之说好。他们去了在离华年打工鞋店两个路口的那家西餐厅。华年以前和乐宝总是经过这里，却从来没有进去过，当然是因为觉得贵。其实这不是什么了不起的餐厅，不过是一家全国连锁的牛扒店，牛扒是用劣等肉渣拼起来的，一个套餐加汤加沙拉加甜点大约一件H&MT恤的价格。她们小城里以前其实也开过这么一家，刚开的时候骗了小城里好多人。那个时候，洋玩意特别吃香，牛肉渣做的肉饼只要给取名某某牛排，就会立刻大热。开始华年和乐宝经常排队去吃。后来有一天，却突然的，就不流行了，也不知道什么时候就倒了闭。当初华年和乐宝发现上海竟然还开着好多家这个连锁店时，吃了一惊。其实，有什么好大惊小怪的？这便是上海，小气起来比谁都小气，包容起比谁都包容。

每次华年和乐宝经过这个店的时候，华年都会特别感慨，以前吃鲍鱼嫌腥吃熊掌怕胖，现在居然对着个肉渣饼流口水。

路上他们经过路边一个卖石榴的担子。乐宝说想吃。方鸿之就与挑着那担子的老农民讨价还价。老农只穿了一件单衣，在寒风中冻得瑟瑟发抖，又特别干瘦，那担子在他肩上，看着有一千斤重，压得他直不起腰。

华年笑着说：“不还了，不还了。”

方鸿之说：“你不知道，我妈从小和我说这些路边摊的人最可恶，向来缺斤短两的，再不还价，要吃大亏了。”

华年和方鸿之初次见面，也不好再说什么。

他们三个人走到了餐厅，方鸿之问服务员特别要了个窗口位坐下，说要看着风景吃饭。

看得出，方鸿之很爱说笑话，一顿饭他都在说笑话。美国留学时学校篮球队的笑话，美国吃饭给服务员小费的笑话，美国半夜街上买黑酒喝的笑话。他说的话，一句要夹三个英语单词，是漂亮极了的纽约腔，和他晒得均匀发亮的小麦色皮肤一样漂亮，和他的棕色薄开司米毛衣一样漂亮。华年和乐宝练了那么久的英语倒在这里派上了用场。

方鸿之的笑话每次还没有讲完，乐宝便开始笑，有时候笑得停不下来。到最后，华年只好跟着她一起笑。但很快华年真心地笑了，乐宝是真的喜欢方鸿之，这个男人迷住了她。

“我爸是个握手术刀的，我妈在四大会计事务所。我进四大，多亏了我妈老上司帮忙。”方鸿之说。

“他忙得很。”乐宝看着他笑。华年也笑。

那天华年吃得很饱，也没有再担心最后的买单问题，乐宝笑眯眯地看着方鸿之掏出钱包买了单，又笑眯眯看着他给服务员塞了五十元小费。乐宝悄悄给华年发了个消息，“男人果然还是买单的时候最有魅力。”

华年拱手给她道喜。方鸿之简直是梦中的王子，是专门为苦难女主角设的救赎，是黎明前破晓的那束晨光。

乐宝搬家那天，华年帮她整理行李，她带她去看她的新房子。乐宝的新房子和方鸿之家很近，还是个一室一厅的酒店式公寓，足足要了她半个月工资。华年打量了下乐宝的新家，房子装修家具上倒没什么，却在窗帘沙发床罩子上下足了工夫，一式的深深浅浅的带着珠串子的蓝色天鹅绒。华年看得出，这是乐宝能尽的所有力气。这浅蓝是方鸿之最喜欢的颜色。乐宝说还要买了个大平板电视机把这房东的小彩电换掉，倒是可以去二手市场逛逛，又问华年要不要再装个卫星电视，方鸿之平日里时刻要看BBC新闻。

“他要看国外的新闻，没个卫星电视不行。”乐宝说。

“国外新闻可以电脑上翻墙出去看，卫星电视贵，又不稳定。”华年建议。

“不行，鸿之在家里看惯了卫星电视，来这里每次还要翻墙出去看多不方便。”乐宝说。

“方鸿之的爸爸妈妈倒是开明，听说卫星电视可以随便看那种片子。”华年坏笑。

乐宝脸一红，“他还在美国读书时，他爸爸妈妈就给他买了新房子，三个房间呢，现在就给他一个人住着。”

“同人不同命，可惜咱家的金勺子弯了。”华年叹息。

“是啊，哪里有他这么好命的人？生得好又长得好的。”乐宝也叹息。

“我是说你！哪里有你这么好命的，找了男朋友生得好又长得好的。”华年笑。

乐宝搬走以后，周末不再出去玩，她经常会在周末的时候回来看华年。明明白天在一起工作的，可自从她搬家以后，还是觉得好像每天看不到似的。好长一段时间，华年都没有再看到过方鸿之。乐宝说他很忙，在这样的跨国企业里工作，平日里加班出差是家常便饭，周末还有兄弟聚会各种应酬。

“他这个洋鬼子，说周末是一定要和兄弟们出去喝一杯的。”乐宝说。

“这是哪门子规矩？”华年问

“你可不知道，他说这是华尔街的规矩。”乐宝回答。

“正经有这样的规矩？”华年不信。

乐宝说：“真真有的。Work hard，play hard，他天天挂在嘴巴。他们那个行业都这样。他说他们还是好的，四大服务的那些风险投资机构的人玩得才厉害，周末专门要包架飞机飞海岛的。”

“我不信。”华年说。

“我信。”乐宝笑。

“每个周末消失的男朋友和传销集团一个性质。”华年说。

“你以前没听薇薇安说都市男女的交往自然有都市男女交往的规则，不多问不多想不多爱。”乐宝说。

华年叹了口气，问：“风险投资是做什么的？”

“我也不是特别清楚。方鸿之说他们是投行，和投资虽然只差一个字，却是差了十万八千里，我再问，他就说，和你说了也不会懂，每次这样，我便要打他。”乐宝说着嘻嘻笑起来。

乐宝的这个笑容是华年记忆以来她最甜的笑容，比小时候看到漫画里最动人的情节时的笑容还要甜，是五月的蜜浆酒，酥麻麻地醉了开来。

上和下、里和外

你知道我妈为什么给我取这个名字？于成龙问华年。

不就想你考上重点考上名牌进个外企娶个美妞生个乖孙么？华年笑。

那天遇到张天娜的事，华年一直没有和乐宝提起过。

那天已经是初春，各路鲜花都已经被热得争相开出来，张天娜却还穿着一身丰厚的鸵鸟毛，远远地走过来，像朵开过了季的绣球花。张天娜身边站的男人换了个人，华年细看才分辨出来。张天娜也是好本事，哪找来这么多同款货！

华年半跪着弯下腰帮她试鞋子。张天娜的声音从她头顶飘过，“我记得你。你是乐宝的那个朋友，你叫什么，华年？你怎么还在这里工作？你好姐妹都发达了，怎么不带带你？”

华年抬起来，笑着看着她，“张小姐说笑了，什么发达不发达的。”

“你不知道啊？乐宝找了个小富二代，还是在四大工作的。”张天娜说完转身，对着和她一起来的男人说，“就是那个方鸿之现在的女朋友，那个乐宝，以前和她一样，在这里卖鞋的，我那时来买鞋子，对我那个殷勤哦。”

那个男的正在看手机，朝她含混点了个头。看来这方鸿之是他们的熟人。

“方鸿之其实也没有什么好的。”张天娜对那个男人的态度丝毫不在意，继续对着他说，“宝宝，上次听你说那个男的家里做什么的？不是自己开公司的对吧？给人打工的对吧？”

那个被张天娜叫宝宝的男人顺着她的话点了点头，然后借口吸烟走了出去。

那男的一出去，张天娜对着华年的声音就变了个声调，“你可要小心那个乐宝。你知道她干了什么吗？我和上个男朋友好好的，也不知道她使了什么鬼，不过和她一起喝了个下午茶，过几天就和我分了手。乐宝这人绝对不是个东西，她以前就想抢我男朋友，我后来好心和她再做了朋友，没想到她又干出这样的事情。”

张天娜说这些话时，咬牙切齿得厉害，到最后，华年都怕她把牙齿咬碎了。看来这张天娜算是真恨上乐宝了。只可惜她口齿不伶俐，语无伦次的，骂人都不会。华年断定这不是个思路特别清晰的人，于是不打算和她啰唆，直接打断她：“张小姐，这双鞋一千九百九十九块，您要的话，我帮您包起来，这个码子这个颜色最后一双了，你不要我就给别人了。”

张天娜像看外星人一样看着华年，过了许久才点了点头，和她说，“鞋子我要了。”

华年欢天喜地地把鞋子包好，肚子里飞快地计算着卖出这双鞋子她可以赚多少提成。

末了，华年送张天娜出门。张天娜又说：“你以为她有好果子吃？

你去外面问问，她这样的女朋友，方鸿之多得是，不过新鲜，过几天就把她扔了，扔块抹布一样。”

本来华年一直是算了的，听到这，她却在她耳边轻轻说了一句，“她从小就招人妒忌。”

张天娜果然饶有兴趣地看着她，期待这句话后面的秘密。

华年看着她靠过来的脸笑了笑，陡然提高了八度音调说，“你这样的，只配在角落嫉妒张乐宝。”

张天娜眉毛立刻倒竖了起来，华年把鞋盒子往她手里重重一塞，转头就往回走。

对，乐宝也姓张，她从小就不喜欢这个姓，说是俗气得很，偏偏姓了这么大众的姓。初中时她很羡慕隔壁班一个姓欧阳的女孩子，大家都欧阳欧阳地叫她，听着便是女主角的样子。

华年记得乐宝和她说过的，张天娜以前当众问过她一个问题，你是姓弓长张还是立早章？

乐宝扬着笑容很认真地回答，我姓弓长张。

张天娜掐着嗓子尖叫了一声，倒霉！怎么和你这个乡下宁一个姓？

张天娜家不在上海，却很会说几句上海话，她说她本来是上海人，父母是当年去插队的知青，至于具体去哪插队，一会黑龙江一会甘肃的，也说不大清楚。张天娜很是为她的这个出身骄傲，“乡下宁”这三个字是时常要挂在嘴边。

我们可以不喜欢自己，但不代表其他人可以践踏。二十三的华年血气方刚。

二〇一二年的一个早晨，每个光翼集团员工的邮箱都悄悄地收到了一封来自总裁办公室发出的邮件。光翼总公司投资发展战略部门面对全公司进行内部招聘。

每天，光翼的员工们都要收到上百封的工作邮件，小到卫生间厕纸的采购大到市值上亿的交易，都是通过收发邮件完成。这些密密麻麻的邮件庞杂而又琐碎，支撑起光翼这个庞大企业的运转。

乔治在华年来办公室的第一天，就给了她一个用她名字做前缀公司名字做后缀的邮箱。

怎么感觉和公司在洞房？华年在心里想。只是这想法当然是不敢说的，因为乔治当时正在严肃地教她来公司以后必须遵守的第一原则，那就是要随时确认邮件。

所有的工作都要通过邮件交接，否则到时候没犯错也是错，乔治告诫华年。

华年诺诺点头。她是后来才渐渐明白这些邮件的好处。发出去的每封邮件都是你无法磨灭的痕迹，它能让每个人工作时职责划分清楚，错误难以推卸。华年一直感谢乔治第一天就对她郑重告诫，让她懵懵懂懂不明就里时就养成了这个习惯，这个习惯在以后多次帮她渡过难关。

那天，收到这封总裁办公室的邮件起初对华年来说并没有什么特别的。每个国庆五一春节，每个光翼的员工都会收到来自总裁办公室发来的问候邮件，遣词工整，语气诚恳，让人愉悦。以至于华年收到这封内部招聘邮件的时候，脑子的第一反应便是又要过节了。但马上她就意识到这不是一封节日问候，这是比放假更让人肾上腺素飙升的事，这是一封来自光翼唯一直接隶属于总裁办公室的部门——战略投资部的招聘启事。

战略投资部要招人这个事情，不出一个小时，就成了办公室的热议话题。

“战略投资部有什么特别？”华年问于成龙。

“那是个高级别的部门。”于成龙回答。

于成龙的办公桌离华年的办公桌距离十二米，是乔治一个月前新招的视频剪辑师。于成龙比她大两岁，上海人，准确地说，上海普陀区人。于成龙的回答华年并不满意。每个部门对于他们部门来说好像都是高级别的。然而，她还是对于成龙微笑。她喜欢于成龙刚进去部门时对她的自我介绍。

于成龙说：“上海分为黄埔区人，静安区人，普陀区人，闸北区人……我不上不下，普陀区人。”

“为什么？”华年问。

“这你都不懂，”于成龙做出吃惊状，“也难怪，你不是从小在这生活，我这可是在这里水深火热长大的。在我们这，以前分上只角和下只角的说法，上只角的人看到下只角的人，那简直是要头仰到天上去的。当然，最了不起的就是老法租界那一带的，那简直是宇宙的中心的中心。”

上和下又在这里分出了天地。

于成龙的这番话让华年断定他是个有趣的人。华年大笑，于成龙也大笑。他并不知道，他嘴里轻描淡写的“出生地”这个词让华年打了个激灵。隔壁办公室一个平顶山来的小伙子，只是因为一嘴平顶山味的普通话，他在被硬生生嘲笑了几个月以后，递了辞呈。他走了之后半年多，华年还在怀念他那一手漂亮的美工活，每次帮华年美化策划案，连边框的棱角都会帮她调整好。

也经常有人问华年是哪里人。华年出生的那个小城，因为自带土豪气息，每次被人问起她的出生地时，她的答案立刻便能换来人们意味深长的目光，富二代啊。富二代？华年闭起眼睛，又是那梦里缠绕着她的一双双猩红的吃人的眼睛。怎么来打工？有人这样问。妈妈说要出来历练下，华年每次都这样笑着回答。住哪呀？也有人这样问，你们那的人可把上海的房子都买光了。我要靠自己啦，华年又是笑着回答。这样含混着也是好的，总比别人被血淋淋扒开的好。

上和下分出了天地，里和外却是分出了一个世界。

于成龙作为一个上海普陀区生人，小时候据说是出生在经过改建如今已经十分繁华的长寿路，只是他们家经过动迁，搬到了大华，幸运的是，虽然长寿路离大华半小时车程，大华总也还算属于普陀的。

于成龙刚进公司不到两个月，就开始每天偷偷给华年送早餐。乐宝时常来问华年感觉怎么样。华年说她哭笑不得。她从小就没有太多的少女心，对着兔子形状的奶黄包泰迪图案的甜甜圈，难免有些不知所措。

“谁问你这个？”乐宝打断华年，“我问你他这个人怎么样。”

“我觉得他长得十分白。”华年想了半天才回答，乐宝差点撕烂她的嘴。

可于成龙真的长得十分白，他不算特别高，也不是特别好看，可是因为他非常白，所以看起来很干净。不知道你们有没有见过这样一类人，你不知道该怎么形容他的长相，要想找一个词准确地形容他们，那就只能用干净这个词。这种干净凉飕飕的，像清晨刚刷完牙留下的薄荷味，像小时候刚洗完澡抹上的痱子粉，像夏天午后被雷阵雨洗过的天空。这种干净让人十分舒服，是秋天你走在街上遇到的第一阵风，一下子就能把你夏日的浊气吹走的那阵。

“听说于成龙买好婚房了。”乐宝说。

“然后呢？”华年问。

“两室两厅，内环内。”乐宝说，“你没听到办公室里所有没结婚的都在讨论这个内环有房男？”

华年摇摇头，其实自从她到这个办公室之后，她与这整间办公室的女性相处就不是特别融洽，特别是从于成龙开始给华年送早饭之后。办公室里的那群大龄少女们已经掩饰不住对她的恨意。各种捉弄她的小把戏层出不穷。马克杯里的口香糖，经理办公室里的小纸条，印错页数的资料……

她们看华年没有一处是顺眼的，她有空就写PPT很讨厌，她每日午间背的英语单词很讨厌，她开会时固执己见的傲慢态度很讨厌，她看人时候总爱睁大的那双眼睛很讨厌……其实也并不是所有人都讨厌华年的这双眼睛。很偶尔她也会听到别人对她这双眼睛的夸奖。她的眼睛和陈老板长得非常像，锐利的眼角、深凹着的眼窝，自然便长成了忧郁而又沉静的形状。每次照镜子，她总是嫌弃自己这双长得过于冷淡的眼睛，看着是与年纪不匹配的老成。华年总对着镜子练习微笑，可嘴角笑开了，眼睛却还是冷的。在这点上她十分羡慕乐宝，她笑起来时眼睛便是弯弯的月亮，带着浓浓的酥醉开的蜜意，暖洋洋的。乐宝却很爱夸华年的眼睛，她时常捧着华年的脸说怎么长了这么好看的眼睛，电视里北方冬天还没有结冰的湖面都没有你眼睛好看，好想剜了去，装在我的眼睛上。

乐宝，要不是乐宝，她怎么也熬不过这三年的，华年总这么想。乐宝和她们关系很好，马克杯的口香糖乐宝帮她洗，经理办公室里的小纸条乐宝偷偷帮她藏起来，印错页数的资料乐宝帮她重印……

于成龙给华年送了两个月早饭后，开始约她出去吃饭。华年十分犹豫，如果让人们知道了这事，还真不知道是怎样天翻地覆地一阵闹。乐宝却十分支持华年和于成龙在一起出去吃饭，她特别严肃地在她们一起出去吃饭前找华年谈了次话。

“你必须去。于成龙是我们办公室整层楼条件最好的。你想，嫁了他，上海的户口，上海的房子，一次性就搞定，以后你就可以安安稳稳地过日子了。”乐宝说。

华年听到安稳这两个字，不知道为何，心里虽然有些怵，却又觉得这个词对她竟是有些吸引力的。外婆的嗓门再大，外公以前有时还是会一边挥着毛笔写字一边对她说，安安稳稳一辈子最好。安稳是一种什么感觉？是不是早上我给你烤面包你给我煮咖啡的感觉？是不是噩梦时会有人温柔地把她叫醒的感觉？是不是什么都不干也不怕饿死的感觉？是不是被逼到墙角后还有条退路的感觉？

“你知道人是会被嘴说死的，特别是我们办公室里的那些嘴。”华年说，她还是犹犹豫豫的。

“杜华年！你想男人了！”乐宝却斩钉截铁，她看穿华年轻而易举。

华年红了脸。乐宝敲她的头：“这个时候还谈什么说死不说死，让她们说去，你现在不要，回头就被她们抢走了。”

“可是……”华年还要说话。

“没有什么可是的。”乐宝恶狠狠打断华年，“你想啊，你和于成龙，我和方鸿之，我们以后就可以四个人出来double date，我们可以一起去吃饭看电影旅行。”

华年立刻就被这个恶狠狠的乐宝打动了。所有顾忌的念头通通消散，华年一直幻想的幸福便是这个场景，她和乐宝带着各自爱的男人，她们一起过幸福快乐的像童话结尾般的生活。当天晚上，她就和于成龙出去吃了饭。

于成龙带她去了富民路上的一家泰国餐厅。富民路盘亘在上海的心脏地带，两旁风格各异的大小酒吧餐厅，来来往往各种肤色的老外，装点着这里充满异域风情。那的餐厅很贵，连湘菜都很贵，老外都去那吃饭，湘菜馆也都是老外，华年听乐宝说。方鸿之以前带乐宝去那的湘菜馆吃过一次饭。

泰国餐厅有一个漂亮的院子，院子的木门雕着妖娆的异国图腾，漆成艳丽的绯红色，院子里种着各式热带花草，满目都绿莹莹的，又点了浓浓的熏香，这熏香的味道甜丝丝的，混着风中似有若无的花香，和于成龙凝望着她笑的眼睛一起，融化成了一个记忆里绵绵难忘的夜晚。华年想起乐宝以前和她形容过的上海男孩子，那样矛盾的，敢当着你面表白的大胆的，看着你的眼睛却又有那样柔软着，捧你在手心上呵护。于成龙就是这样的，看你的眼睛是胆大妄为的登徒浪子，可又有一种从身体最深处生出的柔弱气息，这种气息从他的每一句话每一个动作蔓延开，让他整个人看起来都软糯糯的，像个糯米团子。

华年和他说话时刻注意，压低声音，垂下眼睛，生怕吓到他。华年一直想找个和陈老板类型截然相反的男朋友，陈老板阿诺德·施瓦辛格似的，华年就偏偏要喜欢贾宝玉，所以不管是外表上还是骨子里，于成龙都正好符合这个要求。

“你知道我妈为什么给我取这个名字？”于成龙问华年。

“不就想你考上重点考上名牌进个外企娶个美妞生个乖孙么？”华年笑。

“杜华年！”于成龙大叫。

华年笑起来，她觉得于成龙和乐宝一定合，他们俩一样，假装生气时都爱连名带姓地这么叫她。

那顿饭以后，华年便和于成龙经常一起出来吃饭，他并不小气，但华年很硬气，他请两顿，华年必定请回去一顿。

过了一个月之后，华年和于成龙去看了场电影，正式宣布恋爱。

华年问于成龙：“以后听你的还是听我的？”

于成龙回答：“听你的。”

华年又问：“你会随便泡妞吗？”

于成龙回答：“以前会，以后只泡你。”

“和其他女人多说一句话，我就灭了你。”华年摸摸于成龙的头。

于成龙笑：“我等着你的满清十大酷刑。”

于成龙不大会油嘴滑舌，这很好。

方鸿之和方鸿渐

知道大象为什么是三条腿么？知道蜈蚣为什么会在天上飞么？知道你为什么还活着么？

华年和于成龙谈恋爱后，发现于成龙有个功能，他对公司大小消息都了若指掌。这大约是与许多要讨好他的女孩有关。华年猜测。

所以战略投资部内部招聘这个事情，华年第一反应就是去找他先打听个底细。于成龙不负她所望，说起战略投资部招聘的内幕来果然头头是道，“这个战略投资部是所有职场人梦寐以求的一个部门，在那里工作，未来听说可能有百万年薪呢。真是天上地下两个世界。在那里工作的人也讲究，女人都是穿着丝质衬衫窄裙的，男人都是戴着领带胸巾的。”

“那么可以随便去香奈儿普拉达购物，可以随时去纽约伦敦东京玩，也可以在上海有套自己的房子吗？”华年笑着问。

“当然。”于成龙斩钉截铁，“职场最高殿堂。”

华年喜上眉梢。

于成龙又说：“这次招聘的职位以前向来是只对世界顶级名牌大学学生敞开的，哈佛剑桥牛津的过来面试都要过五关斩六将，清华北大复旦毕业的机会都微乎其微。所以这次放开学历，面对公司内部招考，才会引起这么大轰动。有人和我说新来的战略投资部女老板四十岁不到，美国刚回来，做法很新派，这次内部招考就是因为她要找个特别熟悉公司情况的人，好方便她与公司快速融合。”

华年笑着说：“要到最高处去，自然要比难更难些的。”

于成龙笑着摇头：“反正和我没关系。”

华年却问：“那战略投资部到底负责什么工作？”

“做风险投资。”于成龙回答，“你听过风险投资没？就是买卖公司收购并购什么的。”

华年心里忍不住更加动荡起来，她想起方鸿之提到过的，她想起方鸿之的羡慕，做风险投资那些人，周末是要包机去海岛度假的。周末的海岛是什么模样？夹着海水咸味让人目眩神迷的阳光，抹着太阳油发着亮的小麦色皮肤，就着海浪铺好烛台白餐巾的晚餐，还有那时不时传来的情人们压低声音的阵阵调笑。华年也想和于成龙周末去这样的海岛度假。

这两年，华年所在的这个小小的市场部已经完全被光翼集团总部同化，工作性质上也悄悄发生了些变化，数据做得少了，文案做得多了。乔治居然还经常指派一些活给华年带队。然而，最重要的变化是整个办公室搬进了光翼集团那栋神气的大楼里。这栋著名的大楼为什么著名？是因为它和乔飞明的照片经常一起出现在各类书籍杂志报纸上。大楼由无数打乱了的几何造型的玻璃墙拼接而成，像极了一个立刻要腾空飞去的宇宙飞船。只是这艘飞船始终没有飞去，一直矗立在上海的中心地带，供来往的路人膜拜。你知道我们这栋楼外立面的玻璃墙用的是日本进口玻璃。夏天隔热冬天吸太阳，和武侠书里的宝贝差不多。刚来这里上班第一天，华年一边抚摸着大楼的窗户玻璃一边对乐宝说。我就喜欢刷卡才能动的电梯。乐宝晃了下手里刚发的门卡笑，我仔细看了下其他部门的人穿的衣服，有些很衬头。

算起来，华年和乐宝在光翼工作已经三年的时间，可只有搬进这栋大楼后，华年才突然有种她是真的在光翼工作了的感觉。她终于和乔飞明真的近在咫尺了。

华年仔细一遍遍读战略投资部招聘邮件，她兴奋地发现，工作满三年刚刚符合战略投资部招聘的最低资历要求。

华年拿到于成龙打听到的小道消息后，立刻欢天喜地跑去和乐宝说，请她一起去试试。乐宝自从和方鸿之在一起之后，并没有出现热恋中人经常出现的迟到早退等问题，这点让华年觉得她还是十分清醒的。

乐宝眼皮都没有抬说，“这种职位么，一看就是内定的。”

华年摇头，“不像，既然是内定，何必这样大张旗鼓，到时候自己打自己脸，内定的话还不如偷偷把人送进去。”

乐宝眸子里闪出光来，她每次对什么事情感兴趣，眸子里都会闪出这样的光来。

“你这么说也对。可是这里写着，英语听说读写流利。华年，你觉得我和你的英语，行么？”乐宝问。

“行啊。”华年信心满满，“这不是天天练吗？这个月再密集训练一下，一起过过专业名词，我有信心拿下面试英语关。”

乐宝却眼睛耷拉下来，“看来我只能给你做陪衬去了，我好久没练了。”

“一起去试试。最好的英语课本是男朋友，你有个英语比中文还溜的男朋友，怕什么？”

华年的确有本钱对英语信心满满。这三年苦练英语下来，她已经能像说母语一样说英语。若飞一直说华年笨，要花比别人多的工夫才能做好事情。华年以前不服气，现在却觉得若飞是对的。学英语这事情让华年清楚地意识到，她智商真的也并不比任何人高些。单词是一个个背过来，哪怕后来和于成龙约会，每次也得背几个单词才安心。于成龙刚开始总要说些话，毕竟华年没能和他以前的女朋友那样陪他出去唱歌泡吧，但他嘴里再碎碎念着，还是经常带着他妈妈煮的西洋参鸡汤红枣银耳羹来看背单词的华年。然后，华年在一边继续背单词，他在一边玩游戏。他们一起，在微微黄的灯光下，全世界只有他们两个人。

乐宝伸手和华年击掌，问：“想什么呢？”

“晚上一起吃饭。”华年这才回过神。

“叫方鸿之于成龙一起。”乐宝说。

华年有些意外。这是她和于成龙谈恋爱以后，她们四个人第一次吃饭。就这样仓促间定下来，华年突然有些扭捏起来。乐宝却是很利索，不过五分钟就约好了方鸿之定好了一家日本小酒馆。大家陆续到了餐厅，这个小酒馆的老板早早为乐宝留好了一个清静的座位。乐宝总有办法让每个餐厅老板都为她留位。

方鸿之听了华年和乐宝要考战略投资部的打算后，大笑。

“你们想做风险投资人？”这已经不知道是方鸿之第几次问她们了。

也不知道为什么，刚被问的时候，华年还是有些胆怯的。在方鸿之专业名词的轰炸下，她生生地被抽掉了底气。可他越问，华年那股从小被养出来的倔强气却越上来。

“怎么啦？我们就不能做风险投资人？”华年问方鸿之。

“别傻了，哪里来这样的好事？”方鸿之笑，“风险投资这个行业门槛最高，入行的各个都要是世界级名校毕业，再去投行磨个四五年，我还在排队等着呢，这次招聘你们想都不用想，肯定是内定好的。”

华年看看乐宝，这番话听着十分耳熟，乐宝不久前也说过，只是这方鸿之如此居高临下地摆事实讲道理的，看着似乎更高明。

“我也听说这次好像是内定的。”于成龙说。

于成龙居然也站在了方鸿之这边，华年觉得自己被围在了孤岛上。

华年正想再说些什么。突然，一直默默不说话的乐宝笑着问华年，“怎么样？”

华年愣了下才会意，也笑起来：“就一个名额。”

“还是老规矩，我成了我养你，你成了你养我，其他人统统灭掉？”乐宝调皮地眨眼问。

“那还用说。”华年大声回答。

方鸿之和于成龙目瞪口呆。

华年摸摸于成龙脑袋说："这次让你看看老子的厉害。"

说完，便与乐宝相视一笑，她们一起放出了李莫愁似的笑声，然后大唱，沧海一声笑，滔滔两岸潮……

酒吧的老板远远听到她们的歌声，敲着筷子唱了起来。不一会儿，酒馆里正喝酒的客人们也跟着她们唱起来，有几个外国客人不明就里，却也跟着打起了拍子。人也真是奇怪，有时候穷尽力气也要分出个上和下里和外，有时候，却轻而易举就欢腾成一片。

乐宝挽着方鸿之，嚷嚷着要再去西康路上一个卖外国啤酒的路边小酒吧。

小酒吧很小，只容得下两三个人站立，却有两个乌克兰的金发小妞给开啤酒。当金发小妞把啤酒盖从胸口掏出来时，他们彻底嗨了。那夜华年再次喝到醉眼蒙眬。于成龙用他纤细的胳膊轻轻搂着她。

华年摇晃着强行支撑着的脑袋问方鸿之："你知道钱钟书写的方鸿渐么？"

"是方鸿渐么？听是听说过……"方鸿之说。

"没事没事，洋派的人都不知道。"华年果断打断他，"说真的，你和男主角还挺像，名字也像，性格也像，对了，你们一样，也是外国留学过的。"

方鸿之脸上明显闪过一丝欢喜。乐宝当然明白华年的不怀好意，立刻怒意沉沉，眉毛都倒竖了起来。

华年嬉皮笑脸地和他们继续讲笑话，"知道大象为什么是三条腿么？知道蜈蚣为什么会在天上飞么？知道你为什么还活着么？"

还是喜欢这样的上海，放荡的，带着若有若无自由味道的，人人想挤进来的，正顺风顺水的上海。华年大口亲了下于成龙。

那天晚上乐宝让于成龙送华年回去。于成龙抢着买了单。华年越来越喜欢于成龙了。

华年那时已经和于成龙谈恋爱七个月零十五天了。华年把她的过往，从出生到现在，全部和于成龙说了一遍，连未然的事都说了，只是不提十七岁那一段。那一段是个伤疤，那个伤疤一直化着脓。于成龙的真心会不会被这脓液腐蚀掉？华年不敢试。还好，于成龙糊里糊涂的，什么事情到他那都是真实的美好的，他是个不懂怀疑的人。他很粗心。

于成龙虽然粗心，在一个事情上却细致。他经常一边喂华年吃日式抹茶蛋糕，一边提醒华年，你又重了多少斤。华年不爱吃甜食，只有这种几乎没有甜味的日式抹茶蛋糕才能入口，于成龙有空就帮她排队去买，风雨无阻。

连上海男朋友都有了，只差在工作上立住脚了。华年想。

考题

如果成功来得不是那么光明正大，即使成功了，也不会那么畅快。

华年和乐宝去送面试申请书的时候，人事部文员麦克高咧着黄牙笑着对她们说："华年和乐宝这么用功啊，要不要给你们些建议啊？"

麦克高五十岁出头，是光翼最老的一批员工。整个光翼只有人事部养着这样一群老员工，他们通常是关系户的家属，一般人不敢得罪他们，只是远远看到就绕道走。华年总觉得他们在沉重地拖着光翼的后腿。麦克高以前最重要的工作就是打印文件和到各部门晃悠收考勤月表，可自从公司提倡无纸办公之后，麦克高连这个工作也不用做了。然而，他还是照旧到各个部门晃悠。他每天换一件不同深浅的粉衬衫，小指留着厚厚的三厘米长的弯指甲，他一直与人强调，特别是与新进公司的女实习生们强调，他不老，即使略微老，也是老克拉。

华年和于成龙以前讨论过麦克高的。麦克高不服老的名声传到华年这个部门的时候，于成龙和华年说，他老了，只穿黑白灰。华年大笑，你怎么会老？华年笑完，却转头和乐宝说，人都会老，麦克高二十六岁的时候，也不相信自己有一天会五十六岁。他一直不相信着，就成了如今这个样子。乐宝问，我们也不敢相信自己会老的，所以，以后会不会也成了他那个样子？乐宝问出这话的时候华年突然心里跳动了一下。

华年和乐宝逃也似的飞奔出人事部门办公室，麦克高的轻佻比其他人的奚落来得还让人难受。他是笃定她们不行了吧，所以才可以这样随便。而不行的人，到哪里，都可以被人这样轻易地随便地对待。

华年和乐宝跑出人事部后，两人好久都不发一言。她们心里比谁都清楚，那天“沧海一声笑”的豪情是给人看的。她们看得见彼此的内心，那里有真实的胆怯和懦弱。她们笑得再大声，她们还是胆怯和懦弱。只是，她们又比谁都清楚，别人对这样的胆怯和懦弱有退路，她们没有，别人的胆怯和懦弱有父母的蜜罐养着，她们没有。她们什么也没有。

华年更加玩命地背英语单词，可她心里却明白，即便她玩命地把英语说得像母语一样溜，又有什么用？

从小到大，人人在你耳边说练好英语练好英语，甚至专门有个外国语大学，每个大学里更是几乎都有英语专业。可是学好英语又有什么用？在这里，人人都会的。每个薇薇安、大卫、丽丽也一口好听的美式口音，甚至于成龙也一口好听的美式口音。在这里，人人都可以把英语当母语讲。

“所以，除英语之外，还能给他们什么才是关键。”华年对乐宝说。

乐宝点点头。

“总不能到三星米其林餐厅应聘主厨时，却和他们说，嘿，兄弟，我最大的本事是把薯条炸成黄金。”华年又说。

乐宝又点点头。

“若飞以前说要想得到合作，千万不要说你能对我做什么，而是要去想我能为你做什么？我能为他们做什么？”华年说。

“你想出来了吗？”乐宝问。

华年摇摇头。

华年想不出，于是只好不停翻资料。宿舍里没有电脑，她便天天找借口留在办公室加班。即使每天留到最后的都是她，她也满不在乎。这脸皮算是已经彻底被这三年的工作养厚了，竟完全不觉得这样用公司的电脑空调办自己的私事可耻。

于成龙看华年为了这样完全无可能的事情没日没夜地闹腾，陪了她半个月以后，是真的发了脾气，下班后也不陪着她了，只留她一个人在办公室里。华年虽然和他说了几句好话，可毕竟心思还是在战略投资部这几个字上面，最后便也不再管他。于成龙脾气好，每次和她闹，总是能哄得回来的，所以她决定先把他放在一边。这次背水一战，没办法只好放肆一回。不是都说谈恋爱本来就要像放风筝吗？这也算随了恋爱法则的大流。

可是这么些天过去了，华年把所有求职招聘的类型案例都看遍了，公司的架构历史也是从头到尾研究了好几遍，这些年工作总结出的痛点改革方案也修正了无数次，可这些也是人人都会做的。

从战略投资部招聘启事出来那天起，公司风向就发生了变化。一派是于成龙那样的，依然悠然自得，一派是华年这样的，一头猛扎进这漩涡。显然，华年这派的人占了大多数。整个办公室都凝着一种紧张的气氛，下班许多人开始赖着不走，茶水间的咖啡经常会断供，到处是喃喃着的金融专业英语单词……市场部就这样硝烟弥漫，更何况还有销售部那些如狼似虎的拼命三郎们，财务部那些分毫不差的处女座严重精神洁癖们。听说这次连公司董秘都递交了申请书，于成龙经常送来这样的消息。

从小到大，华年考试从未考过第一名，然而这次，她却要去争取一张一百分的卷子。若飞经常说，少时不努力，老大徒伤悲。可是她又和华年说褚时健七十五岁种橘子种成了一号人物。华年想，若飞大概只是想说，任何时候都要努力的，现下不努力，将来肯定要吃苦头的，可万一真的以前偷了懒，那想努力的时候再努力，应该也是来得及的。总之，努力成功这件事，可伸可缩，自由调配。反正只是鼓励人用的，不用太计较太严谨。

战略投资部招聘分笔试面试两个部分。笔试三天前就考完了，面试时间也已经定了下来。

乐宝的面试时间比华年早一天。面试前的半个小时，乐宝剧烈地呕吐了。华年记得她这个毛病，小时候就犯过一次。那次是学校竞选领操员。成为那个高高站在台上带着全校学生做早操的女孩，无疑是那个时代所有女生的终极梦想。

按照规定，领操员是从舞蹈兴趣小组的女孩里选拔出的。选拔的那天，这些女孩们要比平时早半个小时到学校。她们扎着整齐的马尾做着整齐的动作站在整齐的操场中央，等着老师们用严苛的眼睛将她们中间最精确的那个挑选出来。可还没开始做操，乐宝突然就吐了。她蹲下来，不停地呕吐，华年看到她瘦弱的身体筛子般抖动，然后晕倒在了人群里。女孩们尖叫着围住乐宝。那天华年和乐宝都没能成为领操员。乐宝没选上是因为她突然的呕吐和眩晕，华年没选上是因为舞蹈也好早操也好，对那时肥硕的她来说真的只是兴趣而已。是若飞硬将华年塞进舞蹈兴趣小组去的，她大约很早就预见了肥胖将成为她人生最大的灾难，总想着各种法子要帮她越过去。选上的领操员是隔壁班的章子蕙。她就是那种所有人少女时代的公敌的类型，连马尾都比一般女生要油亮粗壮些，一荡一荡的，在十五岁的晨光里，在所有少年的目光里，荡成了永远触不可及的回忆。

现在二十五岁的乐宝坐在光翼集团战略投资部面试办公室门口，虽然手脚发冷，却并没有因为呕吐而晕倒。她还是吐了，吐完后喝了一大口水，然后拿出一支砖红色的口红，仔细地将它均匀地涂抹在嘴唇上后，又拍打了些在脸颊上当胭脂。然后，她看起来便又是平常那个神采飞扬的乐宝了。华年坐在她身边陪着她。她们都没有说话，只是她紧紧握住她那只冰凉的手，手心的力度让她有些揪心。

乐宝笑眯眯地从人力资源办公室出来，见到华年第一句话就是要请她吃顿饭，庆祝她最后的胜利。华年挥挥手表示饭她可以吃，但是只是顿提早的安慰餐，毕竟自己即将要让她难过了。

“你真这么确定？”乐宝笑着问。

“难道还有其他可能？”华年做出跋扈的样子。

“前段时间你不是说你一点办法都没有么？”乐宝问。

“我已经想到了最完美的解决办法，绝对是我这个天才才想得出的。”华年大笑。

“华年，”乐宝突然神态认真起来，“你那套行不通的。”

“不可能。”华年扬着头，丢给她三个字。

“我……”

乐宝低下了头不说话，过了好一会儿，她才接着说，“我有考题。”

华年愣了一下。

“方鸿之托到了个要紧的关系，帮我拿到了考题。”乐宝边说边低了头。

华年这才明白她在说什么，挥挥手笑着说：“不就几道考题么？有什么大不了的。”

华年确定自己之前的笔试发挥出奇地好。参考遍了国内外金融业面试题，全面恶补了财务知识，连物理奥数费米定律都预习到的华年，有些费力却准确地解出了小球碰墙落地势能等于零，这个题目高考前华年都没弄明白。华年实在是对自己太有信心了，所以对乐宝真是生不起一点气。

乐宝咬了咬牙，从包里摸出皱巴巴的一大摞纸，往华年手里一塞说：“面试题在这里，你明天面试有用。你拿去，有问题，有答案，还有他们希望面试者给公司的意见，都在这里了，全部在这里。”

华年忍不住笑了起来，将那团纸用力塞回乐宝的包里说：“放心吧，我能行！”她有她的骄傲，如果成功来得不是那么光明正大，即使成功了，也不会那么畅快。

乐宝终于也笑了起来。

“看我的吧。”华年摸摸乐宝的脸。

下一个爱因斯坦

这个看似和自我介绍一样平淡无奇的题目，才是最棘手最难解答最需要深思的直透本质的题目。

华年没想到这次的面试题目挺平淡无奇的，和之前的面试光翼市场部的题目并没有差别太多，无外乎自我介绍对公司的看法等等，只不过对答换成了英语。华年心里十分不平，复习了那么多，等来的却是这些常识问题，真心是不划算的买卖，比盛装打扮好误去了个睡衣趴还要憋屈。

直到最后。

“最后一个问题，你觉得这次内部招聘的目的是什么？”人事部主管问。

华年神经这才一绷。果然有这个问题。果然前面所有的轻松，都只为了最后这出其不意的一击，

“你觉得这次内部招聘的目的是什么？”于成龙一本正经地问华年。

一个星期前，华年逼着于成龙给她做面试预演，这是华年无条件答应帮于成龙按摩一个小时换来的。华年把她假设的面试官要问的问题写在一张纸上，让于成龙一一来问她。

“战略投资部作为光翼集团的核心部门，这次招聘是为了发掘公司内部的优秀人才，加入新鲜的血液对企业的持续发展是至关重要的。社会竞争的制高点是人才的竞争。只有高素质的人才才可以让企业立于不败之地。”华年对自己的答案很满意，咬字清晰，节奏很好，又略略带着感情。

于成龙大笑：“听不懂。”

华年大力去捏他的脸。

“你这是百度搜出来的吧，”于成龙还在笑，“当年我来光翼面试

时，也用了这套话。”

华年笑不出来了。于成龙的话重重击中了她。这样一次选拔精英的面试，如果真的有这个题目出现，她这样套话似的回答即使表达得再完美，也不过是加了重盐的鸡肋。她的思维能力如果还是停留在百度搜索结果的水平，战略投资部这样一个精英团体凭什么接纳她？

原来这个看似和自我介绍一样平淡无奇的题目，才是最棘手最难解答最需要深思的直透本质的题目。

战略投资部为什么会缺人？工资高，待遇好，又常年招聘，各路优秀人才自然是闻风而来。可战略投资部为什么还要做一个这样让人匪夷所思的内部招聘？在这些水平参差不齐的内部员工中挑选精英是一个极其繁重的工作，面试了一个多星期才面试掉三分之一的报名者。这样的做法难道不是又滑稽又浪费时间？华年想到这，就开始挠于成龙的头发，她找不到答案。于成龙催她看电影，让她暂时放放。华年到洗手间把门一关。她家太小，没有独立的空间。自从于成龙经常赖在她家不走后，她每次想事情的时候，就会把自己关在洗手间里。一般她只要一点时间，许多事情就能迎刃而解。可是这次华年想这个问题一想就是三天，却一点进展也没有。面试时间越来越近，华年开始焦急。

乔治那天喝醉应该不是个意外，似乎是和老婆吵了架。第五杯朝日啤酒后，趁着其他人都闹得正欢，胖乔治肥腻腻的双手就搭在了坐在旁边的华年的肩膀上。

华年是有些猝不及防的。

乔治带着哭腔说：“活着就是没劲。”

华年并没有参考职场教科书里的那些关于如何委婉逃避男老板性骚扰的办法，而是直接用力甩开了乔治的手。

胖乔治羞红了脸。他虽然胖，喝酒却不脸红，反而愈发煞白，简直一个咸水猪头。所以，华年知道他是真红了脸。

其他几个同部门的同事看着在斗酒斗嘴的，眼角余光却是朝这边瞄来。

乔治的脸看着更红，嘴上却是扯起了其他的话题，“这个战略投资部啊，年年有人入职，可年年都有人辞职。人员流失率居然比华年所在的市场部还要高。听说战略投资部新来的头头刚来半年就动了整个公司，做了各方面的大整改，甚至对坐班时间都没有了限制，可是就在前段时间还是走了两个人。”

华年立刻明白乔治说的是个外面轻易得不到的讯息。这是乔治的道歉，用来换取华年原谅的。华年心里虽然有怒气，可想起乔治办公桌上的那张全家福，和乔治平时和老婆打电话时不自觉流出的小畏惧，这怒气就稍稍平了下来。不过是个怕老婆的中年男人的微弱色心，随便吓一吓，就破了胆了。

乔治说的这个讯息倒是新鲜，她从未听到过。当然了，战略投资部的人事情况，华年这样基层部门的小员工哪里有途径去了解。这也只有乔治这样在光翼工作多年又有庞大人际关系网的公司老人才可以洞察。华年脑子里飞快掠过几个想法。在光翼工作这三年来，她深知这家公司虽然员工众多、部门庞杂，可人员流失率却很低，为什么单单这个战略投资部成了个特例？

华年思考问题的时候不自觉地会冷着一张脸，看着很是不好得罪的样子。

乔治讨好地笑：“就是不知道为什么，战略投资部直属于总裁办，连人员调配都不经过人事部，所以这里面的原因，估计只能去问乔总了。”

华年忍不住一笑，来公司三年多，也就在员工大会时远远看过乔飞明几面。乔治见华年一笑，立刻缩了下舌头。华年看见又忍不住一笑。

那么战略投资部为什么要做这次内部招聘？当天晚上回家前，华年强行把于成龙撵走。一到家，她澡也没有洗，就直挺挺躺在床上，满脑子都是这个问题。直到半夜才缓过神来，身体已经冰凉，才想起已经是深秋，居然连条被子也没盖身上。华年不禁摇头笑了笑。要是乐宝在，肯定又笑她魔怔了。她平日里生活上经常丢三落四，冰箱经常要关三回，家里的钥匙已经丢了两把。以前华年也很为自己的这个习惯烦恼。

直到后来在书里看到一则野闻，说爱因斯坦也是这样的。当一个人太专注一件事时，会忘记其他所有的事。华年跑去对乐宝说我肯定是下一个爱因斯坦。我看你是爱昏头坦，乐宝笑。爱昏头坦和爱因斯坦一样无往不利。华年说。

拿着巨额工资的木偶人

扼住野心比掐住脖子更让人难受。

找到面试问题的答案还是要感谢胖乔治。

自从乔治透露了战略投资的人事情况后，战略投资部需要什么样的人这个问题的扣环就一点点松动开来。

华年问于成龙，“工作对你来说最大的烦恼是什么？”

于成龙笑，“不是天天都是周末。”

华年也笑了，继续问，“如果你要从光翼辞职的话会是什么原因？因为工资不够高？还是因为办公室不够舒服？或者是同事相处不够融洽？”

于成龙这次倒是正经，“光翼工资够高，办公环境数一数二，同事关系，反正我挺好的。”

华年根本没有在听。如果真要找一个让她从光翼离开的理由，那么只有一个，就是无事可做。对于她都如此，对于那些从小就在竞争环境长大的精英来说，这个想法是不就会更强烈呢？战略投资部人少钱多办公室宽敞，到底是什么把人一个个逼走了？想到这，华年脑子里的绳索已经解开了一半。

“战略投资部是干什么用的？是要拿公司的钱出去投资的。关键点就在这里……”华年在于成龙身边喃喃自语。她觉得自己已经踢到了核心。

华年想起偶然间在阅读金融杂志时读到过的一篇乔飞明的专访。乔飞明的照片还是照旧，没跳脱她小时候看到的那几个角度。他在这篇专访中说的话才是关键。他说在光翼发展初期，资本注入时，他特别提出的首要条件就是，光翼的一批元老必须留在原来的岗位上。

“我终于明白，麦克高为什么还能在公司磨蹭，上面想的和我们不一样。这是这次面试的关键。”华年对于成龙说。

“麦克高和你这次面试有什么关系？”

“傻。”华年只这样回答。

华年知道，许多公司一旦被资本注入，很多原创始团队都会被拆得四分五裂。要想做乔飞明这样的坚持，不知道要付出多大的代价。然而这篇采访给华年印象最深刻的还是乔飞明在最后说的几句话，光翼内部一向民主，金额超过一千万人民币以上的投资，都会由这些元老组成的团队投票表决。

到此为止，一切脉络已经清晰。在光翼集团，身处高位的创始人们是有绝对权利在“钱”这个事情上发表意见的。那么，也就是说，他们是有权利干预战略投资部的决策的，更何况，乔飞明设的这个干涉的权利还这么大，一千万元的限额。华年想起来，自己工作的部门当初被光翼收购时估值都已经到了十一亿人民币。如果是这样，一个不能完全说了算的战略投资部存在到底有什么价值？战略投资部以前请来的那些精英中的精英对此又是什么看法？一个没有决策权的战略投资部存在到底有什么意义？是不是有人不甘心做木偶人才离开光翼？即使是做拿着巨额工资的木偶人。毕竟他们到哪都能拿得到这份工资。

扼住野心比掐住脖子更让人难受。

所以，那个传说中十分厉害的新来的投资部头头一定急需打造一支全新的精英队伍。这支新的队伍不仅要专业过关，更重要的是还要帮助她拿到货真价实的投资权利。而这样的人从哪里找？或许里面应该有一两个从公司内部基础员工里选拔出来的人。这个人一定要对公司充满深厚的感情，一定要是这家公司的老员工，一定要对公司了若指掌，说得出这个公司的软肋在哪里，这个人将会成为战略投资部和元老们之间最好的润滑剂，甚至可以成为战略投资部对公司元老示好的最佳人选。

如果真是这样，那么当初招聘以“工作三年”为条件就很值得去细细思考了。三年真是个好年限，不长不短。扎下了根，可这根却还不稳固。这就是战略投资部最想要的人。战略投资部要的这个光翼所谓的老员工，绝对又不能从属于公司元老们的任何一派，因为他以后必须只忠于战略投资部，只忠于新来的战略投资部的那个头头。原来还是忠诚的游戏。世界是由人组成的，成功的人只是稍微比一般人懂多一点拆解人心的密法而已。华年冬天冰湖一般的眼睛放出灼灼的光。

“来说说吧。”面试官催促华年。

华年连忙笑了一下回答：“战略投资部招聘的目的当然很明确，就是希望光翼能够更加欣欣向荣。”

说着她站了起来，指了指放在滑轮车上运过来的几大袋纸，“这是这三年我做的所有PPT的总和，与我的日常工作有些不是特别有关系，这里面包括公司内部人事考核制度的漏洞，收购新公司时新旧企业文化融合策略，如何提高营销部门绩效的一百种小偏方，还有员工穿着对公司未来走向的影响等等。来光翼这三年，是这些PPT伴随着我从幼稚到成熟。拿出这几袋的纸不是要说明我多能干，现在细看里面的许多内容都无知到让我发笑。我拿出这些PPT，只想说虽然我从未在光翼的核心部门工作过，但我对这家公司比对任何人都要了解。我甚至清楚咖啡机多久维修一次，饮水机多久换一次水，我也知道员工们下班后最喜欢去的餐厅。”

华年一边说一边从如山般的文件里拿出几份文件发给面试桌上眼睛里闪着冷光的面官。

“许多人面对面一辈子还是陌生人，许多人只是初见便像已经相识了一生。我最大的优点是死心眼，认准了就不会变。就好像我认准了我现在的上司乔治，我就只对乔治负责。”华年笑着用这句话总结了发言。很理性又很有感情，这样迂回的表忠心，华年满意。

评委里有个三十五岁左右的女人对着华年问："所以你的意思是你已经被选中？"

华年笑："如果选了我，我不仅一定会努力工作，而且一定能百分百完成工作，就好像我这次百分百不出错的考试。"

"你很优秀，你叫杜华年，我记住了。"那个女人拿笔在华年的档案上一边做记号一边说。

下一个爱因斯坦成功了，华年在心里跳起了华尔兹。

"谢谢。"华年记得那天面试最后，她一边微笑一边朝夸赞她的那个女面试官点头。很标准的职场女强人的姿态。

女面试官是一个大约三十五六岁的女人，容貌很淡，鼻子嘴巴眼睛在她的厚眼镜架后面都糊在了一起。但不知道为何华年总是能在她身上感觉到凌厉的味道。大约与她梳的发型有关，华年想。她梳了一个与她容貌完全不搭调的发型。华年还是第一次在现实中看到中国女人梳这种发型，剪得短短的只到耳后的头发，一根根被往后梳得紧贴到了头皮上，油光铿亮，钢针一般。她一直以为这个发型只存在在好莱坞电影里的，是邦德女郎才有勇气尝试的。她没想到这邦德女郎的发型在现实中如此之有效，虽然在女面试官的头上，便牵着她走了，把她的容貌都盖住了，可它却明明在警告每一个第一眼看到她的人，这不是个一般的女人，不要小瞧了。

华年看她说话的神态，俨然是这里的领导者，虽然她在面试途中一句话没说，但却做了总结发言。华年又看她的穿着，套装纽扣上的那个小小的香奈儿山茶花图案，这绝对不是人力资源部的工资水平消费得起的。背香奈儿包和穿香奈儿套装隔着的是一个天上地下的消费水平，华年听于茉莉和乐宝聊天时这样说过。

华年突然灵光闪过，这样用上下级的姿态和人力资源部老大说话的腔调，这样的消费水平，这样张扬的装扮，又与这场面试这样息息相关的，还是个女人，除了那个现在全光翼舌尖上最红的人物——战略投资部头头Miss周，还能有谁？显示她聪明才智的时刻到了，华年做了决定。

华年笑着说：“谢谢Miss周夸奖。”

被华年称呼为Miss周的女面试官眼睛里闪过一丝诧异：“你认得我？”

华年笑着摇头：“进这个房间前，并不认得。”

华年看到那个邦德女郎头脸上闪过一丝莫测的微笑。这微笑让她只想起三个字，“老狐狸”。怪不得这么年轻便能做到这样一家这样规模集团的战略投资部头头，应该就是只藏了尾巴的神兽了。

面试结束之后好长一段时间，那个女人的这个笑容还是一直绕在华年的脑海里。

方圆里长出的角，原来无处不在。

本田的真皮座椅

飞黄腾达就在眼前，现世安稳就在眼前……

公布战略投资部入选名单前那几天，华年心情一直都很好。

她好好地哄了于成龙，甚至破天荒地陪他吃了顿猪肚鸡火锅。于成龙的胃向来矜贵，碰不得任何麻辣味，吃火锅也要吃港式的，而港式火锅对华年来说只代表着一个字——贵。可就这样，他还是噘着小嘴。二十一世纪是男女平等的时代，男人也已经学会了噘嘴巴这个技能。

为了让他重新笑逐颜开，最后华年还是陪着他和他的朋友们一起去唱了一个通宵的KTV。那晚，华年看着围着于成龙的一群小妖精，看着她们拧着于成龙白花花的胳膊和完全无视她存在的挑衅眼神，以及于成龙巴巴看着她，企图看到她吃醋的哀怨模样，华年很配合地多喝了几口酒假装受打击状。只能是假装，毕竟这些日子以来华年太开心，开心到了不计较。

华年开始哭是因为乐宝打来的一通电话。

乐宝打来了电话，华年第一时间就向她抱怨无聊。

“知足吧！男友带着你出去玩的日子，过一天少一天。”

“你的封建残余思想什么时候能被扫清？”华年笑起来。

乐宝的声音却突然正了经：“华年，嗯……我被录取了。”

“什么录取了呀？录取什么了？”华年一时不能领会。

乐宝的声音着急起来：“你别难过，我有考题的，你又不要看，我能进去也只是因为这个……”

华年放下电话才哭了出来。她已经很久没这样大哭了。飞黄腾达就在眼前，现世安稳就在眼前。一切都成了泡影。再也没有水井里镇好的西瓜，也没晨霜时打出来的年糕，外婆的蒲扇更是不知道去了哪里……

于成龙在KTV走廊尽头的紧急通道找到了她。他拿身上的衣服给华年擦了眼泪，然后默默地将她背在身上。于成龙的背温暖而又扎实。

“这个桥段本来是想用在你吃我醋要和我闹分手时用的，结果却用在了你一次面试不通过上，真是大材小用。”于成龙一边背着华年朝车库走去一边说。

华年又哭了出来。

于成龙把华年放在车子后坐上。华年趴下来继续哭。冷不防，于成龙吻住了华年。这个吻绵密而又清甜，比小时候午睡时化在嘴里的话梅糖还要甜，小时候哭的时候，若飞有时会往华年嘴里塞一颗话梅糖。这话梅糖能立刻就止住她的哭泣。

于成龙对华年说：“没什么了不起。放心吧，这辈子有我养你！”

放心吧，这辈子有我养你。华年在心里重复。

是啊，为什么要哭呢？这辈子有于成龙养，是不用再哭的呀。

华年摸了摸于成龙车子的座椅，于成龙虽然开的是广州本田，可选的是高配，座椅是真皮的，怕水。

乐宝拒绝了部门同事们要求大办庆功宴的好意，悄无声息地去了战略投资部报到。她只和华年还有于成龙一起吃了一顿饭庆祝。方鸿之有个会，很重要，没能赶来。她们给她买了个生日蛋糕，去一家餐厅假装她生日，好好地闹了一整晚。乐宝大约一直怕华年难过，刚开始看着也并不是很开心的样子。

酒喝得太多了，才开始和她们说她准备时候的辛苦，虽然有了面试题，可是题库却很庞杂，是很要下一番功夫的。更何况，这个题库不是只有她一个人拿到，而是好多人都拿到了。通知她录取消息的人力资源部秘书和她说，这次总共出现了两个满分。乐宝猜另外一个便是那个董秘，因为在外面流传的题库有两份，只有小部分人手里有缩小范围后的题库。

“那这两个满分的人最后怎么筛选？”华年问。

“我也不是特别清楚，好像是战略投资部的Miss周最后说要我的。”乐宝回答。

乐宝说到这，于成龙握着华年的手突然紧了一紧。华年知道他是想安慰她。虽然华年因为面试不成功的伤心早一天已经过去，于成龙却还是一晚上握着她的手。华年又有些感动，于是借着酒意把感动的鼻涕全抹在了他新买的白衬衫上。都说爱穿白衬衫的男人绝对不能是处女座，而于成龙偏偏就是个爱穿白衬衫的处女座，平日里华年要是这样，他是立刻要追杀她到天涯海角的。可今天他却饶恕了她的鼻涕。

这个世界上最真的真爱不过如此了。华年想。

德国战后的鲜花

德国即使战败后，每家每户的阳台还是种满鲜花，做错事虽然不可原谅，悔悟后，却照样是条好汉。

华年写PPT写了几麻袋这件事自从那次招聘后传遍了全公司。现在她是全公司的笑柄，华年想。

她连上个洗手间都开始提心吊胆。薇薇安齐大卫王丽丽张们肯定是不会放过她的。准备招聘这段日子，华年几乎每天都是最后一个走的，那之后，便渐渐成了惯例。可不管是谁，只要是在她前面走的那个人，总是毫不留情地将公司的灯全部关掉。华年也不好意思再将灯打开。的确华年自己也觉得这样蹭公司的电有些抬不起头。还好于成龙给她买了个插电脑上就可以用的USB小灯，虽然只够照亮方寸之间，然而光亮这个东西，只要有就是好的，即使这光亮照出的是孤独。成功是孤独的，成功之前谁都不知道你是傻子还是天才。那么，可不可以跳开成功之前的那个阶段直接成功？华年问于成龙。

华年胡思乱想地继续过日子。只是华年发现胡思乱想比不想还闷。

乔治那次带着华年他们整组人出去聚餐是在一个周五的晚上。

本来也没有华年什么事，大家都在挤兑薇薇安齐。薇薇安齐和乔治之间那点事其实并不确凿，可这件事风声起的时候，这不确凿却是最津津乐道。薇薇安和乔治的上任弗兰克之间的瓜葛倒是有些影子的，甚至有人在当时一个匿名发布办公室秘密的网站上说，曾亲眼看到薇薇安和他在办公室茶水间亲密。

“说这件事的肯定是个猥琐男。”华年以前听到乐宝说起这事后第一反应就是这个。

“你又知道了？”乐宝问。

“要不，怎么细节都在薇薇安的身体上？我想听过他话的人，大概都只记住了薇薇安乳房的形状。”华年笑。

“也有可能是艺术爱好者。”

“身体艺术爱好者？”

“许多话我们两个人说说就好，你莫要出去得罪人。”乐宝说。

华年点点头。她对薇薇安的身体没兴趣，对她和乔治上任弗兰克或者乔治本人的关系也没有兴趣，对谁与薇薇安过不去更加没有兴趣。华年只是和乐宝打赌，那个放出薇薇安绯闻号称专门生产秘密的网站一定会倒闭。乐宝完全不信，她觉得这个网站一定能上市。毕竟那个时候这个网站热火朝天，办公室里交头接耳的内容都是关于它的。

“这样的网站，损阴德。”华年说。

“这个世上好多生意都损阴德。”乐宝说。

“损阴德的都长不了。”华年笑。

“许多都上了市。”乐宝笑。

“上了市也长不了。”华年认真说，“刚开始拿刀扎人的时候，说不定是有快感的，是有人围观拍手的，可等这把刀扎遍每个人身体的时候那就成血海了，成恐怖电影了。喜欢看恐怖电影的大有人在，却没有人会喜欢恐怖电影发生在自己身上。”

“我不信。”乐宝说。

不管乐宝如何不信，一年以后，那个供人享用秘密的网站还是快速地衰败了。只是那些流言造成的伤疤，却早已经变成了一个巨大的黑洞。吞掉了人群中本应有的温暖和信任可能只发生在瞬间，愈合却需要漫长的时间。至今办公室里的人们想起，还是心有余悸。

那天，大家都在挤兑薇薇安的时候，虽然华年觉得与她不相干，心里却还是有些同情她的。

“听说九天最近内部有了变动，跟着弗兰克过去的人都升了半级，工资最少又加了这个数。”说话的人夸张地伸出两个手指，想必是两千的意思。

九天是光翼的对头公司之一，乔治之前的上司弗兰克在原公司被光翼收购之前，就与九天谈妥了协议，收购前就带着市场部的半组人马跳了槽。这个事情从华年三年多前入职到现在就一直是人们饭后的中心话题，对于那组离他们而去的人的工资的猜测，更是热议中的热议，即使光翼已经调整了两次工资。只有华年这样的后来者，是不说话的，毕竟她们是白白地享受了前辈们奋斗留下的红利，加工资这个事情对她们来说只有额外的欢喜。

“是啊，你说当初弗兰克到底是什么标准，怎么就不把我带过去？”有人突然转过来对着薇薇安问。

薇薇安是连笑都笑不动了。弗兰克走的时候，也没有带她过去。

蒙上了一层纸的关系，最经不住嘲笑，蒙上了这张纸的人，又哪里会不懂嘲笑背后这肆无忌惮的底气？是吃准了这张纸就是人皮，剥掉了就是赤裸裸的血肉。谁要给别人看自己的血肉？

以前这个时候，乐宝要是在，她便会找各种借口拉华年出去暂避锋芒。如今乐宝已经去了其他地方，华年也不知道哪里就多了张嘴巴，突然就说了一句：“今天的鲷鱼不错，大家快吃。”

“有些人也是够了，连鲷鱼这样的东西都要抢着吃。”华年听着一愣，说这话的居然是薇薇安。她还没反应过来她是对着她说的，大家的眼睛已经齐刷刷盯住了她。

“我叫大家一起吃。”华年也不客气，冷冷地回。

“厉害是厉害，要搭就搭到了个有房有车的。内部招聘又比谁都起劲。那一麻袋一麻袋的PPT不知道浪费公司多少油墨纸张。可惜啊，被选上的是乐宝。”薇薇安却是不依不饶。

都说薇薇安对于成龙也有过些意思，以前华年是充耳不闻的。可现在华年立刻看了眼于成龙，居然在傻笑，真是火上浇油。华年眼刀子飞过去。要是于成龙不在，这薇薇安的为难她大约也是过得去的。可于成龙在，这为难就加了倍。那时她和于成龙在一起十个月零七天，他路过她身边时，她都还会脸红，哪里可以让他听别人对她的嘲讽。

是不是该以牙还牙，当众揭穿她和乔治弗兰克的丑事？可若飞说，你和谁吵架，你和谁就是一国的。若飞还说能忍一时不能忍是为大丈夫。若飞的道理她可以懂的，可是懂道理是一回子事，做到又是另外一回子事。

“我倒是羡慕华年和成龙谈的小恋爱。”就在华年决定反唇相讥和薇薇安血战到底的时候，有人却先说了话，是她去年带的实习生。刚毕业就进了光翼，自认为天下最不凡的，与他说话时耳朵上也塞着耳机，又经常挂嘴边说他在他们学校学生会多么多么能干。只是来了三四个月，做出来的策划却没一个通得过。华年手把手教，一个标点符号一个标点符号帮他改文案。他今年转了正，还是自认天下最不凡的样子，他们平时除了工作并没有多说过几句话。

“华年厉害也真是厉害，还特别认真，帮我复印资料都标好码数，也就她让人省心。”又有人接了话，是乔治的秘书，她天天嚷着太忙，总叉着腰说，这办公室里没个真男人，饮水机都要老娘自己换。她最喜欢指使新人干活，可新人总有一天也会成老人，说一句不中听的就三天不理人，谁又指使得动谁，只有华年刚进公司帮她打印复印修电脑整理档案资料，到昨天还被她指派着去送了个文件。

“我们去年年终奖好像多发了三成。”这次说话的是与华年共事三年的同组同事。他老婆前年和他离了婚，他要了孩子过来，平时下班就赶回家，大餐小餐除了人请客的从来不去。华年一直听人说他十分吝啬小气，又惯常喜欢巴结领导，不好相处。她第一没钱请他吃饭，第二又不是领导，与他平时是没有来往的。只有一次，去年的年会时，他喝大醉，和华年说过，他们小组能得个光翼集团优秀员工钻石团队奖，都亏了她。

“好了好了，开开心心出来喝酒的，别吵了。没有华年做的那些PPT，我们这个办公室也不会第一个配上人工智能系统。”最后乔治说了话。乔治是从去年开始对着华年笑眯眯起来的，他一笑，本来被脸颊肉逼没了的眼睛更是一丝也找不到。华年时常和乐宝取笑他，真真亏了，人肉不能论斤秤着卖。

这些人华年以前统统没有那么喜欢的。可没想到这些日日与她漠然相处着人们挺待见她。就好像你被疯狗追着跑，正要走投无路打算一拼的时候，突然跳出来一帮子壮汉，把狗打跑了。华年飞到了太平洋上空。

薇薇安夹起的一片鲷鱼，半天没放进嘴里。终于，她把筷子一扔，伏在桌上，放声大哭。

职场有职场的规矩，是不可以在同事面前这样哭的，这样的失态，是要乞求同情吗？又不是幼儿园的小孩，哭一哭，人们便会围着你，给你糖吃。华年爱哭，乐宝以前对华年耳提面命。

薇薇安平日里应该是比华年更明白这样的道理的。她的一言一行无不是都市白领的楷模，说的话做的事穿的衣服开的车甚至连绯闻都是在这白领楷模的标准里。可如今这楷模却丢了盔卸了甲，是比一般人更一发不可收拾的。薇薇安哭得一塌糊涂。

薇薇安越哭，华年越不知道该怎么办。她突然又觉得是她们这群壮汉正在围攻一只可怜巴巴的小泰迪？哪里有比众矢之的更可怜的人？再想，薇薇安刚才其实也不过是慌不择路，找她脱了个身而已。

刺猬会不会比任何人都渴望得到爱？只是每个人的生活都这么累了，谁又有心思小心翼翼去软化那一根根让人疼痛的刺。乐宝以前还这么说过的。

那天饭局结束，华年又说要先回趟公司。大家笑着说，快去快去。

乔治说："记得关大灯。公司规定可不能随便犯，被查到是要罚钱的。"

华年读了公司创业至今的所有材料，唯独没读公司规定。原来这件事又是要反过来看的，是她把人的好心当了驴肝肺。走时关的灯，是大家给她打的掩护，她却以为人人把她当了靶子。乔治是个好上司，他懂得一个道理，有绩效的地方就不能有太多斗争，何时点火，何时灭火。人情练达皆文章，乔治真是个中好手。

华年这下才明白了光翼当初买下这家公司的原因，他们能把那些虚假的流量数据做得漂亮，做到同行第一名，他们也能做好任何事情，现在她们这个团队做的策划案选中率全集团第一。一个优秀的团队，比任何资源都更有价值。德国即使战败后，每家每户的阳台还是种满鲜花，做错事虽然不可原谅，悔悟后，却照样是条好汉。相反的，俄罗斯打了大大的胜战，可俄罗斯壮汉们却只知道灌了伏特加满街找人挑架，即使有万亩油田，也不过是坐吃等死。

华年想起战略投资部，那个遥远的战略投资部。没有她华年，肯定成不了气候。

华年大笑。

笑了，全世界又冒出了水晶鞋，南瓜车又在不远处等着她了。她又是那个杜华年了。她好了。

Free Sex

他们说他喜欢我什么？就是喜欢我便宜而已。你知道吗？英语说这事还有个专有名词，叫Free Sex。

薇薇安的离职是在那次聚餐的半年后，一个优秀的团队总有一个最后一名，她就是那个最后一名，她被排挤走了。当然不久就会有新人进来顶替她的位置，然后又会有一个新的最后一名。

只是没想到的是，薇薇安离职后，陆续传来了好消息。结了婚，生了小孩，和她老公一起经营一家母婴用品淘宝店，生意做得风生水起。华年有次看电视，居然看到薇薇安正在参加一个娱乐节目，主题是名牌大学女学生如何淘宝创业获得三千万A轮融资。电视里的薇薇安已经发了胖，皮肤紧绷着肉。这个样子，大概是再也不会有人说她与谁谁的关系了。她在屏幕上神采飞扬地说，当年在公司与同事们关系紧张，我一直觉得是我的问题，出来创业后，才知道原来不一定是我的问题。鹤立鸡群时，鹤其实会自卑，只有飞到高空后，才能俯视鸡群。她面前的观众席掌声如雷，华年才发现，薇薇安口才原来这么好，当年那个饭桌上一群人加起来说不定都说不过她。还真的要感谢她当时不管是被逼还是无奈，最终口下留情。

“多亏薇薇安，现在总算在办公室的日子没那么难过了，看那些人也顺眼起来了。”华年对乐宝说。

“你和薇薇安还真是互相给对方做了垫脚石。你垫着我时我垫着你，垫脚石彼此间真该相亲相爱的。”乐宝说。

华年笑：“以后我会和每个新进公司的小朋友先说薇薇安这个故事的前半段，然后在有人离职的时候，和他们说这个故事的后半段。如果可以，不要做那个最后一名，但真不得已做了那最后一名，说不定也可能是另外一个幸运的开始。”

“你最棒。”乐宝说。她说着，从包里掏出手机。乐宝前天刚从代购那买了她人生第一只香奈儿255。

与宋星河相遇的那一天，华年不知为何突然惦念起一部电影。于是下班就早些回了家。所有的一切，便都是从这早回家的几个小时开始的。

“人无法总结这样的恰巧里面暗含着什么样的奥妙，于是就归结于缘。后来又有智者说应该归结于一种算法。宇宙一切的行为轨迹都是一种算法，这种算法庞杂难测，可以无穷想象。这个算法决定你的出生和死亡，也决定你现下这顿饭的胃口是甜是咸。世间万物互相影响，变量影响着变量。”华年那天和于成龙去看了《盗梦空间》，大发了通议论。

华年回到家时打开门看到乐宝居然坐在客厅里看电视。如果说刚才的那套理论成立，那么这大概就是华年和宋星河之间一个重要的变量参数。华年以后总这么想。

自从乐宝搬去和方鸿之一起住之后就很少回来了，方鸿之已经是她的命了。方鸿之喜欢吃家里的早餐，她早上五点起来给方鸿之做早餐；方鸿之手机没电，她越过半个上海赶过去给方鸿之送充电器；方鸿之答应她过来，到半夜却还没有消息，她就做好夜宵缩在沙发里等方鸿之。华年安安静静地看着乐宝，看着她一步一步走进另外一个世界。乐宝也安安静静地，越来越安静。

可那天乐宝却走进走出，和华年说了许多事情。夏天屋里蚊子多，怎么也不买个蚊香液，浴室里的衣服几天没洗了，找的阿姨要看着点，被单都脱了线，要不要上网给你买新的……

如果不是十二岁就认识乐宝，华年一定看不出她的不对劲。乐宝还是在笑的，笑起来还是眼睛弯成月亮，可这月亮却是轮残月，眼角是期期艾艾，眼眸是闷闷不乐。

“走吧，找方鸿之于成龙一起吃夜宵去？”华年猜这个是症结。

“不要。”乐宝摇头。

“不要？”华年提高音量。

“我不要见他。”乐宝说。

华年知道她猜对了，果然还是因为方鸿之。

“为什么不要见他？我知道这些天方鸿之在上海。”华年问。

乐宝摇头不说话。

“他在哪？”华年追问。

乐宝顿了顿说：“他出去玩了。”

“怎么不一起？”华年又问。

乐宝叹了口气，答非所问：“你知道我对方鸿之是真心的。”

“然后呢？”华年问。

“这些天，我经常看不到他。”乐宝说，“我生了气，问他原因，他反而问我，你哪有资格管我？你知道，从我们第一天在一起，他就和我说在国外男女恋爱都AA。我想，AA就AA，那个时候我以为这是一种尊重。再说我吃自己的，将来起码不会有人骂我被包养。也不是那种被人看不起的‘拜金女’了。结果，他现在来和我说，我哪有资格管他？”

“人最高明的就是用道德去套住人，高尚有时候是卑劣的武器。”华年说。“如果你一无所有，我可以替你养家糊口，可若你日日挥金如土，却舍不得为我花一分，如果这样也算爱情，那我宁愿孤苦一生。爱情本来便是要为对方舍去自己的一部分。而舍去自己最不愿意舍去的那部分，那才是深爱。你为方鸿之舍去了自己最不愿舍去的那部分，而方鸿之却还是死守阵营。”

“我不想听这些，华年。”乐宝声音尖锐，“我这个时候不想听大道理。我不读书，我没有文化，好了吧？”

华年不说话了。她知道平日里挥金如土的方鸿之对乐宝的小气，是乐宝说不出口的伤。有些人这辈子只谈一次恋爱，那就是和自己。方鸿之就是这样的人。可是她不能阻止乐宝。她有她的本分，她不是乐宝，那是乐宝的人生。没有任何一个人能告诉另外一个人，你该走的路是直是弯。这堵南墙要她自己去撞的，否则她怎么心甘？

华年拍拍乐宝。乐宝苦笑着继续说，“其实哪里是只有不能管他，有次他的一个女闺密巴巴跑来给我打抱不平，说方鸿之的那群朋友们总议论我，羡慕方鸿之找了个可以白睡的。他们说，方鸿之喜欢我什么？就是喜欢我便宜而已。你知道吗？英语说这事还有个专有名词，叫Free Sex。”

乐宝忧伤地垂下眼睛。

华年动了真气。如果只是方鸿之和乐宝之间，华年不能做什么。但是他的那群朋友的事便是她的事了。那群败家子是真不知道这个世界是怎么样呢！华年眉毛一皱，这群人既然要搞事情，那么，她也没在怕的。

“这些人今晚都在？”华年大声问。

太久没有去这种轰隆隆的酒吧了，华年拉着乐宝的手，怕她在身后跟丢了。

一阵突然的天旋地转，华年正在推开前面拥挤而来的人潮，突然的，就被人抱了起来。今天很热，她出门时穿了短裤，裸着双腿。华年感觉到那个人滚烫的皮肤灼烧上她的皮肤。

华年低头，看见的是方鸿之发狂的笑，抱住她的人正是他。方鸿之一抱起华年就开始跑着绕场，前面一堆人笑闹着给他开路。方鸿之很高很强壮，华年不敢挣脱，怕掉下去。下面的那些人都正张着漆黑的嘴巴，等着吞掉她。

华年哆嗦着身体，居高临下，看清楚了这里整场的疯狂。而她，现在，是这疯狂里最疯狂的那个。气势汹汹要来找方鸿之算账，没想到一见面，就输了个彻底。

方鸿之绕了一圈后，把华年放到了乐宝面前。他一手搂着华年，一手搂着乐宝。他说，“你的腿真好看，要是你们俩都是我女朋友就好了。”

华年还来不及反应，就看见于成龙站在不远的地方，脸色煞白。他一定是收到她的消息，匆匆赶来的，头发还乱糟糟的，带着起床气。

华年猛地推了方鸿之一把，想立刻向于成龙奔去。乐宝却突然上来搂住她，她的身体也在瑟瑟发抖。“对不起对不起对不起。”乐宝连声音也在发抖，“他就这样的，你别生他气，他不是只对你这样的，他对所有好看的女人都这样的。他和我说，他不会和我结婚的，因为他一定不会只和一个女人好。”

华年看着乐宝，不知道该对她说什么。乐宝脸色突然刷的一下红了起来，即使在昏暗下，你还是可以看到那火红，燃在她自尊心上。乐宝继续说，“可是他还是爱我的，他和我说过的，虽然他有很多女人，但他还是会让我给他生小孩的，他会让他爸爸给小孩很多钱，华年，你看，他还是有心的。”

“如果方鸿之不是方鸿之，你还会这么爱他吗？”华年问乐宝，华年吼着问乐宝。

“不会！”乐宝也吼着回答华年，“你以为这个问题我没过问过自己吗？如果他只是拿着两千元工资没房没车没有有钱爸爸的方鸿之，我不会这样。可我现在有什么办法？我已经爱上他，这么恶心，还是爱上了他！你说我又有什么办法？”

华年终于安静了下来。是啊，有什么办法？你拿人有什么办法！

于成龙走过来，递给华年一杯温水，温度刚刚好。华年默默喝一口，好像把于成龙暖暖的心喝了下去，华年喝完递给乐宝，乐宝接过去喝了。华年看见乐宝眼睛里晶晶亮的，比那玻璃杯子的水还要亮。

乐宝小时候总说，长大后我们要嫁给一个人。然而，长大后，华年想乐宝也明白了吧，这句话原来是世界上最恶心的一句话。如果和爱情还没有关系的话，那就是比最恶心还要恶心的话。

“我们走吧。”于成龙拉着华年的手。

华年转头看看乐宝，她也正在看着她。

“我们要不留下陪陪乐宝？”华年对于成龙撒娇。

“什么？你还要留下来？”于成龙声音变得重重的。

华年很少看他这个样子，只得陪着小心：“总不能让她自己一个人在这。”

于成龙彻底变了脸色。“那我先走了。”于成龙说着甩了华年的手，转身便走。

华年匆匆去追，随手把手里的水杯往桌子上一放，手里的那杯水已经凉透。

她力气小，挤出人群的时候，于成龙已经不见踪影。华年打了几个电话给他，他一直在通话中。

于成龙这次是真对她生气了。华年想。

华年突然也赌上了气。从小若飞教她的规矩里有一条，男朋友的哥们，要摆第一。以前他突然被朋友叫走的时候华年没有说话，他身边那些女孩朋友们拉着他手痴缠他时她没有说话。

一切都要有个对等，今天就不能把我的朋友摆第一吗？华年发消息问于成龙。

华年从来相信，非要让人做选择题的人是最愚蠢的。华年从不为难他，也求他别为难她。

于成龙过了半个小时还没有回。

不过要个公平。华年“啪”把手机关了。

MAX参数

如果人生里发生的一切都只是命运计算结果的参数，那么与宋星河的这场相遇，应该是个MAX。

她回到卡座的时候，几个方鸿之的哥们正拉着乐宝玩骰子喝酒，乐宝已经有了醉态。华年看了眼在远处敞着衬衫满场飞转的方鸿之，哪里有第一次见面时文气的影子。那几个人一看华年走过来，就连忙拉着她坐下来，又让服务员在桌子上重新摆上高高的香槟塔。华年不发一言，等香槟塔摆完，她笑笑地挥挥手，一把将所有酒杯子统统往地上一推，音乐太大，几十个酒杯落地连个声响都没有。

华年说不出的畅快，挑衅地看着他们。那几个人也睁着惺忪的醉眼看着她。他们居然在咧嘴傻笑。我不是在和你们玩闹，华年想对着他们这样大叫。可看着他们涨大的脑袋虽然还在脖子上，脖子却是已经支撑不大住了，各个摇头晃脑的，像极了滑稽戏里的小丑。华年突然什么都不想说了，不想再理论，不用再帮乐宝出气。小时候语文老师教华年，夏虫不可语冰，那时不懂，还笑着和同学说，给它们吃冰棍就好了。现在华年对着这群人，虽然哭笑不得，却是懂了夏虫语冰的感觉。与他们有什么好吵的，不过是群小丑，日日不见阳光，浸泡在酒精里，被女人的虚荣娇惯着，膨胀出更无知自大的虚荣。

乐宝怕华年再惹出什么事来，连忙站起来拉着她走到沙发角落。华年看到那里只坐着一个人，这个人居然没有在喝酒，他双手交叉在大腿上，眼睛看着前方，像是在仔细观察着什么。乐宝悄悄和华年说，这个人是方鸿之家里的朋友，他们一起在美国留学的，上次面试的考题就是他帮的忙。

华年打量了几眼这个人。他长了一张不规矩的脸，眼窝很深，虽然长着中国人的皮肤，五官却是外国人的影子。

华年又在心里猜他的年龄，却发现竟猜不出。小时候，华年也猜不出人的年龄。有一次，若飞指着新闻联播里一个梳着高高发髻的播音员问华年，你说她几岁？小华年便回答，二十五。若飞大笑。那个时候在华年看来二十五岁实在是老得不得了的年纪，再老也不过二十五岁。现在超过二十五岁的华年，却有了另外一种本事。她可以在除了皱纹白发外，从人的眼神谈吐里捕捉到人的年纪。现代人的伪装技巧越来越厉害，只是比不上华年变得越来越精明的速度。眼前这个人华年却琢磨不定他的年纪。这或许就是个没有年纪的人。你要说他二十五，那便是二十五，你要说他三十五，他便是三十五，可你要说他四十五，他说不定就是四十五。你再看他眼角的鱼尾纹写着稳重，深凹的眼睛里藏着城府，而他又是与你来笑面虎这一套的人，他的一举手一投足都在告诉你，他温润如玉，可是这玉却是一脱手就寒冽如冰的。

“方鸿之叫我照顾他，”乐宝拉拉华年的手，说，“帮我招呼他一下。今天实在累。”

华年点点头。

“你叫什么名字？”华年问那个人。

“我姓宋。”他回答。

华年立刻明白，这是个傲慢的闭门羹。富人的傲慢？华年冷冷地想。她突然就起了要捉弄他的心思。

酒吧里太吵，华年又不想像其他人那样暧昧地咬着耳朵说话，于是将声调提高了八度：“那么我称呼你宋先生？”傻子都听出华年的嘲讽，可这个人却是点了点头。

“你叫杜华年？”这位宋先生问她。他说话的时候，天然带着一种很不客气的质询口吻。华年立刻觉得自己正被几百瓦的审讯灯照着。

“你怎么知道？”华年一边问一边就想到了他知道的原因，大概是刚才他看足了那场疯狂的表演，周围的人一定都在问，那个被人举着满场跑的女疯子是谁？她可真是出了名了。

他果然说：“刚才好威风。”

华年眉头一皱。

“可惜这里太吵，香槟塔落地听不到声音。”那人认真地说。

原来在说这个，竟然是个明白人。华年看了他一眼。

“锦瑟无端五十弦，一弦一柱思华年，看来你有个爱读诗的妈妈。”他说。

“你怎么知道这个名字是我妈给起的？”华年又吃惊。

“玉溪生的诗，一向女人比较喜欢。”那人说。

华年顺着他的话点头，这人怎么着？这是要上演福尔摩斯现场办案？

“你是混血吗？”华年问。

那人回答：“或许祖上有点吧。我爷爷齐齐哈尔人，那儿与俄罗斯交界。”

“那么或许是在国家边界还没有那么清晰的时候，某一天老祖宗们出门打猎，那天风雪连天，老祖宗一个不留神，没打到猎物，却打到了一个罗刹国公主，于是便在这里留下了异国血脉。”华年笑，又突然停住。今天着了魔了，说这样的话。

酒吧实在太吵，说这点话已经累得华年气喘吁吁。那人也是皱着眉头，指指天花板上的音响。这时，方鸿之突然喘着气一屁股坐在华年和乐宝中间。

那人对着方鸿之说：“太吵，我们去吃夜宵？”

方鸿之黏黏糊糊地说：“再玩会儿，还没够呢。”

那人已经站了起来，方鸿之只好站起来跟在他身后，乐宝一边匆匆去找包，一边和华年说，“走走，我们吃夜宵去。”

方鸿之找了个代驾开着他的宝马张牙舞爪地先走了。华年坐宋先生的车。自从刚才酒吧那段对话之后很长一段时间，华年都用“宋先生”这个代号称呼他。在捉弄人这件事上，华年向来不心慈手软。他开了一辆凌志牌轿车，华年看座椅都起了毛边，看着就知道这车已经用了有些年份了。

华年随口问：“你喜欢凌志？”

宋先生笑着回答：“我们公司大老板开这车，我为了拍马屁，随他买的。”

“倒是个好老板。”华年的语气是玩笑。

“是啊，这凌志给他博了多少好名声，好得都忘记了他的三架私人飞机。”宋先生眨眼。

华年不说话了。华年说话惯性带着刺的，可这刺到他那，却像是扎到了棉花上。他也太能说话了。

宋先生又在问他：“听说你带着一麻袋的PPT去做内部面试，真有这事？”

华年一听乐了，说：“您有什么意见的话欢迎发我E-mail。”

“意见倒是没有，”他说，“只是有个事情我很好奇，现在你哪里买得到麻袋？”

华年忍不住一笑，“明明是旅行袋，淘宝上十五元一个，为了显示我的专业性，还特别挑了灰色。”

宋先生不冷不热的脸上这下才露全了一个笑意，问：“听说没录取，觉得冤枉？”

“两个满分里挑一个，哪里冤枉？”华年反问他。

“两个满分有一个不就是你？”宋先生吃惊。

“你怎么知道的？不是我们的董秘么？”华年急忙追问，这个消息也让她大吃了一惊。

“光翼的人说的。怎么？这是个秘密？”他用问话来回答。

“我才知道，我人缘不好。”华年摇摇头，泄了气。乐宝和同办公室的同事是必定不知道的，是了，宋先生既然拿得到面试题目，说明他与光翼关系匪浅，他自然知道的比别人多些。原来竟然真是在她和乐宝中挑一个。想到这，华年心里倒是松动了一下，还好，不是别人。

“来，你说说，你最后怎么就输了？”

华年低头思索了半天回答：“如果我真是另外一个得满分的，我比竞争者不如的大概就是人缘，我平时做事情有些不合常规，同部门同事中有几个就不大待见我，我想这次考核里，有一个很重要的因素就是情商，我的情商是比被选中的人差的，输了是应该。”

“情商高并不代表要讨好大众。”宋先生质疑，“除了这个，没有了？”

华年听他说的有道理，又仔细想了好一会儿，再也想不出什么决定性理由，只得摇了摇头。

宋先生见华年久久没有回答他，笑着说：“听说过汉武帝和霍去病的故事吗？霍去病少年得志，但是才29岁便去世了。汉武帝在选中霍去病的时候便说了句，这把刀磨得有些过于锋利了，用是好用，可惜很容易折断。”

“你的意思是我也是那把磨得太锋利的刀？”华年听着有些乐了，这和若飞小时候一直教她不要太骄傲的意思好像差不离。

他说：“你是那把刀，可你没明白我这个故事的意思，你们战略投资部那个头头可不是汉武帝，她不过是另外汉武帝的一把刀。”

华年听到这里，不禁对着他多看了几眼，怎么说话听着这样大有来头的样子？可若飞又总说这个世界上到处是说话听着大有来头的人。

“我已经表过忠心了。”华年说。她想起面试那天Miss周莫测高深的笑容，难道她是在说，嘿，小姑娘，这里可不是让你卖弄小聪明的地方。

“忠心要是表出来就有人信，世界就和平了。”宋先生说。

“呀！一把锋利的刀怎么容得下另外一把锋利的刀？”华年突然叫了一声。

原来那天是在这里出了错。Miss周的确需要一把刀，可这把刀必须是握在她手里的，是不能和她一较高下的。她想起自己那天自作聪明地点破了她的身份。

“怎么早没想明白这个道理？”华年恨恨，“刀已经出鞘，收不回来了，败局已定。事后曹操，笑死诸葛亮啦。”

“你真觉得一点办法都没有了？”宋先生看着车子前方的脸似笑非笑。

华年心里略微一动。

“不要用鸵鸟的态度告诉自己你不是鸵鸟。”宋先生说。

有时候想通一件事可能需要一辈子，有时候却只用一秒。没有一次定生死的事情，若飞说的，她为什么总忘。华年开始有些感激眼前这位宋先生。

华年学着他的样子，似笑非笑地看着他：“那倒不是，既然刀已出鞘，放着生锈多可惜，这必须要让汉武帝看到才甘心啊。”

宋先生听着微微点了点头，俨然国家主席风范。华年笑。

他们说着话已经到了夜宵的地方，宋先生却突然说他有个越洋电话会，连夜宵店的门也没进，也没和方鸿之打招呼就走了。华年看了下时间，凌晨三点。

“他这个人就是怪！是不是又是说有电话会了？”方鸿之看华年一个人进来，涨红着酒醉的脸大声问。

华年点点头。

"就他忙，人人是闲着陪他的，"方鸿之怒气冲冲，"次次都这样！"

也不怪方鸿之，为他才来吃的这个夜宵，他却突然走了，这个人真是不通人情。华年这次同意了方鸿之。

华年问他："这人你怎么认识的？"

"他是我小时候的邻居，运气好，考上了斯坦福。"方鸿之说。

"这么厉害。"华年吃惊，本来还以为他和方鸿之是那个美国野鸡大学的同学。高考时的清华梦立刻发作，刺痛她，然而，人家还是斯坦福。

乐宝说："我和他也是第一次见。他的工作好像和光翼有很大的关系，我之前听鸿之提过他有个这样的朋友，于是那个时候就让鸿之找他帮帮忙。"

"我和他的关系，一句话。"方鸿之听乐宝这么说，脸色好了许多，又有了些得意之色。

华年笑了一下，问："他是做什么工作的？"

"做金融的吧。我们工作上没多少接触。"方鸿之并不是很肯定。

"金融是个好行业，炒股票的大妈大婶，拉投资的销售，都是金融业的顶梁柱。"华年笑起来。方鸿之做的投行，也是金融体系里的，却连身边在同行业里的亲近朋友在做什么都没搞清楚。这就是方鸿之。

"怎么？"乐宝笑着看着华年。乐宝的笑暧昧不明。

华年白了她一眼，"这辈子，生是于成龙的人，死是于成龙的鬼。"

想到于成龙，心里便满满是于成龙。想忍一下，却还是一秒钟也忍不住，华年的手已经在开手机。满屏都是于成龙的消息。在家，等你。家，本来是若飞和陈老板在的地方，现在，于成龙在的地方，好像也可以是个家。

心立刻柔软成棉花糖。

"什么棉花糖？简直比豆腐还软。男人女人间绷不住的那个总有一天吃亏。"乐宝笑华年。

哪怕再被乐宝嘲笑没出息，华年还是匆匆和乐宝说了再见，飞奔回家。

如果人生里发生的一切都只是命运计算结果的参数，那么与宋星河的这场相遇，应该是个MAX。

二十顿饭

世上哪有真隐士？嵇康要真想隐居，广陵散早就绝音。

自华年和乐宝与宋先生见面之后，乐宝便对宋先生起了兴趣。不出两天，她就跑来和华年说，那个宋先生，他叫宋星河。

“这个姓听起来就大有来头，国父似的。”乐宝说。

华年大笑：“一听就矫情。”

“他可是大有来头，他爸爸是宋子平。”乐宝说。

华年哦了一声，实在吃了一惊。宋子平是恒世集团创始人，恒世集团是老牌的实体企业，做橡胶出身，宋子平白手起家，是老一辈企业家里数一数二的人物。只是前几年，宋子平因病去世，各大媒体都在传他家族关系复杂，一直在打遗产官司，好好一个恒世集团竟然就因为这些官司，被四分五裂，最后分崩离析，消失了。没想到他竟是这样的来历。

华年终于冷静下来。她在心里十分鄙视自己的这种小市民气，竟和大多数人一样，对传奇人物忍不住地好奇激动，也不管这传奇的底里是好是坏。

“他是宋子平前妻的孩子，鸿之说，十几岁他们认识的时候，宋星河才被接到上海来。他爸走了之后，他什么都没分到，一切都得靠自己。”乐宝说到这，叹了口气。

华年跟着叹了口气，生了二世祖的命，却没享到二世祖的福。不禁物伤同类，对他有些同情起来。但想到他的学校，仇恨立刻就又上来了。哪里是同类，人家是斯坦福毕的业。

“读了斯坦福，工作肯定不错？”华年问。

“工作再好，不过多赚点生活费。”乐宝又叹气。

华年雄赳赳拍着胸脯：“怎么这么没志气？我们新社会，哪个富豪不是白手起家？别人起得，我们就起不得了？”

乐宝笑了出来：“你行，你行，我是不行的。”

说完，乐宝不再理她，开始着手翻财经杂志。她把这几年她们家存着的财经杂志上的人物照片几乎翻了个遍，却始终没找到宋星河的资料。她又得意扬扬来与华年说她的推测果然是不出错的，再厉害也不过是个打工的。最后，她得出了个结论，这个世界上不是每个聪明人都有出息的。

于成龙在旁边凑了上来，他说也这么看。他觉得宋星河说不定就是个混吃等死不中用的家伙，不过比他们世故了些，和华年分析的那些话，听着也是世故得很。于成龙很是看不起这位宋先生。

可不管大家对这位宋先生如何评价，与他的会面实在给了华年深刻的影响。他的话一直在华年脑子里盘旋，而因为这些话冒出来的不计其数的点子，如今已经在华年脑子里跃跃欲试，时刻就要冲破她的脑袋，这让她兴奋得整宿整宿睡不着。因为兴奋，于成龙炖的放了大把西洋参的鸡汤，华年都喝得食不知味。以前她喝于成龙的鸡汤，经常会嬉皮笑脸地逗他，将来发达了一定打只金鸡给他。于成龙说被她的俗气吓死了，但他每次最后却只是轻轻亲吻她的脸颊。

于成龙亲华年脸颊的时候，华年也亲亲他的。他们的吻细细密密在一起，一次比一次深地刻在了华年的心上。只是那些时日，华年的脑子却飞到其他地方，没精神再夸这鸡汤，也没精神再说金鸡的玩笑。于成龙气得闷头打游戏，华年也不管。她满脑子都在想因为宋星河产生的一个问题，她已经把自己磨利了，可怎么出鞘呢？

第五天失眠时，华年对于成龙说她有了一个天衣无缝的计划。华年说她就像生吞了一把火下去。这把火把她的胸口烧得生疼，就像当年想出让陈老板送她到上海来的那次一样。

华年拨了银行的号码。这些年她无聊的时候，便时常悠悠闲闲拨打这个电话，这对她来说，是种消遣。电话那头是悦耳制式化的女声，总会告诉她账户余额还有多少。华年一直很想知道，这些不同的银行，哪里找来那么多相似的声音，这些声音操作着你的银行余额，银行余额操作又操纵着你的人生。这些女孩们在录这些声音的时候，应该并不清楚，原来自己便是那传说中的上帝之音。

然而，这一次，华年拨这个号码时，却一点也不悠闲。她几乎是急不可耐。华年的银行余额是五万两千元。五万两千元不够买于茉莉们手里的一只爱马仕，也应该不够买乔飞明们嘴里的一支拉菲。然而，在华年的计划里，她现在却决定用这仅有的五万两千元去赌一把，赢了，便是鱼跃龙门，输了，也不过是回到原点，很划算的买卖。

华年做了一份长长的媒体联络名单，这些年在这里市场部工作有很长一段时间她都在做整理新闻档案的工作。这工作让她对光翼董事长乔飞明的新闻阅读习惯有了一定了解。这也是她平时特别留心去做的功课之一，某种程度的投机取巧。她做出来的策划案通过率一直很高，和这个有关系。胖乔治这样总结过。

于成龙觉得华年在干傻事。于成龙说晨露里长乐路有梧桐落叶里的书店，于成龙说阳光下武康路有飘着浓浓香草味的冰激凌，于成龙说晚霞里吴江路有热腾腾的越南牛扒……华年不为所动。

她披头散发，睁着血红的眼睛，窝在十平米的房间里，对着发着辐射的电脑，日夜奋战。华年的眼睛耳朵都只在这里，背水一战时，哪里还看得见外面的东西？

凯莉吴在《时尚先锋》杂志工作，她大学毕业进《时尚先锋》做的第一个选题就是从华年手里走的，文字图案做出来看着活脱脱像一本幼儿画册，她们团队给第二次整改意见的时候，就把她丢给了华年。那时华年手上也挂着四五个未完稿的案子，她很想和她说，你托儿所毕业了就没人再给你围奶兜了。最后，她终于还是什么也没说，只是默默和她一起改了五次。她几夜没睡，华年陪着她几夜没睡。华年想，能几夜不睡工作的人再笨，也一定会有出息。她现在是《时尚先锋》首席记者。

艾琳马十年前在“小心澎湃”公关公司的时候，只想着挂在某家大企业旗下，接点年会的活干干就好，可她一不小心一努力就把公司做到了业内十强。小心澎湃给光翼做公关服务已经五年，每次活动都顺顺利利没有一丝纰漏，真正次次细节小心翼翼现场效果却是大大澎湃。所以当小心澎湃出现纰漏的时候，艾琳马怎么都不愿意相信。人人都知道要出问题了，人人交头接耳，只有她置若罔闻。华年到她办公室堵了她两天，最后她拉下脸来，第三天华年还是去堵她。那场活动结束，艾琳马一边痛心疾首，一边和华年说，早听你的就好了。那次的纰漏影响很恶劣，让她的公司名声臭了好一段时间。华年拉着她去堵乔治，华年说自大又不是犯罪，是可以被原谅的，起码可以原谅一次。乔治终于被她们弄烦了，最后含糊着答应了新一次的合作，只是那以后一直旁敲侧击打听华年是不是拿了回扣。艾琳马听说后，杀来乔治的办公室，用全家人的健康诅咒发誓为华年保证。华年不确定乔治信不信誓言这一套，但她确定他被艾琳马的气势镇住，从此不再提回扣两字。艾琳马的公司如今又回到了业内十强，虽然比之前排名靠后了一两位，可她说总有一天会更好。

保罗孙是个大龄已婚男青年，见华年第一面就开始打听她的身高体重三围。他一度弄得华年很忧郁。可他身兼十几个财经自媒体大号写手，文章写得利索漂亮，再猥琐华年还是得打交道。华年时常对保罗孙放狠话，别太得意了，你总有出事的时候。他嬉皮笑脸，妹妹你怎么可以和哥哥这么说话，哥哥我心都碎了。他又说人生三大乐事，按摩有玉手，饭局有波霸，老婆不检查手机。保罗孙的众多公众号一次性被查封的时候，华年觉得胸中的恶气滚滚而出。直到某个深夜，突然想到保罗孙虽然总是言语轻薄，他风光时却也从未以势相压，在工作上还是讲究公平公正的。华年也本着公平公正的心，给他发去了一个专业腔很浓的问候。保罗孙说，他很实在，每个发来问候的人，他公众号重开之日一人送篇软文。保罗孙亲自写的一篇文章三年前就卖到了十万。华年问他，这成本会不会有点高？他回答，在可控范围内，给他发问候的人不过三四人。而对于华年，还可以再附赠一篇。因为在他以前收到成群的恭贺消息时，从未收到过华年的消息。保罗孙的公众号一直没能解冻。可他去年刚做的新公众号，如今粉丝又有了几百万人。

凯莉吴艾琳马保罗孙们都是华年工作这些年交的朋友，她们私底下没有吃过一顿饭唱过一次K泡过一次吧。于成龙总问华年，你怎么除了乐宝就没有朋友了？华年无言以对。华年也时常想，怎么就没人叫她吃饭唱K泡吧？大约是她人缘真不够好。

给凯莉吴艾琳马保罗孙们打电话求帮助的时候，华年十分忐忑。毕竟是利用工作之便，毕竟是大众认为的不要脸的行为，毕竟那之前她并不知道他们会不会待见她，毕竟她那少得可怜的五万两千元连个媒体车马费都不够。

几天后，一篇以“破局者”署名的文章《光翼，请用梦想破局》悄悄在一个财经公众号上发表了。接着，一个星期不到的时间，这篇文章居然在各大财经公众号上开始疯转，阅读量到了十万加，大有超过当红娱乐明星绯闻的态势。大众们开始好奇文章的内容。文章的确犀利。从光翼以梦想起家以做最好的产品为信念说起，再到批评如今的光翼居然沦为一个资本输出工具，只知道兼并吞食行业内优秀的公司，内部却再也没有优秀的产品出现，内部机制老化，部门协作动作迟缓，给员工犯错空间太小，没有良好鼓励创新的机制等，每一条都毫不留情。最后作者更是发问，光翼会不会沦为下一个雅虎？许多看过这篇文章的专业投资人都说文章写得极好，不仅逻辑严丝合缝，更胜在每个事实举例都十分严谨，切中要害。

在这篇文章疯转的同时，开始涌出了一批关于这篇文章作者身份的揭露、评论的文章。《光翼集团优秀员工养成记》《战略投资行业缺的这最后一人》《从漏失天才事件看现代公司人力资源管理问题》《这样的员工在美国值一千万年薪》等等文章持续不断，这让“破局者”的热度持续上升。

“你说破局者是不是就是你？”乐宝来问华年。

“如果放我在古代，我就是个标准的佞臣。”华年笑。

“佞臣是要被五马分尸的。”乐宝说。

“哪那么好的事情？被马分尸那是贵族的专利，马好贵的。”华年说。

“小心着些啦。”乐宝看着华年。

“破局者”当然就是华年。

华年早就筹算好，凯莉吴艾琳马保罗孙们传统媒体自媒体公关公司各个角色一应俱全，他们在一起，能掀起舆论的半边天。华年一一打电话感谢他们，他们一致说，不是给她面子，是他们需要内容。其中保罗孙最后还提醒了华年一句，这篇不算，你在我这还有两篇软文存货。

公众号发出关于了那些文章后，华年守着手机，并不松懈，一直刷阅读量，直到办公室里的大卫丽丽也转发了，才松下了第一口气。所有的存款用尽，所有这些年工作存下来的人情用尽，幸运的是，这次网络媒体造势效果大大超过华年的预计。

华年每天都收到大量的消息。手机日夜发着烫，像得了高烧。大家当然要发消息来关切她这个一夕而红的名人。只是华年心思在别处，实在懒得去分辨这些消息里是嘲讽是羡慕还是关心，一律只回了谢谢两字。然而，发消息还算是体贴的。那些大老远隔壁楼分公司的同事们都开始来挤华年办公室这层的茶水间，这就真的不知道该如何应付了。那几日，华年连上洗手间都小心翼翼，生怕遇到陌生的热切眼睛。

只有于成龙没有转发这些文章。他照旧笑眯眯地天天和华年腻歪在一起。照旧华年在一边做着自己事情，他在一边打着他的游戏。他和华年说，出个名也就算了，别再想其他的。华年懂他的温柔，他想和她说没有期望就不要有失望。

但是没有期望的人生又是什么？不过是她家乡阴影里的那条臭水沟，掉进去，就再也爬不起来。

华年当然有期望，否则她要出名有什么用？又不是明星，可以靠名气赚钱。华年很明确地要这些文章让该看的人看到，公司里那些高高在上平时看不到她的人看到，让人力资源部看到，让战略投资部看到，还要让那个汉武帝也看到。所有人都在棋局里，现在她想做的，只不过是让那只下棋的手，看到她这只自信可以长驱直入的军。

“苍天如圆盖，陆地似棋局。世人黑白分，往来争荣辱。”外公小时候总拍着大腿，拖着长长的越剧调唱这首词。华年后来才知道，这是诸葛亮引诱刘备时，到处教人唱的山歌。

“诸葛亮出山前还要宣传自己。世上哪有真隐士？嵇康要真想隐居，广陵散早就绝音。”华年对于成龙说。

“那是诸葛亮那些人的事情。你不怕人说么？”于成龙问。

“干吗要为自己的梦想羞涩？有资格说不在乎名利的人是已经功成名就者，否则不过是个笑料。”华年笑。

“做这些没用的。”于成龙说。

“鱼饵已经放下，姜子牙的包装已经做好，就看人家买不买账了。”华年又笑。

华年小时候，若飞总是晚睡。她经常会在她书桌的台灯下，用针一边挑手心上因为搬货起的水泡一边说，不要用淡泊为懒惰找借口。

独木桥

安生点不就好了么？安生点应该就会好了吧。

可安生点，她会不会就不见了？

一个月过去了，自媒体的这波热潮悄悄消退。茶余饭后，又有了新的话题。隔壁办公室的谁谁与谁谁好了，楼上茶水间的咖啡换了牌子。

华年一心期盼的结果，却石沉大海。公司高层没有任何人就这个事情给她个表示，连乔治都没有。

比滚烫的火山石淋上冰雹还要疼。乐宝问她有没有心疼钱的时候，华年捂着胸口这么回答。

乐宝叹口气，今天起请你十顿饭。

于成龙在旁边说，我也请吃十顿饭。

于是，华年就有了免费的二十顿饭。

于成龙又说这几年算是白干了。

这么点钱，连买个放浴缸的浴室都不够，然而，毕竟还是买得起浴缸的。于成龙和乐宝叹息着。

华年在他们的叹息声中，默默不语。最坏不过如此。

谁都没有想到，两个月后，事情竟然有了回转。

开始是人力资源部主管找华年谈话。华年还以为是和她谈年终奖的问题。她正打算摆出阵仗。争取年终奖，绝对需要技巧，这绝不妥协又略微吃亏的态度，既不能过火，又不能太不着痕迹，过火了容易让人反感，太不着痕迹又容易让人一笔带过。华年满脑子都在年终奖这个事情上，以至于人力资源部主管问她说是否考虑去战略投资部工作时，华年脱口而出的第一句竟然是，多少钱？

人力资源部主管愣了愣，随即笑着说："五十万年薪，税后，年终奖双薪。"

他看着华年，以为她会跳起来欢呼，她也以为自己会跳起来欢呼，可她没有。

华年看着人力主管说，"让我考虑一下。"

那之后，来来回回这样的谈话谈了一个多星期。华年始终还是那一句，让我考虑一下。又过了十天，人力主管开始和华年谈具体薪资可以加码，华年却还是婉言拒绝。华年说，这不是钱的事，既然战略投资部满员了，我无论如何不能给组织造成麻烦，让组织为我开先例实在是太不懂事。

人事部主管看起来大约是死了心，不再找华年谈话。人人都来劝华年，人人觉得她魔怔了，这是在摆哪门子谱？华年却一直笑而不答。

没想到人事部却并不是真死心，几天后，来找华年的职位开始一级高于一级，主管、经理、总监……华年次次都把咖啡煮得香香的，好好端到会议室里。不管谁来她都亲自煮，一个人都不落下。这几年，她连煮咖啡都下了功夫学。

“开个条件。”这个人事部总监倒是个爽快又聪明的人，上来便是爽快直接。

“太过了，你会满盘皆输。”人事部总监又说。

“我想和乔董见个面。”华年冲着他露出一个微笑。

光翼集团董事长乔飞明找华年谈话的那天是个晴天。

从乔飞明办公室敞亮的落地窗望出去，是一片生机勃勃的绿色，在上海看到这样一大片绿地的地方已经越来越少。这个世界只有两种人才能享受最优质的氧气，深山的老农，城市的巨富。乐宝说。

光翼集团有一万零五百名员工，今天她和光翼董事长面对面对话。华年心里是得意的。华年想起乐宝在人事部总监朝她甩袖子走人的时候，也对华年说过，见好就收吧。华年笑笑，一切的努力不是为了进战略投资部，只是为了见个人。这个人就是乔飞明。

“花了多少钱？”乔飞明见华年的第一句话便是个质问。

乔飞明本人看着更加匪气。怒狮鼻，圆豹眼，身材壮硕，这样貌放在杂志报纸上，看着不过是气派，可放在现实中，便是让人透不过气来的威严。华年本来是最讨厌威严的，连若飞的威严都要讨厌。谁和她耍威严，她便要反抗，表面上不反抗，肚子里也反抗。可乔飞明的威严却让华年肚子里的反抗都打了水漂。她这才明白原来真正的威严是这样的。不怒自威是帝王之相，外公经常捧着的那本歪解《易经》的算命书里说过。

“乔总英明。”华年两眼眯成一条缝，“我一个小员工，房子还要租，哪里能有什么预算，如果有这么多的钱，肯定先买房子。”

乔飞明点了点头：“也是个人才。”

华年顺竿拍马屁：“谢谢乔总夸奖，我的启蒙读物就是您写的《策动力》。”

“你还看过《策动力》？”乔飞明问。

“世人眼里的成功只是世俗的成功，不过是历史翻过的一页，这句话需要反复读。我听说您在研究社会学。”华年笑着说。

“还喜欢什么书？”乔飞明又问。

“平时有空就翻翻《三国》。”华年回答。华年最爱红楼金庸加各类漫画，然而这里是职场，爱好是一回事，领导要听的是你会的事。

乔飞明大约是对华年的回答有了些许满意，竟然笑着问她：“对战略投资部怎么看？”

“撤掉。”华年斩钉截铁。

“撤掉？”乔飞明反问。

看不情绪，但起码是反问。他的反问正是华年要的。他不反问，她又怎么一鸣惊人？

“是的，乔总，撤掉。”华年接过话，“公司里所有的矛盾都是人的矛盾，战略投资部设立五年以来，总共收购了六家公司，这些公司本来都是运转优良并且盈利不错的，然而这六家公司没有一家能成功融合到总公司体系，到现在反而每一个最后都变成了一个需要总公司不停去填的窟窿。这六家公司在公司战略布局上或许有意义，但我想您是想下完全盘棋局之后再收网，形成行业垄断之后这当然是最大的收益，可是如果这张网在这之前破了呢？”

乔飞明没有回答华年的问题，他盯住华年的眼睛，用严厉的声音问：“你哪里来的这些数据？”

无数年以后，华年还记得乔飞明当时的眼神。她相信没有一个人被这样的眼神盯过后，会忘记这个眼神。那之后不管谁问华年你到底怕谁，华年心里默默生出一个答案便是当年的乔飞明。

华年讷讷回答：“我这二年以来，一直在全方位观察公司，我身处的部门是市场部，总管公司所有包括分公司的市场营销工作，我工作最重要的部分便是收集整理档案……”

“整理市场营销档案怎么预测出的一家公司的盈利情况？”乔飞明像是在问华年，可华年揣摩他更像是在问他自己，便不敢出声。果然，过了一会儿，他点了点头说：“没错了，一个公司的市场营销部门，你收集档案的时候自然可以接触到，只要有心。”乔飞明说到这里看了眼华年，“你有心。”

华年更加胆怯，她捏了捏拳头说：“我想多用点心工作总是好的。我想有这心，任何事情都能试一试的。”

乔飞明突然笑了一下，问：“你有宗教信仰吗？”

怎么不问星座和塔罗牌？

“没有。”华年想了想说，“您是不是信基督教？我整理您的个人采访档案时看到一篇您的采访稿，您说因为您的母亲是基督徒，所以您每周日都要去教堂，而且每次去之前，您总会穿上最正式的西装，打上最得体的领带，从十八岁时起就没有落下过一次，我很佩服有信仰的人。”

“你对宗教怎么看？”乔飞明问。

华年又低头想了一下才回答：“读一本书，一般人读故事，高明的人读感受，最高明的人读法则。”

华年也通读过圣经，这样一本主宰了人类几个世纪的书，每个人在里面读到的奥义必定是千人千面各不相同的，又怎么能去凭空猜测乔飞明在里面读到了什么？但华年相信一点，一个有权力欲的人，一个比常人聪明的人，读任何一本书，历史也好哲学也好文学也好，哪怕是圣经，读的永远都会是这些书里总结出的世界法则。而这些世界法则里，有一条就是，没有几个人愿意被人说破野心，除非他有常人没有的心胸气度，或者对自己有强大的信心。华年为自己的这个回答起了全身的鸡皮疙瘩。这是一次最惨烈的冒险，擅自揣测领导的意图，等于伸手摸老虎的胡须。可是既然要一鸣惊人，就一定要彻彻底底，不比一般人表现得聪明些大胆些，便会立刻被打回到大众里。

每一次冒险都是一次豪赌，她已经一把亮出了底牌，就等着庄家最后的裁定。

那天从乔飞明办公室里出来的时候，华年没忍住多望了眼他窗外的那片绿地，立刻，乔飞明的眼神就抓住了她。她看见他的眼睛在笑。

很多时候华年怕别人笑她。以前她经常半夜搂着乐宝，对她说她的恐惧。

乐宝说，你安生点，不就好了么？

安生点不就好了么？安生点应该就会好了吧。

可安生点，她会不会就不见了？

于是，华年便一刻不得安生。

接到战略投资部正式录取通知的那天，乐宝站在宿舍门口等华年。

“怎么不第一时间和我说？”乐宝问。

“不成的话很丢脸。”华年回答。

“那成了怎么还不告诉我？”乐宝追着问。

她的问话让华年一下子找不到答案。是啊，为什么成了没有第一时间告诉她？从乔飞明办公室出来那一刻，华年就应该打电话给她的。

“走吧，找于成龙一起吃夜宵去？”每次华年找不到答案回答乐宝，她就想，热闹下就好了。

乐宝却不动。她递给华年一个盒子。那是一只万宝路的盒子，盒子又雅致又厚重，盒子上面还扎了根玫瑰金色的丝带。“你以前就一直嚷着要的笔，不懂你字这么丑，要笔干什么。”乐宝沉着脸说。

从小若飞就拿着戒尺教华年写字。若飞一手的蝇头小楷是外公教的，脱型到硬笔上，更是好字。可华年虽然各种字体都会写，却是盯一阵好一阵，不盯就又把字写成狗爬。到现在，若飞还是经常把这事放在嘴边说，外公和陈老板以前也很嫌弃华年的字。只有外婆说，生来将军的命，就不用学小姐的绣花活。然而，华年一直觉得是笔的错。小时候的钢笔头子都不经写，稍微一用力，头就花了，所以，她从小就吵着要好钢笔。那时没有万宝龙。等有了万宝龙，她家却已经是买不起。于是，这万宝龙钢笔就成了华年的心头好。

“我字丑，你还送笔，是逼我献丑喽？”华年说。

乐宝却认真起来：“我字最好看，你妈从小夸我。我一直为这个事情得意。可前段时间，我看到一个报道，一个老书法家说，字不好看，其实就是手的动作跟不上思考速度。规规矩矩动手的普通人，字都写得好看，反倒是脑回路有别于常人的天才，往往字都写得丑。”

“从小到大，我就想你正正经经夸我一次。”华年说。

“以前我总不信你能行，总觉得你异想天开，原来只是我是井底的那只青蛙。今天起，我信你。”乐宝说。

乐宝那天说的“我信你”这三个一直留在华年的脑海里，无数年以后，华年还总想起她和她说的这番话。

即使后来的日子里，风云变幻，好几次几乎陷入绝境，可华年心里却总有个声音在告诉，有个人，一直信她，信她能行。

那天华年很欢快。乐宝和她热烈地庆祝了一番。

然而，她们谁都不知道，华年和乐宝，她们又重新叠合在一起的新生活，那个主宰着她们今后许多年喜痛悲欢的战略投资部，那个她们从千军万马中突围而出挤上的那根独木桥，到底有什么在等着她们。

卷三〇

八仙桌上的主角

生意是什么？应该是和外婆每个月盘账时理出来的一麻袋一麻袋的十元钞票有关的，是和她身上一件件穿不完的新衣衫有关的，是和她们家才有的彩色电视机有关的，是和别人家没有她们家才有的许多宝贝有关的。

这天天很热，若飞却还拿出了乡下姑奶奶送来的蜜沉沉。蜜沉沉带着桂花甜味，喝一口，便从脚底酥开来。据说这蜜沉沉要三蒸三酿，很是难得。每次若飞拿出姑奶奶的蜜沉沉，华年便知道家里要有喜事了。

陈老板早早备下了细细切好的姜丝和酸梅，和着蜜沉沉在小火上温了十多分钟，直到满室飘出香味来，才端到若飞跟前。若飞喝了一口说，还太烈，再打两个蛋进去。陈老板难得默默不语，只拿筷子给华年沾了酒尝味道。若飞喝得红了脸。她很少这样，喝酒这事不在规矩里，而若飞却是时时要和华年讲规矩的。华年听到若飞说，我要与人合伙做个生意。

华年看着若飞摇晃着身体站起来收拾碗筷，想着她要去做的生意，哇的一声哭出来。

华年从小就一直在她出生的那个吵嚷小城的每个角落听到“生意”这两个字了。到处闹哄哄的，到处是生意。连华年和小朋友玩闹时都有个标准的家家酒模式是做生意。华年和她的小伙伴们会煞有其事地设定出老板伙计客人的角色，把算盘打得噼啪响，秤星子一颗颗擦亮。虽如此，“生意”这个词对小华年来说还是很不切实。华年只大概知道这是个什么意思。应该是和外婆每个月盘账时理出来的一麻袋一麻袋的十元钞票有关的，是和她身上一件件穿不完的新衣衫有关的，是和她们家才有的彩色电视机有关的，是和别人家没有她们家才有的许多宝贝有关的。

华年家有许多宝贝。宝贝里最宝贝的是外婆嘴里的传家宝，一张巨大的八仙桌，结结实实的陈年梨花木，桌脚上满满雕着各路神仙，跳跃飞腾，十分灵动。据说当年这幅桌脚是华年外婆第一次在小城小有家业时攒下的，后来几次被洗劫，这张八仙桌都神奇般地逃过了厄运。这张八仙桌一直在外婆的心尖上，日日要拿布擦拭光亮。

八仙桌霸道地被摆放在家小楼客堂最中央的位置。华年家前堂是三间门面房的店铺，整条街上最气派。外婆有四个学徒，都是族里的小孩。按小城的规矩，本来做学徒只要供吃供喝供住，外婆却每年年底都给包个厚厚的利市，所以族里的大人们争着往外婆这送小孩。外婆当然是要严格挑的，脸面要整齐，口齿要伶俐。外婆说，最重要的就是为人要忠厚，不能贪便宜。人人说外婆的好生意经。外婆却说，也没有什么，不过是三两秤算人二两半而已。

华年小时候也和若飞小时候一样，每天天蒙蒙亮，就看着外婆带着她的学徒们打开大门做生意，摆出各式货品，一直摆到半个街面上去。华年每天幼儿园回家，就会在前堂跑进跑出，听外婆把算盘打得噼里啪啦作响，听来来往往的客商讲着四面八方的方言。她不过三岁，便能扣着手指数钱，到了五岁，也能有模有样把算盘打得和外婆一样噼啪响。外婆更是得意，觉得这花木兰秦良玉华年是当定了，来个人就让表演在算盘上打九九乘法表。

前堂还有个重要的地方，是除了外婆以外没人可以碰的，华年碰一下，也要被打手板子。说也奇了，外婆虽然对若飞严厉，到了华年身上，却是完全变了个样。从小外婆对华年就舍不得打一下骂一句，吃螃蟹都要帮她挑出肉来。若飞一直怕华年被宠坏了，只是拿外婆没有办法。华年周岁的时候抓周，抓到了个小算盘，外婆便时时拿来说话，这个小丫头长大了了不得，绝对要干一番大事业的。周围的人都劝她，不过是个丫头，干不干事业也没什么大不了。外婆听了便会眼睛一瞪，没看到时代变了吗？女人将来也是可以做大事情的！外婆一意孤行，认定了华年将来必定是个花木兰秦良玉这样的人物，往后更是加倍宠爱。被外婆打手板子在小华年的小世界里可是天大的事情了。于是前堂那个地方就成了华年小时候最向往的地方。那里放着一个大钱箱子。外婆花了大价钱找人用沉香打出来的，竖起来有一个小华年那么高。每天晚上，外婆一关前堂的门，就要把钱箱里的钱拿出来数好，然后装到一个大麻袋里，藏到阁楼上去。

前堂往阁楼走，就要经过客堂，转过一个厨房一个小餐厅，再上半个台阶。小餐厅是学徒们吃饭的地方，华年有时候喜欢待在这，听学徒们东南西北地说些笑话，外婆一喊她，她才撒腿往里跑，经常要被那台阶绊倒，坐地上哇哇大哭。

从华年懂事以来，印象里客堂的这张八仙桌时时都满登登坐着人。有时候人来多了，几个大人还要从后院仓库里抬出一张更巨大的圆桌面盖在八仙桌上，这个时候，华年最是兴冲冲的，跟在大人屁股后面搬椅子。木椅子沉沉的，华年扛着很吃力，于是便羡慕隔壁家的塑料凳子，嚷着让外婆买去。外婆平日里恨不得把华年含在口里，这时却是一把拍在她屁股上，大声怒喝，穷门户才坐凳子！

都说若飞要做生意是随了外婆的。外婆却只是一声冷哼，有福不会享。

外婆八十出头的时候，看着却也不像个老人，脸上红扑扑的，皮肉都是饱满着的，是年画上寿星婆的样子。外婆每天精神头都足足的，说话更是爽利。只要她一开口，满屋子便是笑声。有外婆坐镇的八仙桌，是每天拉着幕的大戏，配角川流不息，主角却都只有她一个。

在八仙桌上来来往往的人都是外婆的小辈，大部分是当年她带出来的夫家娘家的小孩们，还有些是她生意场上朋友们的孩子孙子。他们一来是馋着外婆烧菜的一手好菜。外婆的手艺据说是外公养出来的。炖猪蹄要弹，松子鲈鱼要酥，各路海货虽然只要鲜，酱料却是三年前沉下的。他们二来是慕着她能干的大名，来讨些生意上的主意。外婆又不计较，手下很松动，所以熟些的还会来借些生意上的本金。

他们经常要在这张八仙桌旁坐到深夜。有些特别与华年家亲近的，还会一把把胖墩墩的小华年抱起坐在膝盖上。华年虽然讨厌他们嘴里呼出的酒气，可是却十分享受这个难得可以进入大人世界的时光。她对这些话题本身当然是没有任何兴趣的，只不过爱他们说这些话时的热闹。这是另外一场家家酒，和昨日傍晚与隔壁家扎着童花辫的小丫头们一起玩的没有二致。华年瞪着乌灵灵的眼睛，努力去听他们说的话。外婆每次看华年这样都要笑着骂她“人来疯”，一边骂，一边把剥好的瓜子仁塞到她嘴巴里。

华年长大后要吹牛自己的记性，总要说起那时的事。她还记得他们说的那些本地的胶鞋在南京卖到了什么价格，上海的研究所又有了什么新芯片，日本来的洋垃圾一斤又涨了多少钱……

在外婆的八仙桌上这些大人里说话最大声的就是那个人——马来叔。马来叔圆圆的脑袋，矮墩墩的，又总是笑呵呵，像极了戏台上的布袋和尚。外婆也总说他佛相，一笑天都要被他笑动了。他和华年也是最亲近的。马来叔在这些大人里最大方。每次来，给华年买的都是最贵的冰激凌最时新的玩具。马来叔三十五六了，还没有结婚，是华年家的常客，几乎隔两三天便要来一次。那时，华年天天在心里盼着他来，他是天底下对华年最好的马来叔。

那年，华年长到了八岁。外婆张罗着给她过生日。小伙伴们满登登来了一桌。华年吹了蜡烛，切了蛋糕。一会儿腻着外婆，一会儿腻着若飞，一会儿又去找陈老板讨礼物。陈老板的礼物不合华年的心意。华年突然想起了马来叔。华年已经好长一段时间没有见到马来叔了。华年问外婆马来叔去哪了。外婆拍着扇子说，出去做生意去了。

生日过后又好长一段时间。有次幼儿园一个小伙伴把华年的玩具摔坏，华年便又殷殷想起马来叔来。华年又去向外婆打听，外婆眉头一皱，冷冷喝道，小孩子家家别问大人的事情。华年吓一跳。

马来叔一定是赚大钱去了。华年想。

不老泉和太空单项之旅

一个有知识却不懂深入思考问题的人，做到顶，最多也是个第二梯队投资人。

清晨，若飞和陈老板打了电话来。他们要去越南旅行，问华年要不要一起去。

华年昏沉沉在梦里，满心想的都是要报她的喜讯："我进了战略投资部。"

若飞问："这是个什么部门？"

"是我们公司最好的部门，年薪给我开了五十万。"华年扬扬得意。这白日梦似的好运。

"怎么突然就涨了这么多工资？"若飞质疑。

"只有别人家的小孩可以厉害可以成功？"华年滔滔不绝，把招聘前后的事情详详细细说了一遍。

"压力不小。"若飞打断华年，"你刚听到妈妈说的了吗？妈妈打电话来是想问你要不要和我们一起去越南旅行，你爸爸想去。"

"你们去。刚进部门，哪里请得动假！"华年笑着说，又问，"你一年三百六十五天只有大年初一休息一天，这次怎么想开的？"

"你忙你的，我和你妈妈去。"回华年的是陈老板的声音，"最近有没有吃方便面？烧烤也不能吃，小龙虾更脏……"

现在有时候，在这样清晨意昏昏时，华年耳边还是会想起陈老板的声音，他的声音因为常年吸烟，总是沙沙的，像坏掉的磁带发出来的。

陈老板去过的越南，华年后来也去了一次。她呆呆想过，白罗衫素斗笠，或者可以嫁个越南男人，每日醒来就摇着乌篷船出去叫卖芒果，因为嘴馋偷吃被阿娘罚跪打手心，他对她好便是有时偷偷给她买个鸡腿，不让阿娘知道。安贫乐道，安贫乐道……

华年精神抖擞地来战略投资部报到。

乐宝在华年耳边说，小心着点，里面那人很坏。里面那人就是梳着好莱坞女强人油头的Miss周。Miss周脖子又长又纤细，脑袋却又比常人大些，这大脑袋悠悠荡荡地挂在这细长脖子上，像极了一只驾着弹簧的不倒翁。小学时华年有个数学老师上课时总说，脑袋大的人聪明。那段时间，华年身边的人都在比谁的脑袋大，谁的脑袋大谁就是众人的焦点。谁也没有料到，二十几年后，这当时人人追逐的大脑袋却成了缺陷。以前于茉莉煞有其事地和华年说过，这个世界上最可怕的是什么？就是长了个大脑袋，现在啊，眼睛不够大拿刀割开，长得不够高敲碎了用骨头接上，年纪大了更是有各种眼花缭乱的回春术，唯独脑袋不能整，总不能切开了缝小点吧。

其实细看Miss周的五官，也是典雅柔美的，可就是因为长了这个大脑袋，这大脑袋悬浮在她的躯干上，像一只巨大的吸尘器，吸干了她身上所有的女人味。Miss周因此看着十分凶悍。然而，人怎么能只看外表？乐宝说她坏叫华年小心她，华年最初是不信的。

“几千年来的秩序在二十世纪被打破，人类按照想象将之重新建立，新的秩序核心就是现代的金钱。我们用最优美的文字写出一部部史诗，鼓吹文明已经打败了野蛮，大块头抵不过计算机，暴力输给了金钱。起码目前我们自认为在金钱秩序里很安全。”这是Miss周给华年做员工培训前说的一段话。她亲自给新晋员工做培训，是她到战略投资部后立下的规矩。Miss周很忙，在与她相处之前，华年并不清楚一个人忙的极限在哪里。分分钟都要开会，从晨会开始到晚餐会结束，一个会接一个会，空档时间还有电话会。华年突然想起方鸿之说宋星河特别忙，那个时候华年虽然知道忙是什么样子，却想象不出特别忙是什么样子。直到看到了Miss周的状态，华年才算是有了见识。

Miss周把员工培训时间定在每日早晨七点，这是她最清闲的时间。早晨七点的办公室冷冷清清，说话都有回声。虽说是员工培训，Miss周却只是与华年聊天。这已经是第三天了，她还在和华年聊这个世界是什么样子的。Miss周滔滔不绝，从文艺复兴讲到工业革命，从孔子讲到弗洛伊德，从秦始皇统一中国讲到第二次世界大战。她博学浩瀚，态度看着又十分可亲，并没有任何要为难人的样子。这三天华年过得很愉快。Miss周哪里坏？Miss周简直是驾着祥云自带光环拯救俗世的大天使。

“觉得自己像个宝贝。”华年对乐宝说。

“谁说不是？我刚到这的时候也这么觉得，物以稀为贵，这部门人少，人人不得矜贵些？”

华年听乐宝这话说得调不成调的，只好问：“现在怎么不是了？”

“我宁愿自己是路边的一棵草，没人疼来没人爱。”乐宝叹气。

“哪里来你这么怪的人？”华年纳罕。

乐宝笑着说：“你过一个星期再来和我计较。”

一个星期过去，华年仍旧与Miss周愉快相处。

每次Miss周说完她的看法，便会问华年怎么看。刚开始华年有不同想法的时候还小心翼翼百般婉转，可Miss周不管她的答案与她的是否相同，都微笑聆听。渐渐华年胆子便大了，平日里乐宝于成龙也都不耐烦听她这些方面的胡诌，于是便不管不顾一股脑地倒给Miss周。上下五千年聊完，华年已经引Miss周为生平第一知己。

华年又跑去找乐宝：“真的挺好的。”

乐宝笑了起来：“再等等看。”

“除非她月圆夜变身狼人。”华年说。

“女狼人听说更凶残。”乐宝说完，想了下，又补了一句，“尤其对同性。”

乐宝构想的狼人毒獠牙没吓到华年，Miss周的培训课她还是乐此不疲。

“你对秩序怎么看？”Miss周问。

“秩序当然是最可靠的。雾霾酸雨地震海啸冰山融化火山爆发，我们不怕；癌症空难恐怖袭击化工污染核电厂爆炸，我们也不怕。因为反正有秩序撑着。”华年笑。

Miss周也笑了起来：“人类甚至都可以长生不老了，我们已经有技术可以从受精卵开始改造基因，我们会更聪明更健康，《未来简史》说我们最后可以进化成神人。主要问题到最后还是谁可以先不死。我们可以用钱买豪宅豪车私人飞机，可以用钱买美貌权利尊严，现在活着这个事将来也终于可以用钱去买了。”

“如果真这样，人类会不会被分化成无数个物种，再回到奴隶时代？”华年说，“暴力金钱的不平等是一个层面的，如果从基因就开始不平等，那将是另外一个层面的。”

“看来你是个悲观主义者。”Miss周说，“五年前，国内最大的基金公司长信基金发起两个无限期项目，不老泉和太空单向之旅。”

华年大笑：“还真有人相信长生不老？又有谁会想去外太空不回来？”

“快要死的人。”突然的，Miss周一边说一边脸色冷了下来，“这几天与你聊下来，你知识还算丰富，世界观也算主流，这方面素质对以后工作有帮助，可是却没有太多同理心，一个有知识却不懂深入思考问题的人，做到顶，最多也是个第二梯队投资人。”

华年一时不知如何回复。

Miss周已经把一堆文件扔过来：“这是几家公司的财务报表，明天写封心得报告给我。”

华年翻到文件最后一页看了下码数，108页。

华年回去后，一整晚没睡。到天亮透，文件却还只看到三分之一，更别说写出份像样的报告。

第二天华年去见Miss周。

Miss周瞄了几眼她的报告，说：“你看数字这么慢，连做个财务助理都没有资格，还想做投资？”

想辩驳，想说数字不仅是她的强项，最近还系统自学了会计，却又觉得这辩驳有什么意思，她说慢，那肯定是没有别人快，没有别人快，那么在这里，数字便不再是她的强项。

华年点点头：“我练习快点看报表。”

Miss周看着她：“需要多久时间？一个月？三个月？半年还是一

年？这段时间，你工资是照拿的。那么你准备在我这里干什么工作？”

华年半天才回答：“学习做投资人。”

“好意思说出学习这两个字？解雇还要补你三个月工资，真是累赘。”Miss周说完挥挥手，让华年出去。华年狼狈而出。乐宝说，女狼人更凶残，特别是对同性。

从Miss周办公室出来，华年立刻去找乐宝。

“还当她是平生第一知己？”乐宝问。

华年摇头。

“还当她是驾着祥云的大天使？”乐宝又问。

华年叹气摇头。

“她一开始对人都这样。”乐宝同情地看着她。

“给颗糖吃，再打个巴掌？”华年愤愤。

“她在测人深浅。”乐宝说，“老狐狸都是先温言软语，套出你的心里话，再拿鞭子抽你立威。”

“我怎么就没信你？”华年叹气，“你当初也是这样？”

“我哪里有你懂那么多？你又不是不知道，工夫都钻研到武侠言情上去了。”乐宝说，“她和我聊了一次就问我打算怎么办。”

乐宝顿了顿，华年知道她要卖关子，于是问：“你怎么回答的？”

“我自告奋勇做她的秘书。”乐宝不无得意。

“曲青青要走？”华年吃惊，曲青青是Miss周现在的秘书。

“暂时还没有。”乐宝摇头，“还没看出来？Miss周对曲青青不满意。”

华年吃惊，“一点迹象也没有。”

乐宝眯起眼睛：“曲青青在光翼战略投资部工作五年了。”

“办公室里另外四个人，三个都在光翼工作有些年头了。”华年不解。

“那些人都是做项目的，只有曲青青是秘书。”乐宝说。

华年恍然大悟：“你是说新皇帝上任，先要赶跑老皇帝的身边人？”

乐宝点头。

“可Miss周看着不像这么小心眼。”华年还是有些不信。

“哪有女人心眼大的？宽容是最好看的名牌，拿来装面子的。”乐宝说。

“或许是因为曲青青没有能力，要真有能力，上一任走的时候，能不带走她？”华年说。

乐宝眯起眼睛摇摇头。这样子不就是只纯种小狐狸？和Miss周这只老狐狸凑成一窝，倒是配。华年想。

做投资这个工作首先便是天南地北地飞。来战略投资部这些天，新同事对华年来说还只是个名字，除了秘书曲青青。如今成天在这个办公室待着的只有华年、乐宝还有她。

华年无事可做，忍不住细细想曲青青。曲青青是个标准的名牌大学毕业生，哥伦比亚大学读的硕士。世界一流大学的文凭，本科和硕士，有那么点微妙的差异。华年听Miss周问了人的母校后，总会再多问一句，读的本科还是硕士？每次听到硕士后，她的嘴角就会挂上一丝说不清道不明的笑容。每每这时，华年总要对自己的母校再发一次颤。

“她坏就坏在太讲规矩。”乐宝说，“Miss周忙得恨不得不睡觉，她却还要事事向她请示，曲青青给一般人够用，对Miss周来说却是个累赘。你看这些日子，Miss周出差都自己定酒店机票，曲青青离开这里是迟早的事情。”

“她哪里是真不会，就是怕吃责任而已。”华年叹气。

乐宝也叹气：“世上哪有白吃的满汉全席？要是这活好干，薪水能和口口几亿几十亿的投资人一样高？对了，Miss周还是给我开了五十万年薪。”

“你真打算放弃做投资人了？”华年问。

乐宝笑着说：“如果Miss周真要赶你走，我到时候和Miss周说说，让你来坐我的位置。”

华年笑：“傻不傻？你说了她就会要我？”

“你总要有个什么打算。”乐宝说。

“本娘娘估计要在冷宫里熬段时间了。”华年叹息。

金牌投资人

华年心中的金牌投资人是《货币战争》里的罗斯查尔德家族，是《麻雀变凤凰》里的李察·吉尔，他们站在食物链的最顶端，玩着操控金钱的游戏，掌握权柄；他们出入各式晚宴，穿着得体，风度翩翩，浪漫多情，立在每个少女的心尖。

员工培训在Miss周丢给华年财务报表那天戛然而止。Miss周没有再找华年谈话，也没有给她布置工作。

“你摸摸我这里，看看停了没？”华年抓着乐宝的手就往她胸口放。

“能不能消停下？”乐宝说。

“哪怕让我去打印文件也好。”华年说。

“噤声，她来了。”乐宝用力拽了下华年。

这些日子，华年进进出出是最好要避开Miss周的。要是遇上了，给她张冷脸已经算是客气。华年怎么也没料到，那个和她上下五千年过的Miss周居然骂人的本事一流。古人说，谦谦君子，卑以自牧。可Miss周从小留洋，根本不与你计较中国古人，骂起人来的本事也是上下五千年。

幸好不是她一个人躲着Miss周。战略投资部那些个顶着世界顶级名牌大学光环的佼佼者，说话张嘴一个母校闭口一个联合国的，一听到Miss周单独请去办公室，个个比小学时老师让请家长还要战战兢兢。可华年连被单独请到办公室骂的待遇都没有。Miss周经常踱到她办公桌前，当众对她便是一顿臭骂。没有一处是对的，没有一点是好的，最最没用的就是她，从此是干不出什么像样的事情的。华年有时候会想起前上司乔治，这一比较，竟觉得他真是个善心人。

那段时间，华年精神时刻高度紧张，进办公室前都要与乐宝通气，看Miss周今天心情如何，如果得到消息她今日出了差，便觉得那是顶顶幸运的一天。于成龙经常劝华年辞掉工作，他说，再这样一天比一天神经兮兮下去，迟早要进精神病院去。

华年对他说，“实在舍不得那五十万。”

于成龙提高嗓门，“为了五十万就这样给人做孙子？”

华年叹气，“做孙子还有服侍终老的一日，我这怕是没出头之日了。”

于成龙问，“那怎么办？总不能看着你被骂死。”

华年想了半天，说，“那我偷偷骂她解解气。”

“姓周的果然都不是好东西，太毒辣，金庸写的坏女人里我最恨的便是周芷若，Miss周和她一样都姓周。”华年对着乐宝骂Miss周。

“周芷若和Miss周的确一样毒辣，不过这毒辣难道不是又聪明又厉害的意思？你这样骂，好像你不想又聪明又厉害似的。”乐宝说。

“我不一样，我不姓周。”华年说。

“你是不一样，她是周芷若，你是静慧。”乐宝说。

“静慧是谁？”华年连忙问。

“响当当名门正派峨眉派女弟子静慧都不知道？就是那个给周芷若提鞋的。”乐宝话还没说完，已经笑得上气不接下气。

华年连忙打了她两下，还不解气，又没出息，忍不住跟着她笑。其实要说给Miss周提鞋，华年还真怕把她的小香鞋给弄坏了，即使进了战略投资部工资大涨，可要是用这钱买起Miss周的行头，那也不过是水漂。Miss周虽然被抽干了女人味，着装品位却是一流。也不知道她哪里来那么大精力，忙成一条狗了，却还是时刻把自己穿成杰奎琳。其他部门不知道内情的同事，人人夸她是时髦精致，羡慕华年做了第一夫人的手下。Miss周当然不是真的第一夫人，履历背景却比第一夫人也不遑多让。世界级名牌大学毕业，世界级名牌银行三年banker资历，然后去了世界级名牌投行做了十年投资人，如今她不过35岁，便位居这家市值千亿的上市集团战略投资部总监。有些人的人生是没有办法妒忌的，它太过于高高在上，与你隔着千山隔着万水，连惦念都没有勇气。

“你说，小小的静慧该拿周芷若怎么办？”华年忧伤地问乐宝。

“不如早日还俗。”乐宝说。

进去战略投资部已经三个月，华年除了提心吊胆，一事无成。

在进光翼战略投资部之前，准确地说，是在再次遇到宋星河之前，华年心中的金牌投资人是《货币战争》[①]里的罗斯查尔德家族，是《麻雀变凤凰》里的李察·吉尔，他们站在食物链的最顶端，玩着操控金钱的游戏，掌握权柄；他们出入各式晚宴，穿着得体，风度翩翩，浪漫多情，立在每个少女的心尖。

“你是在和我说笑？”宋星河像看傻子一样看着华年问。再次和宋星河见面是在大学校园里。在此之前，华年并未料到与这位宋先生还会再次相遇。很多年以后，华年仔细想，那时每次和宋星河的相遇都成了她人生的一个转折点。或者，只是她在转折点的时候，正好与他相遇？有时候华年也会这么反驳自己。

一个月前。

Miss周的秘书曲青青踩着羊胎皮小高跟鞋走到华年和乐宝的面前说你们去给大家买几杯咖啡。

华年和乐宝对视，买咖啡都要指使两个人去，这两个人在她眼里该是怎样的废物？可如今她是Miss周的第一秘书，乐宝是第二秘书，指使乐宝干活是天经地义，而她这个附带的，有个活干，更是要俯首大呼承主隆恩了。

“她是根本懒得分我们谁是谁。你瞧她脚上那双菲拉格慕。你说这是个多奇怪的牌子，还世界名牌呢，就是做给秘书穿的。”乐宝一边小心翼翼地两手合拢在胸前捧着咖啡一边说。

华年笑着说：“香奈儿略贵。”

乐宝穿的就是香奈儿，进战略投资部前两天买的，凑来凑去，最后问华年再借了八千块。

“方鸿之昨天居然请我去外滩吃了茹丝葵，你说会不会是因为我进了战略投资部改变了想法，又想结婚了呢？”乐宝边走边问华年。

---

① 《货币战争》，2007年6月中信出版社出版发行，作者宋鸿兵。

华年说，“乐宝，我们要么一人做个小提案，拿到Miss周那边试试看。”

乐宝说，“别傻了，你以为还在市场营销部？写几段文字PS几张图片就算一个提案？你看看这些日子以来打印的这么多文件，那些密密麻麻的数字，你看得懂么？”

华年笑着说，“那要么我们去报个班，去学学，不就是些数字么！”

乐宝沉默了一小会儿，说，“这要学到什么时候？等你学出来早就被扫地出门了。”

华年不说话了。不学更是一点办法也没有。

乐宝放下咖啡，给华年看手机里一张图片，居然一张本市一所著名学府的金融师考证班招生简章。

“没想到你连招生简章都备好了。”华年笑起来。

“这是方鸿之给我的，他一个发小办的校中校，让他帮着拉学生。”乐宝笑着。

“学费倒是不便宜，真是门好生意。”华年说。

“是是是，处处是好生意，就是我们没门路。”乐宝敲华年的脑袋。

乐宝虽然打趣华年的生意经，却还是立刻帮她拨了电话报了名。没想到这金融师培训班还十分火爆，人数一个星期前已经报满，要不是乐宝当机立断立刻找方鸿之通了人情，华年还进不去。何止处处是生意，处处更是人情。乐宝说。

一个月后，华年坐在了金融师培训班的课堂上。

这天，华年正埋头看书。听到上课铃声，刚抬起头，就迎上了宋星河的眼睛。

她在看他，他也在看她。

宋星河对着全班学生自我介绍，他是第一期拓展课的老师。华年看到投影仪上他的抬头是投资专家。

扎克·伯格的牙医爸爸

有能力者改变世界，无能者抱怨世界。

下课后，宋星河和华年打了个招呼。

“宋先生，”华年笑眯眯地说，“怎么来这里做专家了？”

“培训班创办人是我少年时的好友。”宋星河说。

“你们小时候的朋友圈挺广。”华年终于摸到了宋星河在这里出现的头绪，自然是方鸿之那个圈子里朋友间的互惠互利。

宋星河说：“挺上进，还来考金融师。”

华年说：“被虐得不行了，没办法。”

“工作量很大？”他问。

“有事做还好。”华年闷闷地回答。

“不会自己找事做？”宋星河问。

“找了，来读书。”华年回答。

宋星河摸了下眉头，指着华年手边的《货币战争》，然后便是前面的那段嘲笑。

“所以你真觉得金融界是被罗斯查尔德这样的家族把控着？”宋星河问。

“现在的这个社会体系不是从贵族体系下来的吗？”华年反问。

“你的脑子是怎么被洗成这样的？”宋星河说。

“请教。”华年决定暂且忍耐，谋定而后动。

“你知道这个世界上现在的金融体系有多大？怎么可能被这样的一两个家族掌控？”宋星河说，“书本是权威编撰的，权威的话背后可能是偏执的误解，也有可能是利益输送。”

“所以你在说罗斯查尔德家族是个谎言？”华年问。

“不止《货币战争》，过去几十年，不少海外的阴谋论者也有类似的观点，但至今没有切实的证据，很多还是基于二战时纳粹反犹太人的宣传。”

“那到底是哪些人在操控金融？”华年问。

“这个问题的难度和中国的物理竞赛是一样的。可以先来看一下各个投资基金的董事会。董事会一般是由董事和独立董事[①]组成，在美国独立董事占董事会席位还更多些。”宋星河边说边在手机上翻出高盛、花旗银行和摩根士丹利[②]的股权结构表给华年看，“你看，以高盛为例，CEO由董事会选拔指派，而董事会一半以上的名额是独立董事。”

“独立董事不在公司占股，”华年前几天正好学到独立董事这个章节，立刻现学现卖：“那这些独立董事都是谁？不敢想象，这是多大的权力。这些独立董事是按照什么原则选出来的呢？”

“按理论一般都是些在社会有声望的人，独立董事在公司占有席位被认为非常重要，被认为是实际上小股东利益的代表，由他们与董事共同监督公司，可以很好地平衡大股东和小股东的利益。还是看高盛，它的独立董事名单里有哈佛大学的教授、美国退休政策研究中心总裁、肯尼迪艺术表演中心主席，另外还有杜邦、苹果等公司的前任高管等。不但高盛如此，刚才提到的花旗银行、摩根士丹利这些每天在华尔街日报头版看到的公司很多都是这样的结构。”宋星河说。

“那这些基金的钱哪里来？”华年继续追问。

“还真是问到关键。钱谁出谁说话算数，你是想说这个道理吗？”宋星河笑了一下说，“其实这些基金背后的投资人并不是你想象的所谓的大家族。大部分反而都是些投资机构和零散的投资人组成的。你看高盛的股权结构就非常松散，没有一个独大的股东，他们最大的股东黑石基金、道富基金，也就只占股5%-6%，而这两只基金背后的资金也都是来自于美国加州公务员养老金、加拿大公共养老金等养老基金，还有就是中投、GIC、Mubadala等国家主权基金。当然这其中也有很小一部分

---

① 独立董事，独立董事是指独立于公司股东且不在公司中内部任职，并与公司或公司经营管理者没有重要的业务联系或专业联系，并对公司事务做出独立判断的董事。

② 高盛、花旗银行和摩根士丹利，均为美国巨型投资银行、投资机构。

就是被传得神乎其神的家族基金，可是因为占股比例太小，根本无法影响操作人。”

“所以就有前面的独立董事出现，代表这些基金背后基金的普通民众利益？”华年不敢肯定地再问。

“书面上可以这么说，制度嘛，表面都是好看的。”宋星河又笑，“就好像高盛从来也没承认过他们和次贷危机的关系。”

“所以这么说的话，现代社会已经彻底将原有秩序打乱？”华年说出秩序两个字的时候，突然想起Miss周员工培训时和她谈话内容，某一部分竟然是惊人的相似。华年瞬间像受了绝世高手一百年功力似的大彻大悟，原来Miss周之前与她聊的所有一切，看似只是云淡风轻毫无边际的谈天说地，其实却是在和她讨论金融行业的最深内在。

宋星河只笑不语。

华年侃侃而谈：“是不是也可以这么理解，金融行业看似高冷，其实与社会各个行业息息相关。买双鞋上个网打个游戏聊个天，人们在做这些看似不足为道小动作时的偏好，这些偏好却决定着社会各个行业的兴衰，而行业的兴衰就是金融的走向。金融不在这些行业内，却笼盖了所有的行业，没有这些行业，就不会有金融，可是有了金融以后，金融就开始无形中影响着各个行业，有时候甚至支配着它们。”

“谁都懂的辩证法。”宋星河摇头。

“Miss周曾经和我长时间地谈论历史文学哲学，这些学术剖开看正是脱胎于构建起金融的社会各个行业，是各个行业的精华总结。历史文学哲学其实都在处处以重点提示你，战争、饥荒、疾病、自然灾难没有一点能和金融脱了干系，谈历史文学哲学其实无一处不是在谈金融。Miss周说过学好数字只是入门，怪不得她一上来对我的考量也不是数字而是知识厚度。数字的培训可以短期完成，而累积知识，却需要漫长的岁月。学好数字，或许能做个投资人，可是只有累积足够的知识，触类旁通，才能做一个一流的投资人。要想驾驭金融行业，必得先了解社会各个行业、了解历史文学哲学，必须先做个全才。”华年说。

喜欢读书吗？华年记得Miss周曾经这么问过她。这句话，乔飞明也问过。

“书本来就是最好的工具。”宋星河说，“我和你聊天，发现你知识储备得很不错，大概从小乱七八糟读了不少。或许这些阅读累积起来的庞杂知识在其他领域一辈子都不会有一点用处，可是在金融行业，却是最坚实的基础。”

“多亏多读了几本，否则你们哪里愿意和我多说几句话？”华年笑。

“读书多的人都在大学做教授。”宋星河笑。

“怪不得人人进光翼战略投资部前Miss周都要先这样天南地北一番。她对我的嫌弃实在是有道理。她说我没有同理心，有知识却不懂得深入思考。拥有宝藏却停手不挖的人实在是天下第一大蠢货。蠢货活该被人讨厌，唯一的出路是变聪明。”华年却不笑，“有能力者改变世界，无能者抱怨世界。”

“是不是突然对她改观了？”宋星河问。

“Miss周实际上会不会是在柔软地给我一个机会？”

“她是个生意人。”宋星河突然笑得很微妙，“说她有什么意思，我和你再说说秩序。知道现代社会最重要的秩序是什么吗？”

华年摇头。

“货币。”宋星河也对着她摇头，“战争消失，民主出现，暴力统治时代运走，货币已经成为新秩序的建立者。”

“那么法律呢？”华年期望抓住一个漏洞。

“法律只告诉人什么不能做，货币秩序却是在驱动人去做点什么，一样重要。”宋星河的回答精辟而又简略。

“那岂不是钱已经变成了人的主宰？”华年嘘了口气。

“钱难道不是人发明出来的？”宋星河反问，“钱本身有什么意义？不过是堆印刷品，是人赋予了钱意义。”

“所以说，还是一批人最后会成为另外一批人的主宰？”华年也反问。

“总比以前直接逮起来关笼子里卖掉要好。”宋星河说，“不是亲眼看见历史，就不要妄论历史的美好。五胡乱华时的石虎可是吃人的。

我倒是乐观的，总觉得一代人会比一代人好。”

“金融就是货币的游戏。历史上也是，只是很多时候玩坏了而已。”华年叹气。

“外行人才说是游戏。”宋星河仰头。

华年一闷，想了想说：“按照你刚才的逻辑，既然家族不能掌控控制这个世界运行的金融体系，那么血统便没有那么重要了，也就是说，谁都能飞上天，就看你本事如何。”

“扎克·伯格的爸爸是个牙医。”宋星河眨了下眼睛。

华年听得心头热上来，却又突然一冷，“梦想在远方，现实很艰难。我连个门道都还没摸到，就被人拒之门外了。”

“哪个老板会拒绝真正能干事的员工？”宋星河挑眉，“你没活干是因为你干不了活。”

华年捏了下自己的手臂，生疼的，她说，“你的意思是等我把金融师证书考出来？”

宋星河像看低等动物一样看着她：“你以为一个证书有用？拿着金融师证书的人千千万，和爱读书的人一样多。”

“那我该怎么做？”华年已经彻底服气，这语气是极其谦卑的。

宋星河根本不理会她的自尊心，“我又不是你，怎么知道你该怎么做？”

“或许该从我们部门以往的投资案例入手？”华年虽然脸红，却还是在问。

“这个世界上很多东西虽然没有很大用处，没有却是不行的。”宋星河说，“你们公司应该也有装韦伯机，回去先把世界五百强企业、主流基金、银行等等的股权结构查查清楚、记熟。目前，世界上稍具规模的公司还是以上市集团为主流，数据都是公开的。这样结合起来再去看投资案例，才看得出门道。这些以后都是基本功。做投资人，第一步便是要严谨。”

这个世界上很多东西虽然没有很大用处，没有却是不行的。华年忍不住一笑，想起自己先前对英语的评价，思路能和宋星河在一条线上是件让人开心的事情。

“我还是会来上课的，这证书对我这样水平起跑的人来说，和说好英语的作用一样，我懂。”华年说。

宋星河看了下手机上的时间，他没有戴手表。于茉莉一直说，在那个世界，手表是男人身份的象征。既然如此，反论的话不戴手表的是不是都没有身份？可今天的这番讨论，却让华年坚信这个宋星河不会是个普通人，不是说他的出身，而是即使他家已经千金散去，他也绝对不会回到普通人的行列。思想决定人生。这个开凌志车不戴手表的男人到底是谁？总有一天谜题会揭开。

“我该走了，一会儿我有个电话会。”宋星河边说边走。

又是电话会，华年突然想起方鸿之说他次次都是如此的话，这是个时刻在电话会上的人。华年突然发了笑。她想，好像Miss周也是这样的，一样的来无影去无踪，一样的分秒必争。

这会不会就是另外一个世界的样子？

华年的脑子里涌上一股子热血。

我是不是正惦着脚尖努力趴在墙头努力在朝那个世界望去？

然后，我就要走进去，一步一步。

华年想。

雀巢咖啡

马来叔爱喝雀巢咖啡。那个时候，市面上只有雀巢咖啡。

你还记得马来叔？十七岁那年，华年问陈老板。

若飞在旁边用力拽了一把华年。华年摔在地上。陈老板不发一言。

华年第一天去电视台报到，陈老板一定要陪着她一起去。小城还是那样的热，都腊冬了，大街上却还有人只穿一件单薄卫衣。华年坐在陈老板自行车的后面，自行车的链条咯吱咯吱响。陈老板大汗淋漓。

小城电视台是整个小城最气派的建筑，楼顶的那看着就要戳破天的接收塔更是公认的小城最新标志。

陈老板坚持要送华年去电视台报到这天，特别穿了件油光水滑的皮衣。这件皮衣是他得意光景时，花大价钱买的。刚买来时，许多人还专门上门来看，借了去用假皮仿着样子做出来。只是这皮衣放了许多年，宽大的袖子已经落了伍，窄紧的腰身更是过了时。幸好是穿在衣架子陈老板身上，还不至于过分尴尬。这样的皮衣，华年记得，以前马来叔也有一件。

小年是我看着长大的，这忙我是要帮的。说话的人是电视台的领导，也姓陈。陈领导是陈老板的族家兄弟。华年印象里，以前是常出现在陈老板酒桌上的。

陈老板连忙笑着给陈领导满上茶。

照理说，资质是不足的，你知道，多少顶级名牌大学生想进。陈领导说。

陈老板又连忙递烟，他自己并不抽，只给领导点上。华年注意到，陈老板递上去那烟是中华。那个小城，在华年有记忆以来，但凡在社会上站得住脚的男人们都得抽中华。家里刚开始不好的时日，陈老板好长一段时间还是抽中华，后来才改抽了万宝路。有时华年会听到人问他怎么就改了万宝路了，陈老板回答，现在烟瘾大，万宝路凶，抽起来有劲。今天这中华是哪里来的？华年脑子里什么都不能想，只在这中华烟上转来转去。

领导吐出长长一口烟圈，吸溜了一口茶，说，老陈，不是我说你，也老大不小了，还天天混着，成个什么样子？

做着生意呢。陈老板说着眼睛转到了华年身上，又立刻收了回来。

有钱有时候比没有钱让人害怕。若飞这么说过。

若飞刚开始做生意那会还不是这么和华年说的。若飞说，小傻瓜，妈妈要开始做生意，妈妈要赚很多很多的钱。

若飞做了生意以后，真的赚了很多很多的钱。家里有了很多很多的钱之后，有一天陈老板突然来和若飞商量，说他打算和乐宝爸爸一起做个生意。若飞为了这个事情，和陈老板吵得很凶。陈老板和若飞那次吵完架后，一直没有和好。

陈老板虽然看起来阿诺斯瓦辛格一样健硕，却向来喜欢养花养鱼，也学着外公以前在楼顶阳台满满养了西洋玫瑰。若飞总说，这毛猩猩观花，不怕笑话。华年经常跟在若飞身后起哄，毛猩猩，毛猩猩。

在若飞不和陈老板说话的第七天，毛猩猩陈老板开始每天摘一朵他养的玫瑰放在若飞的床头。若飞说，这样肉麻也是没有用的。她并没有因此多给陈老板个笑容，只翻箱倒柜找出了一个花瓶，把这些玫瑰养了起来。

陈老板拿到存折的那一天，兴冲冲带华年去外面吃了顿牛排。那个时候小城刚开始时兴吃肉饼渣渣煎的牛排。陈老板一边拿胸口围着的大白餐巾擦嘴，一边说，从此他要干一番大事业。

赚还是亏？领导问陈老板。

生意么，总归有亏有赚。陈老板回答。

陈老板已经好久不做生意了。华年看着对着领导连连点头。领导看着不比陈老板大。华年突然看到陈老板两鬓夹杂着的几根白发。

如果马来叔还在，应该也有白发了吧。

如果马来叔还在这里，在这个热气腾腾的小城，她也会给他倒一杯咖啡。她在电视台学着泡了一手好茶好咖啡。马来叔爱喝雀巢咖啡。那个时候，市面上只有雀巢咖啡。

谢了幕的名角

名角还是名角，却是谢了幕的，名媛还是名媛，却是被逼到麻将桌上的，三姨太也还是三姨太，却是失了宠的。

六个月后。

接到这通莫名其妙的电话时，办公室里只有华年和曲青青。大家还是照例四散去出差，乐宝也跟着Miss周去了美国。Miss周交代了一些数据报表的整理工作给华年，这个工作是两个月以前开始的。自从和宋星河的对话后，华年便开始研究公司以往的投资案例，以前在市场营销部门拿到的都是些表面资料，在战略投资部倒是有了个便利，这里储存着公司许多内部一手资料。刚开始做这些研究的时候，华年十分吃力。资料大部分都是各种数字报表，这些报表在华年的脑子里混沌成一团，是拨不开的层层迷雾。但渐渐地，这些数字成了华年的朋友，她开始能快速反应出这些数字背后的意义，这些数字里面是一个又一个崭新的世界，每个符号都是这些世界里最生动的细节。

研究得越深入，华年越是对自己以前的无知脸红。特别是想到那次见乔飞明时和他说的话，那真的是幼儿园小朋友在找大学教授的茬。关于撤掉战略投资部的建议，简直更是不知所谓。实际情况是两年前的那场世界金融海啸引起的互联网泡沫破裂，使得许多互联网出身的公司瞬间蒸发消失，乔飞明却提早布好全局，光翼集团不仅未受影响，还趁机鲸吞了几家公司，为光翼的进一步壮大打下了坚实的根基。

华年那天唯一歪打正着的是，在市场部一线工作时感觉到的危机确实存在。乔飞明的步伐太快，这些年公司吞得太多，这些被吞并进来的公司一时难以消化，有一部分正如华年所说，已经成为负累。只是并不像华年想象的那样会威胁到光翼的根本。那时的她坐井观天，根本不知道光翼这艘航母到底有多巨大的体量，也不知道这艘航母正在被人稳稳掌舵，朝着它的资本天堂岛进军。

乔飞明为什么会聘用她？越了解光翼，华年越是觉得疑惑。而这个疑惑，从那天产生开始，在以后数年她一直没有找到答案，一直困扰着她。那时候的她，当然无法想象，许多年以后，当这个疑惑解开的时候，原来这里面有一个如此巨大的秘密。她更加没有想到，她这样一个小人物的命运就是围绕着这个秘密，层层算计地被推进。那些惊心动魄的事件，最初就已经和她牵扯到了一起。而当最后她得知全盘真相时，只能是苦笑两声，无法做出反抗。兜兜转转，原来一切在最早的时候已经注定，乔飞明当时说的那样看似巧合的一句话，居然完全主宰了她的命运。

自从华年开始研究投资案例以后，她便定期给Miss周发心得报告。Miss周这点上与乔治的反应完全不同。每次她总会在五分钟之内回复华年的邮件，虽然只有短短“已阅”两字，对华年来说却是一天好心情的开始。自从对Miss周改变看法之后，虽然她每次狗血淋头的骂人声还是没有变成了圣母的福音，但起码在她看到她顶着大脑袋穿着香奈儿的身影时，不再讨厌。

Miss周五分钟内回邮件的这个习惯以后也渐渐成了华年的习惯。无数年以后，华年不得不承认，她许多不经意工作中的小习惯都来自于Miss周。这些小习惯都带着点强迫症的偏执，她不知道当她的这种强迫症发作时，是不是也会有个新晋的小丫头在背后狠狠骂她。但她知道，这些小习惯对她一生有益无害。

一个月前，乐宝刚收到Miss周让她去办美国护照通知时，虽然她极力想要做出些见过世面的样子，最后她还是忍不住和少女时代收到男生情书时一样，拉着华年一起跑进厕所尖叫那般兴奋起来。

被美帝国糖衣炮弹轰炸了那么多年，难免有些好奇。乐宝说。她死要面子。更何况方鸿之的母校在那里。

是是，更何况你这次去的还是美帝国最高大上的华尔街，方鸿之那野鸡大学算什么。华年笑。

乐宝这段时间说起方鸿之来越来越不经意，连华年对他的取笑也不太在意了。

我倒真要看看华尔街是个什么模样，道格拉斯太老了，电影的桥段也老了，不知道这印象还牢靠不牢靠？乐宝说。

《华尔街》这部电影是以前华年和乐宝一起看的，华年还记得她们看完那部电影之后，互相取笑了彼此许久，实在是太俗气，怎么就只惦念着那套俯瞰纽约的大玻璃窗房子？据说这部电影完全是为了批判华尔街的腐败堕落、对人性的摧残而拍的，可是看完整部电影，大部分人燃起的却是对华尔街满满的欲望，华服美衫珠宝香腮，挥霍的滋味这样美好，俗世的人拿什么去抵挡？庄周梦一场，这梦里梦外，蝴蝶翩翩起舞的绚烂翅膀，一扇一扇的，是被催眠了的欲望。

总之，你记得溜去后巷的脱衣舞酒吧见见世面。华年笑。

乐宝大笑，看方鸿之以后还笑不笑我土包子！

去了趟美国难道就成汉堡了？华年又笑。

乐宝不理会华年的笑话。她这段时间很欢快，一边跑美国签证中心，一边跟着Miss周到处见世面。据乐宝说，这次她是真正见了世面。御宝轩的金网脆皮虾粉肠，丽兹卡尔顿酒店的双层细棉浴袍，劳斯莱斯真皮座椅上的貂皮垫子，女人脖颈上的布锲拉提宝石链子，天天是去不完的饭局，日日是见不完的大人物。

都在较着劲，只是这劲却不是明着较，哪里还有人比什么名牌包，他们争的都是影响力，摸不着，看不见，可就是在那摆着，饭局最中间的那个位置，说话最顶用的那个气派。乐宝说，真想带张天娜去看看。

乐宝许久没有提起过张天娜这个名字，再提起时，没有了以前的含沙射影，也没有了以前的咬牙切齿，这已经是个无关紧要的小人物。优越感高高在上，又一次战胜了仇恨。只不过这次换了人。

乐宝说着又去继续去列购物清单。最近她的衣橱越来越满，上班的套装，晚宴的小礼服，高尔夫球场的Polo衫。她手上戴上了卡地亚手表，脖子挂上了宝格丽项链。

华年有些担心她过多的支出，经常劝她省着些花。

这些是为了不给Miss周丢面子，也是为了工作。乐宝说，更何况这些东西都保值，我买的都是基本款。

奢侈品公司用它的营销策略又俘获了一颗人心。

这些东西要是保值，米兰站的市值现在也不会是个笑话。华年说。

乐宝不置可否，她列完自己的清单，又在为长长的代购名单发愁。以前市场部同事的丽丽张大卫王知道乐宝要去美国出差，纷纷给她发来祝贺的同时，也给她列了一长串的货品清单，乐宝正在排列这些货品的购买次序，笔记本上密密麻麻的购物攻略。

乐宝飞去美国的那天，华年去机场送她。送机真的是件神奇的事情。有一天，当华年把机场当成半个家的时候，有时会想起最初给乐宝送机的场景。那时，她们是真心舍不得彼此。她们自己感动了自己，仿佛那场不过一个星期的离别真的是生离死别。华年很怀念那个时候的天真。送机这个事情和恋爱一样，都只有最初的激情。

晚到的Miss周诧异地看着华年和乐宝的生离死别状，头也不扭先过了安检。

“她坐头等舱，通道不一样。”乐宝指着Miss周的背影笑着对华年说。

“要我就不坐头等舱，听说给配的空姐特别漂亮，没事给自己找难看。”华年说。

“这辈子倒是希望能坐回头等舱。”乐宝抖了下手里的机票，“我们部门其他人出差都是头等舱待遇，除了我这个秘书。”

“我这辈子倒是想出差去趟美国，市场部现在所有人都红了眼，就等着你回来好好宰你一顿。”华年笑着说。

“有了香奈儿就开始惦记爱马仕了。”乐宝说。

说着话，华年和乐宝就到了安检口。华年抱了抱乐宝。

“等我美国回来见。”乐宝说。

这天华年接到那通电话的时候，是乐宝和Miss周去美国的第五天。华年听到电话铃声响，习惯开了个免提接听，办公室里反正没什么人，最多打搅下角落里打着盹的曲青青。

“周总怎么老不接电话？”对方劈头盖脸就问，声音很着急。

华年听声音是个年轻的男人，又这样没礼貌，当即反应是Miss周难道有了风流韵事，人家找上了门？一下子有些不知如何是好。华年看了眼曲青青，她也正在看着她。她们面面相觑。然后，曲青青咳嗽了一声，当机立断拉开椅子站起来走了出去。华年握着电话的手一抖，但也只好继续把电话握在手里。

“周总这几天在美国出差，有时差，那边现在是凌晨三点。”华年让自己的声音礼貌而又冷清。

“这可怎么办？怎么办？”电话那头的人急促地说，“他们要带魏总去东北。”

“你慢慢说，事情说不清楚，谁都没办法。”华年听得稀里糊涂，这话没头没脑，也不能怪她智商低。

华年使劲劝对方冷静，他断断续续终于把事情说了个大概。原来，是Miss周近日收购的一家做电子配件的公司出了问题，来电话的是这家公司董事长魏子辰的秘书。魏子辰与他妻子共同经营这家公司，近日魏子辰却单方面决定把公司卖了，他们夫妻闹了大矛盾。他妻子是东北人，听说在那里十分有势力。她在东北当地已经报了案，告魏子辰经济诈骗。现在东北警方正围着魏子辰的公司，要把魏子辰带回东北审讯。虽说在祖国各地接受审讯都是一样公正公平的，但据魏子辰秘书说，就怕魏子辰妻子使了手段捏造证据，还是在公司所在地比较放心，毕竟这样收集起来的证据对他更有利些。

华年听得云里雾里。这夫妻不是财产共同体吗？这怎么告经济诈骗呢？然而再问也没用了，那人说清楚前面这些已经不容易。华年只好先问个常识问题。

“怎么不报警？”华年问。

“报哪里的警？不是警察来了吗？那些警察穿了便衣，现在他们人已经在办公室，公司保安拖着，但估计拖不了多少时间。”电话那头的声音更着急。

也不知道哪里就涌上一股热血，华年决定管这件事情。

“你们办公室在哪？”华年想了几秒，果断地问。

“开开大厦。”电话那头回答。

她立刻打开GPS看了下，开开大厦和光翼集团大楼不过七八分钟车程。华年灵机一动，急急打了电话给乔治。乔治还在梦中，听华年说要十分钟内调十辆车，劈头就说异想天开孙猴子大闹天宫自己玩去。华年好好解释，公司几乎人人有车，你在工作群里吼一声，何止十辆。更何况来帮忙的她一人给发一千块，并且保证这事成了，人情他做功劳他领。乔治终于答应了下来。

华年连忙跳着站起来。她一边从办公室下来时候，一边给公司法务打电话说她的可行性方案。光翼法务团效率一流，一边挂着她电话一边就开始小组讨论，不一会儿就给了华年结果，答案是肯定的，她心里更加有数起来。

这乔治也是果然是能干！华年跑到大楼门口的时候，门口呼啦啦真排了十多辆车。华年上了乔治的车，简短在群里给大家做了布置：只要把开开大厦围住就好，紧锁车门，谁都不准下车。于是就这样，华年带着头，领着这十多辆车浩浩荡荡出发。她心里不禁微微有些得意，这看着不就是有些智取威虎山的阵仗么？

说来也是运气，到了开开大厦，那辆据说是载着东北便衣警察的桑塔纳刚刚驶出停车场。也亏得上海交规严格，这路边乱停可不管你是谁，都要罚个大两百，一不小心还要被拖走了，在上海生活的有车族时刻要绞尽脑汁与停车这件事情战斗，长年下来，停车技术练得炉火纯青，各个眼明手快不输“速度与激情”男女主人公。这几个初来乍到的外乡人哪里是光翼公司这些老司机的对手？一下子这辆桑塔纳就被光翼的车阵围成了铁桶。

桑塔钠停了下来，从里面走出来两个人，一脸的官家威严，大声呵斥华年他们妨碍公务。要不是小时候见过大场面，这威严就已经让华年软了腿。

此时，华年却能冷冷一笑：“上海警方正在路上，至于谁合法谁违规，我们等穿着警服的警察来了再说。”

一个人还要说话，旁边另外一个却拉了他一下，他们两人低头说了会儿话，也不再和华年纠缠，坐回了车里。

这时，车阵外一辆加长版的古斯特停了下来。一个女人从车里走了出来，穿过光翼的车阵，径直走到华年的车子前面，敲了敲乔治的车玻璃。华年打量她。她看着已经有四十出头，却穿着一身桃红长裙。要说这桃红本是少女的颜色，年纪稍大些，这颜色穿上身立刻会俗气成犄角旮旯里的末流野花。可这桃红在她身上，却是千般的风韵万般的妩媚，那一举手一投足，是戏台子上的名角，是舞池里的名媛，是电影里清晨叼着烟枪和你话家常的三姨太。只是她还是老了，眼角长出了皱纹，皮肤长出了黄斑，这风韵这妩媚于是都是过了气的，蒙上了灰，带着哀怨。名角还是名角，却是谢了幕的，名媛还是名媛，却是被逼到麻将桌上的，三姨太也还是三姨太，却是失了宠的。

乔治在华年耳边说："这人看着不一般。"

华年看出他的好意，公司的事情，何必给自己惹麻烦。

她笑着说："没事。"说着，就下了车。

"还是个小姑娘。何必管这事？"这桃红色说了话。声音虽然因为吃惊起的调有些高，也是与她人配的，是上了档次的娇艳。

华年正要说话，却看老乔治也要开车门下车。他体形硕大，每次上下车都十分吃力。

"你等等。"华年对那个女人说。

说完，也不管她僵在当场的脸，转身只和乔治说话。

"别下来，我可以的。"华年说。

乔治拍着胸脯说："怎么？这是看不起我？我在你旁边站着给你壮壮胆。"

华年一笑："老领导，你回车上看着大家。你下了车，大家都跟着你下车了，到时候闹起来就不好了。这么点事，还对我不放心？"

乔治还是不肯，华年好说歹说把他推回了车里。这老胖子今日的表现，还真对得起她之前对他的评价，看来每个能带领好一个团队的人都有他的闪光点。华年想。

"公司的事，工作而已。"华年安顿好乔治，慢悠悠走在那个女人面前说。

“你是什么公司的？”桃红裙子问。

华年不敢贸然报出公司的名字，只是说：“我们刚控股了魏子辰的公司。”

“原来是光翼。”那个女人冷哼，“做PE做到这个份上，也是少见。”

“你又是谁？”对方一下子就说出光翼的名字，让华年对她的身份已经有了猜测，但她还是打算确认一下。

她却不理华年的问话，只说：“什么魏子辰的公司？那是我辛辛苦苦十年打拼一手做起来的公司，谁不知道我才是老板。”

原来这桃红裙子真的就是魏子辰的妻子洪思晴。这件收购案子华年虽然没有参与，这之前却在办公室听曲青青几次说起这洪思晴的厉害，那泼辣绝对是天下无双的。华年正想着这曲青青的话未必可信，那洪思晴已经一鼻子指到华年的脸上，“都是些什么东西？这是要仗势欺人？偷走了我的公司，还要欺负我这个女人，也不怕亏了阴德？”

这还果然是十足泼辣的。什么欺负你这个女人？难道我是个男的？华年很想回她一句嘴。可她看着围观群众是越来越多，这周围虽然都是些甲A写字楼，人人巴宝莉风衣阿玛尼西装的，看热闹的人却还是没有比彭浦新村的少些，想了一下，华年对着她微微一笑，只是转身上了车，关了窗。

尖刀投进死水湖，再锋利也扎不到肉。

乔治对着华年竖起大拇指：“话虽不多，你那气场压倒她了。”

华年倒是吃惊，她并不知道自己的气场如何。

“你是说我比她更女流氓？”华年笑。

“何止女流氓。你刚来我部门时，还是个丁点大的小姑娘，低眉顺眼的，现在你站那，我都要远远绕开。”乔治说。

华年和乔治在车里谈笑风生，余光看到车外洪思晴气的脸颊绯红，衬着她的桃红衣衫，更显得人愈发鲜艳，她只要再年轻个五岁，应该是个美人，华年想。

不一会儿，上海警方到了现场。果然如公司法务说的，跨省逮捕审讯是违规行为，华年的做法是占了理的。这魏子辰虽然还是被暂时扣押，却总算是保在了上海。华年当然被警察叔叔好一顿训斥，好在认错态度积极又诚恳，总算是没有实际性处罚。

警察局里闹哄哄的，华年踱步出来去警局对面的便利店买了瓶水，坐在便利店大窗户前，一边喝水一边看着街上来来往往的人。华年越来越喜欢只喝水。一杯白水，半幕窗外。她突然想起，小时候她不是这样的。若飞管得严，小城又水土热，稍微吃点甜的，小孩子便要感冒咳嗽。于是，只要有点甜的，哪怕只是加了白砂糖的水，华年都视若珍宝。如果若飞能够给她买一瓶健力宝，那更在地上撒泼耍赖都不惜的。

那个时候她的梦想是要一座糖果屋，那是在所有梦想之前最初的梦想。她觉得有了一座糖果屋，那便是一辈子都不会不开心的。可如今，她却只要喝水。华年想着，又喝了一口水。淡的，然而，也不知道从什么时候开始，她再也不能喜欢任何甜味。

罗生门

梧桐叶子一面已经是死寂的焦黄，另一面却还挣扎着要挽留生命的绿。

冷不防有人在华年身后说了话：“你这么帮他，他也不会感激的。”

华年转头一看，是洪思晴。她的气色已经颓败了下来，那身桃红笼在她的身上，变得空荡荡的。

“我只是做好我的工作。”华年一边说一边站起来要走。

洪思晴却一把拉住她，“你等等，我和你说两句。”

洪思晴那天说的不是两句。她完完整整和华年说了一个故事。这个故事很通俗，很八点档，很有娱乐性，然而洪思晴说完却是流下了眼泪。在陌生人面前流泪，华年不知道对洪思晴来说容易不容易，但一个女人在比她年轻的女人面前流泪，应该是真的伤了心。

洪思晴与魏子辰认识是在她的四十二岁生日宴上。那时魏子辰刚刚升到了洪思晴一家对口合作公司的销售经理。虽说是经理，也管着两个人了，却还是要日日给客户打电话推销，用魏子辰的话说，那是猪狗不如的日子。魏子辰来洪思晴的生日宴是因为他认识洪思晴的一个女朋友，比洪思晴还要大个两岁，魏子辰认来做了姐姐。这个姐姐到哪都喜欢带着魏子辰。

“第一次见他面的时候，他一句话都不说，就安安静静在角落坐着。”洪思晴的眼睛空空洞洞的，“他外形不算出众的，你知道，在我的派对上，多得是年轻好看的男人，”洪思晴说到这，看了华年一眼，“可他看起来就是有些不一样。做销售的哪个没染上点社会的油滑气？大家围着我敬酒，他就只远远坐着，我问他怎么不说话，他说，听别人说不是更有趣？”

洪思晴和魏子辰认识以后便谈了恋爱。她说本来也不是当真的，男朋友交了那么多个，最后不过都是给笔钱打发掉。更何况魏子辰这样的年轻，这年轻是最不可靠的。到处是比他还要年轻的女孩，稍微起个念头，便是一去不复返了。

“我知道那个时候我长得还是好看的，只是这好看已经不能细看。我都不敢在白天见他，生怕他不经意的一眼，看到我的皱纹，就嫌恶我了。我日日防着他，可他却是处处磊落的样子，手机密码都是我的生日。”洪思晴叹气，“我也想不到我和他这一在一起，竟然会是十年，再过一个月，就是我们的十周年了。”

这洪思晴居然已经五十开外？华年实在是看不出的。若飞虽然看着也年轻，那年轻却是她这个年纪的年轻，这洪思晴是吃了仙丹么？华年纳罕。

“我一直想，如果前段时间不是我出了事，我们会不会在一起一辈子。”洪思晴继续说，“我反反复复在想，想一遍就恨他一遍。他是不会陪我终老的，他一直在等机会，对不对？”

洪思晴看着在问华年。华年却知道她是在问她自己。华年不知如何是好，还好她真的不是要她的答案的，不用她回答就接着往下说了。

“前些时间出事的时候，我天天心慌慌的，夜夜睡不着。他一句也没有问我，只是像平常一样，劝我好好吃饭好好休息。我问他，我要是进去了你怎么办？他对我说，我等你出来。”洪思晴说到这笑了出来，“再精明的人，也抵不住说了一万次的谎话，明明知道那是谎话，也会相信的。他这样一个什么都不懂的小孩子，你知道，他是连公章和财务章都分不出来的，能做出什么事？我就真的信了他，把公司转到了他名下，我和他说，我要进去了，你帮我看着公司，等我出来。”

“你们法律上不是夫妻？”华年终于问了个问题，她所有的话的最大漏洞就在这里。

洪思晴眯了下眼睛，点了点头。

“没做任何文件？”华年继续问。

“做了份代持协议，在我香港房子的保险箱里。我后来真的进去了些日子。出来那天，他没有来接我，我就知道不好了。后来我打他电话总是不接，我心里其实有些确定了，只是不敢相信。我又去公司找他，才知道他居然已经将公司卖给了你们。我朋友给我出了主意，说这是诈骗，可以告他的。我这才去警方立案报了警。朋友们都说老家的警察可靠些，于是就想了办法在老家立了案。你还是个小姑娘，不知道社会凶险，我有得是朋友给我想办法，白道黑道，我拼了命，也不会让欺负我的人这辈子好过。”洪思晴眯起眼睛看着华年。她眯起眼睛来的时候看着很像一缕冤魂，被她缠上了，就真的会终身不得安宁的吧。华年想。她是不是已经被她列为欺负她的行列？这绵里藏针的威胁虽然听着粗俗，却是吓得住人的。

还好这威胁华年十七岁时就天天听人在耳朵边说，如今虽然没人天天说了，在梦里却还是经常能听到。她这一辈子已经不得安宁，也不怕多她一个。华年想。

“既然做了代持协议，拿出协议书，这个事情就清楚了。”华年按照她自己的逻辑说话。

“如果有代持协议在，也就不会有今天的事情了。”洪思晴的眼泪这时慢慢满上了眼睛，“我一出来就去香港看了保险箱，里面是空的，不要说代持协议，连我存的珠宝手表都不见了。”洪思晴说到这里已经泣不成声，“我就是恨他这么贪心，一点也不肯给我留下。你知道这家公司我怎么做起来的吗？是含着血咬着肉的，整整十年时间，我没有放过假，大年初一都不休息的。”她抬起泪眼，看着华年，“这样的人，你还要帮他吗？”

华年被洪思晴打动了。她想起了若飞，想起她每天天蒙蒙亮离开家的背影，想起她每天夜半回家的脚步声。上一代人的辛苦，华年看在眼睛里，她懂。更何况，此刻洪思晴的泪眼真的是婉转动人，那凄切是真的凄切，那悲情更是深沉的悲情。华年想，这泪眼连她这个同性都能打倒，必定柔化过无数男人的心。

华年支支吾吾一阵，落荒而逃。

走到外面，华年才发现天已经黑了，她最近很少在这样的傍晚时间在外面走动。五六点上海的春夏之交，微微还有些凉风，夕阳洒落在玻璃幕墙上，反光让人一阵晕眩。华年一阵哆嗦，严重的黄昏恐惧症让她加快了步伐，想尽快躲到钢筋水泥下把自己遮掩起来。

电话响了，是Miss周，“整个公司朋友圈都在发你今天干的事情。”

她又出了次名。华年苦笑。

“实在是不得已。”华年说。

“事先和法务联系过了？”Miss周问。

“确认过了，法务那边说这样处理没问题。”华年回答。

“你的办法我倒是想不出的。”Miss周说。

华年想这应该算是个夸奖。

“情急时想出的馊主意。”华年说。

“魏子辰还在里面，你和法务联系下，尽快把他保释出来。”Miss周顿了顿，“我一会儿发给你这个Case的资料，你看一下，以后你跟。”Miss周说完挂了电话。华年一时没领会Miss周的意思，等回过神来，才意识到，她刚刚有了来战略投资部以后第一个可以经手的投资案。

一直期盼的事情突然来临，华年却没有欢喜。她脑子里闪过刚刚洪思晴的泪眼，都说成功要用眼泪去换，可这眼泪要是弱者的眼泪，这成功好像也就没那么有意思了。

华年匆匆在路边叫了辆车，她现在只想好好回家睡个觉。这一天太长，好累。

“你就差在衣服上打补丁了，怎么突然这么大方？”乐宝听说华年自己掏腰包给那天开车来帮忙的同事发红包，实在是大吃一惊。

“要是能报销早就报了，”华年说，“曲青青说这笔费用不知道该记在哪个账上。”

“直接找Miss周，我找机会帮你说说？”乐宝说。

“我就怕被她臭骂一顿。”华年说，“好不容易手上拿到个Case，到时候别触了她逆鳞，又给我收回去。”

“没见过你这样的，自己出钱买工作做。”乐宝叹气。

“我就是个赔钱货。”华年也是十分懊恼。

“你这个Case这么棘手，你打算怎么办？”乐宝问。

“这几天和法务过了几遍文件，倒是真的没问题了，”华年无奈地说，“其他的，明天先去看守所接那个魏子辰出来吧。”

“真不是人待的地方。双手交叉蹲地上你试过没有？不能洗澡，上洗手间都要打报告，还要被监规……”魏子辰的嘴巴不停地一动一动的，华年的头轰轰响起来。他说的话华年明明一字字听在耳朵里，这一字字却一直浮在那，落不到实处去。

六个小时前，华年把魏子辰从看守所里接出来的时候，他说他口渴，于是华年给他递了瓶水，他柔声柔气地说了声谢谢。华年现在实在后悔，继续让他渴着，说不定就不用被他这样轰炸了。华年是第一次这么烦一个长相好看的男人。魏子辰刚从看守所里出来，头发乱蓬蓬胡子拉碴的，却还是看得出本来面目。华年想起洪思晴说他外貌也不算出众的，不禁纳罕，这洪思晴身边难道都是些绝世美男子？这魏子辰在一般人眼里可绝对不止是一般的外貌出众。

“真是麻烦你和周总，我不想自己这个事情让家里人还有朋友们知道，怕他们担心。”魏子辰说。

“应该的。”华年自己都觉得自己声音过于冷淡，实在不是对她未来要好长一段时间一起工作的人该有的态度，可洪思晴的泪眼在脑子里怎么都挥不去。

“我听律师说以后你来跟我公司的案子。”魏子辰说，“那天发生的事情，我也听说了。多亏了你。这法子可不是一般人想得出的，想出了，也不是一般人的胆量敢做的。”

可真不是一般会说话，华年想，这奉承看着这么真心，哄得人这么妥帖舒服，看来是常年哄洪思晴练出来的。魏子辰对着华年说了好一会儿感谢的话。华年总是淡淡的，接的话也是有一句没一句。

魏子辰拨了Miss周的电话，“周总，是，我出来了，真的是苦死我了。不能洗澡，刚进去就只让蹲着，上洗手间也要报告，十几个人挤一个房间，说什么再也不要进去了，是……小杜来接我了，让她帮我安排好？那怎么好意思？好，好，那就麻烦周总了。”

魏子辰把电话开了免提，电话那头Miss周的声音出乎意料的温柔，对着魏子辰好一阵嘘寒问暖。华年越听越明白，这魏子辰又哪里是一般人？Miss周把这案子过给她时说过，虽然已经在法律上和魏子辰公司完成交割，可是这家公司内部关系复杂，需要谨慎处理，以免引起高层动荡。而处理好这些问题的关键人显然就是魏子辰本人。

Miss周对他的态度说明一切。魏子辰打这通电话的目的也很清晰。Miss周对我尚且如此，你这个虾兵蟹将就不要给我脸色看了。

“帮你开了酒店房间，魏总先去休息一下。”华年把魏子辰送到酒店门口。

“赏脸一会儿一起吃个饭？”魏子辰说。

“吃饭就算了，我们约个时间在办公室开会。”这是华年能做到的极限了。

魏子辰说："总不见得让我打电话约周总一起，你才肯赏脸吧。"

这是以势压人了？华年不得不屈服，与他约好了晚上八点的晚餐。

再见魏子辰时，华年再次确定洪思晴对他外貌的评论不客观。他已经换上了一套剪裁合身的三件套西装，胡子剃掉了，头发修剪整齐了，更显出刀刻般的俊脸，往哪一站，都是人群中的焦点。

魏子辰显然很满意华年投去的目光，他微微一笑说，"杜总，来，这鲷鱼是用柠檬喂着长大的，你试试，是不是有股淡淡的柠檬香？"

魏子辰请华年在闻名城内的一家日本餐厅吃饭。前段时间曾一对青年男女来此约会，男的收到账单当即翻脸，女孩却坚持让男孩买单，男孩不肯，两人现场大闹，这场大闹被人用手机拍了下来，传上网后，有人骂男的小气，有人骂女的坑人，骂来骂去骂成了热门。到头来，那对男女被骂得失了踪影，这家餐厅倒人尽皆知了。但魏子辰这一股勤介绍，华年本来已经夹起鲷鱼的筷子僵在半空中。那块鲷鱼她是放进嘴巴也不是，不放进嘴巴也不是。

"洪思晴是不是说了许多故事给你听？"魏子辰笑了一笑问。

这问题华年也是回答也不是，不回答也不是。

魏子辰撩了衬衫袖子，这动作也是标准的斯文风度，很是迷人。

"你这个小姑娘，说句话都要脸红，难怪中了洪思晴的套。"魏子辰叹息了一下说，"她最大的本事就是知道如何在适当的时候给人看适当的样子。她要是想让你看到她的软弱，她就是天下最楚楚可怜的，她要是想让你看到她的凶悍，她就是天下最嚣张跋扈的。"

华年听出魏子辰这话里的意味，忍不住说："你当然是最了解她的。"

"你是在笑话我？"魏子辰笑了一下，"你这样的性格，真不像周总那出来的。"

"周总那出来的都什么样子？"华年忍不住问。

"机器人。"魏子辰又笑，"精确，专业，感情是有的，只不过那个感情也是算好的，分厘不差的。你说不是机器人是什么？"

"每个人都不会一样的，只是懂得在适当的时候给人看适当的样子。面对你，我们都只是投资方的对接人，所以都成了一样的。”华年说。

“真会说话。”魏子辰说，“很好，开口说话了，也算是个好开始，毕竟接下来我们要一起工作。”

华年这才发现她竟然不知不觉与魏子辰聊了起来。如果说洪思晴最大的本事是演技，那么魏子辰最大的本事就是算计。以后有一天等华年想明白这关窍时，她突然有些感谢他们。这两个人是华年真正意义上在投资行业接触的第一批对手，他们让她明白了一个道理，在商场里成功过的人没有一个是弱者，哪怕是极小的成功。

魏子辰那天接下来和华年说的那个故事，到现在华年都无据可考。

“洪思晴入狱之后，我一直为她四处走动，我当时卖掉公司也是为了筹集现金，否则这家公司这么赚钱，你说我有什么理由卖掉它？”魏子辰说，“然而，我越深入她的生活，越是明白自己原来根本不知道洪思晴是什么人。我不知道她结过两次婚，有三个孩子。我也不知道她有过无数的男朋友，这些男人无一不是响当当的大佬。甚至和我在一起的这段时间，她还另外有个男人。就是那个男人落了马倒了台，牵扯到了她身上。在这期间，我还听说了一个人人都知道只有我不知道的洪思晴当年发家的故事。当年她还是销售员的时候，她愿意为了一个一千元的订单和人睡。”

魏子辰的表情的确是悲伤的，但华年还是问，“洪思晴做销售员那是多早前的事，怎么还有人知道？”

“等有一天你落魄的时候，你会发现，你自己都忘记的过往，别人却了若指掌。”魏子辰说。

华年心里打了个冷颤。我的过往，可不想人人都知道。那么，我就不能再落魄。

“都有确实的证据？或许是个误会。”华年说得小心翼翼。

“洪思晴就有确实的证据？根本没有香港那个所谓的保险箱。”魏子辰神色冷了下来，“她把公司股份转让给我时，工商变更、公证各种手续没有一点是不齐全的，也没有一点是不合法的，这个公司的确是她送我的。送了就是送了，更何况当初我们有交换条件的。但我知道我说了也不会有人信，只不过让外人多个谈资。我已经找人警告过她，没有什么好闹的了，我和她只有法庭见。”

华年那天从餐厅出来的时候，一片梧桐掉在她的眼睛上。她捡起来，拿在手上细看。梧桐叶子一面已经是死寂的焦黄，另一面却还挣扎着要挽留生命的绿。

魏子辰和洪思晴的事最后就这样成了罗生门。他们的官司打了五年，最后最高人民法院裁决，公司股份归魏子辰所有。

华年经常会想起，洪思晴说过的，他这样一个什么都不懂的小孩子，连公章和财务章都分不清楚的，能做出什么事情？然而，华年和魏子辰共同工作的那段时间，她却发现，魏子辰居然从现金流动表里揪出一个细微的疏忽。这是起码五年以上大投行经验的会计师才有的水平。或许是魏子辰在洪思晴面前隐藏了自己，或许是魏子辰慢慢进步了，洪思晴却没有发觉。然而，不管如何，在这个事情里，魏子辰是赢家。

有段时间，华年经常会和一些刚入投资行业的人说魏子辰和洪思晴的案例，说到结尾处，总会有人问，洪思晴就这样一无所有了，那不是很可怜？

华年每次都用实在的答案回答，洪思晴在香港还有三处豪宅，总价值五亿人民币。

如果在洪思晴对她倾诉的时候，她就知道了这个事情，当时还会不会被她打动？华年经常这样问自己。一个还有五亿资产的人，即使哭得再声嘶力竭，是不是也博不回来同情？

悬崖边跳橡皮筋

我什么都没做，只是她出招，我防守。

魏子辰公司的Case华年还有个小尾巴没处理完，光翼就迎来了一年一度最重要的日子——年会。

许多公司都有年会，许多年会都会办晚宴，可是光翼的年会却是场盛宴。年年都是租了万人体育馆，年年请的都是当红歌星影星。各类最新最时尚的舞美设计不惜血本，连春晚都要逊色，连碧昂斯都要心生妒恨。各家酒商、食品供应商、服装品牌更是从年初就牢牢盯着光翼采购部，祈祷能被幸运选中，便是一年生计不愁。乐宝来找华年商量年会穿什么衣服。

“还是去年那家影楼租？”华年向乐宝提议。

“仔细算算，你到战略投资部都一年多了，”乐宝笑了起来，“名牌没给自己买一件，住的房子也没有搬。”

华年不服气：“不搬房子是打算买了房子再搬，不买名牌是因为淘宝的真丝衬衫质量已经足够好。悔啊，早生几年就好了，投进淘宝，这辈子就可以混吃等死了。”

“第一你口气不小，以我们现在的年薪，除去用度，要想在上海买套像样的房子，也是遥遥无期。第二你做梦，你早生几年，淘宝在你面前，你就能认得？”乐宝斜着眼睛问华年。

“那可说不准。”华年实在不服气。

“不和你扯。今年不一样。晚会结束后，我们可以去参加高层舞会，你不知道？”乐宝问。

华年的确不知道。

“那就去租件好的。前几天我听说现在有个新模式，有出租名牌包包礼服的连锁店，听说过没？纪梵希、朗雯、伊夫圣罗兰应有尽有。”华年说。

“租租租……也不知道你这脑袋是不是租来的？”乐宝一边眨眼睛一边笑着问，“送你的香水用完了没有？”

她的问题一下子戳中了华年。乐宝两个月前送了瓶香水给华年，原因是她说华年最近身上有股味道，准确地说是有股猪味。

实在是不能怪乐宝，虽然华年并没有洁癖，可是那段时间她也是每天泡一个小时澡的。但那股味道实在太顽强，总是若有若无捉摸不定的，只是混合了香水味后，却没有减淡半分，反而更加销魂。

都说闻香识女人，不知道为什么，华年以前并没有特别熏香也没有特别用什么香水，可她的房间却总自带一股蜜香，落魄到上海集体宿舍那段时间都没有例外。特别是时隔久远回到房里，那股香气会变得愈加浓烈。于成龙也经常和华年说，她的呼吸也是这种蜜香。于成龙有时候犯傻，便会一直要凑过来闻她的呼吸。

华年并不自恋，绝没有想到香妃转世之类的推论。她科学分析，这大约是常年被洗发水沐浴露养出来的一种香味。年代久远本身就是件奇妙的事情，就好像常年攒了茶渍的紫砂壶，只加水，也能泡出一杯好茶。没想到，只不过来战略投资部几个月，这种常年跟着她的香味就一败涂地，不攻自破了。

华年总以为到了战略投资部，以前在市场部总幻想着的《穿PRADA的恶魔》的场景总归有机会实现的，可现实却是，她变成了一个浑身猪臭味到哪被哪嫌弃的人。

事情发生在两个月以前。有一天，Miss周突然宣布了两件特别的事情。一件是由张乐宝顶替曲青青的秘书职位，曲青青走人。另外一件是战略投资部一个人被开了，开的那个人居然不是华年。

光翼战略投资部和一般的投资基金在人员设置上还有些不同，毕竟是设立在企业内部的，有总集团财务部门辅助，许多后台工作不用另外设立人员。战略投资部除了合伙人Miss周外，还有三个投资副总裁，夏璇、郭沈鹏、常俊哲。这次被开除的便是投资副总裁之一的郭沈鹏。

投资界的头衔很有趣，一般一个投资机构说了算的只有一两个人，有些机构连合伙人也才只能算是说得上话。可名片上的头衔却是很镇得住一般人的，执行董事、高级副总裁、联席董事等等，听上去牛轰轰，然而实际工作很可能也不过是个打杂跑腿的。光翼战略投资部的这三个副总裁便是如此，只负责项目的跟进，是没有项目决策投票权的。

到现在为止，华年对投资战略部这三个副总裁还是陌生的，郭沈鹏被开除的事情还是乐宝八卦给华年的。

“郭沈鹏走人了，你知道吗？”乐宝问。

华年当然是摇头的。她很吃惊，连忙问，“听说郭沈鹏是业务老手了，他这三年每个跟踪的每个案子交割完成度都很高，难道被挖走了？”

乐宝摇摇头：“被开除的。”

“什么事情被开除的？”华年更加吃惊。

“说起来真是离奇，”乐宝拿出手机递给华年，“你看这篇文章这几天被传疯了，前几天一个金融八卦公众号登出来的，你看，主人公就是郭沈鹏。”

华年立刻读了那篇文章，这是篇翻译稿，原文来自美国一个著名的社交网站。某上市集团战略投资部副总裁郭沈鹏在其与友人来往的邮件中表示，美国人来中国就是为了疯狂做爱，郭沈鹏称，美国人在本土其实比较老实，可是一旦到了中国，就开始不间断一夜情。美国人到中国不管是为了工作还是学习，其目的就是为了找一夜情，我们应该让死鬼子哪来滚回哪去。他说，为了和美国人竞争，他也已经像美国人一样，准备好一套三室一厅的房子，一辆保时捷，固定套路也已经定好，法国餐厅、锐舞酒吧加DOM香槟。做国王的日子，指日可待。

华年看到那篇文章下面的评论群情汹涌，大部分是男人，中国男人和美国男人，两条阵营划开，用的都是本国最精彩的语言。

“这就是丢脸了，难道就因为这样开除他？”华年问。

“你仔细看那封邮件。”乐宝说。

华年又看了一遍那封邮件，叹了口气，“怎么这么不小心私用了公司的邮箱？”

整个用邮件构架起来的光翼对公司邮件的使用自然有详细的规则，

任何人不得把公司邮件做私人使用，否则会接受公司一定的惩罚，更何况还造成这么大的影响。

乐宝点点头："邮件还用的英语，巴不得给美国人民看到似的。听说美国那边传得比我们这里还广，未来国王郭沈鹏这下子是出名了。"

郭沈鹏不是ABC，但大概因为大学在美国读的，在华年印象里却是标准ABC的腔调，特别喜欢穿紧身衬衫，见他不多的次数里，每次他都用肌肉将衬衫塞得鼓鼓的。以前华年与曲青青偶尔的聊天里，她总会提到郭沈鹏，郭沈鹏太聪明，郭沈鹏最有毅力，郭沈鹏干活再累，周末都要出去的，work hard，play hard，老外都这样……他应该是很招姑娘喜欢的。

"和你家方鸿之倒是一个腔调。"华年说。

"去，方鸿之只是爱喝酒。"乐宝说。

"会不会是周末出去玩惹的祸？"华年突然想到。

"谁说不是呢，这个事情发生在他身上，一点也不奇怪，那么爱玩，大概是被美国人抢了妞不服气，没想到最后还是自己吃亏。"乐宝嗤笑。

华年也笑了，"还好曲青青比他早走一步，否则她是要难过了。"

事情就这样告一段落，那个时候华年还不知道郭沈鹏的走人，会对她今后的生活产生巨大的影响。

乐宝正式做Miss周秘书是在一周前，华年和于成龙给她办了个小小的庆功宴。

方鸿之没有来，华年也不想问他为什么没有来。几个月前乐宝便告诉华年，方鸿之打算移民加拿大，什么都准备好了，只差人过去了。这些日子，乐宝见到他的次数已经越来越少。那晚乐宝多喝了几杯，她向来比华年不爱喝酒，那天却喝得比华年多，她问华年，这些日子以来，她的努力，她看到了吗？华年当然看到了。华年看到她在Miss周面前鞍前马后，冷飕飕的嘲讽扔在她的脸上，她的笑颜也从未改过半分。有一次，只不过是个内部会议，她送错了一份文件，Miss周都没有责怪她，她却战战兢兢站在会议室门口等着会议结束，只为了Miss周出来时立刻能和她说一声对不起。乐宝开始全面照顾Miss周的生活，衣食住行，Miss周的午饭、晚饭、酒店、机票、接送没有一处不打点妥当的。如果我是Miss周，我也知道这样一个人是多么难得，是得到了便再离不开的。华年想。

果然渐渐地，乐宝虽然是二秘，Miss周去哪却都只带着乐宝。曲青青当然越来越讨厌乐宝，使了好几次手段。有一次愣是生生冤枉乐宝得罪了一个合作方。这是公司长期以来的一个大LP派来的董事，油盐不进的，对Miss周的许多方案总是挑刺。有次这人不知什么原因和Miss周闹翻，曲青青看到他出了Miss周办公室后，发闷气摔门走了，立刻把握了机会。曲青青开始到处和人说，这位生那么大气的原因，是他来公司乐宝接待时，乐宝态度十分傲慢，被激怒的。到最后，连Miss周都听到了风声，使劲去敲了乐宝的桌子。所有人以为乐宝这下子是有大麻烦了，连华年都有些担了心。谁也没想到，最后也不知道乐宝用了什么办法，竟然让那个人主动请Miss周吃饭和解，解清楚了误会。曲青青自然又一次灰头土脸。

这个事情华年一直没仔细问过乐宝，这时想到了，于是一边给她倒酒一边问："上次曲青青冤枉你得罪人的那次，你是怎么搞定的？"

乐宝挑着醉眼，笑着和华年说："没有什么是搞不定的，只要找到对方软肋。我出去打听了他的背景，正好他有几个女朋友的朋友我认识，这人看着很正经，没想到背地里却足足养了个后宫团。这个后宫团里还有个管事的，帮他管着这群女人。那个时候又正好出了件事。那个管事的前些时候带着那群女人去澳门玩，管事的太小气，规定一个人只能花五千。她们玩着玩着，就有人觉得钱不够花和管事的吵了起来，管事的气不过，就打了那人一巴掌。这下不得了，她们竟然在赌场大打了起来，最后直接被保安架出了赌场，驱赶出境了。这个事情让他十分没有面子，便要与那个管事的分，可是管事的跟了他八年，这八年的青春是她最后的筹码，她现在三十五六了，他分手却连套房子都不肯给买，只给了两百万分手费，你说她惨不惨？她当然是不肯了。"

华年简直不知道如何评价这个事情，这样的天方夜谭，再有才华的编剧也想不出来。

乐宝突然压低了声音，继续说："更何况，这些年她只盼能怀上个孩子，吃了各种药打了各种针，孩子没怀上，倒是吃出了许多病。大约是这两百万的数字真伤了那个管事的心，到最后，分手费出到五百万，她都不肯了。"

乐宝说着突然哀伤地垂下了眼睛，华年知道她想到了自己和方鸿之。

"那这和那事有什么关系？"华年连忙问，好转移她的注意力。

"大大有关系。"乐宝继续说，"那个女孩子看着就要大闹，抖出他所有的丑事。我就硬着头皮找到了他，说可以出面帮着调节。刚开始他还顾着面子，几次不肯见，后来被那个女孩子逼得没办法，只好来找我，靠着我给出的主意平息了这个事情。"

"你给出了什么主意？"于成龙在旁边问。

乐宝斜斜飞过去一眼："这就不和你说了，我以后和华年悄悄说。毕竟现在我们家华年还没有嫁给你，这些招数都是留着对付你的，被你知道了还了得。"

说着又给华年做了个掏心的手势，华年立刻会意，必定是她抓住了那女的见不得人的把柄。

于成龙老实地点点头，他向来让着华年，所以他也一直让着乐宝。

"曲青青最后脸肯定很绿。"华年说。

"是很绿，领导不喜欢你时，你给她提鞋都要被嫌弃。在对付曲青青这件事情上，我什么都没做，只是她出招，我防守。她不明白她人都已经身在悬崖边了，居然还要跳橡皮筋。"乐宝欢呼，"以后请称呼我宫斗不败女神。"

那天晚上华年和乐宝双双喝多，只是苦了不敢喝酒的于成龙，一手扶着一个。华年朦朦胧胧间感觉到他把她们一起送到华年家，给她们倒好水放在床头就走了。第二天一早醒来，华年看到身边空空的，乐宝早就已经走了。

华年知道，她是忍不住又去找方鸿之了。华年真的讨厌张小娴说过的那句话——这个世界上只有两件事情是忍不住的，那便是爱情和咳嗽。

真的是瞎说，这个世界上怎么会有忍不住的爱情?

华年给于成龙发消息，有一天我要是和你分手，你怎么办？半个小时后，于成龙出现在华年家楼下，手里提着早餐，用小白兔一样的眼神看着她。

“华年，这辈子，我都不会和你分开的。”于成龙说。

那时华年以为于成龙会一直用这种小白兔似的眼神看着她，一辈子。可这样的眼神在两个月后，在闻到她身上的猪骚味后，终于变成了嫌恶。

财务模型里的外滩

当然还有四，还有五，越深入，越有意思……

一切的变动源于华年主动去找了次Miss周。事情还是发生在两个月前，在郭沈鹏被开除的前几天。Miss周看着华年摆在桌子的会计证和金融师证的时候，眼睛也并没有抬一下。

“这些我倒是没考过。”Miss周说。

“我大学专业和金融没有关系，就想着考个证书加强下专业。”华年早已经学会在Miss周面前厚脸皮。

“也是，你的学历本来是绝对不可能进这行的。”Miss周说。

要说这个时候心没有刺痛是骗人的，只是这句话，在这里不是她一个人提醒华年，战略投资部的另外几个人，他们每个人都在用他们不同的方式提醒她，仿佛对她露出一丝接纳的意思，便会让这个精英联盟崩塌。

“晚上一起吃饭。”Miss周说。

华年愣了一下。

“穿好看点。”Miss周嘱咐。

这难道是要带我去什么大晚宴，见什么大世面？华年一边激动一边点头，脑子里过的都是乐宝平时说的话。

外滩，罗斯福会所顶楼。这是栋极其风姿绰约的楼，历史和它外貌一样久远。公布于众人前的那些故事当然是粉饰以后的，再动人，也不是原貌。只是是不是原貌又有什么关系？看着美丽，就好。

华年以为Miss周让她穿漂亮点，还有其他客人，没想到就她们俩。

华年现在想来那个场面也还是动人的。映着上海外滩的辉煌灯光，两位华服美衫的女子相对而坐。人生有时候需要仪式感，这也是Miss周教华年的。

“我不喜欢来这里吃饭。”Miss周一边说一边拿刀叉翻动她盘子的牛排，“这里的牛排又硬又难嚼。”

这么贵的食物，原来也可以被挑剔的，华年心里一阵畅快。

晚饭后，Miss周带着华年漫步到阳台。阳台直面着繁荣的外滩。

“只是因为这佐餐的风景，所以大家都给这难吃的饭食几分薄面。”Miss周说。

华年点点头，“有人互相给面子，也算好事。”

“怎么这么老成？这么年轻，说话却有股沧桑味，小心没男人要。”Miss周笑起来。

华年实在吃惊，这Miss周今天是怎么了，这突然如沐春风地和她开起玩笑了，她不免有些坐立难安。

Miss周说：“我听乐宝说，你刚来上海那会儿和她信誓旦旦，说你要买下对面一栋楼。”

华年心里一动，连忙说：“那时候不懂事，闹笑话。”

Miss周盯着华年看了许久，再说话时笑容已经隐去，她拿着手指往对面一指：“到现在为止，这堆赔钱货，原来在你眼里，还这么有价值？”

华年虽然有准备，却还是被Miss周突如其来的严厉一惊，琢磨半天不知道Miss周这话的用意。

Miss周已经继续说："最简单的一笔账，你来算算对面那栋楼一年的收益率。"

Miss周手指的是一栋举国皆知的著名五星级酒店，名流明星们趋之若鹜，天天有办不完的晚宴，日日有更高规格的酒会。

华年低头在心里合计了一下回答："五星级酒店按行业内一般标准，装修费平均100万每间房，十五年需重新装修，折旧费摊算为每房每天200元，人工易耗品等变动成本每天每个房间200元，酒店管理公司收取10%的管理费，平均70%的入住率，再有旅行社包房商团队批发价的价格干预，对外售价平均每晚约可以做到1500元，按照这里的商业地产目前约每平米10万元的售价，算下来，年回报率3%。"

说到这里，华年已经是心惊，在Miss周问她这个问题之前，她为什么没有去想这些看起来这样辉煌的曾经被她设定为奋斗目标的外滩商业群楼，在财务模型里会如此不堪一击。

"会做财务模型了？"Miss周点点头，"五星级酒店3%年回报率，那一片片办公楼稍微好点，一般做到5%回报率，比起经济酒店，OM入住率经常达到107%到108%的，利润和品牌溢价效应相差太远了。就算靠关系陪酒陪笑费尽心思拿地造住宅楼，如果不是这十年正好是中国的地产红利期，这些楼难道不是已经沦为赔钱货？可哪怕就是有地产红利，十年也不过十倍二十倍。"

听到这里华年眼睛已经闪闪发亮。高不可攀的地产行业在Miss周这样的风险投资人眼里居然一文不值。

"还有比房地产更赚钱的？"这次华年是明知故问。

Miss周指着对面比华年眼睛还闪亮的楼说，"那楼里第十五层是我五年前投的一家公司，做新媒体的，我两千美金购得10%股份，去年年底公司A股上市，获利30倍退出。那边的二十楼是我七年前投的一家公司，做网络文学的，我五千美金拿下20%股份，两年前被上市公司收购，获利50倍退出。还有那，那，那，都有我投的公司，不论出身，不靠关系，不用陪酒陪笑，只靠这里，"Miss周顿了一下，指着自己的脑袋说，“风险投资这个行业只比这里。”

“比智商？”华年不由自主地问。

Miss周摇摇头，“这里难道只有智商？能做这个行业的人，智商只是基础，果断、耐心、细致，学习力可以算加分项，当然不能缺的还有谨慎和野心，但这些都没有一个特质重要，这个特质许多人天生就有，许多人可以后天培养。”

“是什么？”华年忍不住问。

“这些是当年带我入门的老师告诉我的，现在我转告你。做一名好的风险投资人最重要的特质是嗅得到钱的味道。”Miss周看着华年说，“一万个普通职场精英里只有一个人可以做风险投资，光翼正好一万名员工，我想总有一个人可以做。”

“所以你当时决定内部招聘？”华年问。

Miss周摇头：“要不是公司内部政治的压力，战略投资部实在需要这样一场戏，这种吃力不讨好的事情我是绝对不会做的，这违背风险投资人第一原则——效率。”Miss周说到这里突然一顿，问华年，“所以，你真觉得对面那些楼只能赚小钱？”

华年愣住，Miss周这支回马枪真杀得她措手不及。

Miss周这次终于放过华年，没让她在沉默里尴尬太久，就继续说：“你知道四季酒店的持有人现在是谁？比尔·盖茨和阿拉伯王储。有些东西即使不是最赚钱的，却可以变成收藏品，而收藏品的定价就是另外一套规律了，这是一。二，每个商业地产国家都有住宅用地配给，换句话说，你造多少五星级酒店百货公司，国家配给你多少住宅用地，住宅用地过去十年的收益率何止十倍二十倍？商业地产还可以在银行做抵押贷款，贷出来的钱可以用来开发住宅用地或其他用途，这是三，”Miss周脸上闪过一丝暧昧不明的表情，“当然还有四，还有五，越深入，越有意思。”

华年彻底服了气，总以为自己算能举一反三的，却原来不过还是只井中蛙，风险投资，这条路艰涩而又漫长，在这次对话后，华年深深地懂得了这个道理。

“轻易被人说服是投资人大忌，”Miss眼神一挑，“你现在还是觉得自己可以做名风险投资人？”

华年刚刚正好又一次被轻易说服。她一时不知如何回答。野心灼烧着她，可谨慎警告她，你需要审视自己，你的确还不够资格，第一次想得这样通透，华年反而平静了下来。

华年摇摇头，“我愿意做个助理学习。”

“谁有空教你？”Miss周笑了。

华年实在尴尬，不知道该回答什么。Miss周朝她举起倒满苏打水的杯子。Miss周从不饮酒，吃饭前，她就已经说明。

“郭沈鹏走了，你知道？”Miss周问。

华年老实点头。

“回家收邮件，他留下个案子，你可以试着去跟跟看。”Miss周说。

郭沈鹏的手指轻动不小心发出的一封轻佻邮件，却成了华年最大的契机。华年猝不及防。

她甚至来不及享受这突然来的好运，连和乐宝、于成龙庆祝的时间都没有，就一头扎进了这个案子里。

这个案子就是华年身上那股人人嫌弃的猪骚味的由来，郭沈鹏留下的是一个养猪场的收购案。

第一次独立去看的收购案，就这么重口味，华年摩拳擦掌。

另一半可爱的人

这世上有一半讨厌的人，就有另一半可爱的人。

十月的北漠市，漫天漫地的沙尘。

刚才等车时，黄沙被风裹着砸进了华年的眼睛鼻子。华年毫无防备，瞬间就像中了冰魄神针一样，痛得呼天抢地，这疼痛让她忘记了当初听到被派出差这个消息时的快乐，这是她人生第一次出差，也是她第一次以投资人出行标准出差。但如今，头等舱、五星级酒店和专用司机都不能阻止她的后悔。这是要拿命去博。

能见度不过一米，司机的车速也降到了十迈，即便如此，司机还是伸长着脖子，生怕出什么纰漏。他也是拿命去博。

“这沙尘暴每年都这样厉害？”华年问司机。

“这几年更厉害了。”司机说，“雾霾，沙尘暴，你过几天就适应了，谁说眼里揉不得沙子？我现在眼里没沙子都不会眨眼睛了。我媳妇说，天天炒菜都多出个佐料，嗑沙子和嗑瓜子似的。”

“怎么这么严重？”华年的确是没过世面。

“这不北漠工厂多吗？天天往外冒烟，把树都给熏死了。”司机说。

“国家不说要治理吗？”华年问，报纸上是这么说的。

“柴静的《穹顶之下》不拍了吗？”司机反问她。

“那是什么？”华年不知道。

司机立刻一副不可置信的样子，他是光翼公司在本地的公用司机，估计很少遇到她这么没见识的。华年想。

好不容易到了养猪场，下了车，门口一溜的人排着队在等着，一见华年下车就轮流上来握手，只差没安排红领巾给送花环了。华年看着远处凶神恶煞地立着四五只藏獒。实在是没见过世面，华年又一次感叹。

好不容易应付过去，晚上又是一顿大宴席。宴席设在当晚主人自己开的乡村酒店。一张桌子足足坐了二十个人还有宽裕，桌子中间有个人造假山一直喷着干冰，雾气腾腾的，主人嘴里客气着说没菜没菜，各路飞禽走兽却一一上了桌，看着要不是瑶池的龙肝凤髓已经绝了迹，也已经摆上桌了。华年想起当年在小城电视台的饭局，真是小巫见了大巫。

主人钱中裕三十岁出头开始创业，做冷冻仓库起家，后来又进了农副食品行业，如今五十多岁，已经是他们省有名的养猪大户。华年被安排坐在钱中裕身边。在座其余人等，清一色男性，年龄跨度不小，看着二十多岁到五十多岁的都有，一上来就各显神通，正面侧面各角度轮番给钱中裕献了殷勤。钱中裕一派自在，大咧咧坐在主人位，俨然一个土皇帝。

酒席刚开还好，钱中裕一一给华年做了介绍，在座也有些熟知当地人文地理的，开始讲起故事，讲故事的人周到斯文，讲的故事也生动有趣，华年听得津津有味。

白酒盅喝了三轮后，这气氛才变的样。

“老曹就是个打桩机，见女人就松裤带子，他家媳妇和他最配，见男人就做扩胸运动……”

首先，有人开始说起了段子，深一句浅一句的，人人都笑了，越笑越大声。只有华年越来越笑不出来，可她越不笑，却越有人来问她懂不懂这里面的意思。接着，他们的眼睛开始一只一只射向华年，刚开始还是遮遮掩掩的，渐渐地就变得肆无忌惮，华年越来越觉得身上的丝质衬衫太过于单薄了，不足以遮盖住她的身体。

那时华年毕竟年轻，许多不正经的故事这时便冒了出来，本来就是处处怕吃亏，时时要提防的，这时她更加坐立不安，扭捏着，一秒钟都不得安宁。

钱中裕脸上也因为酒精已经涨红，他笑着说，“没想到杜小姐这么年轻。”

旁边立刻有人给华年满酒，“杜小姐真是又年轻又漂亮，来，我敬你一杯。”

称呼自古就是个学问，中国人向来讲究。这酒桌上一声声的“杜小姐”让华年起鸡皮疙瘩。“杜小姐”这三个字华年本来是十分喜欢的，有些人叫出来是客气，有些人叫出来是可爱，有些人叫出来也可以是调情。可在这，华年却只觉得轻浮，他们嘴里的这“杜小姐”已经脱出了工作范围，有了男女的嫌隙。她难道已经成了这桌上的一道菜？成了一个供人娱乐的器物？华年微微发了怒。

“杜小姐进天翼投资部几年了？”有人问。

“一年。”华年如实回答。

华年这回答一出来，举桌皆惊。

“才一年就出来负责收购案？”

“杜小姐这么漂亮，能力自然是强的。”

“是是是，不仅漂亮，身材更是一流……”

华年憋得快要爆了炸，这一句句的意有所指，一句比一句让她的愤怒愈加沸腾。华年十分想和他们说，比尔·盖茨、扎克·伯格等各路大佬年少有成的故事，让他们知道知道世界的走向，或者立刻拿出这些日子学的金融知识，让他们知道知道自己的厉害。但华年看着这群酒气熏天的男人，却突然没了力气。说这些又有什么用处，在他们一方土皇帝的生活里，哪会管这个世界是什么样子。人要是只想听自己想听的，就只听得到自己想听的。骄奢淫逸惯了的人，自然认为所有人都爱这骄奢淫逸的。别人的尊严，与他们又有什么关系，随意践踏下，又不是真拿鞭子抽了你。

“今天坐下来就觉得和杜小姐有缘，你这个妹妹我是认定了。”终于，一位满面布着蜘蛛网似皱纹的男人带头说出了这话。满桌子的人包括钱中裕立刻十分顺溜地“妹妹”“妹妹”地叫起华年来。

华年听说过北方爱“妹妹”“哥哥”的称呼。她在电影里也看到过。她曾经也很喜欢过“妹妹”这个称呼。然而，那是冯小刚似老炮的爽直，是北方汉子街上与陌生姑娘打招呼时的一个亲切，或者是长者对晚辈不经意的一个关切，却绝对不是这里乌烟瘴气中意淫出来的这个“妹妹”，是比“杜小姐”还要不堪的。

谁是你们的妹妹？华年心里呼叫，凭你们也配！

“妹妹这么能干，来，哥哥再敬你一杯。”又有人走到华年面前敬酒。

“我代她喝。”钱中裕一把抢过华年的酒杯，一仰脖喝掉，然后再把酒杯放回她面前。华年仿佛看到了酒杯杯沿上他留下的浓稠的口水和他嘴里喷出的恶臭凝成的霜。

华年强打起精神，努力让自己的声音职业化些：“光翼因为自身平台需要，最近对农业方面的企业进行了大规模的收购……”

一屋子闹酒的吆喝声，华年的声音立刻就掉了进去，无影无踪了。

“酒桌上不谈工作。”坐华年旁边一直给她倒酒的那人又给她倒满了一杯酒。他小眼睛转动着，一边看着钱中裕，一边看着华年，“钱总是我的偶像，哥哥和你说，这里开车出去半个小时，这些地都是咱大钱总的，整个地方上，你去打听，要说我们钱总是首富，没人敢争的。”

钱中裕倒是会谦虚，摆了摆手，说，“我这个小老弟爱开玩笑，爱开玩笑。”然而，这谦虚只是言语，神态是十足的志得意满。

“快给钱总敬杯酒。”居然有人催促华年。

钱中裕立刻眯起了他浑浊的双眼，颇有兴味地看着华年。

华年意识愈来愈模糊。她开始觉得钱中裕那满是疙瘩皱纹的脸正在把自己一点点吸进去，他那满身巨量的黏稠的脂肪正在慢慢包裹住她的全身。一阵恶心，华年哇一声大吐了一口出来。意识瞬间恢复了清明。

华年一生中许多事情想起来会后怕，这件事就是其中之一。如果不是继承了陈老板的好酒量，如果不是最后那一口吐了出来，如果那天失去了意识，后果又会怎样？华年不敢想象。

Miss周说，她从不饮酒。华年也是在那天发的誓，再也不在工作场合饮酒。这个誓言，她遵守了一辈子。

华年摇摇晃晃站起来，坚决地说：“我该回去了。”

“钱总还不快送下人。”又是马上有人一边闪烁着暧昧的眼神一边起哄。

华年摆了摆手，态度冷清：“不用，我自己走。”

说着，头也不回，就朝门外走去。

一走出酒店，华年立刻就被寒冷一口吞了下去，她这才知道十月北方冷空气的厉害，华年身体瑟瑟发了抖。这是她第一次来北方，竟然只穿了一件上海秋天的风衣。

“要着凉的。”华年听到一个男声，然后一件呢大衣裹挟男人的气息披到了她的身上。

转头一看，是整晚酒桌上唯一一个话不多的人。他看着年纪不大，三十岁左右，发型衣着一看就是照着《GQ》上的流行款式做的。华年听钱中裕介绍过，他是他们公司的财务总监。

“谢谢，明天还你。”华年边说边继续往前走。

“还早，我陪你散散步聊聊天。”那人跟在华年身后。

“不行了。”华年又蹲下吐了起来。

“你这样我怎么放心！这需要个人照顾啊。”那人已经一手扶住了华年的肩膀，一手牵住华年的手。

皮肤的接触让华年敏锐地打了个冷颤。她一把推开了他。就在这时，华年看到门口等着的公司的车，一步并两步就朝车奔了过去。司机还没来得及掐掉抽了一半的烟头，就被华年催着赶紧开车离开这里。

上了车，不敢给于成龙打电话，打了三次乐宝电话都没接，于是只好在车里发呆，不知是酒精放大了情绪，还是真的万分委屈，华年竟然哭了出来。

华年混混沌沌睡了过去。第二天醒来还在车后座。她挣扎着坐起来，看到司机正蹲在车子外面的台阶上抽烟，满地的烟头。

司机也看到了华年，立刻冲着她嚷：“一夜没回去，我媳妇和我视频到现在，都去酒店大堂充了好几趟电了。”

华年这才留意看了这个司机几眼，虽然大脸高颧骨，憨直却是写在脸上的，看着十分讨喜。这世上有一半讨厌的人，就有另一半可爱的人。昨晚的不开心一哄而散。

打开手机，是乐宝的留言，只有四个字，灭了他们。

同花顺

好牌怎么能只有一张？一定要凑个同花顺，一溜出来，炸晕你。

华年再次见到钱中裕是在猪圈里。

华年正在数着猪，钱中裕在她身后喊了一声：“杜小姐，这么勤劳。”

这已经是华年在这里数猪的第五天，她已经习惯了这里，连猪圈的异味都已经闻不出来，也不再为杀猪声胆战心惊。华年当然还记得第一天从猪圈回来时的情景。当晚她就做了噩梦，这些被放在一个个饲养槽里的猪，它们眼里的绝望，与人类的，一模一样。每看一眼，心都会惊。然而，不过几天，她居然连这个绝望，都已经习惯。

“我和你说，我是最诚实的，这几十年生意做下来，一斤都没短过人，你就放心吧。”钱中裕说。

“钱先生。”华年对他也改了称呼。小姐对等先生，我很礼貌，华年在心里笑。

钱中裕明显的神色一变，华年心情立刻大好起来。

“你来得正好，这几天我一直在找你。”华年说。

“怎么？找我喝酒？”钱中裕慢悠悠说。

“我想做下防疫，近距离看看这些猪。”华年说，“你们这的人说这要你本人说了算。”

“我虽然养猪，可我也不近距离去看，这些猪的眼睛看起来瘆得慌。”钱中裕说，“何必找这个罪受！”

“我一个小职员，不敢懈怠。”华年坚持。

钱中裕没办法，只好去嘱咐工作人员帮华年做防疫措施。这防疫是怕人感染了猪，可不是怕猪感染了人。

钱中裕离开之前对穿着防疫服的华年说：“今晚我有个饭局，杜小姐可一定得来。”

华年挥了挥手说，“没空。”

钱中裕过了好一会儿才回过神，可毕竟是吃的盐比华年吃的米还多的人，他马上神色一缓笑着问：“可是有人怠慢杜小姐了？”

“有。”华年眼神一冷，这冷冽眼神是她这几天刚练的，就等着这刻用上。

钱中裕尴尬地和华年道了别。华年差点在原地跳个圆舞曲，Miss周说，做投资不用陪酒陪笑，那顿酒后她才想起这句话。成熟需要个过程，这个过程也叫变凶悍。让人觉得你好糊弄好欺负，那也是你自己的责任。强者检讨自己，弱者推卸责任给他人。

再见钱中裕是两个星期后，在他的办公室里。这是华年来这里后，第一次进他办公室。

“你看，数目没错吧？”钱中裕笑着问她。

那天酒桌上一直往华年酒杯里倒酒的男人也在，正笑眯眯地瞧着她。华年只记得他也姓钱，大家都称呼他老钱。

“五万九千六百零三只。”华年说。

钱中裕还没说话，老钱已经先说了话，语气里是严厉的责备：“杜小姐这是什么意思？什么五万九千只，这是在说什么？”

“猪是五万九千六百零三只。”华年说。

“这是哪里来的数据？”钱中裕敲了桌子，眼里射出凶光，土皇帝发威了。

华年笑了下，“除去重复赶来赶去的猪，总共是五万九千六百零三只。”

“你说这话可要负责任，十万只怎么就成了五万九千六百零三只。”老钱已经有些咆哮起来了。

华年掏出一只记号笔放在桌子上：“每个猪圈，我都在十到二十头猪上做了记号。”

想出偷偷给猪做记号的主意是华年初来数猪的第二天。这猪数来数去，十万头的数字都是正正好好，可华年心里却越来越慌。这一望无垠的养猪场，这头走到那头都要一个小时，要作假是太容易了。数第二行的棚的时候，有人把第一行棚里的猪赶到第三行，也不会被发现。要想解决这个问题，就必须做了防疫近距离接触这些猪，在他们身上做上记号。果然，这样一个小小计策奏了效。华年发现，第一行棚里的猪真的出现在了第三行，总算不枉费她这么长时间蓬头垢面滚在猪圈里。

华年不禁得意，这个心智大约是小时候与若飞斗智斗勇培养起来的，狡兔三窟，可别小看了从小各个角落找妈妈藏起来的电视机天线、课外书长大的小孩。

老钱还要说些什么，钱中裕却是一个示意让他住了嘴。他叹了口气，神色很是悲凉：“杜小姐帮了我！你知道，我好久不到猪圈里去了，这是被底下人给糊弄了，一定是他们亏了空，我这是要全赔了本了。”

华年笑了一下：“这也是没办法，人心不古，还是要看开些。”

“按五万九千只猪的估值走，可是亏死我了。”钱中裕又一次真切感叹。

“稍等，”华年笑着说，“我这里还有份数据，这五万九千只里除去王美凤、秦雪娟、钱大华等名下猪场的猪，剩下在钱先生名下的总计三万两千只，可能上下有个几百只的误差，见谅。”

“这是什么意思？”老钱大吼，这次他看着是真的翻了毛枪，钱中裕都拦不住了，一副立刻要掀了桌子的架势。

华年也学着钱中裕敲了敲桌子，“钱先生让我去打听他的口碑，那我就去打听了一圈。这里的人都夸钱先生是个实诚人。我明白，您家业太大，有时搞不清楚也正常。再说猪都长得差不多，不像人，一眼就能分出好坏来。”

钱中裕没有说话，只是伸手拉了老钱一把。

华年从包里拿出一份厚厚的文件说：“这是你们猪场防疫局的检验报告，听说每只猪都得去登记做防疫。您随便看看，哦，还有这些是税务局的税表。”

钱中裕说：“税收我们都是老实交的，有什么问题？”

华年从那一大摞文件里挑出两份文件，“这是地方税务的，这是国税局的。您的确为国家做了不少贡献，只是这贡献有时候做得太大，您实在太牺牲自己个人利益了。”

到此刻，华年看到钱中裕的脸色才算真正挂了彩，她明白这最后一击是到他的痛处了。

赚了钱就得交税，税表是最好的财务报表，这些数字明明白白告诉你，这家猪场往年的运营情况。或许在北漠土皇帝能左右的范围很广，造假个税务报表不是难事。但他却左右不了隶属中央的国税局。地方管辖的防疫局、地税和国税提供的数据报表里，猪的数量差异那么大，这里面的玄妙，已经不需要华年明说出来。

好牌怎么能只有一张？一定要凑个同花顺，一溜出来，炸晕你。

“你是来找茬的？”

老钱总算真的唰一下站了起来，把桌子掀了。桌子上的水杯哐啷摔了一地，文件飞着到处散开，好不热闹。

华年却正眼都不瞧他，只对着钱中裕说，“我年纪再小，再不经事，出来代表的毕竟是光翼集团。司机在门口等着我呢。”

钱中裕冷冷看了华年一眼，“你说吧。”

华年一笑，“我是来谈生意的，按我的数目，我们光翼还是愿意继续和你谈后续的。我的电话你有，随时保持联系。”

说完，华年利利索索地拿起了包，还伸手和钱中裕握了握手，这才慢悠悠朝外走。毕竟当初刚到这里时，他也是握手欢迎的她。华年心里笑。

老钱呼着粗气瞪着华年。只是斗转星移，老钱并不知道自己的这一套已经没用。刀和数字的关系，已经悄然变化，或许即使没变，华年也已经不是当年的华年。她想起十七岁时的那场清算，如果那场清算再晚十年，或许她的人生又是另外一个局面。

乐宝说，灭了他们。灭了他们不是杀了他们威风，对于一个投资人来说，灭了他们，就是摸清他们的底细，然后再亮出自己手里的牌，用最低的价格拿到最好的项目。她真是来谈生意的，不是来找茬的，也不是来争面子的。华年心里十分确定。她想起一个词语，职业操守。这次，她想来想去，已经做到无愧于心。

Miss周说，一万个普通精英中只有一个人才有能力做投资人。既然如此，她就要担得起这万中选一的挑战。华年又对自己多了一份信心。

钱中裕再没有联系过华年。

返回上海后，华年身上的猪味渐渐散尽，乐宝不再一见面就给她喷香水，于成龙不再捏着鼻子才靠近她。

华年一直以为这个关于猪的故事就这样随着味道的消失就结束了，直到数年后，华年又因为一个项目重返北漠。

当地人也给她设了个欢迎酒局。只不过那时，那些小姑娘的紧张、羞怯和害怕都已经离她远去。酒桌上也再没有人对她说哥哥妹妹的话了。一桌子人都客客气气的，只是这过分的客气却让华年有了些感慨。华年突然倒是想起了钱中裕。

“钱中裕我可是认识的，”听华年提起，立刻就有人接了话。接话的人三十岁左右，名字叫包大庭。

“他的养猪场卖掉了吗？”华年问。

“卖掉啦，卖给了一个国际大机构，前几年不是农业热吗？他可是卖了个好价钱。”

华年吃了一惊，问：“按十万头猪卖出的？“

“这具体什么数我就不清楚了，不过卖出去后，后面可是出了不少事，我和他堂弟熟，天天在一起，听说……”包大庭说。

“来来来，你喝酒喝酒。”旁边一位看着老成些的人打断他。

华年笑了下，“你让他说。”

那位老成点的也笑了下，顺着华年的话对包大庭说：“你好好说。”

包大庭立刻得了意：“钱中裕那个猪场卖得轰轰烈烈，我们这的报纸都给登了个整版，说他为振兴国家农业做出了贡献。没想到那之后不久就出了事。我听说，收购他们猪场的基金派了几个财务总监来，都干不了半个月就走人了，最后一个在回去的路上还被打了劫，被抢走的是他从猪场办公室搬走的几台电脑。最后这个项目投资人自己来了……”

包大庭说到这停止了，喝了口酒，这算是在吊胃口了。华年也不催他。过了一小会儿，包大庭笑着又说起话来，“这个项目投资人不来还好，来了就真是自找没趣。钱中裕扔了一大摞照片给他，是这个投资人刚到这时，钱中裕带着他吃喝玩乐的照片。”

“这也没什么。”华年终于接了话。

“当然有女人那方面的事。这个钱中裕在这方面名声可是很大的。听说这手段不是第一次对人用了，那个投资人已经算硬气了，一分钱没收他的，只是过了一关，还是过不了第二关。”包大庭暧昧一笑，“最重要是那个投资人有个好老婆，他前途是要靠着他老婆娘家人的。他老婆值多少钱，这些照片就值多少钱。”

到此为止，这猪的故事，才算全部了清。

华年这才算想了个通透。原来那晚的接风宴另有玄机，钱中裕那伙人在酒桌上的频频暗示，第一目的是要对她行贿，只是看她年轻生涩，于是就起了贪心，想来个财色双收。而这酒桌上是一层，下了酒桌又是一层，华年突然想起那个给她披大衣的年轻财务总监，眉目的确是十分清秀的，竟然是个美男计，也算连环套了，金钱和美色都面面俱到。

都说傻人有傻福，但华年觉得首先这个傻人审美情趣必须得高，那个财务总监一身拼错的《GQ》配上他杀马特的发型，是酒喝得再高也要嫌恶的。

浑浑噩噩，逃过了做投资人后的第一个劫难。那么多年后，华年还是会庆幸自己当年的侥幸。

一醉累月轻王侯

华年一直记得那晚，是美好的，是可以让她长久思思念念的。百年好酒，佐以诗情，是再也没有过的。

Miss周关于猪场的报告没有给华年任何反馈，她看了眼华年做的报告，然后当她面移到了废纸篓。

“有个项目，我觉得不错。”华年说。

“你说。”

“离北漠不远的瑶乡，那里不仅种植业发达，酿酒业也很发达，大宴酒的出厂地就在那里。大宴酒这十数年一直是国酒里的领军者。我前段时间收到大宴酒厂寻找新一轮融资的消息。我在北漠时，找了个时间，去这国酒厂绕了一圈。”

“报告有了？”“Miss周问。

“写好了，”华年点头，“发邮箱给你？”

Miss周点了点头，“好在哪里，坏在哪里？”

好在市场通路、广告营销都做得好，大宴酒价格这几年一路上涨，但仍然供不应求，惜售局面已经形成，另外，打假系统也做得非常健全。坏处是公司估值过高，产品很难突破下一个价格瓶颈，公司内部外部关系又很复杂，财务库存都不透明。

“过两天给你回复。”Miss周说。

华年点了点头，正要出去。

“等等。”Miss周突然说。

华年站住，仔细听Miss周还有什么吩咐。

“做投资人有四大守则：第一，不要在任何场合讨论项目，就算在洗手间也不行；第二，没想清楚前，不要用公司邮箱发任何邮件，因为第二天就有可能刊登在华尔街日报上。第三，电话、邮件、短信统统要及时回复。这条听着简单，做起来最难。信任的第一步就是从这里建立的。第四，不管和谁结婚，结婚前一定要签婚前协议，因为你永远不知道有一天你会多有钱。”

华年一时不明白Miss周什么意思。

Miss周已经从位置上站起来，伸手与华年握了握：“欢迎你成为一名投资人。”

两天后，华年坐在了去瑶乡的飞机上。飞机起飞前，华年给乐宝发消息，头等舱的空姐也并没有比经济舱的漂亮。乐宝回，别太累了，注意休息。华年无法休息。机舱里的高压让她难以入眠。她想起昨天晚上于成龙对她发的那场火。

这个月只看见你两天呢。于成龙说。

就两天你还捏着鼻子，坏蛋。华年说。

本来只是这样的打情骂俏，不知道怎么的，就变成了真正的吵架。

你变了。华年说。

你变了。于成龙说。

哪里变了？这么忙这么累，你还要说我？华年委屈。

我对你哪里不好？于成龙牛头不对马嘴。

我说了你对我不好吗？你要真对我很好，怎么会有这个想法？华年立刻反唇相讥。逻辑这块领域，于成龙从来没有赢过她。

于成龙说不出话了。那个时候，华年以为吵架不说话的那方就是输了，沉默是示弱服软。她心里略略顺了气，也不和于成龙再吵，转头去看了电影。这段时间难得有静下来看个电影的心思。

华年下了飞机，开了手机，第一条就是于成龙发来的消息，北方天气冷，多加件衣服，别着凉。华年更加以为她赢了。她没有消气，所以决定不回他消息。那个时候的华年并不知道那时的她像只滑稽的斗牛，眼前随便扬起一块虚荣的红斗篷，便能激得她往前冲。每只斗牛最后都会遍体鳞伤，遍体鳞伤的时候，输赢便成了傻子项上的宝石，成了最无用的装饰。

瑶乡与北漠虽然只隔两小时车程，却是夹在这些重污染区里的一块净土。刚下飞机，华年就觉得这仙气腾腾的，满目是绿树，满耳是鸟鸣。据司机说，这里一直传说是凤凰栖息过的地方。那给人住着倒是可惜了，华年笑。

大宴酒厂的考察异常的顺利。厂长廖了丁亲自带着华年参观酒窖。他是位和蔼的长者，鹤发童颜，仙风道骨的。一直听到他在商场上的传说，如今见到本人，本人还如此盛情，华年实在有些受宠若惊。投资人这份工作，好处未免也太多了吧，华年想。

廖了丁的生平事迹人人皆知，他给国家做了一辈子的职业经理人，快退休前一年碰上改制的好时机，国家允许国酒厂私有化，廖了丁名正言顺成了国酒厂董事长。那之后的十年时间里，廖了丁大刀阔斧，改革企业制度，大批任用新人，国酒厂不仅摆脱了亏损的局面，盈利更是年年数倍数倍地翻。

一行人一边走，廖了丁一边从一只只巨型酒缸里舀一勺勺的大宴酒请华年品尝。他说，“这是十五年陈国酒，价值是新酿酒的十倍。那是三十年陈国酒，价值是这十五年陈的二十倍……”

“我这喝的分明是黄金。”华年开玩笑。心里又想着自己不再喝酒的誓言，于是每次只拿舌尖微微舔了舔。

“那我带你喝钻石。”廖了丁笑着亲自蹲下，在土里挖了半天，挖出一罐带着泥泞的小酒坛，“这是百年陈大宴酒，喝了这酒，就是神仙也要羡慕。”

他说着就要动手去开，旁边陪同着的秘书们经理们已经慌忙去拦。

“廖总，前几年这酒在拍卖市场上已经是天价。”

“拍卖公司这些年天天派人来，您都不给。”

“算我私人账户上，这么小气！”廖了丁转头做严肃状对着他们说，“杜总可是决定我们这大宴酒未来一百年命运的人。”

不知道是喝了酒还是真被哄住了，华年竟然从脚到头暖了上来。

只是有些奇怪，这参观完接近晚饭时间了，廖了丁与众人只是和华年打了声招呼便告了别，竟是谁也没提晚饭。华年为了方便，住在了大宴酒厂招待所，饭点一到，不免踌躇，这荒郊野外的哪去吃饭？

廖了丁的秘书小赵已经小碎步赶过来拉华年，“廖总说，今天他下厨，我们一起去他家蹭顿饭。”

说完，也不等华年说话，就拉着她往前走。走了没几步就到了，竟然是华年刚参观过的员工宿舍，她怎么也料不到廖了丁竟就住在这里。华年随着小赵秘书走进廖了丁的房子，房子不大，八十来平米，家具倒是齐全的，只是款式却是二十年前的，样样都泛着灰。而这灰，华年打眼一看是灰，近看才知道不是灰，是因为这些家什用得太旧起了毛，沙沙的看起来像层灰。而就这泛着灰的沙发上、茶几上、电视机柜上、地板角落里还都满满堆着书，书大部分都已经翻烂，显得房间更加陈旧。华年瞄了在显眼处的几本书的书名，一本是《有无之境：王阳明哲学的精神》，一本是罗伯特·西奥迪尼的《影响力》，还有一本是《蒋勋讲红楼梦》。

小赵秘书帮华年在沙发上理了个座位出来，对华年说，“我们来他家惯了，你别介意，都干净的，我天天来打扫的。”

华年连忙摆手："不会不会。"

小赵秘书听了一笑。华年红了脸。

廖了丁已经在厨房里喊："小赵，你陪会杜总，我这里还要一会儿。"

华年正要回廖了丁，突然不知哪钻出三只猫来，围到华年脚边。华年吓了一跳，叫了出来。

小赵秘书笑着说："别怕，这猫和他自己孩子似的。"

小赵秘书称呼廖了丁连续用了两个他，让华年忍不住再次打量起她来。小赵秘书看着四十岁左右年纪，风韵很是迷人，虽不是艳压群芳的姿容，却有雨后新荷亭亭的脱俗，再加上，她一个眼神一个动作都极其讲究，处处是在老式大家闺秀规矩内的，真是这第一夫人都做得了，如今却来做了廖了丁的秘书。她在廖了丁家很是怡然自得，也不起身去厨房帮忙，只是有一句没一句地和华年说着话。说的都是和工作完完全全没有关系的，倒是一起聊上了《红楼梦》。

华年等了足足两个小时，这菜才上了桌，四菜一汤，闻着就已经让人食指大动。华年维持着风度先只夹了一小块鲜笋，入口就忍不住称赞起来。

廖了丁笑着说："这是中了计了，我故意做慢点，让你饿足了再吃，那就什么都是美味了。"

华年笑出声。不知是这饭菜香还是这笑声，刚那三只猫又绕了过来，这次围在廖了丁脚下。廖了丁拿起他面前一盘鱼放到脚下去，那三只猫便低头抢着去吃了。华年这才仔细看它们，各个胖嘟嘟的，憨态可掬，很是可爱。

廖了丁说："养猫就得养胖了才好玩，猫就要胖。以前我本来养狗的，老了以后才喜欢起猫来，平时我经常要想点事，要清净，这猫就趴我脚下不吵不闹的，合适。"

华年想起这话，外公也是说过的这猫要养胖才好，忍不住又点头称赞。

廖了丁一边说着话一边起来拿出一坛子酒来。华年看坛子，原来就是早上那坛百年陈大宴酒。华年心里明白这酒的价值，可是她半年工资，急得拦着不让开。廖了丁却已经一手掀开盖子，拿着酒勺就往酒杯里舀。华年又打眼瞧小赵秘书，她却是神色自若，已经拿起杯子喝了起来。

早上酒窖里发酵味太浓，现在华年才闻出这百年陈大宴酒的味道。刚一开坛，那浓香馥郁就已经沁向心扉，不喝也知道必定是挡不住的世间美味。华年十分为难，心里又酒虫直冲，却还是说了："发了誓，工作时间不饮酒，廖总，赵秘书，见谅啊。"

廖了丁没有再劝，只是突然地就将这大宴酒往桌子上一锅子鸡里倒了小半瓶，笑着说："刚才鸡起锅就觉得少了味佐料，这下齐了。"

华年想不到他会这样，吓了一跳。

小赵秘书已经说了话："他就这样的，你别理。这吃鸡不是喝酒，你尽管放开吃。"

华年觉得再推脱就矫情了，于是潇洒拿起筷子。果然，真是人间挡不住的美味。

廖了丁看着很是高兴，开始和华年说起酒厂的历史。

华年听得正津津有味，廖了丁却突然停了下来，叹了口气，牛头不对马嘴来了一句："到了这把岁数，也不知道这样瞎忙是为什么。"

华年听得心里一酸，来大宴酒厂前就研究过了廖了丁的资料。他身上的那些伤痛往事，华年不忍去深想。她想说点什么，抬头却正看到墙壁上有许多悬挂过相框的痕迹，痕迹深深浅浅，应该是不同年份挂上去的。华年便不说话了。

其实在看资料前，年华年就已经看到过这个新闻的，那时有好些天华年周围的人见面聊天，就先互相要去问，那个凶手抓到了没？只是华年怎么也没有想到，有一天她会和那个女孩的父亲这样相对而坐，默默无言，一起为她伤心。

三年前，廖了丁的独身女儿在日本留学。邻居发现她时，她身上有五十一处伤痕。网上流传的小文上说是活活被打死在家里的。凶手后来落了网，是她交往一年多的男友，有长期虐打她的习惯。这个案子一出，当然全中国哗然。富甲一方有什么用？显赫荣华又有什么用？有人发出这样的感慨，可更多的人却在探究这样富有美丽年轻的女孩，这样一个天生赢家，为什么能多次忍受家暴？是不是家庭教育出了问题？是不是从小没有给她温暖？是不是智力有残缺？是不是身体有残障？网络上类似的疑问铺天盖地，问问题的人超过了给受害者点蜡烛的人。这一切，眼前这个和善的白发老者是如何挺过来的？又是什么样的毅力让他还坚持在工作第一线？华年去看廖了丁。小赵秘书已经在开始劝廖了丁去休息。

廖了丁手一摆说，“我和杜总谈得很投机，你这是要赶人哪？”

“那你可要答应，不要伤心，伤心最伤身。”小赵秘书对廖了丁说。

“不伤心。”廖了丁对小赵秘书说话的声音很温柔，“我就和杜总聊几句，了解下年轻人的想法。杜总实在能干，这么年轻就坐了这么重要的位置。”

同样的话，钱中裕嘴里出来，华年差点掀了桌子，廖了丁说，她却只觉得是殷殷长者的关怀。华年老老实实将自己如何来上海工作，如何进入光翼，如何考入战略投资部，一一和廖了丁说了。

廖了丁拍着手说：“不是一般人，不做一般事，早上和杜总见面，就预感到这百年陈今天是找到了配享用它的主人。”华年连忙谦让。

廖了丁又对着小赵秘书说：“说起来，小初现在也是这个年纪了。”

廖了丁女儿的名字在华年脑子里一闪而过，廖初心，她心里又是一酸。

“小初看着呢，让您啊少喝点酒。”小赵秘书说。

廖了丁只摇头，端着杯子说，“这酒哪里敢辜负？”

华年突然心境开阔了起来。

“一醉累月轻王侯。”华年笑着说。

“会须一饮三百杯。”廖了丁也笑了。

“月亮都被你们灌醉了。”小赵秘书跟着笑起来。

……

在以后的日子里，华年一直记得那晚，是美好的，是可以让她长久思思念念的。百年好酒，佐以诗情，是再也没有过的。

华年临睡前，看了眼手机，于成龙发了几十条消息来。华年眼睛一闭，心里盘算着明天再回。于成龙总在的，在那，做她内心深处的底气。一夜美梦。

调剂师

人心是很怪的，掰碎了，每片看都一样，揉起来，却每颗都不一样。

接下来的一个多月，华年便全身心倒在了大宴酒厂，果然是井井有条，仓储、物流、人员管理不用说，地上连个垃圾都找不到。Miss周看了华年的报告，基本上也无异议。光翼战略投委会一致通过。原定的购入20%大宴酒厂的股份追加到了30%。Miss周定了机票，三天后代表光翼集团来签订合同。

开始不安是在Miss周来的前一天的午后。华年一个人走在大宴酒厂外，晒着暖洋洋的太阳，踢着小石子，做着大美梦。第一笔投资，马上就要顺利完成了，不仅如此，还交了个恣意洒脱的忘年交。这些日子，太畅快了。就好像那一夜，睡下后便没有再醒来。然而，太畅快了，畅快到了顶，这不安就生了出来。大概是小时候，每次华年和陈老板得意到了顶点时，若飞总要一声断喝，这是要败了家的。他们是真的败了家了。风筝飞到最高总要掉下来，畅快到了顶点就要败落的。

华年不敢畅快，她知道这样有点可怜。她自己都可怜自己。但败落时，“可怜”这种风花雪月的感情都是奢侈。

华年脑子里忍不住再一次仔细去过一份份的尽调报告。没有任何错落，的确是没有任何错落，连税表都干干净净，可以拿到教科书上做范本。华年这样想着，已经不知不觉绕着酒厂走了三四圈。再抬头，已是夕阳西下，余晖照着工厂整排整排的酒窖，为这百年酒厂再添肃穆。

百年酒厂？华年脑袋里血凝在了一处。怎么才想到？华年咬了下舌头。就是这“百年”两个字，迷惑了她这么多天。百年？如果百年不是真的百年？那所有的一切不就坍塌了吗？差一点，就走到悬崖陡壁边缘，差一点，在这纵情的畅快里，就要万劫不复。华年惊出一身汗。

华年陷入了一种无边的痛苦。当然，现在的华年再去看当年的廖了丁，她是可以立刻就相信，他的悲伤是真的悲伤，他的和蔼也是真的和蔼，他的恣意潇洒也必定是真的恣意潇洒。

人心是很怪的，掰碎了，每片看都一样，揉起来，却每颗都不一样。善良、邪恶，欲望、淡泊，理性、感性，内敛、狂放，灵动、呆板，大度、偏见，哪一种你没有？只看人生这个调剂师，分你多少的分量。

那么廖了丁是怎么被配成的？很多年以后华年才开始去想的这个问题。可是那时，华年却在那种被欺骗的痛苦中无法自拔。难道这些日子，廖了丁是在做戏？他的如沐春风是场戏？他的诗情豁达是场戏？甚至还拿失去女儿的悲伤做了场戏？怀疑别人首先伤到的是自己。想到这些问题的时候，华年一次次剖开了自己，到最后却还是不知道该何去何从。

对廖了丁开口真不是件容易的事，在他祥和长者目光的注视下，华年心里再次疑惑自己的判断，舌头都略微打了结，“我想对酒厂存酒的年份做一个测试。”

廖了丁爽快得很：“应该的，你不说，我也要提出的，日子你定。”

“那就……现在吧。”华年说。

廖了丁皱了下眉头，显然是为难，小赵秘书已经接了话：“这要怎么个测法？”

“要么在外面找个评酒师？”华年小心翼翼地问。

“杜总，你说外面的评酒师哪个有资格来评大宴出的酒？”小赵秘书笑盈盈地问。

“也是，听说大宴酒厂就有许多好的品酒师，让他们来测呢，行不行？”华年说。

小赵秘书说，“杜总不怕不公正？”

华年也笑了：“不怕，我相信大宴酒厂是公正的。”

小赵秘书很是欣慰，“谢谢信任。”

“不过，我有个要求，”华年补充，“我希望可以盲测。”

“盲测？”一直不说话的廖了丁看着华年。

到了此时，已经是顶在杠头了，华年也是无路可退了。

“也很简单，不浪费时间，我舀酒，品酒师蒙着眼睛说下酒的年份就好。”

“杜总这样就过分了……”

小赵秘书话未说完，廖了丁一摆手，打断了她：“小赵，是我们过分了。”

说完，又对着华年说：“盲测可以，给我一天时间，明天之前，我们财务报表预算都重新做一份给你。”

这就是认了酒厂在年份上做了假。华年一下就会过意来，心下震惊。她第一震惊的是居然真的有痛脚可抓，第二震惊的是这廖了丁果决的处事态度。

华年练好的面皮功夫再次派上了用场。她笑着说：“好，明天给我一份新的数据。我会让会计事务所立刻更改计算数据，让法务修改合同，当然，新数字还是在你我双方同意的基础上。希望在周总来之前，我们能做好这些工作。”

廖了丁用力握了下华年的手，“谢谢你，不计前嫌。”

“眼睛那么小，只够盯着未来。”华年又笑了起来。

廖了丁打了几个电话出去。不到一个小时，在会议室里就集齐了十来个人。华年虽然要清净，却想着她在这，他们才能心定，于是就在隔壁找了个会议室做自己的那部分工作。天昏地暗赶了一天一夜的文件，还是差点没赶上，幸好Miss周那天飞机延误了四小时，华年一边查着航班到达时间，一边催着公司法务，终于在Miss周高跟鞋声音响起前做完了文件。Miss周对减低的10%的报价很是疑惑，华年原原本本检讨了自己工作的失误。

“今年的奖金全扣。”Miss周说。

光翼的战略投资部是核准制奖金，不根据业务提成分配，而是由战略投资部总监根据每个员工的表现来定。据说每年每个投资人在这里都能领到一笔不小的数目。华年日日盼着自己领到这笔奖金的日子，夜夜做着把这钱捧到于成龙若飞陈老板们面前炫耀的美梦，没想到就这样成了泡影。

“不服气？”Miss周问华年。

“是有一点，毕竟还有半年到年底，就不能将功补过？”华年被Miss周的问题激出了点侥幸。

“这样严重的失误，奖金全扣是公司制度，你应该入部门时就知道。既然如此，你刚刚为什么选择坦白原因？”Miss周看着华年。

“我觉得我骗不了你。”是不是真太诚恳了？华年问自己。

Miss周笑了下，说：“奖金虽然还是得照扣，但我可以告诉你一些事情。”

她从包里拿出一份文件递给华年，竟然是一份质疑酒厂估价的报告，其中重新估价的标准就是需要对酒厂陈酒进行年份盲测。

原来她早就洞察。这无疑对华年来说是最好的安慰剂。华年背后有些冷飕飕的，要是她昨天下午没想到，要是她刚才不那么坦白，后果该是什么？

“我特别请教了波尔多酒庄的专家，才了解到高档酒业有盲测的规矩。你是怎么想到的？”Miss周问。

“前天看到酒厂‘百年’这两个字招牌的时候才突然觉出哪里有些不对。大宴酒厂最重要的资产就是这百年以来的存酒，每个年份价格差异悬殊，尽调的结果再漂亮，基础还是按照大宴酒厂给标的年份做出来的，那么如果这个年份的根源出了错，那一切数字岂不是都是错的？所以关键就在这测试上。我这才仔细去想第一次的测试流程，才发现出了错。不是盲测，做假太容易了。”华年说。

“也算亡羊补牢，”Miss周说，“只是有句话你说错了，大宴酒厂最大的资产并不是这些百年存酒，而是大宴这两个字。这两个字是中国几百年酒文化的累积，有这样历史传承背景的公司现在中国找不出十家。大宴酒厂的价值绝对被低估了，特别是当所有人的眼睛还盯着那些陈酒在拍卖行的价格时。你不觉得把一个噱头当作财源是很低级的做法？”

华年点了点头。的确如此，眼界多大，决定市场多大，这是投资人应该有的眼光。

“或者现在开始把陈酒市场化？扩建酒窖，批量制作陈酒，土地成本和酒本身以时间为比例的价格涨幅比起来，实在不足为道，让时间为大宴酒厂加砝码，让噱头不仅仅再是噱头，而是变成能循环产出的利润点。”华年说。

“有意思，这条思路可以用。”Miss周若有所思，她问：“廖了丁这个人如何？”

“我看准这家公司，最大的原因就是我相信廖了丁有能力进一步将市场渠道铺开，甚至打开国际市场，把大宴做成中国酒文化的形象代表，如果未来能这样，大宴将来的价值无限。只是……”华年顿住。

“开会时不需要做戏。”Miss周冷冷地说。

华年脸一红，连忙说：“只是根据我这几天观察，公司内部人员有一大批需要调整，廖了丁看起来大权在握，实际上应该有些阻碍。我估计有人在估值上给了他压力，他才铤而走险的。希望这些人就是要卖掉股份的老股东，这样正好清除出去。我觉得，可以先给他三个月观察期，不行就只能换人了。”

廖了丁从被揭穿作假酒的年份那天之后，他始终没有和华年解释他为什么要这样做。华年也没有再问。她只是仔细去回想这些日子的所见所感，终于摸到了些头绪。如今的大宴酒厂是国营改制的成果，必定有许多有特殊身份的股东，这一部分股东给的压力，不是一般人能承受的。华年想到这，又想起廖了丁那天一挥手间就下了决定，也是不得不让人佩服的。路漫漫其修远兮，这大宴酒厂的艰难可能才刚刚开始。

“你来定吧。”Miss周听完华年的发言，点了点头，表示同意。

华年松下一口气，大宴酒厂的事暂时算尘埃落定了。

华年和Miss周要离开大宴酒厂的那一天，廖了丁亲自送她们到机场。临别前，廖了丁也不避讳，和华年握手时候，又说了一句，你要是我女儿，就好了。华年突然就笑了。廖初心现在是不是也在那里绽放着笑容看着这一切？不管她走得多远，走了多久，这个世界上，总有个人，永远惦念着她。那个人就是她的父亲。

华年想起她以前在新闻上看过廖初心的照片。她笑起来和廖了丁一样，眼睛极其和善柔美，即使带着被暴力肆虐后的青紫痕迹看起来也不一点都不狰狞。不管如何，对廖了丁的怀疑里，这个怀疑最不应该。

大宴酒厂最终为光翼赚进十一倍的利润，这个案例也成了华年投资史上经常被人提起的一笔，第一是因为的确赚钱，第二是因为她做这个案子时的年纪。没有人相信华年的解释——运气。杜华年很能干，这个风声开始在投资圈里转了起来。华年却还是一直觉得她是有了好运气，起码在做投资人的初期。

另外，盲测在以后数年，渐渐在酒庄投资案里成了惯例。廖了丁后来和华年说，酒厂历史上其实就有盲测的规矩，只是“文革”时，这个规矩被破坏了。狡诈和聪明，算不算反义词？这是华年听完他的话后，第一个想到的问题。

卷四

朋友圈

这个世界上只有两种人没有朋友圈，深山里的老农和马云们。

飞机上和Miss周坐同一排，这是件有些尴尬的事情。特别是当这个座位是可以平躺的时候，特别是平躺的座位之间还没有隔断的时候。

感觉Miss周睡了，耳边却突然响起Miss周的声音："司机到哪接？"

华年吓了一跳，一愣，"什么司机？"

"你没有通知公司司机来接机？"Miss周质疑。

华年一拍脑袋："怪我！因为于成龙来接我，就没想到叫车。我们送你吧。"

"没关系，我叫辆车回去好了。"Miss周居然脸色还好，只是问，"于成龙是谁？"

"男朋友。"华年眼梢泛上春意，一个月没见他了，怪想他的。

于成龙在华年要上飞机前，突然说要到机场来接华年。华年很意外。就在昨晚，他们还吵了架。这吵架的内容不过一夜的时间，华年就已经有些想不起来了。只记得最后于成龙委屈地说了一声，我就是要闹，怎么样？这么想你，我闹下都不行？如果他在身边，华年应该会立刻钻到他的怀里，搂住他的脖子啃。怎么可以比小白兔还要可爱？恨极了，也不过拿咬青菜的嫩牙啄她两下，撒着娇怨她不理他。

Miss周问："你有男朋友了？"

"一直有。"华年的甜蜜满出来。

“也是，以前我也有。”Miss周居然笑了起来。

华年感觉到她的意犹未尽，又不敢继续往下问了。

Miss周已经又戴上眼罩转身去睡了。

回到上海不久，Miss周竟然开始让华年加入项目组。华年知道这肯定是乐宝起的功效。虽然好几次她问乐宝，乐宝总说和她没有关系，但华年就是知道是她。华年哪里会注意不到，乐宝总是有意无意地在会议上夸她几句。华年心里明镜一般。

什么都好，就是加入项目组以后，华年加班的时间越来越多了。这一天，华年又照常加班，办公室里又惯常只剩下她一个。华年去茶水间倒杯茶，遇到了宋星河。

宋星河说，“我在楼上刚开完会。想起你在这里工作，就下来和你打个招呼。”

华年在手机上看了下时间，晚上十一点。

“能在这里工作，说起来得谢谢你。”华年语气很诚恳。

“也对，好吧，为了谢谢我，你该请我吃个夜宵。”宋星河笑起来。

夜宵？华年犹豫。深夜里一男一女的夜宵，暧昧不明。她已经有了于成龙。

“不是很方便。”华年说。

宋星河眼神一飞：“你趁早死了这个心。”

华年红了脸。

“你请客。”宋星河仰头。

宋星河说去吃耳光馄饨。馄饨店在一个曲曲折折的小弄堂里，宋星河说这里的馄饨是天下最好吃的馄饨。

店很小，只有四五张桌子，散乱摆着，桌上厚厚一层油泥。华年要了纸巾来擦。宋星河拔了桌上筷筒里的筷子，点了两碗馄饨，没有多一句闲话。有夜行人也来吃馄饨，匆匆进去，匆匆出来。宋星河吃完，看着华年吃。宋星河问：“你现在快乐么？”

“这个问题，就好像问我，你为什么活着一样？”华年笑眯眯看着他。

宋星河没有回答。他眼睛里流淌出一种忧伤。这股忧伤在他的眼睛里，就好像浩瀚深沉的大海里那道最险峻最漆黑的礁石。

华年欢快地问：“爱吃葡萄吗？你吃葡萄时，先挑好的吃还是坏的吃？”

“以前总是先挑坏的吃，现在不挑了。你呢？”宋星河说。

华年耸肩：“我男朋友总说我，你真傻，应该先挑好葡萄吃，享受当下。也对，活着又不是死亡倒计时。可是我从小到大都先吃坏的，改不掉了。我总想着这样能给自己留个盼头，留个希望不是？你说，是不是开始就把希望吃掉的人才是傻子？”

“已经吃了那么多好葡萄，那些坏葡萄又怎么咽得下去？”宋星河问。

华年忍不住笑起来，“小时候看《红楼梦》，里面有个治病的小偏方。不管什么病，先净饿个两三天，这病说不定就好了。我以前总看不懂这个，觉得怎么靠饿着就能治好所有的病了？这完全不符合科学道理嘛。今天看了你，才终于明白了这里面的道理。”

宋星河看着华年：“你说说，你明白我什么了？”

“你啊，就是和那些大观园里的小姐少爷们一样，吃得太饱啦。脑子里都被那些美味的葡萄塞满了，自然就不能思考了。估计让你的脑子净饿个几天，也一样就都好了。”

“这话听起来是有些道理。”宋星河微笑。

“你肯定知道格鲁夫吧。他每个月都在做一件事情，以董事会的名义给自己发一个辞退书，好每个月让自己从零出发……”

宋星河听到这里，真正笑了，“你倒是读书。”

华年往嘴巴里塞了一个馄饨，没好气地说：“你倒是也读点书啊。我建议你去研究下延迟满足法。”

宋星河大笑。

“这么用心开解你，那么这顿你请？”华年说。

“一笔归一笔的，上次帮你的，你先还，下顿再讨论。”宋星河说。

出了馄饨店，华年想骑单车回去，便到路边找了辆共享单车。宋星河也找了辆单车。大约是家的方向不同，宋星河和华年便背对着背骑开了。

华年心里突然有种奇异的感觉。会在什么时候再遇到他？彼此没有任何联系方式的两个人，即使一分钟前还在谈笑风生，可分开的那一刻，似乎就是永远不会再有交集。

突然，华年看到宋星河居然已经骑到了她身边，宋星河的声音冷冷清清：“我们加个微信？”

发明手机的人一定不知道，这个发明诞生的时候居然改变了宇宙法则。还有什么比创造制造缘分的机器更厉害的发明？上帝之手的零件一个个被人类造出来，然后用它轻轻一挥，让你的缘分安然落在上面。是时候多关注新媒体行业了，缘分是多么伟大的赚钱机器。投资人华年得出了结论。

“还有人没有朋友圈的？”乐宝翻着华年的手机看宋星河的微信。

“他这个人看着就怪。”华年说。

“这个世界上只有两种人没有朋友圈，深山里的老农和马云们。”乐宝又笑。

“你怎么知道马云没有朋友圈？你加过他微信？”华年来了劲。

乐宝立刻不饶华年。她的手指柔嫩又细，特别是指尖那一处，果冻似晶莹的粉，看着十分无邪，只是这看着无邪的手指却总能很邪恶地在华年腰间找到她的最敏感点。没一会儿，华年便抵挡不住她的攻势求起饶来。笑了一会儿，停下来。

乐宝又问华年：“这个宋先生也不知道什么来头？”

“放心，肯定不是马云那一类的。你上次不都对过脸了吗？”华年说。

“可听你的描述，总觉得不像普通人。”乐宝说。

“管他呢。”华年说。

“就没想过会是你的另外一段姻缘？”乐宝调笑。

“开什么玩笑，我生是于成龙的人，死是于成龙的鬼。”华年死守腰部，抵抗乐宝新一波的袭击。

乐宝来势汹汹，华年一边笑弯腰，一边就想起了于成龙兔子般温柔的眼神。

这个世界一天比一天美好。美好到没有了边界。

“明天晚上的饭局，别忘了。”乐宝敲华年的桌子提醒。

华年点点头。这些日子Miss周虽然给她安排了新工作，名片上职位那一栏却还是空着的，所以前几天Miss周突然通知她去吃这顿饭的时候，她的心就加倍地热起来。

“现在知道是什么情况了么？”华年问。

“好像要来几个空镜的人。”乐宝说。

华年脑子里迅速划过之前看过的空镜的利润表、资产负债表、现金流量表。她想起自己前几天写的关于空镜的分析报告，心里有些得意，真被她猜到了，这次光翼真要动空镜。

“Miss周终于看到了我的才华，也是该我的出头之日了。”华年大呼。

乐宝敲了下华年的头：“看你得意的，今天下班后好好去买套衣服。你也太爱钱了！”

乐宝很轻松地笑。华年当然感激乐宝的提醒。乐宝早早已经在这里找到了安生之所。这一年多，她跟着Miss周去了无数的饭局，自然比她更得这些饭局的要领。而华年，却还在漩涡的当口。

华年下班后拉着于成龙直奔IFC去买衣服。她选了一套鲜嫩的春装，鹅黄色，看着便是暖心的春意。

于成龙看着华年穿上这身衣服，眼睛立刻放出光来：“你这样出去，我怎么放心？”

于是硬是买了条丝巾给她，硬生生挡住她露在外面本来也不算多的裸露皮肤。华年笑眯眯地看着他。男人想把女人藏成私有品，是恋爱最幸福的辰光。

巴掌和糖果

“威逼利诱”这手段果然古人今人通用。

饭局安排在黄浦江边上光翼集团的一个私人会所里。会所虽然不在正外滩，黄浦江景致却尽收眼底。光翼地产组找到的这个好地方，本来只是一个破落的小楼，如今却已经被改造得和水晶宫一般。华年听乐宝说起过这里好几次，光翼重要的饭局大都安排在这里。

华年早早就到了。无事可做，就站在窗口看风景。她和乐宝初到上海的时候，乐宝拉着华年的手说，站在那上面看这下面的人是不一样的。那现在的乐宝，现在的她们，算是站在这上面了吗？波光潋滟的黄浦江沉默地对着华年的这个问题。

乐宝还在忙碌着。餐巾，餐具，各式的酒杯都已经按照严格的标准摆放，鲜花却还没有到，急得乐宝一分钟一个电话催。乐宝说Miss周十分注意吃饭的环境，每次乐宝都要提早一个小时到吃饭的地方。乐宝十分细心，次次稳妥，华年时常听到Miss周公开夸奖她。

晚饭时间快到了，陆续已经有人来。华年看乐宝与他们十分熟悉，又注意听她称呼他们的姓，便猜出其中一位四十出头的男子便是空镜集团董事长颜顺昌。颜顺昌看着十分斯文和顺，穿着一件半旧的藏青色翻领夹克衫。华年有些吃惊，颜顺昌实在是太普通了，普通到把他往大街上一放，便再也找不出他来。这样的颜顺昌，是怎么白手起家把空镜做到上市公司的？听说十年前他创业之初，只有一张二手桌子两个员工。

乐宝笑着招呼大家落座，一一斟上了茶，又开了红酒醒着，冷菜更是上一盘，说一盘的故事。“这玫瑰鹅肝是乔总特别从法国定来的，听说这些鹅是从小喂着玫瑰花长大的，这鹅肝天然就带着玫瑰花的香气。您们快尝尝。”大家连忙客气谦让。

乐宝又说：“乔总和周总还在上个会上，是美国一个基金公司的老总，大老远亲自跑来就为了这几个小时。乔总就怕耽误了这顿晚饭，还特别把会议也安排在了这个会所。刚刚他已经说了，他不管了，要求十分钟内必须结束会议。乔总和周总嘱咐我，一定要把他们十万分的抱歉带到，他们到了就先罚酒三杯。颜总您先喝点热茶，用点小点，歇一歇。”

华年听乐宝提起乔总，她没想到乔飞明今天也来。距上次与他谈话已经一年时间，这些日子，她只远远看过他几眼。

颜顺昌对着乐宝微微一笑说：“不打紧。”又笑着指着华年问，“这个小姑娘看着也是你们公司的秘书？”

“还没给颜总介绍，这位我们战略投资部的新晋投资人杜华年。”乐宝回答。

颜顺昌对着华年微微点点。华年赶忙对着他一笑，也不知该说些什么，还好他已经转身与他带来的几位说话去了。

又过了大约半个小时，门口才响起一阵脚步声和一个人的声音，正谈笑风生地在说一个关羽的什么故事。她听出来正是乔飞明的声音。乐宝已经连忙站起来去迎。华年想着要再见乔飞明，竟不知道是该站着好坐着好还是去迎接好。正想着，乔飞明已经被一大群人簇拥着走了进来，Miss周走在他身边最近的位置。

乔飞明刚迈进房间，就快步走到颜顺昌面前，一把握住他的手说：“让颜总久等了，该罚该罚，一会儿我先喝个三杯赔罪。”乔飞明说话神态十分儒雅。华年看他这次穿了一件浅蓝色的亚麻唐装，风度气派看着更加不像一个生意人。

颜顺昌笑着说：“自己爱喝酒，还说罚？谁敢罚乔总您呀？”说完就拉着乔飞明坐在当中的主位，自己在旁边陪着坐下。Miss周则被乔飞明拉着在旁边坐下。

乐宝悄悄走到华年身边，拉着华年站起来，在离乔飞明最远的位置坐下。华年感激地握了下她的手。

席间，华年当然是局促得很，一句话也不敢说，眼睛只盯着Miss周吃饭的动作，有样学样，生怕自己出了什么丑。倒是乐宝很是左右逢源，总是能在恰当的时机插上些许句俏皮话，每次总能引来众人的一阵笑声。Miss周看着也并不怪她多话，倒多有鼓励之意。她自己却是除了专业方面的讨论，在闲聊上不肯多说一句。过了许久，华年才放松下来，低头吃菜，耳朵也才警醒起来，留心去听大家讨论的事情，果然处处围绕着颜顺昌的空镜。

空镜这个案子果然十分复杂。空镜是一家新兴的电商企业，颜顺昌作为企业创始人，许多财经媒体对颜顺昌互联网商业成就方面的评价都十分高，称他为互联网思维第一人。只是这几年，空镜在A股市场上表现并不是十分稳健，几次在股票市场上大起大落，外面的风评最近也有了不好的倾向。好几次华年在办公室里听人提起空镜，都说财务状况不是很好。虽如此，华年清楚，光翼这次是下定决心一定要拿下空镜的。拿下空镜，等于光翼几乎完成了国内电商渠道80%以上的合并。以后电商这个行业便牢牢握在光翼手里了，所以，空镜对光翼的重要性不只是账面上的，而是在更高的战略层面。

只是这次，光翼的对手不是那么容易对付。风险投资界数一数二的新阳基金居然也在盯着空镜是华年刚刚听到的一个关键点。原来新阳董事长曾经是空镜的老董事，是空镜最早一批的投资人，与空镜有着深厚的感情。空镜要是卖给新阳，那肯定是一次和平的买卖，管理层不用走人，公司不用大动，和平交割。可是若空镜卖给光翼，按照光翼的一贯做法，一定会给管理层人换血，空镜到时候一片血光是避免不了的。光翼收购空镜的目的与新阳不同，新阳只是想要空镜的利润，而光翼首要的却不是为了增加利润，而是需要空镜从渠道到资源全方位融入母集团，让光翼可以达到产业垄断。然而，这种融入是要付出血的代价的。

华年看乔飞明一晚上从坐下来就开始对颜顺昌都是居高临下似的穷追猛打，得理不饶人，看着就是要把空镜生吞活剥掉的样子。几次甚至提到了空镜极其敏感的外债问题。空镜近期为了托市，已经数次外借了大量的资金。这样关系到公司生存根本的隐秘消息，乔飞明是怎么拿到的？华年好奇。另外一方面，华年也越听越明白。乔飞明虽然不客气，其实却是在加价，只是他的这个加价不是普通的加价，而是在用一种非常霸道的方式在加价。打人一巴掌，必须给三颗糖吃。从小若飞就是这么说的。这乔飞明实在厉害。“威逼利诱”这手段果然古人今人通用。华年想。

然而，威逼利诱虽然向来奏效，这世上还是有粉身碎骨浑不怕的人的。华年心里默算，按乔飞明现在给出的条件，颜顺昌在光翼获得的个人利益已经远远超过新阳了。颜顺昌要做的事情便是狠心，忘记当初那些随着他一起打拼的人们。可是颜顺昌就是没有松口。

压死骆驼的最后一根稻草到底在哪里？这些日子在投资圈看到的、听说的各种事情从华年脑子里一一冒出来。如果她是乔飞明，她还会打颜顺昌哪里？据她所知，新阳作为一家投资机构，吃下空镜这么一家大公司，绝对不会拼它一家之力去做，新阳自己最多购入三分之一。这是投资公司收购和企业收购的区别。基金考虑最多的还是账面，一般的基金收购，会找几家合作的基金公司一起做，这样第一分摊风险，第二找下一轮接盘也多几个出路。而企业，不仅从战略还是从资金上，往往可以完成独立收购。如果按照这个规律，这次对空镜的收购，新阳背后的资本结构必定十分复杂，起码比光翼复杂。那么，协同几家基金就需要一定的时间。统一想法，法律文件制作的时间都需要时间。所以在时间上，肯定比光翼要慢上许多。然而，在这场战斗中，最紧迫的就是时间。要是抓住这一点狠狠打，或许会是个最大的突破口。华年想到这里，有些跃跃欲试起来。

颜良战关公

败了就是败了，败了就什么都没有了。所以必须胜，因为只有胜利者才有说话的资格。

饭桌上，乔飞明和颜顺昌还是僵持不下。

乐宝拿起酒杯，轮着敬了一圈。到颜顺昌这里的时候，笑着说："颜总，听说您爱开飞机。您什么时候买个私人飞机，带着我们出去真正见见世面？"

华年看到乔飞明听了一笑。等到乐宝给他敬完酒的时候，他已经转了话锋，笑着与大家聊起些闲事来了。

华年看乔飞明居然是个十分健谈的人，更没想到他对历史这般熟悉，说起一些秘史野史来也是头头是道，说的故事一个比一个引人去听。

"杜华年，来，和我们说说颜良的故事。"冷不防，乔飞明突然点了华年的名字。华年大吃了一惊。Miss周的目光立刻射到她的脸上。乐宝也转头担心地看着她。

华年连忙问："颜良？乔总，您说的是关羽斩颜良的颜良吗？"

乔飞明点了下头。华年这才继续往下说："颜良这个人生平没什么大事。要说他，只能说说他的死。说起来，颜良的死绝对是千古奇冤，被关羽杀得是绝对的莫名其妙。他和关羽相逢是在战场上。其实当时人都觉得，他与关羽是名气不相上下的大将，在战场上厮杀的能力是相当的。照理说，这两个大英雄如果认真打起来，也说不准谁胜谁输。只是大约是颜良太敬重关羽的名声，两人对峙拼命时，他居然还先向关羽行礼。关羽却是二话不说，不管不顾，你这边行礼，人家那边已经提刀砍来。不过一个回合，颜良便被斩在马下。败了。小时候，我看到这段，经常要为颜良叫屈，这关羽号称大英雄，怎么会做这样看着卑鄙的事情？"

“来，来，乔总，颜总，喝一杯。”华年正还要往下说，Miss周却突然举杯，打断了她。Miss周这顿饭从头到尾都未敬过任何人一杯酒，这样一台冰凉凉的金融机器，这时却起身敬酒，难道是对她的警告？乐宝大约也是感觉到了，拿她冰凉凉的小手拍了几下华年的腿。华年转头对着她一笑，把杯里的酒一饮而尽，无缘无故就有了些风萧萧兮易水寒的悲壮感。

正当华年七上八下时，乔飞明微笑着对众人举了举杯，又对着华年说：“这个故事，小杜说得好，继续说。”

华年强忍住心慌，继续往下说：“这个故事吧，我直到长大了才明白其中的奥义。看看关羽的成就和地位，从古到今各大寺庙香火供着，各朝代从王侯将相到平民百姓崇拜着，他是成了神成了千古偶像了。可颜良呢？在人们的眼里，不过就是个失败者，连他死都是给关羽这个英雄做铺垫的，败了就是败了，败了就什么都没有了。所以必须胜，因为只有胜利者才有说话的资格，才有后来仗义的关老爷。然而，取胜的关键是什么？当然就是当机立断。高手对决，速度决定一切，慢一秒，可能就是满盘皆输。如果对峙当下，颜良不行那个礼，而是立刻全神贯注投入战斗，那么历史的结果不知道会是如何？所以第一关键是唯快不破。当然，这还不是全部，这还只是个有风险的赌注。是想颜良当时要是放下大刀，跟着关羽走了，那历史写颜良会不会就是另外一个版本？会不会就是另外一个千古传颂的英雄惜英雄的版本？所以我觉得最厉害的大英雄是懂得当机立断看清时事的大英雄。我之前听了一个笑话，笑话是个著名地产商说的，我来和大家说说，博大家一笑。”

华年说到这顿了顿，桌上的人都静悄悄等待。

“有人说过，民初名妓小凤仙当年要是找了一个民工，扫黄打非就扫走了；她找蔡锷，就流芳千古；她要是找华盛顿，那就是国母。所以很多事情不在于做不做，而在于跟谁做。”

华年说完，满桌喝了彩。华年手心却全是汗。乐宝又是悄悄在桌子底下把手往她腿上拍了拍。

颜顺昌问：“跟着关羽又没有好下场，最后还不是败走麦城？”

“颜总？您觉得关羽真的败了吗？我倒是认为整个三国不过关羽一个赢家。在世时反正都已经那样的高位了，谁又比谁缺点钱花？到最后不就要个身后名吗？司马懿是厉害，机智无双，最后也是称雄天下了，连曹家都斗不过他。可如果他要是知道，在后人写的历史里，最后关羽成了神，而他却仅仅是一个配角似的小丑人物，你觉得他做何感想？更何况，要是真的颜良胜了关羽，历史轴线就变了，谁知道最后会是个什么结果？再再说，关羽只有赤兔马，赤兔马跑得再快，日行千里，也跑不过长了翅膀在空中飞的。”

“没想到你们公司一个小姑娘都这么厉害。”颜顺昌对着乔飞明说。

“Miss周的人向来最专业。事情交给了她，我就放心。颜总也放几个大将过来帮帮忙，我们自己人嘛，何必动刀动枪？”乔飞明笑着说。

“两位大佬定下方向，其他的交给我。我只有一个本事，就是帮人把钱越管越多。”Miss周说这话时，眼神还是冰凉凉的，嘴里虽然说着大佬，可听在耳朵里，却没有半分恭维的意思。乔飞明朝她笑着点了点头。

乔飞明再次举起酒杯对着颜顺昌说：“要是你同意，今天就定下了。文件Miss周那里都已经准备好，我相信你们的法务也在随时待命。”

颜顺昌低下头。华年看不清楚他的表情，似乎在沉思，却更像是在悲伤。

乔飞明看了看他，华年以为他还要说话，却没想到他突然站起身来，只用手指重重敲了敲桌子，就径直朝门外走去。与他一起来的集团的几位高管，除了Miss周，都齐刷刷立刻起身跟在他的身后走了。颜顺昌错愕地看着乔飞明的背影。

整个房间是一阵让人沉闷的寂静。

华年和乐宝看着Miss周，等她示意。她给了她们一个眼神，示意她们留下。

Miss周站起来，走到垂着头的颜顺昌旁边坐下说，“乔总就是这样的脾气，今天这顿饭是他的最后通牒，如果你还犹豫不决，我们这边便要放弃了。”

Miss周说到这里，示意乐宝过来给颜顺昌倒了杯酒，她才又接着说：“我明白你的顾虑。新阳那边是你多年的老朋友，最初没有他给你的支持，你的公司也走不到今天。只是你要明白，你确定新阳这次真能调动那么多的基金与他一起合作？他们也不是每次策划收购都成功的，我前几天给你的文件里有准确的数据。另外，你确定他给你的第三轮报价能切实完成？那毕竟只是个口头报价，如果他真有诚意，现在就让他发书面文件过来。”

“毕竟跟着他投的几个都是国内外的大机构，他说只要给他三天时间，就会发书面文件过来，也就在明天了。”颜顺昌说。

“颜总，你不会不懂，我们是绝不可能让你等到明天的。如果你走出这个房间之前还没下决心，乔总会立刻对外宣布放弃收购空镜。我们已经是第三轮加价，这个价格，我想你应该也是满意的。”Miss周说。

“我说过了，不是钱的问题……”颜顺昌说。

Miss周打断颜顺昌的话：“光翼放弃收购空镜后会是个什么局面？万一新阳那边只是个虚招，万一因为我们放弃新阳也放弃了，再万一就算新阳坚持到底，他们其他的合作基金因为我们的放弃而动摇了……”

华年听到这里，不禁朝乐宝做了个得意的眼神，意思是她也想到了这点。乐宝微笑着也给了个眼神，却是警告，不要这么容易得瑟。

“我和新阳合作这么多年，他从来都是说话算话的。”颜顺昌说。

“他说话算话没有用，要那几家和他一起的基金公司说话算话才有用。”Miss周说。

颜顺昌眼神闪烁。华年突然就有种感觉，他要被说动了。他这个表情小时候华年在奶奶的八仙桌上看到过无数次，那是每次买卖即将成交前那些大人们眼睛里的神色。

“我实在不能对不起我的兄弟们啊。”颜顺昌叹息。毫无预警地，颜顺昌竟然大哭起来。

Miss周却依旧冷冷：“你没有对不起谁。这笔买卖这个价格卖出，新阳作为第二大股东，他赚得也不会少。这些都是因为你这些年的奋斗。这个价格也是对他当年投资眼光的最大肯定了。至于跟着你的那些兄弟们，按照股份分到的钱，人人都可以到摩纳哥买艘游艇去过富豪的日子了。这样，这个事情我来办，我回头和乔总说，给你们持股5%以上的股东一人送艘游艇，如何？”

华年听到这里，心里忍不住佩服起Miss周来。要说时间是压垮颜顺昌的最后一根稻草，那么游艇就是压垮颜顺昌最后一根稻草上的一粒微尘。颜顺昌原创核心团队才五个人，一艘游艇不过三四百万，与这三十亿的收购案来说，实在不算什么。然而，这几艘游艇在颜顺昌的心里或许和乐宝刚才提到的飞机一样，重量绝对超过了他们的实际价值。华年早就听乐宝说过，颜顺昌创业这十年期间，与员工同吃同住，现在车子用的还是别克G17。人真的能抵制心里的欲望吗？特别是当欲望打开缺口极力邀请你的时候。

颜顺昌终于默默止住了哭声，悄无声息地，他点了点头。

Miss周立刻冷峻地朝乐宝发出命令：“你去通知Team的人，现在就与颜总的法务团队联系。”

说完，她沉默了几秒，又对华年说：“小杜，你订个房间，送颜总先去休息。”

华年连忙点头。正慌乱想着用何种途径订房，手机上已经收到乐宝推送过来的公司总务的电话。华年浏览了下总务发来的公司日常合作酒店的房间价格，狠狠心，最后在半岛酒店给定了个总统套房。

Miss周把华年单独叫出房间。

“小杜，定个总统套房。”Miss周开口第一句就是这个。

“已经定好了。”华年说。

Miss周的笑容若有似无地飘过。“今晚你陪着颜顺昌。”Miss周说。

华年一时以为自己听错了。这是什么套路，该不是要把我玩进去吧？华年着了急。

Miss周一笑："这个时候颜顺昌不会把你当个女人。几十亿生意在那，谁有那个心思？你只要陪他好好聊天，看着他就行。如果他有任何特别的举动，立刻和我联系。我想今晚对他会是个不眠夜。"

华年想了许久，无可反驳。她问："可以让乐宝陪我吗？"

Miss周看了华年一眼，点了点头。

华年如释重负，正要往回走，却听到Miss周说："以后穿衣服注意点，这条丝巾配得不伦不类的。"

华年心里立刻掠过于成龙帮她系上丝巾时的样子。

周芷若怎么都成不了小龙女。华年想。

小皇帝的天下

还好，人不是论斤卖的，人是论心的。

电梯到五十楼的时候，华年的耳朵开始嗡嗡地耳鸣。

小时候，华年就比普通小孩容易耳鸣。那个时候她不懂耳鸣是什么，只觉得经常天地一片嗡嗡，然后这个世界就变成了一个嗡嗡的世界。这个嗡嗡的世界里只有她，外公，外婆，陈老板，若飞都不见了。那个时候她只要一耳鸣就开始哭，哭着去找他们。只有不管不顾投入到他们的怀里，那个可怕的隔绝她的世界才会不那么可怕。

电梯一层层上去，华年的耳鸣越来越严重，她只觉得有一千只苍蝇一万只蜂鸟在她耳朵里扇动着翅膀，就在她觉得天旋地转快要支撑不住的时候，电梯骤然停住了，她的耳鸣戛然而止。外面的世界还是原来的那个世界，没有苍蝇没有蜂鸟，只有这个著名五星级酒店总统套房硕大玻璃窗外灯光摇曳的上海繁华夜景。

华年、乐宝和颜顺昌已经进了房间许久了，他们都只默默坐在窗前的沙发上，看着这盛世风光。

很多年以后，华年还是会想起那晚后来颜顺昌和她们讲的那些创业故事和颜顺昌的眼泪。这些个故事到底是真还是假？他的眼泪到底是真还是假？那样一次次完全崩溃的号啕大哭，能做假吗？

颜顺昌说，再也没有那样的锐气，再来一遍了。

颜顺昌说，等于卖掉了自己的孩子。

颜顺昌说，以后每天醒来也不知道要干什么。

颜顺昌说着，她们听着。

……

大约到了下半夜，才是真正闹起来。

陆续有空镜集团的高管们打电话进来，华年警醒着耳朵，电话这头和那头都是泣不成声。闹得最厉害的是空镜一个CFO，挂电话前只留下一句，失去空镜，她生无可恋。再打电话那头已经关机。颜顺昌打了许多个电话，到处找不到人。颜顺昌十分着急，频频和华年她们说，她跟了他多少年，如何如何和他一起奋斗，如何如何九死一生。华年听了半天，才终于弄清楚了来龙去脉。原来这位出走的CFO本来有一份稳定安心的工作还有一个稳定安心的家庭，可四十岁那年她却突然选择跟着颜顺昌出去打拼，那之后她便离了婚小孩子也不管了，把人生都交付给了空镜。

华年多嘴问了一句，这位CFO的股份这次可以卖多少钱？颜顺昌随口答，两个亿。

乐宝拉着华年去上洗手间，笑着问华年："你有两个亿，你舍不舍得自杀？"

华年也笑："别说两个亿，有两百万就舍不得了。"

"没出息。"乐宝笑，"你听说没有？北欧和日本的自杀率全世界最高的，而这两个地方全世界最富有呢。"

"温饱不该思淫欲的吗？这些人就是不懂事。"华年摇头。

华年和乐宝从洗手间出来。颜顺昌还在房间里转来转去打电话，原来是新阳的总裁帮忙找到了这位CFO，现在正陪在她身边，应该已经是安抚好了。颜顺昌对着他千恩万谢。这位新阳的总裁到底是个怎么样的人？华年忍不住想。若飞一直和华年说，有大胸怀者得天下。可这个人的胸怀也真是太大了。

就这样，忙乱到了天亮。法务已经等在门口。乐宝去接了文件，华年慌忙去找笔。颜顺昌的签名一挥而就。空镜的买卖，尘埃落定。

空镜收购案的收尾工作，Miss周严令一个星期内完成。

陪完颜顺昌的第二天，Miss周便让华年进了收购组，负责与会计事务所审计方面的联系和监督工作。华年终于第一次投入到了没日没夜的工作中。于成龙总好奇华年的精力为什么会如此旺盛，两三天不睡觉照样生龙活虎。华年大笑，这是我家老头子遗传给我的。陈老板身体好是公认的，朋友们都说他喝了牛血，五十好几了，每天要跑三千米。于成龙笑，看你能坚持多久？

一年后，于成龙笑不出来了。空镜的案子完成后，Miss周开始陆续给华年派一些工作，工作越来越多，到最后，于成龙不得不把Miss周列为第一大情敌。乐宝却很开心。在华年进光翼战略投资部两周年的那天，乐宝特特约了于成龙一起挤在华年新租的小房子里欢快地煮小火锅给华年庆祝。

华年有些得意，搂着于成龙的脖子说，“你看你女朋友厉害吧？”

“检点点儿。”乐宝敲了敲桌子，又问，“你们什么时候结婚啊？”

乐宝催他们结婚已经不是一天两天了。可是结婚多累，酒席婚庆哪样不要大把的时间？华年这次照旧不说话。于成龙却笑眯眯凑上来：“等我房子装修好。”

于成龙的父母最近把于成龙的两室户给置换成了一套三室一厅，前段时间因为差价缺了八十万，找华年商量。华年答应了下来。在战略投资部工作的这两年，她的积蓄正正好好有个八十万。

新房开盘那天正好是冬至。于成龙四点就摸着黑起床，给华年煮了汤团，又找出围巾和耳罩给华年戴上。他们赶到售楼处的时候还不到五点，售楼处却已经人潮汹涌。华年和于成龙裹着毯子在人潮中等着售楼处开门。于成龙双手捧着华年被风吹得红扑扑的脸，笑着问她是不是青藏高原来的。于成龙捧着华年，华年捧着手里的银行卡。在上海有家的感觉这样美好，是小时候喝了蜜沉沉手脚酥软的暖暖味道。

于成龙的爸爸妈妈也赶来了，从怀里拿出两瓶热气腾腾的豆浆，送到于成龙和华年嘴边。华年有时候是难以理解于成龙爸爸妈妈这种行为的。若飞以前总说外婆过分溺爱华年，然而和于成龙家比起来，那外婆简直就是过分严格了。橘子皮剥好送到手上这样的事情，她一直以为是电视剧里美人服侍皇帝的戏码，于成龙妈妈却天天要给他剥的。华年最后实在忍无可忍，拍了拍于成龙高高翘在茶几上的腿，怒喝，你怎么可以这么对你妈！于成龙倒没什么，惊得他妈妈跳了起来，一口一个宝贝安抚华年，小龙乖得很呢。华年只能叹气。马尔萨斯[①]绝对料不到，几百年后，社会实行计划生育后的第一代会变成小皇帝的天下。早知如此，当年的维多利亚女王还是管一管爱尔兰的好。于成龙对她一定是真爱，在家称帝称王的，到她这却做牛做马。华年再次叹气。

一直到中午，他们才终于等到开了盘。一个售楼小姐带着于成龙去签字，听说是因为事先已经通了关系，给了十万好处费的缘故。华年十分不明白，既然给了好处费，为什么还要来排队？于成龙妈妈拉着华年的手说，以防万一。华年给于成龙汇完款那天，去于成龙家吃饭，于成龙妈妈也是这样拉着华年的手说话。于成龙妈妈不大能说普通话，还好华年这几年上海话已经能听得懂七七八八。

听说以后上海政策要变，马上就要限购了，这个买房名额一次性用掉怪可惜的。于成龙妈妈吞吞吐吐。华年一挥手，笑着说，新房子写成龙一个人的名字就好。

华年回去把这个事情告诉了乐宝，乐宝大发雷霆，是欺负你一个

---

① 托马斯·罗伯特·马尔萨斯牧师（Thomas Robert Malthus，1766年2月13日－1834年12月23日）。英国教士、人口学家、经济学家。以其人口理论闻名于世。在《人口论》（1798）中指出：人口按几何级数增长而生活资源只能按算术级数增长，所以不可避免地要导致饥饿、战争和疾病；呼吁采取果断措施，遏制人口出生率。

人在上海？我告诉你爸爸妈妈去。华年连忙拉住乐宝，首付要三百万，他们家出得多。贷款不是让你一起还？你不是一直想自己买房，你这个钱都够中环一套房首付了。乐宝瞪着眼睛。他买我买不一样么？和成龙还计较这些？华年笑。乐宝冷笑，你知道我们老办公室的大卫，首付还是他家全出的，只是让女朋友一起帮着还贷款，他爸妈也是提出只写一个人名字，这会子他们已经闹得分手了。和他们比么？成龙不是这样的人。华年说。就你看得透人心！就你清高！你还真以为自己是观音！乐宝说。后来乐宝闹了许久，最后还是被华年按了下来。只是那以后，乐宝开始把于成龙和华年结婚的事挂在了嘴上。华年知道，乐宝今天特地叫于成龙一起来吃饭，是又在催这个。买了房子后，于成龙开始忙装修，忙得没了日夜。华年与于成龙见面的时间虽然因此又少了许多，她却觉得反而心更近了。所有的一切都有了方向，心里就有了一种安定的力量。她是比谁都懂于成龙的，这个在满满爱里长大的小孩，虽然四体不勤五谷不分的，却是比谁都要单纯善良。

“什么时候装好？”乐宝却不依不饶。

“方鸿之人呢？最近怎么都看不到他？”于成龙没有回答，只是问乐宝。

“前几天听张天娜说，他结婚了。”乐宝说这话时眼皮都没抬。

“什么？”华年大叫了一声，大力甩开于成龙和她一直牵着的手，站起来就往外冲。

乐宝也站起来，冲到华年身后，一把抱住她：“不要去。”

华年回头。“人渣！他不是说不结婚的吗？”华年问。

“他不是不结婚，他只是不和我这样的人结婚。”乐宝苦笑。

“乐宝，你在说什么？”华年挣扎着又要往外冲。

“华年！你还不明白吗？你去找他干什么？你去哪里找他？你知道他家在哪里吗？”乐宝说到这里，忍不住苦笑了一声，“在一起两年了，我居然连他家住在哪都不知道。”

“我总能找到他的。你别管我。”华年说。

“我知道你有办法。可是你找到他之后能干什么？打他一顿？算了吧，华年，给我留最后的尊严吧。”乐宝说。

“他对不起你！”华年叹气。

“哪里有对不起？他不是很对得起我吗？我现在的这些，不是他帮我的吗？没有他，我能拿到那些考题？我能做Miss周的秘书？拿这样高的工资？”乐宝一个问题接一个问题。

“你在说什么？这些都是你的努力。”华年说。

“努力？努力谁不会啊？大家都努力，可是成了的只有我。”乐宝说。

“可是……”

乐宝打断她：“你以为所有人都是你？我从小就没有这个运气，是他给我的这个运气。”

“不是这个意思……”华年无力地垂下肩膀。或许这个世界上很多时候能做的只是无力地垂下肩膀。华年想起她来上海前，乐宝给她写的那些信。乐宝说全世界的女人都来这争着嫁给上海男人。上海的确有千千万万个好男人，只是不是你遇到的那一个。

“你知道的，我早就明白的。我骗自己那么久，你骗我那么久，够了，对不对？”乐宝看着华年。她眼睛里一滴眼泪也没有。

那天乐宝睡着后，于成龙拉着华年出来散步。

“我们有多久没这样散步了？”于成龙问华年，

“哎呀，你在生我气么？”华年嬉皮笑脸地将手挂在于成龙的肩膀上。于成龙很高，华年这样有些吃力，可是她喜欢。

“哪里敢！和你说个事情，我下周就要到新单位上班了。”于成龙说。

“什么？什么新公司？”华年大大吃了一惊，手僵在他的肩膀，像衣架。

“我就知道你不知道！我和你说过好几次了，我爸妈在电视台帮我找了份工作，工资比现在高，福利也比这个工作好。”于成龙说。

华年这才想起于成龙的确和她提过。她那些日子正好在跟一个并购案，并没有将于成龙的话放在心上。

“我只是没想到这么快。”华年说。

“我又不像你，这么多年在光翼也就升了个小经理。那工作是我父母花了这辈子攒下的所有人脉帮我找到的。人家给的机会，人家做主，说什么时候去报到就得什么时候去报到。”于成龙笑。

机会，今天晚上所有人都在和她说机会。华年略略有些忧伤。她腻着于成龙的脖子，不肯放。“可是我们这样以后会不会就不能经常见面了？”

于成龙拉过她，亲昵地将下巴抵在她的头顶上，“说什么呢？大风大雨都要天天给你送鸡汤的。”

这就是于成龙，华年的于成龙，这个孤零零的上海，华年有于成龙。这个横行霸道的小皇帝，心甘情愿任她蹂躏。华年跳到于成龙的背上。小时候，她经常这样跳到陈老板的背上。于成龙的背比陈老板的单薄许多，还好，人不是论斤卖的，人是论心的。

浪尖的白鸽

科学是现代最大的宗教。

虽然是第一次参加这样的项目讨论会，但当华年收到会议通知时，并不是十分吃惊。这一年多来华年一直在负责项目后期跟进工作，已经渐渐对项目的细节熟练了起来。她实在手痒痒得很，看到每个项目都如狼似虎，希望自己能从头到尾接一个试试。华年想起那天在Miss周办公室，她握着她的手说，欢迎成为一名投资人。参加项目讨论会就是跨入投资人世界的门槛，虽然是最基础的门槛，战略投资部的三个高级副总裁天天参加项目讨论会，也不见得他们就真成了投资人，可毕竟她现在有机会跨入了。更何况这次项目投资会由乔飞明亲自主持，由此可见，这次讨论的项目对于光翼来说一定是举足轻重的。

开会前，乐宝给华年打了小报告，白西娅知道她要参加这个会议，已经很不痛快了。她提醒华年到时候小心些，免得得罪太多人。

白西娅不喜欢她早在华年的预料之中。不知道什么时候开始，公司居然传出华年和颜顺昌的绯闻，说颜顺昌是华年的背后金主，华年这样普通大学毕业生在战略投资部工作得如此顺利都是因为这个幕后金主。白西娅在办公室多次公开谈论这个事情。

白西娅是典型的优等生，去年进的战略投资部，和华年一样，正在负责项目后期跟进工作，可是白西娅在这个部门却比华年还要另类。乐宝总笑她，开口学校闭口爹，当中掺着聊点啥？八卦！照理说，Miss周的眼睛里哪里容得下白西娅这样的，可她却出乎意料地对她客气着。

“拼爹才是时代的主旋律。”乐宝说。

“没想到Miss周也这么俗气。”华年不平。

“你以为呢。她看着冷冰冰，情商高着呢。这些日子见了那么多大佬，我有了一个结论，他们个个都是活生生的魔形女，随时可以变身的。装清高，装笨蛋，装厚道，装深情，哪样在话下？Miss周更高明，直接装个机器人。”乐宝笑，“总之这次会上你说话小心着点。”

华年点头。

项目讨论会前一天，Miss周邀请华年去她家吃饭。共事两年多，这是华年第一次到Miss周家吃饭。

Miss周住在古北。这里本来是韩国、日本人最早的聚集区。当年上海经济正处在改革开放后的第一个高速发展阶段，政府决定打造一个联洋新区方便外籍人士聚居，最终选定了古北这块地方。当时第一因为政策，第二因为外籍人士经济实力大大优越于上海本地人，所以最早古北的大部分地产项目都只针对外销。那时古北的居住环境自然大大优越于其他地方。把金子当地砖铺，上海人这样说那里。只是斗转星移，古北金色的光芒在岁月里渐渐褪去。如今上海豪宅林立，古北虽然在豪宅市场还占有一席之地，却已不复当年的荣光。

门户重叠，华年花了好长时间才找到大堂，保安又重重问询，终于放了行。华年走进Miss周这栋楼的专属电梯，看到电梯里贴着的这个楼盘的广告牌：名门尚流，耀世臻藏，电梯入户，直上云端。那现在岂不是正往天上走？华年心里嗤笑。

电梯在三十楼停下。华年往里望，只见一条森森的通道，直通Miss周家大门口，通道两旁是直到天花板的黑钢玻璃墙，闪着冷冷微光。Miss周家门虽然开着，华年却不敢随便进去，按了门铃，在门口等着。

过了一会儿，乐宝出来了，拉着华年的手往里面走，边走边对华年说："大家都到了，就等你了。"

华年看乐宝就像在自己家一样，笑着说："好不自在，来她家。"

这些日子华年实在忙，天天在外出差。她这会儿看到乐宝，突然想起来竟然有一个月没和她碰面了。刚来上海那段时间，她们三天不见就好像隔着一个世纪，现在在一个办公室工作，反倒这样了。

"她能请你到家里来，是把你当自己人了，怕什么？"乐宝扭头对华年笑着说。

华年细想乐宝的话，的确十分有道理，心里松快了许多。

乐宝带着华年穿过玄关，走到客厅。很宽阔，家具一式的钢琴烤漆，白茫茫一片，只在墙壁上挂了一张黑白奥黛丽·赫本像，妩媚端庄。客厅一侧摆着一张长桌，足足占了客厅三分之一的空间。长桌已经铺上了洁白的餐巾，摆满了各式晶莹讨喜的水晶杯、烛台，正当中还放了一个硕大的玻璃花瓶，插着一大捧的白玫瑰，花朵饱满壮硕，未经任何修饰，保持着原始的美感。主人位却还空着，不见Miss周的踪影。桌边已经坐着几个战略投资部的同事，三位投资副总裁都在，白西娅没来，华年松了口气，拼爹看来不一定靠谱。

乐宝伏在华年耳边说："那人可讲究了，每次家里请吃顿饭，我都要提早一星期帮她准备。"

华年看着眼前这张餐桌，点点头："我就知道她有强迫症。"

"谁说不是呢，难伺候得很，但拿着她的人民币，也没有办法。"乐宝吐了个舌头，调皮一笑。

乐宝把华年带到餐桌上，安排她坐下。

“怎么才来啊？”夏璇对着刚坐下的华年笑着问。夏璇是战略投资部副总裁之一，虽然已经四十出头，眼梢却总带着少女的羞意，说话也是娇俏俏的。她毕业于国内一家著名的财经大学，只是这学历在投资这个行业几乎是不值一提的。夏璇十分灵动，天然生就的八面玲珑，Miss周所有的对外公关事宜几乎都被她一揽子包了过去。华年几次看乐宝提起她时都是大皱眉头。华年对她印象倒是不错，一来几次工作和她碰在一起，她都十分帮忙，二来工作上也很利索，杀伐决断，没有任何拖沓。

华年看了下时间，迟到了两分钟，连忙说，“我错了我错了，一会儿随便怎么罚。”

“那一会儿可要多喝几杯，难得领导请客，她家好酒多得是，我们一会儿都淘出来喝掉。”夏璇笑起来。

“这家里的酒都不够她一个人喝的。”乐宝笑着帮华年回了嘴。

正说着笑，Miss周就从房间里走出来了。华年第一次看到没有被职业套装全套武装起来的Miss周，一身米色亚麻中式薄衫，看着居然有了几分邻家女孩的模样，特别是她的那双眼睛，没有了平日里厚重眼线的压迫，竟然长了开去，晶莹明亮了起来，衬着整个脸庞都飞扬了。华年经常听外面的人说，Miss周年少得志，她心里却一直没有着意。今天一看，才终于觉出她不过真的才大了她五六岁而已。

“华年，第一次来家里，别拘谨。”Miss周和众人点头微笑坐下后，又嘱咐乐宝，“赶紧给华年倒上酒。”

乐宝笑着站起来，一边给华年倒酒一边说：“这是前几天海源集团的郑总送来的。郑总去年在纳帕酒庄定了一桶，上个月刚出酒，不过一百来瓶，就派人送过来两箱子。一会儿我放几瓶在门口鞋柜上，晚点大家记得一人带瓶走。”

“你倒是会拿我的东西做人情。”Miss周笑着骂乐宝。

乐宝还没说话，夏璇已经笑着说：“要不是周总一向大方，乐宝哪敢随便做主。”

乐宝听了又是一笑，对着Miss周说："我要不说一人只给一瓶，一会儿你自己全都给发出去了。我这是为你省着呢。"。

这顿饭倒真的是出乎华年的意料，众人居然一直有说有笑的，酒也喝开了。华年却还是不动杯子。Miss周对着她笑了笑。

华年起来去上洗手间，夏璇说她也要上，就拉着华年一起去了。华年看她已经满脸绯红，走路有些摇晃，连忙不动声色地挽住她，让她支撑在自己身上。华年从来不习惯与人用一个洗手间，和乐宝一起住的时候她都是避开的。夏璇却不管不顾，进来就往抽水马桶上一坐。虽然Miss周的洗手间空间足够的大，华年脸还是忍不住微微红了，只得假装照镜子。

"老板的马屁还是必须要拍的，你今天来怎么连个伴手礼也不带？"夏璇问华年。

华年讪讪一笑："这些我不是很懂，下次改进。"

"做投资就是这么苦，其他工作吧，只要拍老板马屁就好，我们是拍完还得卖命工作。"夏璇说。

华年捏捏手指，做了个数钱状，"一切为了人民币。"

夏璇看着华年，"平时我们虽然在一个办公室里，也没和你正经聊过天。我一直很奇怪，以为你这种漂亮女孩，做投资不过是表面过过，主要目的还是为了找个好老公。你也知道，这个世界上估计能有机会时刻接触这么多大企业家的，而且还能让这些人把你当个人物看的，也就这个行业了。可你怎么就一门心思扑在了工作上？这大好青春，就没个其他想法？"

华年大笑："你是不知道吧？我有男朋友了。我之前那部门的于成龙，你认识不？"

夏璇看神经病一样看着华年："我说的是老公，不是男朋友。"

华年一时不知道该怎么回答她，只得笑笑。现在的男朋友不就是将来的老公吗？

夏璇从镜子里头盯着华年足足看了有十秒，突然噗地一笑，"原来如此，你呀，居然还在清纯阶段。"

华年正想说什么，啪啪啪响起敲门声，“你们在里面雕花呢？快出来，我急死了。”

华年一听是乐宝的声音，连忙开了门给她进来。夏璇一看是乐宝，和华年点了点头，便走了出去。

华年在洗手间门口等了乐宝一会儿。乐宝出来后看华年在门口等她，笑着说：“还是你有良心。”说着又朝客厅努努嘴，“小心着点，别让那货带坏了你，你知道外面那些人都叫她什么吗？”

“什么？”华年问。

“龙卷风。什么男人都照单全收。她可是出了名的送上门，你和她可不是一个世界的，远着些。”

华年连忙点头。乐宝这才拉着她回了客厅。

落座后，又是一阵说笑。

差不多到了十一点，大家才陆续起身告辞，乐宝也开始招呼着打扫阿姨整理残局。华年留下帮乐宝收拾，没想到Miss周却叫住她，“你等等，跟我到书房聊几句。”

正要走出门的几个人眼睛都齐齐朝华年飞来，华年立刻低了头，这些眼神她可接不住。

Miss周的书房大大出乎华年的意料。也是和客厅一样，雪洞般的白，除了一张书桌上放着台笔记本电脑，其他空无一物。墙壁上虽然做了成排的书架，居然也是空空荡荡的，一本书也没有。

Miss周说：“我一直没有固定的居所，还是手机上看东西方便。”

华年点了点头。大部分优秀投资人都是真正的实用主义至上。纸质书不知不觉在许多人眼里已经变成了一种情怀，而Miss周是从来不和你讲情怀的，即便讲，那也是只是需要，是投资案里的一个评量标准。

“来我这一年半了？”Miss周问华年。

“两年了。”华年回答。

Miss周眼睛里闪过笑意，点点头说：“你的进步远远大于其他人。前几天我和乔总提议，让你加入这次项目的前期讨论会。”

华年涌上来一阵强烈的喜悦。这个世界上最大的快乐莫过于夙愿达成，更何况以预料之外的速度达成。华年试着强忍住这种即将跳出胸口的喜悦，可是眼角眉梢嘴角已经不自觉地流露出来。华年想冷淡些说句感谢，脱口而出的却是抑制不住的热烈，这种热烈覆盖掉所有语言能表达出的含义，这种热烈正在赤裸裸地告诉对方，她现在的狂喜。

“我现在发文件给你。”Miss周手指在手机上翻飞，“这两个案子你以最快的速度熟悉一下，讨论会定在这周六，在乔总家里。”

华年立刻快速在手机里上浏览文件。居然是这两个项目。这是最近在投资圈里热议的两个项目，许多业内人士都公开表示它们将会是未来三年最大的黑马。

华年忍不住问：“我要发言吗？”

Miss周喝了一口放在书桌上的水，只反问了两个字：“怎么？”

华年一惊，心中转了几下，才回答：“我南方人，普通话不好，也从来没有当众发言过。我还是擅长笔杆子，我是想做份报告给你，会比较好。”

Miss周听得轻笑出声：“你是在小看我？”

华年连忙摇头。

Miss周看着华年，突然轻叹一口气：“你大概不是很了解我，既然我都主动向乔总提议让你直接汇报，你就不要再有那些小心思了。你这一年超越一般人数倍的努力，我看在眼里。我是个生意人，我的目的到最后只是赚钱。而你只要负责帮我赚更多的钱，其他不用考虑那么多。”

华年全身松快下来。这两年来，不管Miss周有多少惹人厌的毛病，每件事情她却能做到说一不二。不知不觉，她对她已经建立起了一条牢固的信任线，对她渐渐不再怀疑。宋星河的那些话一直以来是她最大的心病。那些小心思真的是很讨人厌的，可原来Miss周是没有这些小心思的。是她多想了，多虑了。今天听了Miss周这番话，她更是像刚从桎梏里飞出的夜莺，只有一种天大地大任我翱翔的快感。天空算什么，看我冲破云霄！

从Miss周家里出来，华年满脑子都还在刚才她给的那两个案子上。

寻找到一个可以颠覆行业的公司，是每个投资人梦寐以求的事，这种公司通常被称为大黑马。普通行业内哪怕最拔尖的公司翻利五倍十倍已经是极限，可这样的大黑马却能打破这个极限，他们往往具备足以成长为阿里巴巴、腾讯这样巨型企业的基因，这种基因，就是最好的梦想种子，这样的种子如果经过精心培育，未来翻利数十倍数百倍都有可能。

圆圆中国和圆融这两家公司的模型在国外早已经出现。他们的出现是对传统人力行业的一次革命。人工智能华年虽然只在文字上读到过，那个博大精深的深度学习的世界，前段时间却让她着实迷恋过好一阵子。华年开始狂热偏执地认为长生和机器人会成为未来世界的两大主题。

永久活着，活得更好，难道不是人类从古至今一切追求的本质?

华年想起以前在大学课桌上读到过的不知道谁写的一首无名诗，当时她还拿小笔记本记了下来。

让苦难消磨你
不如让苦难消磨我
我们只是叶姿浪尖的一对白鸽
一瞬而逝的生命
永垂不朽的爱情

世界上有什么事情是永垂不朽的吗？或许是爱情。但爱情如何量化？即便哲人分析出的激情、亲密和承诺都只是飘零在半空中的水蒸气，看不见实质，但基因改造和人工智能却可以在可量化衡量范围内更无限接近永垂不朽的。基因改造达到永生，人工智能创造服务人类的机器人。未来的世界一定会有银翼杀手，在浮沉中暗淡的天际线，遥遥吟唱着赛博朋克的挽歌。

“和Miss周越来越像了。”乐宝很反对过华年这种无根据的迷信。

“不老泉还是不靠谱的。就算我相信，但我还分得清现实和虚幻。

抓住不可证伪这个漏洞的项目都是可耻的。”华年笑。

“小时候就不应该让你读那么多卫斯理。”乐宝说。

华年这次没有与她争辩。科学是现代最大的宗教。华年迷信科学，即便她知道这是一种迷信。她不去争辩没有被事实验证过的事情。

圆圆中国和圆融这样的人工智能企业已经出现，他们致力于的新零售行业，已经可以做到线上线下连接完成，全方位引入人工智能管家，每平米销售额比传统零售行业增加了三到四倍。在三年前这个看来还是个虚妄无稽的事情，如今他们两家公司在全国零售点合计已经接近一千家，去年的销售总额更是突破三百亿。再也没有人嘲讽他们是不切实际的梦想家。更何况圆圆中国的美国总公司估值已经达到千亿美元级别。而圆圆中国和圆融这两家公司在中国的估值也已经到了五百亿人民币关口。当然，面对这样的高估值，许多投资人质疑，他们几乎已经把未来几年的预期完全套光，这个时候投资圆圆中国或者投资圆融，或许已经是主动触礁行为。所以光翼关注圆圆和圆融，难道真的只是投资套利这么简单？这里面是否有更深层的含义？

这一年多在光翼的工作经历让华年明白，乔飞明心中的韬略不是一般人可以揣度。人走一步想到后三步已经是算无遗漏的天才，可他却是走一步算起码十步二十步。现在想想当时自己在进入战略投资部之前在他办公室说的那番话是多么幼稚，那番自以为戳中别人要害的话，实则却是粗鄙无知，只不过是看到了棋局里的一个小边角。如今华年已经完全明白，乔飞明的眼睛一直在整个棋局上。所以这一次，乔飞明真正的用意到底是什么？

我们的征途是星辰大海。莱茵哈特对齐格弗里德说。

欲望最厉害的武器

欲望最厉害的武器就是障眼法。

乔飞明家会议的前一天晚上，华年本来想着就在家窝着再准备准备，于成龙却来找华年吃饭。

于成龙黑了许多，眉眼看着却是比以前飞扬了。半个月前他和华年说他们电视台组织去普吉岛度假，他在岛上待了有一个星期。回来后又因为华年出差，一直没能见上面。所以，华年一接到他电话，立刻就答应了。

华年坚持请于成龙吃饭，他选了他最爱吃的猪肚鸡火锅。这家火锅店食材是精挑细选的，环境是浪漫雅致的，唯一缺点就是贵得离奇。于成龙嘴巴刁得很，华年时常笑话他长了个少爷的身体，后半句她当然是没说出口。华年知道，于成龙因为她的人生大计划，平时总是将就她，陪着她省吃俭用，陪着她做着存个金山银山的梦。

今天华年同意去吃猪肚鸡火锅，她可以想象出他的兴奋。华年到得比于成龙早，她特别先点了个大锅，华年实在不想再看到他因为没有完全过好嘴瘾而失望的表情，虽然每次到最后他都点很多蔬菜，把自己撑得饱饱的，然后捧着肚子露出一副满意的表情，然而这毕竟是装出来的满意。

于成龙迟到了半个小时才到，来了就立刻千道歉万道歉。华年突然一阵心疼，想着大约自己平时对他太严厉了些，不过迟到了会儿，他就这么紧张。

华年给他舀了一碗汤，看着他喝下一口后，说："怎么晒黑了这么多，没有好好涂防晒霜么？"

"我朋友说，男人晒黑了好看些，说我这样的白有些土气，所以我擦了助黑油晒出来的。"于成龙说。

"什么朋友？这么听他话？"华年轻笑了下说。

“一个国外刚回来的朋友，你不认识的。”于成龙回答。

“你可有越来越多我不认识的朋友了哦。”华年做出吃醋的表情。

“还好意思说，你最近人都找不到。每次找你和我朋友一起玩，不是出差就是开会。我的新朋友也不过是我新单位的一些同事。”

华年本来不过只想假装生个气，来个小情趣，没想到于成龙却认真了。谁说认真的那个人就输了？怎么这时候华年只觉得自己尴尬地悬在了半空，接他的话也不是，不接他的话也不是。华年只好埋着头吃东西。于成龙叹了口气，然后在滚锅里一块块挑着牛肉，放在华年的碗里。这里的牛肉有接近和牛的口感，华年十分爱吃，于成龙却是不吃牛肉的。

华年忍不住以小姑娘的姿态飞了于成龙一眼。以前要是若飞回家晚了，陈老板就会小心翼翼地在螃蟹九肚鱼濑尿虾里挑出几只最好的，留在锅里等若飞回家吃。若飞小姐脾气重，总说没有鲜货一口饭都吃不下。若飞轻轻地说，陈老板重重地听。华年轻轻地说，于成龙重重地听。华年想，下半年有空的时候一定把房子的事情抓抓紧，然后和他的那件大事情也抓抓紧。

华年正想着，突然接到了宋星河的一个消息：十万火急，耳光馄饨店见。华年吓了一跳，连忙回消息问他什么事情。宋星河只是又发了一条消息：十万火急，一个小时后耳光馄饨店见。

华年想了半天，实在拒绝不了。这段时间，如果说她在投资领域有两个入门老师，那么一位是Miss周，另外一位就是宋星河。在金融师考证班期间，一有什么难解的案例她就会隐去了真实名字，以代号称呼，去找这位宋老师请教。宋星河的答案每次都能令华年兴奋。她发现这个人的思路一层层的，严密清晰，任何事情到他这，三下五除二就能看清楚本质。于是，向宋老师请教案例，就成了华年的习惯。如果是别人这样十万火急找华年，她不一定当回事，但宋老师的十万火急，叫她怎么推脱？

于是华年便问于成龙：“宋老师你听过的吧？他着急找我。我们一起吧。最近他帮了我很多，你帮我去谢谢他。”

于成龙却磨磨蹭蹭犹犹豫豫，半天才说：“今天有些累了。”

华年心里想着大约他和人约了组队打游戏，火气微微上来了。这么久没见了，怎么也得两个人腻一会儿。华年正想着发脾气，突然却想起了刚才他给她夹的牛肉。华年叹了口气，说：“早点睡，注意眼睛。”

于成龙看着她点了点头，华年在他眼睛上轻轻亲了一下。

“你问我，我最大的毛病？”

耳光馄饨店还是那样。来来往往的夜行人。华年一边琢磨着宋星河刚问她的问题，一边还有些生气。她十万火急赶到，宋星河和她说，十万火急的事情就是吃夜宵。还好工作了这么几年，华年把脾气磨圆了，否则早翻台子了。

华年想了半天，却反问宋星河，“你觉得呢？”

宋星河笑着说：“一般人是只许自己说自己不好，不许别人说的。”

华年这才明白这是他早做好的套，看来他是有些话要和她说了。

“你说什么，我都用笑脸迎，好吗？你打我左脸，我一定送上右脸，好吗？”华年说。

宋星河微笑点点头：“你之前说明天要去你老板家里开会？要去争取一个项目？”

华年点了点头。

“是不是很开心？是不是已经开始想着怎么夺人眼球了？”宋星河问。

华年心里的确盘算着这个，她老实地点点头。

“这就是你的毛病。”宋星河虽然还是笑笑的，语气却加了重，“也是一般人的毛病。你知道一等人和二等人，最大的区别在哪吗？”

宋星河看华年摇了摇头，才继续说：“二等人先想自己，一等人先想别人。”

“我试着站在他角度想过这个问题的。”华年辩解。

“你知道这个社会构成的本质是什么吗？”宋星河问。

“你，我，他，这个社会是人与人的关系建成的。”华年早习惯了宋星河的急脾气，稳稳回答。

“没错，欲望最厉害的武器就是障眼法。人类渴望的所有，再豪华的房子，再漂亮的车子，甚至再庞大的企业，都只是外物，这些都是人创造的。只有人，才是万物的归点。只有战胜了人类，得到人们的共同认同，才能获得最后的大成功。”

“我有在想我老板要什么……”华年再次辩解。

宋星河打断华年：“你也太高看自己了。你这种程度的思考，只能叫本能。”

华年想了下，点了点头。她等着他说出花来。

宋星河说：“至少谦虚，还是有的救。试着完全站在他的角度去想，想着你就是他，明天在他家的那个饭局，他为什么会这么做？他是一贯这么做的？还是为了这次特别做的？他看中的到底是什么？是为了多赚些钱？那一个人赚那么多钱又是为了什么？”

“是为了成为中心。”华年想起看到的几次乔飞明出行的派头，那样的前呼后拥，那样的众星捧月。差一点，差一点就被他温润的外表欺骗了。华年感激宋星河。

“一个一直是中心的人，最讨厌别人和他争论。”宋星河说。

“独裁难道不是很危险的？”华年问。

“书本教坏的死脑筋。仔细想想，古往今来，这个世界上独裁的性格往往容易出精英。许多超乎世人想象的杰作，最后总是由那么一个精英创造的。亚历山大、李光耀、米开朗琪罗、爱因斯坦，谁都不会去追求团队协作。剖开去看，那些被人诟病的独裁者真的是因为他们的独裁？不，是因为他们的愚蠢。”

“一个聪明的独裁者？”华年忍不住在心里念着这句话。宋星河这种纯粹精英论者的论调让她有些吃惊。

“那么多历史都白读了。”宋星河叹气。

华年灵光闪过：“独裁者用军师，只给一个方案，又怎么让人独裁呢？”

“还算有救。”宋星河看着华年点头，“你不会只做了一个方案吧？”

“只做了一个。”华年回答。

宋星河看着华年笑。

华年跳了起来，一边叫买单一边和宋星河说：“我得赶紧回去补几个方案进去。”

宋星河却说：“这些旁门左道，刚才一时心软教了你，不知对你是好还是不好。”

华年付钱的手不禁慢了一下。

宋星河连忙笑起来：“单还是得你买的。”

每次都是我买，你的良心真的不会疼么？华年在心里说。然而宋星河却完全没听到她内心微弱的抗议，笑得依旧灿烂得像朵花。

宋星河说，看世界的本质就是看人心。那今天晚上宋星河的这颗心是什么？十万火急的夜宵，从开始到结束不过半个小时。一碗耳光馄饨的时间，只谈了明晚乔飞明的那顿晚饭？

她想起宋星河临分手前对她做的那个手刀的手势。明明是再次提醒她小心Miss周。

宋星河到底是谁？这个想法，华年第一次这么认真琢磨起来。

让一家银行兴起的电影票

果然每个人都会这么笑的，只看对着谁。

乔飞明那座著名的豪宅，今天华年终于亲眼看到了。

乔宅到他手里已经是三转手。听说最早是当年横扫华东的著名大军阀的一个行政公馆，上下三层楼，门口一个西洋花园，已经够气派了。

可没想到大军阀刚造好这个公馆就倒了台，这行政公馆也不得不卖给了一个洋帮办出生的银行家。银行家买下房子后，又陆续把左右前后的几栋小洋房都给收了，改造了好几年，终于有了如今这个大宅院的雏形。只是宅子落成了，上海就陷入了战乱，银行家只得去香港逃难，一去不复返。这房子就这样一空空了好几十年，成了荒地。解放后，这处当年的大豪宅变成了一个弄堂里的居民区，零零散散被拆成一个个小隔间，住了十几户人家。后来一位当年大红大紫位居福布斯富豪榜前茅的富豪看上这风水宝地，费了大工夫，组了一个专项组，一户户去谈，一户户去收产权，足足花了三年时间，才让这座宅子重新回归完整，又特地从捷克请来最顶尖的古堡修缮师，从苏州移了一座明朝花园来，又花了三年多时间，才算修缮出一个雏形。眼看着这举国瞩目的豪宅就要落成，全国人民也都陪着富豪翘首以待。可房子刚落成，家私还没搬进去，一纸诉状就来了。富豪进去后，就没有再出来。于是，这宅子就又空了下来。

乔飞明搬进这座大宅的时候，有许多政界名流大捧着的风水大师公开发了言论，不出三年，乔飞明也要倒台。

三年过去了，乔飞明的光翼集团资产增长了十倍。

“看过这阵仗，是不是觉得Miss周家那顿饭简直拿不上台面？”夏璇对着华年咬耳朵。

华年摇头笑而不语。乐宝总说夏璇嘴里最多的就是别人的坏话。夏璇看华年不搭话，转头和坐她身边的颜顺昌找话聊去了。

今天有颜顺昌在倒是出乎华年的意料。乔飞明今天请的人除了公司战略投资部以及董事会几个头头，便是几位他投资上常来常往经常一起合作的朋友。颜顺昌怎么混在了投资人的饭局上？华年好奇。

华年听夏璇和颜顺昌打招呼，颜顺昌微微颔首，叫了声夏总。

夏璇咯咯笑起来：“哪敢在您面前称总？今天在这看到您，您是已经被乔总拉进什么项目来做了股东了？”

颜顺昌听着也笑了起来：“果然是周总一手带出来的，嗅觉这么敏锐。”

华年听这话的意思是颜顺昌已经默认了，心里不禁又赞了乔飞明一下。她早就觉察出光翼有意与颜顺昌合作项目，只是没想到已经谈成。颜顺昌这一进一出，公司虽然并给了乔飞明，乔飞明看来却是没拿出一分现钱来，怪不得光翼集团越做越大，乔飞明简直就是条贪食蛇。华年想到贪食蛇这个比喻，眼睛里不禁有了笑。冷不防，就有人叫了她的名字。

“杜华年，你来说说对圆圆中国和圆融这两个案子的看法？”是乔飞明点了她的名。

华年虽然早已经为这次发言准备了千万次，但这样没头没尾冷不丁地被点名，心里还是怵了一下。在假装镇定这个方面，华年并不是特别有天赋，但幸好在家里镜子快被她照破之前，在表情控制方面已经有了不小的成效。华年可以想象出她现在的眉眼是不动的，看着必定是十分严肃十分专业的。华年娓娓道来：“关于投资前景，圆圆美国的估值目前已经达到千亿美金，然而圆圆中国和圆融估值却都只在五百亿人民币上下徘徊。截至2010年为止，中国人口占全球人口的19%，单单从人口红利来说，圆圆和圆融的业务并没有完全打开，还有很大的空间。另外通过中国平台，有效辐射东南亚国家也是十分可能的。在这里，我就暂时不做未来价值的无效估算了，对于一家大黑马企业，这样的估算都是毫无意义的。我只能说，以成功企业为参考模型来看，未来这两家公司是有可能成长为圆圆美国这样的巨无霸企业。”

“圆圆美国的业务到底有什么特别？为什么能迅速成长为千亿美元集团？”乔飞明问。

“任何一个产业变革，都只是为了提高效率。淘宝、微信、滴滴、携程哪一家这样成功的巨型企业，不都是因为一个关键点上的改革，大幅提高了传统行业的效率而获得最后的大成功？我认为，圆圆和圆融就具备这样的潜质。随着人工智能的进步，传统的许多行业都要遭受一次无情的淘汰。未来零售的变革方向一定在无人销售上。无人销售一直无法实现，并不是单体设计不合格，而是实现这个最需要的是一个后方的大平台，还有比光翼这样的企业更合适做这个未来的平台吗？当年光翼集团抓住了新兴的互联网行业这个契机，现在绝对不会错过未来人工智能这个契机。”华年说到这里，看到乔飞明微微点了点头，心里大受鼓励。她突然想起了若飞公司员工每年过年跟着若飞去上香时打了鸡血的那副模样。她现在就是这样，心里自然涌动出了一股壮阔之气，好像自己真的在指点江山似的。她大约也是被打了鸡血了。华年想。

“接下来我们具体分析一下圆圆中国和圆融实际操作的可能性。”华年继续说，“我们可以看到，圆圆中国和圆融是两家同基因的公司。两家公司的经营模式孪生双胞，几乎一模一样，甚至连手机操作界面、店面装修风格都十分接近，造成客户识别度特别低。我这里有份市调报告，79.6%的用户认为圆圆和圆融是一家公司。圆圆中国脱胎圆圆美国，圆圆美国针对全球市场采取直营模式，但在中国市场却有些特别，因为政策原因，圆圆在中国市场是通过独立合资子公司圆圆中国控制的。圆圆美国占股圆圆中国40%的股份，其余60%股权在投资机构以及一些企业合伙人手里。也就是说，圆圆中国相对圆圆美国其实是独立存在的。而圆融的股权结构就更加简单清晰，前三轮拿的都是大机构的资金，创始人团队占45%，其余55%在投资机构手里。也就是说这两家公司的大股东都是基金。而对于基金，投资回报率是第一位的，那么在这次收购案中，可谈性就高了很多。”

华年一边说一边使眼色让乔飞明的管家把她预先打印好的报告分发给在座的人。

华年看到位置上的人开始窸窸窣窣讨论了起来，坐在乔飞明左手边的一个五十岁开外看着却十分黝黑健壮的男人突然问华年：“我看到过一个创业团队，2014年出来做手游，2015年转型做‘O2O’，2016年又去做VR，2017年转型做人工智能，你怎么看？”

这人怎么长得和她在一些民国旧画报上看到的黄金荣一个模样？华年看了他一眼，毫不客气地回答：“我只看数据说话。这就是圆圆中国、圆融的难得。两年时间，圆圆中国、圆融营业额翻了两百多倍。好行业千万万，好公司就那么几家。”

“新零售模式出现，势必带来大量的人工被淘汰。面对这些淘汰下来的工人安置问题，你是否考虑过政策风险？”那位黄金荣先生再问。

“我觉得投资很难从主观上去看需求。淘汰是必然的，这是个协商的过程。自从互联网行业出来后，多少传统行业死亡了，但难道因为要流血，就不变革了吗？社会就不进步了吗？日本因为没有抓住这次世界的互联网浪潮，在国际上倒退了多少？难道我们要步后尘？”华年依旧一步不退。

黄金荣先生一直盯着华年，听完她说完这番话后，对着他身边的乔飞明说：“你们公司怎么个个都像一匹狼？”

乔飞明笑着说：“华年，你还不认识吧，这位是拓石基金中国区老大汪雷波。”

华年一听脑子立刻像被电流扭住了一样。黄金荣居然是汪雷波？拓石是全球排名第二的基金公司，汪雷波这三个字她之前已经听过无数次，是当着传奇中的人物去听的。这样中国投资界牛耳的人物也就只能出现在乔飞明的饭局上。

华年拿眼瞧汪雷波，汪雷波也正看着华年。他说：“对于一个不确定坚持多少年才能成功的公司，我想对任何一个投资人来说，都不会有太大的兴趣。”

华年眉毛一挑：“前几年，我遇到个有趣的事情。我大学毕业后要办信用卡，选择很多，我一时决定不下来，后来有家信用卡公司找我说，办他们家的信用卡可以只花十元钱看一场电影，那个时候我最喜欢的事情就是看电影，于是我就办了。后来我推荐给我认识的朋友们，朋友们也都办了。我前几天仔细看了这家公司的数据，果然，一张电影票让一家银行兴起了。我一直在想光翼支付还没打进哪个行业，好像目前体量最大的就是新零售了。”

“这个小姑娘，有话就不能好好说？”乔飞明笑着鼓了下掌。

华年松了口气，她刚才是说中了关键点了。这才是她的杀手锏。这些日子的废寝忘食没有白费，华年心里大定。这些日子，她做得最多的工作就是研究光翼集团的几大核心业务的数据。这些年，光翼除了本行电商平台外，又大量收购了游戏、影视、旅游、出行，商业地产等等与日常生活息息相关的公司。这些公司的业务看着十分庞杂，似乎每个业务都是中心，这些业务又似乎在每个领域都风生水起，然而剖开细看，收购的轨迹似乎都有一条主线牵着，而这条主线，华年发现就是这几年光翼飞速发展的货币支付系统。每个光翼收购的公司都在第一时间完成了光翼的支付系统的嵌入。速度之快，规模之广，让华年吃惊。还有什么比控制人的货币支付习惯更大的生意？这是所有生意的终极。人们支付习惯终究要改变，纸币总有一天会被淘汰。带一只手机走天下，随着互联网更广泛普及，在不久以后就会实现。或许将来会出现代替手机的承载，然而这并不影响光翼，只要牢牢控制了货币支付习惯，还有什么不是尽在掌握中的？这是所有核心业务的核心。乔飞明要打造的是一个互联网金融王国。这才是乔飞明天大的野心。而华年刚才举的那个例子已经说明了这一切，这是最生动的比喻。她相信在场的大部分人都懂她在说什么。她没有机会参与的高层会议必定是已经讨论过这个决策无数次。华年不用言明。说话留三分白，她为自己的高明得意。虽然她还是为乔飞明的那句小姑娘在心里嘀咕了一下，可她知道乔飞明的那声鼓掌是对她的最大肯定。

Miss周也笑了：“华年还是小朋友，周末来家里吃饭也穿这么正式，汪总别介意。”Miss周一边说一边笑着对汪雷波举杯。华年第一次见Miss周这样的笑容，这笑容华年很熟悉，是小区门口发传单的房产中介的，是一户户敲门推销新款治脱发产品的销售员的。果然每个人都会这么笑的，只看对着谁。

汪雷波和Miss周轻轻碰了下杯子，从桌子底下掏出一个边角都磨出毛边来的公文包，把华年的报告往里面一塞，然后突然地把身子往后一仰，笑着对全场的人说：“今天倒是没白来。”

所有人都笑了。这笔生意要成。华年猜。

最好的年纪富可敌国

在这样的年纪就富可敌国，这是一个现代人类能想象出来的最好的人生。

吃完饭，乔飞明招呼汪雷波、Miss周和几个朋友到雪茄室去了。华年她们便换到了花园里喝下午茶。

五月的阳光正好，大家谈性正浓，华年却懒洋洋地发起困来，便找了花园的一处角落，躲着去打盹。

“你进步这么快。”头上突然有人对着华年说了句话。华年一惊，立刻抬起眼睛来，没想到却是颜顺昌。

这么隐蔽，他特别来找我的吗？华年突然想起那些关于她和他的谣言，立刻警觉起来。

“颜总好。”华年敏捷地一个翻身坐了起来。

“好客气，叫我戴维好了，我朋友都这么叫我。”颜顺昌说。

华年心里更加狐疑，不会真是特地来找我的吧？

“戴维……”华年想说些什么，可叫了声名字后，却突然又不知道要说什么。空气尴尬地结了霜。

颜顺昌，不对，颜戴维，脸居然也都微微发了些红。

华年心想，这下坏了，她并不期待谣言成真。

“那一直和你一起的小姑娘叫乐宝的怎么今天没来？”颜戴维问。

华年这下子才是真的在心里把脸涨了个通红，原来人家迂回曲折在打听乐宝。这自作多情做的。怎么公司会有她和颜顺昌的流言？亏得白西娅对她横眉冷对那么多日子。

华年正要回答，冷不防又有人说话：“你们躲这呢。”

华年一听这声音，便知道来人是谁了，只是吃惊他怎么会来？但心里又想，整个家都是他的，他爱在哪就在哪，不是么？来人是乔飞明。

乔飞明笑着对颜顺昌说：“抱歉，打断你们了。”

颜顺昌连忙与乔飞明寒暄了几句，便找个借口走开了。

乔飞明对华年说："走，散散步去。"

华年一单独对着乔飞明，便觉得有寒气从脊柱骨里冒出来。她想起自己以前第一次和他对话时的无畏，真的是有些佩服自己的无知。乔飞明却是自在得很，一边走一边向华年介绍路边的花花草草。华年听着。以前想着在上海有房有车安身立命就好了，或者进一步可以做个富豪。只是那时她对这个富豪的概念是极其模糊的，她觉得大约就是想买什么就能买什么的意思。进了光翼战略投资部以后，这个概念才逐渐地具象化起来，或许这辈子可以赚个两个亿，然后买豪宅豪车，富足过完余生。然而，真正让华年明白了富豪的意思，就是眼前这个乔飞明。原来富豪还真是她以前想的，想买什么就买什么，只是这想买的东西，却是她以前怎么也想象不到的。私人飞机、私人岛屿，甚至可以买下一个城市。然而，也可以什么都不买。再也不用买什么了，不是吗？而眼前这个做到这一切的人今年才三十六岁，这是一个男人多么好的年纪。在这样的年纪就富可敌国，这是一个现代人类能想象出来的最好的人生。

乔飞明夸华年："今天的发言准备得不错。"

"这只不过是在光翼这些年工作学习的积累。"华年说。

乔飞明笑起来，"对圆融和圆圆中国，你觉得应该买哪家？"

华年没有立刻回答。她想起宋星河昨晚的提醒，独裁者的军师，帝王的心术，小时候看的史书……刚才的发言虽然艰难，可是都没有难过这个问题。这才是今天这餐会的核心，乔飞明刚才在餐桌上没问，华年以为今天她不会再碰触到这个话题。没想到这会乔飞明会特别单独找她聊。然而，其实又有什么难？她已经有了自己的思路。

华年让自己的声音尽量地轻柔而又缓慢。"都买下。"华年说。

乔飞明不说话，只拿眼睛盯着华年。

华年深吸一口气，继续说："先买下圆融51%股份，成为圆融最大股东，再以圆融为主体融资，买下圆圆中国。"

华年也盯着看乔飞明，她要看到他脸上的每一个表情。

"光翼没有那么大的现金流，融资更加不容易。毕竟我们这些年与资本没有打过大交道。"乔飞明说。

“先打小交道，再打大交道，不都是这样的吗？储备了那么久的粮草，不就是为了在攻克最关键的城池上用吗？今晚那些投资人哪敢白吃您的饭？他们也没有时间吃闲饭。”华年尽量让语气轻松。

乔飞明眼睛射出光芒。以前，华年在书上看到眼睛射出光芒这几个字时，她总觉得是瞎扯，能射出光芒的那叫手电筒。可今天华年才发现这几个字真是天下最好的形容词，刚才乔飞明的眼神真的就好像浓浓重压云层里的那道惊雷，炸破天际。

华年笑着：“新中国还没有百年企业，我想乔总的理想甚至都不一定仅仅是百年。”

乔飞明也露出了微笑；“谈谈光翼金融网络的布局。”

华年一本正经：“刚刚参会上谈到的变革，殊途同归，您想要做的一直都是变革行业。而所有的变革相互间一定是相辅相成的，买了钻石总不能用铜做戒托。哎呀，和乔总谈这些‘术’有什么意思？您该骂我不学习了。”

“你这番话就值颗钻石。”乔飞明笑。

华年听到也笑了：“钻石倒是能卖点钱，乔总还是直接给我涨点工资吧，我要养我男人呢。”

“哦？你这样的小姑娘还要养男人？”乔飞明说这话时，拿出一副老板的派头。

华年还是开起玩笑：“哪里哦，来上海这些年过得很不容易，朝不保夕的，一直都是我男朋友养我，所以总想赚大钱报答他。”

乔飞明大笑：“都说女孩养大了不是自己的，你父母该伤心了。”

华年说：“我和我妈妈在比赛呢。我们约定好，她在我们家乡办企业，我在上海白手起家，我们要比比看，十年后谁比谁行。”

乔飞明更来了兴趣：“原来学习得这么快是妈妈教得好啊。”

华年环顾了下四周，和乔飞明谈这么私密的话题，她有些不习惯。

乔飞明已经笑着问：“是不是觉得我这个家土得很？”

“怎么会？这里的女主人在名媛界都是出了名的好品位。”华年说。她依稀想起一些杂志上有关乔飞明夫人连子仪的采访。最让华年印象深刻的是一篇关于珠宝鉴赏的文章，连子仪打的那个著名的比喻。品位要是能用钱堆积起来，钻石和玻璃又有什么区别？

乔飞明笑："娶她的时候，这房子就造好了，否则怎么娶得进来？"

"乔夫人可是人人羡慕的大家庭出身呢。"华年连忙说。

"那时候刚赚了钱，总想着娶个大家庭出来的。子仪品位是好，你看客厅那几幅画就是她选的，只是她品位太好，所以老是嫌我品位不好，我嫌烦，就把她送到世界各地玩去了。"乔飞明说。

华年还真没想到她的一句夸奖，引来那么一番话，真的是自己把自己逼到了接也不是不接也不是的地步。不上不下的人生里真是最多的就是顾忌。还好乔飞明并不等华年接话，便说还有事，就走了。华年送他。乔飞明走出几步，看华年还在身后送，笑眯眯地转头："你听过独裁者的军师这个说法吗？"

华年脑子里轰隆隆奔雷而过。好容易强迫镇定下来，也只得装傻："我最喜欢的独裁者是曹操，最喜欢的军师是荀彧。"

"我有个高中同学叫宋星河，这个说法是他告诉我的，以后有机会介绍你们认识。"乔飞明说。

那个华年一直在猜是谁的宋星河，这下她终于知道他是谁了。

安静的东方明珠塔

很快，我们都会嫌这里土气了，像所有的有钱人一样。

再次去乔宅是一个星期后。

乔宅的花园有一块巨大的太湖石。华年的外公曾经说过，以前家里也有一块太湖石。华年经过乔宅这块太湖石时想起外公的这句话，突然就来了兴趣，停了下来，开始仔细数石头上的孔，一遍遍，数不清楚。

华年数了好久，乏了，转过身，看到的是一个熟悉的背影。他站在太阳里，认真在看前面的花圃。花圃里有玫瑰、牡丹、丁香、紫罗兰……规整在一起，居然能雅致，也是不容易。

“宋先生。”华年叫他。

宋星河没有回头，只是问她：“很漂亮，对不对？”

华年走到他的身边，她有太多的问题必须要问他。

宋星河终于转过身来。华年看到他的脸，在灿耀的阳光里，却没有一点温度。华年什么都问不出来了。

“这些花是她种的。”宋星河说。

华年突然什么都明白了。两个高中时代的好友都提到了她。那个指挥着花匠打理好这个花园的，在这个巨大的房子里客厅里摆上油画的，那个这间房子的女主人连子仪。乔飞明说嫌她烦，把她送走了。可是她的花她的画还留在这里，还有那些对她的仰慕。刚才怎么就真的误会了她是个俗气的女人？华年想。

“你们合起来戏弄我？”华年问。

宋星河笑了起来，“我和他合起来，估计能戏弄一个国家。”

那么她有一个国家那么贵？当然没有。简直在自取其辱。华年恼怒。

“你终于承认你的身家了。你果然也是那个世界的人。”华年说。

宋星河笑起来：“我从来没说过我穷。”

他真的从来没说过他穷。华年找不出任何逻辑漏洞，只好迂回：“你为什么又不开心？”

宋星河抬头看华年：“我挺喜欢你的，要不做我的女朋友？”

华年伸手弹掉花瓣的一滴水，深思。华年说：“卖艺不卖身。”

然而，宋星河的眼神是认真的。

华年这才真的紧张起来：“我有男朋友了。”

“马上他就只是你前任了。”宋星河说。

“我要和他结婚的。”华年说。

“你所有要的东西，我都可以给你。”宋星河的眼神是最诱人的爱丽莎。

华年摇摇头：“我要的东西，自己可以买。”

“你的理想是什么？”宋星河笑了。

“理想是什么东西？可以吃吗？我只想赚钱。”华年也笑。

“那么，你要的，我都可以给你。”宋星河说。

要是别人说这番话，华年已经恼怒。可是宋星河，这个宋星河，华年知道他只是这么想的，然后就这么说了。本质上，宋星河是个书呆子。或者说他太聪明，看透一切的。他也看透她了吗？起码他懂，这话他对她说，可以。

“我要和他结婚的。赚钱是为了把他养得白白胖胖的。”华年再次说。

“你对自己就这么有自信？”宋星河问。

华年点点头。华年肯定。宋星河笑着，不再说话。

华年和宋星河一起走进乔宅主楼。乔飞明的助理早已经到大门的地方等着迎接他们，带他们到乔飞明的会客室。这是等宋星河的。华年想。

今天很冷清，只有Miss周一个人在。

乔飞明看到他们就问：“你们一起来的？”

华年连忙说；“我在门口遇到宋先生的。”

“宋先生……星河，看来要我帮你们好好介绍下了。”乔飞明说。

宋星河脸上突然有了笑容，对着华年说：“也是，一直都没有好好自我介绍过。”

乔飞明笑：“星河是新阳基金创始合伙人。”

收购颜顺昌时那个最强劲的对手新阳基金？华年想起那晚，收购失败后，一一打电话安慰颜顺昌创始人团队的那个新阳创始投资人，让颜顺昌瞬间崩溃大哭的那个最敬重的人，居然就是眼前的这个宋星河。新阳基金是中国最有影响力的基金之一。华年之前听过许多关于新阳基金的事。其中最传奇的就是这个基金的真正掌门人。投资业界稍微资深的人都知道只是个摆设着花瓶，外界看到的新阳基金CEO只是为新阳出来做公关的，是个跑龙套的，新阳真正的掌门人十分神秘，连名字都鲜有人知。原来这个人就是宋星河。和她猫在一个小店里吃耳光馄饨看夜行人的，给她分析各种案例的，或许她已经很熟悉的那个宋星河。

他和乔飞明合起来岂止可以戏弄一个国家？他们可以买下来。华年的心冷了下来。

“现在你是不是可以好好考虑我刚才的问题了，毕竟有乔飞明做担保，我不会是个骗子。”宋星河说。

华年虽然吃惊他居然当众能说这样的话，但立刻便明白。看穿了，不过是一场傲慢的做作。他这样的人，有什么话不能当众说的。他就想告诉你这个。

华年摇摇头。她只能摇摇头，她这样一个小人物，与他不同，很多话是不能当众说的。

乔飞明和宋星河相视一笑，连在他们身边的Miss周也笑了。宋星河对着华年比了下大拇指。

华年看到乔飞明和宋星河相触在一起的眼神时，终于彻底明白。原来刚才那一切不过是个试探，看看她是不是富贵不能淫，测试测试她会不会一遇到大富豪就飞奔着把自己送上去。亿万富翁玩弄平民百姓的戏码？华年应该生气的。可是她不能。她只是庆幸，庆幸自己又一次通过了测试。一次次的测试，为什么会有这么多的测试？华年苦笑。高位者为低位者设路障看起来很可恶，可是总比不给你设路障强。再困难重重的路，起码还有路。

“刚刚我和Miss周商量好了，这次圆圆中国、圆融的案子由你来负责。”乔飞明说。

华年笑。然而她心里翻腾着，说不出的难受。

宋星河却像个没事人一样，“这个案子交给她，我也挺放心。”

Miss周看着华年，她的眼神上下翻动着，但还是透着那股永远的专业犀利。Miss周对着华年说：“好好干。”

就这样，华年正式成了圆融和圆圆中国收购案的负责人。

那天之后接下来的半年多时间里，华年再也没见过宋星河。华年倒在了圆融、圆圆中国这个案子里。乔飞明出行开始叫华年一起，和Miss周一起。和乔飞明工作是非常愉快的一件事。他决断很快，圆融的收购案虽然有曲折，但是乔飞明本来就是个能遇佛杀佛的人，更何况他还握着Miss周和华年这两把利刃。半年多下来，圆融、圆圆中国收购案已经到了收尾阶段。

华年越来越老练，和人谈判时，与Miss周的冷峻不同，她总是在谈笑风生中拨开他们的血肉。乔飞明最喜欢夸华年有灵气，说她做事情领悟得很快。华年笑着回答，我小时候阅读理解这块一直很下功夫。乔飞明笑了很久。

华年很快就涨了工资，涨的幅度很吓人。半年的工资就足以支付市中心一套三室一厅豪宅的首付。华年动了这个念头，脑子里立刻已经转了几圈，马上找到了几个关键人。她现在驾驭人际关系的技巧已经炉火纯青。立刻她就买到了现在炙手可热的上海外滩一个著名豪宅里的一套公寓。虽然是里面最小的户型，也足足有150平米。听说这种户型市面上很畅销，转手出去就能大赚一笔。华年毫不吝啬，给了中间人一大笔好处费。这些年工作下来，她早就深谙此道，绝对不亏待任何帮助过她的人。

买房子之前华年谁都没说。签完约第一个就告诉了于成龙。当然，这次房子签约她不用去排队。华年特别去接于成龙下班。她一直没有买车，不能增长的资产就是浪费。

华年带于成龙去看她的新房子。门口的保安穿着制服帮她开出租车车门。售楼小姐躬身在门口等候，裸露的双腿在寒冬里瑟瑟发抖。华年感觉到于成龙的身体也在瑟瑟发抖。于成龙是什么都藏不住的。华年让售楼小姐带他们去参观样板房，让售楼小姐把房子按照他们专业的售楼模式，从头到尾完整地介绍了一遍。

从小区出来的时候，于成龙还在发抖。于成龙问华年，“你哪里来那么多钱？”

华年一时回答不出。她想起去年的那场大吵架。和宋星河在乔飞明家里见过之后，她忍不住在于成龙面前说起来这件事，在他面前当然是换了个方式说的，带着点得意，带着点自豪。以前每一次有男人和华年示好，于成龙知道后，总是会紧紧抱着她，把她当宝贝从头到尾哄一遍，华年很享受他为她的嫉妒。然而那一次，于成龙却是出乎意料地大爆发了。他狠狠摔了华年的手机，摔一次还不够，捡起来再摔，直到把手机摔成粉碎。华年吓到了。她从来没见过这样的于成龙。原来每个男人都是这样的。华年想起小时候陈老板和若飞吵架时候的咆哮，陈老板也是这样，把拿得到手的东西都狠狠摔了。那天华年拿这样的于成龙一点办法也没有，只有大叫着我爱你。华年一边哭一边叫，叫了十几声之后，于成龙才停了下来。最后，于成龙狠狠抱住华年。华年明白，他也拿她没有办法。他们彼此都拿彼此没有办法，他们相爱着，但是越来越拿彼此没有办法。

华年在手机上翻出她的工资单，一条一条给于成龙看。

后来那天他们还是去吃了猪肚鸡火锅，照例的，在他夹给华年的牛肉里和好了。华年亲亲他。华年又欢喜起来。她和于成龙终于有了自己的家。是她买的，不是他的父母的，是可以完全属于他们的小天地。华年和于成龙一起打电话给若飞和陈老板，告诉他们这个喜讯。若飞很开心，陈老板已经操心起家具的事情。这是这么多年以来，若飞第一次主动说要来上海看看华年。陈老板一直和华年说，若飞有多忙多忙。华年知道若飞忙。每年大年三十她从上海赶回家，若飞都还没回到家。华年一般待到大年初二就会回上海。若飞却大年初一就去上了班。若飞真是拼了命的。

华年听说他们要来上海，实在开心得不成样子。于成龙也说到时候等陈老板若飞来了要带着他们去哪去哪。整个气氛都欢腾起来，是所有美好的雏形刚刚被定下来的那种喜悦。

房子，是扎在所有飘在上海人心里的命根子。这下子，一切都安定。这下子，那些缠绕她那么多年的梦里血红的眼睛终于可以闭上了。

过了几天，华年和乐宝说了买房这个事情。

华年约乐宝去了外滩一个老牌餐厅。乐宝很喜欢这里的龙虾，这里的龙虾装在一个透明的罐子里，尤其显得矜贵。

好久没有和乐宝吃饭了，想想居然都有半年多了。华年带着歉意说，“随便点，我来买单。”

乐宝眼睛笑着，“这么久不见，当然是我来买。”

“庆祝我买新房子啦。”华年说。乐宝的工资水平华年大约是知道，虽然涨了一些，毕竟乔飞明的秘书也只不过七十万年薪，Miss周的秘书总不能越过乔飞明的去。华年实在不舍得让她花钱。

乐宝眨着眼睛说：“我请。庆祝我交新男友。”

华年这才注意到她身上衣服竟然全部已经换成了不显山不露水的香奈儿套装，很低调，只有扣子上一个小小的山茶花宣誓着这是富豪的专属品。

“谁这么好运气？”华年小心着问。

“你认识。”乐宝用从餐刀细细挑出龙虾肉，“颜顺昌。”

华年一愣，但随即明白了。她想起那天颜顺昌对乐宝的打听。只不过这样的打听对颜顺昌这样的男人应该是稀松平常的，可以有个几百几千次的。华年那天回去虽然特别告诉了乐宝，也不过是为了让她开心开心。没想到真就成了。颜顺昌是离了婚的。这是好事情。

“那倒真该是你请。”华年问她，“什么时候的事情？”

乐宝笑起来，“都快一年了，你和我说完没多久，他就来找我了。”

一切都很好。

乐宝有了新男友，她有个新房子。华年很舒心。那天她们喝掉了整整一瓶纳帕酒庄1990年份的红酒。两人拥着醉醺醺的彼此一起望了许久窗外东方明珠塔的灯光，安静的东方明珠塔。

若飞和陈老板来看华年，已经是三个多月以后的事情了。若飞只有一天的时间。新房子还没搬进去，她们三个人挤在她原先租的狭小房间里。陈老板睡在沙发上，华年和若飞挤在她的那张小床上。半夜华年听到陈老板和若飞此起彼伏的鼾声，心里好安定。

这么多年，在上海有于成龙有乐宝，好像是不孤单的。可是一看到他们，突然就一种孤单涌了上来。原来这么想他们，只是平时都忘记了。想念可以忘记吗？欲望最大的武器就是障眼法，识穿可能需要一辈子的时间。

那天华年睡得很晚。起来的时候，若飞已经端着一碗鸡蛋面送到床边给她。她闻到厨房里传来爆葱花的香味，便知道陈老板在烧饭。

窸窸窣窣的，华年听到若飞对陈老板说："你歇着去，我来吧。"

"你那个手艺，小年哪吃得惯。"陈老板说。

从小就是这样，每个早晨都是在陈老板爆葱花的香味里，在陈老板和若飞的悄悄话里醒来的。那个叫杜华年的小女孩，被逼着吃早饭，被逼着喝牛奶。华年掉出大颗大颗的眼泪。

"哭什么？"若飞有些吓到了。

华年突然抱住若飞，撒娇地扭在她的身上。若飞的身体很柔软，已经松垮掉了，可抱着的时候却仍然能感觉到当年的风姿。华年已经懂这些。她真的长大了，她知道。

华年一边大叫妈妈一边大声哭得止不住。哭着的人最经不住别人问哭什么。若飞端着面，一口口喂华年。

华年终于止住了哭。她吐吐舌头说："都怪你们昨天打鼾，我没睡好，哭给你们看。"

陈老板在厨房听到，一边大笑一边大声问："你妈现在打鼾厉害还是我厉害？"

华年认真想了下，才回答："妈妈厉害。"

陈老板开心极了，拿着铲子跑出来对着若飞说："我都说了你现在打鼾比我厉害，还不信。"

若飞笑骂了他们几句。陈老板啧啧着回去继续烧菜。

若飞和陈老板只待了一个晚上就走了。华年想着带他们去外滩吃顿饭也来不及。外滩还是好的，全中国只有上海有这么一个外滩，起码接待外地来的人首先要去外滩。

华年想起她在外滩未来的家，想起那天和乐宝醉眼里的东方明珠塔。很快，我们都会嫌这里土气了，像所有的有钱人一样。华年想。

温暖的江

以前马来叔总说，这样的天就要浸在江里才痛快。

外婆呵斥了华年，华年却留了个心。再有凑到大人酒桌上的时候，她便特别留意听马来叔的事情。那段时间外婆却总赶她，笑着和大人们说七岁的孩子狗都嫌。华年听了许多时日，华年才总算在零零碎碎间发现这酒桌上的人说起马来叔，好像都咬牙切齿。华年实在不懂，这个天底下对她最好的马来叔怎么就变成大人都讨厌的人？大家都说他是个害人精，成会的钱都敢卷走！

在那个小城，也不知道哪朝哪代开始，就有了个“成会”的习俗。本来也是好意，领里互相要帮助的意思。谁没个头寸短的时候？于是谁要钱急用或者要些做生意的本金，周围的亲戚朋友邻居便每人拿出钱来，凑起来成个会。钱放在公账里，每个月投一次标，投标的时候谁出的利息最高，谁就是当月会主，这笔钱就全归会主调用。会主则要按时将利息付给帮你成会的人。成会一个轮回有半年期有一年期，长的也有三年期。到期了，这会要是没人提出来解散，那便继续下去。

这样的成会最早还是救过许多人家急的。谁谁家娶媳妇没钱装修啦，谁谁家老人家看不起病啦，谁谁家小孩子读不上书啦，都是靠着这成会的钱。

直到华年五六岁那会儿，这样的会才一夜之间成了事。听说，到最后好几百个人一组的都有，滚出的钱都是成捆成捆的。成捆成捆的钱华年从小每天见，不稀罕。怪只怪那几年钞票突然多了几个面额，印着慈祥毛爷爷头像的百元大钞唰唰唰从造币厂飞滚着出来，飞滚着到了这个小城，飞滚到了外婆的八仙桌上。成捆成捆的百元大钞，是祸。外婆这么说。

马来叔出成会的利息也和给华年买零食玩具一样，是最大方的。每个会次次都是他标到会主。大家也都欢天喜地地拿着他的利息，给自己的孩子买越来越贵的零食玩具。

马来叔不仅大方，穿衣服比一般人都要整齐体面。他以前特别去了一趟上海，买回来了一身意大利西装。他天天要穿戴好那身西装，打上领带，系上金袖扣，带上金表。大家虽然嘴上都笑他装老华侨，可那时他到哪都受待见。

华年向外婆问起马来叔的时候还是秋天，转眼便到了春节。

那年的春节居然下了雪。在这个南方的小城，整个童年，华年只见过这么一场大雪。小城地气热，往年雪有时倒是下的，可是落了地便化掉了。没想到那天这雪竟然慢慢地积了起来。这座小城，虽然三五步就有工厂冒着黑烟。这雪一下，天地还是白茫茫融成了一片，连黑烟囱都白净了起来。所以这个新年大家过得格外热闹，走出三五步，就要停下来看一场烟火。

从华年懂事以后，每个大年初三外婆总是要打发她去马来叔家叫他来家里吃新年饭。外婆的八仙桌只春节的时候不对外，除了马来叔，其余人一概不请。外婆总说，马来叔孤零零一个，饭碗都凑不成双，可怜着。华年也十分乐意去跑这个腿，哪个小孩心里不馋着压岁钱。马来叔年年又都是一百两百地给。

那年却只不过是大年三十，华年就被若飞端端正正地给打扮好了，穿上了新衣服，扎上了大红花，眉心还点了一颗朱砂痣。外婆把华年叫到跟前，嘱咐她去叫马来叔来吃年夜饭。华年一手抓着偷偷从家里拿的金银树，一手抓着半只剥好的橘子，像往年一样，一溜朝马来叔家跑去。

往年华年来马来叔家，他家总是大敞亮着，进进出出都是人，热热闹闹的。可那天，他家的大门却紧紧关着。华年敲酸了手，也没人应。华年就蹲在门口等。那时华年虽然才刚入学，外公却早早已经教她识字背诗。华年一边等着，一边就把马来叔家门口一对褪了红的旧春联背了下来，“麟盘祥院人才旺，凤舞高门事业兴”。等了大半天，小华年实在没了耐心，这才蔫蔫地回了家。一路还一直念着“人才旺”“事业兴”，心里又还惦记着马来叔的压岁钱。

华年还离家远着，就看到外婆若飞陈老板在家门口齐刷刷站了一排。看到她回来，若飞陈老板拥上去就问，你马来叔怎么没和你一起回来？华年被吓了一跳，以为自己做错了什么事，哇的一声哭了出来，只嚷着，马来叔家空着门呢。外婆连忙将华年一把搂在怀里抹眼泪，对着若飞和陈老板说，钱没了就没了，别吓着孩子。

陈老板和若飞都沉默着许久没说话。

那个春节，家里便没人再提起马来叔。

过完了春节，八仙桌重新开了宴席。华年才又在八仙桌上听大人们说起马来叔。先是说他生意确实倒了，然后便有人猜他欠了多少债，猜的这个数字一次次地往上加，越来越吓人，十万，五十万，一百万……每个人都知道了马来叔欠钱逃了的这件事。渐渐地，华年听到越来越多的人开始骂马来叔，一句比一句凶，又有许多人因为马来叔吵了架，有时还推推搡搡起来。

那个时候，在这个小城，到处是欠钱逃了这种事。华年那时刚上一年级，班级里一个同学的爸爸就是这样逃了的。同学还是每天来上课，只是铅笔盒用了两年都没换个新的，交班费次次要拖欠，被老师点了名，拉到讲台上站着去。

八仙桌上闹得轰轰烈烈，马来叔却还是杳无音讯。

华年再次听到马来叔的消息，是一年半以后。这个消息是报纸登出来的。那天华年放学回家，刚放下书包，外婆就让华年读报纸给她听。外婆虽然不识字，却爱听报纸上的奇闻逸事。每次华年读完，外婆都有浓浓的桃花羹做奖励。

那天，华年读着读着，就读到一则新闻：前日，本市一马姓男子与人发生纠纷，坠入江中……

外婆紧紧抓了下华年的手，让她再读一遍。华年便再读了一遍。华年看到外婆脸色瞬间白了下来。华年连忙去摇外婆。外婆好一会儿才说，没事没事。又催着华年赶紧去做作业。

当天晚上，陈老板就带回了消息，坠江的马姓男子就是马来叔。

原来马来叔并没有逃，他又回来了。他被人追债逼到了江边，他转身跳进了江里。陈老板说，捞上来后，穿着的还是那套西装，三件套，整整齐齐的，只是那对金袖扣和金表不见了。

如果马来叔有陈老板的本事，如果马来叔平日里不给她买那么多东西别花那么多钱，他是不是就不会死？那时华年经常这么想。

这个小城的夏天异常炎热，人只要动一动便汗涔涔的。以前马来叔总说，这样的天就要浸在江里才痛快。

马来叔跳江以后，华年去离家门口不远的江边坐着发了几次呆，这么热的天，这江水应该不会太冷的吧，只是和痛快是再也不会有任何关系了。

自从马来叔跳江后，外婆日日耳提面命，小心些生意，稍不留神家便败了。那段时间外婆一直叨叨着这句话，烧的菜不知道为什么总是要么咸了要么淡了，说话也不像以前那样利索，有一句没一句的，你说东她说西。外婆叹着气，年纪大了。家里八仙桌上聚的大人们也就一天来得比一天少，不过一两个月时间，竟然散了个干净。

八仙桌散掉之后，过了两个月，好好的外婆突然生了场病，在床上躺了一个多月。外婆把所有学徒招到床前，一人给封了一万的红包，嘱咐是让他们到外面做生意的本金，又嘱咐店铺里不再进货，现货却也不准打折出售，慢慢处理掉就好。就这样，四五个月后，外婆的店铺正式歇了业。

那以后，外婆偶尔会拉着华年的手说起八仙桌上一些的事情，虽然马来叔转身跳进了江里，那张八仙桌上的好几个人却是发达了。他们中有去国外发了家的，有去大城市里办了大企业的，好几位留在本地的，也因为小城特殊的政策鼓励，把生意做得风生水起。

外婆很喜欢拉着华年的手说话，小时候，外婆的手是有力而又柔软的。可慢慢地，华年的手心便感觉到的她手上的皮肤变得越来越干枯粗糙，她说的话也变得越来越含混。

水井里镇着的夏日的西瓜，晨霜时打出来的冬日的年糕。日子就这样在外婆手里摇着的蒲扇团里，一天天过去。

卷五

安娜的幸运

安娜是不是该庆幸自己比爱玛幸运？

那年的夏天特别酷热，外婆外公像许多老人一样，没有熬过那个夏天，相继去世。

以前小华年抱着外婆睡的时候，总是想，外婆老了，死了，该怎么办？有时想着想着就觉得又害怕又难过，于是她就会把外婆抱得更紧一些。

以前外婆常爱拉着华年的手把一张张黑白相片翻给华年看。照片上的男人们都清一色白长衫圆礼帽手里提着拐杖，气派大得不得了。外婆说当年他们各个都做过了不起的大事业。那时的华年看着这些古旧的黑白照片却只觉得阴森恐怖，经常一看到便哇哇大哭，并不管这些人其实是她的曾祖父曾曾祖父们，就觉得他们是些死人。

外婆和外公也变成了照片。

姑奶奶家的后山是华年家的祖坟，那里本来是绿油油的一片好山脉，可后来山脚下除了姑奶奶这一户人家，家家户户都在院子里搭了棚摆上了几台制鞋机，到处摊开晒起了塑胶鞋垫。这些塑胶鞋垫腐蚀掉了青草的芬芳，留下一股浓重刺鼻的化工味。

姑奶奶隔三岔五就要送东西到华年家来。华年只喜欢姑奶奶送来的蜜沉沉。据说这蜜沉沉要三蒸三酿，很是难得。要不是姑奶奶，也不一定能得来。陈家人长得都好看，姑奶奶也不例外，姑奶奶住的小地又总归俗气些，生得好顶重要，不比城里，还要看文化程度。姑奶奶年轻时凭着姿色在地方赚出了点名气，有的是愿意为她效命一辈子的知己。这些蜜沉沉都是那些知己们孝敬来的。若飞总说，他们陈家一家人都风流。

姑奶奶也经常送些走地鸡来。姑奶奶养了很多走地鸡，自己舍不得吃，也舍不得卖，一只只送来给陈老板和华年。陈老板最爱这些走地鸡的肥美，华年却被娇惯出了毛病，嫌长得太过土肥滚圆，从小就不沾一口。姑奶奶两个儿子先后都得了癌症，走了。姑奶奶重男轻女得很，这些走地鸡只舍得留着给男娃子吃。他们常年喝着姑奶奶炖出来飘香十里的鸡汤。

养鸡的姑奶奶是陈老板的亲姑姑。姑奶奶一辈子都十分好强，前几年看着这一路上来来往往川流不息的拖拉机，还想和人合作开个土加油站。最近几年是死了心，她养了两个儿子两个女儿，两个儿子这些年陆续都得了肝癌，检查出来不过几个月就匆匆地走了，她又向来觉得女儿不顶用，于是便把还要做点什么事情的想法通通打消，只把余生所有的热忱都倒在了她兄弟身上，她兄弟走了之后，又把这个热忱倒在了她兄弟的儿子陈老板的身上。

华年出生的那个热气腾腾的小镇，经济名列全国前茅，癌症得病率也名列全国前茅。全上海最好的医院最好的病房都住着华年家乡响当当的大人物们。华年想起家门口那些冒着黑烟的化工厂。有关系吗？或许有，或许没有。然而，华年不管，把所有的罪过推到它们身上。

给灾难找个借口，才能喘口气。想喘口气，有什么错？

若飞拿出了姑奶奶送来的蜜沉沉。每次若飞拿出蜜沉沉的时候，家里都有喜事。华年喝了一小口，还是甜丝丝的。可是她不确定，这是不是小时候的那个味道？是因为刚才恍惚间忘记了加姜丝话梅？还是这几日没睡，苦了嘴巴？华年不再去想，只是给若飞又满了杯子。

发现Miss周的这个问题是在圆融圆圆收购案的尾声。圆圆中国、圆融内部已经完成合并。在定名字的时候，乔飞明说，当然是中方收购美方。于是新公司定名为圆融。

Miss周做得十分仔细了，可还是被华年发现了。华年想了许久，决定还是先找她谈一次。

华年走进她的办公室。Miss周立刻让乐宝进来给她倒茶。华年喝了一口茶。Miss周又让乐宝先出去，顺便把门关上。

Miss周笑着问："昨晚的慈善晚宴怎么没去？你买的那张桌子缺了你，主办方都来问我。"

"饕餮创投营有课，冲突了。"华年尴尬一笑。

"也是，慈善晚宴也就是去看看露胸露屁股的，男的才兴头。"Miss周说。

"这个慈善基金我听说倒是正经帮人的，只捐赠志愿去山区支教的老师，主办方用心，连反腐败都想好了。"华年说。

"起头的罗宾森是我以前的老上司，前几年心脏不好，只好退了休。退休后，他就一门心思做慈善去了。他在我们这个圈子影响力大，圈内很多人每年都要去支持他的。他以前也帮过我不少，难得的是到现在还想着我。"Miss周看着华年。

"是是，静默的时候，我托人拍了两件。"华年连忙说。

Miss周笑，"昨天一副版画拍到了一百二十万，我都不知道画家是谁。"

"大约新晋的，有才气吧。"华年说。

"有没有才气我是不清楚，但看来又有人有运气了。"Miss周说。

"是是。"华年连连点头。

"让你破费了。"Miss周说。

华年连忙又说哪有哪有。说完却再也没有其他话了。

Miss周却突然走到华年前面，看着她，"谢谢你先来找我。"

华年也抬头看着她。她并不吃惊。应该如此。她怎么会不知道她知道？她去查，自然有动静。这样的动静，她要是不察觉才奇怪。

Miss周看着还是十分冷峻专业，但华年明显感觉到她的声音有些发抖，更何况她也难得这么多话，句句还都是提醒她要记得承恩过的。看来这事，连Miss周害怕了。毕竟利用职权做这么大宗的关联交易，这么明目张胆地偷公司的钱，不仅要官司加身，有进监狱的可能，而且一旦被乔飞明发现，估计会有比坐牢更加痛苦的事情发生。华年听过一些乔飞明的手段。

华年说："做这么危险的事情，真没意思的。"

Miss周说："怎么会没有意思？你知道成了的话，能赚十多亿。"

"可是你不缺钱。"华年说。

"人人都缺钱。看江景当然要敞开看，要在带露台的顶楼复式看。一个小窗户能看到什么？"Miss周说。

华年脸一红。她的房子就是只有一个小窗户可以看到黄浦江。华年犹豫。

Miss周站了起来，走到窗边，推开窗户。窗外，高楼林立，一成片一成片重重喘息着的阴影。

"你知道我为什么来光翼？"Miss周问华年。

华年想了下："这里是中国企业里最有前途的地方。"

Miss周摇摇头："到任何一个基金，我就是个真正的头。不用看人脸色，不用陷在复杂人事里。"

华年沉默。为什么？她也开始想这个问题。

"为了乔飞明。"Miss周说。

华年震惊。这是天大的秘密。真正的秘密。没有一点风声的。

"认识他就爱上他。十年。"Miss周唰一下拉上百叶窗，把那片浓重阴影关在窗外。房间更加昏暗。

"我想，等有一天，我比他有钱，他就能爱我。"Miss周转身，对着华年微笑。华年低头，不敢看。她是真到绝路了吧，才和她说这些。

"给我一个星期的时间，一定撤出，一分钱不取，还会把所有痕迹抹干净。"Miss周这次的确是在哀求了。

华年还是低头。这两年的事情在她脑子里呼啸而过。想起最多的，是她给她的每次机会，交织着她单薄的身体，和那被人笑着的巨大脑袋。没有她，她连那个小窗户也没有。

终于，华年点了点头。

华年从Miss周房间走出来。乐宝立刻追上来问她干什么这么神秘。华年注意到乐宝手上闪着的钻戒，看款式像是真的。她分不出克拉数，但看着有那些好莱坞明星手上的大小。

“要闪瞎我的眼睛？”当然得要夸的，买这么大的钻戒没人夸，等于一个人在家化上浓妆。更何况，乐宝刚才的问题她回答不了。

乐宝摇摇头：“有什么意思？本来想和你做个邻居，他却说以后给我在伦敦买房子。他说大英帝国的土地所有权是999年，中国才70年，谁知道将来有个什么变动。我不肯，绝食了一个星期，他给我送了这个，算是安慰。”

华年立刻感觉出来，乐宝正在被宠溺着，颜顺昌比方鸿之要爱她得多，华年为她高兴。谁给你买最大的钻戒，就是最爱你的人，亦舒说一定是这样的。华年不置可否。然而，不给你买钻戒的人，一定不爱你。这点华年是相信的。

乐宝说：“也并没有比方鸿之爱我，他比方鸿之有钱而已，所以也要让他的玩具看着更高级。”

乐宝又一次轻而易举看穿华年的心事。安娜[①]是不是该庆幸自己比爱玛[②]幸运？华年冷颤。

“你是拿着高薪的女金领，乐宝小姐！什么玩具不玩具的，你完全可以养活自己。”华年还是说。

“什么工作不工作的？不过是个门面。”乐宝凑近华年耳朵又一次问，“你刚才和她说什么？门关这么严。”

华年又只是笑。毕竟攸关一个人的性命。

乐宝也笑了：“是不是和宋先生的事有关？”

---

① 安娜，俄国作家列夫·托尔斯泰创作的长篇小说《安娜·卡列尼娜》女主人公。

② 爱玛，法国作家福楼拜创作的长篇小说《包法利夫人》女主人公。

“什么宋先生的事？”华年吃了惊。

“我都听说了。你现在有事情都不和我说。”乐宝大约觉得讨了没趣，脸上微微有了些颜色。她是最要面子的。

华年开始有些佩服办公室里无事生非的本领。颜顺昌的事刚过去，又来了宋星河。华年正想着怎么和她说。她办公桌上的电话响了，是Miss周找她。乐宝连忙进去了。华年庆幸这段对话被打断。

乔飞明突然叫华年去他的办公室。

乔飞明的办公室和两年前没有任何变化。只是入了秋，窗外的绿去了一大半，满目都是飞了红的梧桐，只是这红却没有半点温度，蒙了浓重的萧瑟秋霜。

乔飞明正坐在沙发上，喝着一杯咖啡。他不抽烟，一天要喝大量的咖啡。公司里和他亲近的人都跟着他喝起咖啡。只有华年虽然泡着一手好咖啡，却还是喜欢喝绿茶。从小养下的毛病。外公饭后总是酽酽一壶茶。他握在手里的紫砂壶，不知道被华年打破了多少个。

乔飞明让华年在他对面坐下，让秘书帮她泡了一杯碧螺春。他记性好得惊人，记得所有的事情。

乔飞明许久不说话，华年也默默不知该说些什么，只好看着窗外。

“是不是明年该种些海棠？”乔飞明问。

“海棠丰美，又没有香味，您应该喜欢。”华年说。

乔飞明看着华年：“你和当年的我真像。”

华年心里有鬼，被他看得心惊。华年和他的确像，也什么都记得住。偶然间谁说过一句的无关紧要的话她都记得。乔飞明说他不喜欢香味，不过是千万个饭局里一个普通饭局上的一句闲言。

“你喜欢什么花？”乔飞明问。

华年想了一下，“玫瑰。小时候我迷恋过一个童话叫《五月花公主》，五月是玫瑰最好的时节。”

“玫瑰很多人喜欢。”乔飞明说。

“很多人喜欢，我也可以喜欢。”华年说。

乔飞明笑了，“圆融圆圆的案子快结束了。”

他终于切到了正题。

一大堆话堵在华年胸口，险些就要喷涌而出，然而终究华年还是说：“是啊，快结束了，希望最后收尾顺利。”

“就这样？没其他话？”乔飞明看着华年。

“就这样。”华年犹疑了。最后还是点了点头。

从乔飞明办公室出来已经是傍晚。华年突然很想见于成龙，于是打电话找他吃饭，他说台里加班。华年回了家，蒙头便睡着了。

当了真的龙套

所有的大人物都在演戏。只有她这个跑龙套的，把这戏当了真。

半夜三点多钟，华年被一阵敲门声惊醒。她迷迷糊糊爬起来开门。乐宝连门都没进，就一把扑倒在她怀里。华年的胸口被大把的眼泪浸湿。她有些吓到。乐宝一向与她不一样，不爱哭。最痛的时候，都没有见她这样哭过。

华年等她哭够了，起来给她倒了杯热水。乐宝怔怔坐在那，一句话不说。

“是不是颜顺昌怎么你了？”华年的语气带着怒意。她这才看清楚乐宝脸上有微微的抓伤，所有不好的联想立刻汹涌而来。

乐宝摇摇头，她一只手拉住她的手，一只手从她随身包里掏出一叠厚厚的文件。华年接过文件，才翻看了几页，手就不自觉地抖了起来。华年已经许久没有看到张宗仁这个名字了。乐宝姓张，张宗仁是她的父亲。这份文件华年之前看到过影印本，上面的签名是Miss周舅舅的名字，如今却改成了乐宝的父亲，而这份文件的内容还是她上周查到的

Miss周关联交易的那份合同。

华年的心脏一下子就被一把尖锐的锥子重重钻了进去。她立刻明白了。Miss周说的一个星期搞定，原来是找了个替罪羊。

乐宝的身体都在发抖，她终于说话："我本来以为这次可以赚大钱了。Miss周让我爸代持，给我5%的代持费。十亿的5%，那是五千万。我以为从此可以不用再看任何人脸色了，颜顺昌的也不用看了。有了钱，他会真爱我的。"

华年捏紧手里的合同。这番话原来是天下大同的，她说过，Miss周也说过，如今乐宝又说。

"然后？"华年问。华年必须问。

"直到刚刚这份文件被颜顺昌看到。"乐宝发着抖，"我看他边看边脸色发白，就知道不对了。他说乔飞明不会放过我的。他立刻把我赶了出来，说从此我和他一点关系也没有。"

"颜顺昌……"华年气昏了头。

"你看我脸上的伤。"乐宝把脸凑到华年面前，一道道半新不旧的伤痕丑陋地蜿蜒着。

"颜顺昌根本还没有离完婚。他还有两个孩子。他老婆提出来，如果离婚，要他全部不动产和现金，否则就要打官司，平分他现在投资出去的股份。他舍不得钱，也舍不得孩子。前几天他老婆来找我，摊了牌。"乐宝说。

华年气得又发起抖来。可是又有什么办法？跑去找颜顺昌算账？骂他为什么欺骗乐宝？已经是在浪费时间。手上这几页的代持协议才是她和乐宝现在最大的危险。生死攸关。她已经看到她们抱在一起粉身碎骨的场面。Miss周当然要这么安排。这是最合理的脱身办法。她知道华年谁都可以不管，但不会不管乐宝。乐宝这步棋……难道从她决定用她的时候，就已经备下了？华年从脊柱里冷出来。可她已经答应帮她保守这个秘密了呀！可是她又怎么能放心？把柄捏在别人的手里，是一辈子的无法安眠。华年想起许久以前Miss周这样说过。让乐宝来背这个锅，再让华年来帮乐宝背这个锅，让她这个知情人彻底变成主犯，她才能真正安全。万无一失，Miss周还说过的，所有一切都要保证万无一失。

乐宝哭累了，已经沉沉睡去。华年给乐宝盖上了毯子。

那天华年以为她会一夜无眠，可是没想到她也立刻沉沉睡去了。什么梦都没有做。

醒来已经是中午。乐宝坐在华年身边，翻着手机。华年身上盖着她的毯子。

乐宝看华年醒来立刻把手机拿到她前面，“你看最新的公司邮件，Miss周被任命为圆融董事了。”

一切不是意料之内的吗？半个月前乔飞明问华年，你年纪小，和圆融那些老人工作有没有压力？

华年那个时候洒脱得很，大咧咧说：“他们两个创始人都不过是小屁孩，我比他们还大两岁呢。”她心想，现在的时代哪里还问年纪？科技迅猛发展，最新鲜的头脑才最受欢迎。下一代总比上一代好的，只是上一代人永远不承认而已。

乔飞明笑了。华年便知道他的意思。他想把圆融董事的位置给她。但她是不是可以越过Miss周去接手？宋星河的警告虽然一直悬在华年心里。可孩童怎么抵挡得住冰激凌的诱惑？华年忍不住想立刻狠狠咬上一大口。华年心里灼烧着，不知如何是好。

乔飞明一定是看穿了华年的担心，笑着说，是Miss周提议的。

华年想到这些，前后串联得更加清晰。原来是这样，Miss周本来要拿走十亿，当然便不再稀罕圆融董事这个位置。那样，她是必须要与这个项目的关系撇得越清越好。如今，华年不可能再去当这个董事了，而她又害Miss周损失了那十亿，她拿回董事席位也是天经地义。

我不杀了你，于是我被你杀了。华年连愤怒都没有了力气。华年想起宋星河最早和她说的，你应该只是乔飞明的刀。而她终究是在一步步前进的时候忘记了。于是她的愚蠢变成了刀，插进了自己的胸口。

乐宝又牢牢握住华年的手：“你说，乔总会把我怎么样？”

“他不会把你怎么样的。”华年反握住她的手，“你只是个执行秘书，没有经手过这个案子，他一定知道你是帮人代持的。”

“那我去告诉他，我是帮Miss周代持的。”乐宝说。

“你觉得他会信吗？Miss周和你的关系，会把十亿交付给你代持？乐宝，这是十亿。”华年说。

乐宝突然什么都明白了，她看着华年：“Miss周原来是要害你。”

没有人会相信Miss周放心把这样的大宗交易托付给一个秘书。然而华年托付给乐宝，所有人都会点点头的，那是自然的。谁都知道，她们要好得可以为对方舍生忘死。舍生忘死，这下子好像是真的到了生死关头了。

华年看着乐宝的泪珠又大颗大颗地掉下。她急切地看着华年：“去求宋先生，好不好？我知道，宋先生一定会救你。”

谁都不能救她。华年清楚。更何况她和宋星河根本没关系。他们已经一年没有联系。宋星河不过是乔飞明考验她的工具。

一切都听天由命吧！

华年又闭上眼睛沉沉地睡去。这一次，华年看到了马来叔。她看到他站在江边，微微对她一笑，然后纵身往下一跳。如果她也要纵身往下一跳，那么她一定要回到故乡去，跳到家乡温暖的江水里。然后每年的忌日，有爸爸妈妈给她做的她最爱吃的菜，家乡菜，用大米酒炖得酥烂的鸡，香香的葱新烤出的鱼，大火里炒出的油光光的嫩菜叶子……猩红的吃人的眼睛又一只只睁开。什么都不管了，好不好？好累。

华年提心吊胆了几天，终于好了些。公司是不去了。想着就算死，也要在死之前玩个痛快。乐宝也是这么个意思。可想了几个玩的主意，却发现这几年工作惯了，连玩都不会了，去哪都嫌闹哄哄的。两人干脆下了几十部片子，把窗帘一拉，昏天暗地地看起电影来。她们一起抱着台电脑，醒了睡，睡了醒。有时华年醒着，有时乐宝醒着，有时她们一起醒着。她们回到了十三岁那年，那年她们一起偷偷看漫画，说着初经人世的心事。可有时又会突然心里一紧，跳到了十七岁，那么她们就会立刻抱住惊恐的彼此，互相安抚颤抖的身体。

几天后，她们分别收到光翼集团发给她们的两封辞退信。仅仅是两张辞退信。并没有华年想象中的几个壮汉拿麻袋将她一套，扔江里填鱼腹，也没有警察冲进家里，拿强光灯照在她的眼睛上审问。

她们又等了一个月，还是什么事情都没发生。华年在杂志上看到，Miss周已经进一步被推举为新任圆融董事会主席。而华年，除了最初偶尔接到几个不知情人的电话，渐渐地，连电话都没人打了。倒是胖乔治，特地来约华年吃了顿饭，还顺便给华年送来了一个答案。

人生有时候很离奇，有时候帮你的是朋友，有时候却是敌人。

放过华年是Miss周做的工作。据说她动用了关系的老本，请了行业几个资深大佬出来为华年说话。又据说那时Miss周特地去找乔飞明深谈过一次，又有人听到办公室里传出摔杯子的声音，隐隐约约又听到了华年的名字。

胖乔治说，这个事情之后，Miss周在业内的名声更好了。当然，做生意都讲究个有情有义。胖乔治也夸Miss周，对一个不过跟了她三年的下属都如此之宽容有爱，真是个好上司。

华年问："那么是听谁说的这些事情？"

"你们部门的那个白西娅。长得挺好看的那个，好几个来传，都说听她说的。"乔治回答。

那个听说她和颜顺昌事情的，听说她和宋星河事情的白西娅。每个办公室都有个白西娅。

Miss周被供上了神位，华年成了一个小偷。没有一个行业会原谅小偷，更没有一个行业会同情炮灰。华年便是那粒微不足道的炮灰，自以为自己终有一天可以攀爬到顶峰。殊不知不过轻轻一阵风吹起的沙尘，就把她埋在了最深地底。

Miss周果然兑现了她当日的承诺，一周的时间，不取走一分钱，抹平了一切痕迹。

华年想起宋星河当初问过她一句话：你就对自己这么有自信？华年才明白，原来他才是最明白的那个人。他早就看透了世情，一直以上帝的视角看着她卑微地苦苦挣扎。而她却还在他面前自作聪明地卖弄。怪不得他这样的一个人物总找她聊天。到哪里还可以去找这样一个免费的傻瓜式的小丑娱乐自己？

宋星河在演戏，Miss周在演戏，乔飞明也在演戏，所有的大人物都在演戏。只有她这个跑龙套的，把这戏当了真。

华年想起这些年的辛苦，如今全部成了泡影。当初来上海时信誓旦旦要有自己一番天地，蹉跎数年，一事无成。她的胸口被水泥浇灌住了，重得她喘不过气来。

人这种以欲望为本能的动物，危险的时候，可以只想平安就好了。可真正平安下来，所有的不平便生了出来。

几年以后，华年还是常常回忆起这一段，去回味当时的细节，看看哪里还有阴谋的角落被遗落。

到最后，她只有一个惊奇的地方。那个时候，她居然一刻都没想到于成龙。她甚至没有给于成龙打过一个电话。

养兔子的萝卜

胡萝卜茄子都抗癌。

华年闲了两个月。有一天，接到了文武叔的电话。

华年看了下时间，是下午五点。

华年有些吃惊，自从文武叔事业有成后，十年内娶了两个漂亮老婆，然后就越来越自持身份，连平日里和华年说话都要特别摆出长辈的款，更别说给她打电话了。

“小年……”文武叔的声音有奇怪的泥浆味。

“您怎么有空给我打电话？”华年刚醒。她努力让自己的声音听起来清醒而又欢快。

“你妈妈你大伯你舅舅都在我身边，是这样的，你爸爸大概需要去上海做手术……”文武叔说。

“什么病？”华年吃一惊。

“胃癌。去年已经在这里做过一次手术了，你爸没让和你说。现在有些恶化，医生说去上海做好些……”

文武叔还说了什么，华年一点都听不到了。那个每天要跑三千米的陈老板，那个背影看着像阿诺德·施瓦辛格的陈老板，那个夕阳里穿着风衣港片英雄似的陈老板，他们和她说，他得了癌症。

癌症，华年一直以为是书上的病，是电视剧里的病，是她听说的朋友的朋友的朋友得的病。她家陈老板怎么会得这种病？而且，第一次手术没和她说。

华年想起那次意外的若飞和陈老板去越南的那场旅行，又想起那次他们突然要来上海看她。原来是这样。她好忙，忙到现在一败涂地，忙到错过陈老板的第一场手术。华年蹲在地上，用胳膊最大限度地抱住自己。

所有对死亡的恐惧在这时全部兑现。华年脑子里一张张翻小时候外婆给她看的那些黑白照片，有一天，陈老板会不会也和他们一样，变成一张照片？可惜她竟然不会哇哇大哭了。

两天后，华年到机场去接若飞和陈老板。这是她第一次去接陈老板。陈老板每次来看华年，总不让华年接，说是对上海的地铁熟得很，叫华年不要看不起他。当年他送华年来上海的时候，也是带华年坐的地铁。是啊，当年就是这个陈老板送她来的上海。这个中了她计的傻傻的陈老板。

这两天她总是这样想起陈老板，想起他给她做的每一顿饭，想起他带她逛的每一家商店，想起小时候她看一眼便买给她的每一件东西，想起他送她去玩的每一个地方，想起他在若飞责骂她时挡在她身前的背影，想他每次高高举起却从不落下的手。

华年不停地问自己，为什么是我爸爸得了癌症？为什么不是别人的爸爸？她想起哪个名人说过的，在灾难面前要微笑。去死！华年想。

陈老板远远走过来，还是神采飞扬的，看着没有一丝病容。他的声音还是那么洪亮，看见华年便来摸她的头。这次她没有躲开。这么多年以来，华年一直不允许陈老板和她亲近。陈老板却是百折不挠。

华年想过的，在被人责难时，一回到家就累得瘫倒在沙发上时，看到那些企业家带着女儿出席晚宴时，她想过的，陈老板要不是我爸爸就好了，我爸爸要是谁谁谁就好了。可是现在她谁都不要了。她只要陈老板。这个让家里负债累累的陈老板，背着若飞在外面有女朋友的陈老板，让她和若飞没一天好日子过的陈老板。她现在竟然只要他。

“怎么就得了病？我可是天天坚持跑三千米的，每天体育馆绕着跑十几圈……刚开始尿血，我还以为是痔疮。”陈老板笑着说。

“是啊，尿了一年多血，都以为是痔疮。”若飞说。

华年动了动嘴巴，没说出话。若飞早就提醒华年，陈老板并不是特别清楚自己的情况。若飞藏起来了所有病历。若飞说，他糊涂了一辈子，到这步，何必让他清醒？

若飞人生第一次大方。她帮陈老板定了最好的特需病房，给医生包了两倍的红包。小城来上海看病的人很多，出手又是十分的阔绰，渐渐地把医生都养刁了，竟不成文地明确定出了红包价格，少了不行，多出不限。若飞最是精明的，这次却是直接让华年拿了卡，不管哪要钱都随便给。

华年明显感觉若飞瘫了下来，她这个年纪的女人是不能泄那一口气的，泄了气就会立刻被岁月打败。若飞一下子老了下来。华年这才看到，她也是快六十的人了。

华年开始时常搂着若飞。她好心疼她。华年不敢在若飞面前哭，静下来一个人的时候，累得已经说不出话，眼泪却能自动地流出来。若飞什么都不闻不问，天天只知道守着陈老板，寸步不离。华年把所有杂七杂八的事情都揽了过来。她奔走在医院里，与医托交朋友，与护士长套近乎，与主治医生研究手术方案……

陈老板做完手术那天，医生让家属去看手术处理出来的病样。华年拦住了若飞，一个人去看。

一大块血肉被搁在银色生冷的托盘上。

“看好了？”医生问。

华年还在盯着看。

那是陈老板真实的血肉，绽放开的，生生割下来的。

华年回到病房的时候，陈老板在麻醉的效果下半梦半醒。他光着头，皮肉透明般的白。那样生龙活虎的陈老板，一下子就这样被抽干了。

若飞正坐在床头，紧紧握着陈老板的手。若飞大声喊着："让我替了你去，让我替了你去。"

华年心头撞了一下。一直以为若飞一辈子恨着陈老板，若飞那样淡淡的，从不和陈老板说一个爱字。可原来若飞一辈子这样爱着陈老板。想替了你，是因为知道你的疼，这种疼割在肉上，是最疼的疼。所以，能不能让我替了你去疼，或者去死？

华年走过去从后面拍若飞的肩膀，安慰了一会儿她，说刚看了病样，医生一直说手术很成功之类的话。然后，她招呼着家里陪着出来的亲戚们去吃午饭。她才看到于成龙，让他也跟着大家去吃饭。

华年去买面盆毛巾，在医院要住半个月。

陈老板恢复得很快，已经开始和护士们开玩笑了。

特需病房的护士不同于其他病房。虽然也穿护士服，却是特别的粉色，一色的粉色制服，笑容也是特别温暖的。她们被要求不能化妆和做指甲，所以她们便在头发上做文章。每个护士帽下都别着不同款式的发夹。华年分不出谁是谁，只能从她们夹在护士帽上的发夹上去区分她们。有带着粉色流氓兔发夹的，稚气可爱，是萝莉；有带着珍珠发夹的，温柔娴静，是仙女；也有带着欧美流行的各式潮流发夹的，特别爱大声说笑，略略带着妖气。

"你女儿怎么这么漂亮？像大明星。"护士们说。

"那是。我女儿可是做投资的，在光翼集团上班，一年赚好几百万。"陈老板洋洋得意。

华年赔着笑。陈老板催她去上班。华年撒了谎，说现在是高层，时间上很自由。

陈老板出院后去华年的小家住了一阵子。

若飞在陈老板可以起床的那天，拿出了蜜沉沉。若飞说庆祝下。陈老板赶紧给华年倒了一杯，然后眼馋地看着华年。

“给我喝一口。”陈老板讨着。

“这病就是从这来的。”若飞瞪起眼睛。

若飞端出白煮的胡萝卜茄子，盯着陈老板吃。胡萝卜茄子都抗癌。

陈老板说：“养兔子似的。”

若飞笑了。

半夜，华年起来上洗手间，发现陈老板居躲在厨房里抽烟。华年气得发了抖，大叫了一声“爸”。陈老板一惊。华年也一惊。她终于又叫了爸。原来这样容易的。

华年一边哭一边上去掐了烟头。陈老板赔着笑，求华年小声些，别让若飞听到。

第二天，陈老板和若飞欢欢喜喜离开上海。陈老板大约是觉得自己又有了力气，就已经好了大半。若飞却是被陈老板逗笑的。

死过许多人的苏州河

世界脆生生地在她周围一寸寸裂开。

陈老板和若飞走了，华年才想起来，居然已经有两个多星期没见于成龙了。陈老板住院时，于成龙最后一次来看他的时候，和华年说电视台要派他去青岛拍个纪录片。华年想起他，便打电话给他，一直没人接听。华年没在意。过了两天，华年才又发消息约他吃饭，倒是回的，却说还在青岛没有回来。

一个多星期后，华年才心焦起来。这个时候闹什么闹？华年怪他。

华年写了几封长邮件给他，措辞严厉，责怪他的无情和不懂事。这几乎是华年这些年来对他说过最严重的话了，可这几封信竟然石沉大海，没有任何回复。华年开始长时间给他拨电话，一个接一个，拨到手机没电。最后，手机里终于来了他的消息，只有五个字：我们分手吧。

起先华年是不信的，谁都会离开她，于成龙不会，他是那个风雨无阻给她送汤送饭，陪她看电影加晚班，开心时陪她笑，伤心时逗她笑，说过一辈子爱她和她在一起的于成龙。他肯定是闹了脾气，怪她这么长时间不理他。华年还是天天给他发消息打电话。可他终究是没有再回。

华年有些不管不顾了，跑去他家里。

这本来是于成龙和华年的家。现在，于成龙却抬着睡眼看着她，吃惊、呆滞，像看一个闯入他家的盗贼一样看着她。这本来是她最熟悉的人。

华年不说话，她还有希望。希望他像往常吵架一样，一见面，就会突然抱住她，和她说，宝宝，我错了，宝宝，我爱你。然而，于成龙也不说话。华年学习过专业的谈判课程。老师说，双方对峙时，先说话的那个就输了。华年懂，却还是忍不住了，她摆出高明的样子："谈谈吧，不能像小孩子一样，用短信就分了手。"

于成龙好像被说服了，点了点头。于成龙一定是被说服了。若飞和陈老板也吵架的。外婆还说过的，生华年前，陈老板和若飞吵得还要凶。外婆说陈老板和若飞刚结婚那会儿，姑奶奶的鸡汤，陈老板总是要先热腾腾端去给若飞喝。若飞有时喝一小口，有时就让鸡汤放那晾着。晾着晾着就忘了。有次陈老板为这急了眼，又不敢说若飞，于是拍桌砸碗的，闹出好大动静。若飞什么话也没说，端起那碗鸡汤慢慢倒在了地上。外婆说她来劝陈老板，若飞从小不爱吃肉，吃斤肉要挑出九两肥来。陈老板却大吼我去死好了，就冲出了家门，跳进了家后院镇着西瓜的水井里。陈老板被人七手八脚救起来后，外公外婆早就吓出了魂，陈老板却只大笑，真他娘的爽快。从那以后，陈老板跳井这事就被人们当了笑话，传了开去。华年从小就是听着这笑话长大。

她和于成龙这次吵架也应该是个笑话。她试着去笑，然而于成龙却怎么也没有笑。

他们那天谈了三个小时。他们的对话有时平静，有时激烈，上一秒还在缓缓互诉着爱意，下一秒就是互相撕扯出对方血肉的咆哮。原来，那平静不是真的平静，那激烈才是袒露一切的激烈。于成龙平静时和华年说，这几年过得很幸福，谢谢她和他在一起，但是他们不合适。于成龙激烈起来时和华年说，这几年过着狗屎般的日子，一直不过是她的奴隶！乐宝给他取了个绰号叫小跟班，连她朋友都当他猪狗不如！

华年十分震惊。她一下子分不清哪个才是真正的于成龙。那个有小白兔似温柔眼神的于成龙，还是眼前这个吼着猪狗不如这样字眼的男人。华年只有拼命解释。她怪自己。她真的疏忽了他，她真的肆意对他发了脾气，她真的有时候很骄纵。她对他发誓，她以后都会改，她会对他百倍的好。只求他不要离开她。

然而于成龙却没有停止。

华年最后一次去于成龙的家。于成龙躺在那里，背对着华年。于成龙以前很白，上海男人的那种粉糯糯。华年咬他，说他的脸手胳膊大腿肚子都是一团团揉搓出来的细嫩糯米团子。现在他躺在那，却嶙峋成了一把骨头。于成龙越来越瘦，华年听他说过，有人说他瘦了好看。他晒得越来越黑，华年也听他说过，有人说他晒黑了好看。那个人是谁？华年想。华年不敢去想。

于成龙还是躺在那，眼睛望向远方，眼睛里是空洞洞的忧伤。他居然也会有这种忧伤。华年紧紧抱住他，用身体做最后的挣扎。然而，他无动于衷。他是比华年高明百倍的谈判专家，懂得用疏离和冷漠抽打。

华年又企图告诉他，她找新工作的进度进展了多少，未来会是怎样的辉煌，这段时间又交了多少新朋友，有多少可笑的男人在那里对她空献殷勤。华年多么想看他以前惊慌无措愤怒嫉妒的样子。可最后他却只是张了张嘴巴，没有发出一点声音。

当最后的尊严用完，华年终于明白这次的分手，竟然真的是彻底的无可挽回了。

当然，明白是一回事，做到又是另外一回事。华年再也没有去过于成龙家。于成龙家的门锁换了。那不是他们的新房吗？当初装修时，他不是和她说那沙发是为她买的，那床垫是为她挑的，拖鞋马克杯筷子，不都是他和她，成双成对的吗？

不知不觉走到了苏州河边上，这是华年和于成龙最喜欢散步的地方。于成龙家就在苏州河边上。华年以前总笑他，为了这条臭水沟，多花了不知道多少钱。

这是上海的母亲河，你不懂。于成龙辩解。

一大早这些船就呜呜瞎打鸣，吵死了。华年说。

于成龙气得敲华年的头。

以前于成龙吓华年，和她说，日据时期，死人都扔在苏州河里，这里河底下堆了成群的白骨，半夜走过会听到冤鬼的啼哭。华年胆子很大，几乎什么都不怕，就只怕鬼。每次华年都会被他吓到起鸡皮疙瘩。这时他会把她一把裹在怀里，吃吃笑她。她气不过，便又狠狠咬他。

现在坐在这里，华年第一次什么都不怕了，不怕鬼，也不怕死亡了。不用家乡的江水了，这里就很好。如果在这里死掉，或许于成龙会为她大大伤心一场，然后发现他还是那么爱她。

华年在河堤边也不知道坐了多久。回神过来，已经是天微微亮。苏州河两旁的路灯发着幽幽的光，清晨比深夜更静得可怕。

电话响了起来，是若飞。她与华年说她和陈老板已经出发去机场，一会儿就到上海。她嘱咐华年千万不用去接他们，太早，路上也太累。华年这才猛然想起，陈老板明天还要化疗。

若飞的声音渐渐地远去，陈老板的声音渐渐远去，于成龙的声音渐渐远去……

华年知道他们还在那的，或许只是，她已经死了。

世界脆生生地在她周围一寸寸裂开。

上好质地的男色

原来男人们也可以是一盘盘菜，也可以被女人们轮过来，轮过去。男人和女人一样需要争奇斗艳。这真的是一个好时代。

人人都说这是最好的时代，没有战争，没有饥荒，没有大规模传染病。甚至有先知学者预测，经过人类DNA人工进化，人将进化成神人，以后人人都是爱因斯坦，平均寿命可以达到一百五十岁。那么如果是这样，一百五十岁的人的记忆该是怎么样的？那些久远的事情，会不会还完整地存在？如果不存在了，那么那些发生过的事，还算不算发生过？

活着的人遗忘死亡，健康的人遗忘病痛，幸福的人遗忘悲伤。或许，遗忘才是人生常态。

医生和华年说。陈老板已经是晚期，虽然做了手术，化疗的话还能活一年，用进口靶向药可以活两年。进口靶向药不能报销，一个月要花八万人民币。活得长久与否，和金钱就这么直接地挂上了关系。

那之后，陈老板每个月来上海一次注射靶向药，一次三到四天。

每个月那几天，华年便哄若飞和陈老板说她请了假。的确是请了假，和她的颓废堕落请了假。只有在那几天，华年会洗好澡穿上套装，做出上海白领该有的庄重样子，陪着他们去医院。

护士们对陈老板还是那么好，还是经常在他面前夸华年，怎么会有这么漂亮能干的女儿。陈老板很开心，经常叫华年拿水果分给她们吃。华年在的时候，她们还会成群到陈老板的病房去看她，她们大约觉得她是个值得羡慕的人。

若飞问起于成龙。华年老实说分了手。若飞没有再问。她比她还没有力气吧，华年想。

四天后，若飞和陈老板又像往常一样离开了。华年立刻把门锁上，关上窗户，拉上窗帘，便是一个完整的她的世界。她不想知道外面的日子过了多久，也不想知道外面的日子过成什么样。

乐宝到华年家里时，带着白粥。小时候，华年生病了，陈老板会给她熬好白粥，放上白糖，细细拌匀。若飞这个时候会赶回家，一口口喂她。生病是小华年最幸福的时光。乐宝坐在床头一口口喂华年喝粥。华年闻得到自己身上传来的骚臭味，恶心得她想吐。可乐宝却不为所动，只是专注地看着她吞咽下一口口白粥。

华年一边吃粥，一边一遍遍问乐宝，于成龙是不是还爱我？我和他之间一定是有了什么误会！我是不是该每天给他发早安晚安，有一天是不是能感动他？或者使点手段，连续发一个星期早安晚安后，忍住几天不再给他发消息，看看他的反应。

乐宝突然把粥往床上狠狠一放，大声说："能不能醒醒？"

华年惊慌无措。

乐宝却不打算放过她，"你知道于成龙说你什么？说你疯了，说你再去骚扰他，他就要报警了。我不想再有任何人这么说你，包括于成龙。"

"他是不会这么说我的。你知道我一直很努力，想让我们的生活更好。我买了外滩的房子，他也很喜欢。一个月前我们还一起去看沙发窗帘，和我说该怎么怎么布置。"华年说。

"你是不是觉得人人都要贪图你这些？他一个上海本地人，从小被捧在手心长大，他父母给他买了房买了车，是，车子是雅阁房子是小点，可你说他缺什么？何必看你脸色？"乐宝说。

"我哪里有给他脸色？"华年垂下眼睛。

"你想想这四年，你让他来就来，让他走就走，你出差一个月不见人，回来一天见不到他就要发脾气。有一次我们出去玩，他来晚十分钟，你让他到门口罚站。"乐宝说。

"我就对他这么差？活该他不要我。"华年越无力反驳，越是怒气上来。乐宝居然在为于成龙不平。

"所以你也不要再闹了。天真要有个头。"乐宝说。

"当然了，我要向你学习。"华年说。

"向我学习什么？"乐宝脸唰的一下白了。

“向你学习，男人叫你来就来，叫你走就走，临走前再卷走所有好处。”华年说。

乐宝把粥碗狠狠一甩。粥碗掉在地上，碎了，粥热辣辣地泼在地上，腾腾冒着热气。乐宝甩门走了。

她们不是没吵过架的，有时候不过是为了哪个男明星更帅些，都会红脸。然而这次华年却觉得，乐宝走了，便是走了，永远不会再回来。

一个人更加安静不下来。

华年又开始一遍遍看于成龙和她的照片，抱着的，亲吻着的。她去翻他给她买的礼物，和他长得好像的流氓兔，和她长得好像的暴力熊，还有很多书。于成龙知道她爱读书，一有什么畅销书出来，于成龙就买给她。华年以前嗤之以鼻，总是嫌弃于成龙挑的书俗气。现在她却找了书皮，一本本包起来，红的，绿的，包了一地。

华年乏了，去上网。她输入很多关键词，“失恋了怎么走出来”“男人变心了怎么挽回”“失恋了想自杀怎么办”，然后一遍遍去看那些搜索出来的她已经看了很多遍的文章。她又在贴吧天涯知乎上反反复复去问这些问题，再反反复复去看那些稀奇古怪的各种答案。直到有人和她说，你病了，去看心理医生吧。华年并不觉得会有用，但她只想找个人可以说一说于成龙。

预约了一个诊所，这里的心理医生，一个小时一千元。华年和若飞一样小气。她却连续去了心理诊所一个星期，每次去都买三个小时。

华年的心理医生姓唐，华年每次见她，她都穿着一身唐装。眉目是清秀的，却不是个美女。华年称呼她唐老师。

华年说都是她不好，有什么办法挽回？

唐老师说，当一个人开始指责一个人，只是因为爱没有那么多了。这是为逃离找的借口。那些借口便是你的不好。人如果一直责备自己，心便会不堪重负。不如责备别人，放过自己。没有对错，不分正邪，只是本能。人自己都无法察觉到的本能。

一个星期后，唐老师和华年说本来她是只准病人一次买一个小时的，过长时间的心理咨询不好。那之后，华年就再也没去找过她。但是华年记住了唐老师问她的两个问题。第一个问题是第一时间赶到你身边来安慰你的人，真的是来安慰你的吗？第二句是，找人倾诉，找个异性倾诉会不会好点？移情会不会是治疗失恋最好的办法？

华年想起乐宝。她再也没有办法原谅她。是她的错，她从来没有真正恋爱过，所以她一定嫉妒她和于成龙的好。她赶到她身边，原来是来看她笑话的！她恍然大悟。她怪自己以前没有想到。既然是乐宝错了，她就没有错了，所以她好过了许多。

华年决定去女神酒吧。这是华年制定的自救策略之一。华年制订了战胜失恋的策略，她惯于制定策略，好像有了策略真就有了安全感。

去酒吧前，她想起她最后一次对唐老师说的话，“我好怕再这样痛苦一次，我不会再恋爱了。”

唐老师笑，“不会的，你马上会再恋爱。”

华年找到了张天娜。她能想到最快能去酒吧的办法，就是通过她。还好她现在有足够的钱够她挥霍。华年给张天娜在酒吧开卡座，让她请朋友们来玩。华年成瓶成瓶地开酒。张天娜说马爹利不上档次，是又土又穷来混场子的洋鬼子喝的。那么，就开皇家礼炮。

果然，张天娜很有本事。全上海最帅的男人们马上都聚集在了华年面前。华年惺忪着醉眼听人介绍这个人是某某集团的公子那个人是某某公司的名模。他们围着华年，把华年捧在手掌心上。人人都争着和她说话。

张天娜和华年说，小心，他们有各种让女人心动的办法。

华年笑了，她看着他们，看他们做出各种自认为可以迷住女人的姿态，有些温柔，有些粗暴，有些羞涩，有些直接。

真好。华年想。

乐宝以前和她说，她不想做一盘菜，被男人轮过来，轮过去。

可原来男人们也可以是一盘盘菜，也可以被女人们轮过来，轮过去。男人和女人一样需要争奇斗艳。这真的是一个好时代。

王大卫在他们中也算是出挑的。在人群中，华年第一眼就看到他。他很高，脸也没什么人工的痕迹，看着是天生丽质那型的，带着一种大男孩的清纯气。华年突然想起自己当年在猪场，挑猪时她也这么挑剔的。

王大卫坐在她身边不说话。华年喜欢话少的。女人可能都喜欢话少的男人。她记得洪思晴好像也这么说过。

华年醉了，王大卫扶住她。靠在他身上时，华年听到他蓬勃的心跳。年轻男孩子真好，华年想。她已经二十九岁，小学生开始叫她阿姨。王大卫扶起华年后，亲了亲她的脸，发丝拂过她的额头。华年心跳了几下。华年蹒跚着从酒吧出来，王大卫要送。华年笑着说，不用，但我会记得你。但是华年每天都认识很多人，两天后，她便忘了王大卫是谁。

再次见到王大卫是在一个服装发布会上。张天娜请她去看的，时间是晚上八点。华年估摸自己能起来，便答应了。张天娜弄到的是第一排VIP的位置。华年很清楚地看到王大卫从她面前走过。

聚光灯照射的地方，往往都有异样的美感。百货公司橱窗里的衣服是，人也是。王大卫在舞台当中，耀眼夺目，脸上身上裸露着的皮肤散发出丝缎的光泽。以前华年总觉这样的形容很肤浅，然而现在她却觉得再也没有比这个更好的形容了。那就是一匹上好质地的丝缎，柔和而又细腻，让人忍不住想伸手去抚摸。

华年问王大卫："你皮肤为什么这么好？"

王大卫说："健身呗。靠这个吃饭呢。"

王大卫站起来，脱了衣服，走到镜子前。他的眼神留恋在自己的身体上。王大卫说："你看，要练习肩膀，很多人不注意肩膀线条。一定要练平，才好看。"

王大卫裸露的身体很美好，是她从未看过的美好，一丝赘肉也没有，肌肉均匀而饱满，皮肤比想象还要细腻。王大卫抱住华年。华年不敢脱衣服。她其实也算是秾纤合度的。以前有一天晚上，她起来喝水。她用被单裹着自己走到窗前，于成龙的眼睛都要看呆了。从此很长一段时间，他都叫她“月光女神”。然而，她只是于成龙的月光女神。在王大卫面前，她的身体没了底气。

华年转过身去，缓缓对王大卫说：“人应该在最不谙世事的年纪恋爱。当然还是不能避免爱里的猜忌、嫉妒和忧伤，起码可以猜忌就是猜忌，嫉妒就是嫉妒，忧伤就是忧伤。不用像现在，我都不知道自己是不是爱你，或者只是爱你，在这一秒钟而已……”

“今晚要不要一起睡？”王大卫突然打断华年。他说这话时的眼神带着痞带着赤裸的粗俗，他现在的样子比他白天的样子坏一百倍，可这一百倍的坏却很讨喜，是正好坏在姑娘的心尖上。以前有时候于成龙也会这样，粗暴地打断华年的文艺，那之后虽然她们每次闹的过程不一样，结局却都是一样的。

每个人都是于成龙。她怎么还可以再要于成龙？

王大卫却不管，只是紧紧抱住华年。华年也突然什么都不想管了。

你很快就会恋爱的，唐老师说。

华年真的很快就恋爱了。

新朋友

华年看着她的生命在这一刻全部长开了。

和王大卫恋爱后，华年给乐宝打了电话，她们又开始见面，约着喝下午茶。华年不再提起于成龙。

有一天，她们照常出来喝下午茶，照常华年打着游戏，乐宝在玩手机。桌上的玫瑰花茶已经加了五次水，淡得喝不出味。

乐宝突然抬起头来和华年说：“于成龙上个月结婚了。”

华年大大吃了一惊，这不过半年。

“和谁？”华年问

“沈靓亮。”乐宝回答。

“怎么可能？”华年的心脏受了重击，胸口生生疼痛。以前她在书里看到“心痛”两个字，她总以为这是个形容词。现在她才知道，原来这是真实的疼痛，是一锤子一锤子敲上去的，扎扎实实的。

沈靓亮是华年合作公司的一个项目负责人。于成龙和她第一次见面，还是华年给做的介绍。那天华年和于成龙在一起吃饭，突然就接到了沈靓亮的电话，沈靓亮提议要立刻会面。于是华年便带着于成龙一起去了。

华年哪里会注意她？板寸头，眯眯眼，笑起来震天响地的。听说她以前是个羽毛球运动员。沈靓亮老板极注意个人形象，打太极练毛笔的，一心追求道骨仙风世外高人的范儿，找秘书找个妩媚妖娆的，那还了得？

于成龙和这样丑的沈靓亮在一起，还结了婚，华年实在是不信。

“是了是了，那次她说，她公司要拍个纪录片，问于成龙要不要赚个外快，就问他要了联系方式。”华年突然想到。

“就你这么傻，女人当面问男人要联系方式，你居然不当回事，更何况纪录片这样的事情，哪里需要她操心。”乐宝说。

爱情里原来要这样处处防着的，一步三陷阱。华年的心脏再次疼起来，比刚才更疼。

“可她也是忙。”华年还在做最后的挣扎。

“她哪里和你一样？她董事长秘书出身。她说话软糯糯，你说话硬邦邦。你也知道她那位老大，出了名的难搞，行业里谁愿意和他多打交道？但她一做他秘书就是十年。”乐宝说，“听说她为了于成龙调了部门，现在管她们公司内勤。”

“她说话声音明明很粗。”华年不服。

“她声音是又粗又难听，话却软，总能说到人心坎。你声音倒是真甜，就是每句话都怎么刁钻怎么来，把人能活活刻薄死。”乐宝说。

“没想到于成龙真还这样抢手。”华年只能叹气。

“和你说了多少次，就你不当回事。他是上海滩最标准的适婚男。”乐宝说。

“既然你觉得他这样的好，你怎么不找个这样的？”华年苦笑。

乐宝不说话了。

“前几天，我和乔治又吃了顿饭。他还帮我约了白西娅。”华年说。

乐宝吃惊地抬头看她：“白西娅？”

“白西娅。”华年说，“我以前从来没想过有一天会和白西娅聊天。但你知道，和她聊天，套她话很容易。”

“我不喜欢白西娅。”乐宝低头。

“你连你的名字都不喜欢。”华年说。

乐宝低头搅动手里的调羹。玫瑰花茶已经淡成水，再搅动还是水。

过了几分钟，乐宝就说颜顺昌找她有事，走了。

那之后华年便没主动找乐宝。这个疮疤，是再也挖不得。华年这才发现，原来这段时间都是她主动找她。她不找她，她便不再找她。

华年开始交一些女孩子朋友。有个叫小喵的女孩，一直和张天娜十分要好。小喵只是她的外号。她也真的和一只猫似的，长得十分乖巧，一头长发挂着，出来也不喝酒。华年第一眼看到她时，她穿了一身粉色，竟和当年的乐宝有几分神似。只是她姿色并不出众，衣服穿得也不像样子。张天娜时常说她，这双鞋子过时了，那条项链看得出是地摊货。

刚开始，小喵总分享些新书新歌给华年。小喵说话，总很用力地做出一些少女的诗意在里面，只是这诗意有些飘着，但总比不努力好。华年和她聊天，倒是有两分小时候和乐宝在一起时的感觉。虽然一个表里一个内里，差了十万八千里。后来小喵开始经常找华年喝下午茶。华年懒得看到太阳，小喵却穷追不舍，一天三条消息发着，不放弃。华年和王大卫又经常闹不开心，于是有次就动了心，挣扎着出门和她喝了下午茶。有了第一次就有第二次。小喵又开始鼓动华年出门吃饭。这边餐厅的牛排是澳洲谷饲，那边餐厅的蔬菜全是有机。小喵对吃很讲究，不是一等餐厅是不去的。华年对这些倒不是很懂，任她带着去。华年很喜欢看小喵吃东西的样子，一种发自内心的欢快，华年看着她的生命在这一刻全部长开了。

过了段时间，小喵开始和华年说她在哪里留的学现在在哪里工作。小喵交代得清清楚楚，华年越来越放心。有时候小喵也会在华年面前说英语，十分流利，只是夹杂着她留学那个小国的浓重口音，华年听着有些吃力。华年想起以前Miss周培训她，一天要笑她三次英语口音。华年咬牙日夜练，只可惜如今这口音是练好了，却没用了。华年从不在小喵面前说英语。

小喵是很温柔绵密的那种人，记得华年爱吃的菜爱玩的游戏，到餐厅华年还没有开口，她便先一通交代服务员，也下载了游戏软件，有空就陪华年升级，再有就是遇到陌生人，华年还没有摆架子，她便帮她先摆起了架子，逢人便说华年是富家千金，来头大得吓人。华年有时候也会遇到一些让她生气的人，酒吧里鱼龙混杂，总有些轻薄之徒，那时华年也不用骂人，小喵会先帮她把人骂一通，狗血淋头地骂。

渐渐地，华年和小喵真的亲厚了起来。

那段时间正好有一些玩跑车的二代卡座经常开在华年的隔壁，他们一班人马和华年一样，夜夜聚在酒吧里。他们人门喝酒，大声比画着发动机车轱辘。不久华年就和他们混熟了。小喵时常会在华年耳边说要找男朋友，又说自己喜欢车子，说起发动机车轱辘，比起那群二代还要激动。于是那群二代们出来玩的时候，华年便会带小喵一起去。

小喵虽然长相乖巧，身材却十分丰满，只是这丰满有些过，看着肉滚滚的。她又喜欢穿低胸的衣服。女孩子细细碎碎议论她。华年便替她分辩，是她一直在国外的关系。那群二代中也时常有人欺负她，偷偷拍了她的丑照，给她取了外号“大奶妈”，也有人叫她“大妈菜”。小喵被气哭了几次，和他们出去的次数却反而更多了。华年犯懒的时候，她一个人还是要去。华年实在不明白，说了小喵两次。她虽然应承着，出去还是照旧出去的。

有一天，华年看到她把聊天头像换成一张大露胸部的照片，笑容也是大大地张开，像极了昨日餐盘上那只呆板的章鱼。华年实在看不过，婉转了几个弯小心问她，这样会不会影响工作？小喵笑起来，我拿的是铁饭碗。小喵说，她还是想要真爱，但是她想通了，不如让人先把她当菜，否则没人理她，有人理她了，才能交心。华年不说话了。

华年听人说过的，小喵以前是真的乖巧的，就是她一贯在华年面前的样子，后来她遇到了一个男的。以前有次她出来玩，认识了一个二代。女孩子们给他的代号是911男。911是保时捷的一个车款。也有女孩们不大兴头他的，就叫他哪哪地方男，但也都一口说那地方出来的人都是出了名的有钱。华年吃惊，那个地方居然就是她的家乡，那个热气腾腾的小城。女孩子们都极力夸911男又帅又大方，都惊奇怎么就看上了小喵，又都说小喵那个时候如何的傻如何的痴。女孩子们说，他摆明了是换个口味，只是小喵自己不知道。果然应验了所有人的说法，小喵和他在一起不过一个星期，那个男的便失去了踪影。据说是回了家乡。小喵立刻发了疯，跑去小城找他。他还是见她的。但小喵过了几天回来，911男又缥缥缈缈没了消息。他们说小喵千里送炮，人都不领情。

华年想起乐宝，谋略倒是其次的，竟然那样能忍耐。

小喵开始怂恿华年买车。华年日日醉着，周围的人又人人有车，便也买了辆911。小喵看上了一个敞篷限量版，正好有白色现车，小喵说买保时捷就要买白色，开在加利福尼亚路上的保时捷都是白色。那天难得华年起了个大早，她们看完车，去车店隔壁吃了碗辣肉面。吃完面，华年就去车行付了钱，选好配置做好装饰整整210万。小喵乐坏了，有空便要华年去接送她。反正华年什么事情也没有，不过天天眼睛睁着等天黑，也就乐得有个事情做。

小喵说，如果你是男的，做我男朋友就好了。

华年笑笑，原来每个女的都爱这么说，新朋友小喵也是。

卓而有风

真真是老板娘里的第一人。

和小喵认识一段时间后，有一天，小喵兴冲冲来说，今天带你去见一位大佬。华年连忙问是谁。小喵说，冯梦川。华年并没有听过这个人。去之前，小喵让华年开车来接，又详详细细把冯梦川介绍一遍，说是如何如何有名如何如何了得。华年问那他做什么的呢？小喵却又讲不清楚，一会儿说在文化圈特别有名，一会儿又说生意做得特别好。

饭局定在一家私房菜馆。曲曲折折一个弄堂，望不尽的幽深处一栋小楼，外墙斑驳着，很有些年岁。进去先是一个小厅，沙发桌椅都是民国时留下的旧货，天花板上挂着一盏天使鎏金琉璃灯，晦暗不明的光。华年扫了一眼墙上挂着的一副狂草大字，“卓而有风”四个字倒是大家风骨。

小喵带着华年上楼。楼梯又窄又低。华年猫着腰，踮起脚，只怕一不小心，便踩坏了这楼梯，倒可惜了。二楼是个包间，已经满满坐着一屋子人。小喵刚一进去，便有一个中年胖男人招呼小喵坐，来来来，坐冯老师旁边去。又说，你的朋友怎么一个比一个漂亮，你们一边一个，把冯老师围起来才好。华年猜，当中正席位坐着的那位五十岁左右清瘦文雅的男人应该便是冯梦川了。华年正想着这样坐也怪。冯梦穿已经摆手对中年胖男人说，我们一会儿不还有点事要谈？我们一起坐。

坐下，便是一阵热闹的介绍。桌上两男六女，除冯梦川，刚才安排座位的胖子大家都称呼他七爷，介绍说是做大买卖的。剩下女孩子里除了她和小喵，一个是一家茶馆老板娘，姿容十分出众，一头及腰长发衬托得她越发飘逸出尘。另外两位坐在冯梦川旁边的，便是这家私房菜馆的两个老板娘，一个叫喜姐，一个叫曼丽。还有一位听介绍居然是昌平会老板娘。

昌平会在上海的食府里可是鼎鼎大名的，食材好服务好这样不算什么，里面出入的人才是最大的文章。虽然政府要员近日来得少了，各路富豪还是削尖了脑袋往昌平会里面挤。能在昌平会包间做东的，都是在上海滩报得出名号来的大人物。华年想起前段时间小喵兴头头地告诉她的一件事，说怎么怎么轰动，如何如何把朋友圈都刷爆了。故事很简单，就是有人在昌平会豪发小费，一晚上整整发了十八万，发到门口的保安现场有人跪了下来。小喵一直想去昌平会见个世面。这下好了，歪打正着，和正主老板娘做上了朋友。

华年听大家都叫她丽姐。丽姐已经有些年纪，眉眼倒不怎么描画的，只素净着一张脸，一身夏姿陈唐装，更显大方典雅。这样的唐装不是人人能穿的，一个穿不好，便成了黄脸婆，或是古城墙下的迎宾小姐。可这夏姿陈在丽姐身上却是百转的风情，竟有些像宋美龄的风韵。这样的丽姐在这个席位上一坐很是扎眼，直把那清丽脱俗的茶馆老板娘和妖娆妩媚的私房菜老板娘比了下去，年纪什么的倒是没那么重要了，真真是老板娘里的第一人。

酒喝了几瓶子。女孩们都不大说话，冯梦川也说话不多，看着倒是有些学者的风度。七爷喝得最多，说话也最多，文学历史政治头头是道，倒是不大说生意，只问了女孩们一句："你们知道什么是ICO吗？"

女孩们齐齐摇头。女孩们这时也喝了不少，这头一摇，更加一片红粉菲菲。

七爷摆摆手："现在赶紧去买点ICO的股票，将来肯定大赚钱。"

华年本来不想说话，这时却有些心软，于是说："证监会没批准，这个风险很大。"

七爷看了眼华年说："小姑娘懂什么？趁着证监会没批准，才能赚大钱。等到证监会批准了，到时候可就来不及了。"

华年说："已经有上市制度了，证监会怎么会批准ICO？既然只是私下募股，就说明想要ICO的企业某些地方肯定没有达到公开募股的标准。深想一下，本身这就是个逻辑悖论。"

七爷拿起酒杯子，一饮而尽，"小姑娘自作聪明！"

立刻就有一阵聪明聪明的声音和敬酒的声音起来。华年低了头，只吃菜。

过了会儿，华年又听七爷问女孩们，“你们知道什么叫上海大老婆吗？”

女孩们还是摇头。

七爷说，“上海大老婆可是天下最厉害的女人。家里家外，床上床下，一手搞定。来家里应酬的，来家里拍马的，甚至老公带回家的女人们，不管多少，大局永远她握着，岿然不动。我就知道一个，老公带六七个女人回家，她眼皮都不抬一下，谈笑风生，把那些女的降得服服帖帖。”

冯梦川这时接了话：“我倒也是见过一个最聪明的女人。本来跟着一个当年上海顶有势利的金融大佬。那大佬的朋友们天天在她家里想吃老酒，都捧她做上海第一名媛。金融大佬已经过半百，她就把自己打扮成一个老太婆，天天穿素袄，挽个老太婆的发髻。没想到这样打扮却反而衬得她更加年轻漂亮。后来那个大佬没了，大家都看着这个女孩要落魄。没想到那大佬最要好的一个朋友特特带了一套祖母绿去了她家，对她说，从此你便跟着我。于是她又做了一轮上海第一名媛。”

华年听到这，觉得同一个核的故事，七爷说了她听着便生气，这冯梦川一说，竟变得名著里的故事一般。于是她默默喝了一杯，突然对着冯梦川问，“那爱情怎么办？”

全场哄堂大笑。华年不说话了。也没有人理她。只有坐她旁边的丽姐拎了一只又大又肥的螃蟹到她碗里，笑着劝她快吃。华年忙着去剥螃蟹，倒也不用说话。

私房菜馆两个老板娘这时袅袅婷婷起身，结伴去上洗手间。一走开，冯梦川便笑着说，七爷真会选地方！倒像个小青楼。

等到老板娘们回来，七爷便搂了一个在怀里。小喵这时已经坐在七爷身旁，也半依偎在了七爷怀里。七爷却只转头和那个老板娘说话，老板娘吃了个辣子，满嘴嚷着烫，嘴唇和脸庞都烫红起来，清纯里无缘就多出了三分妩媚。华年看她一边拿手对着嘴扇风，一边又撩动长发，她看着都有些心跳起来，七爷更加目不转睛地盯着，小喵哪里是对手？

华年更加不说话。想着小楼客厅里挂着的“卓而有风”四个字，又想着小喵说，见了今晚几位大佬，便是见了整个上海文坛了，今天她也算是见了世面。

坐她旁边的丽姐本来就一直在给她夹菜添酒，这时又握了下她的手说，别理她们，我们女人说话。华年感激地看了她一眼。今晚也只有丽姐，这些男人没和她开过玩笑，各路老板娘们也是一一来向她敬酒。那晚结束时，丽姐问华年要了联系方式，拉着华年手说，以后要多走动。

十八只龙虾

人间就该是这样的吧。

那之后，华年经常遇到丽姐。

她们经常在酒吧隔壁桌开卡，许多人在她们台子上串来串去，最后干脆就合成了一张台子。

有个周末，丽姐请华年去她家吃饭。早有人和华年说她刚刚搬了新家，新家是古北的一个小别墅，还真是巧，居然就在Miss周家小区隔壁。

华年刚进丽姐家的院子便看到两辆跑车，霸道地横在中间，排气管粗得仿佛一直咆哮着往外冒黑烟。华年又看这院子，大约有百来个平方，两个斜角是两块修剪得十分整齐的草坪，四周种着一些月季草藤。院子里已经满满都是人，大人小孩，坐着站着跑着，热闹得五公里外都听得见。华年看到角落的地方已经搭上个巨大的烧烤架子，一个厨师样子的人正在架子上吱吱烤着龙虾牛排大蒜。

这样的烟火气，是多久没看到了。华年想起小时候外婆的大院子，客堂里的那张八仙桌，八仙桌上潮水一样来来去去的人们，应该就是萦绕着这样的烟火气。

华年说找丽姐，立刻就有人一迭声地跑进屋子里去叫。丽姐从屋子里走出来。这是华年第一次白天看到丽姐，竟然吓了一跳。完全没有了晚上一点明艳的样子，一张脸死灰着，像是粘了一层极坚韧的膜，僵住了，又像是带着极沉重的一个面具，面具里只有一双眼睛沉沉的，像是永远也睡不醒，只有说话的时候，眼珠才偶尔动两下。华年很吃惊。竟然和她早上在镜子里看到的自己一模一样。这是十足的酒鬼相，是日日喝酒被毒成这样的。丽姐喝酒的年份比她长些，这毒恐怕比她的还要深，已经牢牢长在了她身体上，长在了血肉里。

丽姐拉着华年坐下。华年仔细听丽姐说话，发现她说话有些微微的结巴，在她着急的时候更是明显。丽姐又带华年去看她的女儿，已经十来岁了，十分灵动，长得更是娇俏，说的一口纯正的美式英语，偶尔急了，也会夹杂着几句广东话。丽姐笑着说，她老公是香港人，前段时间卖了好大的人情把女儿送到宋庆龄学校去，读了几日又嫌那里的学校远，又把孩子送到现在这所国际小学来。丽姐抱怨了几句学费。

华年对这些一无所知，只好赔着笑。旁边立刻就有人说，这些学校是多么多么了不起，多少人费了多少心思想挤进去，学费又是怎样怎样的贵，三十几万一年呢，读的书不知道是不是金子包的皮？

丽姐等她说完，只轻轻说了句，“这是雪梅，她老公跟我老公很多年了。”

雪梅立刻说：“是啊，我老公以前在香港耀记当大厨的，香港耀记你知道吗？”

华年并没有听说过，然而她还是点了点头。

雪梅看华年点了头，心满意足地继续往下说：“山姆当初出了大价钱把他挖过来，已经给他干了十年了。我老公说从来没遇到山姆这么好的老板，要给老板干一辈子呢。”

山姆就是丽姐的老公。

华年被这样的热情微微弄得有些不自在，眼神忍不住飘向丽姐。

丽姐沉沉的眼珠一动，说：“院子里都是跟了我老公在昌平会干了好多年的老人。”

丽姐拉着华年参观房子。出乎华年的意料，沙发地毯餐桌都不是全新的，不过确实是好东西，扎扎实实的桃心木，腿脚都是明晃晃的做旧鎏金，连垫子也是只有意大利工匠精巧的手才做得出的软度。华年在光翼时看过一家家具公司，专业上学习过许多。

丽姐看着大方得很，指着家具先说：“这个是前房东留下的，我看着东西好，就没有换。”

她这个样子，倒是有些老有钱人的姿态。华年正想着，一个五十多岁精瘦矮小的男人从二楼走了下来。

丽姐立刻迎上去，腻到他怀里，说：“爸比，这是我的新朋友，华年。”

那个男人十足的洋派作风，亲了一下丽姐的额头。华年猜到这位便是他的先生，她是依着女儿的叫法叫他。

他双目炯炯，看了华年一眼，说：“好好玩。”说完便走到院子里去了。

丽姐什么人也不管了，只拉着华年说话。丽姐说完自己的事情，就把华年家里、个人情况问了个遍。华年和她说，家里做点小生意，现在倒还算顺利的，前几年也有工作，这段时间想休息。

丽姐笑起来，“谁问你这些？”

华年于是又说了感情上的事情。华年说起了于成龙，丽姐很是同情，一个劲地安慰。只是华年发现丽姐的精神力总不能集中很长时间，说两句这个事情就要跳到那个事情上去，又要经常去看手机，许多事情她们说了许久，还是没说清楚。最后，华年还是决定不说陈老板生病的事，免得她殷殷地问。

丽姐又问华年读了什么学校，听到是大学毕业，便说，“我从小不爱读书，你们这些读书人太聪明，别欺负我。”

华年立刻说：“把家管好才最厉害的。”

“现在女的都要出去工作，我这样的家庭主妇要被看不起的。”丽姐说。

华年侃侃而谈："你说现在的女权运动，到最后也没给女人太多实在的好处。古往今来，都是男人养的女人。男人出去获得资源，女人在家给生孩子，这是基因决定的。现在是要公平了，什么都要共同努力。但男人养个自己的女人，社会就要造出包养、拜金这样的词来诋毁。那好，咱们就来谈公平，在外面工作的女白领，看着各个光鲜，但实则上班伺候老板，回家还要伺候老公，像我这样的，稍微在家里的事情上偷个懒，就被人甩了，凄凄惨惨。还要被社会说，被抛弃了活该，谁叫你要做女强人。可我怎么看着人人抱着男强人的大腿，夸他们雄图伟略的，也没见谁说他没照顾好家庭。这算哪门子女权？分明是换了个方式来压迫妇女。"

丽姐听这话时，头虽然在手机里，话倒像是听得仔细，一边听一边笑了。

华年这几年工作，还真是学会这一嘴哄人的本事。

雪梅带着一群女人跑进来，对丽姐嚷着："就说你这个土豪，让你买八只龙虾就够了，非要买十八只，外面堆着一堆吃不掉，还不赶紧出去吃！"

华年又被丽姐拉着去了院子里。华年看了眼龙虾，每只大约一斤重。

那一整晚，人人便是一直在说龙虾买多了这件事。华年听着想笑，却终究是没有笑。

这样的烟火气，让她好眷恋。她舍不得笑，就怕一笑就没了。

她这是又回到了人间了吗？人间就该是这样的吧。

糖衣

空立着的柱子，包着金的项链，烂了心的苹果，架子再好看，轰然倒塌时，是加倍的丑陋。

没过几天，小喵跟着她和丽姐也混熟了。她们经常周末一起到丽姐家吃饭，顿顿都有龙虾象拔蚌。后来也遂了小喵的心意，去了几次昌平会。

每次去，还没进门，就有一群保镖服务员在门口躬身等着迎接，一口一个老板娘地叫。华年并没有看过这样的阵仗，竟是比乔飞明出去还要气派的。

华年和丽姐结了伴，更是天天晚上都要出去喝酒。她老公并不管她，只派了人跟着。华年这才知道，之前在外面玩的时候，看到的她后面站着的人原来是她的保镖。

有一天，丽姐又约华年出去，华年说她现在给小喵打电话。

丽姐顿了一下，说："你等等。"

华年听出她说话的声音有些严肃，于是问怎么啦？

丽姐说："小喵前几天一个人来我家里，送了我一个爱马仕手镯做生日礼物。和你说实话，我不是特别喜欢上海女人，小家子气，这种东西我怎么稀罕？要戴就戴个百达翡丽，戴这种东西出去要被人笑死的。"

华年正要为小喵辩解几句，丽姐已经接着说了："小喵你要小心着些，这样偷偷摸摸送我东西讨好，什么意思？你知道吗？"

丽姐说话并不是特别清楚，还好华年总能在颠三倒四中抓住她的意思。华年想起来前几天被小喵拉着去逛街。她和华年一起买了个同款爱马仕手镯，说好的华年一只她一只。华年连忙问丽姐手镯的花样，果然是她们一起买的那只。华年心里一沉。

"华年，我和你说，小喵心思太重，我知道她要拍我马屁，但也不是这样的拍法。”丽姐点燃一支烟。

华年不知道该说什么。

丽姐问：“你知道她家里情况？”

华年茫然不知。她未说过，华年也从未想过去问。

“你有没有送小喵回过家？”丽姐问。

“送过很多次。”华年如实回答。

“上去过？”丽姐又问。

“这倒没有。”华年再次如实回答。

“这就对了。我问了几个玩跑车的，都说送她回家过，停在一个看起来不错的小区门口。但她从不让人送上楼，说爸爸妈妈在家。你知道她这个人，巴不得立刻拉开衣服让人睡的，怎么会错过机会？”丽姐说。

华年觉得有些过了分，连忙说：“那倒也不至于。就是想结婚，看着有点着急了。”

“她在外面的名声，你没听过？你小心着些吧，女孩子最重要的还是名声，小心她带坏了你的。她前几天还来找我说那些男的的事情。我直接和她说了，什么菜不菜的？你这样子，在他们那里连菜都不配做。”丽姐又点燃了另外一根烟。

华年知道丽姐认定的事情是一万只牛也拉不回来的。

华年问：“刚才说送她回家这回事，这有什么要紧的？”

“也是巧了，前几天来我家玩的一个小姑娘，居然从小就和小喵家里认识的。她说起来我才知道，原来她不住那个小区。而是住在那小区旁边的老公寓里，一家三个人挤在一个人的房间里，还是租的。那小姑娘和我说，她家本来条件还好的，否则当年也不能送她去留学。只可惜她爸爸是赌徒，一家子钱全输在赌桌上。”丽姐说。

华年听到这里，只能默默无语。

“怪不得天天想挤我们的圈子，什么手段都用得出，你真的要你小心着些。”丽姐说。

我们的圈子又是什么圈子？一帮子混吃等死的人，聚在一起，也只不过是混吃等死。这样的圈子也有人挤？华年突然有些想发笑。

华年过了两天又要出去玩，在群里组了局。华年去了后，看到小喵在。华年看到她，心里竟然别扭起来，和她说话并不是特别自在，只是还是柔和的。

丽姐又和她说，别心软，你和她是不同世界的人。

她和她，又谁到底高过了谁？这个问题是华年那天晚上回家一边刷牙一边问自己的。华年第一天到上海刷牙的时候，刚接了口水在嘴里，就吐了出来。黄浦江的水，原来是这个滋味。黄浦江果然是飘过几千只死猪几千万个死人的，这样见过世面，立刻给了你下马威。千万条腐烂着的蛆虫滔滔汹涌。那段时间，对华年来说到哪都是这水的味道，浓油赤酱的红烧肉里都能吃出这腐烂的水味。当然，也有可能那个时候吃的红烧肉是粗制滥造的红烧肉。但总之，那个时候她觉得自己是一辈子都不能喝一口上海的水的。她想念小镇清甜可口的山泉。

华年刷好牙，接水漱口，还是上海的水。千万条腐烂着的蛆虫照样滔滔汹涌着。旁边就放着一瓶依云，巴黎原装进口的，可她却懒得打开。她的舌头早已经习惯了这些蛆虫。

最近她现金已经见了底，已经在想着是不是要把外滩那套房子卖出去。这几年房市一直好，有人出了不错的价格，利润很是丰厚了，再加上没办产证前转让，税费省了一大笔。但她又实在舍不得。如果没了那套房子，在上海她还有什么呢？这是她最后的根基了。根基都被拔去了，她还赖在这里，又是为了什么？只有一个问题，每个月的贷款怎么办？空立着的柱子，包着金的项链，烂了心的苹果，架子再好看，轰然倒塌时，是加倍的丑陋。

华年虽然这样想着她和小喵。那之后，每次出来，虽然小喵都在，可是她和她还是渐渐生疏了。

就这样，又是混混沌沌好几个月。

小喵彻底消失是在圣诞节。华年记得那个圣诞节前的几天，小喵特别开心，特地跑来请华年吃了顿饭，说是最近涨了工资升了职。又说以前在国外，年年都是一大帮子人一起过圣诞节，要布置圣诞树啦，要买礼物啦，要准备火鸡啦。她以前那个男朋友，年年都要在床头给她挂袜子，简直把她当小孩子。

小喵热火朝天地张罗着大家一起过节，最后依丽姐的意思决定在昌平会吃饭，然后就在房间里唱歌喝酒。丽姐说既然是过节，就一起来玩的人凑个份子，让谁请客反而没了意思。华年想着这大过节的，昌平会一个包间一晚上要好几万，也不好让丽姐请，自己最近也没这个能力，也就帮忙张罗着大家凑份子。小喵也起劲张罗，拉了好些人来，大都是那些玩车的，许多都是新面孔。华年不认得，也无所谓，不过是玩的圈子，今天你走了，明天他又来。

圣诞节很快到了。大家都穿得喜气洋洋的，小喵更是穿了一身改款的圣诞老人装，紧紧掐着腰，看得人不能好好呼吸。

昌平会的房间那天特别装饰过，到处摆满了圣诞树，圣诞花，圣诞风铃……所有的物件都裹上了糖果衣，漂亮极了。开酒更是气派，香槟叠成了山。华年交代小喵，龙虾要点澳龙，三斤重以上的。

所有人比平时更铆足了劲喝酒，不过十来个人，却足足喝了十瓶威士忌。

华年已经醉倒，斜斜靠在沙发上，自然有人殷勤在旁照顾。王大卫不在，说是外面有自己的朋友找他过节，结束了，来接她。

突然，华年听到一声尖叫："有小偷。"

华年带着醉意站起来，看到丽姐眯着朦胧的醉眼，一手抓着她的包，一边大叫："我的钱少了，有小偷，我要搜身，我要搜身。"

华年连忙走过去，抱住她坐下来，说："别开玩笑，这里都是你的朋友，搜完这个身，以后还见不见？"

华年抬眼，看到门口齐刷刷已经站着一排保安。她连忙挥手让他们快出去。

保安们都知道华年和丽姐要好，又见丽姐已经靠在她怀里不说话了，也就散了去。

第二天，华年酒醒，接到一些昨晚一起喝酒的人的电话，才知道外面早已经闹了个天翻地覆。

原来是丽姐醒了后，还嚷着要抓贼。人人自然都嚷着自己不是贼，到处找证据找证人，最后齐齐竟把风向指到了小喵身上。谁会相信开跑车的有钱人们是贼？自然是只有这个住出租屋的小喵嫌疑最大。丽姐打来电话说，想必是平日里出去玩从不让她请客，这次让她出了钱，不甘心。

华年因为宿醉，头疼得厉害，只求丽姐快些挂掉电话。家里却门铃声一阵阵响。华年挣扎着起来。

是小喵。她蹲在华年家门口。华年看到她时已经是满脸泪痕。小喵手里拎着一袋化妆品说是早给她买好的，是她喜欢的这季新出的颜色。华年并没有去看任何化妆品当季新款的习惯，但以前她也总是这样，不知道从哪里编些华年的喜好出来，给华年送这送那的。

华年知道小喵很是拮据，和她说的工资也是假的。华年在光翼时，许多公司员工的工资都是从她手上最后批出去的，她怎么会不知道市场行情？小喵最多一个月不过一两万的收入，连个包都不舍得给自己买，却经常要私下请华年的客，送礼物更都是送好的。这份心意华年以前是收下的。

华年安慰了小喵许久，大约是酒还没醒，后来竟然和她说了许多她家里的事，当年的落魄，她和若飞的赌约，她们的努力……

小喵听完，只眨巴着眼睛说，“你运气真好哦。”

她一直是这样的小女生态，可她已经三十出头了，比华年还要大两岁。她或许真的只是一直记得以前那个挂圣诞袜的男朋友，那个把她宠成小孩的男人，那样两不相猜的爱情可能一辈子都不会忘的吧。华年心里凉了，觉得自己的好意全打了水漂。实在再找不到话说。

末了，华年想起来之前心里对她的那些纠结，忍不住又问了一句，是不是还有什么话和她说？

小喵瞪大眼睛。

华年本来不是这个意思，却变成了这个意思。华年想解释，却知道怎么也解释不清了。

华年送走小喵，把她送的东西也是硬塞了回去。

丽姐又来了电话，问这事是不是小喵干的，问华年怎么想的？华年支支吾吾，总是没有一个说法。

几天后，华年就听说，小喵换了手机号微信号。从此，大家就都没再见过她。

华年有些难过。这个世界上，人存在在那里的全部，好像真的只是一个手机。

那之后许多年，华年才在一个偶然的机会里听到她的消息，说她还是没有嫁人，男人倒是真开始有了，只是和她在一起都最多不过一个月。中间她遇到过一个男的最不错的，给她买过一个爱马仕包一只手机，然而好像也只有这一个。她的姐妹们也是这样，轮换了一圈又一圈的，都是出了名的有姿色，或是出了名的豪气。

华年也听到了她嘴里对她的评价，是恶毒到了极点的，无药可救的贱女人，抢了她的男人，还要坏她的名声。无从说起的事，竟一句句都真真的。

华年猛然想起中学课本读到鲁迅的祥林嫂。老师总问，谁杀了祥林嫂？她竟然也是凶手之一。

华年惊出一身冷汗。

有一天，她会不会是另外一个祥林嫂，等她一无所有那一天。

明月照星河

这么远，华年都好像闻到了她这一笑呼吸间呵出的幽幽的花草香气……

再次遇到宋星河在外滩三号，在这里遇见他，华年并不惊奇。

华年一个月前刚和王大卫分了手。华年打算卖了外滩的房子。卖房子前，她带王大卫去看新房。王大卫细心地看房子的每个边角，那里油漆没做好，这里洗手台大理石缺了个角。王大卫和华年说，这个开发商配的马桶不行，换个电动的才好用。

王大卫最近一直催着华年结婚。华年含糊着。于成龙后，她便再没想起过结婚这件事。倒不是王大卫不好，他虽然是做模特的，华年也听过做模特这行的一些人的行迹，要名牌要现金的。王大卫却不一样，吃饭都为华年省着。穿衣服也是朴素，街牌店子买买就喜上眉梢了。可华年还是从没想过要和王大卫结婚。认识他第一天，华年就觉得结婚这个事和他是完全没关系的。

那天从新房子里出来，王大卫又提起了结婚。说着是不是要去巴厘岛办婚礼，他一个朋友就是去的那里。华年看着王大卫，站在阳光里，眉眼朗朗，是夏日晨曦的样子。

华年说："我要离开上海了。"

王大卫哭了。搂着华年，不肯放。

华年心又软了下来。

华年说："大卫，我不能和你结婚的。"

王大卫抓住华年的手，问："为什么？"

华年只好说："李银河说过，婚姻和人性有种紧张的关系。我是不婚主义者。我不是不和你结婚，我只是不会结婚。"

华年说到这里，突然想起了方鸿之。那个时候她那么看不起方鸿之，那个对乐宝说不愿意结婚，却最终娶了别人的方鸿之，可没想到现在，她却成了另外一个方鸿之。真的不再结婚了吗？说这段话之前，华年并未去想过这个问题。

王大卫没听懂，一直问华年为什么，李银河和他们又有什么关系？华年说李银河是王小波的老婆。王大卫说你看，那个李银河不也是结婚了吗？

华年一时不知道该怎么再接话。

过了几天，王大卫来找华年，和她说："我要买辆新车，你给我买个车牌好吗？这样我开着安心。"

华年心里一惊。再看到王大卫晨曦般的眉眼时就有些厌恶了。原来还是这样，没有了婚姻，就开始要名牌要现金了。当然婚姻是更好的，那是更大的财富和保障。

华年决定发狠，不再理王大卫。过了几天又想念起他来，再给他打电话，王大卫却冷冷的。

“我就知道你是这种人。你有一点爱过我吗？”王大卫说。

“我是哪种人？我对你不好么？”华年问。

“你只爱你自己。”王大卫挂了电话。

华年彻底绝望了。这半年，王大卫对她虽然不如于成龙亦步亦趋的，每次她酒醉后，却都是他来接的她。

她是不是只爱自己？她本来是可以全部爱别人的。于成龙的八十万还没有还她，他妈妈说过完年有了钱就还。她不要那八十万的，她只要于成龙的。可是于成龙不要她了。

华年伤心了一个星期。在这一个星期前，她以为自己会伤心得更久。她已经为于成龙伤心了这么久。可是没想到，她只为王大卫伤心了一个星期。华年想起那个很贵的心理咨询师唐老师还说过的，放心，你下一次恋爱，就不会再这么伤心了。这句话那个时候她不信，现在她信了。如果她和王大卫算一场恋爱的话。

那么，她还会有下次恋爱吗？下次恋爱，她会不会更不容易伤心。然后，下下次恋爱呢？下下下次恋爱呢？她是真的还可以再恋爱吗？

和王大卫分手这一天，华年看电视不小心看到一则新闻，大约是因为这则财经新闻太轰动，以至于普通新闻里也播报了。

“光翼子公司圆融今日在美股上市，市值突破300亿美金……”

和王大卫分手后一个星期，华年挂在中介的房子终于被人看上。华年去中介签了约。签字时，华年觉得心头生生被剜走了一块肉。

宋星河和华年隔两桌子坐着。他背对着华年，华年却立刻认出了他。宋星河的对面坐着一个女人。她头发全梳在脑后，露出小巧的一张脸，皮肤是玉色的，在微明的灯光下发出柔亮的光泽。她对着宋星河微微一笑，这么远，华年都好像闻到了她这一笑呼吸间呵出的幽幽的花草香气。有种女人是可以不用任何除了美丽之外的形容词的，那是种纯粹的美，任何角度都是没有缺陷的，是看一眼就想看第二眼的，移不开眼睛的。在见到这个女人之前，华年也不知道世界上竟然会有这样每一寸都美得恰到好处的人。华年已经半瓶多红酒下肚，她竟一直对着她转不开眼睛。要不是宋星河突然转身，华年都不知道她的这场注视该如何收场。

宋星河走过来与华年打招呼，“好久不见？和男朋友一起？”

华年怎么也料不到，宋星河就这样走了过来。华年这才想起她面前坐着的这个人。不过是刚认识的一个人，约了她几次，她才答应与他吃饭。刚坐下就满满点了一桌菜拿了上万元的红酒上来，是为了要杀华年威风的。但还好是这个阵仗，遇到宋星河也不算太狼狈。对着他，华年始终是有些不好意思。华年是宁愿一辈子不要再遇见他，这样才会渐渐忘记自己以前那场愚蠢的自作聪明。

华年心里只盼着他快点走。宋星河却说：“今天这么巧，不如一起。”

说着也不管华年同意不同意，已经招呼起餐厅经理并了桌。和华年吃饭那人本来看着还有话说，但看到与宋星河同桌的美女款款走来，眼珠立刻飞了出去，人还没坐下，已经对她比对华年还要加倍殷勤起来。

大家坐定，开始不咸不淡地说起纽约的拍卖行伦敦的画展。宋星河挑出的都是些陈年话题，仿佛知道华年并不清楚时兴的。以前Miss周次次都要冷不丁拿一些现在富豪圈流行的话题考华年，大概是怕她出去丢了人。华年自然勤学苦练，买了杂志回来背个通透。然而，那也都是以前了。

大家都闷闷的，倒是请华年吃饭那人活跃着，左打听右打听宋星河的那位美人朋友。那位美人却不大应承，一看便是享受惯了男人的这种爱慕。到最后，宋星河也只介绍了她的名字，说大家都叫她明月。华年一听就知道是小名或者外号，倒真是最合适她的。这不就是一轮明月吗？

渐渐地，酒又多了，华年身体有些发起软来。

宋星河看华年叫那人再点酒，突然问：“现在怎么这么爱喝酒？”

华年一听有些乐了，和他经常出去吃夜宵那会儿，她向来是只点可乐的。又想起自己发的工作时不喝酒的誓言，还好再也不用工作了。

“每个人最后都会爱上喝酒的。”说完，华年又觉得有些不好意思起来，这毕竟是宋星河说她，也是借着酒劲，竟然滔滔不绝起来，“杨玉环鱼玄机李清董小宛林徽因们都爱喝酒，是因为她们想得比别人多，所以心里长了个洞。这洞需要用酒浇灌才能满，满了，心就不会那么痛了。只是这酒怕太阳，太阳出来，就散了，所以需要夜夜浇灌。”华年说完，自己也觉得脸更红了，这番话真是没有意思。

明月却笑着说：“杜小姐倒是位佳人。”

“明月照星河才好。”华年脱口而出后立刻后了悔，红了脸。

那晚结束，宋星河让司机送了明月，自己坚持要送华年。

华年喝得这么醉，也只敢放心他，于是凭着最后意识坐进了他叫的出租车里。只苦了请华年吃饭的那人，一没得华年欢心，二没拍得明月马屁，自觉无趣，大概又为抢着买了单觉得冤枉，最后灰了脸，表面功夫都做不住了。华年却很开心，她才不要提醒他，宋星河这人向来是不抢买单的，只会笑嘻嘻把账单送到别人手里。到最后，他闹哄哄地叫司机开车来接他，一路上只嚷嚷着他家的劳斯莱斯椅子坐着如何如何不舒服。

“这个乡巴佬！”华年憋着一肚子的笑，那人一走，她就对宋星河说，“被比下去了吧？后悔了吧？谁叫你开凌志？”

“你不后悔？没坐上劳斯莱斯！”宋星河说。

华年说：“你笑话人。你们那个世界里，哪里管什么车子牌子？牌子对你们来说，不过是拿杆秤称个斤两，卖掉或者买下。”

“总有买不起的，比如照星河的明月。”宋星河笑嘻嘻地看着华年。

“明月是大饼……”

那晚最后的回忆，华年只模模糊糊地记得这句。最近她喝醉了总是这样，酒精会抽去她大把的时间。这样也好，时间对她来说，是现在最要厌弃的东西。

许多天以后，宋星河对华年说，那晚她和他说了许多许多的话。可华年不管怎么努力却怎么也想不起来。华年只记得一句，她说，我只这么想着，我是位薄命红颜，长得太风华绝代了，才这么凄惨的，这样我便觉得自己矜贵些，酒，便能日日喝下去了……

醉话是最好笑的，然而可以说给以前的宋先生听，却不是说给宋星河听的。

华年一边想着，一边开车到吴中路的一个二手车行。二手车行老板满臂文身，行话称花臂。老板说，911就是花花场面用的，没什么人真要开，白色又不耐脏。老板给了七十万。华年一句话不说。

烟火气的温暖

我活着很冷，她能给我温暖。

再次见到明月是在昌平会，华年正和丽姐在房间里吃饭。她向来要惯这个小包间的，一样的金碧辉煌，低消却比其他房间设得低，再说她们大多时间就两个人吃饭，够用得很。丽姐刚认识华年时，总抢着买单，说，姐姐请妹妹吃饭是应该的。华年本来不着意。后来几次听丽姐总说起这个女孩小气那个女孩不爱买单，丽姐是看不起大部分女孩子的，她心里这才留了意。又想着她们一个星期倒要一起吃个四五顿，再一起吃饭时，她也总抢着付钱了。

自从和小喵不来往，与王大卫分手后，华年与丽姐越来越亲厚起来。丽姐除了一周四五次叫华年吃饭，还天天要打电话给华年聊天，一聊就是四五个小时。说起来，其实也不算聊天，就是电话挂着，丽姐照常逛街、接小孩、训保姆，一半的话是同华年说的，另外一半的话却是同外面的人说的。刚开始也没什么，有丽姐的电话，耳朵边有个人声，总是好的。就是每次陈老板若飞来的时候，接丽姐的电话就不是那么方便了。华年总要编个理由去搪塞，理由编得多了，编不出来了，她就有些觉得累了。再有就是这理由虽然有时候和丽姐说了，丽姐也应着，过了五分钟，又给华年打了过来。华年实在哭笑不得。

渐渐地，华年发现，外人和丽姐说的话，她大部分其实是听不见的，听不见她的，也听不见别人的，然而她却是要说话的。而她说的话，只要有个人听着就好，假装听着也行。和丽姐吃饭时也是这样，丽姐总是低头看着手机，半天才会想起来，抬头和华年说句话。

刚开始，华年还是顾着她的，想着找些话题逗她说些话。她总想着是宿醉的缘故。有一天，丽姐却和华年说：我才不管，这个世界上的人！以前管得太多，现在我是想开了。这么浓的怨气，华年不得不留了心，才发现丽姐想听人说话时，还是听得到的。她老公山姆的话她句句听得见，她家保姆厨子说的话她却连眼皮也不抬；昌平会大客人的话她也句句都听得见，昌平会保安服务员的话她却是眼皮都不抬。而她这个妹妹华年的话，她一半是听得见，一半是听不见的。

华年和丽姐正吃着饭，突然有餐厅的经理进来说，隔壁有人请杜小姐过去说话。华年十分吃惊，今天并没有告诉任何人她在这里。更何况隔壁是总统包间，向来是给顶级的客人准备的。她哪里认识那样的人？丽姐也很好奇，先站起来走了过去。华年只好跟着。

华年刚进隔壁包间，就看到一张大圆桌，正主人位置上明月端坐着，一边宋星河，另外一边是乔飞明。上次在外滩见明月，不过一身简单的浅蓝条纹衬衫和牛仔裤，是美国大妞的那种青春范。今天她却穿了一件月牙白高领削肩蕾丝裙，十分华贵，衬着她玉色的皮肤越发光亮，有一种无法描摹的高高在人间之上的美。这才是第一夫人。华年拿眼角余光扫了丽姐一眼，她已经是脸沉了下来，想必是后悔了今天没穿件好衣衫。华年也是有些低了头，她这经年酒精泡出来的灰黄皮肤，怎么经得起昌平会这明晃晃的水晶灯照射？

丽姐对着大家说：“你们是我妹妹的朋友。我这里有好酒，请大家喝。”

宋星河还笑着，乔飞明眉头已经皱了起来。

华年知道他一向很难说话，正想解释，明月却已经一把握住乔飞明的手，笑着对丽姐说：“你是华年的姐姐？谢谢你啦。”

华年心里吃了一惊，这才想到。这明月怪不得看着如此眼熟，原来她以前在杂志上看到过。那杂志把她拍得俗气了许多，她才没认出来。明月就是乔飞明的妻子，上海第一名媛连子仪。第一名媛这样的名号果然不是一般人担的，也只有她配。

“你叫什么名字？”丽姐问。

华年笑了，丽姐就该是这样的问法。贾芸遇到了倪二[①]，秀才遇到了兵。

明月倒是镇定，回答：“我叫连子仪。”

倒是猜对了。华年想。

宋星河却笑着说：“明明叫明月。”

明月红了脸，摆了摆手说：“都是星河给我取的外号，笑话我脸大，像月亮，就一直叫我明月明月的。”

“虽然是我起的，可是老乔帮你叫出的名头。”宋星河说完转过来对着华年说，“你有姐姐在上海，怎么没听你提过？”

“我是她认的姐姐。”丽姐一边坐下一边替华年回答宋星河，“华年一个人在上海，都是我在照顾。”

华年也只好坐下。华年拿眼角偷偷看乔飞明。再见乔飞明，她倒没有了之前员工对老板的拘谨，态度有些恣意起来，文明社会，再大的权势也管不了一个不求上进的人。

这里的服务员与丽姐和华年十分熟悉，一看她们坐下，就立刻送上餐具。丽姐摆摆手说：“不用特别照顾我，先照顾我朋友。”

明月听了笑笑，对华年说：“上次听你说这里的菜好吃，今天就特别带他们来。刚坐下，想到你会不会也在这？就随口问了下。”

---

① 贾芸遇到了倪二，贾芸、倪二均为《红楼梦》里人物。

华年听着十分尴尬，恨不得立刻站起来走了。人家不过是要说几句话，并没有叫你一起吃饭的意思。丽姐最是多心。华年怕这话惹得她不开心了，又要缠着她说几个小时电话，连忙说："这位是这里的老板娘。"

"我和比特倒是好久不见了。"明月说。

丽姐筷子一停，"我……是山姆……的老婆。"

丽姐说话本来就结巴。

明月看着丽姐，疑惑的样子很明显，显然是并不知道有山姆这个人。

丽姐动了动筷子，想夹菜，又放下说："比特是我们的大老板。"

华年心里略略一动，其实华年早就知道，比特是昌平会大老板，山姆只是个管理人。在昌平会吃了这么久的饭，自然有风闻的，然而又何必拆穿？这个明月，原来是这样厉害的人。

"星河和我说，这些日子你一直没有工作？"乔飞明突然对着华年说话，自然还是老板对员工说话的态度。

"我不想工作了。"华年回答。

宋星河已经笑了起来，"怎么还是这么厉害？"

明月也笑了："我还以为你在这里工作呢，有个姐姐照顾，挺好啊。"

她明明知道我不在这里工作。华年心里想着，却不回答了。

丽姐听到，可是来了兴头，立刻说："做姐姐的，应该的。"

说着便摆出一副派头。丽姐向来有她自己的一个派头，这派头是她从电视里学来的黑社会大姐大的派头，是常年在夜场被经理保镖服务员哄着捧出来的派头。明月眼睛里都要溢出笑来了。华年无地自容。不知道她今天为何要找她这么个小人物来取笑？是突然来了兴致？还是那晚宋星河亲自送了她？

华年是立刻想走了，丽姐还在问："几位哪里做生意？"

"他呀，"明月笑着指指乔飞明，"以前做房屋中介的，现在发了点财。"说完，又指指宋星河，"我这个朋友么，做金融的。"

“哦，我有个朋友也是做金融的，”丽姐提到做金融兴致更浓。她一直有个股票经纪人帮她在做股票，是她的老乡，对她很是仰慕，一直供她差遣，随叫随到。她将手里的酒一口喝完，继续说，“我有个老乡做股票简直是个神仙，天天帮我赚钱，我在他那放了一千万，现在都翻了倍了。”

“真是厉害，我就是个家庭主妇，什么都不会，两手一摊，他养我。”说着又在乔飞明手上轻轻一握。

丽姐脸上有了得色：“我也哪里出去工作？股票不过随手做做，没想到这几个月行情好，倒是赚了七八百万。我平时就天天待在家里一个小院子，种种花，过过我的小日子。华年最知道。”

还是结巴。

明月嘴角噙住笑，看看乔飞明，又看看宋星河，不再言语。丽姐还要说些什么，一直在旁边站着的，看着二十七八岁的一个女值班经理，已经弯下腰在丽姐耳边说话。

华年坐得近，听到她说：“山姆哥说叫你先走，这几位是贵客。”

丽姐还在扭捏着，值班经理已经笑着扶起她，对着众人说：“丽姐和我敬大家一杯，各位贵客今天来到本店，是本店好大的荣耀。”值班经理说完，就让人送上酒店专门备的敬客人酒用的酒水和酒杯，倒了满满两杯，给自己一杯，给丽姐倒了一杯。丽姐和她仰头喝掉了。喝完，丽姐看着还想说话，但终究不敢，值班经理扶着丽姐走了出去。华年说了几句客气话，也要告辞先走。

临出门，华年看到一个四十多岁的男人和山姆一起匆匆朝这里走来。山姆手里拿着的正是那套昌平会专门敬酒的酒杯酒瓶。华年立刻闪身快步走回自己的包间。刚坐下，宋星河却跟着她进来了。

华年连忙推他，“这里不是你待的地方，赶紧回隔壁去。”

“人家两夫妻，我去做什么电灯泡？”宋星河说。

“那你今天要来？”华年不放过他。

“有人说要请客，还请这么贵的，我能不来吗？”宋星河说。

“你这么大家业，怎么还这么爱占便宜？”华年实在好奇宋星河这小气的毛病，到底是哪里来的？

宋星河正要回答，丽姐在旁边早已经忍不住抢了话，“你和那位乔总和乔总夫人很熟啊？”

宋星河笑着说：“我不过是帮他们管点钱，哪里熟，他们是我的上帝。”

丽姐一听，便没了兴致，转头问华年：“你和他们怎么认识的呀？”

华年只好说，“乔总以前是我老板。”

宋星河突然插了嘴：“对啊，乔总以前最欣赏华年了，华年手里动辄就管个几亿几十亿的，我们这些人都要看她脸色呢。”

丽姐看着华年，显然不相信，“我这个没读过什么书的，你们这些读书人说的话我听不懂。”

华年知道她每次有些不开心，便要用这样的开头，连忙说：“后来干得不好，被辞掉了。”

宋星河却也不放过华年，继续说：“丽姐，你知道圆融吧？你手机里应该有的呀，现在谁不用？那个几百亿美金的公司，当初就是她帮着乔总买下的。”

华年连忙朝他使眼色，宋星河才不理她。他做出十分可惜的样子，说：“对了，丽姐，刚怎么走了？是不是山姆哥让你走的呀？免得耽误你喝酒？”

丽姐脸上已经有了怒色，“我老公对我最好了，华年知道的，”她说着朝华年看了一眼，“我从来不出门，就在我们家小院子里坐着，我老公最保护我了，从来不让我和乱七八糟的人应酬。你们都在外面工作，见那么多人，只有我是最单纯最善良的。”

丽姐说话向来这样，她并不知道这小学生的语气在大人的世界里是出滑稽剧。华年是一直无所谓的，宋星河却已经拍桌子大笑。华年只觉得自己被吊在了半空，上去也不是，下来也不是。

丽姐这才嚷着头痛，站起来走了。

丽姐走出房间许久，宋星河还在大笑，“这女人是有病吧？”

华年实在想对他生气，又不知道该怎么生，只好说：“她是好人。”

“你到现在分人还是用好坏？”宋星河问。

华年苦笑，“她起码单纯。”

宋星河看着她。

华年只好又说：“我活着很冷，她能给我温暖。”带着烟火气的温暖。华年心里补充。

华年并不知道当时她说这话时的眼神。

许多年以后，宋星河才告诉她，那个时候她眼睛里是满满的哀求。宋星河没有再说下去，是因为他知道那是真的哀求。华年却觉得这也有可能是扯谎。毕竟哪怕那么多年过去，华年还是从来没有分清楚过他哪句话是真的，哪句话是假的。

维多利亚港的晚风

原来，到哪都是这样的，你动了我认为属于我的东西，管你有意还是无心，我就要灭了你。

丽姐自从见过明月他们之后，便经常在华年面前提起来山姆来。次次总要说山姆这些年多么多么辛苦创业，现在多么多么厉害。丽姐说她当年在香港遇到山姆的时候只有十九岁。当时山姆是怎么样对她一见钟情，怎么样带着她一起到上海来创业，又是怎样艰辛，她是怎么样陪他度过，现在他对她又是怎么样好。每次她说，华年都十分温顺地听。丽姐又说要给华年介绍男朋友，说山姆认识很多朋友，都是怎样怎样的大佬。

华年笑着问，“有老婆没？”

丽姐笑着说，“现在这个社会，有没有老婆有什么要紧？”

华年也笑了，说，“那就必须有很多钱，有比乔飞明有钱的吗？”

“哪里有那么有钱的人？心不要这么高呀。”丽姐说。

华年这下子没有了一贯的哭笑不得，而是真想哭出来了。前段时间，若飞说要给华年相亲。华年对若飞说：“快快快，是不是市长的儿子？”那之后，若飞再也没提过相亲这回事情。

华年和丽姐相处的这段时间，任何事情上都顺着她，只有这次十分坚决地拒绝。丽姐的神情露出纳罕之色：“你到底要什么样的男人？那个姓宋的那样的？那可不行，看着不是好人。”

华年又顶了一句：“那怎么才是好人？沈成港、韦建年那些算好人？”

这些都是这些日子对华年表示有过好感的男人，有时候她们聊天聊到他们，丽姐总劝华年挑一个定下来。华年呢，一边嘻嘻哈哈和他们打情骂俏，一边却并不和他们有什么正式来往。一段时间过去了，他们到最后也就灰了心。

丽姐大概猜到华年看不上他们这样混日子的小青年，日日苦口婆心劝她，现世安稳就好，赶紧找个人定下来。她说话一着急的时候，总是会挥动她的手，她手里一颗五克拉的钻戒总是会适时闪闪发出光芒。华年把乐宝绝食一个星期，后来颜顺昌送了她钻戒的事情，告诉了丽姐。丽姐当即回去也绝食了一个星期。一个星期后，丽姐手上就戴上了这颗钻戒。

“啧啧，竟然为了那样一个人。”丽姐还在说。

华年突然起了捉弄的心：“他总算是个正经人，收入也好，又有乔总那样的朋友。”

丽姐诺诺：“只是他这样的男人都很坏的，有几个能像山姆对我一样？”

华年笑笑：“总比混日子的好，他又是单身，也算可以稳定。”

丽姐说：“这个人看着就不老实，必定是有很多女人才不肯结婚的。”

华年这下子实在无力再辩驳。鬼知道宋星河有几个女人，老实不老实。再说，老实的又怎么样？于成龙最老实。

华年第一次亲眼看见人打人，是在和丽姐这段对话的几天后。

那天，丽姐打电话说："刚回来就收到个丧气的消息，我正让人在隔壁教训她呢，这小视频刚发来。"

华年盯着手机里的那个小视频。虽然只是个模糊的影子，她还是认得出正是那天明月包间里的值班经理。华年不知道她的名字，只知道大家都称呼她"三公主"。至于名字怎么个由来，华年倒是不清楚。

自从那天三公主扶着丽姐走出明月包厢后，丽姐便对三公主格外亲热，一直夸她会做人做事。三公主也的确在昌平会混得开，各路人马都能照顾得妥妥帖帖的。又长得一双好眼睛，看着你的时候，总觉得殷殷切切的。平日里穿着也是素雅，女人也不讨厌她。丽姐和三公主走近了之后，倒是没像以前那样三天两头找华年了。华年下了个新游戏也是心热，一心想着升级，也就没怎么去找丽姐。

正经出事的那段时间，丽姐正热头在股票上，经常和那个股票经理来往。三公主跟着丽姐一起，和那股票经纪一来二去，便好上了。这是丽姐告诉华年的原话。"好上了"这三个字，丽姐是反复推敲后，才得出的结果。比如三公主下了班，还到股票经纪的包间一起喝酒啦，再比如三公主去外地旅游，股票经纪也跟着去了外地旅游啦。虽然是风影的事情，但是被丽姐串了起来，说得连华年都有三分相信了。好死不死那些天股市正好大跌，不过一个月之间，那个股票经纪就把丽姐之前赚的连着本金亏了个精光。这样上下一算，竟然还赔进去了一千万。山姆知道丽姐亏了这么多钱后，说了她几句。丽姐和华年打电话说，她受不了人说一句的，她要立刻离家出走。华年好说歹说劝住了。过了一会儿，丽姐又来电话说，她打了山姆一巴掌，这下子是非要离家出走不可了。华年那天倒是在家，想想真打起来，山姆毕竟是男人，她怕丽姐会吃亏，就赶紧让她先过来家里。可华年等到天亮，她还是没来。到了第二天丽姐也没个声音。她的事情她不说，华年向来不问。丽姐是能把一个人的心猜出十个人的心来。

和山姆吵架后过了几天，她们才再约了出来喝酒，华年看到她眼角有微微瘀青，她笑着说前几天去打了水光针。

丽姐咬牙说：“就是那个三公主，什么三公主，肯定是有什么狐狸精附体，迷住了我的股票经纪人，故意害得我输钱。”故意这两个字，丽姐是经常说的。也是，逻辑反正是书本上教的，没读过书，不要逻辑也没有关系。

华年看她恨得有些发了狠，一直说着要教训三公主，华年旁敲侧击劝过几次后，慢慢地也就忘了。

那段小视频丽姐发给华年的时候，华年正昏昏快睡着，看到丽姐的消息，不忍心不点开。消息发来的就是那段小视频。昏昏暗暗里，三公主被一群男人围着，在被狠狠刮巴掌。三公主支撑不住，摔倒在了地上。那群施暴的男人里有人抬起脚，将她踩在脚底，踩了一会儿，又把她踢给其他人，然后就开始踢过来，踢过去，像是在踢一个物件。

这是华年第一次看到男人打女人。十七岁时候，她看过打架，然而人打人和打架是不同的。她也看过于茉莉被打，然而女人打女人和男人打女人又是不一样的。男人抬手的那一刻，三公主真就是化成一汪水。柔的，弱的，没有一丝防抗力的，可以随便蹂躏的。华年发了怵，手脚都发了软，头皮更是一阵阵麻上来。

“早就想打她了！天天发消息跟我求饶，我就没理她。她还想找大兴保护，这几天，天天找大兴，大兴哥长大兴哥短的，既然这样，我就让大兴去打她。”丽姐说。

大兴是昌平会的保安头子。视频里带头打三公主巴掌的，就是他。

一切都很荒诞。这个虚妄的世界，和她到底是什么关系？Miss周，乐宝，小喵，于茉莉，宋星河，张天娜，于成龙，未然，洪思晴，廖了丁，乔飞明，颜顺昌，沈妙音，钱中裕，丽姐……这些人和她到底又是什么关系？

华年茫茫然，不知道了去向。

“还要打，没看到血。你说是不是？大兴是不是护着她，故意没打出血来？”丽姐问。

华年不说话。

“没出血，没出血……”丽姐喃喃重复着这几个词。

华年仿佛看到电话那头丽姐因为酒精红涨了起来的眼睛。许久没在华年心里出现的那一双双猩红的吃人的眼睛，突然又都睁开了。华年恐惧地缩起了身体，这便是人心么？

华年的身体冷了下来。她的脑子也冷了下来。她现在唯一想到的就是阻止即将要发生的悲剧。三公主的悲剧，丽姐的悲剧，那群男人的悲剧，和她自己的悲剧。小时候她没有能力阻止的悲剧，现在她有了。她必须这么做。

华年终于说话了，她的语气缓和而又温柔：“丽姐，打得好呢。你看，都打得站不起来了，大兴怎么会是护着？”

“你说这是真打假打？怎么牙齿没出血？”丽姐只是这样又问。

“这么狠，怎么会没有血？”华年说完，顿了顿，欲言又止，“其实打也就打了，就怕……”

“怕什么？”丽姐问。

“就怕他们控制不住，你看他们男人，万一闹出个强奸什么的，到时候祸事惹到你头上，为了这样的人就真不值了。”华年说。

“说有人要强奸她？谁信啊？这样一个女人，人人都睡得的。她张开双腿，天天随便人睡的。”丽姐声音发了尖。

华年快没有力气了。她强撑起最后的精神说：“这些哪里说得清？我们过几天还要去阳澄湖吃大闸蟹呢，可别到时候出了事去不了。”

“你看她，还握着拳头，你说她是不是不服气……是不是有很多人对我不服气？”

华年突然明白了过来。丽姐原来也在提醒她。就在不久前，她们一起认识了一个刚演了热播剧看着就要红起来的男演员。丽姐一直怂恿华年约着她来昌平会吃饭。华年也就约了。可饭才吃到一半，却突然来了几个人，匆匆把那个男演员接走。昌平会的保安有人偷偷和她说，是丽姐的车子接走的。过了几天，大家出来喝酒。丽姐喝醉，扯着华年说，你们都嫉妒我，都怕我抢了风头，处处防着我，没有人能抢走我的东西，不信就来试试。华年那时不知道什么事情闹得她这样。现在前后串起来，她算是全明白了。她又陆续想起她的一些醉话，似乎有次这个男演员和她们一起玩，和丽姐说了一晚上的话。丽姐泪眼婆娑地和华年说过，他还真是懂我的。丽姐还和她说过的，澳龙她早吃腻了，龙虾小点肉细腻。

这个男演员原来是另外一种形式的那个股票经纪。华年总以为丽姐的许多话只是醉话。她一直想着原因大约是山姆再对她好，毕竟她这鲜艳艳的青春还是活埋在了松弛褶皱的老人皮肤里。所以每次对她，华年总是百般地哄，百般地说自己不好，最后也就太太平平了。

原来，那太太平平只是华年认为的太太平平。原来，她认为的忍让，在别人眼里成了讨饶。原来，到哪都是这样的，你动了我认为属于我的东西，管你有意还是无心，我就要灭了你。如果她是那个值班经理，一穷二白，仰着她的鼻息……华年不得不去想。

那天，华年等到那群人放了三公主的消息后，就把自己灌了个烂醉。

那之后，华年再也没有去见过丽姐。

丽姐有个很好听的名字，叫关宇丽。她十四岁就辍了学，在家里帮着干活。十八岁那年，她听人说起香港。十九岁她去了香港。

十九岁的关宇丽，一双明眸，一头长发，那样的风姿，站在香港维多利亚港的晚风里，那个时候的她，又何尝想过会和这个肮脏的世界有什么关系？

十九岁的关宇丽又怎么会想到，以后会遇到一个大她二十岁的香港男人，然后她会爱上他。

十九岁的关宇丽也不会想到，那个男人最后背弃了与她结婚的誓言，因为他原来已经有了妻子孩子。

十九岁的关宇丽更加不会想到，她为这个男人割腕三次，哪怕为他生下了一个孩子，最终却还只是他见不得光的情人。

人人一口一声“老板娘”是假的，叫一声，伤一分。她清楚。她装听不见。她装与世界隔绝。他有真正的妻子。他真正的妻子端坐在香港的老宅子里，每个春节他都要回去过，因为那是正日子。他真正的妻子填写在他的配偶栏里，每个文件都需要她的签字，因为那是人生大事。他真正的妻子和他做好了相偎依的雕塑立在坟头，生亦同襟，死亦同穴，因为那是永远的事。

华年想起，丽姐给她看过很多很多山姆写给她的情书，每个字都是真的，可是就是没有一张结婚照。华年想起小时候看过的若飞和陈老板的结婚照，那是一张老旧的过了时的相馆里拍的昏黄照片，两个都只穿着军装，只有胸口别着的红花跳跃着喜气。若飞和陈老板随手扔在抽屉里，越发发潮发霉。

心酸吐出来是泪，风一吹就没了，咽下去却是心上的一片铁甲，一片片垒起来，垒成一座坚不可摧的城堡。乐宝以前在信里这么说。那时候她们都还小。

华年沉了下去。

她已经沉沦到底了吧，华年想。

五月花公主

在很久很久以前，有一个国王和王后，他们的孩子一个接一个死了，最后只剩下一个公主……

华年白天也开始喝酒。

晚霞和晨曦，本来又有几个人分得清楚？

华年酒喝得越来越多，陈老板在上海住的时间越来越久。他说来回奔波辛苦，经常一住便是半个月。陈老板在的时候，华年只能忍住不喝酒。若飞开始一直陪着，陈老板却愣是把若飞赶了回去，说是你再不回去，公司垮了，哪里还有钱给我看病。

丢了工作的事情终究是藏不住了。

陈老板什么也没说。身体渐渐好起来之后，开始去菜市场买菜做饭给华年吃。吃饭的时候，偶尔还给华年倒一两口小酒，兴头头地看着华年喝。

有一天，陈老板买菜回来的时候，手里拿了一张旅游宣传单，说自己这个疗程快做完了，最近精神也好，所以想去欧洲玩一趟。华年之前出差倒是去了两次欧洲，地方很熟，只是没玩过。到哪不都是几块石头几块砖？有什么意思？华年一向不热衷旅游。但陈老板一说，华年还是立刻一边忙着去订机票酒店，一边又和他的主治医生联系，问好所有的注意事项。不到半个月，他们便出发了。

想起来，那是人生最美好的一次旅程。五月的欧洲，有成团成团绣球花的普托菲诺，有日光下蓝澈似海洋的萨尔斯堡，有满室金灿灿中古壁画的威尼斯，有凝望不到底的卢森堡……有成群飞过的白鸽，有清冽的雪山湖泊，还有那个永远的陈老板，傻呵呵笑着的陈老板，到处找人打听好吃地方的陈老板，那个指手画脚比画着说话的陈老板，那个气喘吁吁还企图帮华年拿行李的陈老板。

陈老板经常走着走着就突然不见了，在华年快急死的时候，又突然出现在她面前。每次出现的时候，他手里总拿着冰激凌棉花糖各种零食，偶尔也会是红酒，只是嘱咐华年少喝点，尝尝味道就好。

他们一起爬上了埃菲尔铁塔，摸过了大卫像，住过了水上酒店。陈老板很是做了一番功课，看到维罗纳的朱丽叶之家时，竟然会说那小姑娘的男朋友叫罗密欧。

华年知道他是为了不让她操心，去之前找去过欧洲的朋友东打听西打听，问到朋友们都生了厌。

陈老板还总是健步如飞的，看着比华年精神头还要好。只有一次，陈老板实在走不动了，才叫住华年等一等。华年停下脚步，四周一看，原来他们竟然在一片玫瑰园里。刚才赶得太急，一心只想着去前面大皇宫，眼睛里哪里有这片玫瑰园。

华年记得乔飞明以前问过华年最喜欢什么花，她回答是玫瑰。

他问她为什么。她说是因为一篇童话《五月花公主》。

乔飞明不知道，这个故事是小时候陈老板读给她听的。陈老板很会讲故事，总是配合着动作，栩栩如生的。当然，应该偶尔有些错别字的，但那么小的华年反正也不懂。

华年一边敲着大腿一边问陈老板："还记得《五月花公主》吗？"

陈老板眯起了眼睛想了半天。

"在很久很久以前，有一个国王和王后，他们的孩子一个接一个死了，最后只剩下一个公主……"华年背起故事的开头，"我那个时候那么小，怎么可以和我说这种故事？这哪里是童话，简直是个恐怖故事。"

陈老板笑起来，拍着华年的脑袋说，"你不知道小时候你听到这个故事都会手舞足蹈地咯咯乱笑，你看它是童话它就是个童话，你看它是恐怖故事它就是恐怖故事。"

"哪里有死那么多人的童话？"华年气急败坏。

"死人有什么怕的？童话和现实的区别就是童话里坏人都死了，现实中坏人都活得好好的。"陈老板点着头，认真地和华年说。

"你怎么现在分人还分好坏？"华年想起宋星河那天笑话她的话。

"当然分，谁爱护我的宝贝女儿，谁就是好人，谁要是欺负你，谁就是坏人。"陈老板笑嘻嘻的。

"肉麻。"华年一边嘟囔，一边眼泪还是流了下来，她本来打定主意绝不在陈老板身边哭的。

陈老板笨笨地掏出纸巾给华年擦泪，可是眼泪越擦越多。

"怎么哭成这样？怎么才能哄住你啊？"陈老板问。

华年抬手指了指前面的玫瑰园，"我要是能有这么一片玫瑰园，就再也不哭了。"

陈老板笑笑："好咧，那容易。"

华年笑了，其实她很好哄的。明知道哄她的假话，也哄得住她。

华年没有告诉陈老板，五月花就是玫瑰。华年十七岁前，陈老板在小城家里的阳台种满了玫瑰。她一直以为她恨玫瑰，总想着是陈老板哄若飞的把戏，是害得家里败落的元凶。她后来才慢慢知道，原来她那么喜欢玫瑰。每到花季，陈老板便会每天去阳台剪一枝玫瑰放在盘子里，放在若飞的床头，他们再吵再闹，只要玫瑰盛开了，便都好了。

喜欢玫瑰，不过是想要一个若飞和陈老板这样的日子。只要两个人在一起，风大雨大都不怕，这样世俗的花，才有世俗里最温暖的情谊。可是，她却越来越孤单。外婆走了，外公走了，陈老板要走了，若飞总有一天也会走，如果这个世界上最后只剩下她一个人，还要那么多荣华有什么用？站在巅峰，不过是为了看到他们为她鼓掌时眼睛里骄傲的光芒，那么努力，不过是为了与你们共同分享她的荣光。然而，大家都走了。

陈老板走的那天，华年不在他的身边。华年并不知道他要走，她还在等着他过段时间像往常一样来上海。若飞也是，早上还推着他出来散步，刚刚还给他量了血压。文武叔打电话通知华年的时候，和华年说，陈老板一直嘱咐他，要有什么事，千万不能让她开夜车。

到家的时候，华年看到陈老板躺在那，眼睛眯着，和睡着一样，只是冰冰凉的。她不过半个月没看到他，他竟然就瘦成了这个样子，肉不知道了去向，只有一层皮肤贴在骨骼上，灰白色的。她以后梦见他，大部分都是他这样消瘦的样子。

葬礼一切按照小城的风俗。闹哄哄的。所有的人都来了。

只有一个好处，就是可以随便华年哭，哭得再大声，再凄厉，也没有人再问她怎么了。若飞也哭，哭得也很大声，很凄厉。她们抱着彼此，仿佛要把一辈子藏起来的所有眼泪都洒在这里。也有别人哭。亲人们都在哭。朋友们也都在哭。华年看到好几个和陈老板年纪相仿的男人们带着饭局上的饭气酒气就来了，站在陈老板身前，默默流泪，默默走。

还有感恩的人来，有讨债的人来。人们拉着华年给她讲陈老板的故事，那些她从来没有听过的故事。陈老板的人生竟然是这样的，是她从来都不知道的。他会去帮一个素不相识的渔民，帮人请律师打官司，保住他一家几口人吃饭的家什。怪不得，有段时间，家里天天有新鲜的螃蟹黄鱼。他当然也坏，开车和人追了尾，几句口角，就把人鼻子打得断了骨头，那人现在看着模样还是有些怪。也有一直赖着的债，零零散散的，都是顾念着陈老板的人，听他去世了，到现在才提起来。

陈老板的人生，到底是怎么样的？陈老板被推进了火焰里，消散成灰烬。

陈家祖坟在姑奶奶家的后山，芳草萋萋。

小城的风俗要从半道下车走上山。路很远，要走一个小时。骨灰盒太重，男孩子有力气，也要几个人轮换着抱。华年家没有男孩，堂兄弟们被推着帮她抱骨灰。

华年将骨灰盒的红绳子一把套在自己脖子上，只嘱咐绑得结实些。这是她和陈老板在一起的最后时光。

华年的脖子被勒出了血红印子，手心磨出了脓，额头都是细细密密的汗。华年咬住牙，只默念手上不能松。这是她和陈老板在一起的最后时光。

陈老板要进了祖坟，山高路远。这是她和陈老板在一起的最后时光。

华年和身边的陈老板说的最后一句话是：爸，今天我要吃葱油炒饭。

回上海之前，若飞给了华年一个电话号码，叫她联系这个人。

若飞说，“我和你爸都知道，这两年你很荒唐，他看到你偷偷喝醉好几次。”

华年默默不言语。

若飞继续说：“他也看到你卖房子的合同，去查了你银行账户，知道你把你自己前几年赚的钱全部败光了。”

华年想起去欧洲玩，她说她出钱，陈老板拍着胸脯说存了私房钱，不用掉，也是给若飞没收了。

“这件事情我是不赞同的，可是你爸爸坚持。”若飞说。

华年摇头。

“你爸说，你小时候，他错，你长大后，我错。”若飞最后说。

陈老板给华年在上海造的这片玫瑰园只有欧洲那片一个角落那么大，却是在上海最繁华的闹市区，后面的小屋虽然也只有两层，却保留着那个时代的繁华风姿。每片砖瓦里都是红烧肉，都是葱花，都是嫂子娘舅的碎碎细语，是华年喜欢的上海的样子。华年以前和陈老板说过。

房子的八角窗户三面敞亮着，每天早上起来，满室阳光，满屋子窗外的玉兰花香。和华年交接的人说，这里以前这是某个大作家的旧居，沾了书香气的。华年就想住一间老上海文人住过的房子，这样在里面读书会更有趣些。华年以前和陈老板说过。

若飞和华年说，陈老板一直挑了三个多月才帮她挑定这个地方，又硬生生逼她卖了的公司，付了全款。若飞说，上海房价怎么就到天上去了？辛苦一辈子，不过换来几片砖瓦。华年呀了一声。若飞的公司是若飞的命。当年家里那样困苦，那些猩红的吃人的眼睛那样逼着她，她还是咬着牙守着。这一守就是十多年。天天风里来雨里去，那样苦过来，怎么就这样轻易甘心舍得？华年想一下，便心痛一下。若飞看着还是眉眼淡淡的，滚滚的眼泪也并没有灼浓过，只是这淡淡的眉眼却有天下最浓的情和最坚韧的执着。这就是她的母亲，那个《木兰辞》里“关山度若飞”的杜若飞，那个一直在小城里生活的杜若飞。华年想起她以前和若飞的赌约。到最后，她还是靠了若飞。翅膀那么硬，却还是被折断了，血淋淋掉了下来。

若飞说，他从小就是这样随便宠你，宠坏你，也不管的。你马大哈，自行车一辆辆被偷也没个教训，我不让再买，要给你教训，他还是一辆辆买。你说要个MP3，我怕耽误你学习，严令禁止，可他偷偷买了塞在你被窝里。这辈子，他就是为了和我作对来的。你现在脾气这样倔，吃了这么多亏，都怪他把你宠的。

华年抱住了若飞。她这辈子都不爱说话，现在她却拉着她喋喋不休。

她只剩下若飞了。

华年笑着对若飞说，晓得了，妈。

卷六

红皮箱

红皮箱是娘家给姑娘的嫁妆。拎出门，姑娘就再不是自家人了。

华年和陈老板一起坐上了去上海的火车。

这是华年第一次坐火车硬座。湿漉漉的热，蒸着常年累积渗到座椅厚棉布里的人的体味、泡面味和尿骚味；密闭着的空气，扩出撕裂着脑袋的婴儿的哭喊声、人们的交谈声和火车发动的轰鸣声。

华年缩在椅子上，陈老板拿出一袋子鳗鱼鲞。以前家里过年，外婆出师的学徒们早早就会拎着一只只肥美硕大的鳗鱼上门拜年。外婆总会打发陈老板去乡下请老打鱼师傅来家里。老打鱼师傅手艺了得，三刀就能将一条一米左右长的鳗鱼剖开。外婆便笑呵呵将这一条条鳗鱼晒在自家阳台上。小城湿热，只有冬至过后到春节才干燥那么一小段时间。外婆晒好鳗鱼鲞后，这天气便成了家里顶重要的事情。外婆有事没事总会嘟囔着，莫下雨，莫下雨，晒个好鲜来。外婆去世前几年，体力已大不如前。陈老板就开始学着晒鳗鱼鲞。这晒鳗鱼鲞看着简单，里面门道却多，陈老板连着晒臭了好几年，才出了师。这几年家里虽然不好了，每到过年，陈老板却还是要晒鳗鱼鲞。菜市场买来的鳗鱼细小干瘦，比不得学徒们千方百计搜罗来的。陈老板手艺却是日益精进，青出于蓝，鳗鱼虽然不成材，他却学会了三刀剖开鳗鱼的绝活，晒出的鳗鱼鲞更是越来越香。若飞平时最喜欢吃这鳗鱼鲞，一顿饭没有就要嚷着没菜下饭。

陈老板打开装着鳗鱼鲞的袋子，递到华年面前。华年皱了皱眉，把鳗鱼鲞推开，说，这么腥，要被人说的。

陈老板手上正好把一只鸡蛋拨好，一边递给华年一边说，那留着给你到上海吃，先把这鸡蛋吃了，这是你姑奶奶给你存的土鸡蛋。

华年接过鸡蛋，有一口没一口吃着。窗外，浮光掠影。不是说还有更高维度的世界存在吗？华年想起她前几天看的一本科幻小说。小说的世界里，生命轻易地被摧毁，甚至不用刀和枪，只是一个来自高纬度世界派来的质子，就让一切都灰飞烟灭了。那么，那些高纬度的世界，会不会就在这速度产生的细小夹缝里？会不会在下一秒，就有一个质子飞来，摧毁她和她周遭的一切？又会不会有什么东西正在看着她这场戏？即然如此，那眼前这转换着的一幕幕，是不是就她这二十二年来的人生？太荒诞，华年自己笑自己。她打开随身带着的书，决定不再想。

华年恍惚记得陈老板在那天好像提过，你妈偷偷把你的红皮箱子都买好了。

在那个热气腾腾的小城，每个姑娘出嫁都有个红皮箱，先满满铺上一层硬币，再铺上一层新衣，然后是娘家给的店契房契，最后才是满登登沉甸甸的黄金。红皮箱是娘家给姑娘的嫁妆。拎出门，姑娘就再不是自家人了。

陈老板就是在说这些话的时候把钱满满塞到华年手里的。他口袋里还有没有钱？他是不是走着去车站的。华年现在有时候会想到这些问题。

经济舱里的真爱

以前觉得有了钱，就什么都好了，现在有了钱了，还是什么都不好。

上海交错的小路里，华年最喜欢新乐路，既有俗世的喧闹，又有玛丽皇后的情调。华年经常会绕到这里来买花。小小弄堂里一拐进去，玫瑰百合郁金香紫罗兰满满摆了一地。华年小心翼翼，嫌恶自己脚上的尘土。然后，她还要去看东正教堂。黄昏时，半圆拱顶浓重的阴影散落下来，是俄罗斯舞娘的胸脯，沉甸甸的。她特别喜欢新乐路的冬天，一定要裹着及踝的黑色长大衣，在上海湿漉漉的寒风中，穿行过这里，再把这瑟瑟的冷带回去，投到宋星河温热的怀里。

再次见乐宝，是乐宝给华年打的电话。乐宝说，见见吧。华年说，好。

约在玫瑰园。华年在花园子青藤下摆了桌子，桌子上是华年挑的细银茶具，密密都是玫瑰花纹。第一眼看到这套茶具时，华年觉得特别像小时候她和乐宝看的漫画书里，她们最羡慕的公主的道具。只是买了后，就忘在了角落里。早上才想起来，翻箱倒柜找出来。华年早早给乐宝冰上了牛奶，又去买了曲奇饼干。乐宝爱喝牛奶，可只能喝冰的，否则就吐。曲奇饼干更是她的心头好，小时候总吵着要华年那份。华年又去找乐宝当年送她的那支万宝路钢笔。每个角落寻遍，却怎么也找不到。乐宝刚送她这支笔的时候，她视若珍宝，电脑三年不擦，这支笔每次用完她却要拿眼镜布细细擦一遍。可终究曾经宝贝过的东西最后还是不见了，岁月的黑洞无边无际。

“你怎么还在上海？”华年问。

“你怎么也还在？”乐宝问。

“在上海，可以老得慢一点。”华年答。

“因为你还在。”乐宝答。

“以前觉得有了钱，就什么都好了，现在有了钱了，还是什么都不好。”乐宝说。

“太辛苦吗？”华年问。

乐宝笑：“或许只是因为钱不够多。”乐宝来了之后，难得说话，一直默默在听华年说这两年的事。华年说起了陈老板，乐宝眼睛红了上来。乐宝去看过陈老板好几次，华年从未碰上。

又说到丽姐。乐宝突然问了一句："你说她十九岁就在香港？"

华年点点头。

"你真是傻！我见过几个这样的女孩。那个年代，一个十九岁的姑娘，又只上到初中，在香港能干什么？那个时候香港还没对大陆开放劳工输出呢。"乐宝说。

世界上到处是真相。可真相是什么，真的有那么要紧？

乐宝一年多前又回到了颜顺昌的身边，也是个真相。

"对我来说，最悲哀的是我再也不懂怎么恋爱了。不再爱他们，也再爱不起他们。"乐宝说到这，声音微微一颤，极短暂的，要不是华年和她那么熟悉，绝对发现不了。两年不见，乐宝还是那个熟悉的乐宝。

"他想要让一个人幸福是很容易的。他的能力，你知道的。他很好，不抽烟不喝酒不去夜总会。他和我说过会好好爱我，只爱我一个。然而，就是离不了婚。这么久了，还是离不了。希望起来，灭掉，再起来，再灭掉。斗到最后，没了力气。"

乐宝又笑："他一直带着我到处去旅行。老颜带你去看世界，他说。刚开始，我以为，这就是真爱了。可是我们一起坐飞机，他却只买经济舱，他也陪着我。为了我，他这是纡尊降贵了。我从头一天坐在那个位置上时就在想，他为什么这么做？"

"为什么？"华年看着乐宝。

"他在提醒我，我是一直坐经济舱的，我只能一直坐经济舱的。那个时候我就想，要是在他贫穷的时候遇到他该多好，我是可以陪他一起吃苦的，可惜那个时候遇到他的人不是我。华年，我很累了，可是，我离不开他。"

怀疑是爬满灵魂的最大伤疤。华年想起小时候外公常常教她背的苏东坡的一首词，里面有一句，"也无风雨也无晴"。外公说，华年，记得，风雨和晴天都是很好很好的。

华年送乐宝出去。九月的上海，满地的桂花。

乐宝问华年："哪天还有时间？老颜说想请你来聊聊。"

乐宝欲言又止："最近可能真的可以离婚了……"

“怎么？她放过他了？”华年问。

“到底是谁放过谁，谁知道呢？说不定恩爱着。”乐宝笑，“老颜最近出事了。他不会让老婆孩子跟着他出事，已经送了加拿大，离婚手续也在办了。”

乐宝撩了撩额间发丝，小时候华年最喜欢看乐宝这样撩头发，这是仙女特有的一种姿势。那时，只要她再微微露出一点缎子般的脖颈儿，所有的男孩便会拜倒脚下。

“本来不多想了，想着等过几年，他倦了，给我笔钱，再去找个人嫁了。但是上个月，他和我说，他快要破产了。”乐宝说。

华年以前听到一定很气的，可是那样生气是多么年轻的事。

“你太辛苦了。”华年说。

“我和老颜说，我们的爱情就缺一份磨难，现在磨难来了，我只有感激。”乐宝说。

华年摇摇头。乐宝也摇摇头：“哄他的，最后一搏而已，成了一起荣华，败了各奔东西。”

华年伸手拨了拨乐宝的刘海。

“老颜说一定要找你聊聊。”乐宝说，“法院给他最后的期限，一个星期后他的资产就要被清盘。”

“你还会帮我吗？”乐宝问。

“会。”华年回答。

华年哪天都有空，乐宝安排时间。颜顺昌没过两天就有了时间。

这次约在颜顺昌的家里。华年没想到他家和玫瑰园就隔了一个弄堂，相距不过两百米。真是奇妙，华年搬进玫瑰园半年多，她和乐宝却从未碰过面。

那天，乐宝亲自下了厨。她穿着睡衣，带着围裙，时不时端了刚做好的菜出来，催促着华年和颜顺昌快吃。颜顺昌并没有很多话，乐宝不在的时候，华年和他便默默坐着。终于等乐宝忙完了，坐下来，这饭桌上才有了声音。

“这房子是一年多前买的。我不喜欢原来的装修，推了重新做，足足花了七个月，这才刚搬进来。”乐宝说。

乐宝向来好品位，和华年的喜好从来都是一样的。华年想起乐宝以前说过的，颜顺昌不肯给她买房子的话。也不知道这套房子是个什么情况。

“这房子前几天已经有人看中。”乐宝神色黯淡下来，又对着颜顺昌说，“我和华年从小一起长大，没有什么事情是不能说的。”

颜顺昌点了点头，看着华年说：“我投了SPV。”

华年吃了一惊，“我在的时候，你投圆融的文件都做好了。”

虽然这近三年身处圈外，华年也知道，圆融已经从500亿人民币市值翻到300亿美金，而SPV却成了众所周知的庞氏骗局，债台高筑，到处欠钱，听说即将被国家清盘。

“一个选择错误，这一辈子的心血就这样没了。”颜顺昌说。

“还欠了很多钱。”乐宝补了一句。

“怎么不做分散投资？”华年问。

“做了一辈子企业，总想着在一家公司里有发言权，分开投，不过是个连董事会都进不了的小股东。”颜顺昌说。

华年懂颜顺昌说的，可感情是投资的最大忌。颜顺昌是天真了。做投资第一要忍住的就是金钱带来的权力快感，当初Miss周教华年的最重要一课就是这个。

“现在有什么计划？”华年问。他既然找了她，就要直接谈些实质性的东西。

“我听乐宝说，你和宋星河有些交情……”颜顺昌话说了一半。

他大约是想华年接话，可华年只是冷冷看着他。这个时候和善又有什么用。唯一有用的是真的帮到他。可是他刚才那话出口，就说明在他眼里，她还是个小姑娘，或许和宋星河有着什么特殊关系，可以帮他牵个线搭个桥。别说她和宋星河的交情真的不过只是吃了几顿夜宵，就算她和宋星河现在真此生不渝了，投资这行难道会和你讲情谊？颜顺昌此刻的天真，也真是因为他走投无路了。他不会不知道，身处在投资这样一个时刻流转巨额资金的行业里，稍不慎就是巨额亏损万劫不复。每个投资人的双人枕下，都藏着一把枪。谁和你谈情谊？一切得靠自己。

“我在SPV投的蓝洞租车里还有20%的股份，虽然大家都放弃了SPV，但蓝洞租车却还是有人想要的。”颜顺昌说。

“所以你想卖掉蓝洞的股份，又怕卖不高，想找宋星河出面，帮你抬个价？”华年问。

颜顺昌好一会儿才说话，“既然是自己人，我就敞开说了。我一直听说你短短两年时间就开始负责圆融这样的大项目，是因为和宋星河的关系。”

华年一笑。男人的逻辑果然都是天下唯男人独尊。

“首先，我和宋星河没有任何的关系。但是就算有，你觉得宋星河会为了一个女人，做这样的事？我又不是特朗普的女儿。”华年决定一点也不要对他客气。

“我是昏头了。”颜顺昌毕竟经营企业多年，华年知道他立刻明白了其中关窍。颜顺昌的神色瞬间颓败下来。这颓败让他立刻显了年纪。皱巴巴的一只过了季的苦瓜。

乐宝微微一笑，轻轻握了握颜顺昌的手，又盛了一碗汤端到华年面前，说：“华年一定有办法的。”

“是，这个事情也不是完全没有办法。”华年点点头。

颜顺昌摇摇头，“按现在的价格被清盘，我就要跳楼了。”

华年重重敲了敲桌子，这是她工作多年留下的习惯，还是改不掉。

“现在他们给你出什么价格？有哪些机构在看？”华年问。

“只有拓石资本一家，整个盘子出价一亿美金。我欠银行就三亿多了……”颜顺昌回答。

拓石资本？那两年工作的时候华年可没有少打过交道。她还记得最早见拓石资本的中国区老大汪雷波是在乔飞明家里，他把华年准备的厚厚一叠材料放进了包里。在以后的接触里，华年对汪雷波更是有了一定的了解。汪雷波处处仔细，事事亲为，每次合同律师看过后，他自己还要再过一次。在圆融这个案子上，汪雷波最早一开口就要了30%的股份。从华年离开到圆融最后落定只有一个多星期的时间。那么所有的变化必定在这一个多星期里。这一个星期，到底发生了什么？

“我没记错的话，SPV当初估值是10亿美金？”华年问。

“11亿，我自己的钱加上借的总共投了1.1亿美金进去，拿了10%的股份。”颜顺昌沮丧。

“拓石资本最后拿了圆融多少股份？”华年问。

“百分之四十多。”颜顺昌回答。

“果然。”华年又重重敲桌子，“所以当初并不是你‘不投’圆融了，而是你投不进。”

颜顺昌吃惊地看着华年。

“看来你真是到现在都还不明白。”华年说，“我在的时候，只答应给拓石30%的股份，拓石在圆融的占股最后从30%增加到了40%，你以为这多出来的10%份额哪里来的？就是从你们这些个人投资者身上生生挖走的。”在战略上和拓石资本这样的国际投资机构比起来，颜顺昌这样无权无势白手起家的个人投资人的价值当然要小得多。这句话华年没说出口，因为颜顺昌肯定是懂得这个道理的。道理这个东西，人人本来都是懂得的。

“你是说周嫣红当初是特意来游说我的？”颜顺昌问。

周嫣红是Miss周的中文名。华年很少听人提起这个名字。这样娇艳的名字会有损她的气势吧，所以必须回避。

“她来游说的你？她劝你放弃圆融后，又劝你投SPV？”华年问。

颜顺昌点头。

“也是，除了她谁还有这个本事！这就是她！买了母鸡，连它刚下的蛋也要要过来。你有那么一大笔现金在手上，又是从她手上出去的，怎么能放过？”华年说。她吞下了后半句话。以华年了解的周嫣红的处世之道，故意是故意，却并不一定存心害人，当时她也必定是觉得SPV这个项目是可以做的，毕竟她也投了SPV。华年记得当年虽然他们内部投委会公认SPV前景不如圆融这样的大黑马，可大多数人还是认为SPV是个优质项目。

“亏她做出那副样子！原来是为了设一个机缘巧合的局。”乐宝看着华年，表情很凝重，“老颜一下子被说服了，满心觉得她是为他好，圆融是绝对不如SPV的，最后心甘情愿改投了。老颜那半辈子的辛苦钱，连他账户都没转进去过，一眼也没看到，就成飞灰了。”

颜顺昌把手里的杯子砸在了地上。乐宝站起来把碎渣掸了。华年笑。这股子怒意和锐气，是接下来这场战的制胜关键。

“可是一切都已经晚了，我只有一个星期的时间。”颜顺昌颓然。

华年在桌子上画了一个圈，说，“现在还有一个最后的办法。”

颜顺昌看着华年，等着她说话。他开始听她说话，这很好。华年想。

一万个爱马仕一千台法拉利

十亿，我可以买一万个爱马仕买一千台法拉利。

汪雷波看到华年和颜顺昌一起出现的时候，居然一点也没有吃惊，只是像老朋友一样和她打了个招呼，嘿，来啦。

华年也毫不客气地直接说，“颜总在蓝洞租车股份的买卖，现在由我来负责。”

华年清楚她现在面对的是汪雷波。以前他是她的合作伙伴，现在是谈判对手，但不管他们在什么关系里，她都知道眼前这个人不好对付。

果然，汪雷波立刻切华年的软肋：“你圆融那个麻烦解决了？”说完，又对着颜顺昌说，“你还真是心大。”

颜顺昌还没说话，华年已经开口，“那十亿没到手，所以现在打算给颜总卖次命，赚回来。”

汪雷波大笑，“口气倒是大。蓝洞租车现在估值不过一亿美金，我记得颜总好像只占股20%。你那十亿的账哪里算出来的？”

“汪总说笑了，SPV的估值不是十亿美金？”华年也笑。

“小杜，这不是菜市场买菜。”汪雷波说。

“估值的逻辑有时候还不如一颗带着露珠的青菜。”华年说。

“那也要够新鲜，带着露珠。”汪雷波又笑。

“蓝洞租车境外已经有买家。”华年突然不笑了。

汪雷波不接华年的话，却转头对着颜顺昌说：“这家公司现在的局面，你们难道不比我清楚？老颜，你是不是没交底？”

次次都用离间，他也是累。华年朝颜顺昌点了点头。进汪雷波办公室前，华年突然拉住颜顺昌说，她和汪雷波开始谈判后，他必须不发一言，否则她掉头就走。华年知道这个要求此时此刻提出来，他一定会答应。伸头就是断头台，不如拼了，华年笑着安慰颜顺昌。颜顺昌摇头叹息。如果你开了口，我就算在里面，也掉头就走，华年最后警告。颜顺昌慎重点头。

华年微笑地看着不发一言的颜顺昌，再次接过汪雷波的话：“颜总当然和我说得很清楚。蓝洞的资金被总公司SPV挪用，对外负债两亿美金，欠的还是小客户的钱，天天有人举牌子在公司门口闹事，信用濒临破产，整个公司即将垮掉。”

“你觉得这样的公司境外会有买家？”汪雷波问。

“已经有了，不是吗？”华年摆弄袖口的纽扣，“拓石资本控股后，只需要注入两亿资金，偿还债务，同时做危机公关，将欠债责任全部推到SPV身上。反正墙倒众人推，更何况推倒的砖块还可以再盖座房子。”

“做投资口才虽然重要，可并不欢迎空口白话。”汪雷波皱眉。

华年敲敲桌子说：“蓝洞租车同类型公司，美国已经估值100亿美金，你看，这和当年圆融多么像。更何况在SPV没有抽掉走资金之前，蓝洞租车已经达到盈利。”

“投资圈的人可不是傻子，能看不清楚这些？但你告诉我现在市场上除了我们还有谁要买？”汪雷波笑。

“投资圈哪有傻子？全世界最聪明的人估计都去做了投资。”华年说，“机会当然和风险并存，蓝洞租车整个创始人盘子已经散掉，高层集体辞职，没有这群人，买下蓝洞租车不过是买下一个空壳子。但是如果境外有买家，而且是与蓝洞同行业的买家，那情况就不一样了，收购方完全可以派一组专业团队进驻蓝洞租车，搭一个新的班子出来。”

华年说完，汪雷波沉默了大约有一分钟的时间，才又开了口：“好好好，就算有了买家，可这买家在我手上，难道你还想越过我去？”

华年推了推放在她前面的茶杯。他刚才一进门坐下，汪雷波就让秘书给她倒了杯茶。他也是和乔飞明一样，记得住任何事情。

“汪总，我们今天既然来找你，就不会想着越过你。越过你，得罪拓石资本，对我们暂时虽然有点小好处，但未来肯定是更大的危机。我估计你在境外给蓝洞找到的买家，最多出个比国内多两倍到三倍的价格，对你来说也不过是个小生意，这样转手的买卖你一年要做几十个，我何必为了这样的生意来浪费你的时间？”华年顿了顿，继续说，“更何况以颜总现在的情况，即使直接在海外卖掉蓝洞租车，也不够还债务。”

“你到底准备了什么给我？说吧。”这次汪雷波敲了敲桌子。

“我有把握在一个星期之内，让蓝洞租车的原班子再搭起来。”华年笑眯眯的。

汪雷波摇头：“要是蓝洞租车的原班子再搭起来，的确是不用再卖掉蓝洞租车，一亿美金买进美国同行业估值一百亿美金的公司，这等于是捡了一个现成的金矿。只是这不可能。蓝洞租车管理层已经四散到各个公司，连原创始人都已经去了易达担任CEO。易达现在可是200亿市值。当初我们的投资小组努力过多次，工资开了天价，陪高尔夫陪旅游陪各种娱乐，可是两三个月过去了，还是没能说服他。”

“我们和任何投资小组都不同。对他们来说这是一个工作，对我们来说却是最后的放手一搏，我们想的自然也是最后放手一搏的办法。只要你给我一个星期的时间，我一定给你一个满意的结果。”华年看着汪雷波。

“说吧，要我做什么。”汪雷波也看着华年。

华年笑：“这次来，主要是想汪总给我们一颗定心丸，其他股份你可以照收，但请保留颜总在蓝洞租车20%的股份。另外，这次重组蓝洞管理层，所有事务性问题我们都需要拓石全面的配合，我们希望到时候拓石能抽调两名投资人，和我们成立一个工作组。”

“只有这些？”

华年喝了口茶，不紧不慢地继续说：“如果我们做到了，希望拓石能做颜总银行贷款的担保，颜总愿意用他蓝洞的股份在你们基金做内部抵押，即使我们失败了，拓石也没有损失。”

汪雷波看了眼华年：“不整个吃下蓝洞租车，总觉得有些不舒服，更何况还要做担保。”

华年手心有些冒了汗，她已经没有底牌。

“但，我给你一个星期时间。”汪雷波缓缓地又开了口。

华年和颜顺昌互相看了一眼。华年心里尖叫一声。汪雷波这算是答应了。

汪雷波亲自送华年和颜顺昌到了电梯口。

华年快进电梯的时候，汪雷波笑着对华年说；“我相信你没有想拿那个十亿。”

“为什么？”华年问。

“钱有什么用？”汪雷波反问。

“钱当然很有用，更何况是十亿，我可以买一万个爱马仕买一千台法拉利。”华年认真回答。

汪雷波笑笑。

电梯也恰好到了。

拓石基金藏在一个人民广场旁边一个公园里。华年从拓石走出来看着草木森森，心情大好。华年还在光翼的时候，有次和汪雷波一起用工作餐，华年点了盘红烧肉，汪雷波吃的时候把皮肉一块块挑出来。华年那时很好奇，黄金荣还真有颗少女心。汪雷波叹气，昨天一个美国老朋友在浴室里不小心跌倒，走了。把自己放在最安全的环境，连选办公室都如此。这个只相信概率的黄金荣。

“空气真好。”华年笑着对颜顺昌说，“谢谢颜总信任。”

“你说的，伸头就是断头台。”颜顺昌苦笑，“你那么确定可以找回那些人？”

“只要找回创始人，那些当年跟着他打拼的高层自然就回来了。”华年说。

颜顺昌摇头：“两百亿上市集团CEO的位置谁舍得放？”

华年看着颜顺昌斩钉截铁：“把你在蓝洞租车的股份送他一半。”

“你说什么？”颜顺昌喊了一声。

华年笑，“道理刚才我在汪雷波的办公室都讲了。颜总，置之死地而后生，难道你真想这辈子坐个出租车都要掐着算？”

“什么道理？”颜顺昌问。

“你比汪雷波只有一个优势。”华年还是笑，“你是个人，他是机构。他所有决策需要美国总部层层审批。没有任何机构会同意送一家可以立刻套利的公司的股份出去，你却可以自己做主把自己的股份直接送人。一个上市集团CEO和自己创造一个上市集团，如果你是蓝洞创始人，你觉得哪个对你更有吸引力？”

“是！”颜顺昌拍了下手，“所以刚才你虽然没有明说，汪雷波已经想到你的办法。”

“汪雷波什么时候打错过算盘？”华年笑着问。

颜顺昌在原地转了大约十个圈。

突然，他一拍手，大叫一声：“好，老子拼了。”

乐宝这次倒是真选对人了。然而，她哪次又是错的？适当的时候选适当的人，潮流推着她，她也推着潮流。华年突然想起小喵。如果嫁人也是一个可以让女人奋斗的终生事业，她和乐宝比，错的或许只是不够聪明和决绝。

究竟是，她的心渐渐长大了，看到了这个世界？还是，她渐渐看到了这个世界，心才渐渐长大了？

华年心惊。

“多亏你拿到了拓石资本有境外买家的消息。”颜顺昌说。

“我并没有拿到任何消息。”华年摇头。

颜顺昌愣了一下，然后露出了笑容，“没想到汪雷波给人设了一辈子圈套，这次却被你这么个小姑娘套住了。”

小狐狸才套得住老狐狸，以前乐宝总这么说。

璀璨的斑驳

一会儿上台，那么远，灯光下一照，都是亮晶晶的。

蓝洞租车的再次崛起是半年以后。三年后，颜顺昌以两亿美金的价格卖掉了手里10%的股份。

颜顺昌向乐宝求婚那天，乐宝说，结婚这个东西，要结就结了，现在结不了，将来也结不了。

乐宝结婚托若飞找人给算了个好日子。华年给她送去了陈老板当年亲手种下的玫瑰。

乐宝没有穿婚纱，只订了三套旗袍。华年盯着化妆师，就怕做的头发俗气了，可惜了这几身好旗袍。

“昨晚他哭了。”乐宝闲闲对着华年说。

“他向来爱哭。”华年笑。她想起第一次见颜顺昌，他被乔飞明和Miss周逼着卖公司的时候也是一直哭。

“他看起来真不像是个干大事的。那么软弱的人。”乐宝说。

“他干成大事了。”华年认真给她裸露出的皮肤一寸寸擦上珠光粉。

“运气。”乐宝说。

华年笑笑：“我从来不相信阿甘的神话。”

“我们会离婚的。”乐宝突然说。

“昏头了真是。”华年打了她一下，“大好的日子。”

乐宝摇摇头：“真的。昨晚看他那么哭，我就知道。他一直说对不起孩子，又说不知道别人怎么说他，发达了就开始换年轻老婆。”

华年的手一抖，大把的珠光粉倒在乐宝的身体上。华年忙拿粉扑去擦，越擦却越是斑斑驳驳的，像块缝上去的破抹布。

“从小就笨手笨脚。”乐宝笑着用手指弹一下华年的头，“别弄了。一会儿上台，那么远，灯光下一照，都是亮晶晶的，谁又看得清楚？”

那天后来乐宝上台的时候，华年在台下仔细地盯着看了她的手臂好一会儿。果然一片晶灿灿的，美极了，璀璨极了，哪里有什么斑驳？乐宝从头到尾都笑着。华年却在乐宝爸爸把她的手交给颜顺昌的那一刻，哭了。还好，周围的许多年轻女孩子都哭。婚礼在这一刻，本来就要哭的。华年哭完，就开始等着颜顺昌哭。果然，不过敬了半轮酒，他就蹒跚着爬上舞台，边哭边用话筒和在场每一个人说，我老婆在我最落魄的时候和我说，我们的爱情就缺一份磨难，现在磨难来了，我们要感激。天下哪里有这样的好女人？！

婚礼的结尾是乐宝抛新娘捧花，耀眼璀璨的舞台中央，华年扎扎实实抽了个正着。花是华年帮着选的款式，用的就是她送来的玫瑰。扎花师傅嫌华年选的款式简单。

乐宝笑着说：随她，最后轮着说不定就回到她手里。

华年摇头：怎么可能？哪抢得过那么一群如狼似虎的未婚女青年！

乐宝说：不懂了吧！中国姑娘皮薄，现在都改抽丝带了，捧花上绑根丝带，混在一堆丝带里，谁抽到归谁，纯靠运气。

华年再摇头：那也轮不到我。

乐宝端住华年晃着的脑袋：怎么轮不到？今天老颜请了宋星河。

宋星河和我有什么关系。你疯了。华年边说边挣扎着继续摇她的脑袋。

此刻，华年站在婚礼舞台中央，手里握着那束捧花。乐宝看着她笑。华年想着也该笑笑，笑到一半，却再也笑不开了。这捧花和她哪里搭得上一点调？再说她从小就害怕站在舞台中央。不知道怎么就想起乐宝说的老颜请了宋星河。她拿眼睛睃了下宋星河的位置，宋星河果然正看着她笑。她心里微微一动，怎么每次都这样，她看着他时，他正看着她。华年匆匆把手里的捧花塞到旁边一个姑娘手里，仓皇逃下舞台。

婚姻与人性的紧张关系

面皮这东西，是只要撕破一小道口子出来，那裂缝就会自己无边无际生长的。

宋星河找华年吃夜宵。这次华年一开始就死皮赖脸的，“我没钱，现在穷得要卖房子，只能你请客。”宋星河这次倒是爽快，一口答应下来。

再来到他们以前一起吃夜宵的那家耳光馄饨店，华年心里竟有了文艺的惆怅。当年那个涉世未深的小姑娘遇到这个商场沉浮多年的男人，一个喋喋不休，一个静看好戏。旁边陪着的，是永远的匆匆来匆匆走的夜行人。

那个时候，于成龙还为了宋星河大大吃了醋。那是他们第一次吵架。人与人之间是不是有了第一次吵架后才会有第二次吵架？然后就是没完没了的吵架。那么如果没有那第一场吵架，他们是不是就不会吵架？不吵架是不是就不会分手？面皮这东西，是只要撕破一小道口子出来，那裂缝就会自己无边无际生长的。华年想到这，气得点了满满一桌子菜。馄饨、锅贴、小笼，葱油拌面，每样都是上海夜的心。

宋星河笑着问：“你现在年纪大了，还这么吃，不怕胖了嫁不出去么？”

华年白了他一眼，“女人就非要嫁人么？”

“女人过了三十不嫁人是为了祸害社会？”宋星河笑着问。

华年突然正经起来，“你知道有个两性学家叫李银河吗？”

“王小波的老婆？”宋星河笑。

“对。”华年真的讨厌那么多人知道王小波，“你去读她的书！我相信她说的。婚姻制度是必定会消亡的，你不觉得一夫一妻制本来就和人性存在着一种紧张的关系么？”

“什么紧张的关系？”宋星河问。

“人是动物，越新鲜越刺激越爱，结了婚，尘埃落定，这还不紧张？”华年突然笑，怎么总和人说李银河？

宋星河大笑起来：“你真觉得婚姻这么不堪？这些年你到底是受了什么刺激？”

明知故问，那次酒醉，早已经与他说了这些年受的所有刺激。华年心里恨。她突然想到一件事，便问：“你难道不知道投资人那条不成文却人人遵守的行为准则？即使结婚，也要签婚前协议。”

宋星河点点头：“入行第一天，带我的老法师就和我说了。”

“说起来做投资也真可怜，结婚都只能结半吊子的。”华年叹息。

“嫁不出的老姑娘果然是社会第一大危害。”宋星河笑起来。

这宋星河今天是没吃药？这样一再地不放过她？华年听着真生了气，于是摆出阵仗说：“说吧，找我什么事？”

宋星河一派自然：“主要呢，还是以前的那个遗留问题，要不要再次考虑下做我女朋友？”

“没兴趣做小三。”华年飞过去眼刀子。

“你怎么知道我就有女朋友？”宋星河笑着问。

“哪条猫可以三年不吃鱼？”华年说。

“如何才能熄灭你这对男人的滔天仇恨？”宋星河笑。

“如果可以，我希望把男人煮了来吃。”华年说。

“以前觉得金庸夸张，没想到现实中还真有李莫愁。”宋星河笑。

“我只恨自己没能力练成五毒神掌。”华年却不笑。

宋星河突然正色：“一年前就在谈分手了，她不肯，一直拖着。”

“男人想出轨的时候，理由怎么都一样，你们是学的同一本教科书？”华年这下子倒是笑了。

“她出轨了。”宋星河说。

华年不说话了。她还没做好准备去接宋星河这样深的倾诉。

“一年前，我们打算结婚。有一天，我接到她的电话，那头是她和一个男人的声音，只怪手机有时分不清屁股和手指热量的区别。”宋星河说。

华年忍不住打量宋星河。他仪容也算出众的，一般女人是绝对移不开眼睛。更何况，他是宋星河。

“她和我说，那人她完全是不爱的。只是我太忙，顾不上她。一直没人陪她说话，就随便找了个人聊天。”

“要是太难过，要不你多读点书去？”华年小心翼翼。

宋星河却笑了起来，“既然你不做我女朋友，就帮我赚钱吧。”

“我哪里有什么能力帮你赚钱？”华年连忙接话，怕他后悔转移话题。

“我要成立一家新的基金公司，缺个掌舵人。”宋星河说。

大概是听错了。华年想。

“我很贵的。”华年说。

“美金人民币双账户，第一期预计筹募资金五亿美金十亿人民币，2%管理费，这归你调配。给你20%股份，四百万年薪，年薪得从管理费里支出。只是这个股份可是要你出钱买的，前期筹划估计需要200万，你得实打实拿出四十万现金。”

“哪里有这样送饭到嘴边的好事？”华年问。

“你哪里来这么大的戒心？”

华年仰头看着他，“骗过我一次的人，终身要打问号。”

宋星河看着她。

华年明白他的意思，没有他那一次帮着乔飞明给你的考验，你哪里来的后来？这么多年，这个道理其实她早就想通了，怨气也早消散了个干净。但尽管如此，她还是不会相信有送饭到嘴边的好事情。

“说吧，你想干什么？”华年的语气几乎是在盘问。

“我想买圆融。”宋星河顿了顿，加强了语气，“控股。”

华年这才真正大大吃了一惊。

“圆融现在估值已经到300亿美金，这样的巨型企业，你疯了！”华年摇头。她相当了解宋星河基金的规模，虽然在国内已经首屈一指，但要吃下圆融，却还是不可能。

宋星河笑着回答："我自己一个人当然办不到，但是有你帮我，事情就简单得多了，毕竟当年是你亲手帮乔飞明买下的圆融。"

"宋先生……"华年已经很久没这么叫他了，语气里满是讽刺。

"以后能不能叫我星河？"宋星河笑。

在这个问题上，华年不想过多纠结。

"买下这样的巨无霸有什么好处？爆破式的增长很难了。"华年说。

"圆融美国已经估值两千亿美金，将近圆融的六点六倍。圆融近年涨势看缓，主要问题出在CFO不作为上，财务情况一塌糊涂。买下圆融，不用干别的，换个CFO股价就能翻一番。最近生意难做，突然想干票大的，然后歇手玩个三年。"

一切都合情合理，他看着也是认真，华年无法再反驳。看来这饭真的送到嘴边了。

"找我是因为蓝洞租车？"华年突然想到。

宋星河微笑，"汪雷波也是我们这个新基金的合伙人之一，你帮颜顺昌干的那票漂亮极了。他极力推荐你。这个行业里所有人都觉得我和你有特殊关系，就委派我来请你这个女卧龙出山。"

华年还有什么理由拒绝？只是……

"有你和汪雷波，要我干吗？"这个问题还是必须得问。

"首先当然还是因为你对圆融最熟悉。其次汪雷波自己去谈，很多事情就要一次性敲定，没退路了。"宋星河手一摊，"我也不能出面，我是底牌。"

"明白了。原来你们是推我到前面给你们打掩护的。"华年突然笑起来，"你不怕曝光后有嫌隙？不都说我和你关系特殊？"

"这也是好处。"宋星河说，"谁都可能相信我们之间有嫌隙，只有乔飞明不会。"

"也对。"华年拍手。当年那场引起他们绯闻的考验，本来就是乔飞明设计的。天衣无缝。既然如此，再没有理由拒绝。

“我一直很想知道，虽然乔飞明设计了那个考验，但是把这件事传遍整个投资界的人到底是谁？毕竟当时在场的只有你，我，Miss周和乔飞明。”华年终于问出了一直想问的问题。

“你是怀疑Miss周还是乔飞明本人？”宋飞明问。

“他们是没有时间干这些没有用处的事情的。”华年回答。

宋星河笑起来。

华年本来要骂的，她早猜到是他，他居然还笑，却又突然想着这些年因为这个谣言带给她的坏处之外的那些好处，仔细想来，竟然是好处多于坏处的，起码帮她逃过了遭遇潜规则的尴尬。况且宋星河当时还单着身，和他有个绯闻本来也不是什么大不了的事。这个宋星河。

华年想到这，正想说什么，宋星河已经一边大吃起放在他前面的一碗馄饨一边说：“不用太感谢我。”

华年对他的心，第一次柔软了下来。

华年和宋星河的那顿夜宵接下来的时间都还算愉快，只是买单的时候，他居然没有带钱包，所以最后还是华年付的钱。华年当场想出了一万种治这个小气鬼的办法，想着以后如何一个个实现。反正和他，还有大把的时间。

离别

生和死是天下最大的一场别离。

华年和乔飞明偶然相遇在一个葬礼上。

新基金紧锣密鼓筹划中。名字是华年取的。华年说，首先要喜气。她向来不喜欢毛泽东的诗，只有一句“万木霜天红烂漫”，她却是默念了背在心里。万木那该是多少柴火，堆在一起，烧烧该多旺。

那场葬礼对华年来说是很意外的事情。那天，她正在敲报销单的章，突然就接到了一个电话，是一个叫茱莉亚的女孩打来的。茱莉亚是华年在女神酒吧认识的女孩子之一，不算亲厚，半夜接到她的电话，华年很是吃惊。

茱莉亚并不是女神的常客，酒量很差，喝醉了总抱着人说前男友。华年当时听她的故事奇特，对她倒是留过心的。

怎么有这样实心眼的姑娘？竟然只知道那个男人的名字和电话号码，就爱上了。她说朋友们早就都劝她分了吧，都说是个骗子，别到时候财色两空。茱莉亚说，怎么会！他都向我求婚两次了，车子还是开的玛莎拉蒂。结果真是个骗子。处了几个月，问她借了几次钱，茱莉亚不肯，那个男人就消失了。她到处找他，还是只有那个名字和电话号码，做什么家住哪里统统没有一点头绪。连最早介绍他们认识的那个人，都说他只是玩的时候临时不知道谁叫来凑数的。茱莉亚还不死心，又兜兜转转好几个星期打听了好几圈，最后朋友圈也没有一个知道他底细的人。茱莉亚这才彻底伤了心。

早就疑心的。他却又天天和我说对我是认真的，是奔着结婚去的。每次来接我开的也是玛莎拉蒂，就想着总不至于如此。茱莉亚见人就反复这样说，见陌生人也说。

当年看着她，华年就像在照镜子一样，镜子那头却是比她更支离破碎的，所以好几次帮她挡掉了一些实在不入流的人。

或许是当年听多了茱莉亚的倾诉，华年一接起电话，竟然就听出了她的声音。

“华年，是你吗？”

“是我……”

“你现在可以出来陪我一会儿吗？”电话那头的声音焦急得很。

“我最近睡得早……”

“求你了，一个上个星期还和我在一起的人，突然死了……”

见到茱莉亚的时候，她已经哭好了。华年给她铺好被子，倒了一杯热水。

茱莉亚第二天醒来的时候，华年请她到院子里来晒太阳。茱莉亚告诉华年她的中文名字叫木悠然。华年为这个名字好好打量了她几下。

“也不知道该和谁说？和谁说都不会懂的。”木悠然说。

华年懂。真有知心的朋友，失恋的时候又何至于天天泡在酒吧。

木悠然对着太阳，流了一会儿眼泪，才开始和华年絮絮说起她的事。

说起来也不过是上个月，她在和朋友吃饭的时候认识了一个女孩子，是个爱情小说作家，笔名叫羽梦。木悠然说她不读其他书，只爱读爱情小说，只是还从未读到过羽梦的小说，之前也没有听过她的名字。因为和羽梦有共同喜欢的电影，所以她与她十分聊得来。羽梦请她去参加一个聚会，在那个聚会上，木悠然认识了宁方瞳。

宁方瞳是那种看着就十分爽朗的男人，声音很铿锵，喜欢用短句子说话，虽然也喜欢说粗段子，却都是恰到好处的，可以让女孩子羞红脸掩面而笑，又不至于会起鸡皮疙瘩。他们认识那一天，宁方瞳就一直对着木悠然说笑话。他说一句，木悠然就笑一次。那之后，木悠然与宁方瞳又见了两次面。那两次面后，他就一点点在她心底沉下去了。

木悠然说，真的不容易，上段恋爱后，这辈子，她以为她不会再喜欢任何人。

他们的第三次见面是在上周六晚，八天前。木悠然正在吃晚饭，接到了宁方瞳的电话，是约她共进晚餐的。宁方瞳挑了一家法式餐厅，却不是外滩那些张扬着的，而是藏在一个弄堂角落里，自成一派的高傲。木悠然看得出宁方瞳十分讲究。前菜还未吃完，木悠然就已经觉得与宁方瞳的这顿晚饭是她与男孩子最愉快的一次约会。他实在是有趣，上下五千年说得，野闻八卦也说得，看得出是极好的人家出来的，竟又一点架子也不端。

“宁方瞳提出要和我玩古诗接龙游戏。这真的是疯了，现在哪里还有人要玩这个？可在宁方瞳这，却什么都可以。我一直输，于是就听他朗朗背诗。”木悠然眼角落下泪，“我问他，怎么有人这样聪明？竟然什么都考不倒的？宁方瞳说羽梦才是厉害，我总输她。”

那是木悠然那晚记不清第几次，宁方瞳提起羽梦。于是她便试探问他你怎么和羽梦做的朋友？宁方瞳一派坦然和她说羽梦是自家人，你以后做了我媳妇，可要和她好好处。木悠然脸红了，把脸埋在袖子里。宁方瞳捧起她的脸，轻轻吻了。最后还是宁方瞳送她回的家，约好了过两日再见。

可是两天过去了，木悠然盼着宁方瞳的消息，消息没有来，又三天五天过去了，木悠然盼着宁方瞳的消息，消息还是没有来。宁方瞳居然就这样杳无音讯了，木悠然心里渐渐堆起了些恨意。美好终究是假名牌的精美包装，他也不过是个浅薄的人。

她是今天才与羽梦碰的面。羽梦突然给她打电话，问她在哪里。她便说了地址，心中暗暗呐喊羽梦的唐突。和羽梦一起来的有三个男人。她虽然没见过，一眼便能分辨出谁是谁。

宁方瞳形容一个人，总是一两句便能把一个人说尽了，她这才想起，宁方瞳并不是只说羽梦，而是把他的各个好友都挂在嘴边。

“你着意了羽梦，自然只记得羽梦。”华年说。

她猜着这句话可以让木悠然放松下，没想到木悠然却号啕大哭。她喊着说她怎么也没有想到，那天分开后，宁方瞳便死去了。医生给不出任何答案，只说是猝死。她说羽梦他们几个人已经几夜没睡，一直在寻找最后和宁方瞳在一起的人。

“为什么要找？”华年问出口就后悔了，这真是个傻问题。

“羽梦说，只是想找。”木悠然回答。

“是羽梦想到的我。她说宁方瞳的眼神一直飘在我身上，她这几天乱了分寸，到现在才想起来应该就是我。”木悠然说。

华年拍拍她的肩膀。

“他们一直同我道歉，说是不该让我背负这样重的负担。”木悠然说。

华年突然就对这样一群人产生了浓重的兴趣。这到底是一群怎样的人？最亲的人生死在眼前，却先要安慰其他人。

“其实前几天我已经听同事说，最近网上都在传，有个不过三十出头的男人突然猝死，几个专家查了半天都查不到原因。可当时我怎么会想到这种网上传的事情竟然会发生在我身边！”木悠然叹气。

华年只能给她加热水，“这也是没有办法的事情。”

“你说，我该不该去参加他的葬礼？”木悠然茫茫然问华年。

“葬礼并不要紧的，去不去随心。”华年说。

“我不敢去。”木悠然说。

“那就不要去。”华年说。

木悠然却突然抓着华年说，“你帮我去好不好，帮我给他送束花。”

华年一点也不犹豫地回答，“好。”

华年就是在这个葬礼上遇到乔飞明的。他旁边站着一个女孩。

华年第一眼倒是先看到了站在他身边的那个女孩，并不是多么光芒四射的，不如明月，只是身上自然的一股潇洒风仪，望之忘俗。

华年又去看乔飞明。这是华年第一次看到这样的乔飞明，心里眼里只有一个人，一眼便被人看得清清楚楚在爱情里的乔飞明。他十分卖力，在现场当着苦力，跑着去挂花圈收奠仪，看着像是这家人的女婿。

乔飞明看到华年，也是很吃惊，问她怎么在这。华年便和他说了原因。乔飞明听完匆匆走了，过了一会儿带了刚才他身边那个女孩来见华年。华年听乔飞明说才知道这个女孩就是羽梦。华年看她虽然十分客气，却是勉强的。她显然已经没有了力气，显然是哭得太多。华年纳闷，刚才到现在，她一直没有听到过哭声。华年这才仔细看了下四周，亲属朋友们竟也都只是默默流泪。突然心里一阵刺痛就钻了上来，这静默竟比呼天抢地要哀恸百倍。

羽梦对着乔飞明说：“老乔，这是重要的客人，你帮我招呼。”

华年还是第一次看人这么自然地使唤乔飞明，她自己倒先不好意思起来。乔飞明却丝毫不以为意。

羽梦说完，便说失陪走开了。

乔飞明抬了下脚，又站住和华年说：“今天太忙，招呼不周。”

这是葬礼，还提做客？华年连忙摆手说，“你去忙，你去忙。”

乔飞明却又不走了，指指远处一位老者对华年说：“那是宁方瞳的父亲。”

华年顺着他手的方向看过去，看到灵柩前站着一个已经满头银发的黑衣老人，他正对着上前与他问候的人笔挺挺地深深一鞠躬。

“宁方瞳的父亲一生都很艰难，因为家里出的都是大学者，他自己又有大学问，所以年轻的时候坐了牢，那个年代吃的苦，我们是想不到的。他和我们说过他也把像章别进胸口的血肉里过。方老先生被放出来后，四十五岁才结婚。三年了，妻子还不能怀孕。他们夫妻俩就天天早上六点去排队看中医，又是三年，才有了宁方瞳。”乔飞明说。

“真不容易。”华年叹息。

“门口的挽联都是他父亲一个人写的。”乔飞明说。

华年想起刚才在礼堂门口看到的那些在风中漫天飞舞的挽联。她停住脚步看了许久，每张书法当然都是极好的，各个大家的手笔，百家流派齐集一堂，没想到竟出自一人之手。那位苍苍白发的黑衣老人握着毛笔时的手该是怎样的战栗！

生和死是天下最大的一场别离。未亲历死者，或许无畏无感。但一旦死亡在至亲之人身上发生，只要一次，就会明白，再也不会有比这更大的悲痛。悲痛过的人才能明白悲痛着的人的悲痛。华年想起遥遥千万里外的陈老板。

“宁方瞳是羽梦最好的朋友。”乔飞明说。

“那你呢？”华年问。

“我是她第二要好的朋友。”乔飞明停了一下说，“宁方瞳前年开始创业，这段时间稍许有些起色，招了十几个人，估摸着今年能做出个一两千万的营收。羽梦很为他高兴，到哪都说他如何如何努力如何如何成功了。”

这番话乔飞明说出来是最好笑的，只是华年此刻笑不出来。

“他们认识很久了，还有几个其他的好朋友，一个铁圈子，互相都很要好。羽梦虽然和我也是要好的，我却不在这个圈子里。我和羽梦半个月前和宁方瞳一起过的端午节。宁方瞳来晚了，羽梦说他每次过节都要在家给父母做饭。我和羽梦快吃完的时候，宁方瞳才说他快到了。那天你那个朋友也在，宁方瞳说是刚认识的不错的朋友。没想到，就再也看不到他了。”

大约连乔飞明也是很少看到死亡的，竟然郑重地对华年殷殷述说起来。华年最不懂安慰人，这时就又不知道该怎么接话了。是不是要说些人死不能复生，人有旦夕祸福之类的？还是平常些语气，说些可惜了，这样的大好青年，前途是看着来的之类的？可话到嘴边，又想到陈老板。谁又能替谁伤心？世界上最没意思的就是旁人的话。还好这时，有人来找乔飞明，说是鲜花需要统计下数量。他匆匆走了。

葬礼结束，华年给木悠然打了电话。告诉她一切都好。

别人的故事

人人口中都有一个自己的故事，人人在他人口中又有另外一个故事，有多少人就有多少个故事。

方木基金成立三个月，已经成功完成第一笔融资，轻而易举，连募资都不用。第一期由宋星河的新阳基金和汪雷波的拓石资本共同注资。新阳做了个两个壳来打掩护，壳公司的名字也是华年起的，一个叫索罗斯，一个叫巴菲特。

一切都很顺利。然而，华年已经不是当年的小女孩了。她知道，开头越简单，后头就越艰难。一定有什么事情在等着她，华年想。

和乔飞明再次一起单独坐在一个空间里，华年还是有些不自然，面对乔飞明，不像和宋星河在一起时，是可以嬉笑怒骂的。乔飞明打电话约的华年，说是羽梦嘱咐的，要他帮她好好谢谢她。

“羽梦前几天还问起你，叫我遇到你时，让你给你朋友传句话，请她别太伤心，保重自己。她说，你是她的至交好友，你说一句，比别人说百句都有用。”乔飞明笑着说。乔飞明总给华年一股威压，他即使笑着，这笑看着也胆战心惊。

人最真实的一面有时候不一定给至交。她与木悠然那次后并没有再联系过。华年对着乔飞明微微一笑。

华年不敢新起话头，只等着乔飞明说话。

“有没有听说过我以前的事情？”乔飞明问。

“每个光翼的员工或者曾经的员工都读过《乔飞明传》吧。”华年回答。

乔飞明笑了笑说，“那你一定知道周立国。”

华年点点头。

乔飞明说：“宁方瞳走了后，这些天我一直想找人说说话。”

乔飞明说这话时，一阵哀伤流淌页过。

乔飞明喝了一口酒突然问，“我有一个很长的故事，你要听么？”

“听乔飞明说故事，这个世界上有哪个人会不愿意听？”话刚出口，华年却有些后悔了，拍惯了他马屁，怎么还改不掉？

“我最喜欢《悲惨世界》。”乔飞明说。

“维克多·雨果。”华年说。这也是以前留下来的毛病，被乔飞明考惯了，在他面前总要表示自己也是知道的，是极其用功的。

乔飞明笑。

“Do you hear the people sing, singing the song of angry man……一切要从这首歌说起。”乔飞明轻声说。他的英语很蹩脚。这首歌华年听过，是《悲惨世界》电影里男主角唱的。休·杰克曼是音乐剧演员出身。

那天，华年整整听了乔飞明说了两个小时的故事。在这之前，她从来没有想过乔飞明说的他自己的故事会是这样。

1975年的春天，乔飞明出生在一个北方的小县城。

在整个乔飞明成长的岁月里，那个小镇都是混乱着的，没有秩序。

煞煞北风，横刀立马，漫漫黄沙，英雄无路。

穷，太穷，穷到吃不起饭。吃不起饭的社会，谁和你谈文明？

唯一庆幸的是母亲们还是受了时代的感召，街道两旁满满是红油漆涂上去的“教育从娃娃抓起”。母亲们开始和孩子们说，读书是你唯一的出路，读了书，你以后就会有钱，以后就可以顿顿大碗里吃油泼面。然而，大部分人还是不读书。读书要明月，要清风，要西窗。这里却只有黄沙和窝窝头，还有街上大孩子手里转来转去的水果刀。乔飞明也是不读书中的那一部分人。这个事情如今说给谁听，谁又能相信？他顶着著名学府经济学院博士头衔，各个大学抢着请他去做演讲，各个学术研讨会争着请他做主席。

乔飞明十九岁那年第一次进了监狱，并没有什么浪漫的原因，不为爱情不为正义，只因为喝酒打架，能怎么坏就怎么坏。

华年听到这里，才知道今天的这场对话不同寻常。她没在任何媒体上看到过关于乔飞明的这段经历，甚至也没有在人们的谈话间听到过一点这方面的意有所指。如果是这样，那么这就是一个天大的秘密。当一个人要和另外一个人说一个天大的秘密时，要么就是要给你天大的好处，要么就是要把你推入地狱深渊。Miss周就曾经和她说过一个秘密。

乔飞明一派闲适地说，华年战战兢兢地听。

乔飞明说他第一次读《悲惨世界》就是在监狱里。

“命运假装在高处，实则有时候命运的转变只是因为一件小事，有时候是因为一个人，有时候也可能是因为一本书。”乔飞明叹息。

乔飞明命运的转机发生在监狱来了一个新来的监狱长，在那之前他并没有比监狱里的其他人更要求上进些。所有人都在混吃等死，他也在混吃等死。

新来的监狱长是个被下放的省长秘书，大家当面称呼他陆老，背地里叫他老陆头。

老陆头快六十了，每天都把头发梳得纹丝不乱，穿个中山装，在口袋里插支笔。乔飞明以前在电视里看过周恩来，这个老陆头俨然是另外一个周总理。

老陆头来了之后，监狱里开始到处挂起他写的毛笔字，都是些孔子孟子语录，规劝怎么做人做事的。并没有任何人理会。孔子孟子甚至斗不过邓丽君。“花儿开在春风里”听的时候骨头酥酥然的。不像明明德，又有什么用？明了就不用蹲在这里？就有姑娘对着你唱甜蜜蜜了？老陆头的字每次贴出来没多久，总是被人偷偷撕掉。

老陆头大约是不死心，过段时间又想出来一招，每天早上五点，全体出操，出操时，得大声背三字经。全体抗议。只求只要不出操，继续背监规也是好的。监规已经背熟，这新的却还要练。老陆头还是很坚持，手背在后面，一个个检查。大家背后开始叫他“老不死”，刚背完“人之初，性本善”，转头就商量出去后怎么做笔惊天动地的大买卖。好长一段时间过去，老陆头才发现这套也是行不通。那之后，他才开始发书的。

乔飞明就这样拿到了他人生第一本认真读的书，维克多·雨果写于1862年的《悲惨世界》。乔飞明说，《悲惨世界》在这之前可能已经路过他一万次，然而只有这一次，他伸手翻开了它。

“如果不是在监狱里，如果不是穷极无聊，如果不是正好那几天和人打了架被关了禁闭……倒是没在书里看到善恶美丑，就是觉得原来这样坐过牢的人还能做市长，真是太牛了。于是那个时候我就立了志向，出去后要做个市长。那时候哪懂，现在这个国家机器每个零部件都精精准准的。中国还没出过坐过牢的市长呢。”乔飞明一笑，拿手比画了下敬礼，“改过自新，重新做人。”

华年被他的调皮样吓了一跳。

乔飞明出狱后，当然是没有做市长。但如今他却也是一方豪强，比冉阿让是不遑多让的。冉阿让好像从来没调皮过。

华年细细思量乔飞明说的话，他说起他在监狱里的故事时，倒是没有说一点点监狱里的苦的，只是说就像去当了两年兵。他还说看了《悲惨世界》后，他就开始争取减刑。为了争取减刑，他开始时刻要表现自己，次次都要争第一。华年想起《乔飞明传》里提到过的，说他事事都要争当第一。别人问他为什么，他总是反问别人，第二是没有什么不好的，但是没有第一好，不是吗？看来烙印真的必须用烈焰和钢铁，才能深深扎在血肉里。

乔飞明最后果然减了刑。有志者事竟成，乔飞明说。

从监狱里出来后，家乡肯定是不能待了，在那里，连做个保安都有关系户和你竞争，谁要你一个蹲过班房的？乔飞明一咬牙，带着从朋友那借的两百元，和一群兄弟去了深圳。

乔飞明陈述到这里时，再一次略过了他当时的艰难，只是说每次都他觉得自己要死掉了，每一次他又活了过来。华年大概可以想象，在这样生死的商场博弈里，那些被他踩在脚下的他曾经的敌人，肯定恨他恨到要剥他肉喝他血的。她听说过，他侵吞过一些公司的资产，为此发神经的，自杀的，要杀了他的，大把人在。华年终于明白他一直给她的无形的压迫感哪里来的。这是常年厮杀在战场里的人，即使洗干净了身体，也洗不掉他灵魂里的血腥气。华年突然就想起了宋星河。和乔飞明截然不同的人生。大家族出身，名牌大学毕业，他的温润如玉，大约也是被他周遭的人养出来的。然而或许也只是看起来温润。华年想到他沉重的忧伤，他零星和华年说过的那些事，那些从小看到大的不见血的厮杀，只怕也不比乔飞明要轻松。要是乔飞明和宋星河斗起来？他们即将斗起来。这次的斗争，华年一点也猜不到结果。他们曾经争斗过吗？华年满脑子都是三年前宋星河在乔宅花圃前的那场忧伤，那场关于明月的忧伤。

乔飞明也恰在此时说起了明月，“第一眼看到她的时候，是真喜欢她，还是宋星河给我介绍的，说是他们大学所有男生心目中的第一女神，也是，见她的人不都觉得她像仙女一样？”乔飞明说。华年这才知道原来明月竟然也是斯坦福毕业。不可比较的出身。

“刚开始，我也以为她只是长得好看。我们在一起后，才发现她比我要懂得多得多。在那以前我一直觉得找个这样大家子里出来的，不过是个门面。她却教会了我许多事。那些见识，那些手段……那个时候，够用，那个时候，我以为自己从此要走上巅峰了。事业起色，又有个公认的女神做女朋友。没想到，我又进了第二次监狱……”乔飞明轻笑。

这段故事，其实早已经被杂志报纸传播得家喻户晓，华年当然也早就知道。乔飞明的第一个投资人周立国，十年前控告他损害公司利益，他被判入狱五年。他在监狱里待了一年。一年后再次上诉，法院改判无罪，他才被放了出来。出来后，乔飞明和周立国却并没有想象中的反目成仇。乔飞明诚恳向周立国道歉。周立国也十分大度，竟然再一次成了乔飞明的投资人。乔飞明对外界一直表示，他是从那时候起，才走上了真正创业之路的。许多人都称周立国为“光翼集团之父”。乔飞明和周立国的故事一直是投资界的一段佳话。

“明月是周立国的侄女，这很少有人知道。”乔飞明摆了摆手，“远房的。明月家一直优渥，周立国却是穷苦出身，周立国和我说过从小到大明月家也没有帮过他一分钱。没想到后来周立国发达了，明月家倒是落败了。明月的父亲交际上一把好手，找了机会，渐渐与周立国走动了起来。她们家三姐妹，三个人都嫁给了周立国曾经得力的员工。周立国自己没有女儿，这三个女孩就成了他最用得上的人。我就是那三个周家的女婿之一。我们这三个人看着人生轨迹特别像，一样靠周立国起家做企业，一样把企业成功做上了市，一样对他处处马首是瞻。但我和明月在这里却是完全不同的。我是先和明月谈的恋爱，再成为周立国员工的。明月介绍我认识的周立国。有时候顺序倒了，一切也就颠倒了。”

一个是被安排，一个是接受安排。木偶自己剪断了线跳起舞来，舞蹈再优美，戏偶人又如何能安心观赏？华年明白乔飞明说的。

乔飞明苦笑：“第一次受到周立国的打压是在公司第一次盈利的时候……”

接下来又是华年熟悉的乔飞明的故事。乔飞明一直都以肯拼命出名，夜以继日带着一群人搞地推，竟硬生生推起了一家家喻户晓的互联网公司。公司一天天起色，全公司都开始在讲B轮C轮IPO了，也是在这时，公司实现了第一次大盈利。乔飞明没有和任何人商量，就给每个员工发了一笔数目巨大的奖金。他自己却是一分钱没拿。周立国知道后，发动董事会，削去了乔飞明总裁的位置。从奖金发出去到乔飞明受到处分，不过三天时间，雷厉风行。乔飞明的员工集体为老板讨说法，结果却把乔飞明讨进了监狱。

“怪只怪那个时候我不得权利游戏的要领。”乔飞明总结。

钱和野心哪个更重？华年想起宋星河说过的那个利刃的故事。华年又想起汪雷波。汪雷波那天送华年进电梯，他笃定看着华年时的眼神，他没说出口的那些话。他看穿华年，就好像周立国看穿乔飞明。一个人如果连钱都没那么爱了，是不是更可怕些？

“那件事之后，我就很小心，交了大量律师朋友，让他们日夜帮我盯着。”乔飞明苦笑着说。这次进监狱对乔飞明是致命的打击。他不再是过去无人问津的小县城穷小子，多少人在那等着，等他的一个错处，好送他到万劫不复之地。华年听着都心惊。

“如果没有明月，我这辈子恐怕就这样翻不了身了。是明月去求的周立国，她去求她父母，求她的两个姐姐，大家都劝她算了。她还是不放弃，赖在周立国家客厅里。她父亲母亲来，对她又打又骂，她就是不走。就这样，终于求来了周立国的原谅。我出狱那天，明月并没有去接我。她派了司机来，让我回家剪好头洗好澡睡足了觉，才告诉我她定好了餐厅，邀请我共进晚餐，好像我只是出国度了个假。”

华年接话：“乔夫人体贴，不让人难为情，是为了好再相见。”

乔飞明笑：“起初我也这么以为。到了吃饭的地方，她第一句话却是，我见不得人没出息的样子。”

华年默默。

乔飞明还是笑：“那顿饭，明月和我达成了协议，给我三年时间，三年如果创业成功，便与我结婚，三年后若是没结果，她便走，她大把的同学校友，找个有出息的很简单。”

“是个激励吧。”华年说。

“要是别人说这话，我可能以为是激励，但我知道她说得出做得到。”乔飞明说到这，突然看了华年一眼，“我马上要同明月离婚。明月还不知道。”

华年以为她听错了。

“你想问是不是因为羽梦？”乔飞明接着问。

华年笑着。

“同她真没有一点关系。我离不离婚，她都不会和我在一起。她现在正在和一个摄影师恋爱，这几天在布鲁塞尔的一个电音节玩。”乔飞明说。

华年领悟过来。如果离婚不是因为羽梦，那么必定只能是因为那个原因。这是个什么都要争当第一的人，也只有那个原因。

“这辈子，人最苦的，就是仰人鼻息。”乔飞明看着华年用一句话总结了他今天说的故事。

故事？人人口中都有一个自己的故事，人人在他人口中又有另外一个故事，有多少人就有多少个故事。这些故事鳞次栉比，一个接一个，一个淹没一个，在眼睛里，在嘴巴里，在各种缝隙里，抢着，闹着，要爬上真理的位置。但即便如此，听故事的时候，每个故事还是该当真的来听。起码乔飞明在说这个故事时的感叹和悲伤看起来很真，比当年的洪思晴更真。

“所以要做第一，做了第一，就不用再仰任何人鼻息？”华年问。然而这个问题，她不需要答案。

乔飞明没有回答。

和乔飞明这次莫名其妙的谈话就在这里戛然而止。乔飞明说到这，便说有紧急会议，要立刻走。华年巴不得他立刻走，好一个人琢磨。所有的一切都在团团迷雾中。

心之所向，极恐极怖。

一心在彼岸，却不知彼岸就在眼前。

等狼性回归

哪怕只是一束微光，她也要在泥土中裂开，在夹缝中生长。

选办公室，看装修，密密麻麻见了许多人，一转眼又是一个月。一年四百万人民币年薪，一个月就是三十三万三千三百三十三元三角人民币，每个月这笔钱都准时打到华年的账户里，今天已经是第三次收到了。

华年找了汪雷波宋星河好几次要开会，却连他们的人影都找不到。成立这个基金的目的到底是什么？这些人的钱哪里是那么好拿的？华年越来越心焦。

还好，乐宝经常找华年吃饭。有一次乐宝又找华年吃饭，慎慎重重，说是又要找她帮个忙。原来这两年乐宝也认识了一些女孩子朋友，来来回回那些人里，有一个与她关系特别好，叫钟离。今天便是请华年和她一起吃个饭，这个女孩子有一些事情，拜托华年看看是不是能帮上忙。

华年到的时候，那个女孩还没来。乐宝说："我和你早说了一个小时，我想我们两个人先见个面。"

华年点点头笑。

"刚认识钟离那会儿，我刚回到颜顺昌身边。老颜那个时候还不像现在。我为了散心，就去参加了一些名媛会的慈善晚宴。"乐宝说。

"这也好，多认识些人。"华年说。

乐宝笑："我一开始也这么想。却没想到，在那个世界一败涂地的人，到了另外一个世界却成了镀了金的女神。"

华年又点点头笑。她何尝不是？

乐宝继续说："这些个名媛会里倒人人都一身好行头，入门也得一只百达翡丽两套香奈儿花呢，但只要有了这身行头，也不管是卖身卖肾得来的，交了会费，统统欢迎。"

“真有人这样失心疯，卖身卖肾来入会？”华年吃惊。

“可不少。还有人让妈妈充佣人让哥哥充司机的呢。真见识了。有一次，这些人正正式式举办了个派对，好大的排场，只差舞龙舞狮了，说是要请一大名媛，山海集团主席的儿媳妇。我去了，和那个大名媛聊了几句，便问秦董事长好，她愣了半天问我，秦董事长是谁？”乐宝说。

“山海集团秦庆海？”华年大笑。

乐宝点点头：“Miss周以前都忍不住笑他脸凸肚圆活脱脱一只大山猪。”

“她怎么会和我说这样的话？”华年不笑了。

乐宝连忙说：“总之，谁管内里烂到脚，只求头上一个好门面。亏得我刚入会，还不得要领。我在Miss周身边这么多年，别的没学会，唯一学会的就是看人。三下五除二，最后居然让我混到了个秘书长当。我也是奇了，不过是天天插花打牌盘男人，要个秘书长做什么。”

“怎么打发时间不是打发时间？到人群里打发时间，总比去做尼姑好。”华年说。

“钟离就是我在这认识的。”乐宝摆摆手，“她是一个名媛会组织人的朋友，经常帮忙组织一些慈善晚宴，看着很爽利不怕得罪人的，和我说话，却是句句让人舒服。虽然也和那些人一样编了个背景，倒明说那是以前，也是承认现在生活潦倒了，日子过得倒还算踏实。”乐宝说。

“这也算踏实？”华年实在忍不住反驳。

“哎呀呀，别老打断我，听我说。”乐宝噘嘴。华年好久没见她这样憨态。“老颜那段时间那边在闹，他天天要回去。我经常和钟离出去玩。没多久，我们关系就近了。我和她本来倒也一直相安无事。前段时间她还为我只请你做伴娘大大生了气呢。只是最近，老颜这不是经常陪着我吗？却有些事情出来了。”

“怎么？颜顺昌又干了什么事？”乐宝帮他操碎了心，这才没几天！

“你先别着急。这次倒真不关他的事情，老颜有没有真改不知道，只是马上又看着有钱了，希望到时候别太忘恩负义就好。我说，你在外面有些事我管不了，但绝对不准碰我认识的女人，否则我做鬼也不放过你。他倒是认真答应的。你知道，他慢慢已经有些怕起我来。”乐宝说。

“颜顺昌已经两头顾不得，在外面还有其他女人？”华年这下子气足了。

“让他去！”乐宝说，“人就是这样，越箍住，越要冒这个险，去找刺激呢。不如放了风筝，他倒是乖了起来，也没真出什么事。”

“那到底怎么回事情？”华年问。

“说这事情之前，先问你个问题。你现在应该也清楚了，当年是我故意不让你多见方鸿之的。有没有怪我？”乐宝问。

华年没想到乐宝主动提起这事，当年确实有那么一两次闪过这个念头。如今证实了，却是觉得万幸。她只感谢乐宝有先见之明。这些年也听多了塑胶姐妹花的故事，多少再好的闺密都因为男人闹掰了，她们却从来没有过这样的事。也幸好是到现在才挑明了说，如今她们都明白了世事艰难，一段关系要走得长远，单靠感觉是不行的，策略才是牢靠。

“避之不及。有什么好见的？你又不把他当正经男朋友。”华年说。

“别怪我防着你就好。”乐宝说。

“谢天谢地你防着我。”华年说。

“那我可说了。”乐宝继续说，“事情出在钟离身上。我刚开始也没着意的，她有个男朋友，虽然收入不高，她自己也有收入，两个人一月加起来五六万的，日子肯定过得去。我一直以为他们感情安稳，快要结婚了。老颜喜欢哪口，我又清楚得很，基础也要肤白貌美身材好。这个钟离黑黑瘦瘦人又太高，一说话叽叽呱呱停不下来，老颜看到她都要逃开的。”

“难道是这个钟离主动对老颜？”华年终于摸清楚了头绪。

乐宝点点头：“没想到钟离与老颜见了几面之后，便天天要找老颜手机上聊上几句话。她说多了，老颜嫌烦，截了屏发给我看，让我去处理。虽然没有什么大不了的话，我却明白了过来。想着她来我们家吃饭，衣服料子越穿越少，也并不是因为今年天气真就比去年热了几分的缘故。”

“她那个男朋友呢？就不管她？”华年问。

“正要说呢。我以前也奇怪，后来才想通了。这情侣之间，只要管得住，哪里有不管的？不管没其他原因，就三个字，管不住。”乐宝说。

“看来她真比她男友出息。”华年说。

乐宝笑着说：“她平日里言语上就有些忍不住埋怨男朋友比她赚得还要少，很多时候要靠她的。我一直同情她辛苦，而且在这样的圈子里还能守着这样一个男人，心里还是佩服她的。”

“骑驴找马，你不会不懂。”华年冷笑。

“我看她倒不至于那样，是真的太辛苦了，熬不下去了，随便抓住一个机会，就不想放了。”乐宝说

“最近怎么善良起来了？”华年笑。

“只许我州官放火，不许她百姓点灯么？”乐宝叹了一声说。

华年默默，心里却着急，真是别又不小心说得她伤了心。

幸好看着乐宝神态还是愉悦。乐宝继续说，“倒不是善良不善良的问题，我人生前半段路就因为算计，千疮百孔，总不能一辈子这样下去，我也想下半生能活得高贵些。”

华年突然想起，前段时间看的亚马逊创始人Jeff Bezos的一段演讲视屏，里面有一句话，她一直记得。华年由衷说：“聪明是种天赋，善良是种选择。”

“Jeff Bezos[①]。”乐宝笑起来，“你要做一个想尽办法占别人便宜的人，还是做一个好人？[②]”

---

① Jeff Bezos，亚马逊集团董事会主席兼CEO。

② Jeff Bezos演讲语。

“你怎么也看了？讨厌。”华年笑。

“我还想说，你怎么也看了？”乐宝笑。

这种默契流转的感觉。真好。她们，到底还是回到了原来美好的样子。华年突然想起，她们以前一起写过的一句话，写好后，把它埋在了那些用残次品吸管做的满天星里。她还记得那句话，“我们要做永远永远一辈子一辈子的好朋友”。那年她们十七岁，今年她们可三十四了。

“今天你约我们三个吃饭，又是为什么？”华年终于忍不住问。

“你听我慢慢说。她总找老颜说她有工作上的烦恼，找老颜给出主意。老颜和我说了以后，我便当面问了她。她一直当我是个傻姑，总觉得是比我聪明百倍的。也是没有防备，话没有编圆，一被问就漏洞百出。那些工作上的烦恼，是生生编造出来的。”乐宝说。

“暧昧三绝招，倾诉，倾诉，倾诉！”华年大笑。

乐宝挥挥手，说：“虽然如此，我觉得她在有些事情上还是有才能的。我就想着你能不能帮帮忙，帮她想个正经路子出来，好好赚点钱，一来我想她以后能好好过，二来她对老颜那个心也只是临时起意，自己真赚了钱，这事情也就过去了。”

华年听得心酸，“这样的人何必和她周旋？”

乐宝却是一笑：“总比没有人和我周旋好。我总要与人逛街吃饭看电影的。再说，哪里有十全十美的人？错一分补一分，将就着过日子，这日子里也是有感情的。”

华年心里黯然下去。她，是太寂寞。而这寂寞，她又无法帮她解。心都是没变的，只是生活变了。她已经不能像少年时那样，时时和她一起逛街吃饭看电影了。她还想着要奋斗再闯出一片天，而她已经要为一个男人洗手煮羹汤了。她们都有了自己的出路。只是这出路却是平行。

钟离终于到了。刚坐下，便是一个故事接一个故事的，让旁人插不上嘴巴。华年看她穿了一件明黄镶金线的裙子，浓妆艳彩的，虽然黑些，却很是惹眼。想着乐宝结婚那天有个忙进忙出的女孩，大略就是她了。

乐宝说，“华年是我发小，做投资生意的，可是大老板。”

钟离掩嘴笑起来，估计这样的话听多了。

华年也笑，“哪里话，现在人人都是大老板。乐宝是我以前的同事，我们这些人是随时供她差遣的。”

钟离问乐宝，“怎么没听你说过？”

乐宝回答，“我倒是说过几次，你没注意。结婚那天做我伴娘的。”

钟离说，“投资这个行业倒是真的挺难的，前几天我一个朋友帮一家公司做IPO，哦，IPO就是上市的意思。那是忙得人仰马翻，天天来找我诉苦。”

华年忍不住在心里笑，她还真不知道IPO就是上市的意思。

华年问：“帮哪家在做？最近准备IPO的几家公司题材都有些偏，看着难。”

华年说到这，乐宝立刻知道华年要干什么，连忙用眼神制止，华年也用眼神告诉她没事。

钟离停了几秒，眼珠子转了好大一圈，说，“他们做医药板块的。”

华年笑笑说：“国内倒是没听过有医药题材的公司在做IPO，是打算在香港上市？”

“对的，就是在香港。”钟离说，

华年笑笑：“哦，对了，香港对医药行业上市监管严，之前还不成文地禁了，这事看来还真挺难。”

再傻的人都听出华年在捉弄了。华年想起当时宋星河三言两语气走丽姐那一段，在这点上，她要真施展出来，本事比宋星河真是只高不低。

华年又看钟离神色，居然是不以为意。她倒是比丽姐可爱些。

乐宝已经端起茶，“好了好了，你们这些女强人见面就谈工作。先歇会儿吧。”

华年知道乐宝又在故意示弱，她实在没有必要这样，也是她害了她，以前说了那些伤害她的话，让她对女人更小心翼翼了。

华年叹了口气，说：“乐宝和我说，钟总有个不错的生意，要不说来听听？”

“华年是投资圈里有名的投资人，有个自己的基金，拍档是拓石资本的汪雷波。”乐宝笑着插嘴介绍我。乐宝介绍人的本事当然一流。宋星河低调，华年又是无名小卒，但汪雷波却是大名鼎鼎。

钟离一拍手，说：“我想起你是谁了！杜华年是不是？我做投资的朋友们都知道你，好几次和他们吃饭听他们提。都不信你那么好的前途，会做那样的事情？圆融那么大的案子，你看着要进董事会的，将来身价何止十亿？”

华年不说话。乐宝接话：“都是些隔着窗户拉帘子听雷声的话。”

钟离却还兴兴头头，“以前我对做事也消极悲观过，听了你的事后，才知道什么是事在人为。我学着你，一直在做PPT，随时为创业做着准备。那天乐宝结婚也只说是你是她最好的发小。今天真是个惊喜。”

华年红了脸，她听出钟离这话里的真心。

她去看乐宝。乐宝正笑着向她点头。到此她才明白了乐宝今天这顿饭的用意。根本和什么帮忙不帮忙的无关，她只是为了让钟离来给她说这番话。这番话她以前必定是听钟离说起过好几次的。而她又肯定知道，这番话比她安慰她一万次还有效用。要比抓人心，乐宝真是比她强许多倍。

她总以为自己一败涂地，没想到却成了别人的榜样。钟离尚且还能在夹缝中苦苦求生存，寻找一丝机会，而她却一直等着人家送食物到嘴边。而现在即使到了嘴边，却还总是猜忌，怕着危险，怕再碎骨粉身。

她杜华年什么时候失的锐气？她想起公司成立的那天，宋星河说，你已经没有了狼性。她怎么到现在才明白，他是在等她恢复到以前的状态。她记得以前有次宋星河说过的，你身上的狼性，才是最让对手胆寒的。那个时候，华年不喜欢这句话。可是现在，她开始喜欢。

是啊，她那么弱小，世俗呼啸，轻易被埋在了最暗地底。

可哪怕只是一束微光，她也要在泥土中裂开，在夹缝中生长。重回人间。

华年笑着和钟离碰了碰杯子。

没有干爹的红颜祸水

还是结婚的好，把红沙发一次性买断，一本万利。

过了几天，便是立秋。

朋友圈里到处是“春往秋来”这样的话，提醒着华年一年又过了一半。

华年把计划书放在宋星河和汪雷波面前的时候，汪雷波笑着说：“我这里还保留着当年你做的那份计划书，给我公司新进的小朋友做范本。”

“没有这份计划书，我都见不到二位的面。”华年说。

宋星河和汪雷波相视一笑。

华年慎重地说：“我需要一次洗白会。”

宋星河笑：“也在计划书里？”

“嗯，第一章第一页。我的形象不树立，新的基金就不会有实质进展。”华年说。

“有这个必要吗？做基金还是低调的好。”宋星河说。

“你们请我来，不就是为了把我推在前面给你们挡子弹？”华年说。

“子弹也要装个消音器，否则别人还以为是爆竹呢。”宋星河说。

宋星河微笑里的刻薄，从来让华年气得牙痒痒。

“对你们当然是，对我却不是。首先，没有一个人会再真心与一个曾经试图偷公司钱的人合作，不是人人都有汪总、宋总你们这样的心胸。其次，我没有那么大的野心，不需要做到绝顶，不到绝顶，也就没了那些需要低调的顾忌。我知道你们的顾虑，怕树大招风，以后有些项目反而不能做了。但对于我来说，最重要的却是先要做成第一单，否者这颗小树苗立刻会被狂风折断。”

华年说到这顿住了。宋星河笑着问：“还有呢？”

“还有……我活得太憋屈，我都做了你们这些大佬们的打手了，你们总归要护着我。没有这步，我把前五个月工资退回去给你们，咱们歇业。”华年说。

宋星河看着华年，问：“你坚持？”

华年点点头。

宋星河想了会儿，问汪雷波：“我们来想想办法？”

“这个事情只能乔飞明出来说话。”华年插嘴。

汪雷波沉吟，“有点难度。”

“那就逼他。”华年笑着说。

“逼乔飞明？”汪雷波笑着说，“有趣是有趣，可是哪里有办法逼乔飞明？”

“她肯定是想好了。”宋星河却笑着说，“再说，能逼一次乔飞明，我倒是很期待。”

“宋总，刘总，”华年笑起来，“这事借个东风就成。”

“什么意思？”他们问。

华年用手指了指天花板，说：“月黑雁飞高，单于夜遁逃。我们趁着明月高照打单于，可好？”

三人笑。

宋星河执行力一流，不过两天时间，便已经约好了乔飞明和明月的饭局。华年立刻打电话给在北京出差的汪雷波。汪雷波当天就赶了回来。

汪雷波大约许久没有这样被人催过了，见华年面就说：“和你一起赚点钱，是要让我拼老命？”

华年笑笑，“一直听说汪总当年一天赶五趟飞机的壮举，怎么现在和我做拍档，就这么不重视了？”

“不与你一个丫头一般见识。”汪雷波苦笑。

华年却在心里偷笑，这次总算仗着自己是女人，得了好处。

饭局定在昌平会。

宋星河说他必须到场，而且他可以做中间人来组这个局。华年一算人数，觉得他们这边占优也是好的。只是宋星河又说，他约乔飞明时没想到明月在旁边软绵绵来了一句，要么去昌平会？宋星河说他不知道如何拒绝。不知道如何拒绝，就只好答应。

华年实在拿他没有办法。明月哪里就那么凑巧正好地在乔飞明身边了？他这人就是爱看好戏。

团团在昌平会的包厢坐下，乔飞明自然坐了主位，明月坐在了乔飞明的身边。宋星河和汪雷波却是一左一右将华年华年围在了当中。倒真是最大牌的左右金刚护法，华年想。只是一个圆桌，明月身边空空荡荡，真是冷落了她。

明月笑着对华年说：“恭喜你啊，听说你和汪总一起合作做了只基金。”

华年也笑着说，“哪里是合作？他们不过找我打个工。”

汪雷波笑，“华年是关键人又是股东，我只是挂着职位而已。”

明月又笑，“短短几天，已非昔日阿蒙。”

大家正说着话，有人进来敬酒，是上次华年在包厢外撞到的昌平会老板比特。

“这位美女有点眼熟。”比特笑着对华年说。

宋星河却是眼睛一斜，“杜总是汪总的合伙人，以前也常来你们这。比特，快来，我们一起敬杜总一杯。”

宋星河这声杜总太故意，他是不能让人一分的。美女这个称呼真是轻慢了，和他一国也是畅快。华年与比特碰了碰杯，却没真喝。

“杜总以后来一定提早说一声，我让人给安排好。”比特说。

华年看着比特样子十分憨厚，却没想到是这样通透之人，宋星河微微露一点意思，他便全盘接住。以前她总听丽姐说，比特没用，昌平会里面其实都听山姆的。最近倒是有人来和华年说过昌平会的情况。昌平会如今大不如以前了，那些周末日日聚在山姆家院子里的员工，大半收了其他公司的转场费，走的走，散的散，连雪梅老公都去了只和昌平会隔条马路的对头餐厅。华年一问这转场费，居然不过十万。丽姐家院子里一幕幕历历在目。这一辈子跟定一个人的价码，不过十万。也是，风水轮流转，人都不一定能红火过三年，何况一家餐厅，人人都是图新鲜的。

“山姆不在？”宋星河又问。

这个宋星河！真非要这样处处看穿她的心境？华年看了宋星河一眼。

“山姆哥年纪大了，说要去新西兰养老，我也不敢留。”比特笑着回答。

华年以前总听山姆说，要做到老的。华年每次听他说这话，总觉得他心里的团团热气要喷到她脸上了。怎么突然就要养老了？看来是张学良终于灭了杨宇霆。那么丽姐的归处呢？新西兰山高水远，新西兰还有山姆的老婆和小孩。华年以前听丽姐说过的，山姆把那个女人和孩子们已经送到了新西兰。丽姐说的时候很开心。

比特还在殷勤敬酒，最后还是明月直截了当，说他们有话要私下说，生生赶走了他。

比特刚走，宋星河就笑着问：“最近你们有没有听说一件事情？”

“你是说圆融五角场店那件抢劫案？”汪雷波接话。

华年微笑，宋星河汪雷波果然老辣，一唱一答如此娴熟。舞台已经准备好，角儿们要上场了。

那件抢劫案，发生在五天前，圆融无人售货店半夜被一群社会青年强行闯入，砸破自动售货机器后，将酒水洗劫一空。可这群社会青年抢到酒水后，并没有离去，而是在现场大喝。第二天被抓捕后，警察在他们身体里检查出软性毒品成分。这个事件本来只是当天新闻晨报上的一个小豆腐块。可不知道什么原因，全球媒体，特别是金融媒体，这次居然都紧盯不舍，直指圆融无人售货店存在无法解决的严重安全隐患。圆融股票因此大幅受挫。

乔飞明神色立刻不善。

宋星河说："我昨天飞机上正好有一份《华尔街日报》。"

"哦？《连华尔街日报》都登了？"汪雷波做出吃惊的样子。

他们两人要是不做投资，去好莱坞也能混口好饭。华年略略低头，不让人看到她在笑的眼睛。

"圆融已经成立专项组在处理。"乔飞明说。

乔飞明看着不自在了。华年难得看乔飞明不自在，心里直鼓掌。

汪雷波说："所有人都已经知道圆融在处理了。圆融这次动作不小啊，连私家侦探都出动了。"

宋星河皱眉："飞明，《华尔街日报》倒是没有对当晚事件有太多描述，而是质疑圆融这次的处理手段是否有违圆融一贯以来提倡的'自由、独立、思考'的理念。"

乔飞明说："圆融管理层质疑这次事件有可能是恶意竞争，所以才雇佣私家侦探调查。"

"这样的做法不符合你的性格，想必你事先并不知道。"汪雷波正色起来，"我觉得还是有必要召开个紧急董事会讨论一下。"

"这属于业务范围，有到召开董事会的地步？"乔飞明问。

"千里之堤溃于蚁穴。恒星当年不就是因为一件残次品不让客户退换，危机公关没做好，最后连骨头都被媒体啃得一点都不剩吗？"汪雷波也正色。

有理有据，还不把乔飞明逼到死角？华年心里笑。她还是不说话，还不到时候。

"汪总今天原来是来为难我的。"乔飞明这下却倒是笑了。

汪雷波不说话。

宋星河拍了拍乔飞明肩膀，"怎么会怎么会？这么多年的兄弟。"

汪雷波喝了口杯中水说："飞明我自然是信的，可现在是周嫣红做圆融董事会主席。"

"周嫣红和飞明还不是一样的？"宋星河笑。

华年听到提到Miss周，忍不住想起她说过的她爱慕着乔飞明的话。她偷偷看明月神色，还是不动如山，好一派豪门太太风范。明月到底知道不知道这件事？看来她也只有今晚回去要对着镜子扯玫瑰花瓣找答案了。

“哪里一样？周嫣红做了董事会主席以后，圆融业绩一直止步不前，要是老乔自己管，只怕我们俩都可以收山了，坐等着分红就好。”汪雷波笑呵呵的。

乔飞明沉吟：“业绩下滑原因很多。”

时机就在此刻。华年脑子里灵光闪过。到这里才该是她说话的时候了。

“汪总，”华年深呼口气，“圆融这几年已经坐了火箭了，你这个资本家就让人喘口气。我们新基金刚刚成立，放点心思在我这吧。”

汪雷波笑起来，“也对也对，星河，飞明，你们快帮我一起敬华年一杯，祝她帮我赚大钱。”

宋星河立刻举杯，乔飞明也端起了杯子。这轿子抬的。华年佩服。

“我这几天不能喝酒，过敏。喝可乐。”华年说。她戒酒已经半年。更何况还有当年工作绝不喝酒的誓言。

他们这一杯喝完，这个话题也就止住了，看着倒像是华年给乔飞明解的围。接下来便是一阵天南地北。从无人车到外太空，从王阳明到《大学》，从爱马仕盘子到冰岛经济危机，从马斯洛到伟大领袖……

就在繁花迷眼，谈性正浓时，宋星河突然眯着眼睛说，“飞明，我代华年请你帮个忙，她新基金成立，想请你站个台。最近有个财经频道要采访万木基金关键人，你陪陪她，如何？”

乔飞明眸子一闪，只说了声，“好。”

明月在旁边已经笑了起来。今晚到此时除了刚才那场闲聊，她是一句话没有的。她已经喝得两脸颊红粉菲菲，这一笑，便是一阵红粉颤动，好不迷人。她一边笑一边说：“我说呢，今天原来是为美女请命来了，这吕布到底是戏了貂蝉。”

华年的血一下子从脚底涌了上头来。

“我还想做红颜祸水呢，可惜没个好干爹。”华年冷冷地说。让来让去，也没人领情。这个明月！她这次不让了。

明月笑着，一派天真，“杜小姐当然是倾城倾国的，大家都说娱乐圈肮脏，好莱坞制片人面试间里摆着红沙发，其实看看这世道，哪行哪业，没个红沙发？”

华年也笑起来：“所以还是结婚的好，把红沙发一次性买断，一本万利。”

明月看着想说话，还没开口，宋星河已经说：“这么说，我还是有几分姿色？我一直想被杜总潜规则下，找时间摸到她的红沙发上去，就是至今不给我机会啊。”说完，又对着明月举杯，“来来，我敬敬老同学。”

几位男士陪着宋星河向明月一起举杯。明月笑起来。众星就必须这样拱着月的。更何况是斯坦福的月亮。真真是老同学。

从昌平会出来，宋星河送华年回家。华年一路不肯说话。

“想什么呢？”宋星河让司机将车子在路边一停，凑过身子来问。

“我正在想着把明月当月饼，到底是用刀叉还是用筷子呢？”华年说。

“这么小气？”宋星河笑。

“你大方，蚊子不叮在你身上。”华年说。

“女人长得漂亮，才这么多是非。”宋星河说。

“这些年出去，我连美女都不肯让人叫一声的。”华年说到这一顿。她突然想到宋星河刚刚也不让比特叫她美女。可明月真的是戳中她的痛处。工作那些年，多少人以大欺小，以男欺女，为了能得到个公平的话语权，她连穿衣都加倍谨慎，穿来穿去，也只有黑色套装。

“此一时彼一时。当年我和老美谈判，一通专业下来，人家只夸我英语好，现在一通专业下来，轮我夸人家中文好。”宋星河说，“你已经不是当年的杜华年。”

“难道我多出几处鼻子眼睛来了？”华年抢白。

“难道不是？现在别人叫你美女，你该笑纳，毕竟你也老了，人家是安慰你才叫的。”宋星河大笑。

此一时彼一时，华年重重打他。当年那个宋先生如今已经只是宋星河，可以打，可以摸，可以亲。亲么？华年羞红到脖子里。居然还羞红？这是又着了魔了么？

那晚，华年睡了个好觉，即将与乔飞明同台，这在以前，是梦里的事。

火烧云

人不过也是哺乳动物，喜欢和不同的异性交配是天性。

“这将会是我们近半年最好看的一期节目。”采访华年的财经节目制片人说。

当然会好看，乔飞明久不上电视节目，如今却和她一个无名小卒一起公开亮相，不轰动对不起她一番苦思。华年虽然这样想，嘴里还是连忙说谢谢。

华年看这个制片人十分眼熟。他虽然带着副眼镜，却掩不住眼里的智慧，一谈话更是觉得他浩瀚如海，大有学问。这样的人她见过就不会忘，可她就是想不起来在哪里见过。

“你好，又见面了。”有人与华年打招呼。

华年回头一看，居然是羽梦。

“飞明录个节目，非逼我们一帮子人来现场探班。”羽梦笑着说。

华年也笑着说：“听说你去了音乐节，好玩吗？”

羽梦神色一黯，但随即又笑，“好玩。”

真是说错了话。她出国旅游定然是为了宁方瞳的事情散心，可伤心的人到哪不是个伤心？华年懊恼。

那个制片人走过来，亲热地一拥羽梦，说，“我就知道你会来。”

华年这才想起来，原来在宁方瞳葬礼上见过他，正是那日的致辞人。那篇悼文写得实在太好，比林徽因写给徐志摩的还要好。华年只注意低头听，他的脸只掠过一眼，怪不得记不住。

他们正说着话，又有两三个男人走上来与羽梦说话，她便团团被围在当中。乔飞明也走了过来，手脚看着有些不知道往哪摆。华年突然想起他和她说的话，他们铁一般的圈子，外人是很难走进去的。乔飞明终究也是同许多人一样，羡慕自己没有的东西。

如果她是羽梦？华年突然又对着羽梦羡慕起来。只是她失去宁方瞳的痛苦呢？深夜里，她应是哭了一场又一场的，那样的撕心裂肺，如果是她？算了算了，还是做杜华年吧。

华年想着，已经走出了演播厅。

“华年。”又有人喊她。

一转头，昏天暗地，居然是于成龙。这一辈子怎么还可以再遇见他？

于成龙笑着问好：“好久不见。”

“好久不见。”华年说。

华年左右环顾，正好看到乔飞明从演播厅出来，立刻冲上去说，“我们走吧。”

乔飞明看着她：“去哪里？”

华年笑着，对他仰起头，做出十分撒娇的神态：“不是说了一会儿吃饭？”

这时羽梦一群人也走了出来。

乔飞明指指他们，尴尬地看着华年说：“我们好久没见，要聚聚。”

谁都看得出，乔飞明看到羽梦时，眼里的光芒。真的是自取其辱，还在于成龙面前。华年恨不得当场咬舌自尽。

他们一群人轰隆隆从华年面前走了过去。

于成龙看着华年。

于成龙说："请你在食堂吃个饭？以前你一直说要吃，可一次也没来过。"

华年点点头，兵败如山倒，只能听天由命。还好他不是推着婴儿车，带着孩子。听说他已经有了孩子。

刚在食堂坐下，就有一群人来和华年打招呼。原来是刚才那个财经节目组的人放工了来吃饭。

他们走后，于成龙问："你怎么和他们认识？我听他们叫你杜总。"

恨不得立刻把自己的事全盘托出告诉他，告诉他她现在管理着一只几亿美金的基金，告诉他她现在身边有大把优秀的男人，告诉他她刚和乔飞明上了节目。都告诉他，让他知道他错过了天下最优秀的女人。可话到嘴边，华年终归只是说："现在见人就得叫总，你也当真？"又想到刚才乔飞明的那场尴尬，于是说，"他们是采访刚才我那个朋友的，我们一群人陪着他来录个节目。"

"这几年都没有你的消息。"于成龙说。

华年这才正式打量他。他还是瘦得厉害，样子一点没变，只有发型梳成了背头。他第一次梳这个头发，还是她帮他梳的，沾了水，抹上厚厚的摩丝，梳完，他们搂着在镜子面前笑。华年捏他的脸说，活活一下乡党支部书记。

只是你怎么会没有我的消息？华年低下眼睛。我可是处处都有你的消息。

"我从原单位出来了，现在在一个新公司上班。"华年说。

于成龙说："怎么一说还是工作？男朋友呢？还是结婚了？

"我怕天下男人失望，哪里敢结婚？"华年突然笑。

"女人还是要结婚的。"于成龙说。

华年恼羞成怒，"找男人还不如养条狗。"

她想过无数次和于成龙在见面的情景，一定要优雅得体的，云淡风轻的，到头来还是这样。

于成龙低着头："和你在一起，实在太辛苦。"

“和她在一起就不辛苦？”听到这句，华年满脸突然长出了刀枪棍棒。

于成龙一愣，“你知道了？我叫乐宝不要说。”

“她还是我带着你去见的。”华年说。

于成龙苦笑。

“你们什么时候搭上的？”华年追问。

于成龙却反问：“现在问这些还有什么意思？”

“你让我死个明白。”华年说。

“华年……”于成龙可怜巴巴地看着她。

“你说！”华年并不放过他。

于成龙吐出一口气：“有一次她叫我去唱K，后来就一起去了海南。”

早就猜到，果然如此。脚踩地上，她反而觉得踏实了。

“比我哪点好？新鲜对吗？”华年问。

“怎么这么说？”于成龙低头，“只不过和她有许多话。和你，你只说工作。坐下来一顿饭，你都埋头在手机里。”

华年这才有余力仔细回想，她多数时候确实和他说的一样，心微微就有些软了下来。

“听说你那个时候要叫警察抓我？”华年又问。

“只是想想，你闹得太厉害，隔壁邻居天天投诉，她又要搬过来。”于成龙说。

那时他们不过分手一个月。华年突然又觉得与他再无话可说。

“可以不要怪我吗？”于成龙看着华年。

华年想了想，还有最后一个问题，不问不甘心，“你老实回答，答案我已经有了，就看你老实不老实。”

于成龙点点头。

“我们交往四年，你出过几次轨？”华年郑重问。

于成龙愣一下，回答：“两次。”

如遭电击。果然如此，她这个傻瓜。乐宝以前说的，男朋友模范不模范都得出轨。不模范的，天天在出轨的路上，不用提了；模范的太模范，时间久了，还是会累，累了就要到外面放松放松的。人不过也是哺乳动物，喜欢和不同的异性交配是天性。

“但那两次都不作数的，喝多了而已，那个时候我心里只有你。”于成龙着急补充。

第三次因为有了结婚的条件，所以心里就没我了，就当真了？华年冷冷发笑。她想过的，与于成龙以后再见，要相视一笑泯恩仇的，可现在，她还是决定，要恨他一辈子。人总要揪住一个人不放，才可以为以后作恶找个借口。于成龙过得那样单纯，肯定比大部分人不坏，但他必须赔偿她的纯真。

华年拂袖而去。

这就是她那场自以为是的刻骨铭心。

那么他到底爱不爱她？华年从电视台食堂走出来的时候还在想。那样地倾其所有，那样地呵护备至，不爱，又怎么做得到？但爱，最后总归还是敌不过天性。既然如此，那么多还在苦苦追求一生一世一双人的，就真都是傻子中的傻子。

华年觉得她想开了。

然而想开了，她也并没有好过些。

从电视台出来，华年一眼就看到一辆半旧不新的凌志车停在大门口。

“你怎么才出来？我在这等你好久。”宋星河说。

这回轮华年莫名其妙，宋星河怎么在这？

“走吧走吧，我们吃饭去。”宋星河不容华年问，就拉她上了车。

“你怎么在这？”上车后，华年问。

“老乔给我发了消息，叫我来英雄救美。”宋星河笑着说，“只可惜那男的怎么没送你出来？真不是个东西。在电视台的，不会就是你一直挂在嘴边的成龙宝贝？”

乔飞明还是细心，不过瞬间就洞察到了。只是连他都想到要通知宋星河，看来大家如今都坐实了她和他的关系。华年想起一首台湾歌手唱的流行歌，里面有一句：我不想人老珠黄，被人送作堆……她是该哭还是该笑？

“你哪里来的时间玩这老套的剧情？”华年问。

宋星河笑着指指后座文件：“顺便和你开个会。”

许多年以后，从于成龙的世界里走出来，被宋星河接走这一幕，一直在华年脑子里回放。似乎是个寓言。

华年已经很愿意在自己的人生里找出点神妙的东西了，以证明命运这个东西真的存在，这样或许就可以为现实推卸掉许多责任。她愿意轻松些，只此而已。

华年看了眼车窗外，晚霞正烧着半边天空，火辣辣的，奇异流动着。

今天过后，她就是真正的出名的清白的女投资人杜华年了。

监狱和棍棒

既然当初他这样信任过她，现在该轮她信任他了。

以前有个岛，岛上没有石头。岛上一个聪明人说，我知道很远很远的一个地方，那里有很多很多的石头，我们去运一些石头来，以后换东西都先用石头换，这样就可以想换什么就换什么了。整个岛上的人们都说聪明人聪明。于是，大家真的去运了石头来。果然有了这些珍贵的石头后，大家想换什么就可以换什么了。岛上还有另外一个聪明人。这个聪明人不仅聪明还特别的勤劳。岛上一般的人换了一辈子的东西，也就只能和别人分享石头的一部分，但那个聪明人有一天却拥有了一块完整的石头。于是，他张罗着把石头运回自己住的地方。结果，不小心来了一阵大风，船沉了，石头也沉入了海底。可没有想到，整个岛上的人还是认定这个聪明人拥有这块石头，他还是照常着拿着这个石头去换他想要的东西。这个故事是华年在她决定再次努力进战略投资部的那天和于成龙说的。华年最后说，人也是这样的，只要大家都认为你行，你就行了，就能成大事了。

于成龙说，不可能，每个海岛都有礁石。他翻出很多的海岛照片，向华年证明，真的所有的海岛上都有礁石。

这个故事最早是宋星河说给华年听的。

“我要去趟墨西哥。”华年对宋星河说。

“现在去哪都开始和我报备？”宋星河耸耸肩。他越来越喜欢和华年开玩笑，华年并不觉得这有什么好的。

“不问问我去干吗？”华年问。

“总归不是和男人去的。”宋星河说。

“还想不想要圆融？”华年瞪眼。

宋星河笑起来，“囊中之物。”

“那么光翼呢？志在必得？”华年轻飘飘地问。

“你在开玩笑？”宋星河笑。

华年再次佩服宋星河这么能演戏。从她第一天听宋星河说圆融收购计划的那天开始，有一个疑问就一直在心里就来回盘桓。

“没有一点是说得通的。”华年也笑，“虽然乍听圆融计划我已经觉得很疯狂，可是你和汪雷波这几年早就开始对圆融布局，你们的基金目前加起来在圆融持股比例已经从21%增加到了45%，以你们国内基金的实力肯定是做不到的，既然如此，那么必定是因为你们已经说服了你们的美国母基金。”

“情报功课倒是做足了。”宋星河一边点头一边笑。

华年继续说：“圆融海外架构做在开曼，这是我在的时候就搭好的结构，是跟着母公司光翼的结构走的。圆融的公司章程和开曼大部分公司差不多，持股超过2/3，持股人就会成为公司超级大股东，拥有超级投票权，可以直接重新选立董事会。所以你们只要再收入21.66%的股份，就达到2/3了。剩下22%股份的收购，以你们美国母基金的实力，真有那么难？需要你们这样大费周章？当然不用。那么只有一种可能，收购圆融只是个烟幕弹。你们背后在酝酿更大的计划。”

“背后的计划？除了光翼，还有什么值得这样计划？”宋星河只是笑，“知道你总有一天会看穿，只是没想到这么快。杜华年，还好你和我一直是朋友。”

华年摇头：“哪敢做您的朋友？只求对您有点利用价值，您能时刻想着动动我这枚棋子。”

“有什么好主意，卧龙先生？”宋星河大笑。

“给我个明确答案，宋先生。”华年听宋星河语气他是默认了，可她不敢冒险。她必须一个要正面的肯定的无回旋余地的答案。

“是，我们的目标就是光翼。”宋星河终于回答。

“准确点来说，想私有化光翼，对吗？”华年还是紧追不舍。

“对，私有化！”宋星河这次坚定地肯定。

“你和汪雷波加起来也只有光翼18%的股份！心比天高先生！”华年加强了语气，“私有化可不是一般的收购，按照开曼法律，那是要有公司2/3股份以上才能通过的。这都不是公司章程范畴内的事了。”

“是不容易，按照目前光翼市值，私有化光翼那是一笔绝对可以撬动一个城市的钱。我们动用了目前所有的资源，也没有筹集到那么多钱。更何况就算有钱，这件事也不一定成。”宋星河说。

华年不说话。

“怎么？不敢了？”宋星河问。

华年笑：“刚才你不是问我主意吗？主意在墨西哥。”

“墨西哥到底是什么玄机？”宋星河问。

“成了再和你说。”华年摆摆手。

“谁给你牵的线？”宋星河追问。

“保密。”华年扭头就走。被他们捉弄够久了，她决定也要故弄玄虚一次。

一个月后。华年从墨西哥回来的时候，宋星河去机场接她。

“华年，我真的很吃惊。”宋星河笑眯眯的，“还能给我再多点惊喜吗？”

这个惊喜还不够？华年想。他们的共管账户两天前多出了成堆的美金，够买下光翼10%的股份。而这10%的股份，华年也已经说服持有光翼股份的基金公司卖给他们。

“你是说我晒黑了好看？”华年假装睁大眼睛。

“我喜欢白的。”宋星河也装。

“那以后我再晒黑些。”华年说。

“再黑些小心被犹太人放烤炉架上烤了。美国犹太人做生意可是吃了肉不吐骨头的，艾伯斯坦家族中国基金在中国只投了两个项目，你怎么说服他们的？”宋星河说。

“严格来说这次他们并不算投，这笔钱只是放在我们的共管账户里，专项针对光翼收购。”华年纠正。

“快说怎么办到的？”宋星河问。

“要想和你们平起平坐，没点真材实料怎么行？”华年绕着他。好玩。

她可不想告诉他，她托人约艾伯斯坦家族中国基金管理人金伯格·艾伯斯，约了几次都约不成。最后她只好狠了狠心，直接飞去了他度假的墨西哥小岛找他。果然，平时在一个城市约不成，来了这里却有了机会。她也不会告诉他，她这段时间在墨西哥的非人生活，半夜三点，那个小岛只有寻找刺激的情侣去听海浪声的情侣们和她还醒着，她战战兢兢晚上也不敢熟睡，生怕突然要被召见。她更加不想告诉他，第一次见面后，等了三个多星期，就这样随时候着，才被通知再有机会与金伯格·艾伯斯坦见一个小时，她连衬衫都来不及熨，开着当地唯一的交通工具电瓶车就冲了过去。只是没想到，这次会面本来一个小时的聊天最后变成了五个小时。感谢Miss周那些年逼她练成的纯正美式口音。她觉得说通金伯格·艾伯斯坦，和她舌头垫着牙齿发出的标准V音，很有关系。“Love”是最性感的英文单词。

“起码有一点，你前段时间和乔飞明沸沸扬扬的新闻，肯定对这有帮助。”宋星河说。

“没有这个招牌，再大牌的中间人介绍，我也只不过是个无知妇孺。”华年说。

“无知妇孺？时代广场都差点要挂出你的海报了，标题是与乔飞明平起平坐的神秘女投资人。许多人都开始在传你是主席大大的私生女了。”宋星河的嘴巴不留情。

“宋先生，可以放过我吗？”华年说，“来说正经事，你和汪雷波加起来，就算加上从艾伯斯坦争取来的10%，我们才拿到28%的股份，路漫漫其修远兮。”

宋星河也正经起来：“现在光翼的股权结构很有趣，周立国拿着30%的股份，名副其实的最大股东，乔飞明9%，管理层大约持有12%，散落在各机构大约9%，其余的21%在股市上。一家这么大的企业，最多股份居然在私人手里，你说这不是欺负我们投资界吗？”

华年骂：“一群白眼狼。没有这些创始人辛辛苦苦奋斗，哪里来你们的肉吃？”

“好像你不是我同行似的？”宋星河笑，“再说，周立国也不是创始人。”

“没有他最早给乔飞明的那笔钱，他现在还在开小中介公司，日日带人看房子。”华年说。

“口舌上我永远甘拜下风。”宋星河笑着说，“既然你给我了个大惊喜，我在这里也先还你个小惊喜。经过这段时间的努力，我和老汪卖了老脸，到处奔波，终于买下了散落在机构的9%股份。”

华年鼓掌：“太好。我们第一步其实只要再收购6%以上的股份，在董事会上有反对权，阻止有人先拿到2/3股份，成为超级大股东就行了。现在我们有37%，首战大捷。”

宋星河却皱起眉：“周立国这几年动作也够快的，手段也不弱，如果再让他买到4%股份，他的持股就超过1/3，这样我们全盘收购和得到绝对控制权的计划就落空了。所以我们必须快，快过他们。”

“快是最难的事情。” 华年说。

宋星河叹气：“你知道这些年替周立国运营股份的人是谁？”

“谁？”华年问。

“周嫣红。”宋星河回答。

“Miss周？”华年吃惊，“我一直以为她和乔飞明站在一条线上。”

“你不觉得巧得很？”宋星河说，“他们都姓周。”

“周这个姓实在太平常。”华年摇头。

“父女。”宋星河说。

“什么？”华年声音提高了，“这爆出来才是本年度最大新闻。”

华年太惊讶。

一个接着一个解开的谜团，一个接着一个曝光出来的真相，好像即将要汇合成惊涛骇浪。这让华年起鸡皮疙瘩。她知道，所有这些一定是与她杜华年这些年来的命运息息相关的。

“沉住气。”宋星河笑着说，“知道这件事的人的确少。周立国妻子很早就过世，他只有周嫣红一个女儿，很早就把她送到了美国，对外也从来没有公开过和她的关系，大约是因为早早就规划好她未来的路。”

“也有这样的爸爸？从小把女儿培养成一个女间谍。”华年皱眉。

“做投资行业，隐姓埋名也是常有的事。”宋星河说。

宋星河说完，又看了华年一眼。华年知道他又在笑她之前的招摇。这个人，不能落一点把柄在他手上。

华年不理他，继续问：“乔飞明知道这个事情吗？”

“明月知道，乔飞明怎么会不知道？”宋星河反问。

明月和周嫣红是表姐妹。华年到现在还总会想起周嫣红诉说的她对乔飞明的爱慕。两姐妹爱慕一个男人？那不是全乱了套？

“所以，光翼整个案子里的关键人其实是周嫣红？”华年问。

宋星河点点头，“周嫣红动作不比我们慢，我收到消息，她最近也在筹措资金，资金规模很吓人。”

“周立国收到了风声？”华年问。

“是，我还没有暴露。但是他们自然也有他们的办法收到你和汪雷波明面上一些动作的消息。他们大概准备要先下手为强。”宋星河回答。

“他们动作有多快？”华年问。

“如果他们要快，可以快到让我们措手不及。他们不是一天两天在做这个计划了。但是他们不会轻易动，他们还是想先内部收购，达成一个协议价，直接动股市，付出的成本太高。”

“天天想着收割韭菜，就不能让韭菜咬回去一口？不就怕股市知道私有化的消息，股价会被抬到天上去？”华年说。

“韭菜可不是好惹的。一个不小心，血本无归，这点上我和周立国倒是一致的。”宋星河笑。

“总比一些公司玩阴的，低于发行价私有化公司要好。血本无归好过名声扫地，东山再起都没有机会。”华年冷冷说。

“是是是，不敢不敢，最后的体面我们还是要的。”宋星河笑。

“就算拖住了周立国，你还有什么办法？别忘了，我们要买的可是光翼的30%股份，这样我们才能达到2/3。”华年说。

“我们缺一阵东风。”宋星河看着华年。

“哪里是一阵东风？那简直是一场龙卷风好吗！”华年叹气。

“还需要一个星期，我们最后一笔资金才能到位。”宋星河说。

“你哪里又有了资金？”华年笑着问。

“你去墨西哥前对我保密，我现在也得保密。”宋星河笑着回答。

毫无缝隙的回答。审核资金来源是投资人的重要工作，第一当然是为了规避法律风险，第二也是为了保障自身安全。正规投资机构都会有自己的行为准则，黑钱，脏钱，血汗钱一律不收。否则一不小心，前面就是万丈深渊，监狱和棍棒时刻在等着你。但是既然当初他这样信任过她，现在该轮她信任他了。一人一次，公平公正。华年不再问。

“那么现在我们做什么？”华年想先听听宋星河的意见。

“看你的了，华年。收到的消息毕竟只是收到的消息。他们还不能确实。想办法拖住周嫣红一点时间。”宋星河做了个捏蚊子的手势，“然后，我们一起捏死她。”

“想必他们这次这么短时间筹备这么大量的资金，也是付出很大代价的。你是在想他们是不是正需要个理由，告诉自己其实可以缓一缓。”华年笑了笑。

宋星河点头：“这个理由你送去。”

“你就对我这么有信心？”华年问。

宋星河拍华年的肩膀，“任重而道远。”

华年苦笑，她实在不愿意再见到那个人。

开着玫瑰的红唇

女人在职场上多露出一分女人味，便多一份灰飞烟灭的危险。

三年未见Miss周，没想到她居然鲜艳了起来。珍珠白的宫廷真丝衬衫，以前华年是怎么也不会想到会出现在她的身上的。更何况她还带了副银币大小的珍珠耳环，嘴唇上更是有了一抹明亮的赤红。嫣然一笑百媚生，那个大头吸尘器Miss周如今真成了周嫣红。华年始料未及。

“这几年即使使劲打扮，也没有人评头评脚了。”Miss周指着自己的脸颊，“这这这，都是玻尿酸。”

华年听到这话，与她相视一笑，也算是个默契。女人在职场上多露出一分女人味，便多一份灰飞烟灭的危险，除非你能做到高高凌驾于他们。如今她们是不用再小心翼翼。

Miss周问：“听说最近你和汪雷波组了个新基金，这孟光何时接了梁鸿案？”

华年没想到她不仅外形鲜艳了起来，她这半个美国人连说话也古香古色地俏皮起来了，这俏皮还是夹着枪带着棒，处处都是骨头的。问谁学的？

“孟光即使造了舆论嫁了梁伯鸾，却也只敢举案齐眉，吃力得很呢。”华年说。

Miss周摇摇头，“我们不是第一天认识。”

华年笑着说：“这么美的Miss周，我第一天认识。”

Miss周也笑着接住：“今天找我就是来夸我漂亮的？”

华年说：“我是来为以前的事情讨个说法。”

Miss周的声音沉下去：“你跟了我三年，其实我也十分不忍心。”

“到底还是忍了心。”华年却不客气。

“你难道还不知道我的父亲是谁？”Miss周突然问华年。

华年老实回答，“周立国。”

“既然你已经知道了，难道还不清楚以前到底怎么回事？”Miss周问。

华年皱起眉头：“所以当年不管乔飞明相信不相信我，都不要紧，他是一直听你父亲的。你做个手脚，推到我身上，只不过是为了让事情好看点。”

Miss周笑着说：“乔飞明怎么会不清楚？只不过在你我之间，他一定选我。”

做了周立国的女儿便是天下最了不起的事情了？华年还是笑，“就没有点愧疚？毕竟给你们卖了三年命。”

“华年，我对你是十分愧疚的。”周嫣红居然看起来十分真心，“你是我辛辛苦苦教出来的徒弟，你觉得我会不痛心？只不过我就算是周立国的女儿，乔飞明你也是知道的，真的惹怒他，他可不是做任何事情都顾后果的人。没有你这个台阶让乔飞明下，不知道他会做出什么事情来。你仔细想，是他牺牲了你。”

华年问：“乔飞明随时会牺牲身边人的人，你还要一直在他身边，你不怕？”

周嫣红说：“我是没办法，真心爱上了。还好你逃了出去，从此不用为乔飞明卖命。”

“这辈子，不愿和乔飞明再多打交道！”华年冷哼。

Miss周问：“这么势不两立？”

“最近我做的事情你应该看到的。”华年说，“我想不少人背后笑话乔飞明。”

“能逼他亲自出来为你平反，我倒是想不到。”Miss周说。

“我也是为了一口气。”华年笑。

“那么圆融一件小小的抢劫案最后闹出那么大的动静，背后策划人也是你？”Miss周问。

华年点点头，“Miss周不会猜不到，圆融抢劫案的推动者是我。那个小抢劫本来只能是报纸上的一个豆腐块。发动媒体舆论，我狠狠下了一番功夫。幸好已经不用像当年拼老本动用人情那么吃力，万木基金有大把的运营费。”

这件事情，该和Miss周坦白。华年这时的笑是真畅快。

Miss周看着华年，“就为了一口气？”

“就是为了一口气。”华年肯定地回答。

Miss周叹了口气。

“有件事倒是要和你说，我在老同事那里窸窸窣窣听到一些你和乔总的传闻。你和明月算来还是表姐妹，你和乔飞明的事情……就不怕已经到她的耳朵里。”华年犹犹豫豫地说。

Miss周看着华年说：“她一家人一辈子都靠着我家，有什么资格和我争？”

Miss周的跋扈在骨子里。她的鲜艳是剧毒喂出来的。华年早就明白。

华年笑起来：“想必你也知道，我们正打算买下圆融。”

Miss周却比她想得更单刀直入，她问：“我怎么听说你们有更大的胃口？目标难道不是光翼？”

华年看起来吃了一惊，“光翼我们怎么吃得下？哪里来那么多资金？再说，乔飞明和你这样守着，我们有了资金，又能从哪里下手？”

“艾波斯坦基金的钱不是已经打入你们的共管账户？”Miss周笑

着问。

华年也笑，“果然哪里都有你的眼睛。可是那点钱够什么，你比我清楚。”

“你们不是还有宋星河？”Miss周说。

这下子华年是真吃惊了。Miss周是如何洞悉的这一切？宋星河做的所有烟幕弹，包括推她到前台，看来是白费了。既然宋星河暴露，那么他们的底牌是不是也就摊在她面前了？只是她知道了多少？她到底看到了几张底牌？华年手脚都冰了上来，她清楚自己的这个回答必须字字斟酌，不能出一个错。

“Miss周好本事，连我们的王牌都看到了。王牌摊出来了，就不是王牌了。再说宋星河在光翼面前最多是个小J，也算不上王牌。”华年叹气，“我还是明说吧。本来我们的确在筹划购入光翼的股份，为万木基金打个响亮的开门炮。”

Miss周盯着华年看了几眼，才笑着又说：“在你肯定之前，关于宋星河的猜测我也并不确定的。”

华年皱眉：“徒弟怎么越得过师父去？你随便一问，我就随便全盘托出了。”

“亏得宋星河和乔飞明做了这么多年好朋友，最后竟然这样给他下套。”Miss周说。

“你比我看过更多生意场的好友，哪个有舍生取义过？再说，哪里是下套？我们只打算买入光翼地一小部分股份，只是为了赚钱。再说，万木背后是汪雷波的拓石和宋星河的新阳，光翼有他们入股，不是好事？遮遮掩掩只是因为宋星河怕他们机构说我和他的闲话。”华年终于找到了好理由。

Miss周没有回答，她看着窗外，轻轻地说：“人都想越过其他人的。他也一直想越过我父亲。”

“既然想嫁他，为什么不帮他？”华年问。

Miss周当然知道那个他就是乔飞明。

“不捏在自己手里，我只不过是下一个明月，就算和他在一起，也不过是跟着他的一块手帕巾子。”Miss周敲敲杯子，她还是滴酒不沾，只喝水。

“娶了你，总有一天越过你父亲。”华年说，“宋星河前两天和我说，乔飞明已经和明月离婚。”

乔飞明说给她听的那个秘密，是时候说给Miss周听了，只是换宋星河的口更好。华年笑。

果然，Miss周听到这话，艳丽红唇立刻绽放成一朵玫瑰，带着刺的鲜丽玫瑰。

“你哪里听说的？”Miss周问。

她怎么可能轻易相信人？华年慢慢把最近如何与乔飞明偶遇，乔飞明如何把以前的故事说给她听，一一和Miss周说了，只是这个主角从她换成了宋星河。

“这样隐秘的事情他都说出去了？这些事情在我们周家，也只有少数几个人知道。看来老乔那个朋友过世，最近是给了他一些打击。”Miss周说。

“人生无常。”华年说。

“你相信人生无常？”Miss周问。

“无常才是人生。”华年回答。

Miss周出了神，“我做周立国的女儿久了，就只知道做周立国的女儿了。做周立国的女儿，读书时要把功课做到最好，工作时候工作做到最好。这样久了，我就只知道做到最好，别的我似乎什么都不会了。即使硬生生知道了大限在那里，却发现自己除了努力以外什么都不会了。遇到乔飞明之前，我唯一欢喜的是得到父亲的夸奖。”

“不该和你说的。”华年叹气，“不知道是不是期望越大，失望越大。”

“这么多年，他终于想通了。”Miss周却在自己的世界里。

华年朝Miss周举杯：“恭喜。”

Miss周看着华年：“不要和我们斗，华年，你斗不过的。”

“所以，我今天选择来和你做朋友。”华年点了点头。Miss周看着她，也点了点头。

华年知道她已经都信了。只要乔飞明和她一起，她还怕什么？她给自己找到了那个可以缓一缓的理由。目的已经达到，虽然不磊落，也只不过是以牙还牙。华年的心坚硬着。

在门口微笑的死神

枕头下藏着枪这些手段，真是伟人们都擅长的好把戏。

许多年以后，光翼收购案还是投资界教科书里的案例。只不过一个星期，这个案子便漂亮收官。

而这个事件里最大的谜团，乔飞明的最后倒戈，成了投资圈茶余饭后经久不衰的话题。各种绘声绘色的版本，人人都是乔飞明本人。这些年周立国如何精心布局，周嫣红如何步步谋算，光翼董事会如何终于成了周家天下，到最后董事会又如何措手不及，如何一招落败，乔飞明又如何前一天还在和Miss周一起组织反收购，第二天却发布公告宣布召开临时董事会，重新选举光翼集团董事，同时参会的有光翼当时最大股东万木资本的联合创始人杜华年，乔飞明又是如何和杜华年联手，以绝对的股份优势，投票通过改选光翼董事会。每个版本的故事都能拍成一部一流的电影。另外据说万木基金最后能成功收购光翼49%股份，有一部分是因为代持了一些跟随乔飞明多年的老员工的股份。

因此虽然第一大股东周立国虽拥有光翼30%的股份，远远超过乔飞明本身持有的9%股份，可是因为拥有49%光翼股份的万木基金委托乔飞明代理行使管理权，乔飞明成为了光翼实际上的第一大股东。当天，乔飞明宣布正式私有化光翼。一周内，乔飞明完成股市上9%的股份收购，有了光翼2/3股份决策权，完成了私有化光翼最重要的一步。

一个月后，周嫣红以及所有周氏集团成员就被解除光翼集团董事席位，同时被解除圆融董事长职位。

“多亏华年拖住了周嫣红。周立国已经联系好两家海外资金，打算再收购光翼20%股份。”汪雷波说。

宋星河笑：“那两个资方资金要一个月才能到账。周立国提出一个星期到账的要求，那两家趁势居然提出要净拿2%干股。”

“你早就有消息？”华年问。

“前段时间我申请走的五百万运营费，就为了买这个消息。”宋星河笑。

“值得。”汪雷波说，“周嫣红真放松了警惕。我乔飞明那些元老兄弟们谈判，出的价钱比我们平均只高了1%，一个百分点还买不了他们对乔飞明的忠心。也是乔飞明本事，这么多人，居然没有一个反他，把周嫣红周立国瞒了个滴水不漏。”

华年听着，心里只佩服他们的声音里没有任何情绪。

宋星河说：“周嫣红怎么就相信了乔飞明绝对会和她站在一起？”

“这点你怎么做到的？”汪雷波也问，“乔飞明找我们合作的时候，一直说最大的难点就是让周嫣红暂时放下对他的警惕。”

华年笑了一下，说：“十分下作的手段，和她当年对付我的差不多。怎么能和你们说？”

当然不能和他们说。女人之间那些你退我进你猜我度的伎俩。然而她真就这么高明？不过一顿饭，稍煽一点风，周嫣红便信了乔飞明一定会和她站在一起？华年不愿细想这当中乔飞明又下了多少工夫，让她完整构建成了他要和她结婚的想象。起码当时那场葬礼后他和她说的那个故事细节那样丰富，那样精彩。枕头下藏着枪这些手段，真是伟人们都擅长的好把戏。

这就算是对周嫣红的报复了吧。只是这个报复她虽然在脑子里幻想了无数次，如今真的做到了，她却没有一点快感。李莫愁灭人满门后也不过忧伤地吟诗。

汪雷波对华年眨着眼睛，“你就等着成为亿万富翁吧。”

华年问，“我要那么多钱干什么？”

“可以天天请我吃饭。”宋星河先回答。

这个天下最小气的人。

“可以买几百万个爱马仕，几万辆法拉利。”汪雷波说。

汪雷波还记得华年当年她和他说的笑话。

华年看着他们微笑。

那年，她刚进光翼，日日抱着电脑伪造报表。那年她才几岁？现在却已经开始用遮白发的染发膏。乔飞明的办公室还是那样郁郁葱葱吧？那天，她以为幸运女神选中了她。乔飞明是从什么时候开始想要扳倒周立国的？野心有时候或许只是小时候课堂上临时起意的一篇作文，有时候却是深沉的仇恨经年累月滋养出来的。这样一个人，这样一步一步地踩下去，这样踏实，这样沉着，是日夜都在思量着吧。乔飞明这局棋也终于下完，他是什么时候开始筹划的？认识明月那天，他对她是否有真心？那么她呢，这些年那些看似惊天动地的沉浮，如今揭开了所有的面纱，却原来都只不过是他这日夜思量里的小小一部分。小棋子们，用尽力气，跳动挣扎，棋局却在四周给你筑起了高高墙壁。

幸好现在她大约已经跳出这棋局。她也学会了下棋，她也有了执棋子的能力，她还有两个上天入地无所不能的合伙人。听说世界上最好的情谊就是从战场上得来的，血肉凝起来的情谊坚不可摧。他们正并肩作战。这段时间，应该是坚不可摧的。

放松下来，华年才觉得身心疲惫，回家倒在沙发上，想就这样睡到地老天荒去，可是最后还有件事情需要解决，她挣扎着起来。

华年打了电话给张天娜，立刻呼啦啦就叫好了一帮子人。

华年又给乐宝打了电话：“给我庆功，我们痛痛快快喝场酒。”

再去女神酒吧，心境却已经是天壤之别，想起小喵和丽姐时，竟然也是带着感情的。

“也许居高临下时，就会生出慈悲心。”华年说。

“你从来不承认自己心肠软。”乐宝说话已经带着醉意。

“心肠不软怎么和你这个坏女人做好朋友？”华年笑着。

乐宝却突然哭起来：“我坏，我最坏，原谅我，不要记恨一点点，好么？”

华年抱住她，轻声哄：“还说这些？”

乐宝眼睛蒙上重重的忧郁：“你早就知道？”

华年点点头。只是她虽然早就知道，心里还是阵阵疼痛。华年抱得乐宝更紧。

乐宝看着华年，“这些年，我最常做的事情就是自欺欺人。我一直期望你不会知道，永远不会知道。后来期望得久了，我就真以为你永远不会知道。可是我有什么事情能骗过你呢。Miss周那么大额的关联交易，我再蠢，也不会不明白里面的厉害，不会不去想里面的关联。我捧着合同到你家，我还哭了。我知道我哭了，你就会信的，起码那个时候会信。我小时候看书，书里说女人不要轻易落泪，男人看你的眼泪多了，会烦，眼泪就不值钱了。这套在男人身上我没成功过，对你，却是每次都有用。”

华年叹了口气。她并不是一开始就怀疑乐宝的，只是这个事实，一点点地，它自己浮出了水面。乐宝怎么会让她父亲签下代持协议？她父亲签下协议的时候她又怎么不会明白这是一场预谋好的算计？就算她不清楚这里面的具体事情，她跟在Miss周身边，学到的第一大本事便是看人心，她不是懵懂无知的蠢少女，她是乐宝。

“Miss周给你开出的条件是什么？”华年问。

“帮我回到颜顺昌身边。”乐宝回答

华年叹了口气，“这个条件的确是无法拒绝的。”

乐宝把华年推开，摇了下她醉醺醺的身体说，“华年，当时你已经衣食无忧，我又去打听你妈妈的公司，听说也赚了许多钱。可那个时候我没有了颜顺昌，便一无所有。”

华年撑住自己摇晃着的脑袋。

“白西娅散布的那些流言，也是我。”乐宝继续说，“我总是拿你当挡箭牌，也是久了，就习惯了。你惯坏了我，你明明清楚得很，你一直惯着我。”

华年笑起来。其实当年她并没有找白西娅吃饭，那个时候是她哄乐宝的。胖乔治当年在她事败后找她吃饭，她最后对他的嘱托就是帮她去查查白西娅这些流言的背后是什么。他有他的办法。其实不用去查，她也知道。乐宝要想瞒住和颜顺昌的关系，还有比她更好的挡箭牌吗？然而，这些她不过一笑。她有她的心思，她也有她的。所以她们这两年的决裂，是不是绷得太紧的一次泄洪？华年问自己。

“于成龙结婚的事……”乐宝又开口。

“不说了，好吗？”华年笑着打断。

“你可以不原谅我。”乐宝盯着华年。

“我比你坏。”华年摇头。

“知道就好。”乐宝突然笑起来。

那年乐宝也是这么笑的，那年她十二岁，总梳着马尾辫，穿着一件半旧不新的小粉裙。乐宝爸爸把她送到华年家来吃饭。华年一边给她夹螃蟹一边啰啰唆唆，陈老板买的螃蟹最肥，因为他总是买最贵的，卖螃蟹的高叔靠着他们家吃饭呢，她每次放学经过高叔铺子，高叔远远就要对她笑，看着就好讨厌。乐宝这时不笑了，她的下巴高高地翘起，说，我不喜欢吃螃蟹。然而，她最喜欢吃的还是螃蟹，做成椒盐味。华年有钱了后，每次乐宝要说想吃点好吃的，新天地的桥底辣蟹华年都是提早一个月电话去早早订好位置的。

那么多年，她骗不过她。而她，又何尝骗得过她？

华年大笑，说：“今天终于拔了这根刺，颜太太。”

乐宝的眼泪汩汩流。

华年想起Miss周诬陷她那会儿，乐宝来敲她家门，那时她也是这样流泪，乐宝说是为了骗取她的信任。华年不信。哭这件事情，真的可以说哭就哭吗？更何况对一个不会哭的人。

她从来不哭，两次为她流泪，她该知足了。

“还有件事情，我一直没有说，Miss周其实一直身体不好。”乐宝哭着哭着突然说。

“怎么？”华年吃惊。

“以前有一次我去她家，看到她晕倒在地。去医院后，医生以为我是她家属，把检查报告给了我。她有淋巴癌，是早期。可癌症这个病，迟到是要死的。”乐宝说。

每天冲在最前线奋勇杀敌的Miss周居然也得了癌症，和陈老板一样。

殊途同归。

华年想起吃那顿饭时她和她说的那些话，生命无常，人生大限。

原来她说的是这个意思，她做惯了周立国的女儿，即便人生走到最后，病床头也还是周立国的女儿，要堆着文件的。而这或许又是另外一个让她相信她的原因。死神站在门口微笑时，再完美的理智都会被敲开。

“你如果同情她，她知道了，对她才是伤害。”乐宝说。

华年点点头。那样骄傲的周嫣红。这样的公平对决，才对得起她。乐宝的安慰总是最到点上。

那天最后，华年和乐宝喝得酩酊大醉。华年和乐宝在一起。这次，她们喝她们自己买的酒。而且，以后都是。

不知道夜深到几分，恍恍惚惚间，华年一个站立不稳，眼看着摔倒，一只大手牢牢圈住了她。

华年回头。微笑。是宋星河。

华年抱住他，“你不怕汪雷波对我们起戒心？”

宋星河笑，“那便让他起戒心。”

“和她分手了？”华年再问。

“她还是不肯，但我已经搬出来一个月。不见。”宋星河说。

“那……”

“你怎么总是那么多问题？”

华年叹了口气，终于踮起脚尖，细细密密吻了他。

宋星河第二天便要出差去美国，要一大早出发。昨晚被华年闹到天亮，没睡觉便拎着行李出了门。出发之前，他打电话问华年是否酒醒。

“现在我可是你男朋友了？”宋星河问。

华年摇头，“还有好长一段考验期。”

宋星河笑着说：“昨晚你吻了我，记得？”

华年做出很吃惊的声音：“明明是你吻了我。”

“昨晚有人说喜欢外滩的华尔道夫酒店。”宋星河说。

“无耻！趁着我酒醉，想要轻薄我么？”华年大声恶人先告状。

“想要轻薄你，现在你已经躺在酒店一丝不挂了。”宋星河说。

“那你怎么不下手？”华年刚问出口就知道错了。收回已经来不及，脸热辣辣红起来。

“还真有女人催着男人下手的。好吧好吧，等我美国回来，一定下手。”宋星河大笑。

华年知道被宋星河抓住语病，必定是没有好下场的。

华年骂：“人心不古，色魔当道。”

宋星河却突然声音柔软下来：“我想，我们第一次应该在你清醒的时候。”

心头被巨石狠狠撞击了一下，华年说不出什么滋味，全身轻飘飘起来，连脚底板脚指头尖都红了。

华年刚来上海那会儿，经常听她租的房子隔壁上海姆妈扯着嗓子骂十八岁思春的女儿，莫要骨头轻，莫要骨头轻。

原来骨头轻，是这个感觉。就是轻了，飘到云里去。

还好是在打着电话，华年连忙含混掩饰：“你肯定是嫌酒店贵。”

突然那头一阵沉默。这阵沉默把刚才所有的笑闹打散，空气里一粒粒都是尴尬的分子。

过了好一会儿，宋星河说：“我不是一贯小气的。”

华年打着哈哈：“我就是开个玩笑。”的确是个玩笑，每次说他小气，不过是女孩子盯着男孩子的一个不值得一提的错处不放，取笑和撒娇有时候是一个意思。

华年听到那头传来催着登机的声音，连忙找了这个借口，挂了电话。

他是真的马上要在云端飞呢。

十七岁生日的气球

小姑娘笑着说，青春被狗吃了。

华年和宋星河说的这个故事，她没有和未然说过，没有和于成龙说过，没有和她来上海后认识的任何一个人说过。因为她知道这个故事太长太长，又太乏味太乏味，华年怕他们听着听着要睡着。宋星河是那个唯一。她不怕宋星河睡着，因为宋星河每次都很认真听她说话，再多的话他都听着，从来没睡着过。

“你真要和我说？”宋星河还是不确定地问华年。

华年伸懒腰。威尼斯的Danieli酒店，她不过在船靠岸时新鲜了一下。他们到的时候天已经黑了，船夫啪一下打开了木轨船的筒灯，照得船身的核桃木更加锃亮。宋星河在华年耳边轻轻说快到了，华年猝不及防，一抬头，迎面便是一扇巨大的嵌着琉璃的木门，中世纪威尼斯过分的奢华味道便扑面而来了。这里的每个裂缝都在吟唱着时间，俏妞。意大利船夫对着华年吹了个口哨，准确地把船停在了酒店狭长的码头。一个穿着和查尔斯王子军装差不多华丽的制服的门童已经在门口笑着接过他们的行李。你好啊，密斯特宋，门童和宋星河打招呼。倒是常来，华年笑。从来没和女人出来旅行过，宋星河也笑。

小时候奶奶总和华年说很久以前她出生的那个小城到处都是河，那个时候，他们是住在水上的，也不知道什么时候这水就都变成了水泥。那个时候，小城没那么热。华年把外婆说的话告诉了宋星河，第二天，他们就在了这里。宋星河说威尼斯人也住在水上，你以后可以在梦里和你奶奶说你也在水上住过了。方鸿之那天说过的，投资人都是在周末打着飞的去海岛度假。方鸿之羡慕。现在她成了让方鸿之羡慕的人，她梦里都该笑醒的，华年却不怎么做梦了。

宋星河在前头领着华年参观。华年在来的路上买了一盆花，手掌般大小，红色的，她并不知道什么名字，只是看着喜庆可爱，就一直捧着。有人经过和她打招呼，新婚快乐。宋星河看着华年笑。华年扭头。捧着花就是新婚，那看着蛋糕就真能发胖了。宋星河指着大堂里一张沙发说，这里是安吉丽娜·朱莉回眸的地方。华年说，女人要么一次次被抛弃，要么就成为所有人的女神。宋星河挑眉，安吉丽娜来敲我门，都不稀罕。华年说，说的好像安吉丽娜会稀罕你一样。宋星河眨眼，你稀罕我就好。

“真的要和你说。”华年回答宋星河。那时正早上九点，地中海温和的阳光洒在Danieli的露台餐厅上。华年和宋星河坐的位置正好可以俯瞰海景和密密麻麻一堆堆游客的海边街道。人倒是比海更像风景，华年想。

华年看着她前方一个老妇人笑着用眼睛和她打了个招呼。老妇人大约五十多岁，穿着华年昨天刚在MIUMIU橱窗里看到过的一件黑色蓬蓬袖低胸长裙，戴着一整套祖母绿耳环项链。这几天，她每天都看到她，同一个时刻坐在同一个位置吃同样的早餐，永远一个人。

华年好久回过神，“不好意思，发了呆。”

“最好你永远发呆发傻。”宋星河笑。

“故事发生在离上海遥远的炎热的一个南方小城……”华年终于也笑起来。

故事发生在离上海遥远的炎热的南方小城的一个小姑娘十七岁生日的前五天。小姑娘满脑子都在想怎么问她爸爸讨钱好好办个生日派对。

小姑娘有个好朋友叫阿宝。阿宝帮着小姑娘一起想。阿宝觉得生日会一定要用软绵绵的粉红色的丝带，而小姑娘觉得黑气球更酷些。所有歌星的MTV里都用了黑气球，粉色已经退了潮流。

其实那个时候小姑娘想用什么气球就用什么气球。那个时候，她家里很有钱。

那天小姑娘和她的好朋友阿宝就是因为这个在课堂上吵了起来，她们一起在教室后排罚站。在这样严厉的重点中学的老师眼里，她们当然成了祸害社会的异端，当然是比新闻里的本拉登还要恐怖的恐怖分子，罚她们站在教室角落一个下午已经是宽大处理了。老师说，希望这样能激发起她们最后的羞耻心，也希望其他好学生千万要以她们为戒。

小姑娘的叔叔就是在这时匆匆跑进教室的。

小姑娘吓了一跳，还以为自己写纸条的事情东窗事发，她倒不怕在教室被罚站有多丢人现眼，但实在当心回家后妈妈要对她发飙。但叔叔怎么会来？除了每年过年见一次，小姑娘纳罕，平日里她是不与这个叔叔见面的。

叔叔拉着小姑娘和老师请了假，把她往他摩托车后座上一塞，就往他家去了，一路上没和小姑娘说话。到了他家，婶婶把小姑娘安顿在他们的卧室里，让她这几天可以不用去读书，在家温习功课就好。

从小大到大，小姑娘总说自己是个混世魔王，每次只要听到不用读书天塌下来也不怕，可这次不知道为什么，小姑娘竟然有了些不知道哪里生出来的不安。叔叔虽然是她亲叔叔，可小姑娘从小到大也没在他家里住过一天，这次怎么就要在他家住个几天？她心里模模糊糊更加觉得肯定发生了什么事。

忍到了晚上，小姑娘心里就像被一万只猫挠过一样的难受，非得立刻奔回家去看看不可。

叔叔婶婶刚给小姑娘吃了饭，这会儿早已经手拖手出去打麻将了。于是她便对着叔叔家的小孩嘱咐了几句不准玩不准看电视好好写作业的话，就出了门往家的方向走去。

小姑娘听到那一声轰隆巨响时，刚走到家门前一个转弯口的地方。

这戏剧性的爆裂的声音到现在为止还一直响在小姑娘的耳旁，好几次深夜的梦魇，小姑娘抓狂着大叫醒来，都是在这声巨响里。

小姑娘并不知道发生了什么，只是发狂似地往家的方向奔去。

跑到离家五米左右远时，她却突然站住了。

家门口已经围满了人。陌生人。没有一张是小姑娘熟悉的面孔。她看不见家里的情况。小姑娘拼命往前挤。没有人让她。这群人。小姑娘到现在有时候还是会想起这群人。大概上天专门造了这么一群人，终生最大职业便是看热闹，不管他们是幸灾乐祸，还是扼腕叹息，他们的眼睛都一致地灼灼闪动着光芒，心里那点叫嚷着再来点好戏的心思掩饰不住地都写在了脸上。

小姑娘怎么也搞不清楚，这些人到底是从哪里冒出来的。平日里爸爸在家里宴开八方的时候没有他们，爸爸带着她出去逛让她给每个他的朋友打招呼的时候没有他们。可现在这些人，把她家门围得水泄不通的这些人，却带着与小姑娘家熟悉无比常年来往的口吻，窸窸窣窣地在讨论着她们家。

怎么惹了这祸？

做大生意的，平日里那个花钱哟……

听说是讨债的。

怎么？这是欠了多少，闹成这样？他家小汽车都好几辆……

这些无关紧要的人，能不能让开？你们懂什么，欠债？你全家欠债！小姑娘越来越愤怒。她用最大的力气推他们，努力要将小小的身体再往前挤。

她宁愿永远挤不到前面。

她看见家门口那两扇金光灿灿气派至极的玻璃大门已经不见了，只有一地剔透的玻璃在太阳下跳动。她家大厅一览无余。爸爸、和爸爸也是好朋友的阿宝爸爸还有几个经常出入她家的爸爸的朋友们正和一群人扭打在一起。所有人的牙齿眼睛都呲裂成一团，混沌成一片，那些罗马柱，欧式雕花，大马士革墙纸，红木地板上到处是飞溅上去的血迹。

阿宝爸爸被人狠狠推了一把，倒在一地的碎玻璃上，只发生在瞬间。他在离大门最近的地方，所以小姑娘看得更真切。他倒下去时，四周顿时殷红成了一片。阿宝爸爸再站起来时，手里已经抓着一片长着尖角的玻璃，这片玻璃像极了一把尖刀。

小姑娘什么都没来得及想就冲了上去，她从后面抱住阿宝爸爸，大喊，叔叔，不要在我家里杀人！

阿宝爸爸听到了小姑娘的声音，回过头来，小姑娘看到他竟然对着她微微一笑。这是个十分奇异的笑容，那之后，她一辈子都没有忘记过这个笑容，和刚才的那声巨响一样，留在了她最深的梦魇里。实际上，那天发生的事情小姑娘都一辈子没有忘记过，所有的细节，连鲜血飞溅在罗马柱上的位置，小姑娘都牢牢记在了脑子里。

阿宝爸爸缓缓地放下了那片玻璃，用血红的双手将小姑娘重重往外一推，大喊，快走。

小姑娘对那个场面最后的回忆就是这样。然后一切空白成了一片，小姑娘漂浮在了棉花糖里，暖洋洋甜丝丝的。

醒来时，小姑娘已经躺在家里的床上，熟悉的温暖的带着柑橘香味的床单，床头柜上她爸爸给她买的粉红色珠串丝绒台灯，发出让人安定的微微亮光。

刚才那一切应该只是发场梦吧。小姑娘这样想。

她轻手轻脚地起来，穿上整齐摆放在床边的拖鞋，蹑手蹑脚走到一楼。

客厅的红木地板干干净净，没有一粒玻璃碴。刚才一定是做梦。小姑娘再次肯定。

小姑娘看到她妈妈。妈妈正背对着她，赤脚站在窗户旁，夕阳的余晖照在她微微褐色的头发和脖颈上，发着光。和她小时候看到的她一样，沉静而又美丽。她好久没看到这样的妈妈。妈妈正在擦着窗户。小姑娘喊了声妈，她转过头来，神态与平常并没有两样。

妈妈的语气十分平和，是平时小姑娘考了出乎她意外的好分数才有的那种。

妈妈问小姑娘，头有没有疼？

小姑娘摇了下头回答，没有疼。

妈妈点点头说，你爸被带到派出所了，你叔在门口，你跟着他去把你爸领回来。

小姑娘这才看到缺了玻璃的空荡着的两扇大门。刚才的飞溅着鲜血的画面又汹涌到她的脑子里。这又怎么会是场梦？小姑娘笑自己。笑完自己，小姑娘以为自己会哭。可她只是平静地朝妈妈点点头说知道了。

在门口等小姑娘的叔叔不是她的亲叔叔。是小姑娘姑奶奶的表侄子，姑奶奶儿子都死了之后，他认了姑奶奶做干妈。他的名字叫文武，小姑娘平日里叫他文武叔。文武是小姑娘爸爸的学徒。小姑娘的爸爸教学徒十分严厉，一不听话，就一个巴掌呼过去。爸爸时常和小姑娘说，她爷爷当年也是这么教他，在外面打赢了是光荣，打输了不准回家哭。文武叔在外面也是个暴脾气，和那个时候小城里的大部分青年一样，经常与人打架。爸爸虽然巴掌伺候文武叔，但每次他来家里，爸爸又会把留给小姑娘的河鳗螃蟹全拿出来，特特做了给他吃。

小姑娘出来找文武叔的时候，他正在站在花坛下抽烟。看到小姑娘出来，便急忙说，这几天帮着隔壁家的老黄叔去外地跑了趟生意，刚回来就听说了这事，立刻就过来了。

小姑娘想对着文武叔笑一下，一开口却带着哭腔，我爸怎么了?

文武叔一挥手说，小孩子家别问那么多。没什么大不了的，你跟着我去办个手续就好，对了，把你身份证带上。

“小孩子家别问那么多”这句话一直伴随着小姑娘度过童年和少女时代，现在小姑娘想起来这句话当然是多么的珍贵，是再也不会有人同她说了。但那个时候，小姑娘却最讨厌别人与她说“小孩子家别问那么多”。小孩子家当然要问那么多，因为小孩子家也知道欠债是要还钱的，打架是要坐牢的。

那个年代的派出所还没有办公窗口，一进门，小姑娘就看到几张大方桌，几个穿着花衬衫二十出头的男人被单手扣在几根铁栏杆上，一式地低着头，浑身脏兮兮的。

小姑娘大着胆子拿眼睛去巡了他们一圈，发现爸爸并不在这些人里面，稍稍放了点心。小姑娘闷头闷脑地被文武叔带着走了好几个办公室，每次都要拿出身份证核对，然后再签个字。派出所的民警送爸爸出来的时候态度还算客气，只说了几句，老大不小了，别再闹事。小姑娘看到爸爸衣服还是完完整整的，脸上身上也并没有血迹，总算松了口气。

爸爸被小姑娘领出来后，一路上都不消停，一个劲儿大声说，这些警察都是好兄弟怎么怎么样的，刚刚在里面给的都是好茶好烟。

小姑娘十分讨厌他这样子，浮夸到天上去也是浮着的，于是便学着妈妈平日里的语调冷冷地问，那你怎么会被关起来的？

爸爸并不以为意，轻轻打了一记小姑娘的后脑勺，骂了一句猴崽子。

回到家，那天妈妈和爸爸破天荒没有吵架。大家都累极了，早早便睡下。

第二天，阿宝一大早来了小姑娘家。小姑娘才知道，昨天她被接走后，她也被她一个亲戚接走了。阿宝对小姑娘说，昨天也是她去派出所领了她爸爸出来的。

阿宝和小姑娘一起蒙在被子里，听范晓萱的歌。阿宝还和小姑娘说，他们要搬到上海去了，阿宝说上海有很多发财的机会。

小姑娘笑着说，以后我爸妈会给我好多好多钱，我分一半给你就好。

阿宝说，你还不知道？昨天闹起来，就是来讨债的。你爸爸和我爸爸做生意亏了，欠了好多好多钱。

开国际玩笑。小姑娘不相信。阿宝怎么也和那些看热闹的人一般见识！

然而阿宝却很认真，你爸爸股份多，欠得比我家还要多呢。

所以你们要逃到上海去？小姑娘这才心里一揪。仔细想来，阿宝说的话，每次都是真的。

阿宝说，我家不一样，我没有妈妈。你有你妈在，不会有事情的。

那天阿宝接下来说了什么话，小姑娘已经不记得了。她心里只想着妈妈早点下班回家，她必须要问问她到底怎么回事。然后，妈妈一定会和她说，没有的事，然后再严厉责问她，怎么没在写作业！这是她最后的希望。

送走阿宝以后，小姑娘便坐在大门的台阶上。空荡荡的大门，引来一阵阵好大的风。小姑娘瑟缩了一下身体。是啊，那年是小城最大的一个台风季，这个狂热的小城即将要被清洗。小姑娘那个时候并不知道。

好不容易等到天黑，才看到妈妈推着自行车晃悠悠的影子。妈妈一直骑自行车，每次她看到爸爸的各式汽车都会皱眉头，总说半桶水就要抖起来，总有一天败家。

败家，今天是真的败了家了么？

阿宝说我们家欠了很多钱。小姑娘飞奔到妈妈面前问。

欠了许多。妈妈说。

所有的希望轰然倒塌，小姑娘哭了起来。她想起她以前认识的一个对她很好很好的叔叔，想起那个叔叔最后跳进的家门口的那条奔腾的江，她还想起她班上那个父亲欠钱逃走后交不出班费的同学，想起他残旧的铅笔盒。她也和其他同学私下笑话过他，笑他身上几天不洗澡的臭味。

妈妈突然把自行车往地上一放，轰隆一声，小姑娘吓了一跳。

妈妈说，有出息的人遇到事情不会哭。

可是欠了钱怎么办？小姑娘问。

欠了钱便赚了还上，妈妈回答。妈妈说这话的时候头发已经被风吹乱，汗嗒嗒地粘在脸上，可是她的眼神却十分坚定，是立在寒风中的松。小姑娘一点点安下心来。

阿宝说过的，有你妈在不会有事的。小姑娘不哭了。妈妈扶起自行车，给它上了锁。

后来那段时间发生的事情小姑娘现在想来好像电光火石。

阿宝说的小姑娘家不会出事的话还响在她的耳边，她家却又出了许多事。

那晚晚自习回家，小姑娘在家门口不远处停了下来，她看到家里一楼的客堂里满登登坐着人。小姑娘仔细看这群人。以前她以为流氓应该像香港电影里的古惑仔，叼着烟满口脏话刺着各种大佛凤凰飞龙麒麟。原来，这些港片都是些笑话。

真正的古惑仔到底是什么样子的？

他们抽烟，但不一定每个人都有文身，他们打人，但是他们没有功夫，所以他们用木棍一棍一棍扎实打在肉和骨头上，爸爸说他们不带刀子来，是因为他还算在社会上有些交情，和他在派出所的交情一样。

他们前一分钟还彼此间谈笑风生，看着不过是晚饭后围坐在你家他家门口的闲散大叔，下一分钟转头就对你瞪出吃人的眼睛。眼睛怎么会吃人呢？普通善良大众的当然不会。可是他们的会，而且是生吞活剥的，淋漓着血肉的。

妈妈早就在门口等着小姑娘，看见她在远处站着，连忙跑上去，一把抱住她，带着她穿过他们，匆匆跑上楼。

小姑娘数着心跳，麻着头皮，一夜无眠，满脑子都是那些猩红的吃人的眼睛。

在那个漫长的夜晚，小姑娘提心吊胆，以为这样的眼睛，会让她恐惧一辈子。

可小姑娘没想到，没过多久，她竟然习惯了。习惯是件恐怖的事情，更何况是习惯恐怖。然而习惯又是件好事，习惯恐怖，就不会再害怕恐怖。

那天以后，那些人就变成了小姑娘家的常客，刚开始她对他们的每次出现都胆战心惊。渐渐地，她便觉得他们只不过是家里的一个摆设，与沙发上的那只提花坐垫也没有太大的不同。小姑娘已经知道他们是来讨债的。

妈妈几次想把小姑娘先送到亲戚家去。小姑娘都笑着和妈妈说，吃惯了爸爸做的饭，其他人做的吃不下。渐渐地，妈妈也习惯了。一家子人都习惯了。小姑娘照常上学，妈妈照常上班，爸爸照常游荡。一日三餐，一顿没误过。

只在偶尔噩梦时，小姑娘会看到他们的眼睛，那些眼睛真的在吃人，一口口吞下去，有时候有血，有时候没血。没血的时候，便是黑白的，像卓别林的默片；有血的时候，便是五光十色的，是三岁时她爷爷买给她的万花筒。小姑娘几次尖叫着醒来，都是半夜三四点之间。习惯了也没用，它们一直都在那里，一只一只正慢慢长在了小姑娘的心上。

那时候，小姑娘经常还要做一件事情，便是被妈妈叫到她公司办公室拿一捆捆的钱。

小姑娘认真地一张张把钱数好，将钱拿回家里，再当着他们的面一张张把钱数好，然后按着妈妈给的纸条上的名字一个个发给他们。小姑娘喊一个名字，一个人就站起来领钱。和老师点名一样。

他们会一边数钱一边对她裂开嘴巴笑，小丫头很能干小丫头鬼灵精。小姑娘甜着嘴巴，一口一个叔叔叫着，一口一个叔叔是大好人夸着，还给每个人倒上泡得热腾腾的茶。

妈妈和小姑娘说，那些人吃了人还要剥骨头的，他们要是看到我和你爸，就要一口气把我们全吞了。她和小姑娘说她的办法，拖着，等过了这个年，或许能再拖些时日。妈妈每次说到这些，都会叹着气，摸着小姑娘的头，只是苦了你。

这样又过了一小段时间，就开始陆续有人上门打听是不是要卖房子卖店铺卖公司。

又有一天晚上。那晚小姑娘醒来，就再也睡不着了。窗外有月光，凉风习习，是小城舒爽的初春夜晚。

小姑娘不自觉就走到妈妈房间，趴在她床头，看着妈妈睡觉。过了好一会儿，小姑娘终于忍不住摇醒了妈妈。小姑娘问，我们全卖了吧，全卖了是不是就可以还钱了？

妈妈说，卖了，这家就真的败了。

爸爸这时却从床里头一下坐起身子问，能卖多少钱？

妈妈也一下坐了起来，指着爸爸脑门大喊，要卖了，就离婚！

爸爸从床上蹿了起来，就要往门外冲。爸爸吼，我去死好了。

妈妈说，你死了也没用，你死了，他们也不会放过我们。

爸爸软了下来，走过来坐在了床沿说，他们这几天要我去算账。

你去算啊。妈妈语气轻飘飘的。

那些账目认得我，我不认得它们，他们肯定是要骗我的。爸爸说。

你让我现在帮你去算账，他们见到我，便要全部的钱。妈妈说。

爸爸看着妈妈问，那怎么办？

妈妈默默无语。爸爸也不再说话。

这个时候，小姑娘却站起来，大声说，我帮你们去算。

这些日子，小姑娘并没有看妈妈哭过。好几次，她看她咬着牙瞪着眼，却并没有掉下过一滴眼泪。可就在小姑娘说出这句话的时候，小姑娘却看到妈妈的眼泪汹涌而出。

爸爸低着头说，你好好读书去，这些事情，爸爸妈妈会处理的。

妈妈却擦了眼泪说，她长大了，她是这个家的女儿。

她说完，看着小姑娘又说，并不是很难，和你数学课上教的应用题一样的。

爸爸低头又不再说话。

第二天，妈妈就拿来了账簿，开始一笔笔教小姑娘算账。小姑娘很用心学，不久就掌握了要领。这些密密麻麻的数字看着好像很繁琐，但妈妈和小姑娘说了两次，她便都懂了。真的不过是些数学应用题的组合。小姑娘虽然平日里数学成绩很一般，但这次不知道什么原因学得很快，她试着在这些账目里套上XYZ，不仅次次都能迎刃而解，速度竟然还很快。爸爸很佩服小姑娘。

小姑娘和妈妈一起理好账目一共也不过花了两个晚上的时间，竟然被她们发现好几处漏洞，如果争回来，爸爸不至于欠到现在这个数目。

浑水就有人想摸鱼，是小姑娘从那个时候就开始懂得的道理。

小姑娘开始期待过几天的那场清算。所有的希望都到这场清算上。这是爸爸是家里最后的机会，或许她可以和书上那些少年侠客一样，力挽狂澜。小姑娘想。

等了好些天，才终于等来了那个大日子。那天小姑娘被带到她爸爸已经空置好久的厂房里。厂房是用妈妈的存折买的，刚建好的时候和她家的小洋房一样，说不出的气派。爸爸特特买了两只警犬拴在大门口。买警犬这事爸爸大约又被骗了。两只大狗看着彪悍，终日却只知道吃肉和朝每一个路过的人留着哈喇子狂吠。这件事是小姑娘之后去了香港机场才发现的。香港机场的缉毒犬文静却敏锐，那股聪明劲儿，爸爸那两只大傻狗是望尘莫及的。

好气派的厂房如今空空荡荡，只有当中摆上了一排长长的桌子，桌子两头都密密麻麻站满了人。

小姑娘被爸爸和文武叔带着坐到了桌子的一边。她看着桌子对面的人。他们和那些在她家客堂里坐着的人一样，瞪着吃人的眼睛。

小姑娘低下头，开始努力地算账簿上那一串串冗长的数字。她听不见他们互相之间的呵斥声，听不见他们对她计算结果的质疑声，她在数字的世界里，很平静很安全。她一心以为这最后计算出来的结果对爸爸一定是至关重要的，爸爸一定是被人欺骗了的，一定是被人愚弄了的。爸爸那么笨，每次下围棋打扑克都赢不了她，她要为爸爸申冤。有她在，一定是可以计算出一个对他公平的结果，为他申冤的。可是这场计算终于还是半途而废了。

不知怎么的，他们便吵了起来。这次他们带着刀。刀和数字在同一个世界里时，刀是比数字重要的，只是在那之前，小姑娘不懂，只懂生意的妈妈不懂，只懂刀的爸爸半懂不懂，半懂不懂就会生出侥幸的心。

小姑娘被文武叔护在身后，拉出了那个地方。

小姑娘坚决在大门口不走。文武叔以从未有过的严厉态度骂了她几声。小姑娘看着他，他瞪着的眼睛原来也是猩红的可以吃人的。可小姑娘还是坚决不走，文武叔拿她没办法，只好转身匆匆跑回去。

小姑娘看着他的背影，她想他再也回不来了，爸爸也是再也回不来了，和英雄电影里的男主角们一样，穿着迎着风飞舞的大风衣，背影消失在夕阳里。

只是现实中，应该还有鲜血的，爸爸和文武叔穿的也只是平常的POLO衫，那种柔软的棉布做的，可以吸好多沉甸甸的血，可血还是太多，于是会蔓延开，蔓延开……围着爸爸和文武叔躺在地上的身体蔓延开……

小姑娘是被妈妈带到医院里去的。妈妈并没有像电视剧里女主角一样撕心裂肺地大叫，爸爸也并没有倒在血泊里，只不过和以前一样，手上脚上缠上了点绷带。小姑娘看到受伤的爸爸，想起以前每次爸爸受伤时外婆炖的猪脚汤，可是外婆，那个传说里无所不能打不倒的外婆，已经离他们远去了。

爸爸没事，隔壁床住着的文武叔却从此瘸了一条腿。听说那天文武叔替爸爸挡了几棍子。那几棍子都是往爸爸头上敲去的。而他腿上的伤，就是帮爸爸去挡棍子时，被人下的黑手。小姑娘泪眼婆娑地给文武叔喂粥。文武叔却依旧笑呵呵的，只是说以后不知道娶到的老婆是不是不漂亮了。

爸爸出院以后，家里清静了许多。

妈妈卖了所有的房子和店铺，自己买的和外婆的统统都卖掉了。外婆留下的一个好漂亮的钱箱子和八仙桌也都被北方来的古董商收走了。这钱箱子和八仙桌一直放在外婆以前住的老宅子里。前两年每到小城祭祖的日子，妈妈和爸爸就会带着小姑娘到老房子里，细细把它们擦拭好几遍，和外婆当年一样。

那天古董商来的时候，还是小姑娘去给开的门。看着钱箱子和八仙桌被人抬着往外搬时，小姑娘这才懂什么叫“都卖了”。小姑娘很想大叫一声“别动”，可张开嘴巴，却发现声音是哑的。她没有力气，那是一种所有血液都被抽干了的感觉。整个青春在那一刻整齐地被剜掉了。小姑娘有时候会想，妈妈是不是故意的？故意让她亲眼看到，故意让她记住这种感觉，活生生败了家的感觉。当然，这些都是小时候想的。长大后，有人问小姑娘的青春时光。小姑娘只是笑着说，被狗吃了，

家全卖了之后，虽然还是抵不了债务，那些人总算又被暂时安抚住了。只是妈妈还是怎么都没有卖公司，爸爸提了好几次把公司也卖了，这样彻底还了债，日子可以宽松些。妈妈都没有答应。

他们搬到了爸爸和妈妈之前住的那个小房子里去，那个没窗户，暗蒙蒙，团团一转身就到底的房子里。妈妈更加早出晚归。

那天，小姑娘是跟着几个同学去的乡下。同学们说，那里拍写真比城里要便宜许多。几个女孩笑笑闹闹着到了轮渡口的时候才发现闯了祸。最后一班渡轮半小时前就没了。女孩们没了办法，周围也没个电话亭，便在码头边的小亭子里蹲了一晚上。

后来小姑娘听爸爸说，妈妈那晚一家家敲小姑娘同学家的门，找不到小姑娘，于是就坐在江边叫了她一夜的名字，哭着说她一定掉在了江里。妈妈从小吓小姑娘到大的故事最后终于吓到了她自己。

你这样对得起你妈？爸爸第二天一早看到吊儿郎当惺忪着睡眼斜背着书包站在家门口的小姑娘时，气得已经说不清楚话。

他生平第一次抽了小姑娘一下，他的手重重地落在小姑娘脸上，小姑娘这才明白，原来以前他们从未真的打过她。然而小姑娘并不为那次的事情后悔。

每个少女在毕业季都应该有一本写真集。

她们在这些写真集里挑出自己最满意的照片，写上最可爱又最可笑的祝福，分发给那时的小伙伴。于是少女的少女时代便被永远地封存在了这些照片里，和少女长满阳光的笑容一起，和少女父母腻烦透了的打骂声一起。

只是，小姑娘还有另外一部分，和大部分人不同，那些长在心上的一只只猩红眼睛，居然，也一起，永远地封存在了她的少女时代里。

无数年以后，当小姑娘也在波云诡谲的商海沉浮时，有人曾翻出了这些猩红的眼睛，和她说，这就是你身体里的一颗种子。

小姑娘又气又好笑，如果让你用现在的全部身家去换一段青春韶华，你愿意还是不愿意？但愿这个问题，每个人都能公正去想。

华年说到这，对着宋星河一笑："这个故事说完了。"

宋星河拍拍华年的头，什么也没有问。

离开威尼斯的那天晚上，宋星河说，以后我们好好在一起恋爱，以结婚为前提在一起恋爱。

宋星河问，现在你喜欢粉色气球还是黑色气球？

明天是华年的生日。

现在我喜欢你。华年回答。

Mongolianbaiti号字体

也无风雨也无晴，外公说，风也好雨也好，都是很好很好的。

那天发生的事情，华年模模糊糊之间觉得迟早会发生。

宋星河又已经去了美国十天，每天早上八点，华年都能准时收到他的早安问候。那次他去美国后，他每次出差去国外，都是这个习惯。难道他是不用倒时差的？还是以前吃了过多安眠药，有了抗体？竟然这样婆婆妈妈牵挂起她的身体来，以后是不是还要给她端茶倒水洗袜子？华年发了笑。华年一边想着，一边进了办公室，看到秘书董清在门口站着。

“杜总，有人在你办公室等你。”董清一看到华年进来，就立刻上来和她说。

华年吃了一惊，董清是跟了宋星河好几年的秘书，万木基金成立后，宋星河特别派了她来跟她，华年估摸一是来真帮忙，二是为了监督，本来想着过几个月就把她打发走。可她用着实在顺手，更何况她和宋星河后来又越来越分不出彼此，这董清她也就一直用着了。董清向来做事情有分寸，这次怎么随便放人进她的办公室？华年纳罕。

华年正要问个究竟，董清已经压低声音说，“是文小姐。”她并不知道文小姐是谁，董清又已经说了，“文小姐是宋总的女朋友。”

华年推开办公室门之前，忍不住把自己的鬓角整理了下，拿出口红改了个鲜艳些的颜色。还是逃不了这丝女孩子气。华年心里笑。

“你就是杜华年，也并没有传说中那么好看。”文小姐的第一句。她正坐在华年的办公椅上，看见华年走过来，便示意她在客人位坐下。

“文小姐倒是真好看。”华年笑嘻嘻地坐下来。她倒是没说假话。她已经打量了这位文小姐好几眼，高颧骨丹凤眼，一条琼鼻又高又挺，活脱脱上海老月历里走出来的美人。宋星河的品位倒不算俗气。华年刚刚进来前已经在董清那里问清楚。这位文小姐全名叫陆文双，本来宋星河公司上下都称呼她陆小姐，她揪着每个人改，说是外面的人都叫她文小姐。还好宋星河做这行的，公司没几个人。华年心里又笑。倒是文双好听些。

“知道你们的好事后，本来想跑立刻跑来找你，让所有人都看看你到底是个什么人！想半天，还是顾着星河，走到门口忍了下来，才到这等你的。”文小姐一边说，一边怒色已经上来。

华年听她说了半天，才很认真问：“文小姐，请问我和谁？什么好事？”

文小姐冷哼一声说：“脸皮厚也是没用的，你每天坐在这个位置上就不脸红？你倒真是有本事，宋星河那样抠门一个人，都帮你开了公司。”

华年笑了一下，慢条斯理地开了口：“文小姐，我们做投资的，根本不懂脸皮是怎么回事，只知道事情要说清楚。第一，万木资本是由我、宋星河所在的新阳资本和汪雷波所在的拓石资本共同出资成立，我们各自按照相应股份比例出的钱，宋星河和汪雷波都只是他们所在基金派到万木的董事。帮我开公司这件事请文小姐以后不要再提。第二，不要说宋星河只是新阳中国区CEO，就算是新阳全球董事长主席也不能随便帮人开公司。他们基金的每项投资是要经过投委会严格审核的，不是谁谁说了就算的。以上两点请文小姐细细琢磨。”

陆文双一边听一边脸上更怒：“知道你们这行都口才好，不用欺负我老实。我朋友都劝我，像你这样的小三，打一顿就是，何必客气！看来我真是做人太客气了。”

华年听了说：“刚最后忘了再劝你一句，这样随便给宋星河扣帽子，他丢了工作，对你难道有好处？毕竟现在你有什么事，他还会帮你。”

“天下竟然有你这样理直气壮的小三？”文小姐已经哆嗦了，“你以为你特别，和你在一起，只不过是你不逼他结婚。李银河对不对？婚前协议对不对？”

华年突然笑起来：“都对。”

文小姐看神经病一样看着华年。

华年说："我有几个问题，你认真听着，认真回答。第一，你是不是一年半以前出了轨？第二，宋星河是不是一年前已经单方面提出分手？第三，宋星河是不是半年前已经搬出去单独住了？按照社会的标准，你们难道不是已经分手了？分手的男女之间又怎么会存在小三？"

文小姐啪的一下，把一直拿到手里玩的华年的一支钢笔扔到了地上。华年心里疼了一下，那是宋星河特别为她去定制的万宝龙格蕾丝王妃钢笔。自从华年丢了乐宝送她的那支万宝龙，她每次想起都会心头一紧。她时常与宋星河说起这个事情。宋星河便特地去给她定了这只，在笔盖处刻上了她的名字，说是选的他最喜欢的字体。华年眼睛随着钢笔滚落，正想着去捡。

"不是怕你厉害！"文小姐已经站了起来，指着华年大声说："我就问你，就算他搬了出来，你们在一起不是一天两天了，你不还是做了小三？"

华年看着钢笔还算滚到墙角一个安全的角落，想着现在去捡了来，说不定一会儿大闹起来又要害它再被摔一次，不如就让它先去。

华年想了一会儿，对着文小姐说："我和宋星河到今天为止在一起三月零六天。"

文小姐也是愣住，"小三都不会承认自己是小三的。"

华年笑了下："可是我会。如果我做了，我就承认。我一天手里过那么多事情，样样都逼着我立刻下决定，我要是连自己做的事情都不敢认，今天这间办公室的确该换主人了。"

"知道你厉害。"文小姐说。

华年看着文小姐："还是要和你道歉的。我知道，你和他在一起这几年都有我们的谣传，如果这给你造成伤害，我很抱歉，但在这三个月零六天前，的确都不是事实。"

文小姐颓然坐了下，身体整个靠在了椅子上。"我不要你的道歉，道歉有什么用……"文小姐喃喃着。

华年起来给她倒了一杯热水。她向来只会用热水哄人。

“我很爱她，杜小姐，能不能把他还给我？”文小姐抬起头看着华年，华年心里一紧，她从她的眼睛里看出她是真的在求她，这样一个美人完全绝望地哀求，可以打动所有的人。

可华年只能摇摇头，“他是他自己的。”

“我不是故意出轨的。”文小姐轻轻地说。

华年没料到她居然说这些，连忙说：“他也是真的忙，没时间照顾你，我理解。”

“他是这么和你说的？”文小姐问。

“难道不是因为这个？”华年问。

文小姐摇摇头：“我怎么会因为他忙就怪他。我喜欢星河的时候，就知道他忙。我们刚恋爱那会儿，他到哪开会都带着我。每次我都开开心心在酒店等他回来，看着他穿着西装出去，看着他穿西装回来，然后我们便出去吃饭。他一直喜欢做美食攻略，看到杂志上介绍的餐厅就会剪下来，他总说，这辈子要带我吃遍全世界最好吃的餐厅。”文小姐喝了一口热水，继续说，“我渐渐地觉得有些不对劲是我们恋爱一年多以后的事情。不知道你发现没有，星河十分地小气，除了吃饭，竟从不肯在我身上花一分钱。我也是个独立女性，有自己的收入，不需要靠他。可是这样时间久了，我心里总是有些不平衡。你读过亦舒吗？她写的《喜宝》里引用了一首莎士比亚女主角奥菲利亚临死前吟咏的一首诗，谁送最大的钻石，谁就最爱你。”

“我不读亦舒，”华年摇摇头，“但是亚里士多德也说，如果没有女人，世界上所有的钱就毫无意义。宋星河是小气。”华年又想起那支钢笔，那是宋星河送她唯一的礼物。

“有一次，我和他一起出国开会，他公司的小朋友请他帮忙买只爱马仕送女朋友，当时店里只有鳄鱼皮的，那个小朋友立刻回了说买，还附了个笑脸。星河估计是看我脸上有些神色不对，便问我，要不要给你也买一个？可我想，要买就买，问了就是不那么情愿了。我赌气说，我不配。他居然也就嬉皮笑脸地混了过去。”文小姐说着撩了撩自己头上散落的发丝，华年这才发现她举手投足的姿态那样美。这毕竟是宋星河的品位！华年又忍不住想。

“我又怎么会稀罕那个包包？那个款式的，家里已经有了好几个，挂在那陈年不背的。”文小姐说到这里顿了顿，好一会儿问，“你知道宋星河以前还有个女朋友吗？”

华年听着大吃了一惊，摇摇头。但这个年纪的男人，谁没有过几个女朋友？华年心惴惴起来，可她立刻这样想着，安抚自己。

文小姐看着华年，突然一笑，她笑起来更是美。

“以前我最爱侧面打听他的那个前女友。有次我问他，她爱买东西吗？他说，和女孩子们一样，偶尔买买爱马仕什么的，正常消费。恰巧也是说的爱马仕。他前女友是不工作的，被他养在家里。就那次以后，这事就梗在了我心里。从此以后，便开始处处与他前女友比较。可不比还好，比了我才发现，他对我的好，竟不如她的一个零头。他们以前在一起的时候，他一给前女友就是好几百万的家用，分手了还给她房子车子。”文小姐说到这，眼睛里已经有了眼泪，“后来没多久，我就认识了那个男孩子，我对他一点也不认真，招之即来挥之即去的，可他竟然说愿意对我如影随形，做个影子也没有关系。最重要的是，他虽然没有星河那么出息，甚至比我也还不如，但他却是倾尽他的所有为我付出。每个月工资花尽，也要给我买当季最新的首饰包包。谁不愿意被人当女神捧着，我并不是星河的女神。”

华年急急听了她说完，只问：“宋星河为什么和那个女孩分手？”

文小姐叹息了一声说：“他说是为了我。可我知道，是因为他前女友做了什么事情，那事狠狠伤害了他。我问了一次，他不说。他不想说的事情，我也不再问。”

华年这才看出了文小姐骨子里的倔强，她想起宋星河承认，以前的确很喜欢过她的。

华年本来还想问点那个女孩的什么，突然地却缓和了下来，她也叹息了一声问文小姐：“那个男孩子还在等你吧？”

文小姐点点头说：“可是我和他只是我一时想不开。星河经常伤害我，他却不自知。你知道，有时候对着他，我不知道该如何和他说那些难过，所以我就一个人忍着。他那样的人，我总不能让他看我不起。”

华年知道她的身份劝她是不合适的，可她还是开了口，“这个世界上哪里有真女神，谁又会把谁无条件捧另外一个人在手掌心上。人都是会累的，累是比不爱更可怕的事情。爱这种感觉，过去了，就再也无法追回来。你和宋星河是，你和那个男孩子有一天也是。他累了，他也会走，再追，就来不及了。”

文小姐那天走的时候，和华年握了一下手，她的手虽然柔软却十分有力。华年突然很真心希望她会好好开始一段新的恋情，然而她知道那也是希望而已，她这样的女人，这样倔强，只为玉碎不为瓦全的，又怎么会要一段不完整的爱情？可这世界上又哪里有完整的爱情？爱情和你说，我们都是缝缝补补的，凑凑合合的，你爱要不要。

刚送走文小姐，董清立刻来敲华年办公室的门，居然是明月来找她。

“帮我挡一下，好不好？”华年哀求。今天是怎么了？好大一个日子。

董清摊了下手：“你这几天出差你不知道，她们是天天来。”

怪不得都赶在一起，原来是天天来抓她，总不能一直躲着。华年只好让明月进来。

“是你赢了。”明月第一句也是气势汹汹。只可惜了华年已经坐回了自己的办公位，否则她也是肯定要抢的。

华年倒笑了：“这话说的，我们一起参加了运动会？”

“乔飞明要和我离婚。你和宋星河早就知道！”明月盯着华年，“那天昌平会吃饭，原来不过是做场戏给我看，好让我不对乔飞明公开帮你站台起戒心，好让我通知周家人乔飞明是被逼的帮你洗白，对不对？周嫣红来找过我，她也说你好大的计谋，居然连她都被骗了。”

这个女人也是奇怪，周嫣红这样虎视眈眈盯着她丈夫的人可以放过，却盯着她这样一个局外人，仿佛她设计害得他们离婚一样。华年想着不耐烦，摆摆手说：“我没有义务和你解释。”

明月脸唰地白了，冷冷一笑说，“你也不要太得意。你知道宋星河的过去？”

她并不想知道宋星河的过去，可奇了怪了，今天人人跑来要告诉我宋星河的过去。华年想着，突然又惦记起角落的那只钢笔，也不管明月，径直走过去，捡了起来。

“他以前的女朋友是我的二姐。”明月眼睛一眯，看着华年。

华年知道她在等她问然后呢，不觉得好笑，这个明月！要是以前她总会捉弄她，今天她却想着快点结束，案头一堆文件还在等着她。于是，华年便真的问：“然后呢？”

明月幽幽开了口：“你可能不知道，我和星河不仅是大学同学，我们还是从小一起长大的……”

明月嘴里宋星河的这个故事，华年从未完整地听过。她以前只零星地知道一些片段，宋星河偶尔提起她就听着，不说她也不问。原来她和文小姐这样的像，华年惊觉。然而现在她还是决定把这个故事听完。华年听着明月的故事，想着那个遥远的宋星河，现在是不是正在谈判桌前，和人来回盘旋着？他一定时而皱眉，时而微笑，满心思想着什么时候是最佳时机用那个他已经揪出的漏洞一招制胜。他肯定不知道万里外，竟然有两个女人正在谈论着他，说起他的过往，那些他不提华年也不问的过往。

宋星河的父母出生在一个小镇上。很小的时候他父母就离了婚。他爸爸一个人去了上海，宋星河十三岁的时候他妈妈过世，他爸爸才把他接了过来。明月和宋星河就是在十三岁那年认识的。宋星河比她大一岁。宋星河爸爸领着他到明月家里来玩。宋星河那个时候总不说话，穿的衣服也奇奇怪怪的，小孩子们都不和他玩。明月也是。

宋星河十八岁那年，他爸爸也去世了。他爸爸那个时候虽然已经赚下了好大一份产业，可他家里的后妈厉害得很，找律师算来算去，最后只给了他一套两室两厅的房子。宋星河考上斯坦福的时候，她连学费都没有给一分，还好他拿的是全额奖学金。

“后来我也考上斯坦福。在那里读书时，学校里中国人不多，我们就走得近了些。大学毕业回国时，我们也保持着联系。后来他和我二姐谈恋爱那事，也是我当中穿的线。我从小就知道，宋星河见我二姐第一面时就已经魂飞魄散，爱她爱得不得了。我也算他恩人，最后帮他了了这个心愿。他和我二姐在一起后，就一直没日没夜工作，只为了给我二姐买只电光蓝的爱马仕。我二姐一直喜欢那个颜色，偏偏那个颜色又比其他颜色贵了两万。”明月说到这看着华年，企图在她脸上找些伤心的蛛丝马迹。“他和我二姐在一起四年，养了我二姐四年。我二姐和我不一样，一直不好好读书，一个小破学校毕业后就一直没有工作。偏偏宋星河对我二姐就是言听计从，第三年还把他爸爸唯一留给他的那套房子改成我二姐名字，又给她买了辆法拉利。那个时候宋星河刚刚起步，我估摸着是他全部家当了。”

这是对上了，华年想起文小姐嘴里宋星河的前女友，原来竟然是明月的二姐。华年突然心里一动，问：“你二姐喜欢种花？”

“你怎么知道？”明月吃惊。

华年不理，只继续问：“你喜欢么？”

“我哪里有那工夫？”明月说。

“你家里好大一个花圃。”华年说。

“都是她给打理的。”明月说。

华年笑起来。她想起许多年前，她看到他对着乔宅的花圃发呆，她还误会成他对明月的相思。原来是另外一场相思。

“后来呢？”华年问。

明月笑起来，说，“周立国让我二姐嫁给她现在的丈夫时，宋星河险些自杀。”

终于知道了所有的故事，华年想。明月看着华年。华年只是笑着。她只好笑的，明月又怎么会轻易放过她。

“你现在明白宋星河现在为什么要对付周立国了？你以为是为了帮你对付周嫣红？真是天真。”明月冷哼，“真是天真！到头来不过和我一样是步棋子。”

“做棋子我也开心。”华年还是笑嘻嘻的，“做棋子都能赚这么多钱，我死而无憾。”

明月终于气呼呼地站起来，要走。突然的，她眼睛盯住华年的手，华年手里正转着那只格雷斯王妃钢笔，这是她从小的习惯，一想事情，就转着笔不停手。

“星河倒是品位没变，怎么还喜欢这个字体？那时候送我二姐那只铂金包，巴巴来问我，我二姐喜欢什么字体，好在包上刻上她名字。这字体是不是mongolianbaiti？我当时不过哄他的，在word里随便翻出一个的字体，他居然信到现在。”明月笑着和华年握手，走了出去。

华年打开Word，明月英语发音虽然标准，可是那串单词还是有些复杂，她试着拼了好几次，才把那个字体的名字拼对。简明利落的线条，只在收尾的边角有些女性化的妩媚，和那格雷斯王妃笔上刻着的D.J.S三个字母一样，让人一眼难忘。

我不会信任人了。在宋星河提出好好在一起的那天，华年说完那个故事以后这么说。

我会让你信任我的。宋星河说。

我害怕，我被骗过，我觉得男人都不会真心爱我。华年说。

爱一个人，如果是真的真心，傻瓜都会感觉到。以前你觉得不会有人真心爱你，是因为没有人像我一样真心。宋星河说。

华年突然好想宋星河，她非常非常想和他立刻见一面。

华年度日如年等了六天，宋星河终于归国。她飞奔到宋星河办公室楼下。可真到了楼下，她却又站住了脚。

该和他说什么？向他撒娇，说受了文小姐的气？还是质问他前前女友的事？告诉他你已经知道了一切。或者是那些更隐秘的事？问他一切的起源是不是他对周立国的仇恨？她是有资格问的吧，毕竟这些年她命运的转换或许都是源于那场仇恨。这几天华年总是想起周立国，她竟然是没有和他见过一面的。他一向神秘，最近几年不仅不出来走动，任何场合都没有留下一张照片。这样和她息息相关的人，竟然是她走在街上，迎面走来，都不认识的。华年又总是想她和宋星河相遇那天起的种种，所有的细节都是蛛丝马迹，所有细节又都是天然而成。他是故意的？那样深的心计，是他。他不是故意的？那样巧的巧合，谁能设计得这样正正好好？华年边想边好几次拿起电话要立刻和宋星河说几句，但最终那个电话她还是没有拨出去。他在美国出差，那么忙，打搅了他怎么办？

宋星河照旧给她发早安晚安，和她说他吃到了多难吃的起司，又和她说今天会上那个卷着发的老外是多么的刁钻。

今天，他回来了。

如果他回答你是肯定的，你该怎么办？恨他么？有什么好恨的？他给你的，都是好处。还是给他疗伤？你自己已经伤痕累累，难道你还有力气为他疗伤？别忘了，他那样的精明算计，你也这样的精明算计。每次对话，你们都在猜测彼此的心意，他进一步，你退一步，你并不甘心，又想办法进他一步。你们一直在对峙着，没完没了。什么都没有了意思。

华年想起她问过宋星河的，如果有一天，你出轨或者我出轨了，我们会不会也会互相揪着头发打骂？

宋星河说，即使有一天你被我抓奸在床，我想我也舍不得不爱你。宋星河以前说，你怎么对别人，别人也会怎么对你。

华年说，我也是。只要你有一点点爱我，我还会继续爱你的。

宋星河抱着华年，以后别让其他任何人碰你，好吗？

什么都没有了意思。

华年拨通了银行的号码，这一年八千万的分红已经到账户。八千万，就算顿顿吃巴黎的米其林三星，也能吃八千顿。她一天去吃两顿，也能吃四千天，更何况，她吃长寿路上卖的凉皮就已经很开心。

可还是什么都没有了意思。连钱都没有了意思。只是总比没有强些。

无论如何，还是想和他再见一面，就一面。华年说服自己，已经到了可以对自己仁慈的年纪。

“那天出门就觉得不吉利。一上车，小虎一个劲和我说他股票大绿的事情，开车时又闯了两个红灯。我还以为这个不吉利是要落到工作上，还好是有人帮我挡了。”华年笑眯眯和宋星河说起文小姐的事情。鬼知道她人生只迷信了这一次。

“她遇到你，肯定要吃亏的。”宋星河也笑着说。

“吃亏的那个才惹人怜爱。”华年说。

“我只怜爱你。”宋星河走过来拥着她。

“把你所有的钱给我，好不好？”华年问。

宋星河愣了一下，华年觉得他拥着她的怀抱松了一下。华年立刻笑了，“开玩笑的，你钱里都是血腥味，给我也不要。”

宋星河说：“都给你。”

“星河，”华年的声音放软，“我想离开上海一段时间。”

“你想放假？去旅行么？打算什么时候？我马上看看我的行程。”宋星河说。

“我想离开上海一段时间。”华年说，“去哪我还不知道。”

“去多久时间？”宋星河终于明白了华年的意思，他最是能分辨华年什么时候说真，什么时候说假。她是认真的。宋星河的声音慌了。他经常对华年说的，要天天看着她，她这样的，一离开他的视线，就立刻会被其他人抢走的。而华年刚才是认真的。

“也许三天，也许三年。”华年回答。

“不行，你总得给我一个时间。”宋星河追着不放。

“你……不必等我，回来如果你在，回来如果我还在……”华年不忍往下说，“能不能让一切顺其自然？”

“为什么突然这样？”宋星河的声音听着已经生气。

“我爱你。”这是华年第一次对他说爱这个字，“可我失去了爱人的能力。”

“能为我找回来吗？”宋星河冷静了下来。他每次都能冷静下来，这次也不例外。

“不知道，也许能，也许不能。你知道我的，不能做到，我就不答应。”华年说。

“华年……”宋星河重重地说，“不要和我说这种言情剧里的话，我们都是做投资的，请你给我个可以量化的时间。”

华年哑然失笑，说得好像做投资和做科研同一高度似的，哪里真那么严谨？如今她已经不是那个刚入行的小姑娘，仰着头听人说一是一。

华年想了许久，才说：“好，如果我能在世上找到一百对相爱一世的夫妻，就立刻回来找你。世界人口六十亿，一百对是六千万分之一。说不定出门左转便能回来。”

宋星河默默看着华年。华年也默默看着宋星河。

终于，他点了点头。

华年想起，和他相遇至今，每次到最后，他总是对着她默默点头。原来，一直是他顺着她的。

也无风雨也无晴，外公说，风也好雨也好，都是很好很好的。

更何况今天还是晴天。

结尾

“杜华年最后到底去了哪里？现在回到宋星河身边了吗？”白西娅追问夏璇。

“这我也不清楚了。我只知道她对宋总最后的一个拜托是照顾好她的玫瑰园。宋总还托我帮着找个花匠。”夏璇说。

“如果我是她，必定要投入宋星河的怀抱的。我早就说了，华年不简单，吊着卖才有高价。”白西娅说。

夏璇笑起来。

白西娅哎呀一声，跳了起来，“今晚有个饭局，金投的李总在，我还没做头发呢。”

白西娅跑得太急，不小心撞翻了办公室角落里堆着的一叠旧书报。

夏璇眼尖，看到那个堡垒最外侧是一本久远发黄的杂志，杂志封面是一个穿着黑色西装剪着短发的女人的照片。照片里的这个女人虽然笑着，笑容却枯竭成了一团皱巴巴的纸，这个笑她很熟悉。那个杂志封面大标题赫然写着：著名女风险投资人周嫣红神秘富豪周立国独女昨日突然病逝，数百亿遗产纠纷案……

夏璇连忙弯腰把杂志捡了起来，文章署名的冯梦川她倒是认识，一次酒局上别人给她介绍的一个记者，说是要专访她，写文章倒真有几笔路数的。夏璇翻了几页，把杂志翻了个面，塞回了那叠旧书报里。

后记

曼桢点燃一根烟，袅袅烟雾，动人妩媚。

曼桢去看屋内的世钧，头发新理过，两边乌青着头皮。曼桢拉着他去保利发廊理剃的头。世钧笑，小瘪三的样子。曼桢笑。曼桢笑时，世钧握住她的手。曼桢手冷，就问他是不是吃了亏？

窗前一阵鸽子飞过，惊了曼桢。这都是世钧派来的间谍，给他助阵的，来嘲笑她的羞怯。曼桢红了脸，又想着这样太过孩子气，不如一会儿和他坦白了这场相思，让他看笑话的心无迹可寻。

世钧走出来。曼桢连忙去掐手里的烟。世钧说，慢慢，我等你。曼桢问，你抽不抽？我等你。世钧说，真戒掉了。鸽子原来真是他派来的，来笑她多作的情。

流苏在悠长弄堂里转了三个圈，手里捧着的罗杰维维亚都出了汗。今早起来，流苏想起这双心尖上的新鞋子，立刻隔壁院子里去寻范师傅。寻不到。姆妈帮着问了几圈，才知道范师傅搬了家。

范师傅笑，六小姐好，这辰光越长，真越漂亮了。

流苏把手里的鞋子往范师傅手里一塞，含着笑骂了句“老滑头”。

范师傅问，怎么寻到这里来？哪里就我一个修鞋师傅？

流苏说，在你这敷的鞋底子，我才放心。千里也要寻来。

范师傅低头，一心思在针脚里。流苏撑开地上放着的矮脚藤板凳，坐下，一心思看范师傅的针脚。他敷鞋底子与别人不同，胶上三层，还要细细用线一针针缝。她七岁姆妈就带她来这里敷鞋底子，那时范师傅一双明目朗朗。姆妈说，手艺人最会看人眉眼高低。去之前，总在面上颈上抹一层厚厚茉莉花香粉，再到后街巷秤半斤香瓜子。瓜子嗑完，鞋底子才敷到一半。岁月悠长，还有那茉莉香粉和半斤香瓜子。

鞋底子敷完，流苏拿了就走。巷子老旧，最难忍是那个老旧的味道。

七巧出来倒痰盂，一件高腰窄身裙，后开叉险险停在最紧要处，是街尾洋裁缝铺子新出的款式。

阿小笑着去摸那裙子，问，哪里寻来这么好的料子？

七巧说，我家阿三前日昏了头，求租我家阁楼那洋人去巴黎捎带了来的，说是顶好的五十姆米真丝缎，还是这样薄。

阿小说，前几天看巴黎时装周塞林的秀，我蛮欢喜今年新出的那只包，正想着托他去买。就是手太黑，上次那只宝格丽蛇头，汇率足足算多了我十个点。想着不如心一横，恒隆买一只去，免得受这闲气。

七巧说，谁说不是！就我家阿三心实。

阿小说，真真你家阿三心实。

七巧说，谁说不是！半夜进进出出那阁楼的女人，也不知道几个是真客人！

阿小红了脸，去开鸽子笼。

唰，天空一阵白鸽飞过。

那天，出版社桃老师、郭老师突然问我这本书有没有想致敬什么人，想来想去，还是只有她。她若听到，必定冷挑着眉斜着眼睛看着我，情愿不情愿，都这般模样。

——致用生花妙笔第一次给我深刻上海印象的那个人

图书在版编目（CIP）数据

华年 / 凌丽芬著. — 南京：江苏凤凰文艺出版社，2018.10
ISBN 978-7-5594-2269-9

Ⅰ. ①华… Ⅱ. ①凌… Ⅲ. ①长篇小说 - 中国 - 当代 Ⅳ. ①I247.5

中国版本图书馆CIP数据核字（2018）第123190号

书　　名	华年
作　　者	凌丽芬
责任编辑	丁小卉　姚　丽
选题策划	王溪桃
出版发行	凤凰出版传媒股份有限公司 江苏凤凰文艺出版社
出版社地址	南京市中央路165号，邮编：210009
出版社网址	www.jswenyi.com
经　　销	凤凰出版传媒股份有限公司
印　　刷	三河市中晟雅豪印务有限公司
开　　本	880毫米×1230毫米　1/32
字　　数	450千字
印　　张	15
版　　次	2018年10月第1版　2018年10月第1次印刷
标准书号	ISBN 978-7-5594-2269-9
定　　价	49.80元